박태원의 삶과 문학

박태원의 삶과 문학

박태상 지음

한국문화사

박태원의 삶과 문학

초판발행 2017년 3월 15일

지 은 이 박 태 상
펴 낸 이 김 진 수
펴 낸 곳 **한국문화사**
등   록 1991년 11월 9일 제2-1276호
주   소 서울특별시 성동구 광나루로 130 서울숲IT캐슬 1310호
전   화 02-464-7708
전   송 02-499-0846
이 메 일 hkm7708@hanmail.net
홈페이지 www.hankookmunhwasa.co.kr

책값은 뒤표지에 있습니다.

ISBN 978-89-6817-478-0 93810

■ **책머리에**

　구보 박태원에 대한 책을 펴낸다. 아직 다룰 것이 많은데도 쫓기다시피
책을 낼 수밖에 없다. 그 이유는 두 가지이다. 하나는 구보에 대한 연구를
시작하게 된 계기가 된 구보의 차남 박재영 선생의 건강이 매우 좋지 않다.
구보에 대한 세미나에서나 정지용 문학포럼에서 자주 뵈었는데, 한두 해
사이에 뵙지를 못했다. 암 투병중이라는 소문이 있었다. 마음이 너무 아프
다. 다른 하나는 필자도 정년이 많이 남지 않아서 그동안 연구한 것을 하나
씩 매듭을 져야 하기 때문이다. 미진한 것은 후학들이 메워줄 것이다.
　구보는 매우 매력이 많은 작가이다. 학창시절에 재주도 없으면서 소설
창작을 꿈꾸면서 구보의 「소설가 구보씨의 일일」과 『천변풍경』을 도서관
에서 몇 차례나 읽었다. 이태준이 장거리 문장이라고 평한 치렁치렁한 문체
와 식민지의 수도 경성을 도보와 전차로 헤집고 다니며 관찰하며 보여준
'다양한 시선'은 청년기에 큰 충격을 주었다. 특히 고현학적 접근은 실로
문화적 충격을 안겨주었다.
　함께 구인회에서 활동해서 그런지 박태원과 정지용은 닮은 점이 매우
많다. 첫째, 실험정신이 투철하다는 점에서 공통점을 보인다. 모더니스트로
서 진실로 다양한 창작기법과 문체를 선구적으로 실험했다. 이러한 실험정
신은 우리나라의 작가들과 평론가들에게 큰 영향을 미쳤다. 둘째, 유학파로
서 청년기에는 서구 과학문물에 대한 예찬에 몰두했으나, 식민지 현실을
돌아보면서 민족과 서민의 생활에 대한 고민에 빠져들었던 것으로 생각된
다. 지용이 후기시인 한적시(산수시)를 통해 동양적인 사유에 젖어들었다
면, 구보는 자신의 가족 주변의 소시민의 일상생활에 대한 글에 몰두하는
동시에, 고전인 『삼국지』와 『수호전』 등의 역사소설에 대한 번역에 집중

하면서 마음의 위안을 삼았던 것으로 생각된다.

셋째, 두 사람 모두 월북 작가라는 공통점이 있다. 그래서 한때 북한문학 연구에 심취했던 필자의 주요 관심 대상이었다. 두 사람이 6·25 한국전쟁 당시에 북으로 갔으나 삶의 궤적은 큰 차이를 보인다. 지용은 행방이 묘연했으나 구보는 인민군에 편입되어 종군기자로 활동했다. 두 사람은 1950~70년대 초까지 남북문학사 모두에서 사라져버렸다. 하지만 용케도 구보는 북한문단에서 부침은 있었지만 되살아났고, 지용은 소문만 있었지 종적을 알 수 없었다. 그런데 두 사람은 북한문학사에서 화려하게 부활했다. 지용은 1993년경부터 북한의 『조선문학사』에서 민족 서정 시인으로 서술되면서 부활했고, 구보는 1977~81년 사이에 나온 북한의 『조선문학사』(5권으로 구성)에서 방대한 『갑오농민소설』을 집필한 뛰어난 역사소설가로 거론되었다.

지금 서문을 쓰면서도 마음이 아프고 눈물이 난다. 이 책은 2010년에 간행한 『정지용의 삶과 문학』의 쌍둥이 책으로 펴내려고 한다. 정지용을 연구하게 된 계기는 지용의 장남 정구관 선생이 대학로 연구실로 찾아와 "박교수, 우리 아버지를 연구해주고 옥천 지용제도 좀 도와주게나"라고 손을 붙잡고 당부를 해서 20여 년간 헌신적으로 지용회 이사로서 옥천 지용제가 축제로서 성장, 발전하는 데 일익을 담당하면서 연구에도 몰두했다. 구보도 마찬가지이다. 지용제에서 만난 구보의 아드님이신 박일영, 박재영 선생께서 당부의 말씀이 있었다. 박일영 선생은 곧 미국으로 돌아갔지만, 박재영 선생은 자주 구보세미나에서나 옥천 지용제에 참석하여 잠시나마 필자와 대화를 나누었다. 그때 박재영 선생이 "박교수는 왜 지용만 연구하고 구보는 연구하지 않는가?"라고 물었다. "그때마다 능력이 따르지 못해서 그렇습니다."라고 답을 드렸으나, 마음 한구석에 빚으로 자리 잡고 있었다.

2010년 지용에 관한 책을 매듭짓고 그 이후 7~8년간 구보에 관한 논문에 집중했고 미진하지만 그 성과물이 나오게 된 것이다. 서두르게 된 것은 박재영 선생의 건강상태가 심각하다는 개인적인 판단 때문이다. 박일영 선생이 『구보결혼』(서울역사박물관)에 쓰신 구보의 연보를 축약해서 이 책 부록에 넣게 해주십사하고 전화를 드렸더니 목소리에 병색이 완연해서 가슴을 아프게 했다. 쾌히 동의를 해주셔서 부록에 구보의 연보가 들어가게 되었음에 거듭 형제분께 감사함을 표한다.

　이 책 서문을 탈고한 후 바로 미국 듀크(Duke) 대학에 방문교수로 떠나지만, 책이 나오면 상현동 자택으로 책을 보내드리려고 한다. 그동안 책이 나오는데, 교정을 보면서 수고해준 신희정 조교선생에게도 감사를 표한다. 열심히 문학공부에 매진하는 전국의 한국방송대 국문학과 제자들에게 이 책을 바친다.

2017년 2월 말

韶山書屋에서

■ 차례

제3부 박태원은 양가성·혼종성의 저항을 했는가

제4부 북한문학사에서 박태원은 어떻게 살아남았는가

제1부 박태원은 과연 모더니스트였는가

탈식민주의 담론을 통해본
지용과 구보문학의 존재방식

1. 머리말

1930년대의 가장 중요한 두 예술가인 정지용과 박태원은 1933년 구인회를 통해 만나게 된다. 물론 나이는 1902년생인 지용이 일곱 살이 많아서 선배의 위치에 있었다. 구보는 1909년생이라서 두 사람이 처음 만났을 때는 24세로 약관의 나이였다. 지용은 구인회의 형성에 주도적인 역할을 했던 상허 이태준과의 친교 관계로 구인회에 들어가게 되었고, 구보는 경성고보 동창이었던 조용만의 천거로 가입하게 된 것으로 알려져 있다. 구인회는 애초 당시 신문사 기자들을 주축으로 하여 이종명·김유영·조용만 등이 모여서 카프에 맞서는 순수문학을 지향하는 단체로 만들려고 했으나 이태준과 정지용이 좌장과 사회를 맡으면서 회칙도 강령도 없는 순수한 친목단체로 방향을 설정하자 이종명과 김유영이 슬그머니 탈퇴하고 그 자리에 조용만의 천거로 박태원과 이상이 들어가게 된 것이다.

지용과 구보의 친교 관계에 대한 것은 기록이 많지 않아 상세하게 알 수가 없다. 다만 지용이 이태준·이병기·김용준 등 ≪문장≫파 문인들과 깊은 친교를 맺고 있었던 것에 비해 구보는 이상·김유정·김기림·정인택 등과 친밀한 관계를 유지하고 있었다. 지용이 술을 즐겼고 고집이 상당히 센 것은 널리 알려져 있다. 또 지용은 시를 암송하는 것을 즐겼던 것으로 보인다. 지용이 천향원이라는 요릿집에서 기생의 머리채를 잡고 호통을 치다가 요릿집 남자 주인에게 봉변을 당하는 장면을 보고 최재서가 택시를 잡아서 모윤숙과 최정희를 밀어 넣고 도망간 후에 다음날 최정희가 지용에게 편지를 써서 안부를 물었다는 사건은 당시의 문인들 사이에 회자된다. 최정희는 지용이 북아현동에 살 때 바로 옆에 살아서 자주 만나고 술을 함께 하기도 했는데, 지용은 술에 취하면 "좋아 죽겠다"라고 두 팔을 위로 치켰다 내렸다 하면서 펄쩍펄쩍 뛰었다고 전한다. 그래서 당시 별명으로 소형차인 '다또상'이라는 별명을 지어주었다고 한다.

구보도 음주를 즐겼던 것으로 생각된다. 외국을 갔다가 돌아온 김기림에게 "돌아오셨으니 반갑소. 오랜만에 서울거리를 함께 거닙시다. 술은 배우셨소? … (중략) … 그 뒤로 다시 창작 활동이 없는 것은 도시 술을 배우지 못하기 때문인가 하오. 우리, 같이 술 좀 자시고, 누구 꺼릴 것 없이 죽은 이상이의 욕이나 한바탕 합시다."라는 글을 『여성』에 실은 것에서 확인이 된다. 또 ≪삼천리≫의 기자였던 최정희는 구보에 대한 추억으로 노래 부르기를 즐겼던 구보가 하도 자랑을 해서 둘이서 건물 옥상에 올라가서 노래경연대회를 해서 그를 눌렀던 것을 기록에 남기고 있다. 구보가 먼저 노래를 부르기 시작하고 그가 그치면 최정희가 부르는 식으로 반복을 해서 수 시간 뒤에 구보가 패배를 자인했다는 것이다. 지용이 시를 암송하기를 좋아했고, 구보가 노래 부르기를 즐겼다는 사실을 보면 두 사람이 모두 리듬을 타면서 풍류를 즐겼던 동질성이 있다. 이러한 취향 이외에도 두 사람은 초기에 서정시를 창작했다는 공통점을 지니고 있으며, 또한 일제 강점기에 모더니스트로서 문명을 휘날리다가, 군국주의가 말기 증세를 보이던

1930년대 말부터 자신의 문학적 흐름을 변화시켜 동양적 은일의 세계로 옮겨간 것도 대동소이한 양상으로 생각된다. 또 해방 이후 한국전쟁의 시기에 두 사람 모두 자의반 타의반으로 평양으로 가게 된 것도 공통점이다.

이렇게 지용과 구보의 삶과 문학은 여러 가지 점에서 비슷한 양상을 지니고 있다. 요즈음 탈식민주의 담론으로 근대문학뿐만이 아니라 시대를 거슬러 올라가 고려시대 몽고족에 의해 복속을 당한 시기에 창작된 고려가요까지도 분석하는 경향이 있다. 특히 근대 시기의 문학을 분석하는 데에는 좋은 비평의 잣대가 될 수 있다고 본다. 지용과 구보 두 사람 모두 거의 같은 궤도의 문학적 흐름을 보여주게 된 것은 작가 개인의 개성보다는 시대적 환경적 요인이 더 크게 작용한 것으로 판단된다. 따라서 탈식민주의 담론에 따른 분석이 상당한 유효성을 띠게 될 가능성을 높여준다.

2. '흉내 내기'로서의 모더니즘과 그 미학적 가치

포스트식민주의(Postcolonialism)는 우리나라에서 다양한 용어로 번역되고 있다. 그냥 포스트식민주의로 번역하는 학자도 있고, 후기 식민주의나, 신 식민주의로 나름대로 번역하는 사람들도 있다. 요즈음 가장 많이 사용되는 것은 역시 '탈식민주의'라는 용어이다. 이 말에는 식민지 유산의 지속과 청산의 양가적 속성을 내포한 개념이 될 것이다.

식민지인 입장에서 지배 권력에 맞서는 저항은 중요한 전략이다. 식민지 배자는 식민지인의 욕망과 저항을 위험한 것으로 보고 이를 항상 통제하고 억압하고 단죄하려 한다. 질 들뢰즈의 용어를 빌리자면, 이것은 일종의 '코드화' 혹은 '영토화'이다. 들뢰즈에게는 지배 권력에서 벗어나려는 개개인의 욕망 특유의 분열적인 흐름을 '탈 코드화' 혹은 '탈영토화'하는 것이 중요하다. 이런 탈주(선 긋기)의 흐름을 억압하고 통제하는 메커니즘을 '재코드화' 혹은 '재영토화'라 부른다. 예를 들면, 파시즘과 자본주의는 개개인의 욕망을 억압하는 기제로 작동한다. 탈주 욕망의 지속적 생성(과정)이 창조적이며 전복적인 삶을 지속시키는 자양분이 된다. 들뢰즈의 이런 개념은 식민주의와 제국주의에 맞선 저항을 설명[1]하는 데 일조할 것이다.

탈식민주의란 억압과 착취를 낳는 지배 이데올로기를 해체 혹은 전복시키는 것을 목적으로 삼는다. 이를 위해 식민화를 지지하는 인종차별의 부당성을 알리고 지배 권력의 횡포에 제동을 걸어 종주국과 식민국 사이에 발생하는 여러 형태의 불평등을 해소[2]하고자 한다. 최근 모더니스트로서의 지용과 구보문학에 대한 새로운 해석이 봇물 터지듯 이루어지고 있다. 소장 학자로부터 제기되는 대체적인 흐름은 지용이나 구보문학을 초기의 모더니즘문학과 후기의 전통성에 근거를 둔 문학으로 획일적으로 이원화해서 구분하는 것을 비판[3]하고 있다. 두 사람의 문학에는 근대성과 전통성이

---

1) 박종성, 『탈식민주의에 대한 성찰』, 살림, 2006, 7~9쪽.
2) 박종성, 위의 책, 7쪽.
3) 권정우, 「정지용 시론 연구-전통과 근대의 대립에 대한 지용의 입장」, 『개신어문연구』 제25집, 개신어문학회, 2007, 221쪽.
   권정우는 "정지용은 전통과 근대를 대립적인 것으로 여기는 이분법적 인식태도로부터 비교적 자유로울 수 있었는데, 그것은 시인으로서 구체적 현실과 밀접한 관계를 유지했기 때문"이라고 해석했다.
   김겸향, 「박태원 소설에 나타난 이중적 목소리-삼인칭소설을 중심으로」, 구보학회, 『박태원과 모더니즘』, 깊은샘, 2007, 70쪽.
   김겸향은 "박태원 문학에 대한 그간의 연구 결과, 박태원 소설의 모더니즘적인 성향과 리얼리즘적인 성향의 혼재, 혹은 주관적 보편성과 객관적 총체성의 공존, 문학의 자율성과 사회적 실천이라는 이질적인 세계의 착종성이 문제되어 왔다."라는 정현숙교수의 견해를 인용하면서 "1930년대에 당대 최고의 모더니스트로 활동한 박태원은 이러한 서술자의 존재를 누구보다도 확연히 인식한 작가였으리라 본다. 그럼에도 불구하고 모더니즘 성향의 소설 「소설가 구보씨의 일일」에서부터 리얼리즘

혼재되어 나타나고 있다는 해석이다. 이러한 현상은 아무래도 유학을 다녀온 식민지 지식인으로서 조선이 처한 현실이 심각하며, 식민주의자들이 주장하는 근대성의 표피적인 효과보다는 잠재되어 있는 문제점이 간단하지 않음을 인식한데서 비롯된다.

지용은 1920년대 전반부터 1930년대 중반까지 근대 도시풍경을 노래하는 모더니즘 시를 많이 창작하여 발표한다. 이 시기는 지용이 일본 유학생활을 떠나고, 일본 교토에 머물던 시기와 귀국 후 휘문고보의 영어교사를 하던 시기에 해당한다. 1925년에 교토에서 「샛밝안 기관차」, 「황마차」를 써서 1927년 『조선지광』에 발표했다. 동지사대학 영문학과에 입학했던 1926년에는 유학생 회지인 『학조』에 「카페 프란스」, 「슬픈 인상화」, 「파충류동물」을 발표하는 동시에 1927년 2월 『근대풍경』 제2권 2호에 일본어로 표기된 시 「고아의 꿈」을 투고하여 일본의 대표적인 시인인 키타하라 하쿠슈(北原白秋)의 관심을 받게 된다. 1930년에는 『시문학』에 「바다1」을 발표하고, 『조선지광』에 「아츰」을 게재한다. 1933년에는 『가톨릭청년』에 「시계를 죽임」, 「해협」 등을 발표하고, 1934년에는 구인회가 펴낸 순문예 잡지 『시와 소설』(창문사)에 「유선애상」을 싣는다. 『시와 소설』에 이태준은 수필 「설중방란기」를 발표하고, 구보 박태원은 실험적 단편소설 「방란장주인」을 게재했다. 1935년에는 『조선문단』에 「다시 해협」과 「지도」를 발표한다.

이 시기에 발표한 지용의 시에는 공간으로서 바다가 많이 등장하고, 새로운 근대문물로 기차·선박·비행기가 시의 중요한 소재로 활용된다. 공간으로서 '바다'는 일본 근대시에도 많이 등장하는 소재이며, 일본 식민지

성향의 소설 『천변풍경』에 이르기까지 이중적 목소리를 다양하게 구사하였다. 이렇듯 작가가 일관되지 않고 독자가 신뢰할 수 없는 이중적 목소리를 구사하는 이유는 일종의 미학적 장치, 독자를 향한 고도의 제스처라고 볼 수 있다"라고 분석했다.

확대 정책의 부산물[4])이기도 하다.   그동안 지용의 시는 이미지즘이나 모더
니즘으로 평가받아왔다. 이미지즘은 에즈라 파운드(E. Pound, 1885~1972)와 그의
옛 애인 H. 두리틀 그리고 그녀의 약혼녀 리처드 올딩톤(R. Aldington)과 함께
셋이서 1912년에 런던에서 시작한 현대시의 변혁운동이다. 이미지즘이란
말을 최초로 만든 사람은 흄이지만, 이미지즘의 시는 작품 수도 적고, 볼
만한 수준의 작품도 많지 않다.[5] 또 파운드의 이미지즘 운동도 길게 잡아
서 불과 2~3년에 지나지 않았다. 즉 이미지즘은 영미 모더니즘의 일부분에
지나지 않는다는 점이다.

　정지용을 이미지스트로 규정하는 이유로 드는 것이 바로 시각적인 이미
지의 사용이었다. 에즈라 파운드는 이미지란 "순간적으로 지적·정서적 복
합을 표현하는 것"이라고 개념 정의를 내리고 있어서 특별히 시각적인 측
면을 강조하고 있지는 않다. 파운드는 늘 시의 음악성을 중요시했지만, 반
대로 흄은 시의 시각 이미지를 청각 이미지보다 중요시했다. 그래서 한국근
대시에 있어서 이미지즘의 이미지를 시각이미지로 파악하는 경향은 흄의
영향[6])이라고 생각된다. 특히 지용의 시를 근대성의 발아 과정으로 파악하
고, 모더니즘 시로 규정한 이는 김기림이었다. 김기림은 「1933년 시단의
회고」(≪조선일보≫, 1933. 12.7~12.13)에서 낡은 로맨티시즘이나 센티멘
털리즘의 시를 비판한 후 정지용을 "조선신시사상에 새로운 시기를 그으려
고 하는 어린 반역자들의 유일한 선구자"로 찬양하고 특히 1933년 『가톨릭
청년』에 발표한 일련의 작품을 "완미에 가까운 주옥같은 시편"이라고 극찬
했다. 김기림은 음악성만을 중요시해 온 시에 공간성(회화성)을 도입한 것

---

4) 사나다 히로코(眞田博子), 『최초의 모더니스트 정지용』, 역락, 2002, 146~47쪽.
　　사나다 히로코는 "여하간 어느 나라의 경우에도 '바다'는 넓은 세계를 향하는 젊은
　　이의 마음을 상징하는 것처럼 보인다"고 해석했다.
5) 사나다 히로코, 위의 책, 77쪽.
6) 사나다 히로코, 위의 책, 79쪽.

은 사상파(이미지스트) 등 "20세기에 들어서의 중요한 신시운동의 산물"(여기까지는 유럽의 이야기다)이라고 하면서 "우리 가운데서", 즉 한국에서는 정지용이 그런 포에지의 요구를 가장 잘 파악한 시인7)이라고 말한다.

분명 지용은 그의 모더니즘 계열의 시에서 근대 문명을 언급했다. 그것도 새로운 문명의 상징인 기차와 자동차 그리고 선박을 노래했으며, 그러한 문명의 이기들이 지식인 인간의 눈을 얼마나 경이롭게 하고 새로움의 물결을 동경하게 하는지에 대해 주저리주저리 이야기한다. 하지만 곧 식민지의 청년지식인으로서 문명의 이기가 주는 한계와 모순을 깨닫게 된다. 즉 지용이 즐겨 등장시키는 감정적 표현이 바로 '근대적 우수'인 것이다. 지용의 시에서는 '슬픈', '가여운', '고달픈', '시름없이', '시름', '부즐없이', '가엾은', '외로운지요', '슬픈지요', '슬픔', '슬픔을 실은' 등의 어휘가 많이 나타난다. 이러한 언어는 낭만적 감상성을 표현한 것이기도 하지만, 더욱더 근대 문명이 가져다주는 허망함이나 근대적 우수를 묘사한 것이라고 보는 것이 더 타당할 것이다. 또 다르게 볼 수 있는 감정으로는 바로 시인이 느끼는 식민지 청년으로서의 소외감이나 울분일 수도 있다.

『조선지광』 67호(1927년 3월호)에 발표된 「슬픈 기차」는 그동안 '기차'·'마도로스 파이프'·'청만틀'·'탄산수'·'마담 R' 등의 외래어와 도시적 시어를 사용하고 서술적 표현에서 '간 단 다', '가 쟈'로 표현한 형식주의적 특징8)에 매달리거나 사랑하는 대상의 관능적인 아름다움이 묘사되어 있고 사랑을 갈망하는 화자의 욕구가 드러나 있는 연애시라는 해석9)에서 머물러왔다. 장만호는 "봄이라는 계절적 배경은 연애라는 감정과 연결되며,

---

7) 사나다 히로코, 위의 책, 85쪽.
8) 김용희, 『정지용 시의 어법과 이미지의 구조』(이화여대 박사학위논문, 1993), 20쪽.
9) 장만호, 「시적 방법으로서의 이항대립 - 슬픈 기차」, 최동호 외, 『다시 읽는 정지용 시』, 월인, 2003, 59~67쪽.

주위의 풍경에 대한 주관적인 묘사는 이 사랑의 감정이 얼마나 강렬한 것인지 보여준다. 일본이라는 지리적 배경은 이 사랑이 드러내놓고 할 수 없는 은밀한 것임을 암시하며 그 비밀스러운 은밀함으로 사랑하는 대상에 대한 연모와 밀월의 감정은 더욱 깊어진다. 시의 화자는 이러한 비밀스러움과 농도 짙은 정염 사이에서 한편으로 이러한 이중적인 상황과 감정을 표출하고 있는데, 이러한 점이 이 시의 동인이며 이에 대한 이항대립적인 감정의 표출과 화법이 이 시의 구성원리"[10]라고 분석했다.

우리들의 汽車는 아지랑이 남실거리는 섬나라 봄날 완하로를 익살스런 마도로스 파이프로 피우며 간 단 다.
우리들의 汽車는 느으릿 느으릿 유월소 걸어가듯 간 단 다.

우리들의 汽車는 노오란 배추꽃 비탈밭 가벼워
나는 차창에 기댄 대로 회파람이나 날리쟈. …(중략)…

나는 車窓에 기댄 대로 옥토끼처럼 고마운 잠이나 들쟈.
青만틀 깃자락에 마담·R의 고달픈 뺨이 붉으레 피였다. 고은 石炭불처럼 이글거린다.
당치도 않은 어린아이 잠재기 노래를 부르심은 무슨 뜻이뇨?

잠 들어라
가여운 내 아들아.
잠 들어라.

나는 아들이 아닌것을. 윗수염 자리 잡혀가는, 어린 아들이 버얼서 아닌것을.
나는 유리쪽에 가깝한 입김을 비추어 내가 제일 좋아하는 이름이나

---

10) 장만호, 위의 글, 59~60쪽.

그시며 가쟈.

　　나는 늬긋 늬긋한 가슴을 蜜柑쪽으로나 씻어나리쟈.

- 「슬픈 汽車」 일부

　　물론 「슬픈 汽車」에는 지용의 형식주의적 특질인 몇 가지 실험이 시도되고 있다. '마도로스 파이프' · '마담 R' · '靑만틀' · '炭酸水' 등의 이국적인 외래어가 많이 구사되고 있으며, 기차가 느린 속도로 달려가고 있는 것을 묘사한 '간　단　다'와 기차의 차창에 입김으로 이름이나 기호를 그리는 행위를 묘사한 '이름이나 그시며 가쟈'라는 서술어가 시각적인 효과를 노리며 특수하게 배열되어 있다. 또 붉은 색깔과 푸른 망토가 주는 색채적 이미지의 대립도 참신한 기법이라고 칭찬할 만하다.

　　하지만 이 시에서 좀 더 주목해서 살펴보아야 할 부분은 근대 문명의 이기인 기차가 주는 차갑고 이국적인 이미지와 마담 R에 대한 회상이 던져주는 인간적이고 따뜻하며 정감어린 이미지의 대조기법이다. 「슬픈 汽車」는 연애시가 아니라, 탈식민주의 담론으로 설명해야 더 타당성을 얻을 수 있는 작품이다. 이 시에서 상황 묘사는 현실과 꿈의 대조를 이루면서 전개된다. 마담 R은 꿈속에 나오는 여성이며 추억과 회상의 인물이다. 따라서 현실의 여성으로 보는 데[11]에는 무리가 뒤따른다. 「슬픈 기차」는 1927년 3월 창작한 시로 유학시절 지용이 도쿄에서 고베까지의 기차노선인 도카이도 본선을 타고 기차여행을 하면서 느낀 단상을 시로 창작한 작품이다. 기

---

11) 장만호는 위의 글에서 각주를 달아서 마담R에 대해 민병기의 견해를 인용하면서 민병기는 정지용이 일본 유학 당시 사귀던 여인이 있었고, 그 여인은 김말봉으로 추측된다고 이야기한다. 김말봉은 정지용의 도시샤대 영문과 2년 선배였고 나이로는 한 살이 더 많았다는 것이다(민병기, 『정지용』, 건국대출판부, 1996, 40~45쪽)라는 민병기의 견해를 그대로 수용하고 있다.

차 밖의 풍경은 뢰호내해(瀨戸內海, 일본 혼슈 서부와 규슈·시코쿠에 에워싸인 내해)의 여러 돛단배가 '팽이처럼 밀려가 다 간, 나비가 되어 날려간다'라는 원근법과 속도감의 조절에 의한 지용 특유의 묘사기법으로 그려진다. 그런데 바깥 풍경에 젖어 있다가 잠시 졸음을 느껴 눈을 감으니 꿈속에 카페에서 만난 적이 있는 나이 많은 누나뻘의 마담R이 나타나 "잠 들어라. 가여운 내 아들아"라고 하면서 속삭인다. 그런데 '나는 아들이 아닌 것을, 윗수염이 자리 잡혀가는 어린 아들이 버얼서 아닌 것을'이라고 반박하면서 잠을 깨어 다시 유리창에 입김을 불며 자신이 제일 좋아하는 이름을 그으며 쓰는데, 커브 길을 달리는 기차의 속도감에 시적 화자는 '오오, 개인 날세야, 사랑과 같은 어질머리야, 어질머리야'라고 독백을 내뱉는다. 기차의 유리창에 입김을 부는 행위를 하다가 갑자기 어지러움을 느끼는 장면이다.

다음으로 시의 마지막 연이 이어진다.

靑만틀 깃자락에 마담 R의 가여운 입술이 여태껏 떨고 있다.
누나다운 입술을 오늘이야 실컷 절하며 갑노라.
나는 언제든지 슬프기는 슬프나마,
오오, 차보다 더 날러 가랴지는 아니하란다.

시인 지용은 유학시절에 일본의 근대화를 상징하는 기차에 승차한 소감에서 묘한 두 가지 감정을 드러낸다. 하나는 근대 문명과 그것이 가져다주는 근대 풍경을 감격적으로 표현한다. 그것은 근대 문명이 주는 개발속도라는 상징성에 어지러움을 느끼는 묘사에서 확실하게 드러난다. 하지만 다른 하나는 '슬프기는 슬프나마, 오오, 차보다 더 날러 가랴지는 아니하란다'에서 잘 나타나 있는 근대 문물에 대한 솔직한 거부감이다. 이것은 식민지인 출신으로서 탈식민주의 담론을 전개했던 프란츠 파농이 도달했던 흉내 내기가 부질없는 짓이라는 결론과 일치한다. 시적 화자는 근대적 속도감에서 식민지 지식인 청년으로서의 무력감을 느끼게 되었고, 그러한 문명을 있는 그대로 받아들이고 수용한다는 것은 결국 일제의 식민지정책을 내적으로 받아들이는 것이라는 결론에 도달하고 정신이 확 깬다. 이러한 근대 문명에 대한 현실 상황을 비유적으로 묘사한 것이 일본식 근대 카페에서 만난 마담 R에게서 느낀, 포근하고 따뜻했던 모성애적 키스가 주는 아련한 추억에 대한 감정이다. 설사 마담 R의 관능적이고 달콤한 유혹의 키스를 순수하게 받아들인다 해도 어찌 고국에 아내가 있는 유부남인 시적 화자가 용인할 수 있겠는가? 잠이 확 깨는 각성이다. 일제가 조선을 근대화시킨다고 새롭게 부설하고 있는 조선의 철도사업이나 항만사업은 결국 카페에서의 마담 R의 적극적인 육탄 공세로서의 키스와 애무와 별반 다를 것이 없다. 그래서 시적 화자는 '나는 언제든지 슬프기는 슬프나마'를 반복해서 진술할 수밖에 없다. 또 종국에는 '오오, 차보다 더 날러 가랴지는 아니하란다.'에서처럼 식민지청년으로서 근대화에 대한 "발육거부"의 자세를 취한다. 이것은 프란츠 파농처럼 흉내내기를 통한 저항의 행위[12]에 해당한다.

지용이 같은 시기에 창작하고 발표한 산문시 「幌馬車」(1927년 6월 『조선지광』 68호에 발표, 1925년 11월 교토에서 창작)에서도 같은 양상이 반복된다. 이 시의 내용은 지용이 일본 교토에서 타본 경험이 있는 황마차 승차기이며 유랑의 정서와 애상감을 절실하게 표현한 작품이라고 할 수 있다. 시적 화자는 이국적인 분위기의 황마차를 타고 근대도시의 속도감과 쾌적함에 경이로움을 느낀다. 하지만 왠지 자꾸 슬픈 감정만 샘솟는다. 근대 문명이 주는 안락함과 편리함은 졸음을 가져오지만, 살포시 꿈속에 나타

---

12) 양석원, 「탈식민주의와 정신분석학」, 고부응 엮음, 『탈식민주의·이론과 쟁점』, 문학과지성사, 2003, 85쪽. 프랑스령 마르티니끄 출신이었던 파농은 흑인 아버지와 백인 어머니 사이에서 혼혈로 태어났다. "파농의 목적은 흑인이 식민주의 역사와 문화에 의해 쓰게 된 흰 가면을 벗어던지고 소외를 극복하여 자신의 정체성을 찾는 것이며, 식민주의라는 사회역사적인 현실을 변화시키는 것이었다."

난 소녀와의 이별은 근대성의 우수에 대해 더욱 애상감만 부추기고 있다. 결국 근대 문명과 근대풍경이란 것이 덜 성숙된 조선 지식인 청년에게는 한갓 부질없는 가상공간에서의 황마차에 지나지 않을 것이라는 결론에 도달한다. 그래서 시적 화자에게는 환청과 환각상태가 몰아쳐온다. 이 시점에서 마치 전후의 폐허 상황 속에서 환청에 시달렸던 박인환의 「목마와 숙녀」와 동질성이 느껴진다. 이것은 있어야 할 것이 없어져 버린 상황에 대한 절규에 가까운 정서 토로라고 할 수 있다.

> 네 거리 모퉁이 붉은 담벼락이 흠씬 젖었오. 슬픈 都會의 뺨이 젖었오. 마음은 열없이 사랑의 落書를 하고있소. 홀로 글성 글성 눈물짓고 있는것은 가엾은 소 - 니야의 신세를 비추는 빩안 電燈의 눈알이외다. 우리들의 그전날 밤은 이다지도 슬픈지요. 이다지도 외로운지요. 그러면 여기서 두 손을 가슴에 넘이고 당신을 기다리고 있으릿가?   …(중략)…

> …아아, 아모리 기다려도 못 오실리를…

> 기다려도 못 오실 니 때문에 졸리운 마음은 幌馬車를 부르노니, 회파람처럼 불려오는 幌馬車를 부르노니, 銀으로 만들은 슬픔을 실은 駕鴦새털 깔은 幌馬車, 꼬옥 당신처럼 참한 幌馬車, 찰 찰찰 幌馬車를 기다리노니.

> - 「황마차」 일부

3. '따라 하기'와 '구별 짓기'의 모순성 각성

지용이 기차와 선박과 자동차를 시적 대상으로 삼는 것을 좋아했다면, 구보는 전차와 버스를 관찰의 대상으로 삼았다. 물론 구보는 이러한 근대

문명의 이기보다는 자신의 눈을 더욱 신뢰했고 그것의 운반기구로서 '발'에 초점을 맞추었다. 즉 구보는 산책하기를 좋아했다. 산책을 하면서 구보는 민중의 눈을 통해 근대 조선 서민의 삶의 척박함과 고달픔을 목격하게 된다. 즉 제국주의자에 의한 식민지 통치는 따라하기와 구별짓기의 선긋기라는 것을 확인하게 된다. 그러한 구보의 통찰력을 확인할 수 있게 되는 것은 구보가 종로·광화문 등 북촌 주변에서만 산책을 하지, 일본 제국주의자들의 거처인 남촌 주변으로 거의 발을 옮기지 않는다는 점에서 나타난다.

흔히 모더니즘으로서의 구보문학을 이야기할 때 자주 거론하는 것이 고현학적 관찰13), 의식의 흐름 기법, 내적 독백, 키노글라즈(kinoglaz)라는 카메라 아이의 다큐적 기법14) 등이다. 새로운 실험적 기법을 사용한 초기 구보의 작품으로는 중편소설 「적멸」(1930), 단편 소설 「피로 - 어느 半日의 기록」(1933)·「길은 어둡고」(1935)·「방란장 주인」(1936), 그리고 중편소설 「소설가 구보씨의 一日」이 거론된다.

1930년 2월 5일부터 3월 1일까지 『동아일보』에 연재한 「적멸」은 사실

---

13) 김윤식, 『한국현대문학사상사론』, 일지사, 1992, 64~65쪽.

　　김윤식은 「소설가 구보씨 일일」의 모더니즘 성격과 근대적 특성에 대해 "①인구 31만을 헤아리는 식민지 수도 서울의 근대적 풍경을 산책하는 도시적 유형의 산책자 개념을 읽은 점, ②생활을 갖지 않는 거리의 룸펜을 중심으로 한 카페문화를 묘사한 점, ③근대적 수법을 도입한 그림, 할리우드 영화, 음악, 건축, 레코드 등에 관련된 모던 아트를 거론한 점, ④인간의 심층심리를 탐구하거나 의식의 흐름을 문제 삼은 점" 등이라고 말하면서, 작품에서 화자가 대학노트를 들고 종일 시내를 배회한 것을 구보 자신이 고현학이라고 불렀다고 언급하였다.

14) 전우형, 「구보와 카메라 눈, 다큐멘터리 형식의 문학적 실험 - 박태원의 「소설가 구보씨의 일일」 창작방법 연구」, 구보학회, 『박태원문학과 창작방법론』, 깊은샘, 2011, 111쪽.

　　전우형은 "러시아 감독 베르토프의 <카메라를 든 사나이>의 창작방법인 키노글라즈는 「소설가 구보씨의 일일」의 고현학과 산책, 그리고 영화적 상상력을 모두 떠올리게 하는 독특한 이론"이라고 분석했다.

상 구보의 고현학적 창작 방법의 첫 작품이라고 할 수 있다. 또 탐정소설적 추리기법을 실험해본 작품이라고도 설명할 수 있다. 소설의 주인공은 작품을 한 줄도 쓸 수 없는 스트레스를 벗어나기 위해 거리로 나가 버스를 타고 시내로 나가서 산책하면서 카페 등에서 여러 부류의 사람을 관찰한다. 특히 그는 카페 구석에 앉아 차를 마시고 있는 '레인코트를 입은 사나이'에 깊은 관심을 가진다. 몇 군데 카페를 전전하던 주인공은 다른 카페에서 다가와 같이 놀자고 제안하는 그와 장시간 담소를 나눈다. 그는 스스로 정신병자라고 하고 오늘 밤에 정신병원을 빠져나왔다고 자신을 소개한다. 레인코트를 입은 사나이의 눈은 "때로 광적 기쁨으로 빛나고, 때로 악마에 가까운 광채를 갖고, 때로 적멸의 빛을 띠었다"고 묘사된다. 결국 주인공은 신문기사를 통해 레인코트를 입은 사나이가 한강에 투신자살했다는 사건을 확인하고 며칠 후 이태원에 있는 그의 무덤을 찾아간다. 「적멸」에서 구보가 본격적으로 다룬 것은 권태와 깊은 고독의 문제이다. 이러한 테마는 구보가 후속 창작 작업에서 자주 다루게 되는 콘셉트다.

구보는 '깊은 고독'을 한 젊은이의 어쩔 수 없는 자살을 통해 확인하게 된다. 여기에서 우리는 구보문학 중 가장 짙은 모더니즘 계열의 작품이라는 것에서조차도 현실에서 눈을 떼지 않는 작가의식을 엿볼 수 있게 된다. 그것이 바로 최근에 구보문학을 모더니즘과 리얼리즘의 혼재 내지 착종이라고 새롭게 해석하는 이유인 것이다.

가장 아름다운 것 가장 참된 것, 가장 거룩한 것은 오직 먼곳에 놓아둔 채 찬미할 따름 결코 그것에 손을 대지 말라고 비장한 소리로 부르짖던 그. …(중략)…
— …이후에 혹은 내가 스스로 목숨을 끊어 버리는 일이 있을지도 모릅니다. 그러나 그것은 가장 기꺼웁게 가장 만족하게 그리고 가장 자유스럽게 행복의 절정에서 '죽음의 나라'로 달려간 것이 아니라 '죽음의 나라'의

행복을 잘알고 있는 까닭으로 하여 그것을 피하려고 무진한 애를 쓰다쓰다 못하여 기진력진하여 되어가는 대로 몸을 맡기어 버린 것인 줄 형은 아실 터이겠지요.

그것은 아마 '자살'이 아니라 '자멸'인 것입니다.

─나는 그가 한 '이 말'을 다시 생각하여 보고 행인 드문 비 오는 밤거리를 '울음'과 함께 걸어갔다. 15)

구보가 「적멸」과 「소설가 구보씨의 일일」 사이에 발표한 작품이 바로 「피로─어느 半日의 기록」(1933, 여명)이다. 소설의 형태적 서사 구조도 「소설가 구보씨의 일일」과 매우 흡사하다. 1인칭 시점의 주인공이 산책하거나 버스를 타고 목적 없는 곳을 찾아 나서고 결국 피로감을 느끼며 다시 낙랑다방으로 돌아와서 축음기에서 흘러나오는 카루소의 성악 명곡을 듣고 차를 마시며 소설 쓰기의 구상에 빠져든다는 상투적인 틀을 드러내 보이고 있다. 일찍부터 정현숙은 박태원 문학을 정리하면서 「피로」와 「소설가 구보씨의 일일」에 나오는 모더니즘 기법으로서의 이중노출과 시간과 공간 몽타주 등 영화 기법의 사용16)에 대해 관심을 기울였다.

「피로」에서 1인칭 화자는 이웃 주변을 관찰하는 것을 즐긴다. 특히 쓰고 있던 소설에 지치면 고개를 들어 동쪽을 향하여 뚫려있는 창을 통해 길

---

15) 박태원, 「적멸」, 『윤초시의 상경』, 깊은샘, 1991, 231쪽.
16) 정현숙 외, 『박태원 소설연구』, 깊은샘, 1995, 16쪽.
정현숙은 "소설언어에 대한 새로운 인식 이외에 박태원은 미학적 자아의식과 자기 반영성, 영화 기법 수용, 의식의 흐름과 내적 독백을 통한 심리소설 등 모더니즘적인 창작 기법들에 대한 지대한 관심을 보인다. 「애욕」, 「소설가 구보씨의 일일」, 「거리」, 「진통」 등에서는 고현학과 의식의 흐름 그리고 내적 독백 등의 새로운 창작 기법이 시도되고, 「사흘 굶은 봄달」, 「피로」, 「소설가 구보씨의 일일」, 「딱한 사람들」, 『천변풍경』 등에서는 이중노출, 시간과 공간 몽타주 등 영화의 기법들이 중요한 창작 기법으로 수용된다."고 요약해서 설명했다.

건너편 이층 양옥과 그 집 이층의 창과 창 사이에 걸려 있는 '의료기계, 의수족'이라는 광고 등의 글자를 살펴본다. 자본주의 시대의 근대풍경들을 눈의 조리개를 통해 살펴보는 것이 소설가로서 그의 삶의 일상성이다. 아울러 길가는 아이들의 모습을 엿본다. 이 장면에서 상투적으로 작가 구보가 잘 활용하는 동서양 고전에 대한 인용이 나온다. 「피로」에서는 스티븐의 동요 속의 먼 나라를 동경하는 소년이 등장한다. 또 다방에서 옆 자리의 청년들의 이야기를 엿듣다가 갑자기 이광수·이기영·백구와 노산 이은상의 시조집을 나열한다. 소설가 구보의 '현학적인 취향'을 잘 드러내 보여주는 사례이다. 밤이 되면 주인공 소설가는 위안과 안식을 위해 시내의 다방으로 자리를 옮겨 차를 주문하고 담배를 태우면서 생각한다. 차를 마시는 과정에서 빼놓을 수 없는 것이 엔리코 카루소의 성악곡을 듣는 것이다. 이러한 장면 묘사에서 과거에 보았던 장면을 떠올리는 회상기법을 활용한다. 밤과 인생의 황혼에 대해 상상하다가 갑자기 어느 날 보았던 다방에서의 축음기 음악소리와 차를 마시고 담배를 태우며 담소를 나누던 사람들의 모습이 몽타주기법으로 자연스럽게 연결된다.

「피로」는 전문작가인 주인공이 어제 이후 한 줄도 쓸 수 없었던 원고 걱정을 하면서 집을 나와서 몽타주 기법에 의한 오버랩을 통해 다방 →버스 →M신문사 →길거리 →버스 →한강변의 풍경 관찰(순사 등장) → 낙랑다방 → 원고에 대한 걱정의 순서대로 하루 반나절의 걸어온 길에 대해 되풀어 더듬어 보는 이야기이다. 이 작품에서 중요한 것은 공간이동보다도 영화의 장면묘사 기법 중 하나인 몽타주를 활용하고 있다는 점이다. 소위 소설과 영화의 장르 간 통섭이 이루어지고 있는 것이다. 몽타주(montage)는 프랑스어 'montor(모으다, 조합하다)'라는 뜻에서 사용되어 온 건축용어였으나, 초기 영화에서 필름의 단편들을 조합하여 한편의 통일된 작품으로 엮어내는 편집 작업의 총칭으로 사용되어 왔다. 몽타주 이론의 틀을 제시한 에이젠슈테인(Sergei Eisenstein)은 몽타주는 '단순한 쇼트(short, 프레임의 연속된 단위)의 결합이 아니라 쇼트와 쇼트가 충돌하여 제3의 의미를 만들어 내는 것'이라고 정의 하였다. 몽타주(Montage)는 원래는 장치하기를 의미하고 필름의 한 조각을 다른 조각과 커팅하고 붙이는 편집의 물리적 행위라는 의미로 사용되었다. 이 단어는 에이젠슈테인 자신이 발전시킨 편집에 대한 러시아식 원칙, 즉 이미지들이 하나의 관념을 창조할 수 있도록 그것의 결합을 강조하는 원칙과 연결되었다. 시퀀스는 일차적으로 디졸브로 구성되었고, 그 목적은 지적인 의미를 창조하는 것이 아니라 분위기를 창조하는 것이었다. 할리우드에서는 이 단어가 커팅이나 디졸브 혹은 이중 노출을 통해 시간을 압축하고 연결하는 시퀀스라는 의미로 사용[17]되었다.

즉 몽타주 이론은 영화는 촬영되는 것이 아니라 조립되는 것, 다시 말해서 원래 따로따로 촬영된 필름 조각들을 창조적으로 결합해서 현실과는 다른 영화적 시간과 영화적 공간을 구성하고, 보는 이로 하여금 시각적 리듬과 심리적 감동을 자아내게 하는 데서 영화의 예술성이 성립된다고 보고 그 방법을 명확하게 하려는 이론이다.

이러한 영화기법을 활용하여 작가가 드러내려고 하는 극적인 효과는 무엇일까? 구보는 단순하게 형식적인 특성을 부각시키기 위해 몽타주 기법을 활용한 것으로 보지 않는다. 이러한 혼재와 착종의 기법을 통해 있어야 할 것이 사라져버린 현실과 말해야 하는 것을 말할 수 없는 상황을 환유와 풍유적 서사기법을 통해 나타내려는 의도로 보인다.

「피로」의 주인공인 나는 목적도 없이 M신문사를 찾아가지만, 원하던 편집국장이 자리에 없자, 갈 곳을 잃고 한길 위에 서서 순간적 방황을 한다. 그러면서 속으로 신문기사 표제를 고르며 때마침 관청에서 몰려나오는 샐러리맨들의 복잡한 행렬을 구경하고 있다.

---

17) 토마스 소벅 외, 『영화란 무엇인가』, 주창규 외 옮김, 거름, 2002, 139쪽.

어제 한나절을 내려 곱게 쌓였던 눈이, 어쩌면 그렇게도 구중중하게 녹은 거리 위를, 그들은 전차도 타지 않고 터덜터덜 걸어가고 있었다. 뿐만 아니라 그들 중에는 고무장화를 신은 사람조차 있었다. 눈이 완전히 녹아 구중중하게 질척거리는 한길 위를 무겁게 터벅거리고 가는 고무장화의 광경은, 물론, 보기에 유쾌한 것이 아니었다.

나는 그 고무장화의 피곤한 행진을 보며, 그것을 응당 물로 닦고 솔질을 하고 할 그들의 가엾은 아낙들을 생각하고, 또 그들의 아낙들이 가끔 드나들어야만 할 전당포를 생각하고, 그리고 그곳에 삶의 어려움을 느끼지 않을 수 없었다.

어느 틈엔가 나는 버스를 타고 있었다. 나의 타고 있는 버스는 노량진을 향하여 달려가고 있었다. 그러나 물론 나는 노량진을 가기 위하여서 버스를 타고 있는 것은 아니었다. 그렇다고 노량진 이외의 아무 곳을 가기 위하여 탄 것도 아니었다.[18]

주인공 '나'는 신문기사 표제를 상상하다가 갑자기 질퍽거리는 한길 위를 걷고 있는 샐러리맨의 고무장화를 떠올리고, 다시 고무장화는 그것을 물로 닦아야 하는 가엾은 아낙들을 생각하게 되고, 다시 그들이 드나들어야 할 전당포와 삶의 고달픔에서 생각이 멈춘다. 소위 몽타주를 통해 페이드기법이나 아웃포커스 그리고 프레쉬백 기법을 활용하고 있는 장면이다. 이러한 기법을 사용해서 얻으려고 하는 효과는 무엇일까? 류수연은 그의 박사 논문에서 "「피로」의 서사는 독자가 독서를 통해 사람의 애환을 느끼기도 전에 그것이야말로 삶의 애환이라고 가르쳐줌으로써 독자의 감정이입을 차단하고 있는 것이다. 이것은 어떠한 효과를 야기하는가? 그것은 허구의 세계로서의 소설과 독자 사이에 결코 가까워질 수 없는 거리를 만들어낸다. 그로 인해 독자들은 「피로」에 반영된 경성의 삶을 일정한 심리적 거리 밖에서 관찰하게 되는 것이다. 이제 도시는 그 자체로 독해되어야 할 하나의

---

18) 박태원, 「피로」, 『소설가 구보씨의 일일』, 깊은샘, 1989, 126쪽.

텍스트가 되고 만다."[19]라고 분석했다. 류수연은 구보의 「피로」를 모더니즘적 관점에서만 해석하고 있다. 과연 그렇게만 해석할 수 있을까?

호미 바바(Homi Bhabba)의 『문화의 위치(The Location of Culture)』(1994)는 인종·반식민 저항·문명화 사명·민족주의 등 식민주의 전반에 대한 성찰을 담고 있는 글 모음이다. 키워드를 중심으로 그의 이론의 핵심을 살펴보면, 양가성과 잡종성의 이론이 있다. 특히 주목해야 할 이론이 '잡종성'의 개념이다. 식민지인의 문화적 정체성은 백지상태가 아닌 얼룩진 상처 위에 구축된다. 다시 말해 식민지의 역사기록이란 '거듭 쓴 양피지(Palimpsest)'와 같다. 이는 종이가 없던 시절 양피지에 썼던 글을 지우고 다시 써서 책을 만들던 고대의 글쓰기 방식을 의미한다. 지배자는 피지배자에게 "나를 따르라. 그러나 비슷해야만 하고, 완전히 똑같아서는 안 된다"라고 분명히 선을 긋는다. 종주국은 식민국을 지배하기 위해 피식민지인들이 종주국민을 모방하도록 요구하면서도 차별화 전략을 통해 자신들의 우월성을 인식시켜 지배의 정당성을 확보한다는 것이다. 즉 '따라 하기'와 '구별 짓기'라는 양가적 욕망이 작동함으로써 피지배자는 '잡종'이 되는 것[20]이다.

호미 바바의 이론은 매우 탁월[21]하다. 일본 제국주의자들은 일본 도쿄와 조선의 경성을 매우 유사하게 만들었다. 그들의 식민통치를 위한 전략차원에서 '따라 하기'의 함정과 덫을 파놓은 것이다. 항구와 철도 그리고 경성

---

19) 류수연, 『박태원 소설의 창작기법 연구』(인하대대학원 박사학위논문, 2009.8), 31쪽.

20) 박종성, 앞의 책, 56~58쪽.

21) 이석구, 「탈식민주의와 탈구조주의」, 고부응 엮음, 앞의 책, 196쪽. "어정쩡한 개화의 결과물이 바로 흉내 내기, 즉 지배자의 닮은꼴이다. 닮은꼴의 생산이라는 점에서 흉내는 식민지 지배자와 피지배자 간의 '차이의 부정'이며, 동시에 닮은꼴이 복제판을 의미하지는 아니한다는 점에서 흉내 내기는 '(부분적인) 차이의 재현'이기도 하다."

시내에 놓은 전차도 마찬가지다. 이러한 근대 문명의 혜택은 라캉이 말했던 시니피앙과 시니피에의 의미가 다른 것과 일치한다. 이중 중층 구조를 지니고 있는 것이다. 겉으로는 유사하지만, 실제적으로는 이중적인 의미를 지니는 것이다. 일본에서 유학생활을 하면서 도쿄와 교토의 도시구조와 군국주의의 종주국인 일본 황실의 흐름을 눈여겨보았던 식민지의 청년지식인은 동경에서 경성으로 넘어오면서 '따라 하기'의 한계를 몸으로 체험하게 된다. 구보가 자신의 작품에서 염상섭의 「만세전」을 찾아보라고 한 의미심장한 기호는 큰 상징성을 지닌다.

구보의 「피로」에서의 주인공이 고무장화에서 샐러리맨 아내의 삶의 고달픔과 전당포로 상징되는 고리대금에 허덕대던 숨 막힌 생활상을 떠올리게 한 것은 바로 따라 하기와 구별 짓기의 역사적 상황에 대한 깨달음에서 비롯된다고 보는 것이 더 타당할 것이다. 조선 서민들의 삶은 지용이 구술한 '슬프기는 슬프나마' 상태임을 확인해주는 것이고, 피로를 씻기 위해 길을 나선 것이 '더욱 피로함에 지쳐버리게 된' 것과 연관된다. 한마디로 「피로」의 주인공은 고무장화의 '피곤한 행진'에서 소설쓰기를 더 이상 할 수 없을 정도의 '극도의 피로'를 느끼게 된 것이다.

3인칭 시점의 「길은 어둡고」(1935) 또한 작가 박태원이 형태적 실험을 시도한 작품이고, 「방란장 주인」은 전체가 한 문장으로 되어 있는 친구 조용만이 말했던 '장거리 문장'의 대표작품이다. 「길은 어둡고」는 중국소설이나 우리나라의 고소설에서 많이 시도되었던 회장체를 시도한 작품이다. 일종의 고전을 차용한 창작기법에 해당된다. 다만, 고전과의 차이는 고전의 경우, 회장체는 장편소설에서 주로 사용되는 데 비해, 구보는 단편소설에서 회장체를 사용하고 있다는 점이 특이하다. 여기에는 소설가 구보 나름의 숨겨진 속생각이 있었을 것이다. 「길은 어둡고」는 제목에서 결론이 이미 잘 드러나 있는 카페 여급 향이의 돈에 속고 속는 인생살이를 카메라

앵글을 들고 작가가 따라나선 작품이다. 이 작품도 경성 → 방 → 경성역 → 목포 행 열차 → 영등포역 대합실 → 경성의 방으로 공간이동을 하는 이야기이다. 3인칭 주인공 향이는 꿈에서 상여를 보고는 좋은 일이 있을 것이라고 생각한다. 향이는 아버지가 어머니를 버리고 젊은 노는 계집과 바람이 나서 만주로 도망가 버리고 어머니는 연초공장에서 일을 했지만 폐병이 걸려 죽는다. 그래서 향이는 열세 살부터 사실상 고아가 되어 가난과 싸워야 하는 가여운 사람이 되고 말았다. 극심한 외로움에 빠져든 그녀에게 한 남자가 나타나서 동거생활에 빠져든다. 하지만 직업도 없이 무능한 그 남자는 사실은 아내와 자식이 셋이나 있는 유부남이었다. 사랑과 배신이 동시에 다가왔지만 향이는 제 아낙과 이혼을 곧 하겠다는 말을 입버릇처럼 하는 그 남자의 말에 문득 첩이라도 좋다는 생각까지 하게 되고, "불행에 익숙한 사람은 욕심이 크지 않다"는 타성에 젖게 된다.

그러나 소문이 퍼져나가 그 남자의 아내가 찾아와서 달콤했던 생활도 파탄이 난다. 그러는 사이에 한 사내가 군산의 유흥주점으로 가지 않겠느냐는 솔깃한 제안을 해온다. 275원의 빚도 대신 갚아주겠다는 제안이었다. 요즘 싸늘해진 남자의 태도를 생각하고 향이는 목포행 열차에 몸을 싣는다. 그러나 향이는 생애 처음으로 자기 생일을 챙겨주던 그 남자와의 아름답고 즐거웠던 하룻밤이 생각나서 목포행 열차에 섣불리 몸을 실은 행동을 뉘우치고 영등포역에서 하차하여 경성역으로 돌아갈 생각을 한다. 비와 진눈깨비를 맞으며 향이는 터져 나오는 울음을 목구멍 너머에 눌러둔 채 어둠 속에서 길을 더듬으며 골목 안의 집으로 향한다.

구보의 「길은 어둡고」는 근대 문명의 한 상징인 카페와 술집 여급의 하룻밤 풋사랑 순정을 다룬 단편소설이므로 근대풍경을 다룬 작품에 포함된다. 하지만, 순진한 향이를 세상 물정 모르는 조선 서민으로 전치하면 감언이설로 근대화를 하여 형제국을 도와주겠다는 거짓말만을 일삼는 일본 제국주의자들과 그것에 기생하는 조선 관료들이 바로 그 남자와 군산 술집 사내로 상징된다. 라캉이 말했던 프로이드의 전치가 은유로 넘어가는 단계에 이른다. 이러한 상징적 해석을 하게 되면, 「길은 어둡고」는 식민지 현실 상황에 대한 풍유적 작품으로 볼 수 있는 측면이 있다.

박태원의 「방란장 주인」(1936)은 구인회가 펴낸 순문예 잡지에 게재한 쉼표와 연결어미를 개성 있게 활용하여 등장인물의 심리묘사에 치중하는 동시에 수백 년 동안 내려오는 관습인 시작과 마무리로 총칭되는 소설의 서사구조의 틀을 깬, 총 5,558자의 한 문장으로 된 단편소설이다. 이 작품은 형식주의적인 특징에서는 참신한 면모를 갖추고 있지만, 내용에 있어서는 같은 잡지에 실린 이태준의 「설중방란기」와 마찬가지로 동양적인 전통과 탈식민주의적인 의식을 보여주는 작품으로 손꼽는다.

박태원이 자신의 작품이 모더니즘의 대표적인 소설작품으로 평가받고 있을 때, 「芳蘭莊 主人」을 발표한 것은 대단히 중요한 의미를 지닌다. 서구적인 근대성만을 존중한다는 악평에 대해 '그렇지 않다'라는 메시지를 분명하게 보낸 것이다. 이 작품은 구보의 친구 조용만이 이태준의 평을 대신하여 전하면서 박태원 소설의 특징으로 "장거리 문장으로 우리 문학의 새로운 스타일을 만들어냈다"[22]고 한 말에 가장 적절하게 어울리는 단편소설이다. 「방란장 주인」은 3인칭 관찰자시점을 취해 젊은 화가인 방란장 주인이 삼백 원 남짓의 돈을 투자하여 친지들이 기증한 축음기와 난초 몇 점을 놓고 차린 소박한 다방이 가난한 예술가만이 죽치고 앉아서 담소를 나누는 공간이 되어서 근처에 호화로운 카페식 커피다방인 모나미가 들어서자 경영상 위기를 맞게 된다는 이야기이다. 이 작품에서 관찰의 대상인 방란장 주인은 인건비도 줄이기 위해 '조금도 예쁘지 않은, 그리고 또 품도 애교도 없는 미사에'를 아가씨로 쓸 정도로 검소하게 운영하지만 십만 원

---

22) 조용만, 「머리글」, 박태원, 『소설가 구보씨의 일일』, 깊은샘, 1995, 11쪽.

이라는 월급도 석 달만 치르고 밀린 임금이 거의 이백 원이나 되는 등 빚은 불어만 간다. 빚 청산 방법으로 소설의 화자는 소설가 수경선생의 조언을 앞세워 아예 젊은 화가인 방란장 주인이 다방 아가씨인 미사에와 결혼을 해버리라고 우스꽝스러운 권유까지 한다. 매우 희화적이고 해학적인 작품이다.

이 작품에서의 등장인물인 방란장 주인이나 미사에나 또 다방 손님들인 소설가 수경선생 등이 모두 순박하고 가난한 예술가 타입의 인물들이지만, 한편으로는 근대적 문명이 물밀듯 밀려오는 자본주의가 가져다주는 변화의 시대에 적응하지 못하고 도태되는 문제적 인물군상이기도 하다. 어찌 보면, 모두가 하나같이 '전형적인 조선인'의 모습이다. 구보가 이들 꾸물거리며, 미래에 대한 희망도 없이 하루하루 버려가는 인물들에 애정을 보이는 것은 바로 탈 식민주의적 인식이 어느 정도 마음속에 자리 잡고 있었기 때문이다.

「적멸」에서 시작되어 「피로」를 거쳐 상당히 탄탄한 서사구조를 갖춘 채 등장한 작품이 바로 중편소설 「소설가 구보씨의 일일」(1934)이다. 3인칭 관찰자 시점인 이 작품은 아들의 입신을 걱정하는 어머니의 걱정 속에 집을 나선 소설가 아들이 청계천과 광교를 지나 전차를 타고 충무로(長谷川町, 지금의충무로) 입구에서 전차를 내려 다방에서 친구를 못 만나고, 대신 신통치 않은 사나이를 만나 기분이 상한다. 구보는 다방을 나와 갑자기 두통을 느껴 산책을 하다가 경성역을 방문한다. 다시 남대문 쪽을 향하다가 돈에 미친 전당포 둘째아들에 이끌려 다방에서 차를 마시다가 월미도 여행을 생각한다. 충무로의 다방에서 신문사 사회부 기자인 친구를 만나 율리시즈와 의식의 흐름에 대해 논하다가 다시 전차를 타고 종로 네거리에서 내려 다방에 들러 벗을 기다리며 여자를 동반한 청년을 관찰하다가 일본 유학시절을 회상한다. 벗과 구보는 대창옥에 가서 설렁탕을 먹고 나와서 갈 곳을 잃는다. 그래서 동경 유학시절을 생각하며 동경과 경성을 비교해본다. 친구와 헤어져 광화문통을 혼자 걷던 소설가 주인공은 다시 다방에 앉아 사람들을 관찰하다가 속물인 중학 동창 보험회사 직원을 만나 불쾌감을 느낀 후 벗이 오자 나와서 단장과 노트를 들고 밤거리를 걷다가 종각 뒤 단골 술집을 방문한 후 다시 여급이 옮긴 카페인 낙랑정 카페를 찾아간다. 그곳에서 취하도록 마신 후 술집 여급 아가씨에게 내일 대낮에 함께 산책하자고 제안했다가 퇴짜를 맞고 오전 2시에 빗속에서 친구와 헤어져 내일부터 집에서 좋은 소설을 쓰겠다고 다짐을 하는 것으로 이야기는 끝이 난다. 총 12시간 동안 전차를 타거나 산책하면서 단장과 노트를 들고 경성의 근대풍경의 이모저모를 관찰한 기록보고서가 중편소설 「소설가 구보씨의 일일」이다.

도시소설 「소설가 구보씨의 일일」에서 가장 관심을 두어야 할 점은 네 가지이다. 첫째는 주인공 구보가 찾아다닌 공간이 어디인가에 대한 해석이다. 즉 북촌인가 아니면 남촌인가의 여부이다. 둘째, 소설가 구보가 노트를 들고 다니며 기록하려고 한 것이 무엇인가 하는 점이다. 구보는 경성역에서 노파를 만난 후 우울해진다. 셋째, 그가 만나려고 하거나 우연히 만나 대화를 나눈 사람들의 직업과 신분이 무엇인가 하는 점도 중요하다. 넷째, 총독부 당국이 '명랑'을 강조하는 시책23)을 펴는데도 불구하고 소설가 구보가

---

23) 방민호, 「1930년대 경성과 『소설가 구보씨의 일일』」, 방민호 외, 『박태원 문학의 연구의 재인식』, 예옥, 2010, 191~92쪽.
"명랑을 조선 지배를 위한 중요한 시책의 하나로 삼았던 일제의 정책에 대한 풍자의 뜻마저 내포하고 있다. 「제1회 도의원 선거전, 5월 10일 전선 일제히 전개 - 명랑, 정당, 공평을 기대」(≪매일신보≫, 1933.4.5), 「명랑, 감격의 신춘」(≪매일신보≫, 1934.1.1), 「명랑한 근대여성건강 행진 두 모임」(≪매일신보≫, 1934.1.29) 등의 기사가 말해주듯이 '명랑'은 식민 지배의 어두운 현실을 기리는 표어였으며 이러한 용법은 일제 말기 태평양전쟁에 접어들면서 일층 빈번하게 상투적으로 나타난다. '명랑'은 일제가 조선인을 통제하면서 제국의 신민으로 재주조하기 위한

두통과 신경쇠약 등 질병으로 인한 극심한 피로감과 우울증을 앓게 되는 배경이 무엇인가 하는 점을 파악하는 것도 중요하다.

「소설가 구보씨의 일일」에서 가장 핵심을 이루는 장면 몇 개를 인용하기로 한다.

구보는 고독을 느끼고, 사람들 있는 곳으로, 약동하는 무리들이 있는 곳으로, 가고 싶다 생각한다. 그는 눈앞에 경성역을 본다. 그곳에는 마땅히 인생이 있을 게다. 이 낡은 서울의 호흡과 또 감정이 있을 게다. 도회의 소설가는 모름지기 이 도회의 항구와 친하여야 한다. 그러나 물론 그러한 직업의식은 어떻든 좋았다. 다만 구보는 고독을 삼등대합실 군중 속에 피할 수 있으면 그만이다.

그러나 <u>오히려 고독은 그곳에 있었다.</u> 구보가 한 옆에 끼어 앉을 수도 없게스리 사람들은 그곳에 빽빽하게 모여 있어도, 그들은 누구에게서도 인간 본래의 온정을 찾을 수는 없었다. 그네들은 거의 옆의 사람에게 한마디 말을 건네는 일도 없이, 오직 자기네들 사무에 바빴고, 그리고 간혹 말을 건네도, 그것은 자기네가 타고 갈 열차의 시각이나 그러한 것에 지나지 않았다. 그네들의 동료가 아닌 사람에게 그네들은 변소에 다녀올 동안의 그네들 짐을 부탁하는 일조차 없었다. 남을 결코 믿지 않는 그네들의 눈은 보기에 딱하고 또 가엾었다.[24] ①

황금광시대 ―.
저도 모를 사이에 구보의 입술은 무거운 한숨이 새어 나왔다. 황금을 찾아, 황금을 찾아, 그것도 역시 숨김없는 인생의, 분명히, 일면이다. 그것은 적어도, 한 손에 단장과 또 한 손에 공책을 들고, 목적없이 거리로 나온 자기보다는 좀더 진실한 인생이었을지도 모른다. 시내에 산재한 무수한

공식 이데올로기의 하나였던 것이다. 구보의 가장된 명랑성은 이처럼 허위적으로 강요된 '명랑'이라는 표어에 저항하는 뜻을 내포하고 있다."

24) 박태원, 「소설가 구보씨의 일일」, 19쪽.

광무소, 인지대 100원. 열람비 5원. 수수료 10원. 지도대 18전…출원등록
된 광구, 조선 전토(全土)의 7할. 시시각각으로 사람들은 졸부가 되고, 또
몰락하여 갔다. …(중략)… 그러나 고도의 금광열은, 오히려, 총독부 청사,
동측 최고층, 광무과 열람실에서 볼 수 있었다.[25] ②

　　강아지의 반쯤 감은 두 눈에는 고독이 숨어 있는 듯싶었다. 그리고 그와
함께, 모든 것에 대한 단념도 그곳에 있는 듯싶었다. 구보는 그 강아지를
가엾다, 생각한다. 저를 사랑하는 사람이 단 한 사람일지라도 이 다방 안
에 있음을 알려 주고 싶다, 생각한다. 그는 문득, 자기가 이제까지 한 번도
그의 머리를 쓰다듬어 준다거나, 또는 그가 핥는 대로 손을 맡겨 둔다거나,
그러한 그에 대한 사랑의 표현을 한 일이 없었던 것을 생각해 내고, 손을
내밀어 그를 불렀다. 사람들은 이런 경우에 휘파람을 분다. 그러나 원래
구보는 휘파람을 안 분다. 잠깐 궁리하다가, 마침내 그는 개에게만 들릴
정도로 "캄, 히어", 하고 말해 본다.[26] ③

　　이 시대에는 조그만 한 개의 다료를 경영하기도 수월치 않았다. 석 달
밀린 집세, 총총하던 별이 자취를 감추고 하늘이 흐렸다. 벗은 갑자기 휘
파람을 분다. 가난한 소설가와, 가난한 시인과… 어느 틈엔가 구보는 그렇
게도 구차한 내 나라를 생각하고 마음이 어두웠다.
　　"혹시 노형은 새로운 애인을 갖고 싶다 생각 않소."[27] ④

　　위의 인용문 중 ①은 소설의 주인공인 구보가 경성역에서 접하게 된 고
독을 가져다주는 한 현상이다. 조선의 하층민들은 모두 남대문의 지게꾼처
럼 일감이 없어 거의 실직상태이며, 서로가 서로를 믿지 못하는 불신풍조가
만연하고 있음을 눈으로 확인하는 장면이다. 이에 반해, ②는 황금광 시대

---

25) 박태원, 「소설가 구보씨의 일일」, 41쪽.
26) 박태원, 「소설가 구보씨의 일일」, 45~46쪽.
27) 박태원, 「소설가 구보씨의 일일」, 67쪽.

를 맞이하는 그룹이 존재하는 것은 아이러니함을 규명하고 있다. 즉 총독부와 그것을 둘러싼 일본 제국주의자들과 그러한 특권층과 결탁한 일부 소수 조선인들만이 소위 국토개발의 인허가권을 주무르면서 엄청난 부를 누리고 있는 현상을 꼬집고 있는 장면이다. 표층적으로는 금광채굴에 대한 이야기이지만, 사실은 식민지 지배자들의 특권의식을 상징적으로 묘사한 것으로 판단된다. 앞서 언급하였던 '따라 하기'와 '구별 짓기'의 모순성이 가장 분명하게 드러나고 있는 장면이다. ③과 ④는 조선인들의 현실적 비애와 고달픔에 대한 작가의식을 보여준다. 특히 ③에서는 조선인 지식인 청년 자신이 아무도 돌봐주지 않는 강아지 신세라는 자조적인 모습이 배어져 나오는데, 이러한 묘사 장면에는 정지용의 「카페 프란스」에 대한 오마주의 성격이 강하게 드러나고 있다.

4. '하위주체의 말 걸기'로서의 대안 모색과 한계

지용과 구보 두 작가 모두 자존심이 강하고 고고한 품성을 지닌 예술가라는 데 공통점이 있다. 그러한 고결한 성격으로 일본제국주의의 광포한 억압에 맞서 지용이 결벽증에 의한 '자학'의 자세를 취했다면, 구보는 정신분열과 신경쇠약의 증세를 보이며 '피로'를 호소한다. 하지만 식민지 현실은 점차적으로 악화일로를 걷는다. 일제는 1937년부터 "우리들은 대일본제국의 신민입니다. 우리들은 마음을 합하여 천왕폐하께 충성을 다합니다." 등의 내용이 담긴 '황국신민서사'라는 충성 맹세문을 만들어 조선인들에게 외우게 했고, 전국의 모든 읍 · 면에 천황 직속의 귀신을 모시는 신사를 만들어 조선인을 강제로 참배시켰다. 1938년에는 그나마 '조선어'라고 하여 일부 가르치던 우리말을 모든 학교교육에서 폐지시켰다. 1940년 일제는 이미 친일지로 돌아선 『동아일보』와 ≪조선일보≫ 등 한글을 사용하는 모든 신문과 ≪문장≫ 등 잡지를 폐간시켰고, 조선인의 고유한 성씨를 폐기시키고 일본식 성씨를 가지도록 강요했다. 일제는 전쟁이 막바지에 이르자 모자라는 전쟁 인력을 채우려고 1938년 특별 지원병제를 실시했고, 1943년에는 학도지원병제를 실시하여 전문학교 이상 학생들을 전쟁터로 강제 연행했다. 1944년에는 징병제를 실시하여 불과 1년여 동안 20만 명의 조선 청년을 침략전쟁의 총알받이로 끌고 갔다.

이러한 군국주의의 물결이 밀려오는 조짐이 보이자, 지용은 잡지 ≪문장≫의 편집진으로 활동하면서 후기 한적시(산수시)를 발표하며 숨고르기를 시도한다. 이에 반해 구보는 자화상 소설 3편을 집필한다. 또 『수호지』(1942, ≪조광≫)와 『서유기』(1944, 『신시대』) 등 동양적 고전들의 번역에 몰두한다.

8

고비 고사리 더덕순 도라지꽃 취 삭갓나물 대풀 석이 별과 같은 방울을 달은 高山植物을 색이며 醉하며 자며 한다. 白鹿潭 조찰한 물을 그리여 山脈우에서 짓는 행렬이 구름보다 莊嚴하다. 소나기 놋낫 맞으며 무지개에 말리우며 궁둥이에 꽃물 익여 붙인 채로 살이 붓는다.

9

가재도 긔지 않는 白鹿潭 푸른 하늘이 돈다. 不具에 가깝도록 고단한 나의 다리를 돌아 소가 갔다. 좇겨온 실구름 一抹에도 白鹿潭은 흐리운다. 나의 얼골에 한나잘 포긴 白鹿潭은 쓸쓸하다. 나는 깨다 졸다 祈禱조차 잊었더니라.

- 「白鹿潭」 일부

「백록담」은 시인 정지용이 한라산의 백록담 정상을 산행한 등반기록이다. 지용은 한라산을 1938년에 산행을 했으니 그의 나이 37세에 이르러서 였다. 이 나이는 한창 젊은 나이로 볼 수도 있으나 1933년 우리나라 사람들의 평균수명이 37.4세였고 1942년 45세였음을 감안해본다면, 산행에서 시적 화자가 힘들어하는 상황을 이해할 수 있게 된다.

이 시의 1연은 짧은 문장과 긴 문장을 질서 있게 배열하여 시인이 한라산을 등반할 때의 힘든 여정을 시를 읽어나가는 독자가 마치 산행하듯 실감나게 묘사하고 있으며 호흡과 리듬을 살려 시적 긴장미를 더해준다. 정상을 향해 갈수록 줄어드는 뻑국채 꽃의 꽃키와 차가운 바람 그리고 점차 다가오는 별을 비교하여 묘사함으로써 시적 화자의 '피로감'을 절실하게 나타내고 있다. 정상에 도달하기도 전에 화자는 지쳐서 기진한다. 2연에서는 산열매로 다시 재충전하여 산행 길에 나서게 된다. 고산식물의 열매는 환약과도 같이 시적 화자를 소생시키는 생명력으로 작용한다. 3연에서는 죽음을 떠올린다. 백화나 촉루는 모두 하얀색을 지닌다. 따라서 백색 이미지를 통해 산의 순수성을 환기시키고 있는 것이다. 4연에서는 도깨비 꽃에서 귀신을 떠올려 귀신도 살지 않는 산모롱이에 꽃이 피어 있으니 무서워서 파랗게 질려있다는 기발한 발상을 한다. 5연과 6연에서는 한라산 정상에서 만나게 된 말과 소 무리에 대한 인상기를 썼다. 마소의 움직임을 관찰하면서 동물과 인간의 조화로운 공존을 꿈꾸는 한편 자유로운 마소의 모습과 대비시켜 '인간의 속박'에 대해 연상을 한다. 식민지적 현실에서의 압제를 독자들에게 환기시켜주는 장면이다.

7연에서 시적 화자는 산을 오르면서 마주친 풍란의 향기, 꾀꼬리와 제주 회파람 새의 소리, 돌과 물과 바다와 물푸레, 동백, 떡갈나무, 칡넝쿨의 모습 등의 대자연의 조화로운 하모니에 길을 잃게 된다. 동식물과 인간이 함께 평화롭게 공존하는 세계는 신화속의 세계밖에 없다. 시적 화자가 8연에서 고산식물 이름을 나열하면서 그것을 먹고 취하는 것을 상상하는 것은 가히 신화세계속의 주술적인 기능을 연상하게 한다. 이러한 신선의 세계에서 시인은 다시 「장수산1」에서 사용했던 '조찰히'를 꺼내놓는다. 「장수산1」에서 그것은 스님의 정화된 모습을 상징했다면, 「백록담」에서 '조찰히'는 백록담 호수의 맑고 깨끗한 물을 묘사하는 데 사용되고 있다. 자연과 인간의 하나 됨과 물아일체의 경지를 시적 화자의 몸에 고산식물의 꽃물이 들거나 소나기에 자신의 몸이 불어났다고 묘사하는 것으로 전이시킴으로써 허정무위의 도선적인 세계로 진입하였음을 확인시켜 준다. 그러한 청정무욕의 경지가 바로 정상에서 접하게 될 백록담이라는 맑고 투명한 비경의 공간인 셈이다.

9연은 종착역인 백록담에 이르러 '가재도 긔지 않는' 투명한 블루의 절대순수의 세계에 도달했음을 알려준다. 이러한 청정한 세계는 「구운몽」의 위부인이 관장하는 도가적 공간에 해당한다. 이러한 공간에 나아가기 위해서는 인간의 일체 주관적 감정이나 사상을 제거하고, 세속을 초탈하여 자연과 인간이 진정한 하나로 통합할 때에만 가능하게 된다. 9연에서 백록담의 푸른 물은 얼마나 투명하던지 하늘만이 돌고, 자그마한 실구름 그림자에 의해서도 흐려질 정도로 묘사된다. 그것은 시인이 도달하고자 했던 순진무구의 세계이다. 백록담은 그러한 고결함 때문에 쓸쓸함과 고결함을 유지한다. 백록담은 이러한 정신적인 최상위의 상태로 인해 시적 화자로 하여금 '기도'하는 것 자체도 잊어버리게 한다. 즉 이러한 초월의 세계는 지용이 후기 시로 접어들기 직전의 신앙시의 세계를 이미 초극하고 있음을 말해준다. 한마디로 시적 화자의 정신적인 승화의 단계를 상징해준다.

그러나 이러한 단계로 나아가기 위해서는 자연은 시적 화자에게 호의적이지 않다. 자아는 자연 속에서 기진하거나 죽음을 떠올린다. 백록담의 자연도 '함경도 끝과 맞서는' 추위가 기승을 부리는 곳이거나 '귀신도 쓸쓸하여 살지 않는' 곳이다. 정상을 행해 가는 중턱에서 시적 화자는 다시 막

태어난 송아지가 어미를 잃고 이곳저곳을 기웃거리는 결핍의 상황을 목격28)한다. 정상에 도달해서도 '가재도 긔지 않는' 생명력이 사라져 버린 공간을 접한다. 그곳 또한 자아가 '불구에 가깝도록 고단한'몸을 이끌고 서야 겨우 도달할 수 있는 공간이다. 이러한 불모의 공간에서 시적 자아는 '쓸쓸하다'고 독백을 읊조린다. 이 시구에서 시인 정지용의 '결핍의 자연관29)이 다시 드러난 것으로 생각할 수 있다. 이러한 후기 시에 등장하는 자연에 대한 부정적인 해석은 어디에서 비롯되는 것일까? 지용 자신이 점차 악화되어 가는 식민지적 현실 상황의 어려움을 인식했기 때문으로 보인다. 그것은 다음의 진술에서도 확인이 된다.

　「백록담」을 내놓은 시절이 내가 가장 정신이나 육체로 疲弊한 때다. 여러 가지로 남이나 내가 내 자신이 피폐한 원인을 지적할 수 있었겠으나 결국은 환경과 생활 때문에 그렇게 된 것이었다. 그러나 모든 것을 환경과 생활에 책임을 돌리고 돌아앉는 것을 나는 고사하고 누가 동정하랴? 생활과 환경도 어느 정도로 극복할 수 있는 것이겠는데 親日도 排日도 못한 나는 산 속에 숨지 못하고 들에서 호미도 잡지 못하였다.30)

　지용이 청정한 정신적 은일주의로 나아간 시기에, 구보는 여전히 진정한

---

28) 금동철, 「정지용 후기 시에 나타난 기독교적 자연관」, 『한민족어문학』 제 51집, 한민족어문학회, 2007, 515쪽.
29) 금동철, 위의 글, 517쪽.
　금동철은 「백록담」에 나타난 시인의 자연관에 대해 "시인은 백록담과 그곳에 이르는 길에서 만나는 자연 사물들을 부정적인 것으로 인식하고, 그것을 넘어서는 자리에 긍정적인 하늘과 별이 있다고 보고 있다. 이는 곧 육체적인 고통과 고난을 승화시켜 정신성의 영역, 천상의 영역에 도달하고자 하는 시인의 의지를 드러내는 것이라고 하겠다"고 분석하여 가톨릭적 자연관이라고 단정함으로써 너무 논리적인 비약을 하고 있다.
30) 정지용, 「조선시의 반성」, 『산문』, 동지사, 1949, 85~86쪽.

소설 쓰기에 집착을 보인다. 다만 1930년대 중반에 비해서는 경성 전체에 대한 산책자의 길을 포기하고, 개인적인 삶의 고단함과 가족문제에 대한 세계로 관찰대상의 폭을 대폭 줄여나간다. 외부 환경이 작가의 육체와 상상력을 움츠러들게 한 것이다.

박태원은 <자화상> 3부작이라는 표제 명을 달고 1940년과 1941년 각각 「음우」와 「투도」를 잡지 ≪조광≫에 발표한다. 또 잡지 ≪문장≫에는 자화상 3화인 단편 「채가」를 게재한다. 「淫雨」는 구보가 돈암동 집을 새로 지어 이사한 후에 장마가 들이닥쳐 곳곳에 비가 새서 안정감을 가지고 소설 쓰기가 불가능하게 된 상황을 묘사한 단편소설이다. 「음우」에는 세 가지 에피소드가 나온다. 하나는 장마 비에 방 다섯 개 모두가 새서 아이들과 부부가 잠을 이루지 못하는 상황을 묘사한다. 다른 하나는 청부업자와 기와업자의 잘못을 탓하면서 청부업자를 불렀으나 뒤늦게 불쑥 나타난 청부업자는 무성의하게 크게 손보지 말고 볕이 날 때 곰팡이를 없애 말리고 벽지나 새로 해서 손실을 줄이라고 권유한다. 마지막 하나는 예술적 열정이 식어버린 구보에게 빈처인 아내가 건넌방에서 비를 피하기 위해 마루로 나와 있던 책상을 제자리인 방 한가운데로 옮겨놓고 책상 위에 원고지와 만년필, 담뱃갑과 재떨이 그리고 신자전(新字典)과 조선어사전을 각기 놓일 자리에 배치해두고는 세수를 하는 사랑에 좀 나가보라고 누가 온 것처럼 남편에게 보채는 내용이다. 「음우」는 작가 구보에게 창작 열정이 식어버리게 한 일본 제국주의의 군국주의 노선에 대한 소극적인 저항의식이 상징적으로 그려진 작품이라고 할 수 있다.

　나는 문득 눈을 뜨고 빗물이 새는 반자를 똑바로 치어다보았다. 그곳에는 두어 마리의 파리가 나래를 쉬고 앉아, 한참 단장하기에 골몰인 듯 싶었다.
　'허지만 아내만이 아니다. 나도 이미 청춘과 결별한 지 오래 아니냐?

그리고 지금 <u>연애와 예술에 대하여, 아무런 열정도 자신도 가지고 있지는 못하다</u>….'[31])

　자화상 제 2화인 1인칭 시점의 「투도」는 지겨운 장마는 어느 정도 그쳤는데, 어느 날 도둑이 담을 넘어 들어와서 작가의 양복 일체를 훔쳐 달아난 사건을 다룬 작품이다. 항상 창작의 스트레스 때문에 굼뜬 태도를 보이는 작가가 기와업자를 만나는 것도 미적거리고 개를 한 마리 길러보라는 주위의 충고도 무시한 채 시간을 보내다가 몽땅 옷이 털려서 작가 자신의 취미인 산책조차 나갈 수도 없게 된 해프닝을 생생하게 묘사하고 있다. 주인공인 작가는 빅토르 위고 작품의 주인공인 장발장과 미리엘 신부를 거론하다가도 도둑이 가족들의 마음의 평화를 훔쳐간 것에 대해 괘씸하게 생각한다. 중편소설 「소설가 구보씨의 일일」과 장편 『천변풍경』에서 보여주었던 경성이라는 도시 전체와 그곳에 살고 있는 조선 하층민의 삶에 대한 총체적 관찰의 시각을 버리고 개인 가족의 삶이라는 일상성 속으로 축소된 작가의식을 보여주는 것이 안타깝기만 하다.

　1인칭 시점인 「채가」는 작가인 구보가 돈암동 집을 지으면서 채권자에게 빌린 돈의 이자를 대신 받아가던 애꾸가 돈을 중간에서 가로채고는 채권자 도씨에게 전해주지 않아서 생긴 집안 우환을 다룬 작품이다. 이 작품에서도 앞서의 작품들과 마찬가지로 행동이 느린 1인칭 주인공이 돈을 변통해준 채권자 도변모 씨를 만나러 가지 않아서 생긴 해프닝을 해학적으로 묘사한다. 다만 새로 유치원 들어가는 큰 딸 설영이의 이름을 창씨 개명한 이름을 부기하지 않은 것에 대한 원장의 지적이 있었다는 부부의 대화를 통해 독자들이 작품 발표 당시의 식민지적 현실을 어느 정도 파악할 수

---

31) 박태원, 「음우」, 박태원단편선, 『소설가 구보씨의 일일』, 문학과지성사, 2005, 393쪽.

있게 해주고 있다.

장성규는 구보의 자화상을 그린 사소설 창작에 대해 파시즘의 급격한 대두로 산책이 불가능해짐에 따라 글쓰기의 자율성마저도 훼손되는 위기 의식을 반영한 것이라는 해석을 내린다. 그 외에도 구보가 이사한 집이 할 멈의 발화에서 '문밖'으로 설정된다는 점과 채권자 도변모 씨의 집이 신당 정으로 설정된 점을 볼 때, 이들 작품이 성 밖의 고현학이라는 성격을 지닌 다고 해석하는 동시에 「채가」에서 명확히 드러나듯이 경성 중심부가 식민 지 파시즘의 명랑한 전망이 유통되는 공간인 반면, 이들 경성 외곽은 브로 커와 사채업자, 암시장 등이 공공연하게 유통되던 공간32)임을 보여준다고 파악한다.

다른 관점에서 바라볼 때, 지용과 구보의 현실적 상황에서 한발 빼는 자세를 취하는 행동은 탈식민주의 담론에서 거론하는 '하위주체의 말 걸 기'에 해당될 수 있다. 이러한 행동은 가야트리 스피박이 말했던 지배 권력 을 해체하는 작업의 일환으로 읽혀질 수 있다. 인도 출신의 탈식민주의 이 론가인 가야트리 스피박(Gayatri Spivak)은 안토니오 그람시가 사용한 용어인 '서발턴(subaltern, 하위주체)'의 목소리·경험·역사를 조명한다. 서발턴이란 지 배계층의 헤게모니에 종속되거나 접근을 부인당한 그룹을 의미한다. 여기 에는 노동자·농민·여성·피식민지인 등 주변부적 부류가 속한다. 「서발 턴은 말할 수 있는가?」는 1926년 인도 캘커타에서 자살한 10대 소녀에 관 한 이야기로 끝을 맺는다. 스피박은 하위주체인 이 소녀를 기억하려고 애쓰 면서 이 소녀의 목소리를 들려주려 한다. 이 과정에서 스피박은 이 소녀에 게 어떤 목소리를 부여하려 하지 않는다. 그 대신 이 소녀가 스스로 자신이 처한 상황을 말할 수 있도록 그녀에게 말을 거는 전략을33) 취한다.

---

32) 장성규, 「일제 말기 박태원의 파시즘 인식과 대응 - 사소설 연작과 『금은탑』을 중심으로」, 구보학회, 『박태원의 파시즘 인식과 대응』, 깊은샘, 2012, 50~51쪽.

탈식민주의 담론가 중에서 해체주의자들이 즐겨 사용하는 '하위주체의 말 걸기'담론34)을 파시즘의 급격한 진행으로 역사적으로 '침묵'을 강요당했던 1930년대 말 이후의 우리나라의 의식 있는 작가의 창작활동에 적용할 경우, 의미 있는 결과를 도출할 수 있을 것으로 생각된다. 피식민지인으로서 지용과 구보는 자신이 처한 상황에 대해 글쓰기가 가능한 최후의 순간까지 기억하고 증언하는 것이 필요했다. 작가의 이러한 행동은 무장투쟁만이 투쟁의 수단인 것은 아니라는 측면에서, 식민지 청산의 다양한 전략적 방법 중 하나가 될 수 있다. 두 사람 모두 동양적 전통과 고전적 지식을 활용하여 청정하고 고결한 정신세계를 추구한 것이나 가족주의의 욕망과 개인적 삶의 일상성을 표현하려는 글쓰기의 자세를 보여준 점은 커다란 의미를 지닌다. 이러한 진정성이 담긴 글쓰기의 모색은 역사적 상황에 대한 '진실된 증언'일 뿐만 아니라, 훼손된 민족주체성의 복원에 나서려는 의지를 어느 정도 내포하기 때문에, 분명 작품 내적으로 미적인 가치가 살아움직이는 것으로 해석할 수 있다.

---

33) 박종성, 앞의 책, 60~62쪽.
34) 이석구, 앞의 글, 210~11쪽. 스피박은 '과부 순장제'를 다룬 「하위 계층은 말할 수 있는가?」에서 "식민지 하위계층을 재현함에 있어 영국의 지배담론과 인도의 저항 담론이 동시에 행사한 인식론적 폭력을 문제 삼는다. 또 지배권위가 오독에 기초했음을 밝힘으로써 스피박은 식민주의와 가부장적 민족주의 모두의 '권위의 현존'을 해체하고 있다. 즉 스피박은 「하위 계층은 말할 수 있는가?」에서 영제국의 담론과 인도 민족주의 담론 그 어느 것에 의해서도 대변되지 못한 인도 하위 계층의 입장을 대변해내는 성과를 거둔다."

5. 맺음말

모더니티를 동반한 '근대성'이란, 우선 물질적 풍요를 양산하는 시스템을 구축하게 되는 것을 의미한다. 그것의 물적 토대는 아무래도 자본주의적인 시장 메커니즘일 것이다. 특히 20세기 중반으로 접어들면서 과학과 기술의 발달과 교통수단의 진화, 산업과 생산의 증진 등은 20세기 인간에게 물질적 풍요뿐만이 아니라 편안한 삶에 대한 동경과 무한대의 욕망 확산의 양상을 가져다 준 것으로 드러난다. 지용과 구보는 유학시절 도쿄와 교토에서 일본 제국주의가 추구하는 근대화의 발자국들을 현장에서 부러움의 눈빛으로 바라다보았다. 그러면서 조선의 현실에도 관심을 기울이기 시작한다. 일종의 양가성과 착종성의 양상을 드러내기 시작한 것이다. 그들은 공룡처럼 커지기 시작하는 근대 문명과 그것의 발전이 가져다준 근대풍경에 무한동경의 자세를 보이는 동시에 과학과 기술의 진보가 이성의 단계를 넘어 광기의 모더니티를 드러내기 시작하자 두려움에 빠져들게도 된다.

제국주의의 수도인 동경에만 그러한 현상이 나타난 것이 아니라 식민지의 수도 경성에도 짝퉁문화가 판을 치면서 식민지 청년들에게는 두려움과 공포의 감정이 내적으로 용솟음치기 시작한다. 처음에는 문명과 야만의 대비적 현상에 분노를 느끼고 그냥 '흉내 내기'에 의한 문명 진보와 저항이라는 이중효과를 노렸으나 점차 부작용이 극대화되자 심각성을 느끼게 된 것이다. '사색자'나 '산책자'의 눈에는 전차·버스·대형병원·백화점·경성우체국·경성역의 기차·항구에서의 선박의 뱃고동 소리, 카페와 안락한 유흥의 시간 등은 새로운 근대적 체험의 공간도 되면서 동시에 두려움의 '근대적 속도감'으로 다가오기도 했던 것이다. 어느 순간 이러한 근대 문명이 식민지의 조선인들에게는 비수로 나타날 수도 있겠다는 확신이 서게 되자, 두 사람은 결벽증이 도져 '자학'을 하게 되거나 고독으로 인해 '정신분열'

과 두통 증세를 느끼게 된다.

특히 두 사람이 공통적으로 느끼게 된 것은 바로 근대적 풍경 속에 드리워지고 있던 '군중 속의 고독과 우울증'의 발견이었다. 식민지 모더니즘은 서구의 아방가르드에게는 단순한 정신적 풍요 속의 실험적 시도로 나타났지만, 억압과 수탈 구조 속에서 신음하고 있던 조선의 하층민에게는 생존의 기반 자체를 무너뜨리는 독으로 다가올 수도 있다는 것을 주체적으로 인식하게 된 것이다. 두 사람은 일본 제국주의자들의 기본적 식민지통치전략이 '따라 하기'와 '구별 짓기'라는 것을 깨닫게 되는 순간, 대안을 모색하게 된다. 하지만 식민지 지식인 몇 사람의 힘만으로, 군국주의의 광포한 물결이 근대적 속도감을 이미 밀어내 버리고 있는 역사적 상황을 되돌리기에 역부족이었고, 방어할 시간 자체도 없었다.

〈도표1〉 지용과 구보의 실험과 대안 모색 방법

작가	언어예술의 자율성	주체성	현실 욕망	존재방식	대안	동질성
정지용	「카페프란스」 「슬픈 기차」 「황마차」 등	자학	망각	자기 소멸	《문장》을 통한 후기 한적시(산수시) 발표	동양적 전통/고전적 토대 구축
박태원	「적멸」, 「피로」, 「길은 어둡고」, 「소설가 구보씨의 일일」 등	자기 분열	기억	반성적 자기 성찰	자화상연작 '사소설' 발표	동양적 전통/고전적 토대 구축

이제 개인적 대안 모색 이외에는 방법이 없었다. 이러한 현실 상황에서, 시인 정지용이 현실 욕망의 차원에서는 무력감에 의한 자기 합리화의 단계로 접어들어 '망각'이라는 카드를 뽑아들었다면, 박태원은 극심한 내적 욕

망의 무의식 속에 자리 잡은 고독을 내치는 방안으로 '기억'이라는 심리적 기제를 빼들었다. 망각은 인간의 존재방식에서는 '자기 소멸'로 나아가는 길목이라면, 기억은 존재방식 차원에서는 '반성적 자기 성찰'로 진입하는 관문이었던 것이다. 즉 1939년부터 40년대 초까지 지용이 후기시를 통해 결벽증에 가까운 청정의 정신적 은일주의로 나아갔다면, 구보는 자화상이라는 표제의 사소설 창작을 통해 진정한 글쓰기의 모색이라는 성찰의 길로 다가섰던 것이다. 두 사람 모두가 '동양적 전통'과 '고전적 토대' 구축이라는 탈 식민주의적 담론의 대안을 모색한 것은 우연의 일치라고 보기에는 너무나 닮은꼴이라는 생각이 든다. 이렇게 1930년대에 아방가르드적인 새로운 예술을 추구했던 두 예술가의 실험적 시도는 외적 환경의 악화 속에서 내적인 숨고르기에 들어가게 된 것이다. 이러한 대안 추구는 식민주의적 담론에 대한 해체의 모색인 동시에 자유와 평등에 대한 희망적 성찰에 도달한 것으로 볼 수 있다.

■ 참고 문헌

1. 자료
박태원, 『소설가 구보씨의 일일』, 깊은샘, 1989.
박태원, 『여인성장』, 깊은샘, 1989.
박태원, 『천변풍경』, 깊은샘, 1989.
박태원, 『완역 수호지』, 깊은샘, 1990.
박태원, 『윤초시의 상경』, 깊은샘, 1991.
박태원, 『이상의 비련』, 깊은샘, 1991.
박태원, 『소설가 구보씨의 일일』, 문학과지성사, 2005.
박태원, 『구보가 아즉 박태원일때』, 류보선편, 깊은샘, 2004.
정지용, 『원본 정지용 시집』 이숭원 주해, 깊은샘, 2003.
정지용, 『달과 자유- 정지용 시와 산문』, 깊은샘, 1994.

2. 저서와 논문

강상희, 「1930년대 모더니즘 소설론 연구」, 『관악어문연구』 18집, 1993.

강소영, 「식민지 문학과 동경 - 박태원의 <반년간>을 중심으로」, 『일본언어문학』 19집, 2011.

고부응 엮음, 『탈식민주의 이론과 쟁점』, 문학과지성사, 2003.

곽효환, 『구보 박태원의 시와 시론』, 푸른사상사, 2011.

권정우, 『정지용의 『정지용 시집』을 읽는다』, 열림원, 2003.

금동철, 「정지용 후기 시에 나타난 자연관」, 『한민족어문학』 51집, 2007.

김기림, 「동양에 대한 단상」, ≪문장≫(1941년 4월호)

김기림, 「모더니즘의 역사적 위치」, 『시론』, 백양당, 1949.

김석환, 「정지용 시의 기호학적 연구 -수평축의 매개 기호작용을 중심으로」, 『명지어문학』 21집, 명지대 국어국문학회, 1994.

김수복, 「정지용 시의 산의 상징성」, 『단국대 논문집』 32집, 1998.

김신정 엮음, 『정지용의 문학세계 연구』, 깊은샘, 2001.

김신정, 『정지용 시 연구 -감각의 의미를 중심으로』(연세대 대학원 박사학위 논문, 1998)

김용직, 『한국 현대시인 연구 상』, 서울대출판부, 2000.

김윤식, 「박태원론」, 『한국 현대 현실주의 소설 연구』, 문학과지성사, 1990.

김윤식, 『한국현대문학사상사론』, 일지사, 1992.

김용희, 「정지용 시의 데카당티즘과 지적 허무」, 지용회편, 『2004 지용문학세미나』 논문집, 2004.

나은진, 『박태원 소설 다시 읽기』, 한국학술정보, 2010.

류수연, 『박태원 소설의 창작기법 연구』(인하대대학원 박사학위논문, 2009.8)

문흥술, 「의사 탈근대성과 모더니즘 -박태원론」, 『외국문학』 1994년 봄호.

박종성, 『탈식민주의에 대한 성찰』, 살림, 2006.

박태상, 『정지용의 삶과 문학』, 깊은샘, 2010.

박태상, 「≪문장≫과 정지용」, 지용회 편, 『정지용문학포럼』 논문집, 2007.

박태상, 「정지용과 청록파 시인들」, 지용회 편 『정지용문학포럼』 논문집, 2010.

방민호 외, 『박태원문학 연구의 재인식』, 예옥, 2010.

서영채, 「두 개의 근대성과 처사의식」, 『이태준문학연구』, 깊은샘, 1994.

신범순, 「정지용 시와 기행산문에 대한 연구」, 『한국현대문학연구』 9집, 한국현대문학회, 2001.

이경림, 「초기 박태원 소설과 이상소설에 나타나는 공통모티프에 관한 연구」, 『구보학보』 6집, 2011.

이남호, 「한국현대문학에 나타난 자연의 모습」, 『현대한국문학 100년』, 민음사, 1999.

이미성, 「범속한 일상과 비범한 예술의 관계 맺기 -박태원의 단편소설을 중심으로」, 『동국어문학』 13집, 2001.

이숭원, 「정지용 시에 나타난 도시 공간에 대한 반응」, 지용회 편, 『정지용문학 포럼』 논문집, 2006.

이숭원, 『정지용 시의 심층적 탐구』, 태학사, 1999.

이숭원·김종태 편, 「정지용 시의 해학성」, 『정지용 이해』, 태학사, 2002.

조정래 외, 『1930년대 한국모더니즘 작가 연구』, 평민사, 1999.

장도준, 『정지용 시 연구』(연세대대학원 박사학위논문, 1989)

장도준, 『정지용의 시 연구』, 태학사, 1994.

장영우, 「정지용과 구인회」, 지용회 편, 『2010 지용문학포럼』 논문집, 2010.

정현숙 외, 『박태원 소설연구』, 깊은샘, 1995.

정현숙, 『월북전후 박태원문학의 비교연구 - 자료발굴과 분석을 중심으로 연차 보고서』(한국연구재단, 2006~2009)

차혜영, 『1930년대 한국문학의 모더니즘과 전통 연구』, 깊은샘, 2004.

최동호 외, 『다시 읽는 정지용 시』, 월인, 2003.

최동호, 『하나의 도에 이르는 시학』, 고려대출판부, 1997.

최동호, 『디지털문화와 생태시학』, 민음사, 2000.

최동호 편저, 『정지용 사전』, 고려대출판부, 2003.

최승호, 『1930년대 후반기 시의 전통 지향적 미의식 연구-문장파 자연시를 중심으로』(서울대대학원 박사학위 논문, 1994)

최승호, 『한국현대시와 동양적 생명사상』, 다운샘, 1995.

한영옥, 「산정으로 오른 정신 -정지용의 시」, 『한국현대시의 의식탐구』, 새미, 1999.

함동주, 『천황제 근대국가의 탄생』, 창비, 2009.

홍정선, 「정지용과 한용운」, 『황해문화』 27집, 새얼문화재단, 2000.

황종연, 「정지용의 산문과 전통에의 지향」, 『한국문학연구』 10집, 동국대 한국문학연구소, 1987.

황종연, 『한국문학의 근대와 반근대』(동국대 대학원 박사학위논문, 1991)

황현산, 「정지용의 '향수'에 붙이는 사족」, 『현대시학』, 현대시학사, 1999.11.

구보학회, 『박태원과 모더니즘』, 깊은샘, 2007.

구보학회, 『박태원과 구인회』, 깊은샘, 2008.

구보학회, 『박태원과 역사소설』, 깊은샘, 2008.

구보학회, 『박태원문학의 현재와 미래』, 깊은샘, 2010.

구보학회, 『박태원문학과 창작방법론』, 깊은샘, 2011.

구보학회, 『박태원과 파시즘 인식과 대응』, 깊은샘, 2012.

가야트리 스피박, 『포스트식민 이성비판』, 태현숙 외 옮김, 갈무리, 2005.

다테노 아키라 편저, 『그때 그 일본인들』, 오정환 외 옮김, 한길사, 2006.
사나다 히로코, 『최초의 모더니스트 정지용』, 역락, 2002.
클레어 콜브룩, 『이미지와 생명, 들뢰즈의 예술철학』, 정유경 옮김, 그린비, 2008.
하시야 히로시, 『일본 제국주의, 식민지 도시를 건설하다』, 김제정 옮김, 모티브, 2005.

기호학적 담론을 통해 본 정지용·이상· 박태원의 상관관계
– 구인회 활동 전후의 작품을 중심으로

1. 머리말

1930년대의 지식인은 고통적 삶과 번민 속에서 불안한 삶의 방향에 대한 고민과 전환적 선택의 단계에 이르게 된다. 서구의 근대적 가치에 대한 맹목적 모방에서 쾌락과 환희를 얻었다면, 그 반면 민족의 전통적 가치를 버림으로써 존재 기반이 무너져버리는 아픔을 동시에 맛보게 되었던 것이다.

당대의 지식인들은 유럽의 지식인들이 100~150여 년에 걸쳐 경험했던 것을 불과 20~30년 사이에 모두 체험하게 됨으로써 혼란스러운 상태에 빠져들게 된 것이다.

19세기와 20세기에 걸쳐 '민족주의', '자유주의', 그리고 '노동자계급의 형성'이라는 세 가지 중요 용어가 유럽의 각국 체제와 질서를 잡는데 중요한 개념으로 작용했다. 이러한 개념은 봉건체제에서 근대로 발돋움하려는 과정에서 외세의 침입과 억압에 시달리고 있었던 조선의 현실에서도 지식인들에게 중요한 영향을 미쳤다. 19세기는 개인들의 세기였다. 토크빌은 미국사회를 분석하면서 그 개인들을 측정하는 기준은 개인이 소유한 부였다고 파악하면서 민주주의적 개인들의 습속을 단순화, 동질화시키는 경향이 있다는 점을 강조했다. 토크빌은 그러한 상태를 "민주주의 사회에서 인간은 하찮은 존재로서 서로 유사하기 때문에 각각의 개인은 그 자신을 보면서 동시에 그의 동료인간을 본다"[1]고 묘사했다. 민주주의의 구성원인 개인들은 조건의 평등을 통해 자신의 영역을 확보하고 굳건하게 지켜낼 수 있는 개인주의를 발달시키지만, 동시에 그것은 진정한 인간성, '개인성의 소멸'을 가져온다는 것이 토크빌이 본 민주주의의 역설이었다.

한편 짐멜은 화폐경제가 가져오는 일견 상충되어 보이는 두 가지 방향성을 주목하였다. 첫 번째는 수평화·평등화, 그리고 아주 멀리 떨어져 있는 것까지도 동일한 조건 하에 결합시킴으로써 더욱더 광범위한 사회영역을 창출하는 방향이라면, 두 번째는 가장 개인적인 것을 성취하고 개인의 독립성 및 인격형성의 자율성을 보존하는 방향[2]이다. 결국 화폐는 구체적인 대상들과는 무관하게 모든 사회적 관계를 화폐를 통해 추상적으로 표현할 수 있게 한다. 토크빌과 짐멜이 분석한 자본주의의 화폐경제가 가져다준 '개인성의 소멸'은 1930년대의 정지용과 박태원 그리고 이상의 문학을 분석하고 비평하는 데에도 중요한 시사점을 던져준다.

이들은 봉건적 가치가 아직 잔존하고 있는 가운데 식민지의 현실로 끌려들어가고 있던 조선의 현실 속에서 '근대적 가치'가 가져다주는 욕망적 쾌락에 일시적으로 몰입하는 동시에 근대적 자아의 실현에 주력하면서 '모더니스트'로서의 면모를 구축하게 된다.

우선 퍼스의 기호학 이론을 방법론으로 모더니스트 정지용·이상 그리

---

1) 홍태영, 「유럽적 근대성과 유럽적 가치의 형성」, 『아태연구』 제18권 제1호, 2011, 107쪽.
2) 홍태영, 위의 글, 107쪽.

고 박태원의 문학 간의 상호텍스트성3)을 분석해 보았다. 이들이 친교를

3) 정지용, 박태원, 이상의 작품세계를 비교 고찰하는 최근 논문으로는 신범순 이외의
논문을 발견하지 못했다. 다만 정지용과 이상, 박태원과 이상을 비교하는 논문은
몇 편 있어 아래에 소개한다.

신범순, 「1930년대 시에서 니체주의적 사상 탐색의 한 장면(1)-구인회의 "별무리의
사상"을 중심으로」, 서울대 인문학연구원, 『인문논총』 72권 1호, 2015.

<정지용과 이상>

장영수, 「회귀와 탐험 -정지용, 이상의 시세계에 대하여」, 한국어교육학회, 『국어
교육』42호, 1982.

박현수, 「토포스(topos)의 힘과 창조성 고찰 -정지용, 이상의 시를 중심으로」, 『한
국학보』 25권 1호, 1999.

김동근, 「정지용 시와 이상 시의 대위적인 텍스트성 - 불연속적 시간특질을 중심으
로」, 『한국문학이론과 비평』 55호, 2012.

<박태원과 이상>

류보선, 「이상과 어머니, 근대와 전근대-박태원의 소설의 두 좌표」, 『상허학보』 2
권, 1995.

이경훈, 「모더니즘과 돈 -이상과 박태원의 작품을 중심으로」, 『현대문학의 연구』
12호, 1999.

김진석, 「모더니즘 소설의 시간과 공간 -박태원과 이상을 중심으로」, 『과학과 문화』
2권 1호, 2005.

김종회, 「박태원의 '구인회' 활동과 이상과의 관계」, 『구보학보』 1권, 2006.

조은주, 「박태원과 이상의 문학적 공유점」, 『한국현대문학연구』 23호, 2007.

이정석, 「아쿠타가와를 매개로 본 이상과 박태원의 문학」, 『한중인문학연구』 28호,
2009.

김지미, 「구인회와 영화 -박태원과 이상 소설에 나타난 영화적 기법을 중심으로」,
『민족문학사연구』 42호, 2010.

이경림, 「초기 박태원소설과 이상소설에 나타나는 공통 모티브에 관한 연구-'절름
발이' 짝 모티브를 중심으로」, 『구보학보』 6권, 2011.

노태훈, 「1930년대 소설의 미적 주체와 텍스트의 존립양상 -박태원과 이상을 중
심으로」, 『구보학보』 11권, 2014.

류수연, 「골목의 모더니티 -박태원과 이상, 그리고 에도가와 란포」, 『구보학보』
10권, 2014.

맺게 된 계기는 '구인회'를 통해서이며, '친교' 자체가 짐멜이 언급했던 자본주의 경제체제 하에서의 '사회화의 유희적 형식'이라는 점에서 상당한 유의미적 해석이 가능할 것으로 보인다. 구체적으로 짐멜의 문화담론과 퍼스의 기호학 이론을 토대로 하여 1930년대 시대모순의 예술적 변종으로서의 세 작가의 작품을 살펴보기로 한다.

2. 구인회, 모더니즘 및 근대적 자아의 형성

독일의 철학자이며 사회학자인 게오르그 짐멜(Simmel Georg, 1858~1918)은 현대성의 모더니티를 파악하는데 주력했는데, 특히 화폐가 현대인의 인격·심리·지각구조에 미친 영향과 더불어 화폐경제를 토대로 가능한 문화이상이 무엇인지를 묻는 문화이론 추구에 몰두하였다. 짐멜은 화폐를 단지 문화의 타락·소외·비인간화를 초래하는 물질문명의 상징으로만 보지 않고 동시에 개인화와 사회화를 증대시키는 기제로 파악하였다. 짐멜은 문화이론에서 파악한 미학적 모더니티로 일상적 생활에서의 양식 추구의 일환으로서 실내공간과 실외 환경의 양식화를 추구한 현대 도시인들의 인테리어와 유행, 친교 그리고 예술형식을 통한 미학화 등을 치밀하게 분석하였다.

짐멜의 「친교의 사회학」에 따르면 친교는 "사회화의 유의적 형식"으로 "어떠한 객관적 목적도, 내용도, 결과도 결부되지 않으면서 전적으로 인격에 기초를 둔" 사회적 상호작용으로 설명된다. 즉 친교는 "함께 어울림이라는 형식 자체가 사회적 삶의 현실로부터 추출되어서 하나의 가치"로 만들어진 가장 순수한 사회적 상호작용인 것4)이다. 짐멜은 「대도시와 정신적

---

4) 윤미애, 「짐멜의 문화이론과 미학적 모더니티」, 한국독어독문학회, 『독일문학』 103호,

삶」에서 현대의 특징적 지각 및 심리구조 중의 하나로 '거리두기'와 '속내 감추기'를 든다. 일상적 삶과 친교의 차이는 심리적 거리두기가 친교에서 는 인격적 관계와 결합한다는 점에 있다. 심리적 거리두기는 사회적 관계에 서 개인적 요소의 부각을 자제하도록 하는 기제가 된다. 친교는 개인적인 것이 그 특수한 측면이나 자연적 모습을 드러내지 못하도록 일정한 속내 감추기와 인격의 양식화를 요구하게 되는 것이다. '인격의 양식화'는 고유 한 예절과 태도 규범을 받아들이면서 교양과 우애 등의 가치를 실현시키는 탁월한 인격에서 절정에 도달한다. 이러한 관점에서 친교는 인격적인 것과 비인격적인 것, 개별화와 사회화를 조화시키면서 현대의 분화와 단편화를 극복하는 사회적 예술[5]이라고 짐멜은 설명했다.

구인회 내에서 김기림을 연결고리로 한 박태원과 이상 간의 친교는 '인 격적인 관계'의 결합에 도달한 경지를 보여준다. 박태원은 이상을 모델로 한 소설 「애욕」(≪조선중앙일보≫ 1934.10.6.~23)·「보고」(『여성』 1권 5 호, 1936.9)·「염천」(『요양촌』 3권, 1938.10)·「제비」(≪조선중앙일보≫ 1939.2)를 발표하고, 이상은 박태원의 대표작인 「소설가 구보씨의 一日」 에 필명으로 삽화를 그려주는 등 짐멜이 말한 일종의 '사회적 유희'의 형태 를 띤 순수한 인격적 관계를 형성한다. 한편 이태준은 「오감도」와 「소설가 구보씨의 一日」(≪조선중앙일보≫ 1934. 8.1~9.1)에 대한 독자와 평론가 들의 항의와 비판을 감수하면서까지 ≪조선중앙일보≫에 게재할 수 있도 록 주선을 했다.

박태원의 수필 「이상의 비련」(『여성』 4권 5호, 1939.5)에는 단편소설 「애욕」 창작에 따른 뒷얘기가 다음과 같이 실려 있다.

2007, 135~36쪽.
5) 윤미애, 위의 글, 136~37쪽.

혹, 읽으신 분도 있을지 모르지만 편의상, 그 이야기 줄거리를 이제 전하기로 한다.

주인공은 젊은 화가로 하웅이라 일컬었다. 하웅은 종로에서 다방을 경영하고 있었다. 그는 그의 아내를 그의 다방의 마담으로 내어 놓았던 것이나 음분한 여자는 그의 눈을 속이어 다른 남자와 정을 통하고 마침내는 그에게서 떠나 버렸다. 그러한 때 하웅은 우연한 기회로 소녀를 알았다. 찻집에서 낮은 소리로 지용의 시를 암송하고, 양장이 썩 몸에 어울리는 소녀다. 명랑한 웃음이 입가에 떠나지 않고 맑은 눈에 터럭만한 두려운 빛도 가지지 않은 소녀다. 하웅은 어느 틈엔가 그 소녀에게 마음을 사로잡히고 말았다. 그러나 소녀에게 있어 하웅은 오직 한 사람뿐인 사나이가 아니었다. …(중략)…

「그 모던 껄하고 요새도 자주 만나시오?」

그러면 이상은 대답하였다.

「무어? <애욕> 말씀이로구려? 그건 내 얘기가 아니라, 구보 얘기요. 하웅이라는 것이 실상은 구보요, 하웅을 바루 충고하여 주고 나무라고 그러는 구보란 인물이 사실은 나 이상이오.」

그래, 벗들이 이번에는 소설가 구보인 나에게 물었다. …(중략)…

그 당시 나와 이상은 서로 전후하여 각기 한 개씩의 조그만 로맨스를 가졌었다.

이상의 정인이 어느 카페의 여급이었다는 것과, 나의 상대가 모 지방 명사(?)의 딸이었다는 그만한 차이는 있었으나, 둘이 모두 작품 속의 소녀나 한가지로 상당히 방종성을 띠고 있다는 점에 있어, 서로 일치되었다.6)

위의 인용문을 읽으면, 박태원과 이상 사이의 친교뿐만이 아니라 소녀가 암송하고 있는 시를 통해 자연스럽게 시인 정지용과의 친교도 드러난다. 짐멜이 강조했듯이 화폐경제의 교환가치가 판을 치는 사회적 관계 속에서 개개인이 순수하게 인격적 관계에만 전념할 수 있는 거의 유일한 현대의

---

6) 박태원 단편소설, 『이상의 悲戀』, 깊은샘, 1991, 171~73쪽.

사회적 형식이 '친교'이기 때문에 정지용·이상·박태원의 1930년대의 순수한 친분 쌓기는 '심리적 거리두기'와 '속내 감추기'를 통해서도 더더욱 인격적 관계와 결합하여 한국문학사의 나이테를 두텁게 해주는 요인이 된 것이다. 짐멜이 강조한 '인격의 양식화'는 고유한 예절과 태도 규범을 받아들이면서 교양과 우애 등의 가치를 실현시키는 탁월한 인격에서 절정에 도달하게 되며, 그것은 개별화와 사회화를 조화시키면서 현대의 분화와 파편화 현상을 치유해주게 된다.

　한국의 근대사회는 서구문명의 모방에서 출발했다. 한국인들은 2차 세계대전 이후 문명의 충돌을 통해 전근대적 유교문화보다 서구의 근대문물이 더 훌륭한 가치를 지녔다는 생각을 자의반, 타의반 받아들이면서 타자에 대한 모방을 시작했다. 근대적 모방이 서구와의 동일성을 달성하기 위한 욕망의 한 표현일까? 아니면 한국적인 근대화를 이루기 위한 부득이한 초기적 단계일까?

　서구식 사물의 무한한 복사를 통해 한국의 전 근대적 자아는 유교적 신분을 상징하는 사물들의 질서를 포기해야만 했다. 임금이 곤룡포를 벗었고, 문무백관들이 신하의 복장을 벗었고, 선비가 갓을 벗었고 백성들도 상투를 잘랐다. 자본주의적 상품이 충분하게 일반화된 곳에서는 이제 그러한 전근대적 사물들의 질서가 사람들을 유교적 예법의 틀 안에 가두어놓지 못했다. 왜냐하면 새로운 자본주의적 사물들에 대한 모방 욕망이 근대 한국인의 삶을 구성했기 때문이다.

　근대화 초기에 등장했던 동도서기적(東道西器的) 관점에서 보자면, 근대적 생산양식인 기계만 수입되고 거기에서 생산되는 제품은 전근대적 사물들의 질서를 그대로 유지해야만, 한국의 주체성과 근대적 도구를 동시에 획득할 수 있었을 것이다. 그러나 한국의 근대성은 그와는 다르게, 전근대적 질서를 해체하면서 전개되었다. 그 이유는 무엇일까? 가장 먼저 떠올릴 수 있는 가설은 '서구의 제국주의적 문화침략[7]'이다. 제국주의적 침략은 문화에 대한 한국인의 자율적 선택권을 박탈했다는 점에서 한국인의 전근대적 주체성을 해체시키는 주요한 원인 중의 하나가 되었다.

자본주의와 민주주의의 도입 과정에서 보듯이 한국의 근대화 초기에는 타자에 대한 모방 욕망이 전근대적 자아를 해체하는 주요한 계기였던 것이다. 전근대적 자아는 '수구', 즉 옛것을 재생하는 낡은 체계 속에 안주한다. 그에 반해 근대적 가치를 모방하는 자아는 유교적 방식이 아닌 새로운 근대적 가치에 대한 기대와 두려움을 동시에 지니고 있었다. 근대적 가치를 모방하는 자아는 본능적으로 새로움에 대해 생소함과 기대감을 갖고서 '근대적 타자에 대한 흉내 내기'를 시도[8]하였다. 이렇게 한국의 근대화 초기의 모방은 일본제국주의를 통해 들어온 서구적 가치를 맹목적으로 받아들이는 모방적 충동이 주는 새로움과 신기함에 대한 추구와 실험에서 비롯되었다. 식민지 지식인에게 있어서 '새것 콤플렉스'는 욕망충족에 대한 쾌감을 가져다주었다. 하지만 점차 성찰적 지식인 사이에서 '내가 누구인가'에 대한 회의와 번민의 목소리가 들려오기 시작한다. 지식인 내부에서 '새것에 대한 몰입'과 '주체성 상실에 따른 두려움'이 갈등을 야기하면서 우울증과 신경쇠약 증세가 나타나기 시작한 것이다. 이렇게 근대화 초기의 맹목적 모방은 본능적인 기대감에 의한 외부적 가치의 수용과 반영이라는 측면에서 자아 내부를 고민스럽게 되돌아보면서 '성찰적 근대화'로 나아가기 위한 전 단계 혹은 초기 단계라고 볼 수 있다. 정지용·박태원·이상의 모더니즘 초기의 흥분과 과잉기대감은 서구적 가치가 주는 새로움과 신기함을 처음 접할 때 나타나는 초기적, 본능적 쾌감에 지나지 않았다.

---

7) 정용환, 「한국의 근대적 자아: 문화적 맥락, 타자의 모방, 자기진정성」, 『철학연구』 제106집, 2008, 273쪽.
8) 정용환, 위의 글, 274쪽.

세 사람이 서구의 근대적 가치를 처음 접했을 때 흥분하게 된 요인은 무엇인가? 첫째, 자본주의의 화폐 경제가 가져다주는 도시적 감수성의 겉멋에 도취된 것이다. 시장의 활성화로 인해 물산이 집중되는 대도시는 인구 유입과 넘쳐나는 재화(상품)들로 화려함과 떠들썩함으로 상징화되고 있었다. 특히 이상과 박태원의 소설에는 새로운 소비 도시 경성에 생겨나는 기차와 전차 그리고 자동차의 물결에 넋을 잃고 있는 사람들이 등장한다. 거대한 기계문명의 힘과 빛의 속도를 지향하는 속도감은 자유의 고단함에 지친 근대인들에게 일시적인 안락함과 편안함을 가져다준다. 근대의 기술문명과 자본주의의 화폐경제가 혼합되어 빚어낸 욕망의 그물망과 속물성은 대도시 일상인들의 소유욕과 소비에 대한 욕망을 자극하고 재촉한다. 근대 문명의 포만감과 속도감은 '시간'의 모든 것을 삼켜버리고 현실에 대한 '망각'은 저항 심리를 잠재워버린다. 단지 화폐의 물신을 맹신하고 식민지 자본주의의 유혹과 소유욕 그리고 성공에 대한 허영심과 성적 과잉 욕망에 물들어가면서 주체적 근대인간은 점차 소멸되어 간다. 작가 정지용과 박태원은 이러한 근대 문명의 괴물에 대해 일견 신비로운 시선을 던지지만, 다른 한편으로 비판적 성찰의 자세도 보인다.

식거먼 연기와 불을 배트며
소리지르며 달어나는
괴상하고 거 — 창한 爬蟲類動物

그녀에게
내 동정의 결혼반지를 차지려갓더니만
그 큰 궁둥이로 쎼밀어

…털크덕 …털크덕 …

나는 나는 슬퍼서 슬퍼서
심장이 되구요

여페 안진 小露西亞 눈알푸른 시약시
「당신은 지금 어드메로 가십나?」

　…털크덕 …털크덕 …9)

(정지용, 「爬蟲類動物」 일부, 1926.)

전차는 왔다. 사람들은 내리고 또 탔다. 구보는 잠깐 머엉하니 그곳에 서 있었다. 그러나 자기와 더불어 그곳에 있던 온갖 사람들이 모두 저 차에 오른다 보았을 때, 그는 저 혼자 그곳에 남아 있는 것에, 외로움과 애달픔을 맛본다. 구보는, 움직이는 전차에 뛰어올랐다.

전차 안에서

구보는, 우선, 제 자리를 찾지 못한다. 하나 남았던 좌석은 그보다 바로 한 걸음 먼저 차에 오른 젊은 여인에게 점령당했다. 구보는, 차장대(車掌臺) 가까운 한구석에가 서서, 자기는 대체, 이 동대문행 차를 어디까지 타고 가야 할 것인가를, 대체 어느 곳에 행복은 자기를 기다리고 있을 것인가를 생각해본다.
이제 이 차는 동대문을 돌아 경성운동장 앞으로 해서…(중략)…
그는 차장에게 아무런 사인도 하지 않았다. 갈 곳을 갖지 안은 사람이, 한번 차에 몸을 의탁하였을 때, 그는 어디서든 섣불리 내릴 수 없다.
차는 서고, 또 움직였다. 구보는 창 밖을 내다보며, 문득, 대학병원에라도 들를 것을 그랬나 하여 본다. 연구실에서, 벗은 정신병을 공부하고 있

___
9) 정지용, 「파충류동물」, 『원본 정지용시집』, 이숭원주해, 깊은샘, 2003, 322~23쪽.

었다. 그를 찾아가, 좀 다른 세상을 구경하는 것은, 행복은 아니어도, 어떻든 한 개의 일일 수 있다….

구보가 머리를 돌렸을 때, 그는 그곳에, 지금 마악 차에 오른 듯싶은 한 여성을 보고, 그리고 신기하게 놀랐다. 집에 돌아가, 어머니에게 오늘 전차에서 '그 색시'를 만났죠 하면, 어머니는 응당 반색을 하고, 그리고, "그래서 그래서", 뒤를 캐어 물을 게다. 그가 만약, 오직 그뿐이라고라도 말한다면, 어머니는 실망하고, 그리고 그를 주변머리 없다고 책할지도 모른다.10)

(박태원, 「소설가 구보씨의 一日」 중에서)

기차·전차·자동차·선박 이외에 도시의 근대적 일상인의 호기심을 자극한 또 다른 풍물은 세련된 서구적 소비의 공간인 '백화점'이었다. 고급스러운 내부 장식과 젊은이가 좋아할 다양한 상품을 화려하게 진열해놓은 백화점은 젊음의 공간이자, 도시여성의 새로운 유희공간이었다. 특히 전차, 기차, 자동차의 수평적 이동 기구와 달리 수직적 이동도구로서 새로운 도시 경험을 가능케 한 엘리베이터는 문화적 충격을 안겨다준 욕망과 상상력의 공간이었다. 일본 최초의 백화점인 미쓰코시는 조선에 진출한 지 10년 만인 1916년에 르네상스식 3층 건물을 짓는다. 1930년에는 지금의 신세계 백화점 자리에 지하 1층, 지상 4층의 대규모 신관을 건립하면서 새로운 도시감각의 소비 공간을 선보인다. 이상의 「날개」의 주인공은 어느 새 미쓰코시의 옥상에 올라가 근대 도시를 총체적으로 살펴보려고 하지만, 피로와 공복으로 인한 현기증으로 곧 포기한다.

커피 — 좋다. 그러나 경성역 홀에 한 걸음을 들여 놓았을 때 나는 내 주머니에는 돈이 한푼도 없는 것을 그것을 깜박 잊었던 것을 깨달았다.

---

10) 박태원, 『소설가 구보씨의 일일』, 깊은샘, 1989, 25~27쪽.

또 아뜩하였다. 나는 어디선가 그저 맥없이 머뭇머뭇 하면서 어쩔 줄을 모를 뿐이었다. 얼빠진 사람처럼 그저 이리저리 갔다 하면서 …

나는 어디로 어디로 디립다 쏘다녔는지 하나도 모른다. 다만 몇 시간 후에 내가 미쓰코시 옥상에 있는 것을 깨달았을 때는 거의 대낮이었다.

나는 거기 아무데나 주저앉아서 내 자라 온 스물여섯 해를 회고하여 보았다. 몽롱한 기억 속에서는 이렇다는 아무 제목도 불그려져 나오지 않았다. 나는 또 내 자신에게 물어보았다. 너는 인생에 무슨 욕심이 있느냐고. 그러나 있다고도 없다고도, 그런 대답은 하기가 싫었다. 나는 거의나 자신의 존재를 인식하기조차도 어려웠다.

허리를 굽혀서 나는 그저 금붕어나 들여다보고 있었다. 금붕어는 참잘들 생겼다. …(중략)…

나는 또 희락의 거리를 내려다 보았다. 거기서는 피곤한 생활이 똑 금붕어 지느러미처럼 흐늑흐늑 허비적거렸다. 눈에 보이지 않는 끈적끈적한 줄에 엉켜서 헤어나지들을 못한다. 나는 피로와 공복 때문에 무너져 들어가는 몸뚱이를 끌고 그 희락의 거리 속으로 섞여 들어가지 않는 수도 없다 생각하였다.

나서서 나는 또 문득 생각하여 보았다. 이 발길이 지금 어디로 향하여 가는 것인가를….

그때 내 눈앞에는 아내의 모가지가 벼락처럼 내려 떨어졌다. 아스피린과 아달린.[11]

(이상, 「날개」, ≪조광≫ 1936.9)

근대 도시인들은 자본주의의 소비재들인 상품들을 선호한다. 유행과 연관이 되는 명품 옷과 장신구 액세서리·화장품과 패션·축음기·시계·전등·양산 등은 물론이고 심지어 새로운 유희공간인 카페·댄스홀·동물원 등 놀이공간에도 관심을 기울인다. 그 외에도 건강과 근대적 위생 개념에도 접근하며, 근대인의 정신적 고통의 산물인 신경쇠약·두통·피로를 치료할

---

11) 이상, 『날개』, 김윤식 엮음, 『이상문학전집2 소설』, 문학사상사, 1991, 342~43쪽.

수 있는 정신병원과 현대의학에도 고현학적인 취미를 보여준다. 이상의
「날개」와 박태원의 「소설가 구보씨의 一日」에는 실로 다양한 현대인의
질병과 치료제가 소개된다.

둘째, 19세기말과 20세기 초의 유럽에서는 자본주의 경제체제가 자리잡
아감에 따라 복지국가에 개한 관념과 실험들이 등장하기 시작하고 사회관
계의 민주주의적 구성에 관심을 가지면서 개인들의 사회 혹은 '개인주의적
사회'라는 특징12)이 모습을 드러낸다. 짐멜은 도시가 대규모화될수록 분업
에 결정적인 조건을 제공하게 되고 각 개인은 '전문화·개별화'된다고 파악
했다. 개별적 차이는 유별남·변덕·멋 부리기 등 대도시 특유의 과장된 행
동으로 나타나게 되는데, 자신은 다른 사람과 다르고 남보다 돋보이며 이로
써 주목받는 존재라는 점을 부각시킨다는 것이다. 짐멜은 대도시일수록 자
신을 돋보이게 하고 상대에게 다가가 자신의 개성을 강조하려는 유혹이
훨씬 더 강하다13)고 말한다. 한마디로 근대적 자아는 '개성이 강한 인물'
유형을 나타낸다. 이런 흐름을 반영하여 정지용·박태원·이상의 작품에 등
장하는 인물들이나 시적 화자는 도시적 공간에서 공동체와 잘 어울리지
못하고 개성이 강한 괴팍한 인물로 묘사된다. 강한 개성은 오히려 부작용으
로 나타나서, 신경쇠약에 걸리거나 두통을 앓고 피로를 자주 느끼는 소통부
재의 인물로 과장되기도 한다. 이상의 「날개」의 '나'나 박태원의 「소설가
구보씨의 一日」에서의 '구보'가 이에 해당되는 대표적인 인물들이다.

하여튼 20세기 중반의 식민지 현실에서 모방욕망은 타자와의 동일화를
추구하지만 아직 자각적 주체를 형성하지 못하기 때문에 타자와의 완전한
동일성에 오르지 못한다. 오로지 모방의 결과는 '타자와의 유사한 주체'를

---

12) 홍태영, 앞의 글, 107쪽.
13) 신응철, 「현대 문화와 돈 그리고 개인 -짐멜의 『돈의 철학』에 나타난 문화와 돈의
    관계를 중심으로」, 『동서철학연구』 53권, 2009, 129~30쪽.

형성하는데 그친다. 따라서 모방에 충실한 자아는 서구적 가치에 동일화 되려고 하면 할수록 우울해지거나 절망에 빠질 수밖에 없게 된다. 결국 서구의 근대적 가치를 맹목적으로 모방하려고 하던 모방적 자아는 어느 순간 한계를 인식하고 자아 내부에 '은폐된 자아'를 찾아 나설 수밖에 없게 된다. 정지용이 「슬픈 汽車」에서 그리려는 근대적 세계도 여기에서 벗어나지 못한다.

3. 짐멜의 담론과 퍼스 기호학의 관점에서 풀어본 미적 체계

20세기 최고의 언어학자였던 로만 야콥슨은 F. 소쉬르의 슬로건만을 기억할 것이 아니라 퍼스의 기념비적인 업적으로 회고해야 할 것이라고 주장했다. 야콥슨의 주장에 따르면, 퍼스는 기호학의 필요성을 지적하는 차원을 넘어 그 윤곽을 분명히 소묘했고, 언어와 다른 기호 체계들의 관계에 대한 연구에서 결정적 공헌을 했다고 말했다.

1. '창'과 '문'의 개방성과 주체의 소멸

퍼스의 기호학은 넓은 의미에서 취해진 논리학으로서 "기호들에 대한 준필연적 또는 형식적 교리다." 퍼스는 "논리학은 기호학의 다른 이름일 뿐이다."14)고 말했다. 기호학은 삼차성의 과학이며, 하나의 표상에 대해서 참이어야 하는 것의 과학이다. 요컨대 기호학은 표상의 철학이며, 표상의 논리인 것이다. 퍼스의 기호학은 모든 표상을 연구하는 이론과학이다. 즉 단지 개념만이 아닌 모든 진정한 삼차원 관계를 연구하는 과학이다. 우리는

---

14) 찰스 샌더스 퍼스, 『퍼스의 기호 사상』, 김성도 편역, 민음사, 2006, 12쪽.

퍼스에게서 기호라는 관념이 더 광범위한 것임을 보게 될 것[15]이다. 모래 위의 흔적, 종달새 소리, 또는 삼단 논법에 포함된 추론 등은 모두 기호이다. 심지어 청명한 하늘에 둥실둥실 떠다니는 구름도 기호가 될 수 있다. 왜냐하면 그것들이 아이에게는 고래나 코끼리를 닮은 것처럼 보일 수 있기 때문이다.

> 琉璃에 차고 슬픈 것이 어린거린다.
> 열없이 붙어 서서 입김을 흐리우니
> 길들은 양 언 날개를 파다거린다.
> 지우고 보고 지우고 보아도
> 새까만 밤이 밀려 나가고 밀려와 부딪히고,
> 물먹은 별이, 반짝, 寶石처럼 백힌다.
> 밤에 홀로 琉璃를 닦는 것은
> 외로운 황홀한 심사이어니,
> 고흔 肺血管이 찢어진 채로
> 아아, 늬는 山ㅅ새처럼 날러갔구나![16]
>
> (정지용, 「유리창1」, 1930)

정지용은 1930년 『조선지광』 1월호에 유명한 「유리창」을 발표한다. 이 시는 나중에 『정지용시집』에서는 「유리창1」로 수록된다. 정지용은 언어를 시의 유일한 방법으로 인식했다. 색채가 회화의 소재라고 한다면, 언어는 시의 소재 이상의 유일한 방법이라는 인식 태도를 보였다. 지용은 워즈워드 와 백낙천을 예로 들면서 시가 본질적으로 자연과 인간에 뿌리를 깊이 박 아야 우수한 발화를 기대할 수 있다고 말했다. 즉 이 말은 아름다운 자연 발견의 언어만이 생명력을 오랫동안 지닐 수 있다는 논리인 것이다. 「유리

---

15) 찰스 샌더스 퍼스, 위의 책, 12~13쪽.
16) 정지용, 「유리창1」, 『원본 정지용 시집』, 이숭원주해, 깊은샘, 2003, 33쪽.

창」은 지용의 시 중에서 슬픔의 절제와 언어 조탁의 조화를 가장 제대로 보여준 서정시이다.

「유리창」에서 가장 중요한 시어는 '창'이다. 정지용의 시에서 '창'은 거울과 같은 언어적 기능을 한다. 창과 거울의 차이는 안과 밖을 동시에 볼 수 있는가의 여부이다. '창'은 안과 밖의 풍경을 매개하는 기능을 한다. 반면에 '거울'은 안의 풍경과 시적 화자의 내면을 들여다보는 매개물이다. 그런데 정지용의 시적 화자처럼 한밤중에 '창'을 내다보면, '창'은 거울의 기능까지 도맡아 하고 있다. 흔히 왕이나 지아비가 먼저 죽었을 때, '천붕지통天崩之痛'의 아픔을 느낀다고 말한다. 이에 비해 자식이 부모보다 먼저 죽었을 때는 '참척慘慽'이라고 한다. 「유리창」은 시적 화자가 '참척의 슬픔'을 절실하게 표현한 서정시이다.

「유리창」의 첫 구에서 시인은 "차고 슬픈 것이 어른거린다"라고 운을 뗀다. '차고 슬픈 것'은 무엇일까? 한겨울 창안과 밖의 기온 차이에 의해 성에가 끼인 것을 묘사한 것이다. 그곳에 얼굴을 가까이 대고 접근하면 차갑다는 것을 느끼게 된다. '슬픈 것'은 창밖에 어른거리는 죽은 둘째 아들의 영혼 내지 환영이 가져다주는 상실감을 표현하는 말이다. "길들은 양언 날개를 파다거린다"와 "물먹은 별이, 반짝, 보석처럼 백힌다"란 표현은 시적 응집력을 보여주는 시인 정지용의 백미에 해당하는 시어들이다. 「유리창」에 기대서서 시적 화자가 보게 되는 것은 새와 별이다. 새는 1차적으로 성에가 갈라지는 현상에서 목격하게 되는 것인데, 시적 화자에게 어른거리는 자식의 환영이 새로 승화되고 있다. 시인은 입김을 불어 새의 언 날개를 움직여보려고 시도한다. 새의 비상은 바로 죽은 아들의 승천을 상징할 것이다. 그런데 유리창을 닦아 부연 것을 지울수록 새의 형상은 사라지고 밤하늘에 반짝이는 별빛만이 눈에 들어온다.

'창'을 경계로 해서 차갑고 어두운 공간과 따뜻하고 밝은 공간이 구분된다. 보기에 따라서는 그것은 이승과 저승의 경계일 수도 있다. 죽은 자식이 머무는 공간과 살아남은 부모가 존재하는 공간의 분리는 극한상황에서의 참을 수 없는 슬픔을 가져다준다.

그러면 '물먹은 별'은 무엇인가? 그것은 유리창에 비친 시적 자아의 모습과 연관된다. 서정적 자아는 죽은 자식의 환영을 보고는 눈물을 흘리고 있고, 그것이 거울처럼 비쳐서 '물먹은 별'이 된 것이다. 가장 해석하기 어려운 시어가 "외로운 황홀한 심사"이다. "밤에 홀로 유리를 닦는 것"은 새벽이 올수록 시야가 흐릿해지는 동시에 죽은 아들의 환영마저도 떠나가는 것을 인정해야 함을 깨달은 시적 화자가 어떻게든 좀 더 그러한 상황을 모면해보려고 하는 안타까운 심정을 표현한 것일 수 있다.

퍼스는 한 강연에서 그의 현상학적 범주들을 제시한다. 일차성·이차성·삼차성이 그것이다. 그것은 각각 포지티브[17]한 질적 가능성, 현재 사실의 존재, 미래 속에서 모든 사실들을 지배할 법칙의 존재이다. 일차성은 있는 그대로 존재하는 것의 존재방식이며, 그것이 무엇이건 다른 어떤 것을 참조하지 않는다. 그것은 '성질' 그 자체의 범주이다. 이차성은 두 번째 것과 관련되어 있는 그대로 존재하는 것의 존재방식이며, 세 번째 것을 고려하지 않는다. 이차성의 범주는 '여기, 그리고 지금'의 범주이다. 첫 번째와 두 번째를 연결하는 매개물로서의 삼차성은 일반성의 범주이다. 표상·연속성·진화·사고·지성·법칙·시간·기호의 범주가 이에 속한다.

지용의 「유리창」은 시상의 흐름이 모두 4연으로 구성되어 있다. 1~2연은 시적 화자의 눈에 비친 실재적 사실이 나열된다. 퍼스가 말한 것처럼 현실은 진정한 앎 속에 현존한다는 것을 인식시켜 준다. 1~2연에서 시적 화자가 현실에서 보이거나 느끼는 정서를 서술어를 중심으로 열거한다면,

---

17) '포지티브(positive)'는 '긍정적, 단정적, 실재적, 실증적, 완전한' 등의 다양한 의미를 지닌다.

<차고 슬픈 것이 어른거린다 → 날개를 파닥거린다 → 밤이 밀려와 부딪치고 별이 보석처럼 박힌다>로 요약된다. 이러한 서술어들은 유리창 안과 밖의 풍경을 시각적이고 감각적인 언어로 형상화한 것으로 대상세계의 물질이나 형상물의 '성질'에 해당한다. 3연에서는 이러한 성질에 대한 시적 화자의 관계의 범주를 설명해준다. '밤에 홀로 유리를 닦는 것은 / 외로운 황홀한 심사이어니'라는 것이다. 즉 3연은 '창'을 통해 인식한 시적 화자의 내면 세계이다. 여기에서 지용이 '외롭다'는 시어를 구사한 것은 시적 화자의 삶의 고통과 비애미를 극화시킨 것이다. 그런데 그러한 대상세계와 내면과의 관계의 범주를 '황홀한'으로 묘사한 것은 놀랍다. 이러한 심적 세계는 정신적인 비약으로 해석될 수 있으며, 그것은 해탈의 경지로 나아감을 상징한 것으로 보인다. 한마디로 초극 의지를 표현한 것이다.

4연에서는 '고흔 폐혈관이 찢어진 채로 / 아아, 늬는 산ㅅ새처럼 날어갔구나!'라는 이승과 저승의 경계에 대한 탄식과 회한이 묘사된다. 즉 인간적 한계에 대한 고백적 진술이다. 이차성의 범주는 '여기, 그리고 지금'의 범주로 표현되고, 첫 번째와 두 번째를 연결하는 매개물로서의 삼차성은 시간의 차원으로 주체적인 시간을 거론한다. 이것은 현상학적 인식이자, 실존의 차원인 것이다.

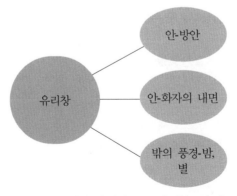

〈도표1〉 매개물로서의 삼차성으로 바라본 '창'의 상징성

'창'의 특성은 개방성이지만, 현실의 창은 주체의 소멸을 가져온다. 그것은 식민지 지식인의 아픔이고, 현실적 한계이다. '창'에는 대단한 상징성이 내재되어 있는 것이다.

마침 구보 박태원도 박태원(泊太苑)이란 필명으로 상당한 양의 시를 창작했다. 물론 김기림도 「유리창」이란 시를 썼다. 그런데 재미있게도 지용이 「유리창1」을 발표한 1930년에 「창」이란 시를 구보도 『동아일보』에 발표했다.

> 언제든귀엽은해ㅅ비치날름거리는곳
> 그대여!그리로 내여다보시오
> 그곳으로는 각금美人이지나갑니다
> 새날개의 가벼야운바람도잇습니다
> 얼토당토안케스리 곳닙이 째째로날라드러오는일도잇습니다
>
> 그러나그대여!
> 窓밧그로 고개를내밀어 밧가틀보아서는아니됩니다
> 그대가 이공연한好奇心에征服이될째
> 美人은업고 새는날지안코
> 곳닙은지지안코
> 푸른한울의아름다운風景은자최를 감춥니다
>
> 그대에게 이異常한風景을 보는方法을 가르켜줄수잇는나연만
> 아지못할 긔운에잇끌리어
> 내어다본 까닭에
> 나는다시美人을보고 새그림자를닛고
> 곳자최를다시차질수업게되엇나이다[18]

---

18) 박태원, 「窓」, 『구보 박태원의 시와 시론』, 곽효환 편저, 푸른사상, 2011, 21쪽.

(박태원, 「窓」, ≪동아일보≫ 1930. 1. 17.)

　사유의 방법에는 동양적인 직관적 관조의 방법이 있고, 서양적인 분석적 관찰의 방법이 있다. 구보는 모더니스트답게 분석적 사고를 한다. 우선 시적 화자는 '창'의 개방성에 관심을 표명한다. '창'은 오전의 시학이다. 따라서 햇살이 따사롭게 들어오는 아침 무렵 창가에 다가가야 긍정적인 개방성을 즐길 수 있다. '오전의 시론'에서 김기림은 동양문화 배제론을 펴는데, 서구문명은 생기와 활력에 가득 찬 기능적 문명인데 반해 동양문화는 퇴영과 나태에 빠진 정체문화라고 비판한 적이 있다. 김기림과 친했던 박태원도 같은 시각을 가지고 있다. 창틀 옆에 서서 창밖의 풍경을 바라보면, 타자도 보이고, 동물의 움직임과 식물의 동태를 통해 자연의 아름다움도 시야에 들어온다고 묘사한다. 단지 문제는 창을 통해 밖의 풍경을 관찰할 때 시적 화자의 내면을 숨길 것을 권유하고 있다. 호기심과 본능적 욕망을 드러내면, 묘한 기운에 이끌려 아무것도 볼 수 없게 된다고 충고한다. 패러독스와 아이러니 기법을 통해 지식인의 '내면 감추기'를 권유한다. 냉정한 시각으로 고현학적인 산책에 나서기만을 고집하는 작가정신인지 아니면 존재와 부재의 변증법을 체득하라는 충고인지 판단이 서지 않는다. 어떻게 보면, 현실을 직시하기는 하되, 식민지 청년으로서 깊이 있는 천착은 위험성을 내포한다는 상징일지도 모른다. 하여튼 작중화자에게 '창'은 다음 작품에서는 고독과 우울의 마음병으로 옮아간다.

　모더니스트 이상의 「날개」에도 창과 문, 그리고 거울이 등장한다. 아침이 되어 아내가 외출하면 작중 화자인 '나'는 아내의 방으로 건너와서 들창 옆의 화장대에서 돋보기를 만지고, 거울로 자신의 얼굴을 바라보면서 놀다가 지치면 화장대에 있는 화장품 병들을 손으로 들어 올려 쎈슈알한 향기를 맡아본다. 「날개」에서 '창'은 안과 밖의 의미보다는 아내와 '나'의 심리적 거리를 보여준다. 결국 '창'과 거울을 통해 작중 화자는 아내의 존재감과 자신의 무력감을 느끼고, 주체의 소멸을 인식하여 피로가 엄습함을 깨닫게 된다.

아내가 외출만 하면 나는 얼른 아랫방으로 와서 그 동쪽으로 난 들창을 열어 놓고 열어놓으면 들여비치는 볕살이 아내의 화장대를 비쳐 가지각색 병들이 아롱이 지면서 찬란하게 빛나고 이렇게 빛나는 것을 보는 것은 다시 없는 내 오락이다. 나는 쪼꼬만 「돋보기」를 꺼내 가지고 아내만이 사용하는 지리가미[19]를 끄실려가면서 불장난을 하고 논다…(중략)… 이 장난이 싫증이 나면 나는 또 아내의 손잡이 거울을 가지고 여러 가지로 논다. 거울이란 제 얼굴을 비칠 때만 실용품이다. 그 외의 경우에는 도무지 장난감인 것이다.

이 장난도 곧 싫증이 난다. 나의 유희심은 육체적인 데서 정신적인 데로 비약한다. 나는 거울을 내던지고 아내의 화장대 앞으로 가까이 가서 나란히 늘어 놓인 고 가지각색의 화장품 병들을 들여다본다. 고것들은 세상의 무엇보다도 매력적이다. 나는 그중의 하나만을 골라서 가만히 마개를 빼고 병 구녕을 내 코에 가져다 대이고 숨 죽이듯이 가벼운 호흡을 하여 본다. 이국적인 쎈슈알한 향기가 폐로 스며들면 나는 저절로 스르르 감기는 내 눈을 느낀다. 확실히 아내의 체취(體臭)의 파편이다. 나는 도로 병마개를 막고 생각해 본다. 아내의 어느 부분에서 요 내음새가 났던가를…[20]

2. '카페'를 통한 '욕망'과 감정의 '과잉소비'

1) 일상적 삶의 미학화 공간

기차역에 주로 존재했던 카페와 커피숍이 대도시의 중심에 하나둘씩 생

---

19) '휴지'의 일본말.
20) 이상, 「날개」, 김윤식 엮음, 『이상문학전집 2 -소설』, 문학사상사, 1991, 322쪽.

겨났다. 화폐경제 시대에 있어서 '돈'의 교환가치에 의해 인간은 타락하고 속물화하고 소외되는 비인간화의 과정을 밟기도 하지만 동시에 개인화와 사회화를 증대시키는 데 기여하기도 한다. 짐멜에 의하면 화폐는 단순히 경제적 교환의 수단일 뿐 아니라 사회적 상호관계에 중대한 영향을 미치는 기제이기도 하다. 이는 화폐를 매개로 하는 사회적 상호작용이 점점 더 객관화, 비인격화되면서 일어난다. 짐멜은 비인격적 객관성을 특징으로 하는 이러한 사회적 관계에 따라 개인화와 사회화가 동시에 증가한다고 보았다. 현대사회에서는 개인이 속한 사회적 영역과 집단이 확장되고 개인이 관계를 맺는 사회적 단위가 다원화됨에 따라 정치·길드·종교 영역에서의 전인격적인 결합관계와 구속으로부터 개인이 해방된다. 그 대신 사회에서 개인은 다양한 사회적 역할을 무한히 조합할 수 있게 됨으로써 더는 전통적 유대 관계에 얽매이지 않고 스스로를 자립적 인격체로 의식할 수 있다. 한편에서 개인은 다양한 사회적 역할을 받아들인다는 의미에서 사회화되고, 다른 한편에서는 다양한 사회적 서클의 교차점으로서의 정체성을 얻게 되는 것이다. 개별화와 사회화가 이처럼 밀접한 상관관계에 있다는 점에 현대의 역설이 존재[21]한다.

또 하나 화폐는 '인격의 가장 내밀한 내용을 지키는 문지기' 역할도 될수 있다. 객관문화의 차원에서 주관적인 것이 수축할수록 그만큼 개인의 내면세계는 주관성이 확대되는 역설적 관계 때문이다. 즉 "삶의 모든 내용이 점점 객관화되고 비인격화될수록 그 중에서 사물화될 수 없는 나머지 부분은 그만큼 더 개인화된다."[22)는 것이다.

옮겨다 심은 종려나무 밑에

---

21) 윤미애, 「짐멜의 문화이론과 미학적 모더니티」, 『독일문학』 103호, 2007, 131쪽.
22) 윤미애, 위의 글, 133쪽.

빗두루 슨 장명등
카페 프란스에 가쟈.

이놈은 루바쉬카
또 한놈은 보헤미안 넥타이
뺏적 마른 놈이 압장을 섰다.

　…(중략)…

『오오 패롵(鸚鵡) 서방! 꼰 이브닝!』

『꼰 이브닝!』(이 친구 어떠하시오?)

鬱金香 아가씨는 이밤에도
更紗 커ー틴 밑에서 조시는구료!

나는 子爵의 아들도 아모것도 아니란다.
남달리 손이 히여서 슬프구나!

나는 나라도 집도 없단다.
대리석 테이블에 닷는 내 뺨이 슬프구나!

오오, 이국종 강아지야
내 발을 빨어다오.
내 발을 빨어 다오.23)

(정지용, 「카페 프란스」, 『학조』 1926, 일부)

　이 작품은 전반부와 후반부의 시상의 흐름이 전혀 다르다는 점에서 독특

---

23) 정지용, 「카페 프란스」, 『원본 정지용 시집』, 이숭원주해, 깊은샘, 2003, 64~65쪽.

한 구조를 가지고 있다. '카페'는 퍼스가 말한 '성질'을 나타내는 말이지만, '문'은 관계를 설정하는 대상의 장치이다. '문'은 창으로 되어 있어서 밖에서 안을 들여다볼 수 있는 창이자, 자신의 내면을 살펴보는 마음의 창이기도 하다. 전반부는 소위 삐끼의 유혹에 못 이겨 카페 프란스로 찾아들어가는 내용이다. 후반부는 카페 안의 풍경을 묘사한 내용이다. 전반부가 이국적인 정취, 익조티시즘을 자극하고 있다면 후반부는 민족적 비애와 슬픈 감정 정서를 표출하고 있다. 후반부에서 출입문 근처 입구에 앵무새가 새 조롱에 매달려 있으므로 시적 화자는 앵무새에게 말을 건넨다. 어쩌면 앵무새와 시적 화자는 같은 환경적 조건에 놓여있는 것이 아닌지 생각에 젖었을 것이다. 카페의 내부 커튼이 쳐진 창가의 자리에서 종업원인 아가씨가 손님이 없는지 테이블 의자에서 졸고 앉아있는 풍경이 들어온다.

그런데 갑자기 시상의 변화를 가져오고, 시적 화자는 계급을 토로하며, 결핍의 내적 정서를 드러낸다. '남달리 손이 히여서 슬프구나!'라고 내적 독백도 내뱉는다. 또 주체의 소멸을 상징하는 조국 없는 청년의 비애를 '나는 나라도 집도 없단다'라고 토로하면서 '내 뺨이 슬프구나!'라고 다시 내적 독백을 읊조린다.

여기에서 카페의 안의 풍경은 사실상 시적 화자의 내면의 공간임을 확인할 수 있다. 카페의 '문'은 앞서 지용의 시 「유리창」에서 '창'과 같은 기능을 하고 있다. '문'은 카페의 안과 밖을 대비시키는 것에서 머물지 않고 문을 들어서는 순간 카페의 '안'은 독백형식을 통해 시적 화자의 내부 목소리를 드러낸다.

잠시 내면정서에 몰입해서 카페 안의 풍경을 두루 살피지 못했던 시적 화자는 건너편 테이블 밑에 앉아서 손님의 발을 빨고 있는 이국종 강아지에게 눈이 간다. 이국종 강아지는 돌연 시적 화자와 동질성을 획득한다. 조국을 떠나 유학생으로서 일본 교토에서 공부하고 있지만, 현실을 생각할 때 지식인 청년은 무력감에 휩싸인다. 결국 자신의 존재는 '주체의 소멸화'를 겪게 되는데, 그 순간 이국종 강아지는 자신과 같은 신세라는 것을 깨닫게 됨으로써 동질성을 회복하게 된다. 비가 오는 청승맞은 밖의 밤 풍경이 시적 화자의 내면의 서글픔의 정서로 승화되면서 돌연 이국종 강아지의 비애로 감정이입이 된다. 시인 정지용은 모더니스트로서 새로운 근대적 도시문명 속에 자리 잡고 있는 '카페'의 시니피앙에 참신한 감각적 정서를 표출했지만, 종국에는 '카페'의 시니피에가 자본주의의 화폐경제가 낳은 비인간화와 소외의 대상에 지나지 않는다는 것을 인식하게 된 것이다. 즉 '카페'라는 문명의 도구가 주체와 조화로운 관계를 형성하지 못하게 될 것이라는 부정적인 영감이 떠오른 것이다. 사회적 관계가 물상화될수록 내면성의 영역은 분명하게 확보하게 되는 역설이 확인된다.

그런데 재미있는 것은 앵무새와 커튼, 그리고 대리석 테이블이라는 카페의 '인테리어'는 일상성의 미학화를 가능하게 하는 양식인데 비해, 그러한 인테리어는 개인의 개별화를 그로부터 배제시킨다. 근대적 문물이 껍데기에 지나지 않는다는 깨달음에 시적 화자는 내면성의 영혼과 부조화의 관계에 빠져들게 된다. 카페 외부의 환경인 겨울을 재촉하는 밤비가 주는 을씨년스러운(뱀눈처럼 가늘게 내리는 밤비) 기상조건과 상관없이 시적 화자는 내면의 서글픔과 비극적 정서에 몰입되는 것이다.

2) 타자에 대한 관찰의 공간

정지용·이상·박태원은 문학의 자율성을 존중하고 전문 작가로서의 영역을 찾으려고 애쓴 문인들이다. 특히 언어 감각을 돋보이게 하고 감정의 절제를 중시한 이미지스트에 가까운 인물들이었다. 이상이 「실화」 등에서 시적 글쓰기를 모색한 것은 이러한 구인회를 중심으로 한 내용적인 문학에 대한 반성과도 상통한다. 모더니즘은 현실로부터 철저하게 소외된 개인이 현실의 직설적 반영을 포기하고 자아 내면으로 몰입하는 경향을 의미한다. 이러한 의미에서 모더니즘은 현실에서 상실된 총체성을 제임스 조이스의 「율리시스」나 엘리엇의 「황무지」처럼 내면적인 총체성으로 실현하고자 하는 작업인 것이다. 즉 모더니즘은 현실 내용의 총체화가 어려워짐에 따라 예술적 자기인식적 기법을 통해 내면적 총체화를 시도하는 방법24)인 것이다.

이미 정지용의 「카페 프란스」에서 확인한 것처럼 일제 식민지시기의 대학을 나온 인텔리 계층은 고등룸펜으로 전락할 수밖에 없으며, 그들은 머리는 크고 손발은 작은 인물인 관계로 근대적 도시공간의 카페·거리·빠·백화점·전차 등을 전전하면서 근대인들의 삶의 일상성을 관찰하거나 시대적 모순의 동인에 대해 혼자서 곰곰 사유해보다가 자신의 내면세계로 몰입하는 우울한 정조의 인물들로 묘사된다.

박태원의 「소설가 구보씨의 일일」은 3인칭 관찰자시점의 소설로 고독하고 세상의 삶에 지친 가난한 소설가 구보가 전차를 타거나 걸으면서 근대 풍경을 새롭게 담아가고 있는 경성의 거리를 산책하는 여로구조의 이야기이다. 「소설가 구보씨의 一日」은 삽입된 소제목을 중심으로 서사구조를 살펴보면 총 30여 개로 분절25)되는데, 1)'어머니는'에서 구보는 집을 나서고, 2)'아들은'에서 자기 소개를 한 후, 3)'구보는'에서 광교를 거쳐 걸으며, 전차를 타고, 4)'전차 안에서' 차장과 승객의 표정을 살펴보고, 5)'여자는'과 6)'행복은'에서는 한 여인에 대해 다양한 생각을 하고, 7)'일찍이'에서는 동경유학 시절 연모한 여인을 떠올리며 전차를 내린 후, 8) '다방의'에서는 등의자에 앉아 차를 마시며 벗을 그리워하고, 작품 말미에서 벗과 함께 찾

---

24) 조낙현, 「박태원 소설의 미적 근대성 - 「소설가 구보씨의 一日」을 중심으로」, 『한국문예비평연구』 12호, 2003, 73쪽.
25) 조낙현, 위의 글, 79~80쪽.

야간 카페에서 술주정을 하다가 '오전 2시의' 비가 내리는 종로 네 거리에서 벗과 헤어진 후 집으로 가는 길에 내일부터 집에서 창작에 몰두하겠다고 다짐을 하는 것으로 끝이 난다. 이 작품에는 다방이나 카페가 세 차례나 등장한다. 작중 화자 '구보'는 다방과 카페를 찾아가는 이유가 벗을 기다리기 위해서라는 목적을 제시하지만, 사실 커피를 마시면서 도시공간 속에 존재하는 다양한 인간 군상을 관찰하려는 목적도 가지고 있다. 특히 '다행스럽게'에는 '정지용 시인에 대한 오마주' 성격을 지니는 묘사도 등장해서 흥미롭다.

다시 돌아간 다방 안에, 사람들은 많지 않았다. 또 문득, 생각하고 둘러보아, 그 벗 아닌 벗도 그곳에 있지 않았다. 구보는 카운터 가까이 자리를 잡고 앉아, 마침, 자기가 사랑하는 스키퍼의 「아이 아이 아이」26)를 들려주는 이 다방에 애정을 갖는다. …(중략)…

조그만 강아지가, 저편 구석에 앉아, 토스트를 먹고 있는 사내의 그리 대단하지 않은 구두코를 핥고 있었다. 그 사내는 발을 뒤로 물르며, 쉬쉬 강아지를 쫓았다. 강아지는 연해 꼬리를 흔들며 잠깐 그 사내의 얼굴을 쳐다보다가, 돌아서서 다음 탁자 앞으로 갔다. 그곳에 앉아 있는 젊은 여자는, 그는 확실히 개를 무서워하는 듯싶었다. 다리를 잔뜩 옹크리고 얼굴 빛조차 변하여 가지고, 그는 크게 뜬 눈으로 개의 동정만 살폈다. …(중략)…

강아지의 반쯤 감은 두 눈에는 고독이 숨어 있는듯싶었다. 그리고 그와 함께, 모든 것에 대한 단념도 그것에 있는 듯싶었다. 구보는 그 강아지를 가엾다, 생각한다. 저를 사랑하는 사람이 단 한 사람일지라도 이 다방 안에 있음을 알려 주고 싶다. 생각한다. 그는 문득, 자기가 이제까지 한 번도 그의 머리를 쓰다듬어 준다거나, 또는 그가 핥는 대로 손을 맡겨 둔다거나, 그러한 그에 대한 사랑의 표현을 한 일이 없었던 것을 생각해 내고, 손을

---

26) 베르디의 오페라.

내밀어 그를 불렀다.[27]

　　(박태원, 「소설가 仇甫씨의 一日」, 1934. 9. ≪조선중앙일보≫[28])

　「소설가 구보씨의 一日」은 작가 박태원 스스로 말했듯이 모데노로지오 (modernologio)라는 에스펠란토어로 표기된 고현학적 방법을 구사한 작품이다. 고현학(考現學)은 1924년 곧 와지로(今和次郎, 1888~1973)에 의해 처음 제창되었다. 민속학자 야나기다 구니오 밑에서 민속학 자료 채집을 하던 그는 1923년 9월의 관동대진재로 인한 폐허로부터 부흥하는 동경의 변화를 주목하여 그 변화를 기록, 조사하는 작업으로 전환하기로 하면서 고현학이라는 기치를 들었고, 1927년 가을 「고현학 전람회」(10.15~21)를 개최[29]하였다.

　박태원은 고현학적 기록을 통해 무엇을 묘사하려고 의도한 것인가? 물론 구보 자신은 고현학이 효용성을 상실했고, 새로움이 그것만으로 상찬의 대상이 될 수 없다고 모더니즘에 대한 반성의 토대 위에 서있었다. 하지만 방민호는 첫째, 구보의 산책과정에 내포된 심상 지리적 의미, 둘째, 구보가 만나게 되는 사람들의 성격과 특징, 셋째, 작중에 나타난 구보의 피로와 가장된 명랑성의 의미[30] 등을 통해 그 의미를 찾아볼 수 있다고 말했다. 작가는 아무래도 근대적 풍경의 하나인 카페와 다방을 통해 타자에 대한 관찰을 시도하면서 자신의 의식의 흐름 기법이나 내면에 대한 회상기법을

---

27) 박태원 소설집,『소설가 구보씨의 일일』, 깊은샘, 1989, 44~45쪽.
28) 「소설가 구보씨의 一日」은 이태준이 편집부장으로 일하고 있던 ≪조선중앙일보≫(1934.8.1.~9.19)에 게재되었다.
29) 김흥식, 「박태원의 소설과 고현학」, 방민호 외 편,『박태원문학 연구의 재인식』, 예옥, 2010, 16쪽.
30) 방민호, 「1930년대 경성과『소설가 구보씨의 일일』」, 방민호 외 편, 위의 책, 182쪽.

통해 서사구조의 약화를 실험하려는 생각이 앞섰다고 보인다.

작품의 말미에서 구보와 벗은 어둠의 종로와 낙원정을 걷다가 그 계집이 있는 카페를 찾는다. 그런데 이곳에서 구보는 벗의 기력과 정열이 결핍되어 있는 것보다 카페여급들의 일본식 유행에 물들어가는 것에 큰 좌절과 절망 감을 느낀다. 욕망의 끝이 가져다주는 방종과 퇴폐 그리고 소모적인 과잉 소비생활의 노예적 종속성에 우울함과 동시에 피로를 느낀다. 근대적인 문 명도구들로 대중의 욕구는 분화되고 세련되는 반면에, 정신건강은 불건전 하게 도식화·고착화되어 가고 있었던 것이다. 특히 불균형적인 정신 상태 와 불건강한 충동성의 광풍에 순간적으로 모두가 정신질환을 앓고 있는 것이 아닌가 작중 화자 '구보'는 생각한다.

그들이 마침내, 낙원정으로, 그 계집 있는 카페를 찾았을 때, 구보는, 그러나, 벗의 감정이 그 둘 중의 어느 것도 아니었다는 것을 알았다. 혹은, 어느 것이든 좋았었는지도 몰랐다. 하여튼, 벗도 이미 늙었다. 그는 나이 로 청춘이었으면서도, 기력과, 또 정열이 결핍되어 있었다. 까닭에 그가 항상 그렇게도 구하여 마지 않는 것은, 온갖 의미로써의 자극이었는지도 모른다.

여급이 세 명, 그리고 다음에 두 명, 그들이 탁자로 왔다. 그렇게 많은 '미녀'를 그 자리에 모이게 한 것은, 물론 그들의 풍채도 재력도 아니다. 그들은 오직 이곳에 신선한 객이었고, 그러고 노는 계집들은 그렇게도 많 은 사내들과 아는 체하기를 좋아하였다. 벗은 차례로 그들의 이름을 물었 다. 그들의 이름에는 어인 까닭인지 모두 '꼬'가 붙어 있었다. 그것은 결 코 고상한 취미가 아니었고, 그리고 때로 구보의 마음을 애닯게 한다. … (중략)…

갑자기 구보는 온갖 사람을 모두 정신병자라 관찰하고 싶은 강렬한 충 동을 느꼈다. 실로 다수의 정신병 환자가 그 안에 있었다. 의상분일증(意想 奔逸症)·언어도착증(言語倒錯症)·과대망상증(誇大妄想症)·추외언어증(醜猥言語 症)·여자음란증(女子淫亂症)·지리멸렬증(支離滅裂症)·질투망상증(嫉妬妄想症)·

남자음란증(男子淫亂症) · 병적기행증(病的奇行症) · 병적허언기편증(病的虛言欺騙症) · 병적낭비증(病的浪費症)….

그러다가, 문득 구보는 그러한 것에 흥미를 느끼려는 자기가, 오직 그러한 것에 흥미를 갖는다는 것만으로도 이미 한 것의 환자에 틀림없다, 깨닫고, 그리고 유쾌하게 웃었다.[31)

이상도 단편소설 「失花」에서 정지용에 대한 오마주를 표출했다. 「失花」는 이상의 유고작으로 ≪문장≫(1939.3)에 발표된 작품이다. 이상이 동경에서 집필한 작품들인 「종생기」와 수필 「권태」와 함께 1936년 12월 23일 이후 동경에서 창작한 작품으로 추정된다. 「실화」에도 동경 신주쿠의 번화가에 자리 잡은 퇴폐와 낭만의 욕망적 배출구 '노바(NOVA)'라는 바가 등장한다. 이 작품은 모더니스트 이상이 의식의 흐름 기법과 회상기법을 사용한 것으로 유명한 소설이다. 이 작품도 정지용의 「카페 프란스」처럼 전반부와 후반부로 구성되어 있다. 전반부는 주인공 '나'가 동경 유학생 'C'의 방에 와 있는 장면을 묘사하고 있고, 후반부는 '나'가 법정대학 영문학과를 다니는 연극하는 친구 'C'[32)의 방을 나서 함께 신주쿠의 'NOVA'라는 바에서 술을 마시는 이야기로 구성되어 있다. 소설에서 전반부와 후반부는 의식의 흐름 기법으로 연결되어 있어서 회상과 연상이 반복된다. 즉 소설의 이야기는 주인공 '나'의 의식 속에서 재구성되는 과거와 현재라는

---

31) 박태원 소설집, 『소설가 구보씨의 일일』, 깊은샘, 1989, 68~70쪽.
32) 권영민, 『이상 문학의 비밀 13』, 민음사, 2012, 281~83쪽.
    권영민은 'C'양과 함께 동거하는 'C'군을 『삼사문학』의 동인으로 1934년 재일 조선인 유학생을 중심으로 구성된 연극 운동 단체 '동경학생예술좌'를 주도했던 주영섭으로 보았다. 주영섭은 호세이대학 영문학과 출신으로 기관지 『막』의 발간을 주도하며 모임을 이끈 인물이다. 그는 신백수, 이시우 등이 중심이 되었던 『삼사문학』에도 동인으로 참여하여 제5호(1936.5)에 「거리의 풍경」, 「달밤」 등의 시를 발표하기도 하였다.

시간을 통해 경성과 동경이라는 두 개의 공간을 병치시킴으로써 주인공 내면에 자리 잡고 있는 의식세계를 펼쳐 보이고 있다.

「실화」는 2장에서 9장까지 경성과 동경의 반복적인 장소이동이 이루어지는데, 각장의 연결어나 덥석부리에서 말 연상을 통해 연상 작용을 이끌어내고 있다. 또 경성에서의 연이와 유정 등과의 기억을 통해 회상을 떠올리는 수법을 활용하고 있다. 프롤로그인 1장에서 "사람이 비밀이 없다는 것은 재산 없는 것처럼 가난하고 허전한 일이다"라고 아포리즘33)으로 이야기를 풀어가면서 2장부터 9장까지 어구의 반복으로 이야기 연결보다는 주인공의 의식의 연결에 그 의도적인 구성을 짜 맞추고 있다. 처음 장과 끝장을 연결하는 구도에는 주인공의 사고과정이 원환적인 의미를 갖고 영원히 반복한다는 의미가 암시34)되어 있다.

동경에서의 체험을 이야기하는 「실화」의 6장에서 작가 이상은 정지용의 「카페 프란스」에 등장하는 '또 한 놈의 心臟은 벌레 먹은 장미'와 '나는 子爵의 아들도 아모것도 아니란다'를 오마주한다.

「新宿 가십시다」
「新宿이라?」
「NOVA에 가십시다」
「가십시다 가십시다」
마담은 루파시카. 노봐는 에스페란토. 헌팅을 얹은 놈의 心臟을 아까부터 벌레가 연해 파먹어 들어간다. 그러면 詩人 芝溶이여! 李箱은 勿論 子爵의 아들도 아무 것도 아니겠읍니다그려!

---

33) 아포리즘이란 간결하고 압축된 형태로 표현된 인생, 사회, 문화 등에 관한 견해로 간결하고 예민한 평언을 말하는 것을 의미한다.

34) 장혜정, 「아쿠타가와(芥川)와 이상문학에 나타난 '의식의 흐름' 기법-「톱니바퀴」와 「실화」를 중심으로」, 『일어일문학 연구』 62권 1호, 2007, 110~11쪽.

十二月의 麥酒는 선뜩선뜩하다. 밤이나 낮이나 監房은 어둡다는 이것
은 꼬리키의 「나그네」 구슬픈 노래, 이 노래를 나는 모른다.[35]

(이상, 「失花」, ≪문장≫ 1939.3 발표 유고작)

이상이 정지용의 시를 오마주했다는 것은 유학생들의 지적 우월감에 주
눅 들었던 것을 만회하는 심정으로 동경행을 선택했으나 동경생활에서 환
멸을 느끼게 된 것과 관련성이 있을 것이다. 정지용이 교토의 유학시절 쓴
「카페 프란스」에서 '나는 子爵의 아들도 아무 것도 아니란다'는 식민지
지식인의 무력감과 비애를 절실하게 묘사한 시구이다. 작가 이상은 「실화」
에서 이 같은 비애와 서글픔의 정서에 공감을 느끼면서 '나'의 스스로의
동경행이 잘못된 선택이었음을 반성하고 있다.

퍼스는 기호유형론의 분류에서 세 가지 종류의 기호들을 찾아냈다. 도
상·지표·상징이 그것이다. 상징들은 다시 술어·명제·논증으로 분할된
다. 기호의 삼분법적 양상은 1903년에 나온 중간 유형론에서 더욱 완성적
으로 분절된다. 이 같은 내적 유형론은 최초로 퍼스를 고유한 기호 분류
작업으로 참여하게 한다. 내적 유형론을 사용하면, 기호의 형식적 조건들
에 상응하는 세 가지 양상은 1)기호가 그것의 토대로서 고려되는 경우, 2)
기호와 그것의 대상체와 관련지어 고려하는 경우, 3)기호와 그것의 해석체
와 관련지어 보는 경우로 구분된다. 그 논리에 따라 첫 번째 양상은 기호의
'현존적 성격', 두 번째는 기호와 그 대상체와의 관계로서, '표상적 성격'으
로 불리고, 세 번째는 기호와 그 해석체의 관계로서 '해석적 성격'으로 불
린다. 카페와 다방 그리고 바(bar)는 현존적 성격으로는 자아와 타자 간의
'만남의 공간'을 연상시킨다. 그러나 그것은 대상체와의 관계로서 표상적
성격으로는 근대적 도시공간에서 새롭게 등장한 '근대 풍물의 하나'로 인

---

35) 이상, 「失花」, 김윤식 엮음, 『이상문학전집 2 소설』, 문학사상사, 1991, 366쪽.

식된다. 특히 세 사람의 모더니스트 작가들은 기호와 그 해석체와의 관계에서 파생되는 해석적 성격으로 그것을 '제국주의 침탈의 공간'으로 해석한다. 따라서 정지용과 이상과 박태원은 지식인으로서의 비애미를 그곳에서 스스로 느낀다. 다만 정지용은 앵무새와 커튼, 그리고 대리석 테이블이라는 카페의 '인테리어'가 주는 일상성의 미학화를 통해 자각적 비애미를 느낀다면, 박태원은 도보 산책과 카페 내부의 관찰을 통해 내면적인 성찰에 몰입하게 된다. 이상의 경우 '노바(NOVA)' 체험이라는 기억과 연상, 그리고 회상기법을 활용해 불안과 부조리의 깨달음이라는 불안정한 자의식을 통해, 흐느적거리는 피로와 서글픔을 느끼게 된다는 점이 다른 작가와의 변별성인 것이다.

3. 추상적 잠재성과 '매개'의 담론 – '예술형식을 통한 미학화'

모더니스트 정지용·이상·박태원이 한국문학사에 독보적인 족적을 남기게 된 것은 새로운 문명에 흥분하여 다가섰으나 단순한 모방적 자아의 단계에서 멈추지 않고 비판적 성찰을 통해 '반성적 자아'의 단계로 나아간 점에 있다. 그들은 1930년대 말 군국주의의 광풍이 일본으로부터 식민지 조선으로 물밀듯이 밀려들자 한발 더 뒤로 물러서서 자신을 들여다 볼 수 있는 거울을 마련함으로써 '스스로 사유하는 자아'로 변모시킨다. 자신들이 왜 근대적 서구 문명을 받아들이는 가교 역할에 서 있는가를 진지하게 성찰하고 이 시점에서 전근대적 전통은 모두 나쁜 것인가에 대한 점검에도 들어가게 된다. 근대적 자아의 실체를 복기해봄으로써 나중에 '합리적인 자아'로 나아가기 위한 도약의 시점을 모색하는 것이다.

그 변곡점에 근대의 '일상적 삶의 미학화'를 한층 승화시킨 '예술형식을 통한 미학화'를 시도한 변신이 위치하고 있다. 「현대문화에서의 돈」에서 짐멜은 화폐경제를 자기 내부의 법칙을 따르는 객체이면서 동시에 총체적 문화운동의 리듬을 따르는 형식으로 파악했다. 후자의 시각에서 짐멜은 화폐로 인한 소외와 물화를 비판하기보다는 현대문화의 상징으로서의 화폐의 의미를 해석하고 있다. 앞서도 언급한 바 있듯이 짐멜에 의하면, 화폐는 "인격의 가장 내밀한 내용을 지키는 문지기"[36]가 될 수 있다는 인식이다. 그 이유는 객관문화의 차원에서 주관적인 것이 수축할수록 그만큼 개인의 내면세계의 주관성이 확대되는 역설적 관계 때문이다. 화폐경제에서 사회적 관계가 물상화·객관화될수록 역으로 물상화될 수 없는 내면성의 영역이 그만큼 확실하게 확보하는 영혼이 나오게 된다[37]고 본 것이다.

> 한밤에 壁時計는 불길한 啄木鳥[38]!
> 나의 腦髓를 미신바늘처럼 쫓다.
>
> 일어나 종알거리는 '時間'을 비틀어 죽이다.
> 殘忍한 손아귀에 감기는 간열[39]핀 모가지여!
>
> 나의 生活은 일절 憤怒를 잊었노라.
> 琉璃안에 설레는 검은 곰인 양 하품하다.
>
> 꿈과 같은 이야기는 꿈에도 아니 하란다.
> 必要하다면 눈물도 製造할 뿐!

---

36) 윤미애, 「짐멜의 문화이론과 미학적 모더니티」, 한국독어독문학회, 『독일문학』 103권, 2007, 132~33쪽.
37) 윤미애, 위의 글, 133쪽.
38) 딱따구리.
39) 가냘픈

어쨌던 定刻에 꼭 睡眠하는 것이
高尙한 無表情이오 한 趣味로 하노라!

明日!(日字가 아니어도 좋은 永遠한 婚禮!)
소리없이 옴겨가는 나의 白金체펠린40)의 悠悠한 夜間航路여!41)
                    (정지용, 「時計를 죽임」, 『카톨릭 청년』 제5호, 1933.10)

十三人의兒孩가道路로疾走하오.
(길은막달은골목이適當하오.)

第一의兒孩가무섭다고그리오.
第二의兒孩도무섭다고 그리오.
第三의兒孩도무섭다고그리오.

…(중략)…

第十三의兒孩도무섭다고그리오.
十三人의兒孩는무서운兒孩와무서워하는兒孩와그러케뿐이모혔소.
(다른사정은업는것이차라리나앗소)

그中에一人의兒孩가무서운兒孩라도좃소.
그中에二人의兒孩가무서운兒孩라도좃소.
그中에二人의兒孩가무서워하는兒孩라도좃소.
그中에一人의兒孩가무서워하는兒孩라도좃소.

(길은뚤닌골목이라도適當하오.)
十三人의兒孩가道路로疾走하지아니하야도좃소.42)

---

40) 비행선을 설계한 독일인의 이름.
41) 정지용, 「時計를 죽임」, 『원본 정지용 시집』, 이숭원 주해, 깊은샘, 2003, 28~29쪽.

(이상, 「烏瞰圖」, ≪조선중앙일보≫ 1934.7.24.)

대체적으로 1930년대의 모더니즘 시를 얘기할 때, 정지용의 경우, 이미지즘 시로, 이상의 경우 아방가르드 시로 평가[43]한다. 모더니티나 아방가르드의 개념은 시간적 상대주의를 함축하고 있다. 영미 모더니즘을 선도했던 T. E. 흄의 불연속적 세계관은 부르주아 근대성 이념 중의 하나인 휴머니즘의 위기를 진단한 것[44]이었다. 이는 아방가르드에도 역시 동일한 문제의식으로 작용하였다. 모더니즘 시의 불연속적 시간 특질이란 관점에서 볼 때, 정지용 시의 불연속성은 단속성과 소격화(estrangement) 현상의 측면에서 논해질 수 있다. 모더니스트이지만 전통적 사유화와의 소통을 포기하지 않았던 정지용은 시간을 끊임없는 흐름 속에서 소격화시킨다. 즉 극단적인 불연속성으로 드러내기 보다는 시간적 연속성을 절연시킨 단속성의 시간 특질로 나타난다. 반면에 이상과 같은 전복적인 모더니스트는 전통적인 시간관을 완전히 부정한다. 이상 시의 불연속성은 파편화된 시간표상과 몽타주 기법의 측면[45]에서 논해질 수 있다.

정지용의 시에는 시간을 잘 반영하고 있는 현상학적 시간이 발현[46]된다.

---

42) 이상, 「오감도」, 『정본 이상문학전집 1. 시』, 김주현 주해, 소명출판, 2009, 86~87쪽.
43) 김동근, 「정지용 시와 이상 시의 대위적 텍스트성 - 불연속적 시간 특질을 중심으로」, 『한국문학이론과 비평』 55호, 2012, 40쪽.
44) 나병철, 『근대성과 근대문학』, 문예출판사, 1996, 167쪽, 김동근, 위의 글, 41쪽. 재인용.
45) 김동근, 앞의 글, 41~42쪽.
46) 김동근 위의 글, 44쪽.
   "시간을 이분법적으로 구분하는 것은 서양철학의 오래된 전통이다. 헤겔은 '시간'을 자연시간과 개념시간으로 구분하여 후자를 영원이라고 했다. 베르그송은 시간을 공간적 동질적 시간과 지속시간으로 구분했으며, 후설은 객관적 시간과 주관적

「時計를 죽임」에 대한 학계의 연구는 크게 세 가지로 나뉜다. 첫째, 시적 화자가 시간에 대해 가지는 불안감을 표현한 작품이라는 해석으로 김학동·신진·이숭원 등이 여기에 속한다. 둘째, 시적 화자는 시간의 불안감에서 벗어나 주관적이고 경험적인 시간으로 의식을 확대시키고 있다는 견해인데, 정태선·김신정·김동준[47] 등이 여기에 속한다. 셋째, 인간의 주관적인 인식이 끼어들 여지가 전혀 없는 시계 시간의 냉혹한 흐름을 보여주고자 한다고 파악하는 견해로 조해옥이 여기에 속한다. 조해옥은 이숭원이 '시계의 초침'으로 해석한 백금 체펠린을 궁극적으로 화자 자신을 가리킨다고 해석하여 시계판은 개인적이고 주관적인 시간이 허용되지 않으며, 대신에 획일적으로 관리되는 시간만이 인정되는 생활공간을 상징하며, 또 시계바늘은 이 같은 시간과 공간 속에서 살아가야 하는 근대인을 나타낸다[48]고 파악했다.

정지용이 근대의 경성을 '시간'으로 접근했다면, 이상과 박태원은 '도시공간'으로 접근했다. 이상은 골목의 모더니티를 아방가르드적으로 묘사했다. 이상과 박태원은 도시공간 속에서 왜 '골목'을 주시하고 관찰했을까? 근대인의 일상적 삶의 공간이라는 점을 우선 염두에 두었을 것이다. 일반

시간을 구분하면서 이 둘을 통섭하는 '현상학적 시간'을 상정한다. 양적 시간과 질적 시간, 외적 시간과 내적 시간, 가역적 시간과 불가역적 시간 등도 시간에 대한 이분법적인 사유를 바탕으로 한 시간관이다. 현상학적 시간을 경험의 시간이라고도 하는 데 이때 경험의 시간은 과거에서 오는 시간이 아니다. 의식의 흐름은 강물처럼 흐르지만 시간은 특별한 시적 인식의 순간을 핵으로 삼아 응결한다. 징검다리처럼 단단해진 시간은 몸에서 분리된 티눈처럼 의식의 전체 흐름 속에서 소격화된다."

47) 김동근은 위의 글에서 "정지용의 시편들은 미래지향적 시간의식과 더불어 모더니티적 속성이 드러난다고 보았다. …(중략)…

48) 조해옥, 「시계판을 옮겨가는 금속의 근대인」, 최동호 외 편, 『다시 읽는 정지용 시』, 월인, 2003, 140쪽.

시민들의 살아 숨 쉬는 공간으로서 골목에 집착을 가졌을 것으로 생각된다. 또 벤야민이 『아케이드 프로젝트』에서 묘사했던 광장으로 뚫려있는 산책의 공간으로서의 의미도 파악했을 것이다. 결국 가난한 고등룸펜적 삶을 살았던 작가들은 서민공간에 있는 골목을 지나쳐야만 전차가 다니는 도로나 신작로로 나아갈 수 있었던 것이다. 즉 골목은 전통적 가치와 근대적 가치가 부딪쳐서 파열음을 내는 접합점으로서의 도시공간이었던 것이다.

골목은 골목으로 연결되어 다닥다닥 판잣집과 서민주택들이 이어져 있는 곳이 경성의 조선인들이 살던 공간이었다. 미로처럼 연결되어 있는 골목에서 아방가르드 작가 이상은 혼돈에서 오는 불안감이 아닌 공포를 느끼게 된다.

이상의 「오감도」 제1호에서 작가가 신경을 쓴 것은 '제1의아해가 무섭다고그리오'부터 계속 반복과 단순열거의 시적 배열을 통해 강박관념과 무서움과 두려움의 공포감을 극대화시키고 있다는 점이다. 이러한 방법은 텍스트의 타이포그래피적 특성과 그 시적 의미를 강조하기 위한 고안[49]이다. 이러한 표현 방법은 이상의 소설에서의 아포리즘의 기능과 같은 역할을 떠맡는다. 이렇게 이상에게 골목은 또 다른 골목으로 이어지다가 결국 막힌 담 아래 갇혀버리는 공포의 공간이다. 그것은 이상이 바라보는 근대의 얼굴이기도 했다. 소외의 도시, 근대라는 매혹의 환영을 보여주지만, 그로부터 야기되는 가상의 아우라조차 쉽게 접할 수 없는 도시가 바로 경성이다. 따라서 이상이 접어든 사상의 공간으로서의 근대는 공포의 공간이면서 자조의 공간일 수밖에 없으며 작가는 이 골목의 모더니티 앞에 스스로를 유폐시킨다.[50]

---

49) 권영민, 「오감도 그 영원한 숙제」, 『이상문학이 비밀13』, 민음사, 2012, 153쪽.
50) 류소연, 「골목의 모더니티 -박태원과 이상, 그리고 에도가와 란포」, 『구보학보』 10호, 2014, 77쪽.

일 있는 이는 일에 시달렸고, 한가한 이는 또 한가함에 지쳤고, 온 집안 식구가 단칸방 속에가 서로 너무나 가까이 모여 있었으므로 도리어 마음들은 서로 멀어지고 아침저녁으로 대하는 늘 한 모양인 그 핏기 없는 얼굴들은 서로 남의 마음을 어둡게 하여 그래 우리들은 그렇게 가까이서도 서로 마주 대하기를 꺼리고 어린 조카도 쉽사리 어른들의 품속에 젖어 우리 가족들은 모두 방의 네 벽과 같이 말이 없었다.

…(중략)…

거리 위에서 나는 언제든 갈곳을 몰라한다. 내가 아무런 볼일도 갖는 일 없이 그냥 찾아가 만나 줄 벗이란 다섯 손가락에도 차지 못하였고, 물론 같은 이를 매일같이 찾아 보는수는 없었다.[51]

(박태원, 「거리距離」, 『신인문학』 11호, 1936.1)

「거리」는 구보 박태원이 경성의 도시공간인 골목풍경을 생생하게 묘사하면서 결국 주인공 '나'의 내면적 세계를 그려나가는 이야기이다. 작중 화자인 중학 졸업 학력의 29세의 '나'는 노인과 기생 삼형제만 사는 안채의 바깥채를 빌려 사는 세입자이다. '나'는 모친과 형수와 어린 조카와 단칸 셋방에 살면서 가난함과 비굴함으로 버텨나가는 룸펜형 인물이다. 형이 죽은 뒤 삼년이 지나 마땅히 그를 대신해 온 가족을 부양해야 하지만 게으른 성격에 부지런히 쓰는 원고도 아무데서도 즐겨 사주지 않아 생활방도를 마련하지 못하는 인물이다. 그가 하는 일이란 벗을 찾아 길을 나서거나 옆집 양약국의 젊은 점원에게 찾아가 골목사람들의 수다와 소문을 탐문하며 엿듣는 일뿐이다. 작가 박태원은 근대의 민낯을 보여주는 골목의 모더니티를 통해 '돈'의 가치의 엄중성을 깨닫고 경성이라는 도시 공간이 주는 좌절과 절망의 가혹성을 새로운 서사형식에 담아 형상화해나간다.

---

51) 박태원, 「距離」, 『박태원 소설집 소설가 구보씨의 일일』, 깊은샘, 1989, 162~63쪽.

작가 정지용·이상·박태원은 짐멜이 로댕의 조각에서 발견한 '역동적 운동성'과 게오리게의 시에서 찾아낸 '창조적 인격성'과 같은 모더니티의 창조를 통해 예술적 미학화를 모색했다는 점에서 의의와 가치를 찾을 수 있다. '예술에서의 미학화'는 예술가의 개인적 양식을 매개로 일어나며, 현대적 삶의 미학화는 무엇보다도 형식을 매개로 개별성과 보편성, 변화와 지속과 같은 삶의 대립적 경향을 화해시키는 것을 가능하게 한다는 점에서 의의가 매우 높다. 짐멜은 모순을 극복하면서 부단히 새로운 문화형식을 만들어나가는 역동적인 삶의 요구를 문화발전의 추동력으로 보았던 것52) 이다.

4. 맺음말

정지용과 이상 그리고 박태원은 1930년대 모더니즘을 개척함으로써 한국문학사에 커다란 족적을 남겼다. 애초에 그들은 새로운 것의 추구라는 서양의 근대적 문명에 대해 모방적 자아의 형성으로부터 시작하여 흥분을 하게 된다. 하지만 곧 식민지 현실에서 느끼게 되는 정신적 빈곤의 수준이 심각함을 발견한다. 점차 그들은 반성적 성찰을 통해 근대적 모더니티에는 '자기 진정성(authenticity)'에 대한 관념이 결여되어 있음을 깨닫고 '합리적인 자아'를 모색하는 방향으로 전환과 변신을 하게 된다.

이들이, 짐멜이 '인격적인 것과 비인격적인 것, 개별화와 사회화를 조화시키면서 현대의 분화와 단편화를 극복하는 사회적 예술'이라고 평가한 '친교'를 통해, 모더니즘의 새로운 문화영역을 구축한 것은 커다란 의미를 지닌다. 모더니즘이라는 새로운 예술사조를 정착시키기 위해 정지용은 「爬

---

52) 윤미애, 앞의 글, 148쪽.

蟲類動物」,「슬픈 汽車」, 박태원은 「소설가 구보씨의 一日」, 이상은 「날개」를 통해 화폐경제시대가 만들어낸 근대 문명의 합리성과 풍요의 도구들을 묘사하면서 전문화·개별화되어 가는 개성 강한 인물들을 창조해나간다. 이러한 과정에서 세 작가는 모방에 충실한 자아는 서구적 가치에 동일화되려고 하면 할수록 우울해지거나 절망에 빠질 수밖에 없음을 알게 된다.

구체적으로 짐멜의 문화담론과 퍼스의 기호학적 이론으로 세 작가의 작품을 개략적으로 분석해 보았다. 첫째, 정지용과 박태원은 '창'과 '문'의 상징적 의미에 대해 창조적인 인식을 한다. 퍼스의 논리적 담론처럼 '창'과 '문'에는 일차성·이차성·삼차성의 범주와 관계가 설정되는 것이다. 즉 단순한 성질인 안과 밖의 의미 이외에도 시적 화자의 내면적 풍경에 대해 관계를 맺고 있음을 확인한 것이다. 특히 「날개」에서 작가 이상은 '창'을 통해 안과 밖의 의미보다는 아내와 '나'의 심리적 거리를 보여준다. 결국 '창'과 거울을 매개로 작중 화자는 아내의 존재감과 자신의 무력감을 느끼고, 주체의 소멸을 인식하여 피로가 엄습함을 깨닫게 된다.

둘째 정지용·이상·박태원은 도시공간에 자리 잡은 카페와 다방, 바에 관심을 집중한다. 세 사람의 모더니스트 작가들은 기호와 그 해석체와의 관계에서 파생되는 해석적 성격으로 카페·다방·바(bar)를 '제국주의 침탈의 공간'으로 해석한다. 따라서 정지용과 이상과 박태원은 지식인으로서의 비애미를 그곳에서 스스로 느낀다. 다만 정지용은 앵무새와 커튼, 그리고 대리석 테이블이라는 카페의 '인테리어'가 주는 일상성의 미학화를 통해 자각적 비애미를 느낀다면, 박태원은 도보 산책과 카페 내부의 관찰을 통해 내면적인 성찰에 몰입하게 된다. 그에 비해 이상은 뒤늦은 동경의 '노바(NOVA)' 체험이라는 기억과 연상, 그리고 회상기법을 활용해 불안과 부조리의 깨달음이라는 불안정한 자의식을 통해 흐느적거리는 피로와 서글픔을 느끼게 된다는 점에서 다른 작가와의 변별성을 드러낸다.

셋째, 세 작가는 경성이라는 도시공간에 존재하는 '현상학적 시간'과 '골목에 대한 모더니티'를 추구한다. 이러한 확인을 위해 「오감도」, 「거리」, 「시계를 죽임」를 분석했다. 요약을 한다면, 작가 정지용·이상·박태원은 짐멜이 로댕의 조각에서 발견한 '역동적 운동성'과 게오르게의 시에서 찾아낸 '창조적 인격성'과 같은 모더니티의 창조를 통해 '예술적 미학화'를 모색했다는 점에서 의의와 가치를 찾을 수 있다. '예술형식을 통한 미학화'는 예술가의 개인적 양식을 매개로 일어나며, 현대적 삶의 미학화는 무엇보다도 형식을 매개로 개별성과 보편성, 변화와 지속과 같은 삶의 대립적 경향들을 화해시키는 것을 가능하게 한다는 점에서 의의가 매우 높다.

모순을 극복하면서 부단히 새로운 문화형식을 만들어나가는 역동성과 지속성은 세 작가의 강점으로 해석되며, 그들의 위상이 매우 높음을 다시한 번 확인하게 된다.

■ 참고 문헌

1. 자료집
박태원 소설집, 『소설가 구보씨의 일일』, 깊은샘, 1989.
박태원 단편소설집, 『이상의 悲戀』, 깊은샘, 1991.
박태원, 「窓」, 『구보 박태원의 시와 시론』, 곽효환 편저, 푸른사상, 2011.
이상, 「날개」, 김윤식 엮음, 『이상문학전집 2 소설』, 문학사상사, 1991.
이상, 『정본 이상문학전집 1. 시』, 김주현 주해, 소명출판, 2009.
정지용, 『원본 정지용 시집』, 이숭원 주해, 깊은샘, 2003.

2. 학술저서 및 논문
권영민, 『이상문학의 비밀 13』, 민음사, 2012.
김동근, 「정지용 시와 이상 시의 대위적 텍스트성 – 불연속적 시간특질을 중심으로」, 『한국문학이론과 비평』 55호, 2012.
김민정, 「九人會의 존립양상과 미적 이데올로기의 상관성 연구」, 서울대 박사학위 논문, 2008.

김종회, 「박태원의 <구인회> 활동과 이상과의 관계」, 『구보학보』 1호, 2006.

김종훈, 「결핍으로서의 기호들-카페 프란스」, 최동호 외, 『다시 읽는 정지용 시』, 월인, 2003.

김지미, 「구인회와 영화」, 『민족문학사 연구』 42호, 2010.

김흥식, 「박태원의 소설과 고현학」, 방민호 외 편, 『박태원문학 연구의 재인식』, 예옥, 2010.

남기혁, 「정지용 초기시의 '보는' 주체와 시선의 문제 – 식민지적 근대와 시선의 계보학(2)」, 『한국현대문학연구』 26호, 2008.

류소연, 「골목의 모더니티 – 박태원과 이상, 그리고 에도가와 란포」, 『구보학보』 10호, 2014.

박태상, 『정지용의 삶과 문학』, 깊은샘, 2010.

박헌호, 「구인회를 어떻게 볼 것인가」, 『근대문학과 구인회』(상허문학회 편), 깊은샘, 1996.

방민호, 「1930년대 경성과 『소설가 구보씨의 일일』」, 방민호 외 편, 『박태원문학 연구의 재인식』, 예옥, 2010.

손열, 「관념, 제도, 전파 : 근대일본의 경제구상」, 『한국정치학 학보』 제36권 제1호, 2002.

신응철, 「현대 문화와 돈 그리고 개인 – 짐멜의 『돈의 철학』에 나타난 문화와 돈의 관계를 중심으로」, 『동서철학연구』 53호, 2009.

신지연, 「파충류 동물, 혹은 근대의 이미지 – 파충류동물」, 최동호 외, 『다시 읽는 정지용 시』, 월인, 2003.

오현숙, 「1930년대 식민지의 미궁의 심상지라-박태원과 이효석을 중심으로」, 방민호 외 편, 『박태원문학 연구의 재인식』, 예옥, 2010.

윤미애, 「대도시와 거리 산보자 – 짐멜과 벤야민의 도시 문화 읽기」, 한국독어독문학회, 『독일문학』 85호, 2003.

_____, 「짐멜의 문화이론과 미학적 모더니티」, 한국독어독문학회, 『독일문학』 103호, 2007.

이경훈, 「하숙방과 행랑방-근대적 주체와 사회적 감수성의 위치에 대한 일 고찰」, 『사회와 역사』 제81집, 2009.

_____, 「모더니즘 소설과 돈 – 이상과 박태원의 작품을 중심으로」, 『현대문학의 연구』 12호, 1999.

이상오, 「정지용 시의 풍경과 감각」, 『정신문화연구』 제28권 제1호(통권 98호), 20015년 봄호.

이숭원, 『정지용 시의 심층적 탐구』, 태학사, 1999.

이정석, 「아쿠타가와를 매개로 본 이상과 박태원의 문학 - 「톱니바퀴」와 「적멸」, 「지도의 암실」의 상관성, 그리고 「소설가 구보씨의 일일」」, 『한중인문학연구』, 28호, 2009.

이창민, 「감상의 제어와 표현의 기구 – 유리창1」, 최동호 외, 『다시 읽는 정지용 시』, 월인, 2003.

장동석, 「한국 현대시의 탈주체적 사유방식과 전통적 미의식 상관 연구」, 『한국시학연구』 42호, 2015.

정용환, 「한국의 근대적 자아 : 문화적 맥락, 타자의 모방, 자기진정성」, 『철학연구』 제106집, 2008.

조낙현, 「박태원 소설의 미적 근대성 - 「소설가 구보씨의 一日」을 중심으로」, 『한국문예비평연구』 12호, 2003.

조성운 외, 『시선의 탄생 – 식민지 조선의 근대관광』, 선인, 2011.

조영복, 「1930년대 문학의 테크널러지 매체의 수용과 매체 혼종」, 『어문연구』 제37권 제2호, 2009.

조해옥, 「시계판을 옮겨가는 금속의 근대인」, 최동호 외 편, 『다시 읽는 정지용 시』, 월인, 2003.

차원현, 「'현대적 글쓰기'의 기원」, 『근대문학과 구인회』(상허문학회 편), 깊은샘, 1996.

_____, 『1930년대 모더니즘 소설에 나타난 미적 주체의 양상에 관한 연구』, 서울대 박사학위 논문, 2001.8.

최동호 외, 『다시 읽는 정지용 시』, 월인, 2003.

홍태영, 「유럽적 근대성과 유럽적 가치의 형성」, 『아태연구』 제18권 제1호, 2011.

막스 베버, 양희수 편역, 『프로테스탄티즘의 윤리와 자본주의 정신』(『사회과학논총』), 을유문화사, 1998.

사나다 히로코(眞田博子), 『최초의 모더니스트 정지용』, 역락, 2002.

찰스 샌더스 퍼스, 『퍼스의 기호 사상』, 김성도 편역, 민음사, 2006.

제2부 박태원은 왜 역사소설에 몰두했는가

고전「홍길동전」과 박태원의「홍길동전」의 기호학적 비교 연구

1. 머리말

구보 박태원은 일제 강점기 말기부터 중국 고전소설을 번역하기 시작했다. 이 시기에 구보는 과오를 범했는데, 친일소설과 통속소설을 동시에 발표했기 때문이다. 절필하지 못하고 자신과 가까웠던 총독부 관리들의 종용에 의해 친일문학을 발표한 것은 변명의 여지가 없다. 물론 작가 자신은 문학에 대한 열정도 식었고, '도무지 쓸 것이 없는' 상황에서『여인성장』과 같은 통속소설을 쓰게 되었고, '한갓 생활의 방편'을 위해『수호전』등을 번역했다고 변명했다.

그런데 구보는 왜 하필 중국 고전을 번역하면서『삼국지』나『서유기』가 아닌『수호전』을 선택했을까? 많은 구보문학 연구자들이 밝힌 것처럼, 여기에는 작가 나름대로의 어떤 심오한 뜻이 담겨 있을 것이다. 입에 풀칠을 하기 위한 생활 방편의 일환이었다 하더라도 약간의 작가의식이 개입된 정황이 있다. 그것에는 해방이후 1980년대까지 남한에서건 북한에서건 꾸준하게 장편 역사소설을 써나가는데 있어서 작가 나름대로 민중의 입장에서 역사를 바라보려고 하는 민중사관적 집필의 틀을 잡아나가기 위한 창작 방법론적인 모색으로 볼 여지가 들어있다. 중국의『수호지』는 1120년이라는 송대를 시간적 배경으로 하고 양산박을 공간적 배경으로 하여 부패한 지주들의 억압을 이기지 못하여 민중이 봉기한 이야기이다. 이 이야기는 200여 명에 이르는 영웅이 양산박으로 집결하기까지의 무용담과 영웅담을 토대로 삼고 있다.「수호지」에서 구보 박태원은 고구를 비롯한 조정대신들의 무능과 부패상을 보았고 그들에 의한 정치적 경제적 핍박에 맞서 양산의 영웅들이 들고 있어난 현상에 주목하는 한편 난세에 민중적 영웅의 출현에 관심을 가졌던 것으로 생각된다.

구보는 1942년부터 1944년까지『수호전』을 번역하였고, 해방 이후「한양성」(1945)·「약탈자」(1946)·「비령자」(1946)·「춘보」(1946)·「귀의 비극」(1948)의 단편소설을 발표했으며,『홍길동전』(1947)과『이충무공행록』(1948)의 단행본을 발간했다. 또 1949년에는 서울신문에『임진왜란』(1.4~12.14)을 발표했다.

이번 논문에서는 해방기 역사서사에 드러난 구보의 창작배경을 살펴보고, 바흐친 이론과 통섭한 기호학자 로트만의 이론을 적용시켜, 고전「홍길동전」(경판 30장본)과 구보의『홍길동전』의 변별성에 대해 분석해보고자 한다.

2. 구보의 해방기 역사서사의 창작배경

하필 일제 말기에 구보 박태원은 중국소설『수호전』등을 번역하였을까? 구보문학 연구자마다 다른 견해를 밝히고 있다. 김윤식은 친일문학으로 나아가지 않으면서 글쓰기를 계속하려는 하나의 방책으로써, 아울러 번역일은 글쓰기 연습이었고 새로운 방법의 터득이기도 했다¹⁾고 해석했다. 이미향은 1)문학에 대한 정열이 없어지고 쓸 소재도 없으며, 2)생계를 위해, 3)한글을 지키기 위해, 4)아시아공영권에 따라, 5)어린 시절에 양백화에게 받은 중국 고전 소설에 대한 지식과 한문 실력 등에 의해 선택되어진 것²⁾ 이라고 몇 가지 이유를 열거했다. 김종회는 구보의 『수호전』 번역을 삽화 모음 구성이라는 창작방법론이나 예술성 추구, 그리고 역사소설과의 연계 성³⁾ 때문이라고 보았다.

정현숙은 해방 조선에 있어서 새로이 건설되어야 할 문학은 '계급문학' 이 아니라, '진보적 민족문학'이어야 한다는 것이 <조선 문학가동맹>에 관 여했던 작가들의 기본 태도였고, 당시 박태원의 문학적 과제도 이러한 시대 적 요청에 부응하는 새로운 민족문학건설을 확립하는 데 있었으며, 일련의 역사소설은 그 결과였다⁴⁾고 보았다.⁵⁾ 김성수는 박태원 소설의 특징은 지

1) 김윤식, 「박태원론」, 『한국현대현실주의 소설연구』, 문학과지성사, 1990, 143~44 쪽.
2) 이미향, 「박태원 역사 소설의 특징」, 강진호외 엮음, 『박태원 소설연구』, 깊은샘, 1995, 253쪽.
3) 김종회, 「해방 전후 박태원의 역사소설」, 구보학회 엮음, 『박태원과 역사소설』, 깊은샘, 2008, 16~17쪽.
4) 정현숙, 『박태원문학연구』, 국학자료원, 1993, 252쪽.
5) 윤정헌은 박태원의 『홍길동전』의 창작 동기를 "그 집필동기의 프로파갠더적 성격 과 결코 무관하지 않을 것이다. 조선농민들의 무지를 깨우치고 민중적 역량을 함양 하려는 협동문고 발간의 취지는 차치하고서라도, 당시 조선문학가동맹 집행위원의 직함을 가졌던 박태원 자신의 파당적 입장의 대변이란 측면과도 떼어놓고 생각할 수 없다"고 보았다. 윤교수는 "결국 『홍길동전』은 아직 해방 이전의 문학적 성향을 청산할 수 없었던 박태원이 민중의식의 구현이란 시대정신에 작위적으로 영합한 산물로 보여진다"고 결론지었다.
(윤정헌, 「박태원 역사소설 연구」, 『한민족어문학』 제24집, 1993, 162쪽.)
또 박태원소설의 서술기법을 연구한 오경복은 『홍길동전』은 작가 박태원에 의해

식인의 객관적 시각 그 자체에 있다고 주장한다. 소시민의 사고방식과 도시 빈민의 생활상을 있는 그대로 기록해 내면서 알게 모르게 역사를 움직이는 다수에 대한 객관적 시각이 마련될 수 있지 않았나 생각된다[6])고 말했다.

김종욱은 『수호전』의 구성상의 특색에서 구보의 창작배경을 찾았다. 『수호전』의 구성상의 특색은 『천변풍경』의 그것과 많은 유사성을 가지고 있다고 본 것이다. 『수호전』에서 인물들의 전기를 유기적으로 구성해주는 역할을 하는 '양산박'이라는 공간은 자족적인 성격을 갖고 있다. 이 공간은 봉건적 질서의 부조리와 핍박으로부터 양산의 영웅들을 보호해주는 곳이며, 그들의 이상을 제한적으로나마 실현시켜 줄 수 있는 가능성의 공간인 것이다. 『천변풍경』의 '천변'이라는 공간 역시 자본주의의 발전이라는 현실의 경향적 발전과는 구별시켜 주는 자족적인 공간이다. 이 공간 속에는 여전히 전근대적 질서가 강하게 남아 있어서 천변에 사는 주민들을 공동체적 정서로 융합시킨다. 김종욱은 구보가 『수호전』 번역에 매달린 이유는 문학어의 세련성을 포기할 수 없었던 작가가 일제 말기에 취할 수 있었던 유일한 현실적 출구였다고 해석했다. 즉 『수호전』의 번역은 당대의 현실에 대해 작가의 자유로움을 보장해주는 문학적 형식이자 삶의 방식이었다[7])고 본 것이다.

고전의 현대적 해석을 통해 민족문학의 확립과 봉건주의의 청산 등의 새로운 가치관을 구현했다는 점에 더욱 의의가 있다고 해석하면서 "인물의 층위에서 사용된 '수사적 의문문'들은 결국 인물의 생각이나 말로 들려지므로 작가 개입이 없는 인물 스스로에 의한 행위인 듯한 '직접성의 환상'을 주어서 서술자의 언술보다 훨씬 실재감을 준다"고 보았다.
(오경복, 『박태원 소설의 서술기법 연구』, 이화여대 박사학위 논문, 1993, 155~56쪽.)

6) 김성수, 「구보 박태원론」, 『수선론집』 제12집, 성균관대 대학원, 1987, 76쪽.
7) 김종욱, 『일상성과 역사성의 만남-박태원의 역사소설』, 강진호 외, 깊은샘, 1995, 234~35쪽.

이러한 구보의 중국 고전 번역은 해방정국을 맞아서는 단편소설 「춘보」·「군상」과 장편소설 『홍길동전』·『임진왜란』(서울신문 1949년 연재)의 발표로 이어진다. 해방기에 박태원이 일련의 역사서사물을 쏟아낸 이유는 일제 말기에 중국 고전 『수호전』을 번역해서 출간한 연장선상에 있다고 할 수 있다.

하지만 더 결정적인 창작 배경으로는 자유로운 출판이 가능했던 출연여건과도 관련성이 있다. 당시 대부분의 출판사들은 민족문화 내지 조선의 신문화건설을 기치로 내걸었다. 유승환은 박태원의 역사서사 작업은 적어도 최초의 단계에서는 순전한 작가의 관심이라기보다는 출판사 및 신문사의 기획과 밀접하게 관련되어 있다[8]고 파악했다. 협동문고 4부 1권으로 발간된 채만식의 『허생전』 권말 광고에 의하면 협동문고는 1부 학술, 2부 농민계몽, 3부 고전, 4부 민중예술로 구분했는데, 구보의 『홍길동전』은 4부에 해당되며 김영석의 『이춘풍전』, 김남천의 『토끼전』, 안회남의 『춘향전』, 이명선의 『홍경래』 등이 계속해서 발간될 예정이라고 소개[9]되었다. 4부 민중예술은 "고전의 정수를 현대적 예술방법으로 묘파한 신작장편소설"[10]로 설명되었다. 유승환은 구보의 『홍길동전』과 「군상」 등의 역사서사는 역사를 그대로 드러낸다고 생각되는 사료라는 권위적 텍스트와 그로부터 배제된 구술적 발화 사이의 위계를 회의하고 전복함으로써 역사서술의 새로운 방법론을 끊임없이 모색하는 과정[11]에서 창작되었다고 보았다.

20세기의 세기말을 거치며, 역사를 바라보는 시각은 크게 세 가지 방향으로 자리잡혀가고 있다. 첫째, 한때 영국 외무성에서도 일했던 에드워드

---

8) 유승환, 「해방기 박태원 역사 서사의 의미-상호텍스트 전략을 중심으로」, 구보학회 편, 『구보학보』 제8집, 2012, 87~88쪽.
9) 유승환, 위의 글, 91쪽.
10) 유승환, 위의 글, 같은 면.
11) 유승환, 위의 글, 101쪽.

카(Edward H. Carr)의 『역사란 무엇인가』(1961)에서의 시각으로 스탈린 체제의 러시아에 열광했던 그는 계획 경제가 미래로 나아갈 길이라는 믿음을 보여 주면서 "역사란 현재와 과거 사이의 끝없는 대화"12)라고 결론지었다. 그에게 역사는 진보와 동일한 것이었다. 카에게 관심은 역사란 과거 그 자체에 관한 것도 심지어 과거가 어떻게 현재에 이르게 되었는가에 관한 것도 아니었다. 그것은 역사가가 소망하는 미래에 과거가 어떻게 기여했는가에 관한 것13)이었다. 둘째, 카의 상대주의적 접근에 대해 맞서기 위해 1967년에 출판된 엘튼의 『역사학의 실제』에서의 입장이다. 엘튼은 역사학이 과거의 객관적 진실을 탐구하는 것이라는 믿음을 강력하게 옹호했다. 엘튼은 사료 기록에 그리고 역사적 정확성과 진실의 궁극적인 결정자에 초점을 맞추고, 역사가들과 그들의 동기를 떠나서 이것들로 나아가라14)고 말했다.

셋째, 1980년대에 출현한 포스트모더니즘 이론은 엘튼의 견해는 물론, 심지어 카의 견해까지도 낡은 것으로 만들었다. 언어의 전환(linguistic turn)은 카가 역사학의 핵심으로 바라본 원인을 대신해서 우리에게 담론(discourses)을 제시하였다. 역사는 무수한 담론 가운데 오직 하나의 담론에 지나지 않는다15)는 주장을 편다. 포스트모던 역사학은 근대주의적 역사 서술의 핵심인 이성과 진보에의 신념을 거부해왔다. 그리고 역사에서 비합리적인 것, 특수한 것, 위법적이고 신비한 것에 많은 관심을 쏟았다. 이들은 거대하고 전통적인 주제를 잡으면서도 작은 사건들과 유명한 사람이나 알려지지 않은 사람들의 개인사를 좀 더 넓은 서사 속에 섞어 짜는 데 관심을 두고 있다. 서사를 구조화하는 데 많은 노력을 기울이며 해석의 수립에는 오히려 노력

12) 리처드 에번스, 『역사학을 위한 변론』, 이영석 옮김, 소나무, 1999, 293~94쪽.
13) 리처드 에번스, 위의 책, 297쪽.
14) 리처드 에번스, 위의 책, 14쪽.
15) 리처드 에번스, 위의 책, 15~16쪽.

을 덜 쏟는다. 대표적으로 로버트 단튼의 『고양이 대학살』(1983)을 들 수 있는데, 일상생활의 아주 사소한 사건을 가지고 이야기로 되풀이하면서, 그 사건들을 은유적이고 상징적인 실마리로 분석하여 좀 더 커다란 것에로 나아간다.16)

구보 박태원은 어떠한 역사적 시각을 취하고 있는가? 『홍길동전』을 쓸 무렵 애초의 모더니스트에서 리얼리스트로 변모해 나가는 취향을 보여준다. 따라서 진보에 대한 믿음을 보여주면서 거대하고 전통적인 주제를 잡되, 자신만의 특장인 일상생활의 사소한 사건들의 세부 디테일 묘사에 매달려 은유적이고 상징적으로 실마리를 풀어나가면서 종국에는 좀 더 커다란 것에로 다가서는 양상을 보여준다. 『홍길동전』은 구보의 이러한 새로운 절충주의적 역사관을 잘 보여주는 작품이다.

3. 고전 「홍길동전」과 구보의 「홍길동전」의 변별성

최근 10여 년간 고전 「홍길동전」에 대한 두 가지 견해가 제기되면서 활발한 논의가 있었다. 첫째는 이윤석의 견해로 「홍길동전」 이본의 계보를 분석하여 현재 남아 있는 7종의 경판 「홍길동전」 가운데 가장 선행하는 것은 경판 30장본이고, 이 판본은 세책으로 유통되던 조종업본을 40% 정도로 축약한 것이라는 결론17)을 도출한 것이다. 또 「홍길동전」의 창작시기를 19세기 중반 서울에서 창작되었다고 보고, 그 근거로 『상서기문』, 『추재집』, 『제일기언』 가운데 어느 한곳에도 그 이름이 나오지 않으므로 19세

---

16) 리처드 에번스, 위의 책, 316~18쪽.
17) 이윤석, 「경판 「홍길동전」 축약의 양상과 그 의미」, 『열상고전연구』 제40집, 2014, 166~67쪽.

기 중반까지는 「홍길동전」이 없었을 가능성이 크다고 주장한다. 또 택당이 얘기한 「홍길동전」은 택당 자신도 직접 보지 못했을 뿐만 아니라, 내용도 몰랐던 것 같다고 말하면서 단지 발음이 같다는 이유로 택당 문집의 「홍길동전」과 현재 전하는 「홍길동전」이 같은 작품이라고 말하는 것은 지나친 것[18]이라고 주장하고 있다. 이런 논의를 통해 조선 후기 대중문화의 원래 주인에게 「홍길동전」을 돌려주는 것이 필요하다는 학계의 토론을 끌어내기 위한 것[19])이라고 말한다. 경판본 「홍길동전」에 17세기 말의 도적 장길산이 언급되고 있고, 1608~1708년간에 시행된 대동법이 작품 속에서 거론되고 있다는 점이 주장의 타당성으로 제시된다.

둘째, 장효현은 이윤석의 견해를 반박하면서 허균의 창작물인 「홍길동전」은 연산군대에 실존했던 도적 홍길동을 바탕으로 하여 허구화시킨 작품으로, 그 표기도 한글로 이루어졌을 가능성이 있다고 보았다. 그 근거로 이식의 기록과 황윤석의 기록을 들었다. 허균의 「홍길동전」은 후대에 일정하게 부연, 윤색되어 현전 「홍길동전」으로 이어진다[20])는 것이다. 그리고

18) 이윤석, 『홍길동전 연구』, 계명대출판부, 1997, 140쪽.
19) 이윤석 「홍길동전 작자 논의의 계보」, 『열상고전연구』 제36집, 2012, 411쪽.
   이지영, 「「홍길동전」 속 '가정 내 서얼차대'의 실상과 그 해소의 의미-서얼 소통의 역사적 전개과정에 주목하여」, 동아시아고대학회, 『동아시아고대학』 제 34집 (2014.7), 140~41쪽.
   가장 최근의 「홍길동전」 연구인 이지영의 논문에서 판본으로 경판 30장본을 기본으로 하되, 서사 내용의 비교에 있어서는 전체 이본을 경판본계열, 오한판본계열, 필사본계열로 나눈 이윤석의 작업을 준용하여 완판본 계열은 완판 36장본을, 필사본계열은 김동욱 89장본을 선택하여 논지를 전개하고 있다.
20) 장효현, 「「홍길동전」의 생성과 유전에 대하여」, 『국어국문학』 제129집, 국어국문학회, 2001, 366~67쪽.
   김경미, 「타자의 서사, 타자화의 서사, 「홍길동전」」, 한국고소설학회, 『고소설연구』 제 30집(2010), 189쪽.
   김경미는 장효현의 견해에 동의하며 "현전 「홍길동전」이 허균의 창작한 것과는

허균의「홍길동전」에서 분비된 홍길동 이야기는 세간에 구전으로 유포되면서 전라도 장성의 인물인 홍상직의 얼자 홍길동으로 민간에서 부회되어 오히려 실사로 인식되었고 홍길동이 건설한 바다 밖 왕국은 유구 혹은 안남으로 간주되어 유구의 민중 영웅에 다시 부회되는 전파 경로를 갖게 된 것21)으로 파악했다.

한편 박재민은 허균 소작설과 그 반대 견해가 팽팽하게 맞서고 있는 학계 현실에서 두 설을 종합적으로 검토하여 허균 작「홍길동전」이 그가 지은 여타의 '傳'과 비슷한 범주의 작품이었으리라는 점을 가정하고, 이러한 전제 하에 허균의 입전 방식과 현전「홍길동전」사이의 유사성을 밝히려고 시도22)하였다.

이러한 학계의 논쟁을 종합해서 세책본을 근거로 삼았으므로 가장 대중적이었고 가장 앞선 판본인 경판 30장본『홍길동전』을 텍스트로 삼아 구보의『홍길동전』과 비교해보기로 한다.

1. 인물 성격의 대조 - 체계적인 것 vs 체계 외적인 것

고전「홍길동전」과 구보의「홍길동전」은 인물 성격에 있어서 같은 듯 다른 모습을 보여준다. 두 작품에서 주인공 길동은 홍판서의 아들이지만 천첩 출생이라 집안에서부터 무시를 당하고 홀대를 받는다. 하지만 시간적 배경의 차이로 인해 아버지 홍판서의 인물 성격부터 다르게 묘사되면서

다른 이본이라는 것에 대부분 동의하고 있는 것으로 보인다"는 입장을 취하면서 "「홍길동전」서사의 골격은 경판, 완판, 필사본이 크게 차이를 드러내지 않는다"고 보았다.

21) 장효현, 위의 글, 367쪽.
22) 박재민,「허균 작「홍길동전」의 복원에 대한 시론」, 한민족어문학회,『한민족어문학』제65집, 2013, 269쪽.

주인공 길동의 성격 묘사에서도 차이를 보이게 된다. 경판 30장본 고전 「홍길동전」에서는 태평성대를 이루었던 세종대왕 때를 배경으로 하므로 부친 홍판서에 대해 명문거족으로 묘사하고 소년등과하여 벼슬이 이조판서에 이르러 물망이 조야에 으뜸이라고 그린다. 길동의 출생 과정도 태몽을 꾸어 청룡이 수염을 거스르고 공에게 달려드는 것에 놀라 깨달아 귀한 자식을 낳을 형상이라고 생각하여 18살인 시비 춘섬이 차를 올릴 때 그녀와 친합하여 길동을 출생했다고 묘사된다. 길동이 십 세 넘도록 감히 호부호형을 못하고 비복 등이 천대함을 각골통한 하던 중 부친의 애첩인 곡산 기생 초란이 무녀의 계책을 받아 자객 특재를 보내 자신을 죽이려고 하자 그들을 살해하고 호부호형을 허락하면서 만류하는 부친에게 하직을 고하고 집을 떠난다.

이에 비해 구보의 「홍길동전」은 연산군 때를 시대적 배경으로 삼은 관계로 주인공인 17세 길동이 공조참판 임사홍의 아들인 풍월위 임숭재가 기생을 넷이나 데리고 행차하는 모습을 목격하는 한편 임금인 연산군이 그의 사저를 미행한다는 소문도 듣게 되는 이야기로부터 서술된다. 또 모화관 시호정에서 활시위를 당기는 무령군 유자광의 아들로부터 천첩소생이라는 빈정거림을 받고 풀이 죽어 돌아오는 것으로 묘사된다. 특히 부친 홍판서가 매관매직하여 집안 창고에는 재물이 쌓여가지만, 집안 식구들이 사욕에만 눈이 어두워 집안에 희비극이 매일 일어나는 것을 목격하고 염증을 느껴 스스로 집을 떠나 경북 선산으로 내려가는 것으로 그려진다.

> "네 무슨 변고가 있관대 어린 아이 집을 버리고 어디로 가려하는다?"
> 길동이 대왈,
> "날이 밝으면 자연 알으시려니와 소인의 신세는 부운과 같사오니, 상공의 버린 자식이 어찌 참소를 두리이꼬?"
> 하며 쌍루가 종횡하여 말을 이루지 못하거늘, 공이 그 형상을 보고 측은

이 여겨 개유 왈,

　"내 너의 품은 한을 짐작하나니, 금일로부터 호부호형함을 허하노라."

　길동이 재배 왈,

　"소자의 일편지한을 야야가 풀어주옵시니 죽어도 한이 없도소이다. 복망 야야는 만수무강 하옵소서."

　하고 재배 하직하니, 공이 붙들지 못하고 다만 무사함을 당부하더라.[23]

　그날부터 길동이는 풀이 죽었다. 그의 마음은 한껏 어둡고 또 무거웠다.
…

　자기는 틀림없는 홍판서댁 도련님이면서도 결코 떳떳한 존재가 못되였다. 정녕한 홍판서의 아들이면서도 아버지를 아버지라 못 부른다. 어머니가 아버지의 정실부인이 아니요, 본래가 한낱 천한 계집종이였다 하여, 자기는 아버지를 반드시 「대감」이라 부르지 않으면 안되는 것이다. 형도 형이라 못 불렀다. 같은 홍판서의 아들이면서도 형은 자기와는 달라 정부인의 몸에서 나왔다. 길동이는 형님이라 부르는 대신에 진사님이라 하지 않으면 안되었다.

　세상에서는 자기를 홍판서댁 홍도령이라 부른다. 문무겸전한 당대기재라고 칭론이 자자하나 그러나 뒤로 돌아서서는

　「천첩소생이 제가 재주가 있으면 뭘 허구, 없으면 뭘 허누….」

　그렇게 쑥덕거리는 것을 길동이는 잘 안다.[24]

　문화기호학에서 영미 쪽의 퍼스의 기호학과 유럽 쪽의 소쉬르의 기호학은 일종의 양대 산맥적인 역할을 한다. 퍼스의 기호학은 원자적이라고 할 수 있다. 그것은 단순한 것에서 복잡한 것으로, 명백한 것에서 모호한 것으로 나아간다. 퍼스의 출발점은 기호가 아니라 그것의 발생을 위한 조건들인 텍스트·언어·각종 커뮤니케이션적·기호적 체계들이 다양한 유형의 기호

23) 이윤석 교수, 『홍길동전』(경판 30장본), 연세대 대학출판문화원, 2014, 11~12쪽.
24) 박태원, 『홍길동전』, 협동문고, 1947, 12~13쪽.

들로부터 만들어지는 이차적인 것[25])이다. 그에 비해 소쉬르는 근본적인 것은 모든 기호가 특정한 기호 체계의 부분이라는 사실을 토대로 삼는다. 따라서 소쉬르의 기호학은 전체론적이라고 할 수 있다. 이러한 소쉬르의 사상을 발전시킨 것이 프라하구조주의 학파인데 그들도 문화기호학의 총체적인 프로그램을 구축하지는 못했다. 하지만 타르투-모스크바 학파, 무엇보다 유리 로트만의 저작들에서 총체적인 연구는 이루어졌다. 로트만은 현저하게 고립을 지향하는 문화조차도 다른 문화들과의 상호 관계를 필요로 한다고 생각했다. 이렇듯 모든 기호·텍스트·언어·그리고 문화들을 서로 관련짓는 체계를 로트만은 '기호계'[26])라고 불렀다. 기호계는 '체계들의 체계'인 셈이다.

로트만은 헤겔, 티냐노프, 그리고 바흐친의 이론까지 인용해가면서 자신의 문화기호학 이론의 체계를 설명한다. 그 중에서 『홍길동전』의 인물성격을 분석하기 위해 '체계적인 것 – 체계 외적인 것'의 구조를 도입할 필요성을 느낀다. 『홍길동전』의 주인공 길동은 자신의 삶에서 좌절과 불안을 느끼게 되는 계기가 자신이 '체계 외적인 것'으로 설정되기 때문이다. 자신과 형 사이에는 같은 홍판서의 아들인데도 불구하고 큰 장벽이 가로놓여 있다. 그러한 장애물은 모친의 신분에 따라 갈려지고 그러한 부모세대의 신분장벽은 자식 대까지 계승되어 미래에 대한 불안요인으로 작용한다. 급기야 길동은 집을 떠나기로 결심하게 된다.

로트만에 의하면 구조적 기술이란 기술되는 대상이 아무리 변형되더라도 변치 않는 체계와 관계의 요소들을 도출해냄에 기초한다. 이러한 불변체적 구조에 대립하는 것은 기술의 과정에서 제거되어야만 하는 불안정성과

---

25) 유리 로트만, 『기호계 -문화연구와 문화기호학』, 김수환 옮김, 문학과지성사, 2008, 8쪽.
26) 유리 로트만, 위의 책, 8~9쪽.

불규칙성을 특징으로 하는 체계 외적인 요소들이다. 아울러 그는 기호학적 구조가 갖는 역동성의 근원 중 하나는 체계 외적인 요소들을 끊임없이 체계성의 궤도 내부로 끌어들이고, 동시에 체계적인 것들을 계속해서 체계 외부의 영역으로 추방하는 과정27)이라고 보았다. 이러한 로트만의 이론을 『홍길동전』에 적용시킨다면, 『홍길동전』이 독자들에게 흥미롭게 읽혀지는 것은 바로 주인공 길동이 집을 떠나 활빈당의 괴수가 되어 지속적으로 체계 내의 변혁을 꿈꾸는 시도를 한다는 점이고 이러한 체계 외적 요소로 머물면서 체계 내의 모순을 바로 잡으려는 시도28)를 통해 긴장감이 형성되는 점에서 이루어진다. 이렇듯이 체계의 경계밖에 존재하다가 체계 내부로 도입되면서 특정한 내용적 의미를 획득하게 되는 데에 『홍길동전』의 묘미가 생기는 것이다.

다만 경판 30장본 『홍길동전』에서는 길동이 무녀와 특재를 살해한 혐의 때문에 집을 떠날 수밖에 없게 되고, 무작정 정처 없이 한 곳을 다다르니 큰 바위 밑에 석문이 닫혀 있어 도적의 굴혈로 들어가 무게 천근의 바위를 들어 올려 괴력을 선보인 다음에 그들의 괴수가 된다고 그려진다. 이러한 영웅적 인물 묘사와 소설적 서술전개 과정은 이후 지속적으로 둔갑법과 축지법을 행하는 모습 등에서 '환상성'에 근거를 두고 있음을 확인시켜 준다. 이에 비해 구보의 『홍길동전』은 주인공 길동이 집을 떠난 후 활빈당에

---

27) 유리 로트만, 위의 책, 180~83쪽.
28) 김경미, 앞의 글, 194쪽.
   김경미는 이러한 길동의 체계 외적인 요소로 머무는 대항의 서사를 "길동은 아버지 홍판서 앞에서나 임금 앞에서나 한결같이 서자로서의 자신의 신분에 대한 한 때문에 국가를 어지럽히는 지경에까지 이른 것으로 설명하고 있다. 집을 나간 이후 길동의 대항의 서사가 시작된다고 볼 수 있다. 이는 적서차별에 대한 대항담론의 형태가 될 수도 있다. 그러나 홍길동이라는 타자가 중심이 되는 대항의 서사는 불완전하게 전개되거나 왜곡된다. 그 이유는 모순의 핵심을 비껴가기 때문이다." 고 파악했다.

서 활동하기까지의 과정을 설득력 있게 그리기 위해 많은 주의를 기울인 흔적이 엿보인다. 우선 길동은 유모가 사는 곳인 경상도 선산 땅을 찾아간다. 길동은 이곳에서 중요한 두 인물을 만난다. 이웃의 대장장이 집에서 기구한 운명의 음전이를 만나 애정을 느끼지만, 그녀는 연산군의 폭정에 희생되고 만다. 또 길동은 책사에 가까운 조생원을 만나 연산군 치하의 매관매직과 음행으로 부패한 사회에 대해 눈을 뜨게 되고 도적 무리에 합류하는 방안을 모색하게 된다. 이들을 통해 길동은 민중적 영웅으로 활동하게 되는 것이다. 따라서 구보의 『홍길동전』은 '일상성'과 '역사성'에 토대를 두고 있음을 확인하게 된다.

특히 고전「홍길동전」에서의 길동은 종국에는 임금을 찾아와 정조 일천 석을 주면 삼천 적당을 이끌고 조선을 영영 떠나겠다고 약조함으로써 체계 내로 들어온다. 반면에 구보의 『홍길동전』에서 길동은 활빈당을 이끌면서 많은 탐관오리를 징계하고 그들의 부정한 재물을 빼앗아 가난한 이들에게 나누어 주었으나 그것은 언발에 오줌 누기에 불과했고, 그래서 길동은 회의를 품는다. 즉 구보는 길동을 통해 체계를 뒤집을 것을 모색한다. 길동은 문제를 스스로 파악하고 "뿌리를 뽑자, 인군을 갈자"라는 변혁에 대한 자각을 하게 된다. 아울러 이흡을 통해 중종반정을 도모하는 성의안, 박원종에게 편지를 쓰지만 적당이라고 배척을 받는다. 진성대군이 중종으로 등극하는 광화문의 행차를 길동이 농군의 복장으로 멀리서 지켜보는 것으로 작품의 결말은 묘사된다. 로트만은 체계적 요소('존재하는 것')의 기술은 동시에 체계 외적인 요소('존재하지 않는 것')의 본질을 가리키는 지표가 된다고 파악한다. 이런 관점에서, 체계 외적인 세계는 뒤집힌 체계, 즉 체계의 대칭적인 변형으로 간주될 수 있다[29]고 결론지었다. 고전 『홍길동전』과 달리 구보의 『홍길동전』은 뒤집힌 체계, 즉 체계의 대칭적인 변형을 묘사

29) 유리 로트만, 위의 책, 187쪽.

함으로써 고전의 한계를 뛰어넘는다. 하지만 뒤집힌 체계를 형성하는데 주인공 길동이 방관자로 머물게 한 것은 서사적 기술의 실패로 보인다.

2. 주제 측면의 차이점 - 필수적인 것 vs 잉여적인 것

문학에서 주제는 매우 중요하다. 특히 소설에서 주제를 빼놓고 이야기를 할 수 없다. 하지만 20세기 말과 21세기로 접어들면서 주제에 대한 언급은 줄어들고 있다. 그 이유는 문학에서 독자의 비중이 커진 것과 연관성이 있을 것이다. 수용미학이론 등 독자중심이론은 소설의 가장 중요한 부분을 독자의 심미적 의미망에 맡기는 경향이 있는 것이다. 친숙성을 배제하고 지평의 전환을 이루어야 한다는 야우스의 주장이 그러한 것에 해당한다. 하지만 전통적으로 주제학은 독일과 프랑스 등 유럽에서 크게 발달했다. 모롱 등의 주제비평은 실존주의·마르크시즘·정신분석학·구조주의 가운데서 정신분석학을 모체로 하고 구조주의의 영향을 강하게 받아 '이미지의 관계망' 또는 '집념의 유기적 그물망'을 통한 작가의 내면세계의 포착에 집착한다.[30]

경판본 30장본『홍길동전』의 주제는 '호부호형을 허하라'는 작지만 매우 큰 주제의식을 가지고 주인공 길동이 홍판서로 상징되는 지배체계를 벗어나서 활빈당이라는 체계 밖의 공간에서 활동하는 이야기로 되어 있다. 길동은 집요하게 함경감사를 비롯한 탐관오리의 집을 털어서 가난한 사람들에게 부정한 재물을 나누어준다. 하지만 이러한 부패와의 싸움이 주는 혁명성과 '적서 차별 철폐'라는 주제는 어느 정도 불균형성에 놓여있다. 어찌되었든지, 경판 30장본에서 주인공 길동이 궁극적으로 추구하는 것은

---

30) 송현호,「소설의 주제」, 한국현대소설학회 지음,『현대소설론』, 평민사, 2003, 233쪽.

'적서차별의 철폐'라는 구호이다. 대표적으로 임금이 자신을 잡으라고 파견한 포도대장 이흡을 설득하여 활빈당의 자신의 휘하에 둔 것은 체계 내의 것과 체계 밖의 것의 혼동과 융합을 추구한 것이다. 아무도 길동을 잡을 수 없으나 형 인형에게 경상감사를 제수하고 방을 붙이니 길동은 나타난다. 또 임금이 병조판서를 제수하자 길동은 "이제 홍판서가 사은하러 온다"고 궐내로 들어온다. 이렇게 길동이 병조판서에 연연하는 것으로 묘사되는 것은 임금이라는 조정으로부터 '서얼 차대'의 모순을 해소[31]하고 싶은 욕망을 드러낸 것으로 생각된다.

반면에 구보 박태원의 『홍길동전』에서는 경판 30장본 『홍길동전』에서의 합천 해인사를 공격하거나 함경감사 집을 털어서 부정한 재물을 탈취하는 방법을 사용하는 것에서는 일치하지만, 대체적인 서사구조가 연산군의 탐학과 음행 그리고 조정대신들의 매관매직과 부패한 행태를 비판하고 공격하는 것에 치중하고 있다. 즉 지배계층과 일반백성이라는 민중계층의 대립양상을 극대화시키고 종국에는 중종반정을 통해 민중들의 꿈이 실현되는 세계를 그려보려는 작가의 의도를 드러내고 있다.

로트만은 구조적 기술의 문제는 정적인 관점에서 잉여적인 것으로 간주되는 요소와 관계들을, 필수적인 것들, 즉 실제로 작동하고 있으며 체계의 공시적 상황에서 그것 없이는 체계 자체가 존재할 수 없는 것들과 구분해내는 작업과 긴밀하게 관련되어 있다고 설명한다. 즉 <필수적인 것 - 잉여적인 것>의 대립관념을 제시한 것이고 예술적 언어의 위계를 살펴보면 가장 눈에 띄는 것이 바로 잉여성이 증대되는 현상[32]이라고 말한다. 고전

---

31) 이지영, 앞의 글, 164쪽.
　　이지영은 "길동이 부친 외에도 경상감사 인형과 국왕에게 호부호형의 문제를 하소연했음에도 불구하고 국왕이 아닌 부친이 가정 내에서 해결해 준 것은, 1700년대 이후 서얼차대 문제의 해결 주체를 조정과 가정으로 나누어 보려는 당대 지배층과 서얼들의 인식이 반영된 탓"이라고 파악했다.

『홍길동전』과 달리 구보는 창작적 글쓰기의 실험을 통해 이러한 잉여성의 증대에 관심을 기울인다.

　구보 박태원은 시대적 배경을 세종대가 아닌 연산군 시기로 잡아서 음전이, 조생원이라는 허구적 인물을 창조하여 시대적 모순을 극명하게 보여준다. 음전이라는 여성과 순수한 연정을 느끼지만, 결국 음전이는 황음무도한 연산군이 만 명이나 되는 '연평'으로도 모자라서 채홍사를 전국으로 보내 처녀를 뽑아 올리는 것에 희생되고 만다. 음전이의 희생은 홍길동의 시대적 모순을 깨닫게 되는 자각의 계기로 작용한다. 음전이는 왜의 침입으로 부친과 오빠를 잃게 되고, 의붓아버지의 구박으로 어머니와 동생마저 잃게 되며, 의붓아버지의 눈을 피해 이모 아주머니가 거주하고 있는 선산으로 내려온 인물이다. 이러한 음전이의 삶은 구보의 『홍길동전』의 서사구조에서 '필수적인 요소'에 해당된다. 이러한 가련한 여주인공이 연산군의 음행에 희생된다는 것은 '잉여적인 것'이다. 구보의 작품의 구조적 창작기술에 의해 잉여적인 것이 증대하는 효과를 발휘한다. 한편 길동은 김진사의 아들 봉학과 조생원과 월파루에서 자주 회합을 갖는다. 조생원의 조부는 선산부사를 지냈고, 부친은 평안감사를 지내 축재를 했다. 조생원은 조부의 철학은 계승하지만, 부친의 축재에는 거부반응을 일으켜 부정하게 모은 재산을 삼년 동안에 탕진하고 부인에게 조부 때부터 내려온 포천의 농토를 물려주고 자신은 전국의 명산대천으로 유람을 다니는 인물이다. 그는 길동의 책사 역할을 한다. 조생원은 채교에 태워져 채홍사에게 끌려가는 음전이를 구할 계책으로 풀고개패를 이용해 서울로 가는 길목에서 채교를 급습하자는 계책을 조언하거나 '토끼벼루패'로 들어가 두목이 되도록[33] 방책을 마련하기도 한다. 이러한 허구적인 인물인 조생원 주변의 이야기는 '필수적인 요소'

---

32) 유리 로트만, 앞의 책, 201쪽.
33) 박태원, 『홍길동전』, 58~70쪽.

에 해당된다. 하지만, 길동이 조생원의 말을 좇아 활빈당의 행수를 맡고 함경감영을 습격하거나 해인사 사건을 일으키는 것 등은 '잉여적인 요소'인 것이다. 많은 언어적 메커니즘은 모든 구조적 단계에서 요소 간의 상응성 및 상호 대체 가능성을 증대시키는 방향으로 작동한다. 그러나 공시적 관점에서 불필요한 잉여로 간주되는 것이 역동적인 관점에서는 상이한 양태를 갖게 되는 바, 즉 그것은 구조적 예비를 형성하는 것[34]이라고 로트만은 보았다.

다만 구보의 작품에서 문제가 되는 것은 '필수적인 것'에 해당하는 길동의 활빈당 행적과 중종반정을 도모하는 성희안, 박원종 그룹 간의 연결고리나 연계성이 없어서 작품의 역동적인 구조에서 한계를 보여준다는 점이다. 이러한 것은 주제 측면의 취약성으로 작용할 가능성이 높다.

3. 시·공간적 배경의 다른 설정 - 중심 vs 주변

소설문학에서 시공간적 배경은 매우 중요하다. 베르자예프는 시대에 따라 변모하는 시간의식을 표명한 바 있다. 그것은 우주적 시간·역사적 시간·실존적 시간이다. 이들 베르자예프적인 시간관은 그 시대를 살아가는 지각자의 세계관의 표명이기에 이들은 문학작품에서 주제의 문제[35]와 관련된다. 원시시대부터 고대에 이르기까지 인간의 시간 개념은 '생명의 연장'과 관련성이 있었다. 고대부터 중세까지는 '생명 연장'은 현실이 아닌 꿈이었지만, 줄기세포와 유전자 지도의 완성 등 과학과 의학이 발전하고 있는 근현대에 와서는 인간의 수명이 길어지는 것은 공상이 아니라 현실의 문제

---

34) 유리 로트만, 위의 책, 201쪽.
35) 유인순, 「소설의 시간」, 한국현대소설학회 지음, 『현대소설론』, 평민사, 2003, 164쪽.

가 되고 있다.

실제로 진보에 상응하는 정보통신 기술의 비약적 발전에 수렴되는 과학 문명의 전개 양상에 비추어, 과학기술이 문명화와 산업화로만 수렴되던 '근대'(모던)의 관심과 정보화로 수렴되는 '탈근대'(포스트모던)의 관심정향은 상이할 수 있다. 두드러진 자질의 변별성을 따지는 일부 학자들은 모던 시대의 관심사가 '시간'이었다면 포스트모던 시대의 관심은 '공간'에 정향된다고 구분하고 있다. 근대적인 관심사인 거대 서사(grand narrative)가 시간을 전제한 공식적 역사에 기대인 서사라면, 탈근대적 관심사인 미시 서사들(micro narrative)은 공간을 전제한 문화적 장에 관한 담론에 상응36)하기 때문이다.

하이데거의 『존재와 시간』에서 현 존재와 시간성에 관한 담론은 탈주적 사유로 수렴되며, 이것은 곧 현 존재의 공간 자질에 관한 담론을 구심으로 전개된다. '실존은 탈존'이라는 선언적 언명에 비추어볼 때, 탈주와 변주의 자질을 구심으로 파생하는 '존재와 공간'에 관한 입론에 주목할 여지는 크다.37) 요컨대, 시간의 제약과 죽음을 향해 이어진 실존적 시간 회로에서 일탈하여 현 존재의 구성틀인 세계의 지평을 열고자 하는 기획이 탈주와 변주의 공간 자질을 통해 성취되는 것이다. 시간은 추상적인 자질을 띠는 인식 대상이지만, 공간은 존재의 추상이나 순수한 개념을 지칭하지 않고 구체적이며 사회적이고 정치적인 문제들에 관한 생각을 불러일으키게 마련이라서 더욱 그러하다. '삶·몸·공동체·사물·말·숫자·생각·느낌·마음 상태·사상' 등과 같은 실존적 사건들이 시간적으로 뿐만이 아니라 공간적으로 발생한다는데 주목함으로써 인간 삶의 실존적 조건과 현 존재의 기획투사에서 파생하는 문화적 수행의 여러 양태를 해석할 수 있는 공간의

---

36) 장일구, 『경계와 이행의 서사 공간』, 서강대출판부, 2011, 19~20쪽.
37) 장일구, 위의 책, 30쪽.

의미망과 지평이 열린다.[38] 고전『홍길동전』은 시간적 배경을 세종대로 잡고 있으나 구보의『홍길동전』은 연산군 시절로 늦추어 잡고 있다. 전자가 신화에서 중세의 서사문학으로 오면서 당대인들이 추구한 '원형적 열망'을 표출하려고 했다면, 구보의 작품에서는 그것을 대체할 공간을 추출하여 '실존적 열망'을 관철하려고 하는 것에서 차이점을 드러낸다.

로트만은 구조의 공간은 균등하게 조직화되어 있지 않고, 언제나 중핵적인 구성물과 구조적인 주변부를 포함한다고 말했다. 구조적인 중핵과 주변부의 관계를 더욱 복잡하게 만드는 것은 역사적인 지속성을 갖는 충분히 복잡한 구조는 모두 기술된 것으로서 기능한다는 사실 때문이다. 기술은 어쩔 수 없이 변형, 왜곡되게 마련이다. 기술을 통한 변형은 반드시 주변부를 부정하게 되는 바, 즉 주변부를 비존재의 층위로 번역하는 결과를 낳게 된다[39]는 것이다. 로트만은 유리 티냐노프의 연구에서 구조적인 핵심부와 주변부 간의 상호 교체의 메커니즘을 지적한 바 있다. 주변부에 축적된 구조적 형식들은 이후의 역사적 단계에서 지배적인 것으로서 체계의 중심부로 이동[40]하게 된다. 경판 30장본『홍길동전』에서의 주인공 홍길동이나 구보의『홍길동전』에서 길동은 홍판서의 아들이지만 사실상 경계 지대에 서있는 주변부인물이다. 따라서 길동이 추구하는 변혁을 통해 모색하고자 하는 대안은 경판 30장본에서는 신화적인 세계로서의 공간에서 펼치는 원형적인 열망에 머물고 있다. 길동은 신분차별을 혁파하는 상징성으로서 병조판서 제수와 중세 지배세력에 의해 짓밟히고 수탈당하며 질곡의 삶을 살아가는 하층 빈민계급의 문제를 해결할 수 있는 표상물로서의 정조 1천 석을 임금으로부터 받고는 율도국으로 배를 타고 삼천 적당을 인솔하고

---

38) 장일구, 위의 책, 29~30쪽.
39) 유리 로트만, 앞의 책, 197~98쪽.
40) 유리 로트만, 위의 책, 같은 면.

들어간다. 율도국은 바로 지상에 있는 원형적인 낙원이다.

그에 비해 구보의『홍길동전』에서 주인공 길동은 지배계층과 피지배계층 사이의 갈등과 하층계급의 핍박에 지친 삶의 위안이 되는 대안을 모색하려고 하지만 행동하는 인간이라기보다는 사색적인 인간으로서 고뇌에 빠진다. 자신의 책사인 조생원의 조언도 한계에 봉착한다. 음전이가 채교에 끌려가면서 목을 매달아죽은 후 삶에 회의를 느낀 길동이 조생원의 도움을 받아 찾아간 문경새재도 현실의 속세의 공간에서 멀리 떨어진 산속의 자연의 공간이다. 그런 점에서 볼 때 로트만이 언급한 주변부에 해당하지만 경판 30장본과 달리 구체적이며 사회적이고 정치적인 문제들에 관한 생각을 불러일으키게 하는 '실존적 공간'으로 작용하기도 한다. 경판 30장본과 달리 구보의 소설에서는 홍길동의 활빈당에 합류한 도적패들에게 주인공 홍길동이 이념을 집어넣어주고 삶의 존재 가치를 느끼게 해주기 때문이다. 구보는 길동과 조생원을 통해 주변부를 중심으로 몰아오게 하는 실존적인 공간을 활용한다. 고뇌적 실존의 공간이 점차 정치색을 띠는 사회적 공간으로서의 역할을 증대시키는 것이 두 가지 도구를 통해서 시도된다. 하나는 '싸움(사회악과의 투쟁)'이고, 다른 하나는 '탈존과 탈주'('여기'와 '저기'를 아우르는 '거기'의 존재)를 통해 모색된다. 전자는 홍길동과 조생원의 활빈당을 통한 시대적 모순과의 투쟁을 통해 시도되는데 비해 후자는 변혁을 통해 판을 바꾸려고 하는 중종반정에서 제시된다.

　　각설. 길동이 제 곳에 돌아와 제적으로 분부하되,
　　"내 다녀올 곳이 있으니 여등은 아무데 출입 말고 내 돌아오기를 기다리라."
　　하고, 즉시 몸을 솟아 남경으로 향하여 가다가 한 곳에 다다르니, 이는 소위 율도국이라. 사면을 살펴보니, 산천이 청수하고 인물이 번성하여 가히 안신할 것이라 하고, 남경에 들어가 구경하며, 또 제도라 하는 성중에 들어가 두루 다니며 산천도 구경하고 인심도 살피며 다니더니, 오봉산에 이르러는 짐짓 제일강산이라. 주회 칠백 리요, 옥야 가장 기름진지라. 내 심에 헤오되, 내 이미 조선을 하직하였으니, 이곳에 와 아직 은거하였다가 대사를 도모하리라 하고, 표연히 본 곳에 돌아와 제인더러 일러 왈,

"그대 아무 날 양천 강변에 가 배를 많이 지어 모월 모일에 경성 한강에 대령하라. 내 인군께 청하여 정조 일천 석을 구득하여 올 것이니, 기약을 어기지 말라."

하더라.[41]

이리하여 이곳 지명도 『토끼벼루』라 한다던가?

하여튼 이곳에 옛 성터가 남아 있는 것만 보아도 알 일이다. 이곳은 예전에는 방수하던 험요처(險要處)이었다.

그러나 과시 험요처는 험요처로되 오직 그뿐이다.

오랜 동안을 우리 인간과는 아무런 인연도 없이 지내 온 곳이다….

오랜 동안을 아무도 찾는 이란 없었고, 또 아무도 찾을 필요가 없는 산 속이었다.

그러던 것이 연산이 위에 오른 지 열한 해째 되는 을축년 -. 이해 가을부터 이곳이 하루아침에 크나큰 적굴로 화하고 또 불과 수삼 개월에 『토끼벼루패』의 성세는 평안도의 굴암산패와 전라도의 용화산패를 능가하기에 이른 것이다.

웬 난데없는 도적패가 이곳을 소굴로 잡았던 것인가? -

누구는 선산 온고개원(吾乙古介院)패가 그리로 자리를 옮긴 것이라 하였다.

누구는 본래 금산의 덕고개패가 그리로 들어 간 것이라 하였다.

또 누구는 아니 정녕 풀고개패가 새로이 소굴을 그 곳에 정한 것이라 주장하였다. 풀고개란 새재의 딴 이름이다.

그러나 그러한 주장들은 절반씩만 옳았다. …(중략)…

토끼벼루패가 한번 합천 해인사를 들이치기에 미처 이 적당은 과연 천

41) 이윤석 교주, 경판 30장본 『홍길동전』, 31쪽.

하에 드문 장사를 괴수로 받들고 있다는 것이 판명 되었다.

그리고 그 천하에 드문 장사는 뜻밖에도 아직 이십이 채 못된 소년이라는 것이다.[42]

후자인 구보의『홍길동전』은 경판 30장본과는 판이한 차이점을 보여준다. 전자가 막혀있는 폐쇄된 신성한 공간, 즉 자연의 공간인데 비해 후자는 열린 소통의 공간이라는 점이다. 구보는 후자에서 전국의 도적떼를 불러모으고 조생원과 함께 이념의 공동체로 만들어간다. 그래서 길동은 적당의 구성원들을 실존적 인간으로 변형시키는 것이다. 또 홍길동은 스스로 좌절과 한계를 느끼고는 다른 길을 모색한다. 투쟁만이 능사가 아니라 탈존과 탈주가 필요하다는 인식에 도달한다. 중종반정에 개입하고자 욕망을 표출하지만 연결고리의 실패로 스스로 개혁의 길을 찾지는 못하고 방관자에 머문다. 하지만 그러한 국외자의 위치로나마 세상 뒤집기에 참여하는 것은 구보 입장에서는 다음의 역사소설을 창조하는데 중요한 계기로 작용한다. 공간은 세계 내에서만 드러난다. 세계-내-존재로서 현 존재가 공간에 관여되어 있는 것이다. '지금. 여기 존재'하는 현 존재의 자기해석 자체가 '공간 표상'으로 이루어진다. 세계-내-존재에 의해서 구성되고 있는 존재자는 그 자체가 때마다 각기 자신의 '거기'로서 존재하며, 거리를 없애면서 방향을 잡아 세계를 향하는 배려를 통해 현 존재에게 '자리'를 정해주는 실존론적 공간성은 세계-내-존재에 근거하고 있다. 내가 '여기' 있다는 직면한 '저기'에 대한 거리를 없애고 내게로 방향을 잡도록 배려되어야 성립하며, 따라서 실존은 '여기'와 '저기'를 아우르는 '거기'의 존재로서 거듭나야 하는 것이다. 따라서 실존은 탈존이며 공간을 열어 기획하는 존재[43]인 것이다. 홍길

---

42) 박태원,『홍길동전』, 76~79쪽.
43) 장일구, 앞의 책, 28쪽.

동의 자각은 열린 공간을 통해 모색된다는 데에 큰 의미를 찾을 수 있다. 다만 사회악과의 투쟁44)은 다양한 공간에서 이루어지며, 민중계층 스스로의 힘에 의한 대안 모색이라는 의미를 지니지만, 중종반정이란 반전 상황 유도는 결국 위로부터의 개혁이라는 점에서 홍길동이 애초에 추구한 신분 차별 철폐라는 큰 틀에서의 혁명적 개혁에는 못 미치는 성과를 낳게 된다.

4. 서사구조의 이질성 – 단의미적인 것 vs 양가적인 것

경판 30장본「홍길동전」과 박태원의「홍길동전」은 서사구조적 측면에서 커다란 차이점을 보인다. 경판본은 영웅의 일대기를 기본 구조로 삼고 있기 때문에 주인공 홍길동의 출생과정부터 성장기, 갈등과 가출을 통한 성숙기(활빈당 당수로서의 활동기), 율도국 왕으로서의 이상국 건설기로 이어진다. 홍길동은 두 왕비 사이에 삼자 이녀를 두고, 왕으로 등극한 지 삼십 년에 연기 칠순이 되어 영락전에 올라 노래를 부르다가 "짚었던 육환 장으로 난간을 치니, 홀연 뇌정벽력이 천지진동하더니 문득 왕과 왕비 간데 없는지라"라고 사망에 대한 기록까지 서술된다. 즉 탄생부터 죽음까지의 전기의 형태를 지니고 있다. 물론 이야기의 중심 서사구조는 가출동기인 서얼철폐와 지배계층으로부터 억압받는 일반백성들인 민중의 호구지책을 마련해주는 구휼활동이 주를 이룬다.

이에 비해 박태원의 『홍길동전』은 봄을 시간적 배경으로 하여 17세인

---

44) 이문규는 "박태원의「홍길동전」은 허균의「홍길동전」의 전·후반의 내용을 거의 삭제하고 홍길동이 활빈당 당수가 되어 투쟁하는 가운데 부분만을 집중적으로 차용, 변형했다. 박태원이 이 부분을 집중적으로 차용, 변용한 것은 그것이 연산의 학정을 고발하고 홍길동과 활빈당의 활동을 '눈부시게', '뜻있게' 하기 위해 적절하다고 본 때문으로 추정된다."고 해석했다. (이문규,「허균 박태원 정비석「홍길동전」의 비교 연구」,『국어교육』제128집, 2009, 635쪽.)

주인공 홍길동이 "도대체 나라는 놈은 웨 이 세상에는 태어 나온겐구?…
(아니 그보다두 장차 나는 어떻게 해야만 좋단 말이냐?…)"라고 회의를 품
고 한숨을 쉬는 것으로부터 이야기가 시작된다. 주로 길동이 20세에 이르
기까지 활빈당의 당수로서 탐관오리의 부정한 재물을 털어 빈민구제에 앞
장서는 이야기를 담았다. 경판 30장본과 달라진 서사구조는 연산군의 폐정
과 음행에 관한 이야기와 중종반정에 대한 이야기이다.

　서사구조의 특징과 이질성을 언급한다면, 경판 30장본에서는 주인공 홍
길동의 생애를 중심으로 순차적인 진행의 서사구조를 취하고 있다. 반면에
박태원의『홍길동전』은 길동의 활빈당 활동과 연산군의 폐정에 따른 중종
반정이라는 투 트랙의 서사구조를 지니고 있다. 물론 소설의 차례를 보면,
홍길동의 화적으로의 변신과정과 활빈당 활동이 서사구조 전체의 2/3를 차
지하고, 앞의 고아 음전이, 채홍사 채청사 이야기와 뒤의 종루의 방문, 풀을
뽑자면, 신왕 만세 이야기가 연산군의 폐정과 중종반정이야기와 연계되면
서 구성된다.

　이때 길동이 양인을 죽이고 건상을 살펴보니, 은하수는 서으로 기울어
지고, 월색은 희미하여 수회를 돕는지라. 분기를 참지 못하여 또 초란을
죽이고자하다가, 상공이 사랑하심을 깨닫고 칼을 던지며 망명도생 함을
생각하고 바로 상공 침소에 나아가 하직을 고코자 하더니 …(중략)…각
설. 길동이 부모를 이별하고 문을 나매 일신이 표박하여 정처 없이 행하더
니, 한곳에 다다르니 경개 절승한지라. 인가를 찾아 점점 들어가니 큰 바
위 밑에 석문이 닫혔거늘, 가만히 그 문을 열고 들어가니 평원광야에 수백
호 인가가 즐비하고, 여러 사람이 모여 잔치하며 즐기니, 이곳은 도적의
굴혈이라. 문득 길동을 보고 그 위인이 녹록치 않음을 반겨 문왈,
　"그대는 어떤 사람이완대 이곳에 찾아 왔느뇨? 이곳은 영웅이 모도였으
나 아직 괴수를 정치 못하였으니, 그대 만일 용력이 있어 참예코자 할진대,
저 돌을 들어보라."…(중략)…

이후로 길동이 자호를 활빈당이라 하여 조선 팔도로 다니며 각읍 수령의 불의로 재물이 있으면 탈취하고, 혹 지빈무의한 자가 있으면 구제하며, 백성을 침범치 아니하고, 나라에 속한 재물은 추호도 범치 아니하니, 이러므로 제적이 그 의취를 항복하더라.45)

　　거의 입밖에까지 내어 중얼거리다가 길동이는 악연히 놀란다. 그 간악한 무리들 가운데는 당연히 그의 아버지 홍판서대감도 들어있다는 사실에 새삼스러이 그는 생각이 미친 까닭이다. …(중략)…
　　"말하는 도적질이란 곧 역적질일세."
　　"아무리 취중이라도 그런 말씀은 아예 마십쇼."
　　"아닐세. 내 결코 술이 취해 하는 말이 아닐세."
　　"아 그럼 조생원! 그게 진정으로 하시는 말씀이오?"
　　"진정으로 하는 말이다마다…. 내 동지만 있다면 오늘이라도 양산박을 꾸며 볼 마음이 단단히 있네."….
　　"홍도령! 자네, 대장으로 한번 나서 보겠나? 자네가 나선다면 일등 모사는 내 되지!"…(중략)…
　　앞서 함경감영을 칠 때 태백산패가 그러했듯이 모두 그의 용맹과 조생원의 지모에 깊이 경복하였기 때문이오. 함경도와 평안도 두 곳에서 일을 하여 한번 「활빈당」의 이름이 국내 방방곡곡에 알려진 뒤로는 어디를 가든 '홍길동' 삼자만 이르면 무슨 말이고 뜻대로 움직여주었던 까닭이다…(중략)….
　　당초에 종루 기둥에다 그렇듯 불온하기 짝 없는 방을 붙인 것은 과연 누구의 짓인지 알 길이 없다. 그것은 영원히 풀지 못하는 수수께끼였다. 그러나 그로써 한달 지나 종루 기둥과 사대문에다 먼저번 것과 똑 같은 내용의 방을 붙인 것은 거기도 씌어 있듯이 정녕 활빈당이 한 것이다…(중략)….
　　길동이는 근래 그 마음이 심히 우울하였다. 그는 요사이 활빈당 사업에 대하여 크나큰 회의를 가졌던 것이다. 자기 하는 일에 대하여 도무지 자신

---

45) 경판 30장본『홍길동전』, 11~16쪽.

을 잃었던 것이다.…

(뿌리를 뽑자! 그렇다. 인군을 갈자! 그를 그대로 두어 두고는 모든 일이
다 헛된 수고다!…)

"무도한 인군을 죽이는 도리는 자고로 그 예가 있는 것이니, 모든 백성
은 우리 의병을 따르거라."

길동이 머리에 전날 종루 기둥에 붙였던 방문이 불현듯이 떠올랐다. 그
가 그것과 똑 같은 내용의 방을 자기 이름으로 또 내어다 붙이게 하기는
무슨 참말로 그럴 뜻이 있어서가 아니다.

그러나 이제 이르러 보니 그것이 곧 앞으로 자기의 취할 길이었다.46)

경판 30장본과 구보의『홍길동전』을 비교해보면 서사구조 상의 확연한
차이를 발견하게 된다. 출생부터 사망까지의 순차적 진행은 독자계층의 상
상력을 자극하지 못한다. 더더욱 "건상을 살펴보니, 은하수는 서로 기울
어지고"에서 잘 나타나있듯이 신화적 판타지에 머물러 홍길동을 낭만적
영웅으로 그려나가고 있다. 현실성의 결여는 잉여적 요소의 증대를 가져오
지 못하기 때문에 독자의 사고력의 확산을 방해한다. 이상향을 묘사한 홍길
동이 율도국의 왕이 되는 이야기도 신화적 판타지에 머물 따름이다. 결국
사고를 단의미적으로 가두어 버리는 한계로 작용하게 된다.

로트만은 바흐친의 양가성의 개념을 가져와서 활용한다. 구보 박태원의
『홍길동전』에서는 사실성과 역사성의 강화를 위해 많은 도구들을 짜 맞추
고 있다. 퍼즐게임처럼 역사적으로 실재한 인물과 작가가 허구적으로 창조
하여 등장시킨 인물의 조화를 통해 시대적 모순을 서사구조 속에 퍼즐처럼
삽입하여 에피소드 형식으로 하나씩 독자들에게 보여준다. 구보는 흥미를
확산시키기 위해 고전『홍길동전』의 이야기를 거론하고 리얼리티를 가져
오기 위해 변용을 시도하기도 하면서, 서사구조를 역동적인 국면으로 전환

---

46) 박태원,『홍길동전』, 15~159쪽.

하고자 노력한다. 로트만은 내적 양가성의 증가는 체계가 역동적인 상태로
변모하는 국면에 상응하는 바, 이 과정에서 증대된 구조적 비결정성은 다음
단계의 새로운 조직화의 영역 내에서는 이미 단일한 새 의미를 획득하게
된다고 지적했다. 이렇게 해서 내적인 단의미성의 증가는 항상성의 경향이
강화되는 것, 양가성의 증대는 역동적 도약의 국면을 향해 접근함을 나타내
는 지표로 간주될 수 있다47)는 것이다. 박태원은 고전『홍길동전』에서 역
사적 사실성을 살릴 수 있을 가능성이 있는 해인사 사건이나 함경감영 습
격사건, 토포사 이흡의 파견과 회유 등의 에피소드를 그대로 가져와 변용을
시도하여 내적 양가성의 증대로 작품 서사구조의 체계를 역동적인 상태로
변모시킨다.

경판 30장본『홍길동전』이 신화적 판타지아를 통해 얻은 것은 활빈당의
빈민 구제활동의 강화밖에 없으며, 작품의 대단원에서 모색하게 되는 율도
국이라는 이상향의 조성도 결국에는 체계 내의 싸움을 통한 개혁 도모가
아니라 체계 밖으로 뛰쳐나가는 우48)를 범하게 된다. 이에 비해 구보의
『홍길동전』은 홍길동의 활빈당의 활약을 통해 양가성의 증대를 가져오고
결국은 종루의 방과 중종반정의 도모세력과의 느슨한 연계를 엮어 새로운
지평을 열어나간다. 고전「홍길동전」이 타협과 절충을 통해 연속성과 계승
으로 방향성을 정했다면, 반면에 구보는 연속성과 계승 대신에 단절과 파국

---

47) 유리 로트만, 앞의 책, 196쪽.
48) 김경미, 앞의 글, 206쪽.
　　김경미는 길동의 율도국 정벌에 대해 "「홍길동전」이나 「태원지」는 조선사회 외부
　　에 대한 상상을 통해 서사 공간을 확장하고 있다. 이 두 작품이 보여주는 서사 공간
　　의 확장은 조선 후기 세계 지리에 대한 관심의 확장과 관련되어 있다'고 파악하면
　　서 "「홍길동전」은 조선을 중심에 놓고 율도국을 주변국으로 놓고 있기 때문에",
　　"「홍길동전」은 우리 안에 있는 조선중화주의에서 더 나아가 제국주의적 인식소를
　　들여다보게 하는 작품이다'고 독특한 해석을 내놓았다.

을 통한 폭발(중종반정)을 통해 새로운 자유롭고 창조적인 세계라는 다의 미적인 역동성을 찾았다는 점이 큰 성과라고 할 수 있다. 이러한 '투 트랙 구조'의 역동성은 서사구조 측면에서만 한정해 볼 때는 큰 의미가 있다.

5. 맺음말

구보 박태원의 『홍길동전』의 서사구조에서는 작가의 어떠한 역사관이 담겨 있는가를 우선적으로 살펴보았다. 『홍길동전』을 쓸 무렵 구보는 애초의 모더니스트에서 리얼리스트로 변모해 나가는 취향을 보여준다. 따라서 진보에 대한 믿음을 보여주면서 거대하고 전통적인 주제를 잡되, 자신만의 특장인 일상생활의 사소한 사건들의 세부 디테일 묘사에 매달려 은유적이고 상징적으로 실마리를 풀어나가면서 종국에는 좀 더 커다란 것으로 다가서는 양상을 보여준다. 즉 『홍길동전』은 구보의 이러한 새로운 절충주의적 역사관을 잘 보여주는 작품이라고 할 수 있다.

본론에서 논의한 것을 요약적으로 제시해보기로 한다. 경판 30장본 『홍길동전』과 박태원의 『홍길동전』은 어떤 변별성이 있을까? 로트만의 구조주의 이론을 적용시켜 볼 때, 두 작품은 여러 가지 면에서 같은 듯 다른 모습을 보여준다. 전자는 영웅적 인물묘사와 소설적 서술전개 과정을 통해 '환상성'에 근거를 두고 있는데 반해, 구보의 『홍길동전』은 '일상성'과 '역사성'에 토대를 두고 있음을 알게 된다. 고전 『홍길동전』은 시간적 배경을 세종대로 잡고 있으나 구보의 『홍길동전』은 연산군 시절로 늦추어 잡고 있다. 따라서 경판 30장본 『홍길동전』은 당대인들이 추구한 '원형적 열망'을 표출하려고 했다면, 구보의 작품에서는 그것을 대체할 공간을 추출하여 '실존적 열망'을 관철하려고 하는 것에서 차이점을 드러낸다. 주제 측면에서 볼 때도, 경판 30장본『홍길동전』은 '신분제도 철폐'라는 더 큰 주제를 취하고 있다. 반면에 구보는 창작적 글쓰기의 실험을 통해 필수적인 것을 토대로 하여 잉여성의 증대에 관심을 기울인다. 즉 허구적 인물인 음전이 ·조생원을 통해 잉여성을 증대시킨다. 구보는 일상적인 민중 모습의 세부 디테일 묘사를 통해 보다 큰 주제로 다가서는 창작기법을 보여주는 것이다. 구보는 축적된 민중의 응집력을 기반으로 '단절을 통한 반전 도모'라는 충격요법을 사용하여 민중의 고통을 해방시킬 수 있는 새로운 임금의 등장을 이끌어낸다. 다만 구보의 작품에서 문제가 되는 것은 '필수적인 것'에 해당하는 길동의 활빈당 행적과 중종반정을 도모하는 성의안, 박원종 그룹간의 연결고리나 연계성이 없어서 작품의 역동적인 구조에서 한계를 보여준다는 점이다. 서사구조에서도 두 작품은 상당한 거리를 보여준다. 경판 30장본에서는 주인공 홍길동의 생애를 중심으로 '순차적인 진행의 서사구조'를 취하고 있는데 반해, 박태원의『홍길동전』은 길동의 활빈당 활동과 연산군의 폐정에 따른 중종반정이라는 '투 트랙의 서사구조'를 지니고 있다.

중세의 질곡과 어둠 속에서 수탈당하는 농민 등 민중계층의 삶의 반전을 도모하기에는 거대 서사(master - narrative)가 바람직할 것이다. 하지만 구보 박태원은『홍길동전』의 서사구조를 꾸미면서 지방 서사(local narrative)나 반서사의 기법을 활용한 측면도 있다. 연산군과 주변 지배층의 황음무도한 폭정의 이야기를 그리는 것도 흥미진진하지만, 그들에게 핍박 받는 민중계층의 일상적 삶을 통해 잉여적인 것을 증대시켜 나가는 것도 감동을 주기에 적절하다고 판단한 것이다. 역사가 엘튼이 언급했던 것처럼, 역사가는 서사를 만드는 것뿐만이 아니라 '서사를 부수는 것'을 그들의 임무로 생각해왔다는 말이 박태원에게는 더욱 실감나게 느껴진다.

■ 참고 문헌

1. 자료
경판 30장본 『홍길동전』(이윤석 교주, 연세대 대학출판문화원, 2014)
박태원, 『홍길동전』, 협동문고, 1947.

2. 논문 및 단행본 학술서적
강진호 외 엮음, 『박태원 소설연구』, 깊은샘, 1995.
김경미, 「타자의 서사, 타자화의 서사, 「홍길동전」」, 한국고소설학회, 『고소설연구』
    제30집(2010), 189쪽.
김성수, 「구보 박태원론」, 『수선론집』 제12집, 성균관대 대학원, 1987, 76쪽.
김윤식, 「박태원론」, 『한국현대현실주의 소설연구』, 문학과지성사, 1990.
김종욱, 『일상성과 역사성의 만남-박태원의 역사소설』, 감진호 외 엮음, 깊은샘, 1995,
    234~35쪽.
김종회, 「해방 전후 박태원의 역사소설」, 구보학회 엮음, 『박태원과 역사소설』, 깊은샘,
    2008, 16~17쪽.
송현호, 「소설의 주제」, 한국현대소설학회 지음, 『현대소설론』, 평민사, 2003, 233쪽.
박재민, 「허균 작 「홍길동전」의 복원에 대한 시론」, 한민족어문학회, 『한민족어문학』
    제65집, 2013, 269쪽.
오경복, 『박태원 소설의 서술기법 연구』, 이화여대 박사학위 논문, 1993, 155~56쪽.
유승환, 「해방기 박태원 역사서사의 의미-상호텍스트 전략을 중심으로」, 구보학회 편,
    『구보학보』 제8집, 2012, 87~88쪽.
유인순, 「소설의 시간」, 한국현대소설학회 지음, 『현대소설론』, 평민사, 2003, 164쪽.
윤정헌, 「박태원 역사소설 연구」, 『한민족문학』 제24집, 1993, 162쪽.
이문규, 「허균·박태원·정비석 「홍길동전」의 비교 연구」, 『국어교육』 제128집,
    2009, 635쪽.
이미향, 「박태원 역사 소설의 특징」, 강진호외 엮음, 『박태원 소설연구』, 깊은샘, 1995,
    253쪽.
이윤석, 「경판 「홍길동전」 축약의 양상과 그 의미」. 『열상고전연구』 제 40집, 2014,
    166~67쪽.
이지영, 「「홍길동전」 속 '가정 내 서얼차대'의 실상과 그 해소의 의미-서얼 소통의
    역사적 전개과정에 주목하여」, 동아시아고대학회, 『동아시아고대학』 제34집
    (2014), 140~41쪽.
임무출, 「박태원의 홍길동전 연구」, 『영남어문학』 제18집, 1990.
장일구, 『경계와 이행의 서사 공간』, 서강대출판부, 2011, 19~20쪽.

장효현, 「「홍길동전」의 생성과 유전에 대하여」, 『국어국문학』 제 129집, 국어국문학
　　회, 2001, 366~67쪽.
정현숙, 『박태원 문학연구』, 국학자료원, 1993, 252쪽.
구보학회 편, 『박태원문학과 창작방법론』, 깊은샘, 2011.
게리 솔 모슨 외, 『바흐친의 산문학』, 오문석 외 옮김, 2006.
리처드 에번스, 『역사학을 위한 변론』, 이영석 옮김, 소나무, 1999, 293~94쪽.
유리 로트만, 『기호계 - 문화연구와 문화기호학』, 김수환 옮김, 문학과지성사, 2008, 8
　　쪽.
토머스 칼라일, 『영웅숭배론』, 박상익 옮김, 한길사, 2003.

해방 후 박태원 역사소설 연구

–「춘보」에서 『군상』까지를 대상으로

1. 머리말

　구보 박태원은 월북 작가이다. 따라서 통일한국문학사가 집필된다면 매우 중요한 의미를 지니는 소설가이다. 한국전쟁 직전 남한에 거주했던 박태원은 보도연맹에서 전향선언까지 했지만, 한국전쟁 시기에 월북했다. 한동안 소식이 없던 그는 북한에서 실명 상태에서도 김일성을 찬양하기 위해 소설을 창작했다고 외신에 보도됨으로써, 북한에서도 죽는 순간까지 인정을 받은 작가로 확인이 되었다.

　특히 박태원은 한국 근대문학사에서 중요한 위치를 점하고 있다. 그는 크게는 세 가지 관점에서 주목해보아야 할 작가인 것이다. 첫째, 모더니스트라는 점이다. 구인회에서 활동했으며, 『소설가 구보씨의 일일』이나 『천변풍경』 등을 통해 근대적인 풍경과 근대적인 문물에 대한 집착을 보여주었고, 관찰을 통해 인물들의 행동과 내면심리에 대해 집요한 관심을 기울이는 독특한 서사기법을 구사하여 당대 문단의 총아로 떠올랐다. 둘째, 식민지시대의 조선 문단에서 창조적인 작가군인 이상·김기림·정지용·이태준 등과의 친밀한 관계를 맺음으로써 지성사의 그물망을 촘촘하게 한 작가라는 점도 큰 의미를 지닌다.

셋째 박태원은 식민지시대에만 활동하지 않고 해방 후 서울에서 머물다가 6. 25 한국전쟁 시기에 월북한 작가라는 점도 독특한 이력으로 작용하고 있다. 구보의 성향 자체가 애초에 예술성을 강조하는 모더니스트라는 점과 가까웠던 월북 작가들이 정지용과 이태준 등 임화계열이 많았던 점에서 숙청당하지 않은 것이 신기할 따름이다. 북로당계열의 벽초 홍명희와 이기영 등의 작가들이 뒤를 받쳐줘서 숙청의 위기를 넘기고 1980년대까지 생존(박일영장남 : 무엇보다 그를 지켜준 벗 'ㅇ'씨와 'ㅅ'씨께 또한 뒤늦게나마 머리 숙여 감사하단 말 전하고 싶다.)할 수 있었던 것으로 생각된다. 구보는 눈이 좋지 않아서 실명하는 어려움 속에서도 1963년 『계명산천은 밝아오느냐』에서 시작한 장편역사대하소설을 1977년부터 1986년까지『갑오농민전쟁』3부작으로 완성하여 북한 최고의 역사소설가로 이름을 날리게 된다.

애초에 구보는 모더니스트로서 근대성의 의미와 한계를 천착했다. 그런데 일제 강점기 말기에 중국 번역소설 창작에 몰두하다가 그가 갑자기 역사소설에 눈을 돌리게 된 계기1)는 무엇일까? 이러한 점에 대한 관심이 연

---

1) 그동안 박태원의 역사소설에 대한 연구는 김윤식으로부터 출발해서 많은 학자들에 의해 진행되었다. 그 목록을 열거하면 다음과 같다.
   김윤식, 『한국현대 현실주의 소설연구』, 문학과지성사, 1990.
   정현숙, 『박태원소설연구』(이화여대 박사학위논문, 1990)
   강현구, 『박태원 소설연구』(고려대 박사학위 논문, 1991)
   장수익, 「박태원 소설 연구」(서울대 석사학위 논문, 1991)
   김봉진, 『박태원 소설연구』(한양대 박사학위 논문, 1993)
   이미향, 「박태원 역사 소설의 특징」, 강진호 외 편, 『박태원 소설 연구』, 깊은샘, 1995.
   윤정헌, 「역사적 사건의 계급적 형상화-갑오농민전쟁론」, 강진호 외 편, 『박태원

구의 출발점이 되었고, 철저하게 문학인으로서의 올곧은 자세를 취하던 구보가 방향 전환을 하게 된 데에는 무엇인가 필연적인 요인이 있을 것으로 판단되었다.

구보문학에서 공간은 매우 의미 있는 도구로 활용되며, 인물과 배경에 대한 관찰도 큰 작용을 한다. 이러한 관찰을 통해 구보는 차이와 재현에 대해 관심을 기울인다. 아울러 공간이동을 통한 관찰을 통해 구보는 유목민적 사유를 한다. 탈식민주의적 시각에서는 장소(공간)는 문화적 가치가 서로 겨루는 갈등의 터전으로 파악하며, 그 가치들이 구체화되어 드러나는 재현의 공간으로 인식한다.

연구 목적은 모더니스트 박태원의 역사소설가로서의 변모 과정을 기존의 학자들은 일제 말 생활의 방편으로서의 경제적인 목적, 해방 직후 진보적인 문단조직인 '조선문학건설본부' 가담에 따른 서사성의 진보 모색 등으로 해석한 데 반해, 일제 말기 시대 상황에 의한 '전통부흥론'에 의한

소설 연구』, 깊은샘, 1995.

이상경, 「역사소설가로서 박태원의 문학사적 위치」, 『역사비평』 31집, 역사문제연구소, 1995.

김명석, 「역사소설 작가와 역사의식 - 박태원의 『계명산천은 밝아오느냐』를 중심으로」, 『개신어문연구』 14집, 개신어문학회, 1997.

홍성암, 「박태원의 역사소설 연구-『갑오농민전쟁』을 중심으로」, 『현대문학이론연구』 18집, 현대문학이론학회, 2002.

임금복, 「박태원의 『갑오농민전쟁』 연구」, 『동학학보』 6권, 동학학회, 2003.

오현숙, 「박태원 문학의 역사 인식과 재현 방식 연구」(서울대 석사학위 논문, 2008)

김종회, 「해방 전후 박태원의 역사소설」, 구보학회편, 『박태원과 역사소설』, 깊은샘, 2008.

박배식, 「박태원의 역사소설관」, 구보학회편, 『박태원과 역사소설』, 깊은샘, 2008.

정호웅, 「박태원의 역사소설을 다시 읽다」, 방민호 엮음, 『박태원 문학연구의 재인식』, 예옥, 2010.

영향, 근대성의 화두인 '공간' 문제의 연장선상에서 가상 '역사'의 공간이라는 새로운 화두의 제시, 혼란스런 세계정세 속에서 '미래에 대한 전망' 모색과정에서의 민중적 상상력에의 의존 등의 새로운 해석으로 시도해보려는 것에서 출발하였다. 또 기존 연구의 틀을 벗어나 새로운 방법론에 의한 분석의 시도도 필요하다고 생각되었다.

따라서 구보문학을 분석하는 새로운 방법론으로 탈식민주의적 방법과 탈근대를 꿈꾸었던 들뢰즈적인 방법론(앞으로의 과제)의 접목이 유효할 것이라고 판단했다.

2. 제국주의와 역사적 이데올로기 그리고 해체담론

1910년 5월 사회주의자와 무정부주의자들이 대대적으로 검거되면서 시작된 대역사건(천황 암살음모 발각)은 1911년 24명에게 사형, 2명에게는 유기형이 선고되면서 마무리된다. 이 사건은 러일전쟁 이후 성장하고 있던 노동운동과 연계된 사회주의 운동을 억압하고, 강력한 국가권력이 사회운동의 확대가능성을 사전에 차단한 사건이었다. 1910년의 일본은 강력한 국가권력을 통해 대외적 팽창을 진행하고 대내적 저항을 차단함으로써 제국주의 국가로서의 체제안정을 확보[2]한다.

이 무렵 근대일본은 억압과 팽창의 길을 걷는다. 그 이유는 무엇일까? 일본 국내외 연구자들이 끊임없이 제기했던 질문이었다. 첫째, 가장 지배적이었던 설명은 일본의 특수성론에 입각한 것이었다. 강좌파는 근대 일본의 국가권력이 봉건적 성격을 탈피하지 못한 점을 지적했다. 둘째, 마루야마 마사오(丸山眞男)는 근대사회의 구성체인 개인이 미성숙한 것을 문제로 보았

---

2) 함동주, 『천황제 근대국가의 탄생』, 창비, 2009, 226~27쪽.

다. 첫째와 둘째는 공통적으로 일본의 근대화가 불안전한 것을 원인으로 지적[3]했다. 셋째, 최근의 포스트모더니즘의 영향을 받은 이론들은 일본을 포함한 근대국가 자체의 폭력성과 모순에 주목[4]하고 있다.

박태원은 일제에 의한 조선강점이 이루어졌던 1910년의 한 해 전인 1909년에 출생했다. 어릴 때 큰 할아버지 박규병으로부터 천자문과 통감을 배웠던 구보는 만주사변이 일어나기 한 해 전인 1931년에 동경법정대학 예과에 입학하여 일본유학을 떠났으며 근대 일본의 수도에서 근대풍경과 낭만적 우수를 목도하게 된다. 이 무렵 일본 제국주의자들은 만주사변을 일으킨다.

귀국한 후 그는 구인회에 가입하고, 소설쓰기에 주력한다. 소설 창작에서 중요한 것은 주제와 소재의 확보였다. 구보는 소재를 동경과 경성의 차이에서 찾으려고 했으며, 자신의 눈을 신뢰했다. 구보는 전차와 버스를 관찰의 대상으로 삼았다. 물론 구보는 이러한 근대 문명의 이기보다는 자신의 눈을 더욱 신뢰했고 그것의 운반기구로서 '발'에 초점을 맞추었다. 즉 구보는 산책 나서기를 좋아했다. 산책을 하면서 구보는 민중의 눈을 통해 근대 조선 서민의 삶의 척박함과 고달픔을 목격하게 된다. 즉 제국주의자에 의한 식민지 통치는 따라하기와 구별짓기의 선긋기라는 것을 확인하게 된다. 대표적인 작품이 1934년에 발표한 중편「소설가 구보씨의 일일」이다.

신문사 사회부 기자인 벗과 구보는 대창옥에 가서 설렁탕을 먹고 나와서 갈 곳을 잃는다. 그래서 동경 유학시절을 생각하며 동경과 경성을 비교해본다. 친구와 헤어져 광화문통을 혼자 걷던 소설가 주인공은 다시 다방에 앉아 사람들을 관찰하다가 속물인 중학 동창 보험회사 직원을 만나 불쾌감을 느낀 후 벗이 오자, 나와서 단장과 노트를 들고 밤거리를 걷다가 종각 뒤

---

3) 함동주, 위의 책, 227쪽.
4) 함동주, 위의 책, 같은 면.

단골 술집을 방문한 후 다시 여급이 옮긴 카페인 낙랑정 카페를 찾아간다. 그곳에서 취토록 마신 후 술집여급 아가씨에게 내일 대낮에 함께 산책하자고 제안했다가 퇴짜를 맞고 오전 2시 빗속에서 친구와 헤어져 내일부터 집에서 좋은 소설을 쓰겠다고 다짐을 하는 것으로 이야기는 끝이 난다. 총 12시간 동안 전차를 타거나 산보하면서 단장과 노트를 들고 경성의 근대풍경의 이모저모를 관찰한 기록보고서가 중편소설 「소설가 구보씨의 일일」이다.

역사는 과거 인간들의 행적을 기록하는 것이나 과거 인간들이 남긴 행적의 대부분은 시간의 흐름에 따라 망각되어 사라진다. 단지 그 일부만이 사료로 살아남을 뿐이다. 그리고 역사가는 이 사료를 이용하여 역사를 재구성한다. 이 과정에서 중요한 역할을 하는 것이 역사가의 사관이다. 역사소설도 마찬가지의 과정을 거친다. 사관은 개인의 기호나 욕망·편견·이념 등 많은 요소에 의해 형성된다. 역사가는 그가 갖고 있는 편견이나 세계관, 이데올로기의 영향을 받지 않을 수 없다. 서양의 근대 역사학은 19세기 이래 크건 작건 수많은 이데올로기의 영향을 받아왔다. 자유주의·민족주의·사회주의·인종주의·식민주의·유럽중심주의·냉전 이데올로기 등 무수히 많다. 그 가운데에서도 '유럽중심주의'는 서양사 서술에서 가장 중요하고 포괄적인 역할을 해온 이데올로기[5]이다.

'유럽중심주의'란 유럽을 세계의 중심으로 생각하는 태도이다. 즉 비유럽문명에 대한 유럽문명의 독특성과 우월성을 주장하는 가치·태도·생각 나아가 이데올로기적 지향을 의미한다고 할 수 있다. 따라서 유럽중심주의도 당연히 근대의 산물이다. 유럽중심주의는 두 가지 요소로 구성되어 있다. 하나는 유럽예외주의이고, 다른 하나는 오리엔탈리즘이다. 유럽예외주의는 근대 유럽문명의 특수성, 예외성을 강조하는 주장이다. 유럽을 제외하

---

5) 강철구, 『역사와 이데올로기』, 용의 숲, 2006, 24~26쪽.

고는 어디에서도 이런 합리적이고 진보적이며 근대적 문명이 발전하지 못했다고 믿기 때문이다. 유럽은 사유재산권을 발전시킴으로써 경제발전이라는 개념을 유럽의 발명으로 만들었고 자율적인 도시를 만들어 기업 활동과 시민적 자유를 확보했으며 지역적 종교적 분열로 중앙집권적이고 권위주의적인 단일 지배 체제가 불가능하게 됨으로써 정치적 자유를 만들어냈다는 것이다. 반면 비유럽지역은 유럽과 비교되어 그 비합리성, 전통성이 강조6)된다.

오리엔탈리즘은 동양과 서양이라고 하는 것 사이에 만들어지는 존재론적이나 인식론적인 구분에 근거한 하나의 사고방식으로 1800~1900년 사이에만 약 6만권의 책이 선교사·학자·관리·상인·여행자·예술가 등 다양한 서양인들에 의해 그들이 생각하는 특유한 동양 사회를 묘사하기 위해 씌어졌다. 또 그것은 인상기나 이론에만 머무는 것이 아니라 식민지의 통제와 관리를 위한 실용적인 목적도 갖고 있었다. 그리하여 유럽은 진보와 문명을 보여주는 반면 아시아는 덜 성숙하고 어린아이 같아서 내재적으로 진보가 불가능한 곳으로 간주7)되었다.

1990년대 이후에는 유럽중심주의적 서양사 또는 세계사를 해체하고 세계사의 바른 모습을 회복하려는 노력이 점차 본격화되고 다양한 연구 성과가 나타나고 있다. 그것은 동아시아뿐 아니라 중동의 이슬람문명권, 인도 등의 남아시아로 확대되고 있다. 또 아프리카, 라틴 아메리카도 새로운 연구대상으로 편입되고 있다. 이 작업은 결국 세계사에서 유럽단일중심주의를 다중심주의로 대치하는 작업이고 다른 문명권의 역사적 가치를 존중해주는 작업이다. 따라서 200년의 서양 근대 역사학이 쌓아올린 거대한 인식체계를 비판하고 대안을 제시하는 것이 중요하다. 특히 근대성의 신화가

---

6) 강철구, 위의 책, 33~34쪽.
7) 강철구, 위의 책, 35~36쪽.

만들어온 폭력적·강제적·인간 살육적 비합리성과 비이성에 대한 비판도 포함된다. 비유럽세력에서 유럽인들이 저지른 학살·노예화·착취·억압·차별이 모두 근대성의 미명 아래 행해진 것이기 때문[8]이다.

식민지배로 인해 비유럽사회의 고유문화가 침탈됨에 따라 이는 자연히 식민지인들의 정체성을 약화시키는 결과를 가져왔다. 식민지배가 장기화하여 식민지인들에게는 특유한 심리상태가 생기고 그것이 구조화한다. 그 심리상태의 가장 본질적인 요소는 자기 소외이다. 즉 자기가 자신의 주인이 아니라는 의식이다. 그것은 식민지에서 자신의 의사를 뜻대로 관철시킬 수 없다는 기본적인 무력감과 좌절감에서 비롯되는 것이다. 그것은 스스로의 자기부정을 가져온다. 식민지인들의 심리상태의 또 다른 중요한 요소는 깊은 열등감이다. 식민지인들은 식민 통치자들로부터 장기간 멸시와 박해를 받으며 깊은 열등감을 갖게 되고 그것이 심리적으로 내면화한다. 식민자들은 식민지의 모든 전통적인 문화적 요소를 부정하고 그것을 낡은 것, 미개한 것, 문화적으로 저급한 것[9]으로 몰아붙인다.

구보는 유학시절 도쿄에서 일본 제국주의가 추구하는 근대화의 발자국들을 현장에서 부러움의 눈빛으로 바라다보았다. 그러면서 조선의 현실에도 관심을 기울이기 시작한다. 일종의 양가성과 착종성의 양상을 드러내기 시작한 것이다. 그들은 공룡처럼 커지기 시작하는 근대 문명과 그것의 발전이 가져다준 근대풍경에 무한동경의 자세를 보이는 동시에 과학과 기술의 진보가 이성의 단계를 넘어 광기의 모더니티를 드러내기 시작하자 두려움에 빠져들게도 된다.

제국주의의 수도인 동경에만 그러한 현상이 나타난 것이 아니라 식민지의 수도 경성에도 짝퉁문화가 판을 치면서 식민지청년들에게는 두려움과

---

8) 강철구, 위의 책, 73~75쪽.
9) 강철구, 위의 책, 419~20쪽.

공포의 감정이 내적으로 용솟음치기 시작한다. 처음에는 문명과 야만의 대비적 현상에 분노를 느끼고 그냥 '흉내 내기'에 의한 문명 진보와 저항이라는 이중효과를 노렸으나 점차 부작용이 극대화되자 심각성을 느끼게 된 것이다. 구보는 바로 근대적 풍경 속에 드리워지고 있던 '군중 속의 고독과 우울증'을 발견하게 된다. 식민지 모더니즘은 서구의 아방가르드에게는 단순한 정신적 풍요 속의 실험적 시도로 나타났지만, 억압과 수탈 구조 속에서 신음하고 있던 조선의 하층민들에게는 생존의 기반 자체를 무너뜨리는 독으로 다가올 수도 있다는 것을 주체적으로 인식하게 된 것이다.

3. 해방 전후 역사소설의 창작동인과 구보의 역사관

박태원은 일제 말기에 번역작업에 몰두하는 동시에 통속소설을 집필한다. 물론 친일소설을 몇 편 집필하기도 한다. 그는 1930년대 말에 「비량」·「만인의 행복」·「애경」·「명랑한 전망」·『여인성장』을 발표하는 동시에 중국 통속 소설류인 「부용병」·「매유랑」·「두십랑」·「양각애」 등 20편 정도를 번역한다. 친일문학[10] 이외에는 통속소설도 쓰기 어려운 1940년대에는 『삼국지』·『서유기』·『수호전』을 번역하기 시작한다.

구보는 해방 직후인 1946년부터 1948년 사이에 『조선독립순국열사전』(1946), 『약산과 의열단』(1947) 그리고 『이순신장군』(1948)을 출판한다. 이러한 작품들은 개화기에 많이 창작되었던 역사전기소설에 가까운 작품들이다. 그만큼 구보가 해방을 맞이하여 새로운 창작소설을 준비할 정신적, 시간적 여유가 없었음을 말해준다. 백양당에서 출판한 『약산과 의열

---

10) 구보는 일제말 「아세아의 여명」(≪조광≫ 1941.2)과 『군국의 어머니』(조광사, 1942) 그리고 『원구』(1945.5.16~8.14까지 연재, 76회 중단 미완성)를 발표한다.

단』은 무력투쟁론자인 약산이 결성한 의열단의 결성과정과 활동상황을 사르실적으로 묘사한 장편소설이다.

박태원은 이 시기에 역사전기소설과 함께 단편, 장편역사소설을 동시에 집필하였다. 단편소설로는 『신천지』에 발표한 「춘보」(1946.8), 《경향신문》에 발표한 「태평성대」(1946. 11~12), 《신천지》에 발표한 「귀의 비극」(1948.8)과 《협동》에 발표한 사담 「고부민란」(1948)이 있다.

구보는 해방 후 혼란기에 단순히 영웅의 출현을 기다리는 단계에서 역사의 주체문제에 대한 새로운 인식을 보여주는 장편소설 창작에 몰두한다. 『홍길동전』(조선금융조합연합회, 1947), 『임진왜란』(《서울신문》 1949. 1.4~12.14), 그리고 『군상』(《조선일보》, 1945.6.15~1950.2.2)이 바로 그것이다.

이러한 역사소설은 월북 후에 발표한 『임진조국전쟁』(1960), 『계명산천은 밝아오느냐』 그리고 역사대하소설 『갑오농민전쟁』과 연계성을 지닌다는 점에서 문학사에서 커다란 의미를 지닌다. 이중에서 구보문학의 변천과정에서 디딤돌 역할을 한 단편소설 「춘보」, 『홍길동전』, 「고부민란」 그리고 『군상』을 중심으로 집중적인 분석을 시도해보려고 한다.

그러면 박태원은 왜 모더니스트로서의 확고한 지위를 내버리고, 역사소설가로 전환함으로써 리얼리스트로 변모하려고 시도했을까? 그동안 수많은 구보문학연구가들이 새로운 해석을 하려고 노력했던 질문이다. 우선 이미향은 해방직후라는 시대적 요인, 일제말을 친일문학 집필과 번역작업으로 안이하게 보낸 것에 대한 자기비판, 해방 직후라는 현실을 포착할 수 없었던 점 그리고 일제말 번역한 중국 역사소설과의 형식적 특성이 유사하다는 내적인 요인에 의거한 관념적인 행위 등[11]으로 파악했다.

---

11) 이미향, 「박태원 역사소설의 특징」, 강진호 외 엮음, 『박태원 소설연구』, 깊은샘, 1995, 261쪽.

김종회는 "『수호전』의 특성이 이후 박태원의 역사소설에서 연계되어 나타나는 것 역시 번역작업의 결과적인 의미가 된다. 박태원의 중국 역사소설 번역작업은 그의 문학 행위의 전제이자 과정인 기법에 대한 성찰이 고려될 여지나 여력조차 없는 상태에서 행해진 것이다"라고 해석하면서 "생활의 방편으로서 경제적인 목적으로 번역작업을 해왔으며, 대동아공영권이라는 시대적 상황을 무시할 수 없었기에 중국 고전소설을 중심으로 번역작업을 할 수밖에 없었다는 것"12)이라고 해석했다.

박배식은 구보가 역사적 리얼리티의 구현에 관심을 갖게 된 창작동기에 대해 첫째, 문학외적 조건으로 중국의 역사소설의 번역이라는 작업을 통해 지배계층의 탄압에 대항하는 서민층의 힘의 결집과 폭발을 접하게 되면서 이를 자신의 소설 세계에 대한 모티프로 제공받았을 것이라는 점, 둘째, 문학 내적 조건으로는 박태원이 초기에 활동했던 구인회가 탈 이데올로기적인 예술지향의 순수문학적 분위기임에 반해, 해방직후에는 박태원이 민족문학 건설을 목표로 만들어진 진보적인 문단조직인 '조선문학건설본부'에 가담했는데, 이미 그 이전부터 서서히 민중 편에서의 서사성의 진보를 꾀했을 것이라는 추측"13)이라고 설명했다.

정호웅은 『군상』의 작가의 말을 인용하면서 구보가 해방 후 역사소설 창작에 매달린 현상을 두 가지 요인, 즉 '정의와 진리/사리사욕', '의(義)/그릇된 행복'의 이분법, '관핍민반(官逼民反)'의 이분법의 정립과 「춘보」·『임진왜란』·『군상』·『갑오농민전쟁』으로 나아가며 점차 뚜렷해지고 확고해져 마침내는 민중의 역사창조력에 대한 믿음으로까지 나아간 역사관의 확

---

12) 김종회, 「해방 전후 박태원의 역사소설」, 구보학회 편, 『박태원과 역사소설』, 깊은샘, 2008, 17~18쪽.

13) 박배식, 「박태원의 역사소설관」, 구보학회 편, 『박태원과 역사소설』, 깊은샘, 2008, 36쪽.

립으로 새롭게 해석14)하여 주목을 받았다.

그러면 구보 박태원은 왜 일제 말기에 중국 고전 번역을 비롯하여 역사소설 창작으로 물꼬를 틀었을까? 첫째 요인은 구인회를 연결고리로 교류를 해왔던 정지용, 이태준, 김용준 등의 문장파가 1940년에 접어들면서 '전통부흥론'을 들고 나오고, 결국 일본제국주의 총독부의 압력에 의해 잡지를 자진폐간하는 상황을 목도하면서 시국상황에 따라 고전의 세계로 침잠할 수밖에 없는 현실상황 때문이었다. 당시 이태준은 골동이 아닌 고완(古翫)이란 용어를 제시하면서 "고전이라거나 전통이란 것이 오직 보관되는 것만으로 그친다면, 그것은 주검이요, 무덤의 대명사일 것이다. 청년층 지식인들이 도자기를 수집하는 것은 고서적으로 수집하는 것과 같은 의미를 나타내야 할 것이다"15)라고 주장했다. 김용준은 「전통에의 의미」라는 글에서 "지금처럼 서양식 모더니즘이나 절충처럼 여러 가지로 요란한 기류 가운데서 새로운 양식을 찾으려면 당연히 전통에 의거해야 한다"16)고 주장했다.

둘째, 구보 자신이 모더니스트로서 활동할 때부터 밀고 나갔던 근대성의 화두인 '공간'문제의 연장선상에서 '역사'라는 새로운 화두를 들고 나오게 된 것이다. 구보는 새로 찾아낸 역사라는 공간이 주인공인 인물을 내세워 어느 정도 자유로움의 필치를 구사할 수 있을 것이라고 생각했던 것이다. 즉 어려운 시국상황 속에서도 구보의 창작의 자유를 모색하는 작가의식을 엿볼 수 있다.

우리는 정의와 진리를 위하여 얼마나 용감할 수 있나? 또 우리는 사리사욕을 탐하여 얼마나 비열하고 간활할 수 있나? 그릇된 행복의 추구로

---

14) 정호웅, 앞의 글, 방민호 엮음, 『박태원 문학연구의 재인식』, 예옥, 2010, 385~86쪽.
15) 이태준, 「고완품과 생활」, 《문장》, 1940년 1월호.
16) 김용준, 「전통에의 음미」, 『동아일보』 1940. 1. 14.

말미암아 얼마나 동포를 불행하게 만들고 저의 조국을 멸망의 구덩이에 빠트렸는가? …(중략)…잘난 놈 못난 놈 착한 놈 약은 놈 어리석은 놈… 놈이 아니라 년이라도 좋다. 우리 인간의 이모저모를 나는 이 작품에서 그려보려 하거니와 시대는 한말임을 미리 밝혀둔다. 옹졸하기 짝 없는 작자의 솜씨지만 이 작품에서만은 한번 자유분방하고 싶다.[17]

셋째, 혼란스러운 세계정세 속에서 현실상황의 극복과 미래에 대한 전망을 모색하기 위해 허구적으로 창조한 인물을 통한 민중적 상상력의 힘을 믿었던 것으로 판단된다.

요약한다면, 중국 고전문학의 번역을 시작한 구보의 역사적 상상력의 토대 속에는 현실적 권력에 대한 저항과 새로운 세계에 대한 동경을 동시에 가지고 있던 민중들의 역사관인 '민중사관'이 어느 정도 자리 잡아가고 있었던 것이다.

4. 주변부 관찰을 통한 해체주의적 시각

1. 재현의 현장으로서의 '가상적 역사' 공간

시련의 1930년대 말의 조선의 현실은 전시상황으로 넘어간 1940년대 초에 이르면 압살의 지경으로 치닫는다. 강압적인 동화정책을 시도했던 우가키 총독을 이어 1936년 8월부터 1942년 5월까지 부임한 미나미 지로총독은 일본의 통치에 거세게 저항하던 조선인들을 순종적인 기질로 만들기 위해 조선의 독자적인 문화정체성을 근절시키고 '조선과 본국은 하나다'라

---

17) 박태원, 「군상」 작가의 말, 《조선일보》 1949년 6월 6일.

는 새로운 슬로건으로 조선인들에게 일본인 가치관을 주입하는 정책을 본격화[18]했다.

일본에서는 미국과의 협상이 실패로 돌아가자 물러난 고노에 수상에 이어 1941년 9월 면도칼이라는 별명을 가진 육군대신 도조 히데키가 수상을 맡았다. 도조내각은 노동력을 군수산업에 투입하기 위한 강경정책을 수립했다. 1938년에 제정된 국가 총동원법과 1939년에 공포된 국민 징용령을 토대로 정부는 16세에서 40세까지의 모든 남자와 16세에서 25세까지의 미혼 여성이 의무적으로 인명을 기재하도록 지시를 내렸다. 1941년 말 징병 인원이 240만 명이던 것이 1945년 8월에 이르러서는 720만 명[19]으로 늘었다. 전시 중에 일본 정부는 매년 조선 총독에게 노동력을 할당하고 그에 해당하는 근로자를 일본으로 파견하라고 지시했다.

일부는 자원하기도 했지만 대부분의 조선인들은 들판이나 도시의 거리에서 일본 헌병대에 의해 강제로 이끌려 배에 태워진 뒤 일본의 서부 해안에 도착했으며 빽빽한 기차 칸에 실려 광산이나 공장으로 보내졌다. 1941년부터 1945년 사이에 60만 명에서 백만 명에 이르는 조선인들이 이런 식으로 일본에 끌려왔다.[20] 그런 노동자의 상당수는 광산으로 보내졌다.

도조내각은 대동아공영권 통치를 외치며, 미국과 영국 그리고 프랑스 등 서구열강이 강점하고 있던 동남아시아를 차례로 점령했다. 서로 힘을 합해 아시아인을 위한 아시아를 세워야 한다는 명분은 간데도 없이 일본 식민주의자들은 그들이 적이라 여긴 서구 제국주의자와 마찬가지로 잔인한 착취를 감행했다. 네덜란드령 동인도 제도에서는 원유를, 필리핀으로부터 크롬·구리·철광석·망간을, 미얀마에서는 납·코발트·텅스텐을, 태국과 프랑

---

18) 제임스 L. 맥클레인, 『일본 근현대사』, 이경아 옮김, 다락원, 2004, 585~86쪽.
19) 제임스 L. 맥클레인, 위의 책, 619쪽.
20) 제임스 L. 맥클레인, 위의 책, 620쪽.

스령 인도차이나에서는 고무와 주석을, 말레이시아로부터는 보크사이트를, 조선에서는 경금속과 합금철이, 북중국과 만주국의 광산에서는 채굴한 석탄을[21] 군수물자로 거둬들였다.

도무지 희망이 보이지 않는 이와 같은 파시즘의 세계정세와 일본 제국주의의 광포한 탄압에 조선의 지식인들은 갈 길을 잃고 방황하게 된다. 뿌연 안개 속에서 구보 박태원은 자신만의 독특한 문학으로 문학사에서 자리 매김 되었던 공간에 대한 인식, 인물과 상황에 대한 고현학적 관찰, 도시에 대한 지리정보학에 가까울 정도의 문화 토포그라피(topographie, 지도 또는 지형학) 등의 수법은 이제 의미를 찾을 수 없게 되었다.

이러한 삭막한 시기에 구보는 「자화상」 3부작이라는 표제명을 달고 1940년과 1941년에 각각 「음우」와 「투도」를 잡지 ≪조광≫에 발표하고, 1941년 4월 잡지 ≪문장≫에 자화상 3화인 단편 「채가」를 게재한다. 자화상 시리즈는 성찰의 길로 접어든 진정한 글쓰기의 모색에 해당되고, 고전적 토대 구축의 징검다리 역할[22]을 하기도 한다.

---

21) 제임스 L. 맥클레인, 위의 책, 626~29쪽.
22) 박태상, 「탈식민주의 담론을 통해본 지용과 구보문학의 동질성」, 『정지용 문학포럼 2012』(옥천군, 지용회, 2012. 5), 101쪽.

<도표> 지용과 구보의 실험과 대안 모색 방법

작가	언어예술의 자율성	주체성	현실 욕망	존재 방식	대안	동질성
정지용	「카페프란스」 「슬픈 기차」 「황마차」 등	자학	망각	자기 소멸	≪문장≫을 통한 후기 한적시(산수시) 발표	동양적 전통/고전적 토대 구축
박태원	「적멸」, 「피로」, 「길은 어둡고」, 「소설가 구보씨의 일일」 등	자기분열	기억	반성적 자기 성찰	자화상연작 '사소설' 발표	동양적 전통/고전적 토대 구축

대다수의 조선의 지식인은 미래의 전망에 대해 길을 잃고 있었지만, 과학적으로 치밀하면서도 관조적인 자세를 취하는 언어의 마술사 박태원은 대안을 모색하고 있었다. 거대한 권력의 해체를 전제로 한 담론에서 도시적 공간의 한계를 뛰어넘어 가상의 공간인 '역사적 공간'으로 공간의 이동을 실험해본 것이다. 역사적 상상력과 허구적 상상력의 거리를 좁힘으로써 작가의 독창적인 창조적 공간을 확보하겠다는 시도인 것이다. 그러한 실험은 이미 야담에서 소재를 취한「해하의 일야」에서부터「수호전」의 번역에서 시작되었으며, 해방 후에 쓰인 본격적인 역사소설이었던「춘보」에서 체계적인 자리를 잡아가게 된다.

　　「춘보」(1946년,『신문학』3호)에서 지게꾼인 춘보는 너무도 가난하여 아내와 두 아이의 끼니를 걱정해야 할 정도로 극빈층이지만, 순박하기 그지없는 인물이다. 하지만 이웃 돌쇠할아버지로부터 경복궁이 새로 건축되면 궁 옆에서 움막을 짓고 사는 춘보네 가족은 갈 곳 없이 살 거처를 잃게 된다는 소식을 듣고 걱정을 한다. 결국 꿈에서 술에 취해 경복궁 재건에 나선 대원군을 비판하여 좌포청 교리에게 끌려가지만 잠에서 깨어나서는 꿈인 것을 확인한다는 내용이다.「춘보」는 한마디로 1920년대 사실주의 소설 현진건의「운수좋은 날」의 패러디라고 할 수 있다. 현진건은 작품에서 아내가 설렁탕 한 그릇 먹어보고 죽는 것이 소원이라고 설정한 데 비해, 박태원은 주인공 춘보의 아내가 모시조개를 먹고 싶어 하지만 수입이 거의 없는 춘보는 그 소원을 충족시켜주지 못하는 것으로 설정한 것이 차이점이다.

　　「춘보」를 통해 박태원은 모더니스트로서의 면모와 리얼리스트로서의 면모를 절충한 '혼성적' 모습을 보여준다. 우선 장거리 문장이 사라지고, 대화체의 문체를 사용하고 있는 것이 특징이다. 특히 민중계층의 아픔과 고통을 극대화시켜 갈등을 고조시키기 위해 경복궁과 움막, 대감댁 가마의 요란한 행차와 지게꾼 춘보의 초라한 행차(결국 춘보는 가마꾼에 밀려 큰 부상을 당함) 등의 대조법을 구사하며 소문이라는 에피소드를 장치하고 꿈 처리를 함으로써 긴장을 고조시키는 구비문학적 전통기법을 구사하고 있다.

특히 「춘보」에서는 구보문학의 전형적 틀인 '공간' 처리를 역사적 공간으로 이동시킴으로써 탈 식민주의적 해체담론을 모색하고 있는 것이 특징이다. 영미비평가 박주식은 근대성에 의해 장소는 단순한 삶의 터전이나 배경이 아닌 상충하는 가치가 서로 충돌하는 담론 공간이 될 수 있다고 보았다. "탈 식민주의적 시각에서 바라보는 장소는 문화적 가치들이 서로 겨루는 갈등의 터전이며, 그 가치들이 구체화되어 드러나는 재현의 현장이 된다. 그런 의미에서 장소는 지질학적 공간이 아닌 문화적 공간으로 보아야 한다'23)고 해석했다. 오현숙은 식민지 시기 한국문학에서 조선이 주로 '닫힌 공간'으로 표상되고 현재의 공간을 넘어서는 '외부 공간'에 대한 동경의 구조가 반복적으로 나타나는 것에 주목하고 이를 '미궁의 심상지리'로 명명24)하였다. 그리고 미궁의 심상지리를 역설적인 공간으로 해석했다. 즉 "작가들은 식민지 조선을 폐쇄된 부정적 공간으로 인식함으로써 표면적으로는 일본과 조선의 식민지적 관계를 반영한다25)고 보았다. 식민지시대와 달라진 것이 없는 해방정국의 군정과 이승만 정권의 혼탁한 정치행태는 작가 박태원에게 역설적인 공간으로서의 역사적 가상공간의 설정을 유도하게 된 것이다.

---

23) 박주식, 「제국의 지도 그리기 - 장소, 재현 그리고 타자의 담론」, 고부응 엮음, 『탈식민주의·이론과 쟁점』, 문학과지성사, 2003, 260~61쪽.
24) 오현숙, 「1930년대 식민지와 미궁의 심상지리」, 방민호 엮음, 『박태원문학연구의 재인식』, 예옥, 2010, 115쪽.
25) 오현숙, 위의 글, 같은 면.

2. 하위주체에게 말 걸기

민중계층에 처음으로 말 걸기를 시도한 구보는 『홍길동전』(1947년, 조선금융조합연합회)에 와서 본격적으로 하위주체에게 말 걸기를 실행한다. 「춘보」가 현진건의 「운수좋은 날」의 패러디라면, 『홍길동전』은 허균의 『홍길동전』에 대한 패러디라고 할 수 있다. 구보의 『홍길동전』에서 길동은 당대의 세도가 홍판서의 서자로서 임사홍의 아들 임숭재와 유자광의 아들을 만나 분노를 느끼게 되고, 자신의 집 곳간에 재물이 쌓이는 것을 보고 혼자 독백으로 "나는 왜 하필 골라서 이러한 시절에 이러한 집안에 이러한 신세로 태어났단 말인가"라고 외치고는 집을 떠나는 것으로 이야기는 시작된다. 서두는 고소설 『홍길동전』과 별반 차이가 없다. 하지만 제2장 불행한 시절에서 시대배경을 세종대왕조에서 연산군의 학정으로 바꾼 지점에서 「춘보」에서 드러났던 지배계급과 피지배계급 사이의 대립구조가 확연하게 설정될 수 있는 것이다. 제3장 선산의 정도령에서는 갈 곳도 없이 무작정 가출했던 길동이 어머니로부터 유모가 있는 선산을 찾아가라는 말을 듣고 선산 땅을 찾아가게 된다. 하지만 전지적 작가시점의 작품에서 작가의 의도는 분명하게 드러난다. 선산은 당시 탐관오리의 상징인 삼맹호 중 한명인 남경이 바로 선산부사로 자리 잡고 있었던 것이다. 이러한 서사구조는 제6장 화적 지망과 제 10장 활빈당 조직의 유효성을 독자들에게 설득하기 위한 장치임에 틀림없다.

작가는 분명하게 고소설 『홍길동전』과 다른 이야기를 쓰려고 하였지만 실패하고 말았다고 발문에서 말했다.

　그러나 나는 이곳에서 솔직히 고백하지 않으면 안된다.
　나는 이 소설을 쓰면서 여러 가지 점으로 나의 용의가 부족하였던 것을 절실히 느꼈다. 허락받은 맷수 삼백매의 갑절 육백매를 없앴으면서도 나는 결국 할 말을 못 다 하고 말았다.

　더구나 결말에 이르러서는 작자자신 크게 불만이다. 홍길동이란 인물을 살려보자고 붓을 들었던 노릇이 결말에 이르러 아주 죽이고 말았다.

　나는 혼자 생각이거니와 언제고 다시 기회가 있다면 좀 더 다른 「홍길동전」을 써 볼까 한다.26)

　작가 박태원이 왜 『홍길동전』을 실패했다고 단정하였는가? 첫째, 주인공 홍길동의 성격을 어중간하게 설정한 점을 들 수 있다. 작품의 서두에서는 영웅으로 형상화했다가 점차 민중계층의 지도자로 묘사함으로써 캐릭터 설정의 일관성을 잃고 말았다. 둘째, 활빈당과 홍길동의 등장의 당위성을 부여하기 위해 세종대왕조에서 연산군조로 수정했으나 성희안, 박원종 등에 의한 중조반정으로 작품을 귀결시킴으로써 작품의 전반부와 달리 홍길동의 역할을 모순된 세상을 바꾸는데 있어서 단순히 역사의 현장을 지켜보는 방관자로 그렸기 때문이다. 셋째, 황당한 도술 설정에서 탈피했을 뿐 서사구조의 큰 틀에서 고소설 『홍길동전』과 별반 차별성을 보여주지 않는다는 점 때문이다.

　그러나 구보의 『홍길동전』은 '하위주체에게 말 걸기'라는 점에서 커다란 의미를 지니며 분명 새로운 세계를 보여주었다고 말할 수 있다. 그것은 보조인물로서 역사에서는 등장하지 않는 음전이와 조생원이란 허구적인 인물의 창조를 통해서 이루어진다. 음전이는 의붓아비로부터 팔려나갈 뻔한 불쌍한 여성으로서 주인공 홍길동과 애정라인을 형성할 수 있도록 설정되었다가 연산군의 채홍사의 채교에 납치되어 동헌에 갇혔다가 목을 매 자살하면서 순결을 지키는 민중의 화신에 해당하는 인물이다. 또한 조생원이나 김봉학도 문사형 인물로 비판적 지식인이면서도 수탈당하는 민중의

---

26) 박태원, 「책 끝에」, 『홍길동전』, 조선금융조합연합회, 1947, 176쪽.

삶의 척박함을 깨닫고 홍길동에게 올바른 세계관을 심어주는 동지적 인물로 그려진다.

인도 출신의 탈식민주의 이론가인 가야트리 스피박(Gayatri Spivak)은 안토니오 그람시가 사용했던 용어인 '서발턴(subaltern, 하위주체)'의 목소리·경험·역사를 조명한다. 서발턴이란 지배계층의 헤게모니에 종속되거나 접근을 부인당한 그룹을 의미하는데, 여기에는 노동자·농민·여성·피식민지인 등 주변부적 부류27)가 속한다. 구보는 스피박이 추구했던 것처럼 조선조의 중세 봉건왕조에서 버려졌던 음전이와 조생원 그리고 홍길동 등의 하위주체에게 말 걸기를 시도함으로써 지배 권력을 해체하고 평등사회를 지향하는 효과를 노리고 있다는 점에서 예술사적인 의미에서 큰 가치를 지닌다.

구보의 『홍길동전』에서 음전이와 조생원은 매우 중요한 인물이다. 음전이는 『홍길동전』의 주인공 길동이 현실에 눈을 뜨고 세계의 모순을 직시하게 하는 동인으로 작용한다. 그에 비해 조생원은 행동주의자 길동에게 이데올로기와 행동의 명분을 채워주는 책사의 역할을 자임한다. 우선 음전이의 삶은 눈 뜨고 볼 수 없을 정도로 가엾고 불쌍하다. 그녀는 왜구의 침입으로 부친과 오빠를 동시에 잃는다. 불행은 거기에서 멈추지 않는다. 기갈을 면하기 위해 열 살의 음전이와 돌 지난 동생을 업고 역말의 후살이로 들어선 모친은 술만 먹으면 폭력을 일삼는 남편의 학대 속에서 결국 사망한다. 홀로 남은 음전이는 계부가 자신을 중년남자에게 팔아먹으려는 움직임을 눈치 채고 생전에 어머니가 찾아가라는 이모부 선산의 대장장이 곽서방을 찾아간다. 선산에서 길동의 이웃에 정착한 음전이는 한때나마 길동을 흠모하며 행복에 젖게 되지만, 곧 연산군이 내려 보낸 채홍사에게 납치 되어 관가의 내아에 갇힌다. 18세의 음전이는 뒷간을 다녀온다고 위장한 후 목을 매달아 자살한다.

---

27) 박종성, 『탈식민주의에 대한 성찰』, 살림, 2006, 60~61쪽.

이제까지 열여덟 해를 불행 속에서만 지내온 음전이가 끝끝내는 이렇듯, 만고에 짝이 없는 황음무도한 인군의 한때 노리개로 몸을 바쳐야 옳단 말이냐?

「아니다…」

길동이는 마치 깊은 꿈에서 깨어난 사람처럼 저 모르게 소리를 내어 한마디 중얼거리고 홱! 몸을 돌리자 밖을 향하여 급히 나갔다. …중략…

「어델 가나?」

조생원은 엄숙한 표정으로 한마디 물었다.

그러나 길동이는 아무런 대답을 않고 몸을 비켜 그의 옆을 지나치려 하였다.

조생원은 그의 팔을 덥썩 잡고, 「어델 가나?」 또 한번 물었다.[28]

음전이는 대표적인 주변부 인물로서 항상 핍박에만 시달리는 인물이다. 이러한 음전이의 삶에 대해 운명적으로만 파악하는 주변 인물들의 사고에 불만을 품고 주인공 길동이는 무모한 행동이라도 시도한다. 하위계층인 음전이는 발언 자체도 봉쇄당하고 만다. 하지만 구보는 민중계층의 순결한 상징인물인 음전이를 황음한 연산군에게 끌려가서 욕을 보이게 설정하지 않고 숭고성을 보이며 자결하게 만든다. 이러한 설정은 '지배권위의 현존'을 해체[29]하는 시도로 평가된다.

---

28) 박태원, 『홍길동전』, 조선금융조합연합회, 1947, 64쪽.
29) 이석구, 「탈식민주의와 탈구조주의」, 고부응 엮음, 『탈식민주의 이론과 쟁점』, 문학과지성사, 2003, 210~11쪽.

스피박은 「하위계층은 말할 수 있는가?」에서 '과부 순장제'의 전통을 두고 있었던 인도에서 분신을 금지하는 인도주의적인 영국의 법령이 분신한 미망인을 '희생자'로, 분신을 '범죄'로 규정함으로써 미망인의 진정한 자유 의지가 무엇이었는지에 대한 질문을 봉쇄해버렸다고 하면서 식민지 하위계층을 재현함에 있어 영국의 지배 담론과 인도의 저항 담론이 동시에 행사한 인식론적 폭력을 문제 삼았다.

3. 윤리적 개별성 확보와 민중 중심의 역사기록

박태원이 역사소설로서 큰 진전을 이룬 작품으로『고부민란』(≪협동≫ 1947.1)과『군상』(≪조선일보≫ 1949. 6. 15~1950. 2. 2.)이 있다. 두 작품은 남북문학사를 통틀어 최고의 역사소설이라고 평가받으며, 월북 후 쓰인 1963년의『계명산천은 밝아오느냐』와 총 3부작으로 간행된『갑오농민전쟁』(1977~1986)과의 연계성이란 측면에서 각광을 받은 작품이다.

『고부민란』은 사담(史譚)으로 되어 있다. 로버트 숄츠가 언급했던 일종의 역사적 서사(경험적 서사)에 해당한다. 등장하는 인물들도 거의가 역사상 실존인물이다. 시대배경은 철종이 죽고 고종이 들어서서 중앙권력도 안동 김씨의 세도정치도 끝이 나고 흥선대원군 이하응과 그가 몰락한 후는 민씨 일문이 권력을 잡았으나 백성의 살림살이는 나아지는 법이 없었다고 묘사된다.

탐관오리의 횡포와 수탈에 이어 명화적패의 출몰 그리고 대낮 큰 길 위에서의 살육과 약탈이 공공연하게 이루어져서 백성들의 민생은 도탄에 빠진 상태다. 특히 갑오년 정월의 고부민란은 군수 조병갑의 가렴주구가 너무 심해서 일어난 민중의 봉기인데, 그 배경에 동학당이 있다고 하는 것은 과장이고, 민란을 지도한 사람은 동학접주 전봉준이 맞다라고 구보는 서술하고 있다.

작가 구보의 역사관은 전봉준이 진두에 나서지 않았더라도 이 고부민란은 한번은 있고야 말았을 것이라는 태도를 보인다.『고부민란』의 가치는 양반 토호들의 학정에 참을 수 있을 만큼 참았던 민중계층이 불같이 일어날 수밖에 없었던 분노의 항거의 필연성에 대해 상세하게 서술하고 있다는 점이다. 또 역사에 기록된 것처럼 민중들의 충동적인 봉기가 아니라 전봉준을 지도자로 해서 관아로 1차에는 40여 명을 이끌고, 2차에는 60여 명을 이끌고 가서 군수에게 간절하게 진정을 했으나 모두 삼문 밖으로 내쫓기고 말았다고 민중들이 민란을 일으킨 타당성을 독자들에게 재삼재사 설복하고 있다.

민란이 크게 확산된 데에는 정부가 보낸 고부군안핵사인 장흥부사 이용태가 일체의 죄책을 동학당에 돌리고 참여자들을 잡아다 구금하는 한편 그들이 살던 집을 불사르고 본인의 거처가 불분명한 자들은 처자를 대신 잡아다 죽이는 억압 강경책을 쓴 것이 결정적 계기가 되었다고 작가 박태원은 민중들의 민란을 긍정하는 시각으로 바라보고 있다. 이러한 작가의식은 「춘보」에서의 미적지근한 역사관에서 크게 진전된 것으로 판단되며, 『군상』과 더불어 사실주의적 역사소설 『계명산천은 밝아오느냐』와 『갑오농민전쟁』으로 나아가는 교두보적인 작품으로 평가된다.

1949년 6월 15일자 ≪조선일보≫에 연재를 시작한 『군상』의 첫 회는 5월인데도 불구하고 물난리가 전국적으로 나서 특히 심한 삼남지방인 순천·구례·곡성 지방에서 집이 떠내려간 곳은 일천 오백호이고 죽은 사람만도 팔백 명에 이른다는 자연재해 소식으로부터 이야기는 시작된다. 이러한 자연재해가 강조되는 이유 중 하나는 민중들의 궁핍한 삶에 더하여 천재지변까지 들이닥쳐 그들의 생존이 위협받고 있음을 상징하는 것이고, 다른 하나는 신부성의 아내가 물에 떠내려가 죽고, 후처로 들어선 표씨 부인의 꾀임에 빠져 신부성이 딸 귀순이를 17냥에 팔아넘기는 이야기로 넘어가기 위한 장치 때문이다. 이어서 충청도 보은고을의 북쪽 조막손이주막에서 과거를 보러 가다가 비를 피하여 주막에 들러 술잔을 기울이는 서진사와 이생원이 자신들의 이야기 소리를 엿듣고 너털웃음을 웃는 김삿갓을 만나는 장면으로 이어지면서 기인 김삿갓에 대해 기행담이 이어진다.

보은으로 이사 온 신부성이 딸 귀순이를 팔아넘기자 아들 신돌석은 서울로 떠나가고 딸 판 돈을 화적패에게 털린 신부성은 아들을 찾아 서울로 향한다. 『군상』의 사실상 주인공인 장임손은 나주 옥동에서 신부성의 이웃에 살았는데, 속으로 귀순이를 마음에 두고 있었다. 힘이 장사인 장임손은 세도가인 김좌근대감댁의 애첩 나합의 외숙임을 앞세워 민중계층을 수탈하는 전감역댁의 하인과 싸움을 벌여 살인을 저질러 노모를 업고 보은 신부성을 찾아가나 귀순이 팔린 것을 알고는 속리산으로 숨어든다.

주인공 장임손은 달르내 고개에서 화적에게 잡혀 곤욕을 치르는 서진사를 구출해주고 그의 하인 역할을 하면서 서울로 잠입한다.

박태원은 그가 『군상』 작가의 말에서 거론한 '사리사욕을 탐하여 비열하고 간활한 무리'로 당대의 세도가인 김좌근과 그의 애첩 나합, 그녀의 외숙 전감역, 장작대감 윤참판과 이참판 등의 지배계층을 설정하고, 이들의 그릇된 행복 추구로 불행을 겪는 동포로 서진사·김삿갓·귀순 등의 인물을 등장시킨다. 그 반면에 의를 위해서 목숨도 오히려 초개같이 여기는 인물로 주인공 장임손과 신돌석이라는 허구적 인물을 창조해낸다. 살아 숨쉬는 생명력을 지니는 장임손과 신돌석이라는 민중계층의 전형적 인물을 창조해낸 것이 『군상』의 문학사적 가치라고 할 수 있다.

이어서 무대를 서울로 옮긴 주인공들의 활약을 통해 지배층의 수탈과 횡포에 희생되는 민중계층의 고통과 참혹한 삶이 그려지고, 갑오경장과 대원군에 의해 폐지된 과거제도와 서원의 철폐에 의해 혼란해진 사회상을, 과거에 계속 낙방하는 서진사, 딸을 팔아넘기는 패륜아 신부성 등을 통해 묘사한다. 특히 김씨 일문의 세도정치를 조소하는 기인 김삿갓, 정수동, 지관 정도령, 최북, 현기 등과 몰락하거나 불운한 양반계층인 서진사·대원군 이하응·추금·강위 등의 행적도 작품에서 상세하게 그려지고 있는 것이 특징이다. 한마디로 당 시대를 살고 있는 군상들이 모두 등장한다.

박태원이 당대의 다른 역사소설가와 달리 성격 창조를 이룬 인물군으로 중인계층이자 문사형 인물로 시대에 희생되거나 소외되는 지식인계층에 애정을 보인 것은 구보문학의 개성이라고 할 수 있다. 정호웅은 구보의 가치를 "무엇보다도 우리 소설 중에서는 조선 후기 기술 잡직에 종사했던 상층 중인 계층 출신의 예술가가 처음 등장한다는 점을 들어야 할 것이다. 근대로의 전환을 앞서 이끌었던 이 계층을 누구보다 주목하여 소설 속에 끌어들인 역사소설가로서 박태원의 안목은 높게 평가되어 마땅하다"[30]고 평가하였다. 특히 정호웅은 정수동, 현기 그리고 강위의 인물성격 창조에 큰 의미를 두었다.

스피박은 탈식민화를 위해 주변적 인물의 삶을 조명한다. 즉 하위 주체가 처한 위치와 이들에게 강요되어진 침묵에 대해 따지려고 한다. 스피박은 동시에 개인과 개인의 만남에서 책임과 의무에 바탕을 둔 윤리성이 확립되길 주문한다. 그녀는 이것을 '윤리적 개별성(ethical singularity)'이라 부른다. 이 용어는 전 지구화 구조 속에서 희생될 수밖에 없는 존재에 귀를 기울이고 존중하려는 노력[31]을 의미한다. 박태원은 자신의 작품 속에서 시대에 희생되는 인물이거나 몰락해가면서 소외되는 인물들을 적극 부각시켰다. 이러한 주변부 인물에 대한 천착은 '윤리적 개별성'의 확보과정이라고 해석할 수 있다.

그러나 스피박의 해체담론은 불평등을 시정하려는 현실의 실천적 개입이나 전복성이 상당히 결여되어 있는 한계가 있다. 『군상』 후반부로 가면, 장임손과 신돌석은 지배층에 대해 일관되게 항거하지 못하고 목숨을 보전하기 위해 하수인으로 전락하거나 물신숭배적인 인물로 변신하여 돈의 노예가 되고 만다.

그러한 스피박의 틈을 비판하고 나온 탈 식민주의론자가 바로 구하(Ranajit

---

30) 정호웅, 「박태원의 역사소설을 다시 읽다」, 방민호 엮음, 『박태원 문학 연구의 재인식』, 예옥, 2010, 392쪽.
31) 박종성, 앞의 책, 65쪽.

Guha)이다. 구하는 그 대안으로서 민중의 정치학(민중봉기 등)이 민족주의를 형성하는데 중요한 역할을 했다고 주장하면서 민중중심의 역사기록[32]을 중시했다. 박태원이 「춘보」나 『고부민란』, 그리고 『군상』의 한계를 초월하여 새롭게 나아간 것이 바로 민중사관에 따른 민중중심의 역사기록인 것이다. 이러한 사관에 기초하여 『계명산천은 밝아오느냐』와 『갑오농민전쟁』이 출현하게 된 것이다.

5. 맺음말

요즈음 구보 박태원 소설 다시 읽기가 유행하고 있다. 1989년 정지용·김기림 문학과 더불어 월북작가 박태원·이태준 등의 소설문학이 해금된 이후 1990년대 중후반까지 한때 구보문학 연구가 붐을 조성한 적이 있었다. 구보학회가 형성된 이후 21세기 접어들어서도 활발한 구보문학 읽기가 진행되었고 다시 2010년대를 기점으로 새로운 시각에서 구보문학을 바라보자는 연구가 활발하게 이루어졌다. 『박태원 문학연구의 재인식』, 『구보 박태원 소설 다시 읽기』 등이 그러한 연구의 성과로 보인다.

이제 새로운 방법론의 적용을 통해 구보문학을 새로운 시야에서 바라보는 작업이 요구된다고 생각된다. 그리하여 탈식민주의 담론으로 구보의 해방 후 역사소설에 대한 분석을 시도해보았다. 마침 역사학계에서도 탈식민주의 담론의 방법론이나 해체주의 담론으로 과거의 서구 제국주의의 식민지였던 역사적 사료들을 새롭게 접근하는 붐이 조성되고 있음을 확인했다. 1990년대 이후부터 최근까지 '유럽중심주의적' 서양사 또는 세계사를 해체하고 세계사의 바른 모습을 회복하려는 노력이 점차 본격화하고 있는 데에

---

32) 박종성, 위의 책, 67쪽.

서 입증이 된다.

　구보 박태원이 일제 말기에 중국 고전 번역을 비롯하여 역사소설 창작으로 물꼬를 틀었던 이유를 구인회를 연결고리로 교류를 해왔던 정지용·이태준·김용준 등의 문장파가 1940년에 접어들면서 '전통부흥론'을 들고 나오고, 결국 일본제국주의 총독부의 압력에 의해 잡지를 자진 폐간하는 상황을 목도하면서 시국상황에 따라 고전의 세계로 침잠할 수밖에 없는 현실상황 때문이었다는 해석 등의 세 가지 요인이 있었다고 새롭게 분석했다. 아울러 중국 고전문학의 번역을 시작한 구보의 역사적 상상력의 토대 속에는 현실적 권력에 대한 저항과 새로운 세계에 대한 동경을 동시에 가지고 있던 민중들의 역사관인 '민중사관'이 어느 정도 자리 잡아가고 있었던 것이다. 즉 해방 전후 구보의 역사관의 변모가 있었다고 추정했다.

　해방 후 창작한 구보의 역사소설 중에서 「춘보」·『홍길동전』·『고부민란』·『군상』을 문학사적으로 가치 있는 작품텍스트로 평가하고, 탈식민주의 방법론으로 의미추출을 위한 분석을 시도했다. 언어의 마술사 박태원은 대안을 모색하면서 거대한 권력의 해체를 전제로 한 담론에서 도시적 공간의 한계를 뛰어넘어 가상의 공간인 '역사적 공간'으로 공간의 이동을 실험해본다. 「춘보」를 통해 박태원은 모더니스트로서의 면모와 리얼리스트로서의 면모를 절충한 '혼성적' 모습을 보여준다. 우선 장거리문장이 사라지고, 대화체의 문체를 사용하고 있는 것이 특징이다. 특히 민중계층의 아픔과 고통을 극대화시켜 갈등을 고조시키기 위해 경복궁과 움막, 대감댁 가마의 요란한 행차와 지게꾼 춘보의 초라한 행차 등의 대조법을 구사하며 '소문'이라는 에피소드를 장치하고 '꿈' 처리를 함으로써 긴장을 고조시키는 구비문학적 전통기법을 구사하고 있다. 또 구보문학의 전형적 틀인 '공간' 처리를 역사적 공간으로 이동시킴으로써 탈 식민주의적 해체담론을 모색하고 있는 것도 특징 중 하나이다.

구보는『홍길동전』에 와서 본격적으로 하위주체에게 말 걸기를 실행한다. 그것은 보조인물로서 역사에서는 등장하지 않는 음전이와 조생원이란 허구적인 인물의 창조를 통해서 이루어진다. 「춘보」가 현진건의 「운수좋은 날」의 패러디라면,『홍길동전』은 허균의『홍길동전』에 대한 패러디라고 할 수 있다. 박태원은 홍길동 등의 하위 주체에게 말 걸기를 시도함으로써 지배 권력을 해체하고 평등사회를 지향하는 효과를 노리고 있다.

　끝으로 박태원의 해방 후 역사소설 중『고부민란』과『군상』이『갑오농민전쟁』(1977~86)과의 연계성이란 측면에서 주목된다. 박태원은 자신의 작품 속에서 장임손이나 신돌석·정수동·강위 등 시대에 희생되는 인물이거나 몰락해가면서 소외되는 인물들을 적극 부각시켰다. 이러한 주변부 인물에 대한 천착은 스피박이 언급했던 '윤리적 개별성'의 확보 과정이라고 해석할 수 있다. 스피박의 실천력의 한계를 비판했던 구하는 그 대안으로서 민중의 정치학(민중봉기 등)이 민족주의를 형성하는 데 중요한 역할을 했다고 주장하면서 '민중 중심의 역사기록'을 중시했다. 박태원이「춘보」나 『고부민란』그리고『군상』의 한계를 초월하여 새롭게 나아간 것이 바로 민중사관에 따른 민중 중심의 역사기록이었던 것이다. 이러한 사관에 기초하여『계명산천은 밝아오느냐』와『갑오농민전쟁』이 출현하게 된 것이다. 따라서 앞서의 작품들은 구보문학의 변천 과정 속에서 가교적인 역할을 수행했다고 생각된다.

■ 참고 문헌

1. 기본자료
박태원, 「춘보」(『신문학』제3호, 1946. 3)
박태원, 『홍길동전』(조선금융조합연합회, 1947. 1)
박태원, 『고부민란』(『협동』1947. 1)

박태상, 『군상』(≪조선일보≫ 1949. 6. 15~1950. 2. 2)

2. 논저

강진호 외 엮음, 『박태원 소설연구』, 깊은샘, 1995.

강철구, 『역사와 이데올로기』, 용의 숲, 2006.

강현구, 『박태원 소설연구』(고려대 박사학위 논문, 1991)

고부응 엮음, 『탈식민주의 -이론과 쟁점』, 문학과지성사, 2003.

김명석, 「역사소설 작가와 역사의식 - 박태원의 『계명산천은 밝아오느냐』를 중심으
　　로」, 『개신어문연구』 14집, 개신어문학회, 1997.

김봉진, 『박태원 소설연구』(한양대 박사학위 논문, 1993)

김윤식, 『한국현대 현실주의 소설연구』, 문학과지성사, 1990.

김종회, 「해방 전후 박태원의 역사소설」, 구보학회편, 『박태원과 역사소설』, 깊은샘,
　　2008.

김택현, 『서발턴과 역사학 비판』, 박종철출판사, 2003.

김흥식, 「박태원의 소설과 고현학」, 방민호 엮음, 『박태원 문학 연구의 재인식』, 예옥,
　　2010.

나은진, 『구보 박태원 소설 다시 읽기』, 한국학술정보(주), 2010.

박배식, 「박태원의 역사소설관」, 구보학회편, 『박태원과 역사소설』, 깊은샘, 2008.

박종성, 『탈식민주의에 대한 성찰』, 살림, 2006.

방민호 엮음, 『박태원 문학 연구의 재인식』, 예옥, 2010.

오현숙, 「박태원 문학의 역사 인식과 재현 방식 연구」(서울대 석사학위 논문, 2008)

윤정헌, 「역사적 사건의 계급적 형상화-갑오농민전쟁론」, 강진호 외 편, 『박태원 소설
　　연구』, 깊은샘, 1995.

이미향, 「박태원 역사 소설의 특징」, 강진호 외 편, 『박태원 소설 연구』, 깊은샘,
　　1995.

이상경, 「역사소설가로서 박태원의 문학사적 위치」, 『역사비평』 31집, 역사문제연구
　　소, 1995.

임금복, 「박태원의 『갑오농민전쟁』 연구」, 『동학학보』 6권, 동학학회, 2003.

장수익, 「박태원 소설 연구」(서울대 석사학위 논문, 1991)

정정호 편, 『들뢰즈 철학과 영미문학 읽기』, 동인, 2003.

정현숙, 『박태원소설연구』(이화여대 박사학위논문, 1990)

정호웅, 「박태원의 역사소설을 다시 읽다」, 방민호 엮음, 『박태원 문학연구의 재인
　　식』, 예옥, 2010.

홍성암, 「박태원의 역사소설 연구-『갑오농민전쟁』을 중심으로」, 『현대문학이론연구』
　　18집, 현대문학이론학회, 2002.

구보학회 엮음,『박태원과 역사소설』, 깊은샘, 2008.
제임스 L. 맥클레인,『일본 근현대사』, 이경아 옮김, 다락원, 2004

박태원의 『임진조국전쟁』과 김훈의 『칼의 노래』 비교 연구
−기호학적 담론을 중심으로

1. 머리말

박태원과 김훈은 시대도 다르고 활동시기도 판이하게 다르며 작가적 성향도 이질적인 소설가이다. 박태원이 한국문학사에서 실로 다양한 경향의 작품을 발표한 작가라면, 김훈은 특이하게도 주로 장편 역사소설 창작에 몰두하는 작가라는 차이점이 있다. 하지만 두 작가가 전혀 인연이 없는 것은 아니다. 두 사람은 한국에서 시대적 정치적 분위기에 따라 다시금 소환되는 '이순신 서사'를 집필했다는 공통점이 있다. 또 박태원이 일제강점기인 1930년대에 모더니스트로서 새로운 근대를 지향했다면, 김훈은 21세기 밀레니엄시대에 포스트 모던적 성격의 역사소설을 창작하여 큰 틀에서 '새로운 경향을 이끈' 작가라는 공통분모가 있다.

1930년대 정지용·이태준·김기림·이상과 함께 9인회 회원으로 활동하면서 모더니스트로서의 면모를 보이던 구보 박태원은 해방공간에서 모더니즘 계열의 소설의 특징을 약화시키고 역사적 총체성을 상당히 보여주는 번역소설이나 역사소설을 창작한다. 구보는 1940년대 초부터 해방되기까지 『신역삼국지』(1941.5)나 『수호전』(1942.8~1944. 12), 그리고 『서유기』(1944.12) 등의 중국소설을 번역하는 데 정열을 바쳤다. 또 해방 이후부터 월북하기 전까지 구보는 역사소설 창작에만 몰두하였다. 이 당시 발표한 역사소설로는 「춘보」(1946)·『태평성대』(1946.11.14~12.31)·『약산과 의열단』(1946)·『홍길동전』(1947)·『이충무공 행록』(1948)·아동 대상의 『이순신 장군』(1948)·『임진왜란』(1949.1.4~12.14)·『군상』(1949.6.15~1950.2.2) 등이 있다. 이러한 구보의 역사소설에 대한 창작 열정은 월북이후에도 계속된다. 「조국의 깃발」(1952.4~), ≪노동신문≫에 연재한 『이순신장군』(1952.6.3~14)·『리순신장군 이야기』(1955)·『임진조국전쟁』(1960)·『계명산천은 밝았느냐』(1963)·『갑오농민전쟁』(1963~1986) 등이 그것이다. 구보가 해방공간에서 역사소설을 창작한 배경으로 연구자들은 친일작품을 쓰지 않기 위한 책략, 타의에 의해 붓을 놓지 않을 수 없는 상황에서 집필에 대한 창작의 집념이나 작가의식의 표출, 문학의 정열을 상실한 상태에서 전업 작가로서 달리 생활의 방편을 구할 수 없었기 때문, 역사변혁의 힘은 민중의 현실 인식에서 기인한다고 본 리얼리즘의 추구와 실천 등의 다양한 해석을 했다.

한편 소설가 김훈은 2001년 장편 『칼의 노래』를 출간한 이후 줄곧 『남한산성』·『현의 노래』·『흑산』·『공무도하』 등 역사소설만 집필하였다. 그 외 여행기인 『자전거 여행』·산문집 『밥벌이의 지겨움』·『라면을 끓이며』 등을 펴냈다. 김훈은 자신의 간결하고 수사력이 뛰어난 문체에 대해 "아버지로부터 간결하고 군더더기 없는 글을 쓰는 법을 배웠다"고 술회하였다. 모순의 세상에 맞서는 방법으로 언어의 기교와 아름다운 수사를 선택한 김훈은 한 시대의 논리를 한 개인의 감각으로 교체하려고 했던 한 세대의 문체 미학을 절정으로 끌어올린 작가라는 찬사를 받는 동시에 현실의 어려움과 고통에 대해 온몸으로 부딪쳐 나아가려고 하기 보다는 현실도피의 포즈를 취해 뒷걸음질 치는 소설가란 냉혹한 비판을 받기도 한다.

그의 대표작인『칼의 노래』를 중심으로 '칼의 언어를 벼려서 세계의 무의미함, 자연의 무심함, 인생의 허무함을 베려고 한다'라는 작가의 세계관과 역사관에 대해, 연구자들은 작품의 중심이 모든 것은 결국 소멸되고 만다는, 그래서 삶에 대한 집착은 무의미한 것이라는 개별적 존재가 느끼는 절망과 고독, 그리고 허무의식을 드러내는 것에서 멈추고 있다고 평가한다. 역사적 소재를 통해 실존적 사유의 매력을 이끌어낸 작가 김훈이 "언제까지나 역사소설에 머물지는 않을 것이다. 다음 작품은 현실소설이 될 것이다"[1]라고 다음 행보를 예상하는 연구자들도 있었다.

찰즈 S. 퍼스의 기호학적 담론을 방법론으로 박태원의『임진조국전쟁』과 김훈의『칼의 노래』의 서사구조[2]를 구체적으로 비교·분석해보기

---

1) 장석주,「김훈 소설, 혹은 그 이마고에 관하여」, ≪문학의 문학≫ 2007년 가을호, 경향신문, ≪뉴스메이커≫ 747호, 2007.10.30. 재인용.

2) 박태원의 역사소설과 김훈의 역사소설에 대한 대표적인 연구논문에는 다음과 같은 것이 있다.

김윤식,「박태원론」,『한국현대현실주의 소설연구』, 문학과지성사, 1990.

김종욱,「일상성과 역사성의 만남-박태원의 역사소설」, 감진호 외 엮음, 깊은샘, 1995.

김종회,「해방 전후 박태원의 역사소설」, 구보학회 엮음,『박태원과 역사소설』, 깊은샘, 2008.

박태상,「경판 20장본「홍길동전」과 박태원의「홍길동전」의 기호학적 비교 연구」,『현대소설연구』59호, 2015.

안미영,「해방이후 박태원 작품에 나타난 영웅의 의미 −1946~47년 작품을 중심으로」,『한국현대문학연구』25, 2008.

유승환,「해방기 박태원 역사서사의 의미-상호텍스트 전략을 중심으로」, 구보학회 편,『구보학보』제8집, 2012.

이미향,「박태원 역사 소설의 특징」, 강진호외 엮음,『박태원 소설연구』, 깊은샘,

로 한다.

2. 역사소설로서의 장르적 성격

한국의 근현대문학사에서 역사소설은 여러 단계에서 명멸하였다. 첫째 단계는 20세기 초에 있어서 외세대응의 특수 문학양식으로 대두되었던 『을지문덕전』·『이충무공전』·『강감찬전』·『최도통전』·『서사건국지』·『애국부인전』 등 역사전기문학의 출현시기부터 1930~40년대 전후의 이광수의 『단종애사』와 『이순신』·김동인의 『운현궁의 봄』과 『젊은 그들』·현

1995.

전지니, 「박태원의 월북 전후를 통해 본 냉전기 남북의 이순신 표상연구」, 『상허학보』 vol.44, 2015.

정현숙, 『박태원문학연구』, 국학자료원, 1993.

_____, 「박태원 소설에 나타난 연속성과 불연속성(1) - 월북소설을 중심으로」, 『한국어문문학』 61호, 2007.

김주언, 「김훈소설에서의 시간의 문제: 『남한산성』을 대상으로-」, 『한국문학이론과 비평』 54, 2012.

_____, 「김훈소설에서의 음식의 문제 - 장편역사소설을 대상으로」, 『우리어문연구』 43집, 2012.

김택호, 「서사와 묘사 - 인간의 삶을 재현하는 두 가지 방법과 작가의 태도 - 김훈의 『칼의 노래』와 윤성희의 소설을 중심으로」, 『한중인문학연구』 vol.17, 2006.

서덕순, 「2000년대 역사소설에 나타난 비역사성의 양상-김훈, 신경숙」, 『한국문예창작』 8, 2009.

손주현, 「아수라 시대, 작은 영웅의 감각적 서사 - 김훈소설을 중심으로」, 『이화어문논집』 23, 이화어문학회, 2005.

정건희, 「김훈 역사소설의 비역사성 -『칼의 노래』·『남한산성』을 중심으로」, 『관악어문연구』 36호, 2011.

홍혜원, 「김훈의 『칼의 노래』 연구」, 『구보학보』 vol.2, 2007.

진건의 『무영탑』과 『선화공주』· 박종화의 『금삼의 피』와 『다정불심』· 홍명희의 『임꺽정』· 이태준의 『황진이』· 박태원의 『임진왜란』 등의 역사소설이 많이 창작되었던 시기이다. 둘째 단계는 1970 ~ 80년대의 근대화와 민주화의 이념이 갈등을 빚으면서 파열음을 내던 시기로, 상징과 풍자의 성격을 지니면서 대거 등장했던 안수길의 『북간도』· 박경리의 『토지』· 황석영의 『장길산』· 김성한의 『임진왜란』· 김주영의 『객주』· 송기숙의 『녹두장군』· 이병주의 『지리산』· 조정래의 『태백산맥』의 새롭고 다양한 형태의 역사소설의 출현[3]시기이다. 셋째 단계는 21세기 밀레니엄 시대에 혜성같이 등장한 김훈의 『칼의 노래』· 『남한산성』과 전경린의 『나 황진이』와 『황진이』의 출현을 제시할 수 있다.

이러한 역사소설의 등장 시기를 비교해보면, 첫째와 둘째 단계는 우리 민족이 외세의 침략과 일제의 강점에 대한 대응논리로써 창작했거나 군부독재시대에 있어서 억압과 압제에 맞서 민주화에 대한 욕구분출의 상징물로 자리매김했다고 볼 수 있다. 그에 비해 21세기 밀레니엄 시대에 나타난 셋째 단계의 역사소설은 비역사성을 지니면서 거대담론의 총체성의 논리를 벗어나 일상인의 삶에 대한 묘사에 치중하면서 미시사의 양상을 보여주는 창작물이라는 데 그 특징이 있다.

---

3) 공임순은 1910년대와 30년대 그리고 7-80년대에 집중된 역사적 담론의 제 양상은 10년대가 고대사의 재복원과 고대사의 다시 쓰기로 집약된다면, 30년대는 공적 역사의 소설화 작업이 본격화되는 시기라고 보았다. 이 시기에 역사성에 대한 점증하는 인식은 역으로 허구성(소설적 구성)에 대한 관심을 불러일으킴으로써 역사성과 허구성의 문제를 전면에 부각시키게 된다고 파악했다. 7-80년대는 '아래로부터의 역사'라는 새로운 장이 열린 시기인데, 공적 역사만이 전부는 아니며, 공적 역사에서 묻혀 있거나 발굴되지 않은 민중사와 대체 역사가 역사적 담론의 중요 주제소로 자리 잡게 된다고 설명한다.
공임순, 『한국 근대 역사소설의 장르론적 연구』, 서강대 박사학위논문, 2000, 155쪽.

셋째 단계의 그동안의 패러다임을 뒤바꿔버린 역사소설에 대해 좀 더 부연설명을 하는 것이 필요할 것이다. 소위 베를린 장벽이 무너지고 냉전구조가 붕괴된 21세기 밀레니엄 시대를 맞이하며 '포스트' 시대란 용어가 언론을 장식하기 시작한다. '포스트' 시대란 한마디로 종말론의 시대로서 과학의 종말·역사의 종말·문학의 종말 등의 용어가 대두되던 시기다. 이러한 종말론이 공통적으로 선언하는 것은 거대담론의 죽음이다. 우리 시대 화두 가운데 하나가 '작은 것이 아름답다'이다. 거대담론이 미시담론으로 조각나는 현재의 사태는 카오스이면서 새로운 질서의 탄생을 예정하는 들뢰즈가 말하는 카오스모스(chaosmos) 시간의 징표[4]다. 근대 역사소설은 사실은 진실이고 허구는 거짓이라는 사실주의 문법에 입각해서 성립했다. 근대소설은 인간의 운명이 주체적 결단과 행위에 달려있으며 문학으로 인간을 구원하고 세계를 변혁시킬 수 있다는 근대의 거대담론을 메타서사로 내재했다. 역사소설은 이러한 근대문학의 역사적 구현이었다. 역사소설은 현재의 이념을 일방적으로 과거에 투사하는 것이 아니라, 과거를 현재의 전사로 그려내는 방식으로, 인간 해방과 자유의 실현이라는 근대 거대담론의 목적론을 성취하고자 했다. 거대 역사소설의 플롯은 민족담론이나 계급해방론과 같은 거대담론에 의거해서 결정됐다. 이에 반해 탈근대 '소설역사'는 사실과 허구의 접합으로써 팩션(faction) 장르를 만들어 냄으로써 사실주의 문법을 파괴하고 역사이야기의 전성시대를 열었다. 탈근대에서 역사이야기의 범람은 근대의 거대담론이 기획했던 세계를 해석하는 것을 넘어서 변화를 추구하는 혁명이 파산했다는 자각으로부터 생겨났다.[5]

---

4) 질 들뢰즈, 김상환 옮김, 『차이와 반복』, 민음사, 2004, 146쪽, 김기봉, 「종말론 시대, 역사이야기의 귀환」, 『서강인문논총』 23호, 서강대 인문과학연구소, 2008, 57쪽 재인용.
5) 김기봉, 위의 글, 68~70쪽.

거대담론의 종말과 함께 근대 역사소설의 대문자 역사가 해체됨으로써, 소문자 역사들을 구현하는 탈근대 '소설역사'가 출현했다. 국제적으로는 댄 브라운의 『다빈치 코드』가 이런 '소설역사'의 전형이고, 국내적으로는 김훈과 김탁환 등의 작품이 이러한 범주의 역사소설이다. 근대 역사소설과 탈근대 '소설역사'는 두 가지 점에서 구별된다. 첫째, 역사라는 내용을 소설 형식으로 재구성하는 것을 목표로 했던 근대 역사소설은 사실주의 문법에 의거해서 사실인 역사가 허구인 소설보다 우월하다는 전제로 성립했다. 여기서는 역사적 내용을 전달하는 것이 목적이고 소설이라는 형식은 그 목적으로 달성하기 위한 수단이었다. 이에 반해 탈근대 '소설역사'에서는 형식이 내용보다 우선한다. 역사이야기의 플롯구성을 어떻게 하느냐로 과거의 의미가 결정되기 때문에, 궁극적으로는 어떻게 이야기할 것인지를 규정하는 소설의 형식이 무엇을 이야기할 것인가 하는 역사의 내용을 결정한다는 것이다. 여기서는 소설 그 자체가 목적이고, 역사는 그 목적을 달성하는 수단으로 이용6)될 뿐이다.

역사소설의 유형에 대해서는 그 동안 여러 관점에 따라 다양한 분류가 있었다. 김윤식 교수는 1930년대 한국 역사소설들을 대상으로 해서 이념형 역사소설·의식형 역사소설·중간형 역사소설·야담형 역사소설의 네 가지 유형7)으로 나누었다. 해리 E. 쇼우는 그의 『역사소설의 제형태』에서 표준적 역사소설을 상정한 다음에 역사소설이 역사를 부리는 방법을 세 가지로 갈라서 설명했다. 1)목가로서의 역사(history as pastoral)인데, 여기에서는 역사가 현재의 열중이 해명과 해결 또는 가장된 표현을 반사할 수 있는데 대해서 이념적인 스크린을 마련하는 것이다. 2)드라마로서의 역사(history as drama)인데, 역사가 허구적 이야기를 생생하게 하는 극적인 에

---

6) 김기봉, 위의 글, 70쪽.

7) 김윤식, 『한국근대소설사연구』, 을유문화사, 1986, 412~32쪽.

너지의 원천으로서 실행된다. 쇼우에 의하면, 목가로서의 역사의 범주는 과거가 현재를 돕기 위해서 쓰이는 양식이며, 극의 원천으로서의 역사에 있어서의 과거는 현재에 있어서의 열렬한 상상적인 경험에의 욕구를 충족시키며, 주체로서의 역사는 근원적으로 과거에의 관심을 가진다.[8] 이재선 교수는 해리 E. 쇼우의 소설유형 분류를 참조해서 역사소설을, 나름대로의 기능적인 측면을 기준으로 해서 이념적 역사소설·정보적 역사소설·배경적 역사소설로 삼분했다. 이념적 역사소설은 역사란 외피와 거울을 빌려서 현재의 해명 또는 설명을 지향하려고 하는 소설로서 황석영의『장길산』이 대표적인 전형이라고 평가했다. 정보적 역사소설은 강사소설에 해당되는 것으로서 역사가 바로 역사소설의 기본적인 주체가 되는 경우를 말한다. 이러한 역사소설은 정보가치와 전달가치 즉 과거의 역사에 대한 더욱더 큰 숙고적인 관심을 두고 사실의 역사를 재구하고 역사적인 사실 또는 진실을 묘사함으로써 역사적 본성과 현실성에 대한 미감화와 이해적인 탐색, 해명과 깊이 연결되어 있다. 이재선은 김주영과 김성한의 역사소설을 이러한 유형에 포함시켰다. 끝으로 배경적 역사소설은 공적인 역사가 소설의 시대적인 배경의 틀이 되거나 서사적 진행의 활력원천으로서 행사되는 경우이다. 이러한 역사소설에 있어서는 허구나 또는 공적 역사의 무대에는 등장할 수 없는 사적인 역사의 재구가 현저하며, 역사는 주로 진행 또는 변화의 과정으로서 인지되는데, 가족사연대기소설이나 가족사소설이 이러한 범주에 속한다. 대표적인 작품으로는 박경리의『토지』와 안수길의『북간도』가 있다.[9]

한편 조셉 W. 터너는「The Kinds of Historical Fiction」,(『Genre』Vol.

---

8) Harry E. Shaw,『The Forms of Historical Novel』, Cornell UP., 1983, 53쪽.
   이재선,『한국현대소설사 1945~90』, 민음사, 1991, 325~26쪽. 재인용.
9) 이재선, 위의 책, 327~28쪽.

XII. No.3)에서 발전사의 측면에서 기록적인 역사소설·창안적인 역사소설·가장적인 역사소설의 세 종류로 구분하였다. 터너는 역사소설과 소설의 차이점에 주목하여 역사소설의 종류를 구분해야 한다고 주장하면서 거기에는 두 종류의 경계가 설정되는데, 하나는 '역사소설'과 '역사 서사'의 경계이고, 다른 하나는 '역사소설'과 '소설'의 경계이다. '역사'에 비중을 주느냐 아니면 '소설'에 중점을 두느냐에 따라 전자는 역사서사와 역사소설 간의 관계를, 후자는 역사소설과 소설 간의 관계를 주목해야 한다고 말했다. 이와 같은 '역사' 소설과 역사 '소설'의 경계 구분에 근거하여 터너는 '역사' 소설에 근접한 경우를 1)기록적 역사소설, 역사 '소설'에 근접한 경우를 2)창안적 역사소설로 구분하고, 그 중간지점에 3)가장적 역사소설을 설정하여 자신의 분류기준을 확립한다. 공임순은 엘리자베스 웨슬림과 루의 견해를 받아들여 터너의 기록적·창안적·가장적 역사소설의 삼분법에 '환상적 역사소설'을 첨가하였다. 이러한 사분법의 유형분류는 기준으로 한 극점에 '역사서사'를, 다른 극점에 '환상'을 두고 세분을 하였다. 환상적 역사소설은 알레고리와의 접점이 분명 존재하며, 공적 역사에 대한 메타적 인식을 수반하기 마련이라고 설명하면서, 신채호의 『꿈하늘』·최인훈의 『태풍』·복거일의 『역사 속의 나그네』와 『비명을 찾아서』·이문열의 『황제를 위하여』·이인화의 『영원한 제국』 등을 이러한 범주에 포함[10]시켰다.

'기록적 역사소설'은 실제적(사실적) 인물들에 내재해있는 존재론적 지위에 문제를 두고 있다. 사실적 인물들이 대부분 역사적 '정확성'을 배경으로 하기 때문에 소설가들이 전적으로 자신의 창작을 통해 작업하는 경우와는 다른 서사상의 문제들이 발생한다. 반면 '창안적 역사소설'은 리얼리즘 소설과 역사소설 간의 연관성에서 비롯된 소설적 장치에 초점이 맞춰진다. 그 과정에서 소설의 시·공간적 무대와 작가의 관계가 결정인자로 작용하

10) 공임순, 앞의 글, 155~56쪽.

게 되는데, 소설의 시간적 거리가 작가와 멀어질수록 역사적 상상력과 해석의 문제가 중요하게 부각된다. 더불어 기록된 과거를 변장하여 역사성과 함께 소설적 상상력과 개연성도 동시에 추구하는 '가장적 역사소설'이 그 둘 사이의 경계선상에 위치하면서, 연속체를 이루는 세 범주는 역사성과 허구성의 역학관계, 허구성과 이를 정당화하는 형식적 장치로서의 소설에 대하여 설명11)하고 있다.

터너의 유형분류에 따를 때, 박태원의 『임진조국전쟁』은 '창안적 역사소설'에 포함되고 김훈의 『칼의 노래』는 홍명희의 『임꺽정』처럼 '가장적 역사소설'의 범주에 들어간다. 박태원은 1949년에 ≪서울신문≫에 연재한 미완성 『임진왜란』에서는 첫회 연재부터 "내 소설은 이 증비록의 인용에서 시작된다."라고 하여 역사적 사료를 그대로 옮겨온 듯한 뉘앙스를 풍겨 '기록적 역사소설'의 범주에 포함됨을 확인하게 된다. 하지만 월북 후 1960년에 발표한 『임진조국전쟁』은 역사적 사실인 '임진왜란'을 배경으로 한 이순신 서사를 다룬 작품 중 완결판의 역할을 하고 있어 '창안적 역사소설'에 포함시켜야 할 것이다. 김훈의 『칼의 노래』는 역사에 대한 해체를 통해 보편성이 아닌 특수성에 다다르려고 하는 '비역사성'의 시도가 엿보이므로 '가장적 역사소설'의 범주에 속한다고 평가할 수 있다.

3. 작가 박태원과 김훈의 세계관

"영감도 나더러 나가라고 권하시오?"
이억기는 조용히, 그러나 말 마디에 힘을 주어
"요시라에게서 기별이 있는 대로 반드시 나가라고 어명이 있으셨고 오

---

11) 대중서사학회, 『역사소설이란 무엇인가』, 예림기획, 2003, 30~31쪽.

늘 다시 도원수 대감이 오셔서 내일 유시(酉時)를 잊지 말라고 거듭 당부가 계셨으니, 아니 나가시고 어이 하시렵니까?"

이순신은 두어 번 고개를 내저으며

"병서에도 '장수가 밖에 있으면 임금의 명령도 받지 않을 경우가 있다'고 하였소. 몇 번씩 말씀이지만, 첫째로 요시라는 왜장의 수하심복이니 적의 간첩이 분명한데 그 말을 어떻게 믿소? 고금 동서를 막론하고 적을 잡을 계책이 적에게서 나왔다는 말을 나는 못 들었으며, 둘째로 경상도 연해, 울산, 부산, 김해, 거제 등지가 모조리 왜적의 소굴로 되어 있는데 만약에 우리가 경망되이 나갔다가는 앞뒤로 적을 받아 열에 아홉은 패를 볼 우려가 있기 때문이니 우리 수군이 한번 무너지는 날에는 나라가 어찌 되오? 영감도 이만한 도리를 모르실 리가 없으련만 도원수 대감의 분부만 중이 여겨서 굳이 나가라고 권하시니 나로서는 참으로 뜻밖이외다." ·······(중략)········"이번에 수군이 나가지 않았다고 해서 설사 나라에서 죄를 내리신대도 그것은 내 한 몸이 당하면 그뿐일세. 내가 나라를 위해서 어찌 이 한몸을 돌아보겠나? 내 이미 뜻을 결했으매 자네는 다시 두 번 말을 말게." ········(중략)········

이순신은 지난해 가을 어느 달 밝은 밤에 망루 위에 올라갔다가 지은 시조가 불현 듯이 가슴에 떠올라 나직이 읊었다.

한산섬 달 밝은 밤에
수루에 홀로 앉아
큰 칼 옆에 차고
깊은 시름 하는 차에
어디서 일성 호가는
남의 애를 끊는고[12)

나는 대답을 얼버무렸다. 체포되기 몇 달 전인 병신년 초겨울에 나는 한산 통제영에서 그를 대면한 적이 있었다. 그때 그는 통제영까지 나를

---

12) 박태원, 『임진조국전쟁』, 깊은샘, 2006, 245~48쪽.

찾아왔었다. 조정에서 입수한 정보에 따르면 가토 기요마사의 부대가 곧 바다를 건너서 부산으로 진공하게 되어 있는데, 함대를 이끌고 부산 해역으로 나아가 미리 대기하고 있다가 적을 요격해서 가토의 머리를 조정으로 보내라고 그때 그는 나에게 말했었다. 그는 이 작전이 조정의 전략이며 도원수의 지시라고 말했다. 나는 그때 다만, 현장 지휘관의 판단을 존중해주십시오,라고만 대답했다. 그는 서둘러 돌아갔고 나는 함대를 움직이지 않았다. … (중략) …

나는 정치적 상징성과 나의 군사를 바꿀 수는 없었다. 내가 가진 한 움큼이 조선의 전부였다. 나는 임금의 장난감을 바칠 수 없는 나 자신의 무력을 한탄했다. 나는 임금을 이해할 수 있었으나, 함대를 움직이지는 않았다. 나는 즉각 기소되었다. 권률이 나를 기소했고 비변사 문인 관료들은 나를 집요하게 탄핵했다. ……(중략)……

권률이 돌아간 뒤, 나는 종을 시켜 칼을 갈았다. 시퍼런 칼은 구름 무늬로 어른거리면서 차가운 쇠비린내를 풍겼다. 칼이 뜨거운 물건인지 차가운 물건인지를 나는 늘 분간하기 어려웠다. 나는 칼을 코에 대고 쇠비린내를 몸 속 깊이 빨아넣었다. 이 세상을 다 버릴 수 있을 때까지. 이 방책 없는 세상에서 살아 있으라고 칼은 말하는 것 같았다. 다음날 새벽에 나는 종에게 칼을 들려서 진주를 떠났다.13)

작가 박태원과 김훈이 같은 사건에 대해 각각 소설에서 묘사한 장면을 인용한 것이다. 임진왜란 당시 이순신이 수군을 움직여 왜놈 군대를 공격하라는 조정대신들과 선조임금의 지시를 무시하고 군대를 움직이지 않아서 체포되어 문초를 받은 후 삭탈관직 되고 백의종군하는 상황을 그린 것이다. 두 작가는 실로 같은 듯 다른 표현을 하고 있다. 박태원은 3인칭 시점을 사용하여 객관적인 관점에서 역사적 사실에 대해 진실이 무엇인지를 밝히려고 노력하고 있다. 특히 부하 이억기와 송희립 두 사람과 소통을 하되

---

13) 김훈, 『칼의 노래』, 생각의 나무, 2001, 37~40쪽.

지휘관으로서 자신의 소신을 굽히지 않는 단호한 모습을 묘사하고 있다. 하지만 두 사람이 물러가고 나서는 혼자 뒷짐을 지고 운주당 뜰을 거닐면서 시름에 젖게 되어 시조 한 수를 읊는 고독한 존재로서의 이순신의 심리적 내면을 드러내고 있다. 역시 기교의 달인다운 글쓰기를 하고 있다.

이에 반해 김훈은 1인칭 관찰자시점으로 조정대신과 임금의 명령을 거역하는 이순신의 내면을 살펴본다. 도원수 권률[14]이 찾아와서 첩보를 제시하며 가토 기요마사의 부대가 부산 해역으로 출격하니 수군을 이끌고 미리 나아가 그의 부대를 치고 가토의 머리를 조정에 바치라는 전략이 조정대신의 뜻이라고 전하지만, 이순신은 겨울바다의 물결이 높은데 섬들 사이로 뚫고 나아가 언제 올지 모르는 적을 기다리는 것은 자살행위라고 '현장지휘관의 의견'을 제시하면서 수군을 움직이는데 반대한다. 당시 임금과 조정이 서인이 잡고 있어서 정치권력싸움이나 벌이지 수군의 현지 지휘자의 견해 따위는 무시하거나 묵살하는 현실을 비판한 것이다. 섬세한 작가 김훈이 현장을 무시하던 도원수 권률은 원균 지휘 하에 수군이 전멸하자 다시 찾아와 이순신에게 방책을 묻는 척하는 모순된 정치적 제스처에 거부반응을 일으키는 이순신의 내면도 묘사한다. 군인에게 중요한 무기 '칼'의 상징성을 통해 "이 방책 없는 세상에서 살아 있으라고 칼은 말하는 것 같았다"라고 조용히 읊조리는 이순신의 독백은 장편『칼의 노래』의 백미에 해당된다.

수사기교와 문체의 측면에서 본다면 박태원과 김훈이라는 작가는 '기교의 문학'이라는 공통점을 보인다. 임화는 일찍이 박태원의 문학을 '정신의 풍속 인간성의 세태'를 묘사한 점을 높이 평가하며 세태소설로서의 가치를 인정했지만, 한편으로는 본질상 리얼리즘 소설인 본격소설에서의 일탈

---

14)『임진조국전쟁』에서는 도원수 '권율'로 표기되어 있으나,『칼의 노래』에서는 '권률'로 명기된다.

현상으로 이해했다. 그에 비해 안회남은 "박태원 씨의 세계는 정히 기교의 문학이다. 다시 말하면 부분적 합리화의 순간이 아니라 전체적으로 임이 기교화한 문학이다."15)라고 하면서 "작가적 전생명이 기교에 억매여 있다"라고 적극적으로 긍정적인 해석을 했다. 작가 김훈도 언어의 기교를 통한 모순어법의 구사, 문체를 활용한 감각적인 표현 등과 1인칭 시점이 주는 회상형식을 활용해서 개별존재로서의 인간의 고독과 허무를 정면으로 독자들에게 전달하고 있다. 위의 인용에서 잘 나타나고 있듯이 이순신의 생을 마지막까지 버티고 있는 것은 칼의 힘이다. 칼은 이순신에게 현실을 벼리는 유일한 도구로 자리매김하고 있다. "목이야 어디로 갔건 간에 죽은 자는 죽어서 그 자신의 전쟁을 끝낸 것처럼 보였다. 이 끝없는 전쟁은 결국 무의미한 장난이며, 이 세계도 마침내 무의미한 곳인가. 내 몸의 깊은 곳에서, 아마도 내가 알 수 없는 뼛속의 심연에서, 징징징, 칼이 울어대는 울음이 들리는 듯했다."16)에서 잘 나타나있듯이 칼은 알 수 없는 세계에 대응하는 유일한 수단이자, 죽음을 벨 수 없는 자기 자신을 상징하지만, 분명한 사실은 세상에서 피할 수 없는 죽음이 있고 그 죽음에 맞서고 있는 단독자로서의 내가 있다는 것을 작가가 묘사하고 있다는 점에서 허무의 깊은 늪만이 우리 앞에 극명하게 드러난다. 이 이상의 기교주의 문학이 있을 수 있겠는가?

그러나 구보의 이순신서사의 완결판으로 보이는 『임진조국전쟁』의 부분이 아니라 전체를 살펴볼 때, 『칼의 노래』와 궁극적인 면에서 많은 변별성을 보인다. 그것은 아무래도 작가 박태원과 김훈의 세계관의 차이로 생각된다. 박배식은 구보가 역사적 리얼리티의 구현에 관심을 갖게 된 창작동기에 대해 첫째, 문학외적 조건으로 중국의 역사소설의 번역이라는 작업을

---

15) 안회남, 「작가 박태원론」, ≪문장≫, 1939.2, 147쪽.
16) 김훈, 『칼의 노래』, 26쪽.

통해 지배계층의 탄압에 대항하는 서민층의 힘의 결집과 폭발을 접하게 되면서 이를 자신의 소설 세계에 대한 모티프로 제공받았을 것이라는 점, 둘째, 문학 내적 조건으로는 박태원이 초기에 활동했던 구인회가 탈 이데올로기적인 예술지향의 순수문학적 분위기임에 반해, 해방직후에는 박태원이 민족문학 건설을 목표로 만들어진 진보적인 문단조직인 '조선문학건설본부'에 가담했는데, 이미 그 이전부터 서서히 민중 편에서의 서사성의 진보를 꾀했을 것이라는 추측[17]이라고 설명했다.

정호웅은 『군상』의 작가의 말을 인용하면서 구보가 해방 후 역사소설 창작에 매달린 현상을 두 가지 요인, 즉 '정의와 진리/사리사욕', '의(義)/그릇된 행복'의 이분법, '관핍민반(官逼民反)'의 이분법의 정립과 「춘보」·『임진왜란』·『군상』·『갑오농민전쟁』으로 나아가며 점차 뚜렷해지고 확고해져 마침내는 민중의 역사창조력에 대한 믿음으로까지 나아간 역사관의 확립으로 새롭게 해석[18]하여 주목을 받았다.

박태원이 『임진조국전쟁』을 펴낸 시기는 월북하여 종파투쟁의 험난한 정치적 상황도 극복한 이후인 1960년이다. 물론 박태원도 남로당 계열로 한 때 몰려 평안남도로 추방당하면서 5년간 작품 활동을 금지 당한 것으로 알려져 있다. 또 당시 시기가 계급투쟁과 항일빨치산 전적지 답사 등 김일성의 유일체제를 구축하기 시작할 무렵이므로 새로운 창작지침에 근거할 수밖에 없는 처지였을 것이다. 따라서 애국영웅 이순신의 형상 창조를 통해 민중적 상상력의 힘을 믿었던 것으로 보인다. 또 다른 요인은 구보문학의 일관성 추구라는 관점에서 찾아볼 수 있을 것이다. 구보 자신이 모더니스트

---

17) 박배식, 「박태원의 역사소설관」, 구보학회 편, 『박태원과 역사소설』, 깊은샘, 2008, 36면.
18) 정호웅, 「박태원의 역사소설을 다시 읽다」, 방민호 엮음, 『박태원 문학연구의 재인식』, 예옥, 2010, 385~86면.

로서 활동할 때부터 밀고 나갔던 근대성의 화두인 '공간'문제의 연장선상에서 '역사'라는 새로운 화두를 들고 나오게 된 것이다. 새로운 창작방법론에 대해 실험을 시도한 점도 없지 않아 있지만, 작가는 역사적 상상력을 빌려 인민에 대한 역할과 비중을 늘려나갈 수밖에 없었을 것이다. 또 김일성을 의식하여 임진왜란과 한국전쟁을 연결시켜 집필해야 하는 정치적 포즈도 생각해볼 수 있는 측면이다. 박태원의 이러한 민중사관은 『계명산천은 밝았느냐』와 장편대하소설인 『갑오농민전쟁』으로 이어지게 된다.

그러면 소설가 김훈의 역사관과 세계관은 무엇일까? 한때 평론가들은 김훈의 문학에는 담론이 없고 표피적인 포장만 있다고 비판했다. 이러한 해석은 김훈의 문학에 문체만 있고 알맹이가 없다는 의미이다. 달리 표현하면 그의 소설에는 작가의식이나 사상이 없다는 말이다. 포스트모던 시대에 내용편중의 문학은 설 자리가 없다. 그런 측면에서 거대한 이념을 담고 있지 않으면서 기교적인 사상을 보여준다고 해도 그것이 작가의 의식인 것이다. 한마디로 김훈은 역사라는 외피를 통해 세상의 모순과 부조리함에 희생되어가는 인간의 실존성에 대한 고뇌를 생생하게 보여주면서 고통적인 삶 속에서도 장렬하게 이별과 죽음을 맞이해가는 개체 생명의 아름다움을 묘사하고 싶었던 것이다. 평론가 김영찬은 김훈문학의 핵심은 현실도피라고 단정하면서 "현실을 직접적으로 이야기하면 불편하니까, 역사라는 거울을 통해 한 단계 걸러주는 것이다"면서 "독자는 역사소설을 통해 현실과의 거리감을 느끼면서, 김훈의 문체가 보여주는 미학적인 아우라 같은 것을 함께 느낄 수가 있다"19)고 설명한다. "김훈의 소설에서 세상의 참혹함이란 대체 무엇인가. 그것은 단지 세상이 살육과 유혈로 얼룩지고 지배와 폭력이 창궐하며 고통과 죽음이 흥건한 곳이라는 뜻이 아니다. 참혹함이란 무엇보

---

19) 김영찬, 「김훈 소설이 묻는 것과 묻지 않는 것」, 『창작과 비평』, 2007년 가을호, 경향신문 『뉴스메이커』 747호(2007.10.30.) 기사 재인용.

다 바꿀 수 없는 거대한 세상의 질서에 압도되는 김훈의 인물들을 강렬하게 사로잡고 있는 정념이다. 그것은 무력한 개인으로서는 도저히 어찌해볼 수 없는 고통스러운 상황을, 어떻든 피할 수 없이 맞닥뜨려야 하고 굴욕적으로 수용할 수밖에 없다는 절박하고 도저한 체념에서 나오는 것이다. … 김훈의 소설은 그렇게 저 불가피를, 그리고 불가피 앞에 선 자의 우울과 허무를 냉정한 시선으로 드러내놓는다."[20]고 평가한다.

김훈은 『칼의 노래』에서 진정으로 존재하는 것, 참된 것으로서의 가치의식을 재현하는 것만이 의미 있는 문학이라고 항상 말해왔던 오래된 가치명제를 부정한다. 그에 반해 이순신이라는 인물이 강하게 믿고 있는 '칼'을 통해, '확인된 것만이 참된 것'으로 인정하는 세계관을 보여준다. 『칼의 노래』에서 주인공 이순신은 1인칭 시점을 활용하여 "나는 보았으므로 안다"고 독백처럼 술회한다. 이순신이 인식한 것은 '세상에는 피할 수 없는 죽음이 있고, 그것에 맞서고 있는 개별적 개체인 나만이 실존한다'는 것이다. 이순신의 '나는 보았으므로 안다'는 경험적 고백은 미래의 불확정성과 과거의 모호함을 압도하는 새로운 당위적 명제인 것이다. 그것은 바로 실존적 자기인식의 과정을 통해 터득한 결과물인 것이다.

작가 박태원과 김훈 사이에는 1960년과 밀레니엄 시대의 출발이라는 약 40 ~ 50년의 시간적 거리가 있다. 또 일제강점기를 벗어나 해방정국을 맞이했다는 '혼돈의 시대'와 냉전구조를 벗어나 21세기 밀레니엄시대를 맞이하여 새로운 패러다임을 창조해야 한다는 '불확정성의 시대'라는 심리적인 거리도 분명 있다. 하지만 분명한 것은 두 작가가 끊임없이 기교적 언어를 통해 새로운 가치명제를 창조하려고 하는 창작실험과 모험을 감행했다는 점이다. 그러한 점이 시간적·심리적 거리를 좁히는 정서적인 공감대의 매듭인 것이다.

---

20) 김영찬, 위의 글.

4. 퍼스의 담론을 통해서 본『임진조국전쟁』·『칼의 노래』

박태원의『임진조국전쟁』(1960)은 임진왜란이 일어났던 임진년(1592) 4월부터 무술년(1598) 10월 노량해전에서 이순신삼도수군통제사가 숨진 때까지 7년간의 피비린내 나는 임진왜란·정유재란 전쟁의 참상과 민족영웅 이순신의 지략과 용맹을 다룬 역사소설이다. 이에 비해 김훈의「칼의 노래』는 이순신삼도수군통제사가 모함에 의해 체포된 정유년(1597) 2월부터, 4월 삭탈관직과 7월 16일의 원균의 거제도 칠천량 해전에서 수군이 전몰한 후 7월에 다시 삼도수군통제사로 복직하여 9월의 명량대첩에서의 승전, 그 다음해인 무술년(1598) 11월의 철수하는 왜선 500여 척과 조선·명나라 연합수군과의 싸움인 노량해전에서 이순신장군이 전사하기까지를 상세하게 묘사한 역사소설이다.

『칼의 노래』는 총 44장으로 구성되어 있다. 시간적 배경으로 보면, 총 39장으로 구성된『임진조국전쟁』의 제28장 '적의 반간계'에서부터 제39장 '노량해전'까지에 해당된다.『칼의 노래』가『난중일기』라는 이순신의 진중일기를 토대로 하여 창작되었다면,『임진조국전쟁』은 다른 사료들도 참조했겠지만, 주로 박태원이 번역했던『이충무공 행록』과 유성룡이 집필한『징비록』을 토대로 하여 창작하였다.

여기에 적은 인물들은 임진왜란과 정유재란의 전사에 등장하는 인물들이다. 모든 인물을 다 챙기지 못했다. 이순신의『난중일기』를 중심으로, 이순신과 직·간접적인 관계에 있었던 인물들 중에서 중요하다고 판단되는 인물을 가렸다. 그러나 이 인물지가 한 인물에 대한 역사적 평가가 될 수는 없을 것이다. 인간을 평가한다는 것은 늘 어려운 일이다.[21]

---

21) 김훈,『칼의 노래』후기, 생각의 나무, 2001, 424쪽.

『임진조국전쟁』은 이러한 모든 임진왜란 및 이순신 서사의 결정판으로서 다양한 자료 수집과 거듭된 창작적 실험의 소산이다. 이 작품은 『이충무공행록』과 『징비록』의 내용을 뼈대로 삼으면서 남쪽에서 연재했던 『임진왜란』의 다소 지리한 문장과 난삽한 인용에서 벗어나 7년에 걸친 전쟁과 전체상을 흥미진진하게 공간적으로 펼쳐내 보인다.[22]

1. '이상적' 신념과 '모호한' 일상성

우선 『임진조국전쟁』과 『칼의 노래』의 두 작품을 같은 시기만을 대상으로 하여 서사구조의 틀을 비교해 보기로 한다. 『임진조국전쟁』은 1949년 《서울신문》에 273회에 걸쳐 연재했던 『임진왜란』에서의 사료의 충실성과 연대기적 서술의 틀을 벗어났다고는 하지만, 소설의 서술과정이 시간적 순서에 따라 순차적인 진행을 하고 있다. 다만 왕과 조정대신의 행로와 일반백성들의 행동 간의 소설적 긴장미, 수많은 다양한 인간 군상들의 등장과 섬세한 묘사, 그리고 임진왜란 발생의 원인 분석과 도망 다니기에 급급한 임금 · 조정대신의 나약한 모습에 대한 비판 등이 생동감 있게 그려지고 있어서 구보 특유의 문장솜씨를 느끼게 해준다. 특히 노환의 모친 걱정과 자식에 대한 애정 표현을 통한 구보 특유의 '가족주의'의 훈훈함을 보여주는 것은 전장 터의 살벌함과 대조적으로 이채롭다고 할 수 있다.

이에 비해 『칼의 노래』는 1인칭 시점의 소설로서 이순신의 기억이라는 회상기법을 구사함으로써 시간의 역전현상이 자주 일어나는 역행적 진행을 하고 있다. 또 이순신의 기억을 되돌려 그의 눈을 통해 자연에 대한 묘사, 시대적 모순에 대한 통찰력, 16 ~ 17세기의 동아시아의 정치적 역학관계, 조선수군과 일반 백성들의 일상적 삶에 대한 따뜻한 시선, 끝이 보이

---

22) 방민호, 『임진조국전쟁』 해설, 깊은샘, 2006, 319쪽.

지 않는 전쟁에 대한 공포·두려움·불안 표현, 장수이기 이전에 한 인간으로서의 삶의 고뇌 등의 소소한 디테일을 '작은 것이 아름답다'라는 시각에서 모순어법으로 절묘하게 구성하고 있다.

『임진조국전쟁』과 『칼의 노래』의 토대를 이루는 에피소드를 도표로 정리해 본다.

<도표 1> 박태원의 『임진조국전쟁』(1960)

에피소드	에피소드의 내용	소설에서의 소항목과 면수
1	요시라(소서행장 부하)의 반간계	240쪽 <적의 반간계>~244쪽 <한산섬 달 밝은 밤에>
2	조정의 서인무리 모함, 이순신의 삭탈관직과 체포·압송	249쪽 <사또는 어디로 가십니까> ~261쪽 <옥중에서>
3	섬 안의 백성들의 분노·비탄	249쪽 <사또는 어디로 가십니까>
4	도원수 권율 막하에서 백의종군 (모친 별세)	267쪽 <백의종군>
5	삼도수군통제사 원균의 패배 및 수군 전몰(부산포·거제) 칠천량전투	270쪽 <수군이 전몰했다>
6	이순신, 다시 삼도수군통제사 임명	277쪽 <다시 수군통제사로>
7	(1597 정유년 9.16) 명량대첩 승리와 수군 재건	284쪽 <명량해전>~290쪽 <수군재건>
8	(1597.9.5.)조명연합육군, 직산전투 승리 및 소서행장의 편지(철군길 개방)	295쪽<궁지에 빠진 왜적>~299쪽 <왜적은 길을 빌리란다>
9	(1598 무술년 11.18) 노량해전에서 이순신 전사(진린제독 배 구원하다가)	303쪽 <노량해전>

에피소드	에피소드의 내용	소설에서의 소항목과 면수
1	백의종군-다시 삼도수군통제사 임명	21쪽 <칼의 울음> ~67쪽 <서카>
2	관기 여진과의 두 차례 포옹	41쪽 <칼과 달과 몸>(에피소드1 포함)
3	12척 배로 '명량대첩' 대승 800명의 군사로 330척 2만 군사를 패퇴	76쪽<식은 땀>~134쪽 <내 안의 죽음>
4	조선수군과 일반 백성의 '일상적 삶'	143쪽 <젖냄새>~269쪽 <더듬이>
5	'보성만 전투' 승리(조선수군·명수군 연합작전으로 왜선 50척 처부숨	286쪽 <달무리>
6	명 육군·수군과 왜적과의 강화협상 소문	304쪽 <백골과 백설>
7	이순신, 명육군 유정대장에게 육군·수군 합동작전 제안(약속했으나 행동 없음)	358쪽 <빈손>
8	진린명제독, 고니시 유키나가와 비밀협상	370쪽 <볏짚>
9	노량해전에서 이순신 전사	380쪽 <들리지 않는 사랑노래>

위의 도표를 분석해보면, 『임진조국전쟁』의 에피소드 1, 에피소드 2. 에피소드 4, 에피소드 5, 에피소드 6은 『칼의 노래』에서 에피소드 1과 내용상 일치한다. 또 『임진조국전쟁』의 에피소드 7의 '명량대첩' 승리는 『칼의 노래』의 에피소드 3과 일치한다. 작품의 대단원에 해당하는 『임진조국전쟁』의 에피소드 9의 '노량해전'에서의 이순신의 장렬한 죽음은 『칼의 노래』의 에피소드 9의 내용과 대동소이하다.

『칼의 노래』가 『임진조국전쟁』과 커다란 변별성을 보이는 것은 에피소드 4에서의 수영(병영)에서의 '일상적 삶'을 묘사하는 장면과 에피소드 5 ~ 8에서 명나라 수군·육군이 왜적과 강화협상을 펼치거나 비밀협상을 전개하는 과정을 묘사한 부분이다. 이러한 에피소드는 두 작품 간의 궁극적 간극을 보여주는 장면들이다. 『임진조국전쟁』이 거대담론을 근거로 하여 '이상적 이념성'을 보여주려고 한다면, 『칼의 노래』는 미시담론을 바탕으로 해서 '모호한 일상성'을 묘사하려고 한 것이다.

박태원이 월북하여 창작한 『임진조국전쟁』은 작가가 '반종파 투쟁'의 피비린내 나는 숙청의 과정에서 살아남았다는 점과 김일성 유일체제가 구축되어 가던 초기의 정치현실에서 당의 이데올로기적 지침을 벗어나서 독창적인 창작을 하는 것이 불가능했을 것이라는 점을 고려하지 않으면 안된다는 점을 감안해야 한다. 북한에서 이순신 서사가 많이 출몰하는 시기는 전쟁 중인 1952년과 '사상에서의 주체'가 논의되기 시작한 1955년, 전후복구 건설기를 마감하고 천리마 운동이 시작될 무렵인 1958년, 그리고 60년대 초반 천리마운동이 박차를 가하는 가운데, 남한에서 한일협정의 분위기가 무르익던 때[23])였다. 북한에서 1955년은 박태원이 「리순신 장군 이야기」를 내놓았고, 리청원이 『임진조국전쟁』을 발표하면서 임진왜란을 조국방위전쟁인 동시에 "국제적 관점에서 동양의 평화와 안전을 수호하기 위한 조중 양국 인민의 공동적 반 침략전쟁"[24])으로 규정하던 해였다.

북한은 1958년에 임진조국전쟁 승리 360주년 기념보고회가 진행하여 이순신과 인민들의 승리, 그리고 명나라와 조선의 유대 관계를 되새기고자 했다. 당시 북한 사회과학원 원장이었던 백남운은 "조선과 중국인민은 공동의 적 일본 침략자들을 함께 격퇴함으로써 두터운 친선 관계를 맺고 있다"고 하면서 전쟁의 의의로 "우리 조국을 지켜 내었을 뿐만 아니라 린방 중국을 전쟁의 참화로부터 보위함으로써 당시 동방의 평화를 굳건히 보존하였다."[25])는 것을 역설했다. 북한의 역사학자 박시형은 전쟁의 원인을 봉건 관료배의 당파싸움으로 규정하고 전쟁을 승리로 이끈 인민들의 역량을 강

---

23) 전지니, 「박태원의 월북 전후를 통해 본 냉전기 남북의 이순신 표상 연구」, 『상허학보』 44호, 2015, 56쪽.
24) 리청원, 『임진조국전쟁 1592~98』, 평양 국립출판사, 1955, 256쪽.
25) 『로동신문』 1958년 12월 17일자, 「임진조국전쟁 승리 360주년 기념보고회 진행」.

조했으며 이순신을 "우리의 자랑스러운 애국자이며, 천재적 전략가"[26]로 평가했다. 이어 박시형은 임진왜란과 김일성의 항일운동, 그리고 한국전쟁으로 이어지는 세 개의 전쟁을 인민이 주축이 된 자주적 투쟁이라는 점에서 연관 짓는다.[27]

신음 소리는 도리어 당상에 앉아 있는 추국관들의 입에서 나왔다. 윤근수는 그 잔인한 고문에도 끝끝내 굴하지 않는 이순신을 빤히 내려다 보다가

"참말 독하구나...,"

하고 저도 모르게 한마디 웅얼거렸다. 그러나 그는 다만 이순신이 '독'한 줄만 알았지 정작 정의라는 것이 얼마나 굳센 것임을 깨닫지 못하였다. 정의란 무엇을 가지고서도 굴복시킬 수 없는 것임을 그는 종시 알지 못하였던 것이다. …(중략)…

이순신은 다시 전옥으로 돌아가서 그 침침하고 습한 간 속에가 머리에 큰 칼을 쓰고 수갑과 착고 차고 앉아서 조용히 왕명을 기다렸다.

그는 사실 자기 일신의 생사에 대하여서는 그다지 많이 생각하지 않았다. 그는 죽게 되면 오직 죽을 따름이라고 오히려 마음에 태연해 하였다.

그러나 생각이 한번 나라 일에 미치면 그는 곧 가슴이 미어지는 듯 하였다. 불현듯이 백성들이 ─, 자기가 금부도사에게 압령되어 서울로 올라올 때 울며 자기를 부르던 백성들의 모양이 눈앞에 떠오르면 그의 창자는 곧 끊어지는 것만 같았다.[28]

때에 조정에서는 우리 수군이 전선도 몇 척 되지 않고 군사도 또한 많지 못해서 그것으로는 도저히 강성한 적의 수군을 대적할 수 없으리라 하여,

---

26) 박시형, 「임진조국전쟁승리 360주년」, 『로동신문』 1958년 12월 16일자 5면, 전지니, 앞의 글, 58쪽, 재인용.

27) 전지니, 앞의 글, 58쪽.

28) 박태원, 『임진조국전쟁』, 264~65쪽.

바다를 버리고 육지로 올라와 육군과 합세하여 싸울 것을 이순신에게 명령하였다.
그러나 그는 듣지 않았다. 바다를 그대로 적에게 내주고 나라를 어떻게 온전히 보존하랴?
이순신은 곧 붓을 들어 왕에게 올리는 장계를 초하였다.[29]

앞의 인용문에서 이순신은 심한 문초와 고문에도 자신의 뜻을 굴하지 않는다. 그는 '정의라는 것이 얼마나 굳센 것임'을 보여준다. 여기에서 정의는 '의(義)'를 바로 세우는 것이다. 그것은 다른 말로 '신념'이라고 표현할 수 있다. 이순신은 왕을 그릇되게 인도하는 조정대신들을 우습게 생각했으며, 그들이 목숨을 바치라면 태연하게 바치겠다는 굳은 생각을 가지고 있다. 그가 조정대신들을 제대로 된 인간으로 보지 않는 것은 백성들을 버리고 자신만이 살겠다고 도망을 가거나, 나라가 망해가는 데도 당파싸움이나 일삼고 있기 때문이다. 또 뒤의 인용문에 잘 드러나 있듯이 조정대신들은 전쟁에 대처하는 방책과 전략도 없고, 육군과 수군의 역할도 구분 못하는 한심한 인간이라는데 생각이 미쳤기 때문이다. 그러나 이순신이 세우려는 신념으로서의 '정의'는 봉건적 모순이 극에 달한 조선에서는 손에 취할 수 없는 것이란 데에 비극성이 자리 잡고 있다. 따라서 그의 신념은 '이상적'이 될 수밖에 없다.

거대담론에 의존하는 박태원에 반해, 김훈의 작품은 철저하게 '탈 이념적' 양상을 보인다. 김훈의 역사소설은 1인칭 화자의 등장, 영웅 이순신의 회의적 성격에 따른 유약한 내면성, 항상 울고 있는 임금, 벨 수 없는 대상에 대해 '칼'을 갈고 있는 모순된 무인상 등을 제시함으로써 영웅서사의 해체와 개체적 인간의 운명을 다루고 있다. 『칼의 노래』는 "민족의 위기를

---

29) 박태원, 『임진조국전쟁』, 281~82쪽.

176 | 제2부 박태원은 왜 역사소설에 몰두했는가

타개하는 영웅으로서의 이순신 서사"가 아니라, "개인의 운명"에 초점을 맞춤으로써 "민족과 같은 추상적 가치에 대한 신념" 대신, "일상적 삶"을 그 중심에 두고 있30)는 것이 특징이다. 그리하여 '포스트모던적 역사 인식'31)이라든가 '뉴에이지 역사소설' 등의 용어로 평가된다.

리오따르(J. Francois Lyotard)는 들뢰즈·가타리와 깊은 유대를 맺으며, 이성 중심의 주체로서는 서술될 수 없는 것에 대한 관심으로 이끌린다. 리오따르는 새로운 형태의 합리적 사회를 향한 점진적 도약이라는 하버마스의 전망을 거부한다. 리오따르는 합리성은 아우슈비츠에서 이미 사망선고가 내려졌다고 주장한다. 그는 투명하고 왜곡되지 않은 의사소통이 가능한 사회가 존재할 수 있다는 것을 인정하지 않는다. 합의는 담론의 상태이지 담론의 목표가 아니라는 것이다. 이런 맥락에서 그는 주체에 의하여 배제된 것, 이성에 의해 비이성적인 것으로 배제된 것, 변증법에 의해 망각된 과거 따위와 새로운 관계를 모색한다. 요컨대 리오따르는 해방의 모델에 대하여 회의하면서 사회의 모순과 분열 자체가 사회발전의 동력이라고 여긴다. 그 결과 단지 현재 일어나고 있는 것에 대한 개방적 태도만이 후기 산업사회에서의 인간의 자율성을 정당화한다32)고 주장한다. 리오따르는 <포스트모던 조건>에서 후기 산업사회의 변화의 양상을 포스트모던이라는 개념으로 설명을 시도하면서 문제의 틀을 '서사의 위기'라는 문맥 속에 위치시킨다. 리오따르는 포스트모던을 "대서사에 대한 불신과 회의"라고 정의한다. 그는 대서사란 총체성을 지향하는 제반 서사를 일컫는다. "메타담론에 근거해서 스스로를 정당화시키는 것… 정신의 변증법, 의미의 해석학, 이성적

---

30) 장성규, 「재현너머의 흔적을 복원시키는 소설의 욕망-2000년대 역사소설에 대한 성찰과 전망」, 『실천문학』 통권 86호, 2007년 여름, 209~10쪽.

31) 장성규, 위의 글, 201쪽.

32) 김일환, 「포스트모더니즘의 조건과 미학」, 『전남도립대학교 논문집』 10호, 2007, 18쪽.

주체 혹은 노동주체의 해방, 혹은 부의 창조와 같은 모종의 대서사에 자신의 정당성을 호소하는 것이 대서사라고 개념정의를 내렸다. 헤겔·마르크스로 대변되는 계몽서사는 대서사에의 호소, 정당화와 탈정당화를 통한 배제의 불가피한 확장, 동질적 인식론적 도덕적인 규범에의 욕망이라는 조건을 상정하고 있다. 즉 진리와 정의에 관한 담론을 거대한 역사적 그리고 과학적 서사에 묶어 놓았는데, 이러한 사회가 바로 모던 사회[33]라고 말한다. 그리고 리오따르는 포스트모던 문화의 특징을 언어게임의 분화현상으로 해명한다.

이러한 리오따르의 설명은 거대담론을 비판하고 미시사적 담론의 일상적 삶의 묘사에 치중하는 김훈의 『칼의 노래』를 비평하는 것처럼 들린다.

> 나는 적의 적의의 근거를 알 수 없었고 적 또한 내 적의의 떨림과 깊이를 알 수 없을 것이었다. 서로 알지 못하는 적의가 바다 가득히 팽팽했으나 지금 나에게는 적의만이 있고 함대는 없다.
>
> 나는 정유년 4월 초하룻날 서울 의금부에서 풀려났다. 내가 받은 문초의 내용은 무의미했다. 위관들의 심문은 결국 아무 것도 묻고 있지 않았다. 그들은 헛것을 쫓고 있었다. 나는 그들의 언어가 가엾었다. 그들은 헛것을 정밀하게 짜 맞추어 충(忠)과 의(義)의 구조물을 만들어가고 있었다. 그들은 바다의 사실에 입각해 있지 않았다. 형틀에 묶여서 나는 허깨비를 마주 대하고 있었다.[34]

정당성의 논리를 따질 수 없는 언어의 유희이며 언어의 향연이다. 칼이 벨 수 있는 것도 없고 베지 못할 것도 없다는 논리와 같다. 그래서 칼은 항상 울고 있다는 서술이다. 전통과 관습에 기반한 '서사의 논리'와 정당성

---

33) 김일환, 위의 글, 20쪽.
34) 김훈, 『칼의 노래』, 22쪽.

을 따지는 '과학적 논리'가 충돌하는 경계선이다. 그래서 작가 김훈은 근대라는 계몽적 지식의 총체성을 해체하자는 입장이다. 리오따르는 탈현대의 지식의 정당성을 논의하기 위해서 '서사적 지식'과 '과학적 지식'을 구분하여 설명한다. 서사적 지식과 과학적 지식은 항상 경쟁과 투쟁의 관계에 있다. 전통사회에서는 '서사적 지식'이 주도적인 위치를 차지하여 서사가 사회제도에 정통성을 부여하고 권력의 기본을 제시하고 그 기준들이 어떻게 적용되어야 하는지 규정하였다. 이에 비하여 '과학적 지식'은 발화자가 자신의 주장에 대하여 증거를 제시해야 할 뿐만 아니라 같은 지시대상에 대해 반대하거나 모순되는 진술을 논박할 수 있어야 한다. 리오따르는 정당성에 대한 물음으로 시작하는 과학적 지식과 그 자체가 정당성의 과정인 서사적 지식 사이에는 '불가공약성(incommensurability)'이 존재한다[35]고 말한다. 둘 사이에는 서로에게 적용되는 기준이 따로 있으므로 그 다양성을 인정하는 것이 포스트모던 시대의 자세라는 것이다. 결국 규범의 기준을 해체하자는 말은 인간존재에게 부메랑처럼 날아드는 '개별존재의 고독과 허무'를 전달하는 것에 지나지 않는다. 그래서 '모호한'이라는 수식어를 앞에 붙일 수밖에 없다.

2. 실증적 자료와 기억의 환기

박태원은 여러 편의 이순신서사를 집필하면서 실증적인 역사적 사료에 충실했다. 『임진조국전쟁』의 경우도 유성룡이 저술한 『징비록』의 역사적 자료를 토대로 삼았다. 하지만 인물의 평가에 있어서는 나름의 기준을 세워 숭고와 비속을 구별하여 품평을 하였다. 특히 이순신과 원균의 인물 대비에서도 잘 나타나듯이, 무기·전선(판옥선, 거북선, 협선)·무장(지휘 장수) 등

---

35) 김일환, 앞의 글, 19~20쪽.·

의 전쟁을 사전에 체계적으로 준비하는 전략적 지휘관과 무능하고 전술·전략도 갖추지 않은 채 중앙권력(서인)에만 선을 대려는 야비하고 무능한 인물을 철저하게 구별하여 생동감 있게 묘사하고 있다. 성곽을 둘러싼 전투 장면도 리얼리티를 살려 가볍게 처리하는 경우와 디테일을 섬세하게 다루는 경우로 차별화하여 박진감을 가미하고 있다. 특히 사료에 입각하여 이순신을 단순한 영웅서사로 치장하는 것이 아니라 군기를 흐트리지 않은 상황에서 피난민의 생계대책을 세워주거나 부하장병과 섬 안의 백성들의 안위와 끼니를 함께 걱정하는 무인이지만 목민관으로서의 섬세한 인품을 갖춘 것으로 묘사한다. 특히 일자진과 학익진 같은 세계 해전사에 남을 전법도 창안했지만, 무기체계와 새 무기를 만드는 법 등에 대해서도 '과학적 인식'을 앞세워 꼼꼼하게 챙기는 창조적 수장으로서의 면모도 강조하고 있다.

이보다 앞서 적의 장수 평행장이 졸병 요시라를 경상 우병사 김응서의 진영에 자주 드나들도록 해서 은근한 정을 보였는데, 이때 가등청정이 다시 나오려고 하자 요시라는 은밀히 김응서에게 "우리의 장수 평행장의 말이, '이번 화의가 이루어지지 못한 것은 가등청정 때문이므로 나(평행장)는 그를 매우 미워하고 있는데, 아무 날에 가등청정이 반드시 바다를 건너올 것이니, 조선 군사는 수전을 잘하므로 바다 가운데서 기다리고 있으면 능히 쳐부숴 죽일 수 있을 것이다. 결단코 이 기회를 놓치지 마라'고 합디다."라고 했고, 김응서는 이 사실을 조정에 아뢰자 조정 의론은 이 말을 믿었다.36) ─ ㉮

요시라는 "우리가 내통해 드릴 터인데 계책이 무어니 할 것이 있겠습니까? 이제 해가 바뀌면 청정이가 선봉이 되어 대군에 앞서 바다를 건너옵니다. 제가 청정이가 오는 날을 아는 대로 즉시 기별해드릴 테니 통제사더러 수군을 거느리고 마주 나가서 치라고 하십쇼그려…(중략)…" 어떻

36) 유성룡, 『징비록』 이재호 옮김, 역사의 아침, 2007, 286~87쪽.

게 하면 조선 수군을 쳐 깨뜨릴 수가 있을가? …조선 수군을 쳐 깨뜨리려면 먼저 저 통제사 이순신부터 없애야 한다…(중략)…

조정에서는 이 말을 듣자 청정이의 머리는 이미 수중에 넣은 것이나 진배 없다고 왕과 신하들이 다 좋아하며 이순신에게 명령하여 요시라의 계책대로 행하라 하였다.37) — ㉯

이순신은 한동안을 두고 두 총(조총과 승자 총통)의 우열점이 어디서부터 생겨났는가를 궁리해 보았다. 그리고 마침내 무릎을 탁 치고 혼자 고개를 끄덕이었다.

알고 보니 아주 간단한 이치다. 조총은 우리 총보다 몸체가 긴 까닭에 총 구멍 따라서 심히 굵고, 구멍이 그처럼 깊이 뚫린 까닭에 터져 나오는 기운도 맹렬해서 무엇이고 맞기만 하면 영락없이 요절이 나고 마는데, 우리 승자 총통은 조총에 비해서 몸체가 썩 짧고 따라서 구멍이 깊지 못하다. 그 위력이 조총만 못한 까닭이 바로 여기 있는 것이었다.

이미 그 이치를 안 바에야 우리 손으로 조총 같은 무기를 만들어 내지 못할 것이 무엇이랴? 이순신은 속으로 이 사람 저 사람 생각해 보다가 마침내 자기의 수하 군관 정사준에게 조총을 내주고 그 만드는 법을 연구해 보게 하였다. 정사준은 물러나오자 수일을 두고 열심히 연구한 끝에 마침내 묘한 방법을 궁리해 내었다.38) — ㉰

위의 인용문 ㉮와 ㉯는 출전은 다르지만 대동소이한 내용을 담고 있다. 즉 도원수 권율을 비롯해서 조정대신들이 모두 왜적의 간첩인 요시라의 간특한 술책에 빠져 이순신을 사지로 몰아넣으려고 하는데, 이순신은 적의 계책을 이미 눈치 채고 "왕의 교서를 읽고 나자 고요히 눈을 감고 한동안 말이 없었다. …이윽고 그가 다시 눈을 떴을 때 그의 입가에서는 저도 모를 결에 한숨이 새어 나왔다."39)라는 정서적 반응을 보인다. 결국 이순신은

---

37) 박태원, 『임진조국전쟁』, 242~43쪽.
38) 박태원, 『임진조국전쟁』, 234쪽.

왕의 교서를 받고 체포되어 한양으로 압송된 후 국문을 받고 삭탈관직 된 다. 인용문 ㉯는 『징비록』의 제16장 <국란을 극복한 이순신의 인품>의 어디에도 나오지 않는 에피소드이다. 이러한 장면은 이순신의 과학적 사고 와 창조적 개척정신을 부각시키려는 작가의 독창적인 묘사인 것이다. 이러 한 인물 묘사에는 소설가 박태원의 모더니스트로서의 면모가 드러나 있다.

김훈은 주인공 이순신의 1인칭 관찰자 시점을 설정하면서 '기억'의 환기 를 통한 의미 없는 세상에 대한 작가의 목소리를 전달한다. 우리가 살고 있고, 진실 된다고 믿고 있는 삶 자체가 얼마나 덧없고 슬프고 무의미한가 를 장거리문장을 통해 화려한 수사로 쏟아낸다. 무한 복제의 시대에는 원본 이란 것은 없다. 설사 원본이 있다고 해도 그것의 가치와 존재의미는 과거 시대처럼 절대성과 권위를 인정받는 것이 어렵다. 김훈에게 원본은 존재하 는가? 김훈에게 원본은 그리움의 대상이 아닐까 생각된다. 실존적 존재의 실존성을 복원시켜주는 원본은 지금은 사라지고 소멸되어 버려 기억으로 만 남아 있다. 절대적 권위를 인정받을 수 없더라도 숨이 붙어있어서 '살아 있음'을 끊임없이 확인시켜줄 수 있는 용솟음치는 생명의 원천이 바로 '그 리움의 대상'이다. 그것은 여진의 사타구니에서 풍기던 젓국냄새, 이미 죽 어 없어진 셋째 아들 면의 푸른똥의 덜 삭은 젖 냄새, 어머니의 오래된 아궁이 같던 몸 냄새, 그리고 생사와 존망의 쓰레기로 덮인 바다위의 화약 냄새 등으로 바로 '기억'을 환기해서 이끌어 온 그리움의 대상이다. 따라서 주인공이 소중하고 참되다고 믿는 대상을 환기해 줄 수 있는 '기억'만이 그에게는 절대성과 권위를 인정받는다. 그러나 그러한 것들은 현재 주체의 주변에 없고 다가갈 수도 없이 소멸되어 버린 것들(아래 인용문 ㉮)이다. 그래서 개별적 존재인 이순신의 비극성과 삶에 대한 허무의식(아래 인용문 ㉰, 밑줄 친 부분)이 현 지점에서 화약연기와 함께 피어오르는 것이다.

---

39) 박태원, 『임진조국전쟁』, 243쪽.

1인칭 관찰자 이순신이 기억을 통해 환기시키는 것은 그리움의 대상만
이 아니다. 시작도 없고 끝도 없는 '전쟁'과 적과의 싸움(아래 인용문 ㉯),
확실하지도 근거도 없이 모습을 드러내지 않고 억압하는 두려움과 불안의
'권력'기제들, 수군통제사와 수하들의 삶의 터전이자 생존의 토대인 '바다'
의 생사의 경계선, 벨 수도 없고 벨 곳도 없는 '칼'의 징징거리는 울음(아래
인용문 ㉰) 등이 모두 중심 없는 세상을 상징해주는 것들로서 기억주변을
맴돌고 있다. 그래서 주체는 슬프고 아프다.

전선 9척은 내항을 서너 바퀴 돈 뒤 포구로 돌아왔다. 전선들이 다가오
자 연기 냄새는 더욱 짙었다. 죽은 여진의 가랑이 사이에서 물컹거리던
젓국냄새와 죽은 면이 어렸을 때 쌌던 푸른 똥의 덜 삭은 젖냄새와 죽은
어머니의, 오래된 아궁이 같던 몸냄새가 내 마음 속에서 화약냄새와 비벼
졌다.40) ― ㉮

적은 죽음을 가벼이 여겼고 삶을 가벼이 여겼다. 죽음을 가벼이 여기는
적은 죽일 수 있었고 삶을 가벼이 여기는 적도 죽일 수 있었다. 적은 한사
코 달려들었다. 적은 늘 뱃전을 건너와 맞붙잡고 칼로 찌르기를 도모했다.
적의 수군은 오랜 육군의 습성을 지니고 있었다. 적은 수군이라기보다는
배를 탄 육군의 습성을 지니고 있었다. 적은 무수한 병졸들의 개인의 몸으
로 돌격해 들어왔다. 그때, 적은 눈보라처럼 몰아쳐왔다. 적은 휘날렸고
나부꼈으며 적은 작렬했다. 달려들 때, 적이 죽기를 원하는지 살기를 원하
는지 알 수 없었다. 그렇게 달려드는 적 앞에서 나는 물러섰고 우회했고
분산했다.41) ― ㉯

칼로 적을 겨눌 때, 칼은 칼날을 비켜선 모든 공간을 동시에 겨눈다.

---

40) 김훈, 『칼의 노래』, 168쪽.
41) 김훈, 『칼의 노래』, 242쪽.

칼은 겨누지 않는 곳을 겨누고, 겨누는 곳을 겨누지 않는다. 칼로 찰나를
겨눌 때 칼은 칼날이 닿지 않은, 닥쳐올 모든 찰나들을 겨눈다. 적 또한
그러하다. 공세 안에 수세가 살아 있지 않으면 죽는다. 그 반대도 또한
죽는다. 수(守)와 공(攻)은 찰나마다 명멸한다. 적의 한 점을 겨누고 달려
드는 공세는 허를 드러내서 적의 공세를 부른다. 가르며 나아가는 공세가
보이지 않는 수세의 무지개를 동시에 거느리지 못하면 공세는 곧 죽음이
다. 적과 함께 춤추며 흐르되 흘러들어감이 없고, 흐르되 흐름의 밖에서
흐름의 안쪽을 찔러 마침내 거꾸로 흐르는 것이 칼이다. 칼은 죽음을 내어
주면서 죽음을 받아낸다. ....(중략)....희망은 없거나, 있다면 오직 죽음 속
에 있을 것만 같았다. 42) — ㉱

기호학자 찰스 샌더스 퍼스(Charles Sanders Peirce)는 무엇보다도 논리
학자였다. 퍼스는 그의 초기 텍스트에서 사고의 근본적 범주들은 오직 형식
논리를 통해서만 연구할 수 있다고 선언했으며, 이것을 세 가지 범주들로
구분했다. 성질·관계·표상이 그것이다. 관계들에 의한 연구에 이어서 이
세 가지는 각각 성질·반응·중개라는 명칭을 얻으며, 1885년부터는 일차
성·이차성·삼차성이라는 이름으로 변용된다. 퍼스는 현상학적 범주론에
서 헤겔에 대해 반감을 가졌다. 헤겔은 변질된 이차성만을 참작했다는 데
있다고 말했다. 퍼스에게 일차성, 즉 성질의 개념 파악은 절대적으로 단순
하며, 감정이나 생경한 의식이 지배할 때마다 나타난다. 일차성은 성질과
가능성으로 규정된다. 퍼스는 일차성을 "현존하는 것·직접적인 것·신선
한 것·새로운 것·시초적인 것·독창적인 것·순발적인 것·자유로운 것·
생동하는 것·의식하는 것·사라지는 것"이라고 말하고 있다. 아울러 일차
성은 형식이 아니라, 단지 '추상적 잠재성'이 될 것이라고 말했으며, 성질
들 그 자체는 영원하고 순수한 가능성들43)이라고 설명했다.

---

42) 김훈, 『칼의 노래』, 202~03쪽.

이차성은 실존·사실·개체의 범주이다. 이차성은 지금, 그리고 여기에 현존하는 범주이다. 이차성은 투박한 힘, 작용과 반작용의 관계이다. 퍼스의 표현에 따르면 그것은 "노력과 저항의 이중적 의식"의 관계이다. 그것 자체로 취하면 이차성은 실존의 범주이다. "실존은 다른 것과 대립하며 존재하는 방식이다. 다른 것들과 맞서서 역동적으로 반작용하며, 압력에 저항하고 주어진 열 능력을 갖는다. 다른 것들과 대립하지 않는 것은, 그 자체로 존재하지 않는다"라고 말했다. 이차성에서 중요한 것은 '경험'과 연관된다는 점이다. 우리는 두 개의 세계, 사실의 세계와 상상의 세계에서 살아간다. 인간은 교활해서 사실 세계를 그가 원하는 것 이상으로 만들고 싶어 한다. 그뿐만 아니라 그는 만족과 타성이라는 옷을 입어 삭막한 현실의 음모로부터 자신을 보호한다. 우리는 사유 방식의 강제적인 변형을, 사실세계의 영향 또는 경험이라고 부른다. 변화에 대한 인식은 더 지적이다. 변화를 지각하기보다는 경험한다. 우리는 경험의 특별한 장으로 인해 사건, 지각의 변화를 알게 된다. 그런데 특히 지각의 갑작스런 변화를 특징짓는 것은 충격(shock)이다. 충격은 의지에 의한 현상[44]이다. 퍼스는 경험 중 대립적 요소의 본질, 그리고 그것과 일상적 의지 작용과의 관계를 더욱 잘 정식화 하려고 노력했다. 퍼스는 대결의 본질이나 힘의 작용이 없는 곳에는 저항이 있을 수 없다고 말했다. 대결이란 말은 모종의 삼차적인 것, 또는 중개를 고려하지 않는, 특히 작용 법칙에 대한 어떠한 고려도 하지 않는 두 가지 것 사이의 상호 작용을 의미한다[45]는 것이다.

삼차성은 일차성과 마찬가지로 일반적 범주이다. 하지만 일차성이 가능성이라면 삼차성은 '법칙'이다. 삼차성은 사고된 관계의 범주이며, 추상 속

43) 찰스 샌더스 퍼스, 『퍼스의 기호사상』, 김성도 편역, 민음사, 2006, 18~21쪽.
44) 찰스 샌더스 퍼스, 위의 책, 110~112쪽.
45) 찰스 샌더스 퍼스, 위의 책, 112~113쪽.

에 있지 않고, 미래의 작용에 견주어서 존재한다. 그것은 과학적 예측의 범주이다. 삼차성이 존재하기 위해서는 법칙과 규칙이 있어야 한다. 따라서 삼차성은 '중개'의 이론이며, 개념들의 관계와 연속성의 이론이다. 삼차성 (중개)은 '자연의 일반적 법칙'이 만든다. 실재적 힘들을 실제 존재하게 만드는 것은 결과물의 다른 구성 성분 요소들이 아닌, 이 힘들을 요구하는 자연의 일반적 법칙이다. 이어서 지성이나 또는 객관화된 이성은 삼차성을 진정한 것으로 만든다.46) 즉, 작가는 매개나 중개를 통해 '자연의 일반적 법칙'을 찾아가는 작업을 한 것이다.

퍼스의 담론을 박태원과 김훈의 작품에 적용시켜 본다면, 『임진조국전쟁』은 일차성의 대상의 성질을 역사적 경험이라는 이차성의 사실로 인식하는 태도를 보이며, 주체와 대상의 관계를 통해 '대결', 즉 작용과 반작용이라는 투박한 힘의 범주로 이야기를 풀어나간다. 『임진조국전쟁』에서 작가가 가장 염두에 둔 것은 이순신의 지략을 통해 백성들의 역량과 투쟁의 힘의 결집을 도모하여 봉건적 모순과 전 나라가 외세에 의해 도륙 당하는 부조리한 현상을 척결하려는 것이다. 지각의 갑작스러운 변화를 특징짓는 것은 '전쟁과 지배계층의 무책임성'이라는 충격(shock)이다. 변형된 충격은 의지에 의한 현상으로 '사회를 변혁시키는 에너지'를 의미한다. 언어를 통해 백성들의 '실존성'을 확보하는 것이 박태원의 최대의 관심인 것이다.

이에 반해 김훈은 삼차성의 '중개'에 집요한 관심을 보인다. 이순신이라는 1인칭 화자를 내세움으로써 세상을 자유롭게 관찰하거나 자기 내면의 고백을 빈번하게 드러낼 것으로 생각하기 쉬우나, 실제 『칼의 노래』를 살펴보면 직접적인 감정토로는 철저하게 자제하고 매개물(중개)을 통한 간접적인 묘사에만 치중하고 있다. "목이야 어디로 갔건 간에 죽은 자는 죽어서 그 자신의 전쟁을 끝낸 것처럼 보였다. 이 끝없는 전쟁은 결국은 무의미한

---

46) 찰스 샌더스 퍼스, 위의 책, 119~134쪽.

장난이며, 이 세계도 마침내 무의미한 곳인가. 내 몸의 깊은 곳에서, 아마도 내가 수 없는 뼛속의 심연에서, 징징징, 칼이 울어대는 울음이 들리는 듯했다. 나는 등판으로 식은땀을 흘렸다."고 현실에서의 절망과 좌절을 육체의 반응이나 설움의 상징인 울음으로 간접화한다. 이러한 문체적 특징은 언어의 기교를 통해 모순어법과 대구법을 활용하여 종국에는 언어의 해체와 탈이념화를 도모하는 수법과 일치한다. "이 세상을 다 버릴 수 있을 때까지, 이 방책 없는 세상에서 살아 있으라고 칼은 말하는 것 같았다"[47], "내가 적을 이길 수 있는 조건들은 적에게 있을 것이었고, 적이 나를 이길 수 있는 조건들은 나에게 있을 것이었다"[48], "크고 확실한 것들은 보이지 않았다. 보이지 않았으므로, 헛것인지 실체인지 알 수가 없었다. 모든 헛것들은 실체의 옷을 입고, 모든 실체들은 헛것의 옷을 입고 있는 모양이었다."[49], "나는 다만 적의 적으로서 살아지고 죽어지기를 바랐다. 나는 나의 충을 임금의 칼이 닿지 않는 자리에 세우고 싶었다."[50], "임금은 나를 죽여서 사직을 보존하고 싶었을 것이고, 나를 살려서 사직을 보존하고 싶었을 것이었다." 등의 문장은 서로 공존할 수 없는 개념을 한 문장 안에 고도의 기교적인 수사기법을 활용해서 끼어 넣은 것이다. 이는 곧 작가가 근본적 물음, '언어가 현실을 기록할 수 있는가'라는 의문에 대한 소설적 형상화[51]라 할 수 있다. 이러한 퍼스가 제시한 매개물을 통한 '중개'의 삼차성의 활용은 시대적 모순에 대한 '성동격서(城東檄書)'식 대안 모색이라고 할 수 있다. 수공(守攻)의 기묘한 조합이다. 김훈은 '해체이면서 통합'이라는 기법을 21세기 포스트 모던한 독자들에게 제시한 것이다.

47) 김훈, 『칼의 노래』, 40쪽.

48) 김훈, 『칼의 노래』, 41쪽.

49) 김훈, 『칼의 노래』, 50쪽.

50) 김훈, 『칼의 노래』, 82쪽.

51) 홍혜원, 「김훈의 『칼의 노래』 연구」, 『구보학보』 2호, 2007, 401쪽.

3. 인민투쟁 고취와 실존적 허무의식

박태원의『임진조국전쟁』은 앞서 월북하기 전 ≪서울신문≫(1949)에 연재하다가 중단한『임진왜란』의 연장선상에 있는 작품이다. 그리고 월북 후 발표했던『이순신장군』(1952)과『리순신 장군 이야기』(1955)와 연계된 작품이기도 하다.『임진조국전쟁』에서 크게 달라진 것은 두 가지이다. 하나는 무능하고 부패한 봉건지배 관료들과 가난하고 순수한 인민들의 대립구조가 좀 더 강화된 점이다. 다른 하나는 명나라의 진린 제독과의 관계설정과 명나라 지원 군대에 대한 묘사 부분이다. 역사적 배경에 대해서는 앞서 세계관 설명에서 언급했으므로 중복을 피하고자 한다. 다만 박태원이 일련의 이순신서사를 발표하고『임진조국전쟁』을 출간한 시점이 공교롭게도 북한이 대내외적으로 미묘한 입장에 처해있던 시기라는 점은 강조하고자 한다. 북한에서 반종파 투쟁이 펼쳐진 것은 철권통치를 휘두른 소련의 스탈린이 1953년 3월 사망한 것과 관련이 있다. 스탈린이 사망한 뒤 새로 구성된 소련지도부가 과거 스탈린식 단일 지도체제를 부정하고 집단지도체제를 채택하여 개인숭배 비판을 위한 준비를 하고 있었기 때문에 국내 특정세력을 통한 외세 개입은 김일성 단일지도체제를 향해 치닫고 있던 당내 권력구조에 치명적인 도전이 될 가능성이 있었고 실제 그런 움직임[52]

---

52) 이종석,『현대북한의 이해』, 역사비평사, 2000, 146~48쪽.
　　"조선노동당은 1956년 1월 당중앙위원회 상무위원회를 열어 박창옥과 그 추종자들의 행위를 규탄하고 이를 청산하기 위한 투쟁을 조직적으로 전개해나갔다. 그리고 박창옥의 추종분자로 지목된 소련계 한인들인 기석복과 정률 등의 자아비판서를『로동신문』에 발표케 하였다. 결국 교조주의의 배격과 주체확립의 문제는 1955년 12월 김일성에 의해서 제기되어 1956년 초에는 전당적인 토론을 거쳐서 북한정권의 기본 노선이 되었다. '8월 종파사건'을 계기로 표면화된 파벌 대립과 '반종파투쟁'은 북한에서 주체확립 움직임이 가시화되는 중요한 기폭제가 되었다."

이 있었다.

또 하나 변수는 1950년대 말부터 1960년대 내내 중소 분쟁이 격화되었다는 점이다. 중·소 갈등이 표면에 드러나기 시작한 것은 1960년에 들어서부터였다. 1960년 4월 중국공산당 기관지 『홍기』는 「레닌주의 만세!」라는 제목을 통해서 소련의 평화공존론을 수용하면서도 한편으로 자본주의가 존재하는 한 전쟁의 위험성은 남아있다며 소련의 수정주의 입장을 비판하였다. 이때 소련에 대한 비판은 유고슬라비아 수정주의자들을 비판하는 간접비판의 방식을 취했다. 즉각 소련이 비판하면서 시작된 논쟁은 곧 평화공존 문제뿐만 아니라 점차 스탈린 개인숭배 비판, 프롤레타리아 독재의 문제 등 거의 모든 이론실천 영역으로 확산되었다. 중국공산당의 소련공산당에 대한 비판의 초점은 '수정주의'였으며, 역으로 소련공산당은 중국공산당을 '교조주의'로 비판하였다. 북한은 1958년부터 유고슬라비아의 '수정주의'를 비판하는 글 등이 ≪노동신문≫에 실림으로써 소련공산당 노선에 대한 당의 비판적인 입장이 간접적으로 표출되었다. 그러다가 1960년대에 들어서면서 분명하게 중국공산당의 입장을 지지하기 시작[53]했다. 『임진조국전쟁』에서 이순신이 진린이 타고 있던 명나라 대장선을 구하려고 배를 타고 몰고 나가던 중 적탄을 맞아 전사하게 묘사한 장면묘사도 이러한 중·소 갈등의 외교현실과 밀접한 관련성이 있다. 『이순신 장군』(1952) 제14장 「명 수군 도독 진린」에서 조선 군대와 백성을 괴롭히는 명나라 군대를 두둔하는 진린에 대해 비판적인 태도를 취하다가 『리순신 장군 이야기』(19855)에서는 진린과 이순신의 관계는 지극히 평화로운 것으로 묘사되고 진린이 고니시 유키나가의 뇌물을 받고 그들의 철병을 눈 감아 주려고 한 사건은 그려지지 않는다.[54] 『임진조국전쟁』은 『리순신 장군 이야

---

53) 이종석, 위의 책, 151쪽.
54) 방민호, 앞의 글, 323쪽.

기』의 이러한 명나라 군대 묘사를 그대로 이어간다. 명나라 군대와 조선군대와의 갈등은 묘사되고 있지 않으며, 노량해전에서 이순신은 진린제독이 타고 있는 명나라 대장선이 왜선에 포위되는 것을 구하려다 왜선에서 날아온 총탄을 맞고 전사하는 것으로 마무리된다.

김훈의 『칼의 노래』에서는 1인칭 이순신의 눈을 통해서 조선백성들과 피난민들의 궁핍함과 왜군에 의해 살상 당하는 참혹함을 상세하게 묘사한다. 이순신의 애민사상을 사료에 있는 이상으로 그려나간다. 이를테면, 수영을 고금도로 옮길 때도 따라나서는 피난민들의 배 행렬을 막지 않고 도와주려고 하는 모습을 보이고, 다른 장면 묘사에서는 피난민을 전선에 태워 옮겨서 정착에 도움을 주려고 하는 이순신의 자애로운 모습이 그려진다. 또 명나라 군대의 부패함과 왜군과의 강화교섭에만 매달리지 지원군으로써 왜군과의 싸움에 적극성을 보이지 않는 명나라 유정의 육군과 진린의 수군에 대해 반감을 보이는 비판적인 시각을 일관되게 견지한다. 그러나 『칼의 노래』의 작가 김훈은 이순신의 민족 영웅이나 구국영웅이라는 이미지 묘사에는 인색하고 다만 1인칭 시점의 입장에서 이순신의 한 개별자로서의 고뇌와 내적인 아픔을 모순어법을 통해 진술하게 표현한다. 『칼의 노래』에서 이순신 자신에게 닥치는 정치적인 사건에 대해서는 비교적 의연하게 대처하지만, 자신의 능력 밖이거나 현실에서 이해되지 않게 진행되는 사건에 대해서는 모호한 태도를 보인다. 이 작품의 중심축을 보이는 서사의 핵심은 사색과 회의론에 젖어 소멸하는 것들에 대해 집요한 관심을 보이는 주인공의 태도로 나타난다. "바다는 내가 입각해야 할 유일한 현실이었지만, 바람이 잠든 저녁 무렵의 바다는 몽환과도 같았다. ....석양에 빛나는 먼 섬들이 어둠 속으로 불려가면 수평선 아래로 내려앉은 해가 물 위로 빛들을 거두어들였고, 빛들은 해지는 쪽으로 몰려가 소멸했다"[55]에서 잘

---

55) 김훈, 『칼의 노래』, 246쪽.

묘사되듯이 그는 중심이되 텅 비어있는 중심을 그린다. 즉 모든 것은 결국 사라지고 만다는 허무의식 즉, 삶에 대한 집착은 무의미한 것이라는 탈중심적인 가치의식56)을 드러내 보일뿐이다.

금부 도사는 이순신을 압령하여 육지에 오르자 진주에서 짚 보교를 얻어 그를 태우고 길을 재촉하였다. 그는 죄인에게 인정을 쓰느라고 보교에 태운 것이 아니다. 한산도에서 혼이 난 그는 서울까지 가는 동안에 또 길에서 백성들에게 단련을 받을 것이 두려웠기 때문이다.
그러나 백성들은 용하게 알고 모두 달려나와서 '사또'를 부르며 울었다. 서울 천릿길에 곡성은 진동하고, 자기들이 부모처럼 우러르는 이순신을 기어이 죽을 곳으로 몰려는 간신들과 조정의 암매하고 부당한 처사에 백성들의 분격은 끓었다.57) ― ㉮

남도 백성들이 이순신을 믿는 마음은 컸다. 사람들은 뒤를 이어 고금도를 찾아왔다. 그가 이곳에 통제영을 설치한 이래 불과 반 년에 들어와서 사는 사람만 하여도 수만 호에 이르렀고, 군사의 위세는 크게 떨쳐서 그 장한 품이 전날 한산도 시절에 비하여 십 배나 더 하였다.58) ― ㉯

명량에서, 나는 이긴 것인가. 헤아릴 수 없이 많은 적들이 명량으로 몰려왔고, 헤아릴 수 없이 많은 적들이 명량에서 죽었다. ……(중략)…….저마다의 끝은 적막했고, 적막한 끝들이 끝나서 쓰레기로 바다를 덮었다. 그 소통되

---

56) 김택호, 「서사와 묘사 : 인간의 삶을 재현하는 두 가지 방법과 작가의 태도 ―김훈의 『칼의 노래』와 윤성희의 소설을 중심으로」, 『한중인문학연구』 17호, 2006, 127~28쪽.
57) 박태원, 『임진조국전쟁』, 261쪽.
58) 박태원, 『임진조국전쟁』, 294쪽.

지 않는 고통과 무서움의 운명 위에서, 혹시라도 칼을 버리고 적과 화해할 수도 있을 테지만 죽음은 끝내 소통되지 않는 각자의 몫이었고 나는 여전히 적의 적이었으며 이 쓰레기의 바다 위에서 나는 칼을 차고 있어야 했다. 죽이되, 죽음을 벨 수 있는 칼이 나에게는 없었다. 나의 연안은 이승의 바다였다.59) — ㉯

저 칼이 나의 칼인가 임금의 칼인가. 면사첩 위 시렁에서 내 환도 두 자루는 나를 베는 임금의 칼처럼 보였다.

그러하더라도 내가 임금의 칼에 죽으면 적은 임금에게도 갈 것이었고 내가 적의 칼에 죽어도 적은 임금에게도 갈 것이었다. 적의 칼과 임금의 칼 사이에서 바다는 아득히 넓었고 나는 몸 둘 곳 없었다. 면사첩을 받던 날, 적은 오지 않았다.60) — ㉰

위의 인용문 ㉮는 『임진조국전쟁』에서 이순신이 왕과 조정대신들의 기동출격명령을 따르지 않은 죄로 체포되어 압송될 때, 수많은 백성들이 그의 억울함을 알고 몰려나와 저항하는 장면이다. 원균은 백성들을 등지고 자신의 안위만을 돌보았다면, 이순신은 전쟁에 대한 준비를 하면서 판옥선과 협선도 만들고 칼과 총통도 만들었을 뿐만 아니라 백성들이 고기잡이 배로 생계를 유지하거나 움막을 짓고 살아가는 생활방편을 도와주었다. 즉 민심이 이순신편이라는 것을 말해준다. 백성과 함께 전쟁을 치르는 이순신중군의 애민사상과 자애로운 모습은 인용문 ㉯에서도 확인이 된다.

「칼의 노래」에 나오는 인용문 ㉰는 김훈문학의 모호성과 모순성을 적나라하게 보여준다. 영국의 넬슨제독이 세계 해전사에서도 유례가 없다고 평

---

59) 김훈, 『칼의 노래』, 234~35쪽.
60) 김훈, 『칼의 노래』, 140~41쪽.

가한 바 있는 명량대첩의 승전을 서술한 부분이다. 12척의 배와 120여 명의 조선수군을 진두에 서서 지휘하여, 300여 척의 왜선과 2만 명이 넘는 왜적과 싸워서 50~100여 척의 배와 5000명의 왜적을 무찔렀는데도, 냉혹한 침묵의 바다와 짙은 '허무의식'만을 묘사하고 있다. ㉐에서 "죽음을 벨 수 없는 칼"이 ㉑에서는 누구를 향해 있는지 모른다고 '모호성'을 드러낸다. 어떤 때에서는 확신에 찬 장군의 모습을 보여주다가 어떤 장면에서는 세상 돌아가는 그 어떤 것도 알 수 없어하는 나약한 인간의 모습을 드러내고 있는 것이 김훈 문체의 특징인 것이다. 세상을 판단하고 '나'의 견해를 펼칠 수 있는 존재로서의 '나'와, 언제든지 변할 수 있기에 모호한 '나' 사이에서의 충돌에서 세계의 불가해성[61]이 나타나게 되는 것이다. 앞서의 퍼스의 기호학적 담론을 다시 『임진조국전쟁』과 『칼의 노래』에 적용시켜 보기로 한다.

퍼스는 기호는 다른 무엇, 그것의 '대상체'를 대신하며, 이 기호는 모든 관념 아래서 이 대상체를 대신하는 것이 아니라, 일종의 관념에 대한 참조를 통해 대신 한다고 말했고, 이 관념을 '표상체'의 토대라고 설명했다. 표상체가 세 가지 요소, 즉 토대(ground)·대상체·해석체에 연결된다는 사실로부터 그것은 세 가지 연구영역인 순수 문법·논리학·수사학을 구획한다고 보았다. 기호(sign)란 말은 총칭적(generic)이며, 하나의 대상체를 주제로 하나의 정보를 소통시키는 모든 것은 하나의 기호인 것이다. 모든 기호는 그것과 독립되어 있는 '대상체'를 대신한다. 그러나 이 대상체가 기호의 본질, 사고의 본질을 갖는다는 점에서만 이 대상체의 기호가 된다. '표상체(representament)'는 그것의 대상체라고 불리는 것과 더불어, 그것의 '해석체(interpretant)'라고 불리는 세 번째의 것에 대해 삼원적 관계의 주어가 되며, 이 삼원적 관계는 임의 해석체에 대해서 동일한 대상체와 이 같은

---

61) 홍혜원, 앞의 글, 399쪽.

삼원적 관계[62])를 갖는다.

기호의 표상적 성격은 기호와 대상체의 관계 또는 상관관계와 관련된다. 기호의 표상적 성격은 하나의 기호가 대상체와 상관관계를 맺는 방식에 따라 결정된다. 이 점에서 이것은 상관관계를 맺기 위해 기호의 현존적 성격 또는 기호의 토대를 사용한다. 만약 기호의 현존적 성격들이 대상체와 유사하다면, 그것은 그 수단을 통해서 그 대상체와의 상관 관계를 설정한다. 그 기호는 '도상(iconic sign)'이라고 불린다. 만약, 다른 한편, 기호의 현존적 성격이 그 대상체와 근접한 것이며, 그런 방식으로 대상체와 상관관계를 맺는다면, 그 기호는 '지표(indexical sign)'라고 불린다. 끝으로, 만약 그 기호가 주로 기호의 계약적인 성격을 통해서 대상체와 상관 관계를 맺는다면, 그 기호는 '상징(Symbolic sign)'[63])이 된다. 앞에서도 적용해 보았지만, 『임진조국전쟁』과 『칼의 노래』는 역사와 이순신서사가 만나는 부분을 대상체로 삼아 서사구조를 형성한다. 『임진조국전쟁』에서는 기호로서의 토대와 대상체가 표상체로서의 관계를 맺는다. 즉 누군가에게 어떤 면에서 또는 어떤 명목 아래 다른 무엇을 지시하는 것이다. 그래서 그 기호는 '지표'라고 불린다. 박태원의 『임진조국전쟁』은 자신이 처한 정치적 사회적 환경 속에서 역사를 재해석함으로써 이순신이란 기호에다가 단순하게 일정한 관념을 지시하거나 입히게 구성한다. 그에 비해 『칼의 노래』는 기호가 누군가에게 호소한다. 다시 말해, 그 사람의 정신 속에서 동등한 가치를 갖는 기호, 또는 더 발전된 기호를 창조한다. 그러한 관계를 퍼스는 기호의 '해석체'라고 명명했으며, 그러한 기호의 움직임을 '상징'이라고 설명했다. 김훈은 역사라는 토대에서 이순신서사를 꺼내어 새로운 정신적 가치를 찾아내고 모호성과 불확정성을 입혀 허무의지를 드러낸다. 같은 이순신서

---

62) 찰스 샌더스 퍼스, 앞의 책, 41~42쪽.
63) 찰스 샌더스 퍼스, 위의 책, 135~39쪽.

사라고 해도 『임진조국전쟁』은 상대적으로 직설적인 서술에 가까운 '지표'에 해당된다면, 『칼의 노래』는 아이러니, 역설, 그리고 풍자 등과 같은 '상징'의 기법을 교묘하게 구사한 작품이라고 할 수 있다. 퍼스가 제시한 비유를 들자면, 어느 맹인이 진홍색은 트럼펫 소리 같다고 말했다면, 그는 그 요란한 소리를 나름대로 잘 파악하고 이해한 것이다. 그 소리는 그 색깔이 그렇건 그렇지 않건, 확실히 하나의 묘사이다. 쾌활한 색깔이 있으며, 우울한 색깔이 있다. 이것은 어조가 실제 느낌에 대해 마음속 깊이 간직한 성질들의 기호들이라는 것을 말해준다. 조금 더 좋은 예는 냄새라고 퍼스는 말한다. 사람들은 냄새로 인해 오래된 추억들을 떠올리기 때문[64]이라는 것이다. 여성들은 바이올렛 향을 사용하는 경우도 있고, 장미 향 향수를 사용하는 경우도 있다. 이러한 향에 따라 미덕과 지성을 겸비한 여성을 상징할 수 있고, 지식이 짧고 품성이 미약한 여성을 상징하기도 한다. 『임진조국전쟁』이 우아한 '소리'로 무엇인가를 표현하려고 했다면, 「칼의 노래」는 여성이 사용하는 향수와 같이 '냄새'로 무엇인가의 정신적 깊이를 상징하려고 노력한 것으로 보인다. 실제 『칼의 노래』에서 작가 김훈은 '냄새'라는 후각적 이미지를 사용하여 여진과의 사랑과 전쟁의 참혹함, 그리고 가족에 대한 그리움을 환기시키고 있다.

두 작품이 말하려고 한 것을 나름대로 기호학적 도표로 정리하기로 한다.

---

64) 찰스 샌더스 퍼스, 위의 책, 140~41쪽.

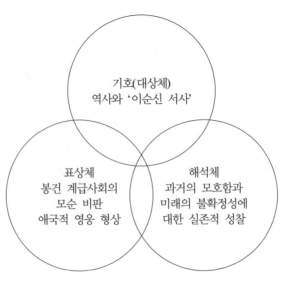

기호(대상체)
역사와 '이순신 서사'

표상체
봉건 계급사회의
모순 비판
애국적 영웅 형상

해석체
과거의 모호함과
미래의 불확정성에
대한 실존적 성찰

〈도표 3〉 표상체와 해석체로 구분한 『임진조국전쟁』과 『칼의 노래』

5. 맺음말

역사와 역사소설은 많은 부분에서 공통점을 가지고 있다. 역사적 상상력과 문학적 상상력의 공감대와 역사서술과 문학서술의 연대적 성향 때문이 아닌가 생각된다.

그동안 박태원의 '이순신 서사'에 대해 많은 사람들이 흥미를 느끼고 비교연구를 시도했다. '이순신서사'가 박태원의 현대적 글쓰기의 일환인 동시에 모더니스트에서 해방정국에서 리얼리스트로 변신하는데 큰 역할을 했기 때문이다. 박태원의 '이순신서사'는 2000년대 들어와서 김훈의 『칼의 노래』·조두진의 『도모유키』· 김탁환의 『불멸의 이순신』에 이어 영화 『명량』으로도 제작되어 1700만 명이라는 한국영화사상 최대의 관객을 동원하게 된다. 그만큼 이순신이라는 인물은 한국사회가 어려움에 처할 때마다 소환되는 민족적 영웅이다.

역사소설의 장르적 분류방법 중 조셉 W. 터너의 삼분법으로 구분을 한다면, 『임진조국전쟁』은 '창안적 역사소설'에 해당되고, 『칼의 노래』는 '가장적 역사소설'에 포함될 것으로 생각된다. 거대담론에 의존하는 박태원에 반해, 김훈의 작품은 철저하게 '탈 이념적' 양상을 보인다. 김훈의 역사소설은 1인칭 화자의 등장, 영웅 이순신의 회의적 성격에 따른 유약한 내면성, 항상 울고 있는 임금, 벨 수 없는 대상에 대해 '칼'을 갈고 있는 모순된 무인상 등을 제시함으로써 영웅서사의 해체와 개체적 인간의 운명을 다루고 있다.

퍼스의 기호학적 담론을 토대로 해서 두 작품을 비교하여 분석해보았다. 『임진조국전쟁』은 일차성의 대상의 성질을, 역사적 경험이라는 이차성의 사실로 인식하는 태도를 보이며, 주체와 대상의 관계를 통해 '대결', 즉 작용과 반작용이라는 투박한 힘의 범주로 이야기를 풀어나간다. 『임진조국전쟁』에서 작가가 가장 염두에 둔 것은 이순신의 지략을 통해 백성들의 역량과 투쟁의 힘의 결집을 도모하여, 봉건적 모순과 나라 전체가 외세에 의해 도륙 당하는 부조리한 현상을 척결하려는 것이다. 이에 반해 김훈은 삼차성의 '중개'에 집요한 관심을 보인다. 이순신이라는 1인칭 화자를 내세움으로써 세상을 자유롭게 관찰하거나 자기 내면의 고백을 빈번하게 드러낼 것으로 생각하기 쉬우나, 실제 『칼의 노래』를 살펴보면 직접적인 감정토로는 철저하게 자제하고 매개물(중개)을 통한 간접적인 묘사에만 치중하고 있다.

박태원의 『임진조국전쟁』은 자신이 처한 정치적 사회적 환경 속에서 역사를 재해석함으로써 이순신이란 기호에 일정한 관념을 단순하게 지시하거나 입히게 구성한다. 그에 비해 『칼의 노래』는 기호가 누군가에게 호소한다. 다시 말해, 그 사람의 정신 속에서 동등한 가치를 갖는 기호, 또는 더 발전된 기호를 창조한다. 그러한 관계를 퍼스는 기호의 '해석체'라고 명명했으며, 그러한 기호의 음직임을 '상징'이라고 설명했다. 김훈은 역사라는 토대에서 이순신서사를 꺼내어 새로운 정신적 가치를 찾아내고 모호성과 불확정성을 입혀 허무의지를 드러낸다. 같은 이순신서사라고 해도『임진조국전쟁』은 상대적으로 직설적인 서술에 가까운 '지표'에 해당되며, 이념편중의 소설이라고 평가한다면,『칼의 노래』는 아이러니, 역설, 그리고 풍자 등과 같은 '상징'의 기법을 교묘하게 구사하여 개별체로서의 인간의 허무의식을 드러낸, 수사력이 화려한 문체 위주의 작품이라고 할 수 있다.

■ 참고 문헌

강동조, 「탐식민주의 담론: 라틴아메리카에서 바라본 '근대성, 식민성과' 글로벌 히스토리」, 『역사와 경계』 97권, 부산경남사학회, 2015.

공임순, 「한국 근대 역사소설의 장르론적 연구」, 서강대 박사학위논문, 2000.

김기봉, 「종말론 시대, 역사이야기의 귀환」, 『서강인문논총』 23, 서강대 인문과학연구소, 2008.

김일환, 「포스트모더니즘의 조건과 미학」, 『전남도립대학교 논문집』 10호, 2007.

김주언, 「김훈소설에서의 시간의 문제:『남한산성』을 대상으로-」, 『한국문학이론과 비평』 54, 2012.

_____, 「김훈소설에서의 음식의 문제 - 장편역사소설을 대상으로-」, 『우리어문연구』 43집, 2012.

김택호, 「서사와 묘사 - 인간의 삶을 재현하는 두 가지 방법과 작가의 태도 - 김훈의 『칼의 노래』와 윤성희의 소설을 중심으로」, 『한중인문학연구』 vol.17, 2006.

김훈, 『칼의 노래』, 생각의 나무, 2001.

나은진, 「박태원 소설의 기호학적 의미구조론」, 이화여대 석사논문, 1991.

대중서사학회, 「역사소설이란 무엇인가」, 예림기획, 2003.

류보선, 「이상과 어머니, 근대와 전근대-박태원 소설의 두 좌표」, 『상허학보』 2권, 1995.

리청원, 『임진조국전쟁』 1592~1598』, 국립출판사, 1955.

박배식, 「1930년대 박태원 소설의 영화기법」, 『문학과 영상』 vol.9-1, 2008.

_____, 「해방기 박태원의 역사소설」, 『동북아 문화연구』 제17집, 2008.

박태상, 「경판 20장본『홍길동전』과 박태원의『홍길동전』의 기호학적 비교 연구」,

『현대소설연구』 59호, 2015.

박태원, 『임진조국전쟁』, 깊은샘, 2006, 245~248쪽.

방민호, 『임진조국전쟁』 해설, 깊은샘, 2006.

서덕순, 「2000년대 역사소설에 나타난 비역사성의 양상-김훈, 신경숙」, 『한국문예창작』 8, 2009.

손주현, 「아수라 시대, 작은 영웅의 감각적 서사 - 김훈소설을 중심으로」, 『이화어문논집』 23, 이화어문학회, 2005.

안미영, 「해방이후 박태원 작품에 나타난 영웅의 의미 - 1946~1947년 작품을 중심으로」, 『한국현대문학연구』 25, 2008.

안숙원, 「역사소설과 박태원의 『갑오농민전쟁』 연구」, 을지대학교 논문집 vol.18, 1998.

오경복, 『박태원 소설의 서술기법 연구』, 이화여대 박사논문, 1003.

유성룡, 『징비록』 이재호 옮김, 역사의 아침, 2007.

유정숙, 「김훈 소설에 나타난 죽음의식 연구-『빗살무늬토기의 추억』과 『칼의 노래』를 중심으로」, 『한국언어문화』 42권, 한국언어문화학회(구한양어문학회), 2010.

이길연, 「박태원의 월북 후 문학적 변모양상과 『갑오농민전쟁』」, 『우리어문연구』vol.40, 우리어문학회, 2011.

이종석, 『현대북한의 이해』, 역사비평사, 2000.

임금복, 「박태원의 『갑오농민전쟁』 연구」, 『동학학보』 vol.6, 2003.

장성규, 「재현 너머의 흔적을 복원시키는 소설의 욕망 - 2000년대 역사소설에 대한 성찰과 전망」, 『실천문학』 통권 86호, 2007년 여름호.

전지니, 「박태원의 월북 전후를 통해 본 냉전기 남북의 이순신 표상연구」, 『상허학보』 vol.44, 2015.

정건희, 「김훈 역사소설의 비역사성 -『칼의 노래』・『남한산성』을 중심으로」, 『관악어문연구』 36호, 2011.

정영훈, 「1970년대 구보 잇기의 문학사적 맥락」, 『구보학보』 vol.9, 2013.

정호웅, 「박태원의 역사소설을 다시 읽는다」, 『구보학보』 2호, 2007.

차원현, 『1930년대 모더니즘 소설에 나타난 미적 주체의 양상에 관한 연구』, 서울대 박사논문, 2001.

찰스 샌더스 퍼스, 『퍼스의 기호사상』, 김성도 편역, 민음사, 2006.

최미경, 「근대성, 아시아적가치 세계화」, 『불어문화권연구』 vol.9, 1999.

한태선, 「근대사회에서의 가치 의식 : 지성사적 조명」, 『현상과 인식』 vol.7, 1983.

현상과 인식 편집부, 「근대/탈근대 시대의 가치와 정책」, 『현상과 인식』 24집 No4, 2000.

홍혜원, 「김훈의 『칼의 노래』 연구」, 『구보학보』 vol.2, 2007.

제3부 박태원은 양가성·혼종성의 저항을 했는가

불안한 관찰과 불온한 전망
– 「소설가 구보씨의 일일」과 「여인성장」의 거리

1. 머리말

「소설가 구보씨의 일일」은 구보 박태원의 이름을 문단에 회자하게 한 대표작이다. 이 작품이 ≪조선중앙일보≫에 연재(1934.8.1~9.19) 되는 동안 신문사 편집국 안에서 조차도 논쟁이 많았던 것으로 보인다. 하지만 뚝심 있는 이태준의 지지로 예정대로 연재를 마칠 수 있었다. 장거리 문장과 기교주의의 성찬, 그리고 도시적 감각의 표출 등 구보가 다양한 실험을 한 것에 비해 당대 평단의 비평은 무시에 가까웠던 것으로 생각된다. 특히 프로문학계열의 비평가들의 날선 비판은 작가의 마음에 상당한 상처를 안겨 준 것으로 보인다. 작가는 이에 위축되지 않고 1937년 장편소설『천변풍경』을 잡지 ≪조광≫(1월호~9월호)에 연재함으로써 모더니스트로서의 명성을 휘날리게 된다.

하지만 작가 자신도 술회한 바 있지만, 모더니즘의 물결은 그렇게 오래가지 않았다.

또 시대상황도 급변하여 1930년대 말부터 1940년대 초반에는 군국주의의 망령이 한반도를 넘실거렸다. 일제는 신체제의 구축을 시도하면서 과학적 기술을 앞세워 발전과 동원체제의 정비를 강조함과 동시에 문화계와 언론에 대해서도 '도시의 명랑화'를 강요하고 건전하고 명랑한 작품 창작을 주문하기 시작했다. '도시의 명랑화'는 도시인의 생활·교양·위생 등을 위한 시설의 완비를 갖출 것을 요구하고 도시인의 생활과 도시문화의 향상 증진을 방해하는 것들을 일절 퇴치함의 두 가지 방향에서 진행이 되었다. 이러한 예민한 시기에 박태원이 『여인성장』(1942)과 「명랑한 전망」 등을 간행한 것은 세계관의 상실을 의미하는 한편 현실적 타협을 모색한 것이라는 비판적 시각에 직면하게 된다.

구체적으로 8년의 시간적 거리가 있는 두 작품에 나타난 서사구조의 차이와 내면화의 양상에 대해 살펴보기로 한다.

2. 불안한 관찰의 서사

1. 도시의 계층적 분화

구보 박태원의 중편소설 「소설가 구보씨의 일일」은 도시문학이라는 측면에서 기념비적인 작품이다. 주인공인 소설가 구보가 도보와 전차를 타고 내리면서 경성 중심부 여러 곳을 돌아다니는 이야기이기 때문이다. 1920년대 후반부터 1930년대 초중반 경성의 가장 주요한 교통수단은 전차와 버스였다. 전차의 도입은 경성이라는 도시를 근대적 과학문명의 중심기지로 발전시키는 데 큰 역할을 맡게 된다. 전차는 1899년 5월부터 1968년 11월까지 경성에 존재했던 근대적인 교통수단이었다. 1898년 H. 콜브란과 H. R. 보스트윅이 세웠던 한성전기회사가 1909년 일한가스주식회사에 인수되면서 전차는 일제시대 가장 주요한 식민지 수도의 교통수단이 된 것이다. 전차로 출퇴근을 하게 된 중고교생과 직장인들은 전차 내부의 광고판을 통해 근대 자본주의 체제로 급격하게 편입되었다. 이들은 소위 근대 사회의 소비 주체가 된 것이다. 그러한 도시인 중의 한 사람으로 구보 박태원도 자리하고 있었다. 박태원의 「소설가 구보씨의 일일」에는 고현학의 소설기술방법론이 전차 체험과 보행이 결합된 형태로 등장하고 있다.

일본의 곤 와지로는 「고현학 전람회」의 소개 자료였던 「고현학이란 무엇인가」(1927년 10월)에서 "우리 동지들이 현대풍속 혹은 현대세태 연구에 대해서 취하고 있는 태도 및 방법 그리고 그 작업 전체를 '고현학(Modemo-logy)'이라고 한다"고 밝히고 과거의 유물 유적 자료를 주된 연구대상으로 하는 고고학이 사학의 보조학문이라면 현재 눈앞에 보이는 사물에서 인류의 현재를 연구하는 고현학은 사회학의 보조학문이라 할 수 있다[1]고 했다.

그러면 경성의 도시계획은 언제부터 틀을 잡아나갔을까? 그 시기는 경성부에 임시도시계획계가 신설되어 유럽 도시계획을 시찰하고 돌아온 本間孝義라는 기사가 전담하게 된 1926년 5월 무렵[2]으로 추정된다. 경성도시계획의 제1차안은 1926년 상반기에 거의 성안되었는데, 그 내용은 1)경성은 상업의 중심으로 인천은 공업 중심으로 하되, 2)경인 간에 운하를 파고 운하의 양측에 전차를 놓아 운하는 화물, 전차는 사람의 운반을 담당하고, 3)경성의 도시계획구역은 동쪽은 청량리 밖 중랑천에서 서남은 영등포 안양천변까지로 하며, 4)청계천을 복개하여 가로로 하는 등의 실로 어마어마한 계획이었다. 그리고 그 의욕이 지나쳐 경성부 도시계획계의 주정이라는

1) 김흥식, 「박태원의 소설과 고현학」, 방민호 외, 『박태원 문학 연구의 재인식』, 예옥, 2010, 17~18쪽.
2) 손정목, 「일제하의 도시계획에 관한 연구 (I)」, 대한국토계획학회지 『국토계획』 제20권 1호, 1985년 6월호, 214쪽.

기사는 남대문을 헐어버리고 이곳을 기점으로 6개 방향의 방사선도로까지 구상한 바 있었다.[3)]

그러나 이 제1차 안을 수행하기 위해서는 당시로 봐서는 천문학적 액수인 1억 5천 만 원이 소요되며 가령 매년 60만원씩 투자한다하더라도 250년이 걸린다는 계산이 나왔다. 그들은 이렇게 큰 계획을 수행한다는 것이 너무나 가상적이라고 생각했던지 그 계획 내용 중 우선 경성부 내외에 관한 부분만 잘라 17,750만원을 투자하여 15년 계속사업으로 할 것을 구상하기도 했었다. 그러나 매년 60만원씩 마련할 명목으로 주민 일반에게 부과하고, 35만원은 국고(총독부)에서 부담하도록 하는 안, 경성부 및 고양군 내에 있는 국공유지 일체를 도시계획 재원으로 이관케 해야 한다는 등의 안이 나왔으나 모두가 탁상공론이었다.

이 제1차 안의 윤곽이 보도되자 당시의 신문은 '지상의', '환상적', '꿈같은' 도시계획이라고 비웃었다. 비난이 빗발치자, 당무자들은 우선 제1단계 추진안이라는 제2차안, 말하자면 실행안을 또 하나 마련하고 있었다. 아마 1926년 하반기 경부터 작업에 들어가서 1927년 말경에는 성안 완료된 것으로 추측되는 이 안은 1928년 9월에 「경성도시계획조사서」라는 책자로 그 내용을 발간하고 있다. 요약하면 아래와 같다.

○계획연도: 1926~55(30년간)
○목표연도 예상인구: 707, 294명(경성부 508, 704/인접면 198,590)
○계획구역: 96,170,250㎡(29,142, 500평)
　※ 경성부·龍江面·漢芝面 전역, 崇仁·은평·연희면 각1부 및
　　시흥군 북면 중 노량진리·本洞里·흑석리
○지역·지구제
•상업지역 6,600,000㎡(200만평)

---

3) 손정목, 위의 글, 214쪽.

• 공업지역 19,800,000㎡(600만평)
• 주거지역 49,500,000㎡(1,500만평)
• 특별지역 23,100,000㎡(700만평)
• 공원지구 1,227,481.2㎡(371,964평)
• 방화지구 주요간선도로양측 연장 약 15,460m(7,810 間)[4]

위의 총독부의 경성부 도시계획안에서 가장 주목을 끄는 공간은 '상업지역'인 6,600,000㎡(200만평)이다. 박태원 문학의 근대적 소비주체로서의 주인공은 식민지 수도인 경성의 새롭게 개발되고 있던 상업지역에서의 도보와 전차 타기에 몰두하고 있다. 구보의 도보여행의 특징은 세 가지로 요약된다. 하나는 북촌을 중심으로 배회하고 있다는 점이고, 둘째는 카페와 경성역·백화점·다방 등을 돌아다닌다는 특징을 보여준다. 그리고 셋째, 경성의 대칭점에 제국의 중심인 도쿄를 상정하고 있다는 점이다. 1930년대 모더니즘을 가능하게 했던 컨텍스트로서의 근대화된 경성은 생산하는 도시라기보다는 소비하는 도시로서의 면모가 더욱 강했다. 일제의 숨은 의도가 엿보이는 점으로서 작가가 아이러니컬한 현상을 암묵적으로 비춰주려는 목적이 내재되어 있으며, 식민지의 지식인 청년들이 고등룸펜이 되어 식민지 도시의 중심부에서 배회할 수밖에 없었던 요인이기도 했다. 특히 백화점은 현대성에 내재된 일상성의 무의식적 욕망을 가장 현시적으로 재현해내는 장소[5]로 간주된다. 이러한 설명은 오스망에 의해 추진된 파리 도시계획과 벤야민이 주목했던 '아케이드' 등을 염두에 둔 것이다.

한국 근대소설에 등장했던 산책은 동경에서 유래한 '긴부라(銀ブラ)'의 일종[6]이다. 당시 긴자의 쇼윈도를 구경하면서 시간을 보내거나 특별한 일

---

4) 손정목, 위의 글, 214~15쪽.
5) 배개화, 「소비하는 도시와 모더니즘」, 『한국현대문학연구』 제8집, 2000, 249쪽.
6) 권은은 나리타 류이치의 책을 참조하여 당시 동경의 아사쿠사(천초), 긴좌(은좌),

없이 거리를 배회하는 행위를 일컬어 '긴부라'라고 했는데 이 용어는 메이지 말 무렵에 정착되기 시작해 다이쇼 초기에 널리 회자되었다. 경성의 본정을 돌아다니는 '혼부라(本ブラ)'는 여기에서 비롯된 것이다. 그렇지만 '긴부라'도 근대 도시의 소비생활을 표상하는 백화점과 카페 등에 집중된 행위였다. 이러한 개념을 통해 분석할 경우, 경성은 일종의 놀이공간이 되며, 주인공의 행위는 생활을 위한 노동과는 무관한 산책, 여행 혹은 카페 체험[7]에 머물고 만다. 여기에 한국 근대문학기의 모더니즘으로서의 산책 모티브의 공허함이 자리 잡고 있다.

『소설가 구보씨의 일일』을 살펴보기로 한다. 주인공 구보는 자기 집을 출발하여 다시 집으로 돌아가는 하루 낮밤의 여정을 통해 식민지 수도인 경성의 껍데기 모습과 허위의식을 보여준다. 한낮에 구보는 다옥정 집을 출발해 청계천변을 도보로 걷다가 광교를 지나쳐 종로 네 거리로 접어들면서 식민지 수도에 대한 관찰을 시작한다. 그곳에서 동대문행 전차에 오른 구보는 동대문에서 하차하여 다시 한강교행 전차로 갈아탄 후 조선은행 앞에서 내린다. 그는 하세가와마치(장곡천정)에 있는 다방 낙랑파라와 골동품점 잠시 들렀다가 경성역의 다방에 들른다. 경성역이라는 공간에서 여러 장면을 관찰하다가 유턴해서 다시 그 다방으로 돌아간다. 그곳에서 신문기자인 벗, 김기림을 만나 대화를 나눈 후 종로 네거리로 돌아가서 종로경찰서 근처에 있는 다방 제비에서 시를 쓰는 벗 이상을 만나 대창옥으로

오사카의 신사이바시(心齋橋, 오사카의 쇼핑가), 도톰보리(道頓堀), 신쿄고쿠(新京極), 하세가와 마치(長谷川町, 소공동) 같은 번화가에서는 '번화가 돌아다니기'가 유행했다고 당시의 하나의 트렌드로서의 도보여행을 제시했다.
나리타 류이치, 서민교역, 『근대 도시공간의 문화경험』, 뿌리와이파리, 2011, 51쪽, 권은, 「고현학과 산책자-박태원 창작방법의 비판적 고찰」, 구보학보』 제9집, 2013, 15~16쪽, 재인용.
7) 최혜실, 『한국 모더니즘 소설 연구』, 민지사, 1992, 221쪽.

간 구보는 이상과 잠시 헤어져 광화문통을 배회하다가 앞의 다방으로 다시 돌아가 벗과 동행이 되어 고가네마치(黃金町, 을지로 1가) 쪽으로 갔다가 종로 쪽으로 다시 돌아와 낙원정의 한 카페(엔젤 카페)에서 술을 마신 후 헤어진다. 주인공 구보는 새벽 두 시가 다 되어서야 다시 종로 네거리에 홀로 서게 된다.

구보의 순환 여정을 분석해보면, 당시 식민지 수도 경성은 크게 두 구역으로 구분되는 것을 확인하게 된다. 소위 조선 왕조 때부터 존재했던 북촌과 일제 총독부가 새롭게 상업지역으로 도시계획을 조성한 남촌으로 나뉜다. 첫째, 구보는 청계천이라고 하는 남촌과 북촌을 가로지르는 경계선을 넘어서 북촌, 즉 조선인의 생활의 공간으로 진입하여 둘째, 전차를 타고 청계천을 중심에 두고 남촌과 북촌의 인접지역들을 순환하게 되며, 셋째, 경성역을 기점으로 유턴하여 종로를 중심으로 한 조선인의 생활 공간으로 되돌아가 배회를 거듭하는 행로를 보여준다. 이것은 구보의 산책코스가 근대도시 풍경에 산책일 뿐만 아니라 북촌으로 상징되는 식민지 도시로서의 경성에 대한 구보의 인식의 심화과정[8]임을 보여준다.

2. 고독과 행복의 경계

『소설가 구보씨의 일일』의 소설적 자아인 구보는 전차를 타고 가면서 온갖 추억과 회상을 하면서 식민지 수도 경성의 곳곳을 관찰한다. 그가 눈빛이 밝아지고 행복에 젖게 될 때는 세 가지 현상을 맞닥뜨릴 때이다. 하나는 아는 여자를 만났거나 모르는 여자라도 자신의 이상형에 가까운 여자를 우연히 길거리나 전차 안에서 만났을 때 각종 공상에 잠기는 순간이다. 주

---

8) 방민호, 「1930년대 경성과 『소설가 구보씨의 일일』」, 방민호 외, 『박태원문학 연구의 재인식』, 예옥, 2010, 183쪽.

인공 구보에게 예쁜 미녀 여성은 마음의 안식처인 셈이다. 다른 하나는 기나긴 기다림 속에서 친한 벗을 카페나 다방에서 만나 차를 마시며 담소를 나눌 때이다. 셋째, 사실 진정한 행복은 어머니의 욕망을 받쳐주는 것이다. 어머니는 참한 여자와 만나는 것을 꿈꾸고 있다. 또 구보가 서재에 앉아 진실된 소설을 집필하여 출간하는 것이다. 이 세 가지는 현실에서 구보의 생각대로 움직여지지 않는다. 이러한 자괴감에 젖게 하는 현실상황이 소설적 자아인 구보를 우울증에 빠지게 하고 고독에 젖게 한다. 즉 반복해서 나타나는 고독과 행복의 갈등은 작가의 진실 추구의 자의식과 허위의식으로 가득 찬 식민지의 일상적 현실과의 충돌을 의미한다. 이러한 암울한 현실은 소설적 자아(작가의 분신)를 우울증에 빠지게 하고 신경쇠약이라는 질환에 젖게 한다. 또 행복은 '명랑성'으로 연결된다. 명랑성은 '우울'의 상대적인 안티테제이다. 명랑성은 일제가 1931년 만주에 괴뢰정권을 세우고 군국주의의 기치를 높이 들고 전쟁을 도모할 때 식민지를 발전과 동원이라는 두 개의 행정규율로 통제하기 위한 이데올로기에 해당한다. 불안한 관찰로 찾게 되는 위장된 명랑성은 알고 보면 허위적으로 강요되는 '명랑성'에 대한 양가적 저항의 포즈이다.

『소설가 구보씨의 일일』이 각 장에 해당하는 에피소드 제목을 보면 고독과 행복 사이의 반복되는 갈등이 도처에 나타나는 것을 확인할 수 있다. 행복을 상징하는 에피소드로는 '여자는', '일찍이', '여자를', '어머니는', '아들은' 등이 있다. 그 중에서 '전차 안에서'와 '여자는' 에피소드를 살펴보기로 한다. 주인공 구보는 '전차 안에서'에서 전에 선을 한번 본 여자를 만난다. 그 여자에 대해 어머니는 매우 관심이 많다. 어머니의 관심은 자식에 대해 여느 부모님이 갖는 관심과 마찬가지다. 자식이 좋은 직장을 가지고 예쁘고 참한 여자를 만나 결혼을 하는 것 등등이다. 구보는 소설가이므로 독자들의 기호에 맞는 좋은 문학작품을 써서 가난을 벗어나서 성공하기를 바라는 소박한 꿈일 것이다.

　혹은, 그를 보았을지도 모른다. 전차 안에 승객은 결코 많지 않았고, 그리고 자리가 몇 군데 비어 있음에도 불구하고, 구석에 가 서 있는 사람이란, 남의 눈에 띄기 쉽다. 여자는 응당 자기를 보았을 게다. 그러나, 여자는 능히 자기를 알아볼 수 있었을까. 그것은 의문이다. 작년 여름에 단 한 번 만났을 뿐으로, 이래 일 년 간 길에서라도 얼굴을 대한 일이 없는 남자를, 그렇게 쉽사리 여자는 알아내지 못할 게다. 그러나, 자기가 기억하고 있는 여자에게, 자기의 기억이 없으리라고 생각하는 것은, 누구에게 있어서든, 외롭고 또 쓸쓸한 일이다…(중략)…

　그러나 그가 여자와 한 번 본 뒤로, 이래 일 년간, 그를 일찍이 한 번도 꿈에 본 일이 없었던 것을 생각해내었을 때, 자기는 역시 진정으로 그를 사랑하고 있는 것은 아닌지도 모르겠다고, 그러한 생각이 들었다. 만약 그렇다면 자기가 여자의 마음을 자기가 여자의 마음을 헤아려보고, 그리고 이리저리 공상을 달리고 하는 것은, 이를테면, 감정의 모독이었고, 그리고 일종의 죄악이었다.

　그러나 만약 여자가 자기를 진정으로 그리고 있다면─

　구보가, 여자편으로 눈을 주었을 때, 그러나, 여자는 자리에서 일어나 양산을 들고 차가 동대문 앞에 하차하기를 기다려 내려갔다.[9]

구보는 '얼마 있다' 에피소드에서 여름의 한낮 뙤약볕이 맨머릿바람의 그에게 현기증을 주고 있는 것을 느끼고 그곳에 더 그렇게 서 있을 수 없는 것을 체득하면서 자신의 신경쇠약에 대해 생각을 하게 된다. 또 "변비, 요의빈수(尿意頻數), 피로, 권태, 두통, 두중(頭重), 두압(頭壓), 삼전정마(森田正馬) 박사의 단련요법…" 그러한 것들을 떠올리다가 어수선한 태평통(太平通)의 거리가 구보의 마음을 어둡게 하자, 소설가 최서해의 죽음에 대해 생각하다가

---

9) 박태원, 『소설가 구보씨의 일일-박태원단편선』, 문학과지성사, 2005, 100~102쪽.

그도 신경쇠약이었을 것이라고 공상을 해본다. 그때 한 젊은이가 구보의 시야에 들어왔다. 자세히 보니 그는 같은 보통학교를 나온 옛 동무이다. "모시 두루마기에 ─힌 고무신, 오직 새로운 맥고모자를 쓴 그의 행색은 넘나 초라하다." 그래서 그와 인사하기를 망설이다, 겨우 인사를 건네지만, 상대편에서 호응만 하고 금세 사라진다. 할 수 없이 '조그만' 에피소드에서 구보는 한 개의 기쁨을 찾아, 남대문을 안으로 밖으로 나가보기로 한다. 그것에서 구보는 고독을 느끼고 사람들 있는 곳으로, 약동하는 무리들의 있는 곳으로 가고 싶다는 생각이 들어 경성역을 도보로 찾아간다.

하지만 구보는 남대문과 경성역에서 일없이 웅숭그리고 앉아있는 지게꾼의 모습과 온정을 찾아볼 수 없이 자기 일에만 바쁜 승객들, 늙고 쇠잔한 몸을 이끌고 기차를 기다리는 노파, 사십 여세의 병자인 노동자의 처량한 모습, 병자인 노신사, 아이 업은 젊은 아낙네가 그의 바스켓에서 흘린 복숭아 등을 관찰하다가 캡 쓰고 린네르 쓰메에리 양복을 입은 사내(일본경찰)를 두 눈에 발견하고 우울을 느끼며 급히 그곳을 떠난다. 이러한 구보의 자세는 양가적 저항에 해당된다.

그러나 그곳에는 불어드는 바람도 없이 양옆에 웅숭그리고 앉아 있는 서너 명의 지게꾼들의 그 모양이 맥없다.

구보는 고독을 느끼고, 사람들 있는 곳으로, 약동하는 무리들의 있는 곳으로, 가고 싶다 생각한다. 그는 눈앞에 경성역을 본다. 그곳에는 마땅히 인생이 있을 게다. 도회의 소설가는 모름지기 이 도회의 항구와 친해야 한다. 그러나 물론 그러한 직업의식은 어떻든 좋았다. 다만 구보는 고독을 삼등 대합실 군중 속에 피할 수 있으면 그만이다.

그러나 오히려 고독은 그곳에 있었다. 구보가 한옆을 끼어 앉을 수도 없게끔 사람들은 그곳에 빽빽하게 모여 있어도, 그들의 누구에게도 인간 본래의 온정을 찾을 수는 없었다. 그네들은 거의 옆의 사람에게 한마디 말을 건네는 일도 없이, 오직 자기네들 사무에 바빴고, 그리고 간혹 말을 건네도, 그것은 자기네가 타고 갈 열차의 시각이나 그러한 것에 지나지 않았다. …(중략)…

구보는 한구석에 가 서서, 그의 앞에 앉아 있는 노파를 본다. 그는 뉘 집에 드난을 살다가 이제 늙고 또 쇠잔한 몸을 이끌어, 결코 넉넉하지 못한 어느 시골, 딸네 집이라도 찾아가는지 모른다…(중략)…뿐만 아니라, 그에게서 두 칸통 떨어진 곳에 있던 아이 업은 젊은 아낙네가 그의 바스켓 속에서 꺼내다 잘못하여 시멘트 바닥에 떨어진 한 개의 복숭아가, 굴러 병자의 방 앞에까지 왔을 때, 여인은 그것을 쫓아와 집기를 단념하기조차 하였다.

구보는 이 조그만 사건에 문득, 흥미를 느끼고, 그리고 그의 '대학 노트'를 펴들었다. 그러나 그가 문 옆에 기대어 섰는 캡쓰고 린네르 쓰메에리 양복 입은 사내의, 그 온갖 사람에게 의혹을 갖는 두 눈을 발견하였을 때, 구보는 또다시 우울 속에 그곳을 떠나지 않으면 안 된다.[10]

양가적 저항이란 탈식민주의이론가인 바바(Bhabba)의 이론이다. 바바는 지배자의 양가적 욕망이 피지배자의 양가적 반응을 야기한다고 주장한다. 양가적 지배욕망은 피지배자를 파악하여 지배하기 쉽도록 만들기 위해 '나를 닮아라'는 요구를 한다. 그러나 동시에 식민 지배 체제를 유지하기 위해 '나와 같아서는 안 된다'라는 모순된 요구를 한다. 이런 허용과 금지가 뒤섞인 양가적 요구에 피지배자는 '규칙에 따르면서 동시에 어기는' 양가적 반응을 보인다. 피지배자의 양가적 반응은 지배자의 모범을 충실히 따르는 '미메시스'를 하는 듯하면서 동시에 그것을 전복하는 '엉터리 흉내'가 만드는 전복의 효과를 본다. 그럼으로써 기존의 식민 지배에 근거가 되는 복종과 전복의 이분법을 해체적으로 교란하는 전술적 효과를 얻는다[11]는 것이

10) 박태원, 『소설가 구보씨의 일일-박태원단편선』, 114~16쪽.
11) Homi Bhabba, The location of Culture, (London: Rouledge, 1994), pp. 101~22, 박상기, 「탈식민주의의 양가성과 혼종성」, 고부응 편, 『탈식민주의 이론과 쟁점』,

다. 『소설가 구보씨의 일일』의 소설적 자아인 구보는 지배자인 일제의 '나를 닮아라'에 추종하여 근대 과학적 문명에 희열을 느끼고 커다란 기대를 한다. 하지만 점차 경성이 도쿄를 모방한 채 껍데기만 남은 몰골로 전락해가는데 염증을 느끼게 된다. 경성은 이미 생산의 도시가 아니라 단지 소비를 통한 쾌락만 즐기는 도시라는 점을 깨닫게 된다.

구보는 걷거나 전차를 타고 북촌과 남촌의 경계선상에서 수많은 움직임을 가지고 관찰에 몰두하지만, 자신에게 보여지는 것이란 가난한 지게꾼, 병든 노동자, 신경쇠약에 걸린 지식인 인텔리라는 점을 인식하게 된다. 그는 남촌의 경계선에 서서 다시 움츠러들면서 북촌으로 방향을 돌린다. '나를 닮지만, 나와 같아서는 안 된다'는 내면의 소리를 듣고 움찔한 것이다. 하지만 관찰을 통해 분명한 무엇인가를 깨닫게 된 구보에게 소득이 없는 것이 아니다. 구보는 피지배자의 양가적 반응을 보임으로써 복종만이 아니라 전복이 가능함을 느끼게 된다. 이러한 구보의 태도를 바바는 '양가적 저항'이라고 명명했다. 땅에 떨어진 아이 업은 여인의 복숭아를 보고 대학 노트를 꺼내 무엇인가를 적으려고 하던 구보는 "문 옆에 기대어 섰는 캡쓰고 린네르 쓰메에리 양복 입은 사내의, 그 온갖 사람에게 의혹을 갖는 두 눈을 발견하였을 때, 구보는 또다시 우울 속에 그곳을 떠나지 않으면 안"되는 상황에 빠져들게 된다. 감시와 통제는 바로 금지와 배제를 의미한다. 동경에서 유학생활까지 한 조선 식민지의 엘리트 작가는 보이지 않는 감시의 눈초리를 느끼고 자리를 급히 떠난다. 지배자가 식민 지배 체제를 유지하기 위해 '나와 같아서는 안 된다'라는 모순된 요구를 하고 있는 것을 체득한 것이다. 대학 노트를 들고 관찰한 것을 메모하는 지식인 청년은 복종을 통해 전복의 가능을 엿본 것이다. 이러한 행동은 바로 바바가 말한 '양가적 저항'인 것이다. 다만 그것은 실천적 행동이 약한 지식인 청년의 소극적

문학과지성사, 2003, 231쪽, 재인용.

저항에서 크게 벗어나지 못하고 있다는 한계를 드러낸다.

3. 근대적 소비 주체의 욕망과 성찰

근대적 소비주체에 대해 관심을 많이 가지고 있던 학자는 짐멜과 벤야민이 있다. 게오르그 짐멜(Georg Simmel 1858~1918)은 문화의 문제를 화폐와 연결시켰다. 짐멜은 문화철학의 관점에서 자본주의 시대의 문화의 본질을 밝혀내고, 그 곳에서 화폐와 문화 그리고 개인과의 관련성을 해명하는 데 주력하였다. 짐멜은 「현대 문화에서의 화폐」(1896)에서 문화의 변동과 흐름 그리고 분화과정을 돈을 매개로 해서 상세하게 설명하였다. 사회학에서는 중세와 근대의 차이를 설명한다. 중세는 인간이 공동체나 토지, 봉건적 연합체 또는 길드에 매여 있었다. 그리하여 그의 인격은 실제적 또는 사회적 이해집단에 용해되어 있었으며, 이러한 이해집단의 특징은 직접적으로 거기에 참여하는 사람들에 의해서 결정되었다.

하지만 이 같은 조화는 근대에 들어오면서 파괴되었다. 이 시기는 인간을 자율적 존재로 만들었으며, 그에게 이제까지와는 비교할 수 없을 정도로 커다란 내적, 외적 이동의 자유를 부여했다. 다른 한편 근대는 실제적인 삶의 내용들에 역시 비교할 수 없을 정도의 객관성을 부여했다. 기술, 온갖 종류의 조직 그리고 기업과 직업은 점차 사물의 내재적 법칙에 의해 지배받게 되었으며, 더 이상 개별 인격체들에 의해서 영향을 받지 않게 되었다. 이는 마치 자연에 대한 우리의 이미지에서 점차 인간화된 특징을 벗겨내고 자연에 대한 객관적 법칙성을 부여하려고 시도한 것과 마찬가지 이치이다. 이렇게 해서 근대는 주체와 객체를 상호 독립된 존재로 만들었으며, 그 결과 양자는 더욱더 순수하고 완전하게 자체적인 발전의 길[12]을

---

12) 게오르그 짐멜, 『짐멜의 모더니티 읽기』, 김덕영·윤미애 옮김, 새물결, 2005,

걷게 되었다.

짐멜의 분석에 의하면, 자연경제시대에 전형적으로 나타나는 '인격성'과 '사물'의 관계들 사이의 이러한 의존성은 화폐경제에 의해 해체된다. 화폐경제는 인간과 일정한 특성을 지니는 사물 사이에 매 순간 완전히 객관적이며 그 자체로는 아무런 특성도 없는 화폐와 화폐가치를 삽입시킨다. 화폐경제는 개인과 소유 사이의 관계를 일종의 매개된 관계로 만들어버림으로써 이 둘 사이에 거리가 생기도록 한다.

화폐는 한편으로는 모든 경제 행위에 미증유의 비인격성을 부여하고 다른 한편으로는 그와 같은 정도로 개인의 독립성과 자율성을 고양시키게 된다. 그리고 인격이 사회적 결사체에 대해서 지니는 관계는 소유에 대해서 지니는 관계와 유사하게 발전한다. 유럽에 있어서 중세의 길드는 단순히 직조업의 이해관계를 추구하는 다수 개인들의 결사체라기보다는 직업·사교·종교·정치적 그리고 여타 다양한 측면을 포괄하는 삶의 공동체였다. 이와 같은 통합성의 형식과는 정반대로, 화폐경제는 구성원들에게 경제적 기여를 요구하거나 또는 단순히 경제적 이해관계를 추구하는 수많은 사회적 결사체의 존재를 가능하게 했다. 이를 통해 결사체가 추구하는 목적들이 순수한 객관성과 순수한 기술적 특성을 띠게 되고, 개인적인 채색으로부터 해방된다. 다른 한편으로 주체가 그를 제한하는 구속들로부터 해방된다. 왜냐하면 그는 이제 더 이상 총체적인 것과 전인격적으로 결합되지 않고, 원칙적으로 화폐를 주고받는 관계로 결합하기 때문이다. 개별적 참여자의 이해관계가 화폐를 통해서 표현될 수 있게 된 이후, 화폐는 마치 샌드위치처럼 결사체라고 하는 '객관적 총체'와 인격체라고 하는 '주관적 총체' 사이에 끼어들게 되었다. 화폐는 결국 양자 모두에게 상호 독립성과

11~12쪽, 신응철, 「현대 문화와 돈 그리고 개인」, 한국동서철학회, 『동서철학연구』 53권, 2009, 123쪽 재인용.

발전 가능성을 새롭게 제공해 주었다. 이러한 발전의 절정은 주식회사이다. 개별 주주는 인격이 아니라 오로지 투자한 화폐의 양을 통해서 회사에 참여[13]한다.

근대인들은 이제 마치 체액의 순환이 차단된 유기체의 일부분처럼 더이상 존속할 수가 없다. 그렇다면 근대인의 삶이 이처럼 화폐와 얽히고 유착되는 근원적인 이유는 무엇 때문인가? 짐멜은 그 원인을 '노동 분업'에서 찾고 있다. 낭만주의자들이 그토록 찬양해 마지않던 중세 봉건시대 또는 자의적 결사체의 시대와는 비교할 수 없을 정도로 많은 인간들 사이의 연결 관계를 창출한 것은 궁극적으로 화폐이다. 짐멜의 분석에 의하면, 화폐는 일반적으로 자유와 구속 사이에 전혀 새로운 관계가 존재하도록 하는 것과 마찬가지로, 화폐에 의해서 야기된 매우 밀접하고 불가피한 결합관계는 다른 한편 개체성과 내적 독립성의 폭을 매우 크게 넓히는 독특한 결과를 가져왔다. 그 결과 우리는 모든 특정인으로부터 훨씬 더 독립적으로 되었고, 바로 이러한 관계가 강력한 '개인주의'를 창출하게 된 것이다.

왜냐하면 그들의 익명성과 그들의 개체성에 대한 무관심이 바로 이 모든 것이 사람들을 상호 소외시키고 모든 사람들로 하여금 스스로에게 의존하도록 만드는 메커니즘이기 때문이다. 다른 사람들과의 모든 외적 관계가 인격적인 특성을 지녔던 다른 시기들에 비해서, 오늘날의 화폐의 존재는 인간의 객관적 경제 행위가 개인적 색채 및 고유한 자아로부터 더욱더 명확하게 분리될 수 있도록 만든다. 결국 인간의 고유한 자아는 외적인 관계들로부터 물러나서 그 이전의 어느 때보다 더욱더 자신의 가장 내면적인 차원으로 회귀[14]하게 된다.

『소설가 구보씨의 일일』에서는 백화점과 카페, 그리고 여성의 패션 등

---

13) 게오르그 짐멜, 위의 글, 14쪽, 신응철, 위의 글, 124~25쪽, 재인용.
14) 게오르그 짐멜, 위의 글, 17~18쪽, 신응철, 위의 글, 125~26쪽, 재인용.

장식품에 대한 치장 등의 묘사에서 화폐경제의 마력이 드러난다. 화폐의 위력은 근대적 소비주체에게 익명성과 그들의 개체성에 대한 무관심에 젖어들게 만들고 이러한 경제구조의 모든 것이 사람들을 상호 소외시키고 모든 사람으로 하여금 스스로에게 의존하도록 메커니즘으로 작용하는 것을 눈으로 직접 확인하게 한다. 백화점은 근대적 주체의 소비를 위한 매개체인 것이다. 백화점에 진열된 상품은 근대적 주체에게 화폐를 소유하기 위해 노동에 매달리게 하는 기호로 작용한다. 점차 인간은 개체성을 드러내지만 다른 한편으로는 서로가 서로에게 소외되고 결국 물신의 노예가 되게 만든다. 결국 인간은 내면적으로는 상호 소외로 인해 고독해지고 외적으로는 행복감의 포만감을 느끼게 된다. 소설적 자아 구보가 인식하게 된 것도 이러한 내면적 차원에서의 회귀에서 벗어나지 않는다.

그래도, 구보는, 약간 자신이 있는 듯싶은 걸음걸이로 전차 선로를 두 번 횡단해 화신상회 앞으로 간다. 그리고 저도 모를 사이에 그의 발은 백화점 안으로 들어서기조차 하였다.

젊은 내외가, 너덧 살 되어 보이는 아이를 데리고 그곳에 가 승강기를 기다리고 있었다. 이제 그들은 식당으로 가서 그들의 오찬을 즐길 것이다. 흘낏 구보를 본 그들 내외의 눈에는 자기네들의 행복을 자랑하고 싶어하는 마음이 엿보였는지도 모른다. 구보는, 그들을 업신여겨볼까 하다가, 문득 생각을 고쳐, 그들을 축복해주려 하였다. 사실, 사오 년 이상을 같이 살아왔으면서도, 오히려 새로운 기쁨을 가져 이렇게 거리로 나온 젊은 부부는 구보에게 좀 다른 의미로서의 부러움을 느끼게 하였는지도 모른다. 그들은 분명히 가정을 가졌고, 그리고 그들은 그것에서 당연히 그들의 행복을 찾을 게다.

승강기가 내려와 서고, 문이 열려지고, 닫히고 그리고 젊은 내외는 수남(壽男)이나 복동(福童)이와 더불어 구보의 시야를 벗어났다.

구보는 다시 밖으로 나오며, 자기는 어디 가 행복을 찾을까 생각한다. 발 가는 대로, 그는 어느 틈엔가 안전지대에 가 서서, 자기의 두 손을 내려다보았다. 한 손의 단장과 또 한손의 공책과 ―물론 구보는 거기에서 행복을 찾을 수는 없다.

안전지대 위에, 사람들은 서서 전차를 기다린다. 그들에게, 행복은 알 수 없다. 그러나 그들은 분명히, 갈 곳은 가지고 있었다.[15]

백화점은 소비를 재촉하는 공간이다. 일상성과 통속성이 존재하는 곳이다. 하지만 세상을 삐딱하게 바라보려는 관찰의 시선을 가지고 있는 고등 인텔리인 구보의 입장에서는 발이 떨어지지 않는 것이다. 구보는 백화점의 휘황찬란한 불빛과 쉴새없이 오르내리는 엘리베이터가 못마땅할 것이다. 왜냐하면 사실 구보에게는 백화점에 진열되어 있는 높은 교환가치를 자랑하는 상품을 구매할 여력이 없었기 때문이다. 그에 비해 아이들과 모처럼 백화점을 나온 부부는 돈을 가지고 있을 뿐만 아니라 아이들 선물도 사줄 수 있고, 승강기를 타고 꼭대기 층에 있는 백화점 식당에 가서 지갑을 꺼내 소비를 촉진할 수 있는 중산층에 해당된다. 소설적 자아인 구보와 아이와 함께 백화점에 동시에 들어선 가족은 전혀 상관이 없고 관계를 맺지 않고 있다. 구보는 그들과 함께 우연히 백화점에 발을 들이밀었지만, 자본주의의 소비 공간이자 물신숭배사상의 원형인 그곳에서 몸이 위축됨을 느낀다. 그래서 구보는 "그들을 업신여겨볼까 하다가, 문득 생각을 고쳐, 그들을 축복해주려 하였다."고 고백한다. 이러한 지점에서 고독과 행복은 붉은 경계선을 확실하게 드러내준다. 백화점에서, 소비행위의 어느 것도 할 수 없는 구보의 무력감과 고독감은 배가되는 것이다.

조선은행 앞에서 구보는 전차를 내려, 장곡천정(長谷川町)으로 향한다. 생각에 피로한 그는 이제 마땅히 다방에 들러 한 잔의 홍차를 즐겨야 할 것이다.

몇 점이나 되었나. 구보는, 그러나, 시계를 갖지 않았다. 갖는다면, 그는 우아한 회중시계를 택할 게다. 팔뚝시계는―그것은 소녀취미에나 맞을 게다. 구보는 그렇게도 팔뚝시계를 갈망하던 한 소녀를 생각하였다. 그는 동리에 전당(典當) 나온 십팔금 팔뚝 시계를 탐내고 있었다. 그것은

---

15) 박태원, 『소설가 구보씨의 일일』, 97~98쪽.

사 원 팔십 전에 구할 수 있었다. 그리고, 그는, 그 시계 말고, 치마 하나
를 해 입을 수 있을 때에, 자기는 행복의 절정에 이를 것같이 생각하고
있었다.

'벰베르구' 실로 짠 보이루 치마. 삼 원 육십 전. 하여튼 팔 원 사십
전이 있으면, 그 소녀는 완전히 행복일 수 있었다. 그러나, 구보는, 그 결코
크지 못할 욕망이 이루어졌음을 듣지 못했다.

구보는, 자기는, 대체, 얼마를 가져야 행복일 수 있을까 생각해본다.[16]

『소설가 구보씨의 일일』의 예술적 가치와 소설적 자아 구보의 '성찰'을
잘 보여주는 인용문이다. 소설적 자아 구보는 근대 자본주의 사회에서 화폐
의 위력에 대해서 설명하고 있다. 근대적 주체로서의 소비자는 상품을 꿈꾸
고 욕망한다. 이러한 소비자의 욕망은 시장을 촉진시키고 물산을 풍부하게
하는 요인으로 작용한다. 하지만 근대 소비주체의 욕망은 끝이 없고, 하나
를 만족하면 또 다른 소비물품을 꿈꾸게 될 것이다. 종국에 소비자는 자신
이 꿈꾸던 상품과 그것의 교환가치인 화폐로부터 멀어지고 소외되고 말
것이다. 모든 것을 얻을 수 없을 때 결국 근대적 주체인 소비자는 과시적
소비를 하는 속물근성을 드러내고 만다.

백화점 식당을 찾은 '젊은 내외', 아들의 원고료로 치맛감을 마련하고
이를 자랑하는 '어머니', '비단양말'을 자랑하기 위해 다리를 내놓고 앉은
카페의 여급은 모두 과시적 소비주체라는 점에서 유사하다. 마찬가지로 카
페에서 만난 '생명보험회사의 외교원'은 경성역 대합실에서 관찰한 '시골
신사'나 '전당포집 둘째 아들'과 등가의 존재들이다.

그들은 모두 '가장(假裝)'에 실패한다. '전당포 둘째아들'의 '금시계'와
'칼피스'가 액면 그대로의 주체를 반영하는 것처럼, '생명보험회사의 외판
원'이 '구보'를 '구포'라 부르는 것이나 '몇 병의 맥주'는 그의 무지와 속물

---

16) 박태원, 『소설가 구보씨의 일일』, 106~07쪽.

근성을 고스란히 드러내는 것이다. 필요에 의한 소비가 아닌 과시적 소비는 본질적으로 이미지의 소비이자 상품이라는 '가면'의 소비이다. 과시적 소비에서 '가면(상품의 표면 혹은 이미지)'은 주체의 욕망이나 의도의 흔적을 갖지 않아야 성공적일 수 있다. 반면, 박태원 소설에서 좋은 취향은 상품의 기표와 기의의 아슬아슬한 어긋남에서 발생하거나 애초에 '가장'할 필요가 없을 때 가능하다.[17]

3. 불온한 전망의 서사

1. 억압적인 '이성적 사랑'의 강요와 타협

『여인성장』은 구보가 1941년 8월 1일부터 1942년 2월 9일까지 ≪매일신보≫에 연재한 소설로 1942년에 단행본으로 펴낸 장편소설이다. 『여인성장』의 서사구조는 김철수의 이야기와 그의 첫사랑 이숙자의 이야기가 교차되어 등장하는 형태를 지니고 있다. 또 이 소설은 주인공인 김철수가 보통학교 스승인 교사 강우식의 딸 기생 강옥화의 불행하고 안쓰러운 삶에 대해 동정심을 느끼고 그를 돕기 위해 발을 벗고 나섬으로써 위장된 삼각 로맨스의 구조를 지니기도 한다.

『여인성장』의 서두는 주인공 김철수가 자신의 새로 맞춘 동복(140원)을 전당포에 잡히고 삼십오 원을 빌리는 에피소드로부터 시작된다. 그 돈을 가지고 기생집을 방문한 김철수는 강옥화를 만나고 나오다가 별로 친하지 않은 친구 안병국 기자를 만난다. 또 오빠의 사랑방을 치우던 여동생 김명

---

17) 류경동, 「박태원 소설에 나타난 소비주체의 욕망과 갈등 연구」, 『현대문학이론연구』 제56집, 2014, 286쪽.

숙은 오빠의 양복 주머니에서 35원이 기입된 전당표를 발견하고 별의별 상상을 다한다. 『여인성장』의 앞부분 서사구조에서 가장 중요한 모티브 역할을 하는 것은 '수수께끼' 에피소드다. 김철수의 첫사랑으로서 그와 애틋한 사랑을 나누고 있던 이숙자가 돌연 편지 두 통을 김철수에게 보내고 장안의 갑부인 한양은행 두취인 최종석의 아들 최상호와 전격 결혼식을 올리면서 궁금증을 독자들에게 야기한다. 그래서 장편소설 『여인성장』은 설화방식의 수수께끼 풀기식의 서술 형태를 지니는 것이 특징이다. 즉 미스터리물의 서사구조를 취함으로써 통속적 재미를 유발하려고 시도한다. 한마디로 작가 구보 박태원이 작심하고 통속적 로맨스 소설을 집필하려고 실험한 것으로 보인다.

그러나 냉정히 생각하여 볼 때 철수는 두 편지가 역시 같은 숙자의 손으로 역시 같은 감정에서 씌어진 것임을 인정하지 아니할 수 없었다. 결국은 모두가 자기를 지극히 사랑하는 마음으로 씌어진 것이었다.

저의 심정을 비교적 솔직하게 적은 먼젓번 편지보다도 저의 감정을 억지로 죽이고 어데까지든지 냉정하려 애쓴 흔적이 있는 나중번 편지가 철수의 마음을 더욱 애닯게 하여 준다. 분명히 숙자는 철수에게 냉정하고 싶어 그처럼 쌀쌀한 편지를 쓴 것은 아닌 듯싶었다.

숙자는 자기가 사랑이 맹세를 지킬 수 없다는 것을 결정적인 사실로 인정하였던 까닭에 철수가 자기에게 털끝만치라도 미련을 느끼는 일이 있을까 보아, 미련을 느끼기 때문에 언제까지든 그 마음에 낫지 않는 상처를 입을까보아 그래서 그처럼 박절하게까지 보이는 편지를 보낸 것만 같았다.

그런 만치 먼저 편지에는 피할 길 없는 운명에 눈물짓는 숙자의 슬픔이 엿보였을 뿐이나 나중 편지에는 창자가 끊기는 듯싶은 애절한 심사를 이를 악물어 억제하는 그의 애처로운 마음속이 느껴졌다.

그러나 그러면 그렇다 하고 숙자로 하여금 한때는 죽음까지 생각하게 하면서도 마침내는 사랑하는 이를 배반하고 남의 품에 몸을 맡기지 아니하면 안 되었던 그처럼 절박한 사정이란 과연 무엇이었나? 그것은 아무리 되풀이 생각하여도 숙자 자신이 입을 열어 설명하여 주지 않는 한도에는 철수로서 도저히 알 수 없는 것이었다.[18]

　그렇다고 『여인성장』이 그동안의 박태원 문학의 서사형태에서 크게 벗어난 것으로 보이지는 않는다. 첫째, 사소설형식의 내면심리묘사가 빈번하게 등장하고 있다. 둘째, 주인공이 도보여행을 좋아하고 카페와 다방을 자주 들락거린다는 점도 구보문학의 특징을 잘 반영하고 있다. 셋째, 글쓰기 모티브가 삽입되어 있는 점도 구보문학의 한 조류로 볼 수 있다. 다만 크게 달라진 것은 그동안 고독에서 행복으로 나아가는 가교로 설정되어 있던 사랑과 결혼문제가 본격적으로 묘사되고 있다는 점이다. 애정에 대한 밀착된 접근을 통해 근대적 도시풍경을 섬세하게 다뤄보고자 하는 시도로 보인다. 또 하나 소설독자의 문제에 대해 작가가 관심을 보인 점도 특이한 점이다. 주인공인 소설가 김철수의 작품을 좋아하는 애독자 최숙경이 열렬한 독자의 단계를 넘어서 김철수를 짝사랑하는 단계로 진입하는 설정이다. 마치 요즈음 아이돌 광팬과 가수가 결혼에 골인하는 전설적 이야기 설정과 같은 내용이다. 특히 『여인성장』이 간행된 시기는 1942년으로 신체제기에 해당되며 일본 총독부가 강요했던 명랑성의 일상적 모티브를 작품에 삽입해야만 검열을 통과할 수 있었던 시기이고, 일본어로 작품 활동을 강요한 시기이기도 하다. 그래서 『여인성장』에는 고전적인 한자어와 순수 우리말의 문체를 유지해왔던 구보 박태원답지 않게 일본어 구어체의 구사빈도가 높은 것이 사실이다.

　벤야민은 보들레르의 「지나가는 여인에게」라는 시작품을 분석하면서 보들레르 시에서 묘사한 거리 산보자의 사랑은 우연성 · 순간성 · 반복성이

---

18) 박태원, 『女人盛裝』, 깊은샘, 1989, 31쪽.

라는 세 가지 계기로 설명된다고 비평했다.

거리는 내 주위에 아우성치고 있었다. 귀청도 째어질 듯이
시름에 잠겨, 장중한 고통에 쌓여, 날씬하고 후리후리한
한 여인이 지나갔다. 화사로운 한쪽 손으로
가를 두른 치맛자락을 치켜 흔들면서

경쾌하고 고상하게 조상(彫像)같은 다리를 보이면서,
나는 마셨다. 실성한 사람처럼 몸을 뒤틀며, 그녀의 눈 속에서
태풍 머금은 납빛하늘,
마음 흐리는 다정스러움과 뇌쇄시키는 쾌락을,

번갯불 한줄기 반짝…그리고 밤! 그 눈길이
순식간에 나를 되살려놓고 사라져 가버린 여인이여!
영원 속에서밖엔 그대를 다시 못 볼 것인가?

여기서 멀리 떨어진 저승에서밖에는! 너무 늦었다! 아니면 영영
　못 만나게 될지! 그대 사라진 곳 내가 모르고, 내가 가는 곳을 그대 모르
니,
　오, 내 그대 사랑했어야만 했을 터인데, 오, 그대도 그런 줄 알고 있었을
테지![19]

　　우연히 시인 보들레르 앞에 지나가는 여인을 묘사한 시작품이다. 경험
대상의 우연성이 극명하게 나타나는 장소는 거리이며 우연적 인간관계는
군중 안에서 이루어진다. 우연적 대상을 향해서 필요한 태도는 오랜 소망의
대상을 향한 감수성이 아니라 우연히 스쳐 가는 대상을 놓치지 않고 포착
하는 능력인 자발성이다. 이러한 자발성은 보들레르 시에서 지나가는 여인

---

19) 반성완 편역, 『발터 벤야민의 문예이론』, 민음사, 2005, 134~35쪽.

의 눈을, 시선을 되돌려주지 않는 상대방의 눈을 깊숙이 들여다보는 태도로 나타난다. 벤야민의 해석에 따르면 이 태도는 슈테판 게오르게의 시에서 묘사되는 것처럼 지나가는 여인을 제대로 보지 않고 여인을 묻어버린 군중의 물결 위로 시선을 보내는 태도와 다르다. 게오르게 시에서 묘사된 태도에는 우연한 대상을 포착하는 자발성이 결여[20]되어 있다.

거리산보자의 사랑의 두 번째 특징인 '순간성'은 현대인의 체험 방식 일반에 보편적으로 적용된다. 짐멜에 의하면 현대 대도시인은 영혼의 한 가운데 확실한 것이 결여되어 있기 때문에 언제나 새로운 자극과 센세이션, 외적 행위를 통한 순간적 충족을 추구한다. 지나가는 여인에게 느끼는 사랑의 감정은 바로 이러한 순간적 행복 욕구에 기인한다. 이 욕구는 낯설고 새로운 대상, 우연히 만난 대상에서 감지되고 그것이 감소되는 순간 바로 해소되고 마는 욕구이다. 이처럼 순간적으로 느끼자마자 소멸되는 행복욕구는 현대 대도시적 체험에 고유한 반전의 리듬을 따른다. 벤야민은 이 사랑을 다음과 같이 설명하고 있다. 대도시인들이 느끼는 황홀감은 일종의 사랑의 감정인데 그것도 처음 느끼는 사랑의 감정이 아니라 마지막으로 보고 느낄 때의 사랑의 감정이다. 그것은 일종의 영원한 작별로서 그 작별은 시 속에서 매혹의 순간과 일치한다.

충격 체험에서 생기는 순간적 환상은 아주 짧은 시간 안에 생성하고 소멸되기 때문에 시간에 근거한 경험의 질서들을 무효화시킨다. 따라서 충격적으로 체험되는 사건은 경험의 연관관계로부터 분리되면서 언제나 처음부터 다시 시작되는 사건이 된다. 탈 신성화된 사랑의 세 번째 특징인 반복성이 여기서 드러난다. 행복에 접근했다는 환상은 그 환상이 절정인 순간 곧 깨어지지만, 시인은 깨어진 환상에도 불구하고 계속 새로운 환상을 찾아

---

20) 윤미애, 「대도시와 거리 산보자」, 한국독어독문학회, 『독일문학』 제85권, 2003, 405쪽.

헤맨다. 이처럼 새로움에 대한 열망은 유행을 좇는 심리와 흡사하다. 유행은 그 유행이 절정인 순간이 곧 소멸의 순간이 되는 삶의 교체 및 대립 형식으로 이처럼 유행을 특징짓는 부단한 교체와 소멸은 대도시인이 추구하는 사랑의 리듬과 같다. 거리 산책자가 된 시인은 유행을 좇는 사람처럼 언제나 낯선 것, 새로운 것을 찾아 헤맨다.21)

보들레르의 우울을 벤야민은 '아우라의 상실에 대한 고통'으로 해석한다. 시인의 우울은 그의 체험이 아우라에 의해 채워지지 않고 부단히 무화되는 과정에 대한 심리적 반응이다. 따라서 보들레르는 현대의 경험 변화를 상실감과 우울로 맞이하는 19세기의 시각을22) 단적으로 보여준다.

최근 신진학자들은 박태원의 산책자와 보들레르의 산책자를 다르게 해석한다. 따라서 19세기 파리의 우울과 20세기 경성의 우울을 동일시하기는 어렵다. 하지만 화폐경제가 서서히 자리잡아가면서 자본주의적 속물성에 그대로 노출되어 가는 경성의 식민지 청년 산책자의 우울은 상당히 근접하는 공통점이 분명하게 있다.

박태원의 장편소설인 『여인성장』은 통속적인 로맨스소설임에 틀림없다. 따라서 주인공 김철수를 중심으로 이숙자와 삶과 이야기, 김숙경의 삶과 이야기가 엇갈리며 그들의 운명을 좌우한다. 이러한 두 여인 사이에 스승인 강우식의 딸인 강순영(기생 강옥화)의 삶과 비극성이 끼어든다. 그런데 이러한 사랑의 이야기에서 이해가 되지 않는 부분이 빈번하게 등장한다. 첫째, 김철수와 지고지순한 순정만화 같은 사랑을 나누던 이숙자가 갑자기 편지를 남기고 돌연 부자인 최상호와 혼인식을 올린다. 그런데 나중에 판명나지만, 두 사람이 결혼하게 된 계기는 이숙자를 짝사랑하던 최상호가 사촌을 중개인으로 내세워 이숙자를 석왕사별장으로 유인하여 겁탈을 하게 되

---

21) 윤미애, 위의 글, 405~06쪽.
22) 윤미애, 위의 글, 406쪽.

고 그 결과 아이를 임신했기 때문이다. 아무리 1940년대라고 해도 자신을 겁탈한 사람과 사랑의 감정이 조금도 없이 진심으로 사랑하는 애인을 두고 결혼을 할 수 있단 말인가? 범죄자와의 사랑의 결실이 과연 행복을 담보할 수 있을까? 그런데 작가 박태원은 두 사람의 결혼생활을 최상호가 부인 이숙자에게 너무 잘하기 때문에 무난하게 진행되는 것으로 묘사한다. 스토리전개가 너무 진부하고 현실적으로 근대적인 정서를 반영하고 있지 않다.

둘째, 최숙경이 김철수 소설의 애독자이므로 김철수에 대한 무조건적인 애정공세를 펴는 장면도 눈에 거슬린다. 특히 김철수는 최숙경의 오빠 최상호의 아내, 즉 올케가 자신이 짝사랑하는 김철수의 옛 애인인 것을 버젓이 알면서도 사랑의 감정은 시들지 않는 것으로 묘사된다. 많은 오해가 풀리면서 최숙경과 김철수의 사랑은 결실을 맺는 것으로 종결짓는다. 오히려 통속소설적인 반전이 그려지지 않고 무난한 현실 안주의 짝짓기가 신체제기의 명랑성을 반영한 것이라면 문제가 많다고 할 수 있다.

앞서 보들레르 시에서 거리산보자의 애정의 특징은 우연성·순간성 그리고 반복성인 것으로 드러났다. 『여인성장』에도 이러한 특성이 나타나므로 작품의 서사구조가 혼란을 야기한다. 이 작품의 사실상의 주인공은 김철수와 최숙경이다. 그런데 작품의 서사구조의 처음에는 마치 여주인공이 강순영인 것처럼 비중 있게 묘사된다. 그러다가 중반에는 갑자기 최숙경에게로 초점이 옮겨진다. 또 김철수와 최숙경의 만남과 애정의 진전부분이 너무나 작의적이고 우연적으로 그려지고 있다는 점이다. 평소에 애독자로 흠모의 감정을 가지고 오던 소설가 김철수가 자신의 아버지 최종석을 만나러 자신의 집에 찾아온다는 사실을 하고 흥분하는 장면이다. 이러한 설정자체가 너무나 우연성을 띠고 있다. 또 두 사람이 결혼에 골인하게 되는 중반부부터 후반부까지 스토리를 전개하는 것 자체가 작의적인 냄새가 물씬 난다.

그러나 이를테면 그러한 것은 아무렇든 좋았다. 숙경이는 철수가 이제 자기 집을 찾아온다는 사실에 문득 가슴이 은근히 울렁거리기조차 하는 것을 스스로 억제할 길이 없었다.

오래 전부터 만나고 싶던 사람이다. 서로 알고 지내고 싶던 사람이다. 그러나 그러할 기회가 없었다. 그야 숙경이로서 만약 하려만 든다면 없는 기회라도 자기가 일부러 지어서 그에게 접근할 수는 있는 일이다. 또한 그만한 용기쯤은 가진 처녀이다. 그러나 부자연한 일은 되도록 피하고 싶다…

그러던 것이 무슨 일로 해선지는 모르나 철수 편에서 자기를 이제 찾아온다는 것이다. 물론 그가 만나려는 것은 숙경의 아버지요, 숙경이 아니지만, 그는 주인의 한 사람인 자격으로 가장 자연스럽게 가장 용이하게 내 집의 손님으로 온 김철수를 만날 수 있는 것이다. …(중략)…

그는 문득 숙자가 비록 입밖에 내어서 말은 않지만 그 역시 김철수의 애독자로 많은 호의를 이 젊은 소설가에게 가지고 있는 듯싶은 것을 생각해 내었다. …(중략)…

「전에두 오시든 사람이신가요?」

「아아니 이번이 첨이야. 허지만 이름을 말하면 언니두 단박 알 사람!」

「누구게요?」

「김철수씨!」

김철수라는 말에 숙자는 순간에 얼굴빛이 변하도록 놀라고 혹 자기가 잘못 듣지나 않았나? 스스로 저의 귀를 의심하며 잠깐 시누이의 얼굴을 쳐다만 보고 있었다.[23)]

장편소설 『여인성장』은 너무도 흔한 사랑과 배신의 모티브를 서사구조의 핵심에 배치한 작품이다. 이 작품의 서사는 바로 이 비밀의 열쇠를 찾아나가는 과정이다. 숙자의 알 수 없는 태도는 독자의 호기심을 자극하며 소설의 결말까지 긴장을 유지하는 원동력이 된다. 숙자/철수/숙경의 삼각관계

---

23) 박태원, 『여인성장』, 192~93쪽.

가 형성되면서 비밀은 또 다른 비밀을 야기한다. 철수와 숙자의 이별이 문제가 아니라, 철수와 숙자가 연인이었다는 사실 자체가 또 다른 비밀이 되는 것이다. 숙자의 시누이인 숙경이 철수를 짝사랑하면서 이 두 번째 비밀은 삼각관계를 형성하는 기반이 된다.

숙자를 강제로 범하여 결혼에 성공한 상호는 이미 자신의 아내가 된 숙자의 순결에 집착한다. 하지만 그의 고민과 갈등은 "숙자허구 철수하곤 아무 관계가 없었다! 숙자는 순결하다!"는 상호의 독백에서 입증되듯이 숙자의 순결을 확인한 후 단숨에 해결된다. 숙자의 순결이 증명되면서『여인성장』을 둘러싼 모든 갈등은 순식간에 사라져 버리는 것24)이다.

그러나『여인성장』의 본질적인 문제는 다른 곳에 있다. 이 작품의 결말은 숙자와 철수가 자신의 진실한 사랑을 희생함으로써 숙자와 상호, 숙경과 철수가 행복한 가정을 이루는 것으로 끝이 난다. 그러나 '현재 삶의 인정'과 '또 다른 짝 찾기'로 귀결된 이러한 소설의 결말은 그들의 사랑이 가진 진정성을 의심하게 한다. 누군가를 사랑한다는 것은 단지 겉모습을 치장하는 것이 아니라, 그 내면까지도 가꾸고 변화되는 것이다. 따라서 '성장(盛裝)'의 이유가 사랑이라면 거기엔 반드시 그 사랑으로 인한 내면적 '성장'이 동반되어야 한다. 물론 상호와 숙경은 완전한 악인은 아니지만 숙자와 철수에 대한 그들의 사랑은 치기어린 질투와 소유욕을 넘지 못한다. 결국 여인의 '성장(盛裝)'으로부터 '성장(成長)'을 이끌어내지 못한 바로 그 지점에서『여인성장』의 한계는 보다 뚜렷해지는 것25)이다.

2. '혼종성'의 공간과 왜곡된 욕망

24) 류수연, 「전망의 부재와 구보의 소실-박태원의 「명랑한 전망」, 「애경」, 『여인성장』에 대한 연구」, 『구보학보』 제5집, 2010, 118쪽.
25) 류수연, 위의 글, 119쪽.

박태원의 『여인성장』에는 작가가 생각하는 모순된 현상을 꼬집거나 냉소적으로 다루는 시선이 자주 나타난다. 등장인물들은 모두 경성이라는 도시에서 숨 쉬고 생활하고 꼼작꼼작 활동한다. 소설가로 묘사되는 주인공 김철수가 이용하는 금융기관은 창피하게도 전당포이다. 전당포에서 그는 140원이나 거금을 들여 양복집에서 맞춘 양복을 담보 잡히고 50원을 마련하려고 하지만, 전당포 주인은 겨우 25원을 주려고 해서 흥정이 되지 않는다. 그러자 김철수는 소설이라는 글쓰기를 담보로 잡히고 200원이란 거금을 사채로 빌려 쓴다. 물론 김철수가 차용하려는 돈은 자신이나 가족이 사용하려는 돈이 아니고 과거 스승 강우식선생의 딸인 기생 강옥화의 딱한 처지를 돕기 위한 목적으로 쓰인다. 강순영(기생 강옥화) 또한 아버지의 병원비 등 집안의 어려움을 해결하기 위해 서푼이란 큰 이자로 사채를 즐겨 사용한다. 따라서 이자가 높으니 원금을 비롯한 이자는 눈덩어리처럼 불어나게 마련이다. 일본 제국주의자라는 지배세력이 조선을 형제국으로 잘 살게 하기 위한 근대 문명국가로 만들려 합병을 했다고 겉으로 외치지만 조선인의 삶은 달라진 것이 없다. 여전히 조선 서민들은 재래식 방식의 서민금융에 의존하고 있다. 유학까지 다녀온 소설가 김철수 또한 전당포 주인에게 굽신거리고 있다.

　골목을 나오면 왼손편 모퉁이집이 바로 전당포다. 하지만 집이 동네라 혹 누구 아는 사람의 눈에라도 띄지나 않을까? 잠깐 망설거려지기도 하였다. 그러나 다시 생각하여 보면 이 더운데 그처럼 보퉁이를 옆에 끼고 좀 더 거리를 헤매도는 것이 더욱 우울한 일일 것이었다. 철수는 곧 문을 밀치고 그 안으로 들어갔다.
　그때까지 책상에 기대앉아 한 자루 부채를 동무 삼아서 졸음과 다투고 있었던 듯싶은 전당포 주인은 철수가 말없이 창구멍으로 들이민 보퉁이를 받아서 끌러 놓고 잠깐 뒤적뒤적하여 보더니 묻는다.
　「얼마나 쓰시려나요?」

「오십 원만…」

「오십 원요?」

전당포 주인은 돋보기 너머로 한번 흘깃 철수의 얼굴을 쳐다보더니 더 말하여 볼 것도 없다는 듯이 주섬주섬 양복을 도로 보자기에 쌌다.

「왜 그렇게 안되나요?」

「안됩니다. 한 절반이나 쓰시겠다면 또 몰라도…」

「절반이라니 이십오 원요?」

「네.」

「아 작년 가을에 일백사십 원에 새로 마친 게?」

「글세 얼마를 주셨는지는 알 배 없소이다마는 어디 이런 거 값나가나요? 더군다나 기성은…」

「기성복?… 하 하 하 모르거든 영감 말씀이나 마슈.」

철수는 보통이를 들고 다시 거리로 나왔다.

이러한 김철수가 작품 마무리에서 결혼하려고 준비하는 최숙경의 부친 최종석은 한양은행 두취로 나온다. 요즈음으로 말하면 은행장이다. 소위 일제가 경성에 새롭게 들여온 근대적 기관과 제도의 하나인 우체국·전화국·전기사업소·조선은행·조선세관·재판소·철도국(총독부) 등의 공공기관의 하나가 은행이다. 김철수가 한양은행장의 장녀와 결혼하려는 혼사는 소위 '명랑성'의 개념에 부합한다. 김철수와 최숙경은 사는 곳에서도 커다란 차이를 보인다. 김철수는 걸어 다니지만 최종석의 큰 아들 최상호는 서양제 리무진을 타고 다닌다. 최종석은 구체적으로 설명이 되어 있지 않지만, 자신의 지위를 유지하기 위해 총독부로 대표되는 일본에 밀착된 친일파형의 인물유형일 가능성이 높다. 그에 비해 김철수의 아버지 현재는 조선의 지사형 인물유형으로 등장한다. 그는 신소설이 유행할 때 전통적인 보수형 인물들이 주독자층이었던 삼국지와 수호지를 번안해서 간행했고 현재는 용재총화를 번역해서 출판하려고 준비하는 소설가로 묘사된다.

하지만 현재는 집터를 장만하고 직접 설계해서 건축하려고 하는데 조선식 온돌을 비판하고 문화주택을 선호하는 것으로 묘사된다. 현재는 조선의 전통적인 보수형의 인물이지만 사상만은 고루함을 탈피하여 이미 근대지향성을 지니는 인물로 변해있다. 최종석과 현재의 공통점은 양가성과 혼종성의 양태를 띠고 있는 인물이라는 점이다.

> 「그럼 소위 문화주택식으루요?」
> 「글세 문화주택식이랄지…집 됨됨이두 됨됨이려니와 집안에 방은 원
> 몇이 되구간에 꼭 하나만 남겨두고는 온돌은 폐지하여 버리자는게 내 주
> 장인데…경제적으로 나무값 석탄값 쳐드는 것두 가난한 살림살이에 문제
> 려니와 제일에 조선사람들이 느리구 게른 것이 도무지가 온돌 까닭이거
> 든. 느이 어머닌 대 반대시더라만 나는 하나만 남겨두군 온돌은 폐지헐
> 생각이다.」
> 「하난 남겨 두실 것 무엇 있습니까?」
> 「아니야. 그래두 집안에 혹 환자가 생긴다든지 그런 경우에 역시 온돌
> 방이 하나쯤은 필요하니라.」
> 「네」
> 「어느 서적에서 보니까 재래의 조선 가옥을 중정식이라구 허구 문화주
> 택 모양으루 된 것들을 집중식이라구 부르나 보드라만, 이름이야 어떻든
> 내 생각에두 그 집중식이라는 게 퍽 합리적인 것 같더라. 서양 사람들처럼
> 밤에 침실루 들어갈 때까지는 신을 도무지 벗을 필요가 없기나 허다면
> 모를까 이건 집안에 들어앉어서두 하루에두 수 십 차씩 신을 신구 벗구…
> 그 번거롭기란 이를 데가 없지 않으냐?」
> 「네」26)

바바에 의하면 양가성은 혼종성과 밀접한 관계가 있다. 탈식민주의 논쟁에서 바바만큼 혼종성을 정치적 저항의 수단으로 강조한 이론가는 없다.

---

26) 박태원, 『여인성장』, 182쪽.

그는 식민 담론에서 지배자의 양가적 욕망이 피지배자를 혼종적으로 만든다고 설명한다. 식민적 지배 관계에서 지배자는 '나를 닮아라. 그러나 같아서는 안 된다'라는 양가적 요구를 한다. 이런 허용과 금지의 양가적 요구에 피지배자는 지배자를 부분적으로 닮을 수밖에 없다. '부분적 모방'인 '흉내내기'를 통해 피지배자는 항상 '결함'이 있는 '혼종'이 된다.27)

김철수의 아버지 현재는 지사적인 인물이지만, 어느새 '혼종성'을 띠고 있다. 김철수의 어머니가 온돌을 고집하지만, 아버지 현재는 온돌이 조선인을 게으르게 만들기 때문이라는 이유로 온돌보다는 침대를 방에 들이는 집중식으로 되는 문화주택을 선호하고 있다. 이러한 삶의 태도는 서양식과 조선식의 절충형이라고 할 수 있다. 그는 어느새 지배자의 논리를 닮아가고 있지만, 그렇다고 지배자도 피지배자도 아닌 어정쩡한 상태로 변질되어 버린 것이다. 현재만이 아니라 최종석 집안의 아들과 딸들은 모두 이러한 혼종성을 띠고 있다는 것이 『여인성장』에 내재된 특징이다. 모더니스트나 댄디즘의 의식을 닮고 있지도 않으면서 프랑스제 코티 분을 바르고, 검정 벨벳치마로 즐겨 양장을 하면서 파마넌트한 머리를 해도 조선옷에 잘 어울릴 것28)이라는 착각을 한다. 쉽게 구할 수 없는 오향을 가미한 본격적인 중화요리 '쩡바바오치(蒸八寶鷄)', '추우상로우(煮五香肉)'를 요리하여 손님에게 내놓는다든지, 요리에 햄사라다, 비이프스텍, 오므렛을 곁들인다.

---

27) Homi Bhabba, The location of Culture,(London : Rouledge, 1994), pp. 101~22, 박상기, 「탈식민주의 양가성과 혼종성」, 고부응 편, 『탈식민주의 이론과 쟁점』, 문학과지성사, 2003, 233쪽, 재인용.

28) 하신애는 "작품의 제목과도 연결되는 '성장(盛裝)'한 여인의 모습이란 그 자체로 코스모폴리탄적으로 구성된 신체를 지닌 소비주체를 가리키는 것으로도 해석할 수 있다"고 설명하고 있다.
하신애, 「식민지말기 박태원 문학에 나타난 시장성 -『여인성장』의 소비주체와 신체제 대응 양상을 중심으로」, 『상허학보』 제32호, 2011, 345쪽.

또 정자옥(丁字屋, 미도파) 오층 갤러리에서 양화를 구입하고 '라 트라비아타' 음악회를 감상한다. 식민지의 근대도시에서 잡탕문화를 즐기는 것은 혼종성의 극단적 모습이라고 할 수 있다.

3. 명랑성과 낭만적 낙관주의의 잠복

근대도시는 과학의 혜택으로 어느 정도까지 건실, 명랑한 일면을 가지고 잇으나 워낙 인류의 밀집지구이라 그 이면에 암흑, 오예추루 汚穢醜陋가 동시에 서식하므로 이의 제거와 개선에 항시 유의 노력하여야만 진정한 도시 문화의 수립과 도시생활의 명랑화를 기할 수 잇는 것이다. 도시의 명랑화에는 그러므로 두 가지 방면이 잇나니 적극적으로 도시인의 생활, 교양 위생 등을 위한 시설의 완비를 圖함이 그 하나이오. 소극적으로는 도시인의 생활과 도시문화의 향상 증진을 방해하는 것들을 일절 퇴치함이 그 하나이다. 비록 후자에 유○없다 할지라도 후자에 소홀함이 잇으면 소기의 성과를 완전히 얻을 수 없는 것이 명약관화한 일이다.[29]

1935년 무렵부터 총독부는 '명랑성'을 주요한 담론으로 전개했던 것으로 보인다. 이러한 '명랑성'이라는 모토는 군국주의의 기치로 신체제론을 정당화하기 위한 일종의 캠페인성 행사로 생각된다. 이러한 '명랑성' 캠페인은 언론매체를 통해 대대적으로 선전활동에 들어가는 한편, 문학·음악·미술 등 예술을 통한 홍보에도 주력한 것으로 보인다. 이러한 캠페인이 어느 정도 성과를 이룬 기반위에 총독부는 1940년 무렵부터 '내선일체론'을 모토로 대동아공영론을 전개하게 된다.

신동아건설을 목표로 대륙 진출이 눈부신 현재, 조선반도가 가지는 정

---

29) 「도시의 명랑화」, 『동아일보』 1937.8.18.

치적·경제적·문화적 사명의 중대함은 새삼 부언할 필요도 없을 것이다. 후방 국민들 사이에 조선을 다시 보려는 기운이 높아지고 있음은 흐뭇한 일이고 여기에 '조선판' 간행이라는 기획을 들으니 작금의 시국과 어울리는 계획이라 여겨진다.

-공작 고노에 후미마로(近衛文麿)

이번 사변(중일전쟁)을 계기로 전국민이 조선의 중요성을 더없이 실감하게 되었고, 약진하는 조선의 이천삼백만 민중은 혼연일체가 되어 흥아국책 달성에 매진하고 있다. 이러한 시기에 '조선판'의 간행은 시의적절한 것이고 내선일체의 성과를 거두는데도 기하는 바가 크리라 믿는다.

-조선총독 미나미 지로(南次郎)[30]

당시 '명랑성'은 잡지의 설문 조사내용에서도 빈번히 강조된다. 「조선문화와 민중과 신문, 3대 신문편집방침론」(≪삼천리≫ 1935. 7.1)에서 "조선사회의 광명성을 확대보도하고 암측면을 될수록 덥허버리라는 노력이 각자에 뵈이는데 이것은 엇던 뜻에서 나왓습니까"라는 질문에 김형원은 '무기력하고 명랑성이 적은 우리 사회에 활기를 띄우게 하고 광명을 불러오려 하면 억지로라도 광명면을 찾지 안코는 안 될줄로 생각합니다'와 같은 답변을 한다.「신춘에는 엇든 노래 유행할가」(『삼천리』』 1936. 2.1.)와 같은 설문에서 "리아리즘에 입각한 내용에다 약간의 낭만과 감상을 가미한 명랑성이 잇고 건실한 노래가 유행될 것"이라는 답변에서도 보인다.[31]

박태원도 잡지 ≪삼천리≫가 특집으로 다룬 "신체제하의 余의 문학활

---

30) 한일비교문화연구센터, 『일본잡지 모던일본과 조선 1939』, 윤소영외 역, 모던일본사, 2007, 104쪽.
31) 박진숙, 「박태원의 통속소설과 시대의 '명랑성'」, 방민호 외, 『박태원문학 연구의 재인식』, 예옥, 2010, 360~61쪽 재인용.

동방침"에서 「건전하고 명랑한 작품을」이란 제목으로 "건전하고, 명랑한 것을 써 보려합니다."[32]라고 밝히고 있다. 박태원의 『여인성장』에는 신체 제론과 관련되는 보도연맹·천인침·국책형 교수·애국반상회 등의 용어가 등장하고 있다.

「야마구찌 악기점? 왜/」

「왠 뭐 왜야? 레코오드 사러가지. 자아 언니! 그만 내버려두구 나갑시다. 토스카니이니의 베토벤 제 오번…뭐 들어보지 않아두 벌써 스바라시이 헐 꺼야!」

「그럼 언니 나두 가아.」

「넌 못가! 안 데리구 가!」

「누가 언니 따라가나? 이 언니허구 같이 가지. 언니! 나 같이 가두 괜찮죠?」

「그럼요. 같이 가세요.」

「그래두 넌 못 가! 어디 악기점에만 들러야 말이지. 찻집이두 가구 그럴 텐데 너 호도오렌메이(保導聯盟)한테 들켜두 괜찮아?」

시아주버니

보도연맹을 내세워서 동행을 거절하는 데는 경애도 어쩌는 수 없다. 그래 잠깐 심사가 좋지 못하기도 하였으나 즉시 다시 명랑해져가지고 그는 말한다.

「그래두 미쓰꼬시 앞까지 난 따라가구 말 껠? 학교에서 센닌바리(千人針) 해오라는 것두 아직 남구 했으니까… 언니- 야마구찌루 찻집으루 천천히 다녀서 미쓰코시 앞으루 나오세요. 올 때 또 같이 오게.」

경애는 그저 어떻게든 하여 언니들을, 특히 숙자를 따라나서고야 마는

---

32) 박태원, 「건전하고 명랑한 작품을」, ≪삼천리≫ 1941. 1., 247쪽. 박진숙, 위의 글, 360쪽 재인용.

것이다.33)

『여인성장』에서 숙경은 여동생 경애에게 '보도연맹'을 거론하여 집에 떼놓고 가려는 행동을 보인다. 보도연맹은 "학생들의 교외 행동을 교내에서나 다름없이 감독하고 지도하야 훈육의 목적을 완전히 달성하자는 데에 그 취의가 잇는 것으로서 학무당국이 솔선주창하야 각 학교 당무자와의 연락으로 조직 실시한 것"으로 "생도들의 품성 도야와 정조 함양"에 필요한 일까지 보도연맹이 앞장서며 영화관·극장·유흥가·강연회·전람회 등이 있을 때에도 보도연맹이 솔선하여 이들을 통제하고 관리34)하고자 한 목적을 확인하게 된다.

경애의 학교 숙제인 '천인침'은 전쟁에 출정 나가는 일본군의 안녕을 기원하는 의미에서 여성들이 흰색 헝겊에 붉은색 실로 한 명이 한 침씩 매듭을 만들어서 주는 일종의 부적으로 여학생들을 신체제의 관리와 동원에 참여시키는 캠페인성 행사의 일종이다.

　　매월 초이레는 애국반상회 날이다. 반원들은 모두 출석을 해야 마땅할 것이다. 그러나 최씨 집에서는 이제까지 일보는 정서방 아니면 젊은 식모가 꼭 나갔었다. 그러던 것이 근래 와서 주부되는 이가 반드시 나와야만 한다고 말이 많아 며칠 전 반상회에는 처음으로 숙자가 나갔었는데 밤늦게 혼자 돌아오기가 호젓하리라 하여 시고모가 부리는 계집애 점례더러,
　　「너 아씨 모시구 갔다오너라!」
　　하는 것을
　　「아니 지가 언니따라 갔다올 테야요.」
　　하고 경애가 자원을 해 나서서 본래 초저녁 잠이 많기로 이름이 난 '작

---

33) 박태원, 『여인성장』, 160~61쪽.
34) 「보도연맹과 학생」, 『동아일보』 1937.9.30, 박진숙, 위의 글, 364쪽 재인용.

은 아씨'가 반장의 집 사랑 구석에가 늦도록 사람 틈에 끼어 앉아서 졸음을 참느라고 여간 고생이 아니었다.35)

「그러지 마시구 작은아씨허구 두 분이 갔다 오세요. 낮에 반장이 찾아와서 오늘은 방공호(防空壕) 맨드는데 무슨 의논두 해야겠구 그래서 꼭 좀 나오랬으니까요.」
숙경이는 마침내 기색이 좀 좋지 못하여졌다.
「언니두 여간 고집불통이 아니야.」
한마디를 남기고 방에서 나와 숙자 대신에 경애나 데리고 나섰으면 좋을 듯도 싶은 것을 저 혼자 갈 작정인지 숙경이는 그대로 현관으로 나갔다.36)

박태원의 『여인성장』에는 애국 반상회의 모습과 방공호를 파는 등 대동아공영이라는 신체제를 구축하기 위한 총독부의 주민통제와 행정조직 동원의 양상이 드러나고 있다. 작가 박태원은 왜 이러한 신체제의 동원과 관리방식을 작품에 그대로 노출시켰을까? 두 가지로 판단된다. 하나는 자기 합리화의 한 방법으로 보인다. 즉 시국에 맞춰 명랑성의 부각을 강조하는 총독부의 행정지침에 따르고 있다는 것으로 보여주어 검열을 통과하기 위한 목적인 것이다. 다른 하나는 양가성과 혼종성에 의한 저항의 일종으로 '위장'의 저항적 효과에 해당된다. 일제의 신체제론의 담론을 잘 따르는 것처럼 위장하면서 실상은 전쟁광인 군국주의자들이 식민지 조선을 어떻게 통제 관리하고 전쟁에 일반주민들까지 조직적으로 동원해왔는가를 합법적인 방법으로 보여주려는 의도가 잠복되어 있다고 볼 수 있다. 바바는 흉내내기는 지배자의 모범을 충실히 따르는 '미메시스'인 듯하지만 동시에

---

35) 박태원, 『여인성장』, 161쪽.
36) 박태원, 『여인성장』, 190쪽.

이를 우습게 만드는 '엉터리 흉내'가 되는 전복의 전술로 이용될 수 있다. 또한 지배자는 본원적 분열 때문에 자신의 이상적 이미지와 자기 도취적 동일시를 이루기 어렵다. 이런 상황에서 부분적으로 닮은 혼종적 피지배자의 형은 지배자의 내적 분열을 증폭시키는 결과가 된다. 이외에도 혼종이 된 피지배자는 지배자와의 완전한 동일성이 아닌 '부분적 유사성'을 통해 '위장'의 저항적 효과를 만든다는 것[37)]이다.

통속적 사랑을 통해 명랑성을 추구하면서 새로운 담론을 만들어내려고 하던 낭만적 낙관주의는 실패하고 만다. 해피엔딩으로 평탄하게 끝맺음을 하는 『여인성장』에서 등장인물 누구도 진실된 사랑의 방향을 보여주지 못한다. 모두가 고만고만한 행복을 느끼는 안일한 현실안주에 머물고 말기 때문이다. 애인을 겁탈한 친구의 여동생과 사랑을 추구한다는 설정 자체가 주는 모순이 작가의 발목을 잡은 것이다.

다만 이러한 통속적 사랑은 혼종적 저항의 일단을 보여주는 것으로 해석할 수 있다. 국토를 유린한 일본 제국주의 지배자들의 '나를 닮아라'와 '나와 같아서는 안 된다'라는 양가적 요구에 따른 혼종성으로 인해 엉터리 흉내내기를 한 작가는 부분적 유사성을 통해 위장의 저항적 효과를 노린 것이다. 지배자들이 강요한 피지배자들의 행복은 독자들에게 허상[38)]이라는 것으로 깨우쳐준다.

---

37) Homi Bhabba, The location of Culture,(London : Rouledge, 1994), pp. 86~89, 박상기, 위의 글, 235쪽, 재인용.
38) 류수연, 앞의 글, 122쪽. 류수연은 작가 박태원문학의 이러한 한계에 대해 다음과 같이 해석하고 있다.
"구보의 소실은 변질된 공공성의 시대를 향한 박태원의 '공공적 글쓰기'가 마침내 시대의 무거운 벽 앞에 부딪쳤음을 의미한다. 따라서 통속적 코드로 구보의 빈 자리를 메우고자 했던 『여인성장』의 서사적 실패는 어쩌면 필연적이다. 구보의 고현학적 관찰이 끝난 곳에서 박태원의 서사 역시 그 본래의 건강함을 잃어가고 있는 것이다."

4. 맺음말

일제 강점기를 화려하게 장식했던 구보 박태원 문학을 총체적으로 살펴보기 위해 그가 한국문단에 처음으로 이름을 날리게 된 「소설가 구보씨의 일일」과 신체제론으로 조선인을 통제와 강제동원으로 몰아가던 시기의 장편소설인 『여인성장』을 비교분석해보았다.

『소설가 구보씨의 일일』에서 주인공 구보는 대학노트를 펴서 자신이 관찰한 것을 꼼꼼하게 적는 글쓰기 행위를 한다. 관찰을 통해 구보는 지배자가 식민 지배 체제를 유지하기 위해 '나와 같아서는 안 된다'라는 모순된 요구를 하고 있는 것을 체득한다. 대학 노트를 들고 관찰한 것을 메모하는 지식인 청년은 복종을 통해 전복의 가능을 엿본 것이다. 이러한 행동은 바로 바바가 말한 '양가적 저항'인 것이다. 다만 그것은 실천적 행동이 약한 지식인 청년의 소극적 저항에서 크게 벗어나지 못하고 있다는 한계를 드러낸다.

또 소설적 자아 구보는 근대 자본주의 사회에서 화폐의 위력에 대해서 설명하고 근대적 소비자로서 상품을 꿈꾸고 욕망하는 과정을 보여준다. 종국에 소비자는 자신이 꿈꾸던 상품과 그것의 교환가치인 화폐로부터 멀어지고 소외되고 말 것인데, 모든 것을 얻을 수 없게 될 때 근대적 주체인 소비자는 과시적 소비를 하는 속물근성을 드러내고 만다. 식민지 수도 경성에서 일어나는 과시적 소비의 허상을 작가는 꼬집고 있다.

한편 박태원의 장편소설 『여인성장』에는 애국 반상회의 모습과 방공호를 파는 등 대동아공영이라는 신체제를 구축하기 위한 총독부의 주민통제와 행정조직 동원의 양상이 드러나고 있다. 또 이 작품에서 통속적 사랑의 통해 새로운 이야기담론을 창조하려고 노력한다. 그러나 통속적 사랑을 통해 명랑성을 추구하면서 새로운 담론을 만들어내려고 하던 낭만적 낙관주의는 실패하고 만다. 해피엔딩으로 평탄하게 끝맺음을 하는 『여인성장』에서 등장인물 누구도 진실된 사랑의 방향을 보여주지 못한다. 모두가 고만고만한 행복을 느끼는 안일한 현실안주에 머물고 말기 때문이다. 애인을 겁탈한 친구의 여동생과 사랑을 추구한다는 설정 자체가 주는 모순이 작가의 발목을 잡은 것이다. 다만 이러한 통속적 사랑은 혼종적 저항의 일단을 보여주는 것으로 해석할 수 있다. 국토를 유린한 일본 제국주의 지배자들의 '나를 닮아라'와 '나와 같아서는 안 된다'라는 양가적 요구에 따른 혼종성으로 인해 엉터리 흉내내기를 한 작가는 '부분적 유사성'을 통해 위장의 저항적 효과를 노린다. 결국 작가는 독자들에게 지배자들이 강요한 피지배자들의 행복은 허상에 불과하다는 점을 분명하게 인식시켜 준다.

제4부 북한문학사에서 박태원은 어떻게 살아남았는가

북한문학사에서의 박태원문학의 위상과 좌표

1. 머리말

1930년대 일제강점기의 근대문학사에서 구보 박태원을 언급하지 않고 한국문학사를 전개하는 것은 불가능할 정도로 그의 문학사적 위상과 평가는 매우 높다고 할 수 있다. 물론 구보문학은 시대적인 변화에 따라 일관성의 측면에서 많은 변곡점을 이룬 것은 분명하다. 초기에는 이상·정지용·김기림 등과 함께 모더니스트로서 이름을 날렸다. 『소설가 구보씨의 하루』와 『천변풍경』에서의 새로움의 추구는 당대 선후배 소설가들에게도 커다란 영향을 미쳤다. 한때 시인으로서도 활동했을 정도로 활동영역도 넓었다.

하지만 1930년대말부터 1940년대에 접어들면서 일제가 군국주의의 망종으로 빠져들었을 때에는 고전과 역사에 대한 관심과 역사소설 집필로 방향을 틀었다. 생활의 방편으로 인해 전업작가로서 붓을 꺾지는 못하더라도 광포한 물결은 피해가자는 심산이었을 것으로 생각된다. 이러한 전환과정에 대해 모더니즘에서 리얼리즘의 변환이라는 평가에서부터 일관성의 측면에서 큰 변화가 없다는 견해까지 학계의 의견은 분분하다. 잠시 일제의 강압에 의해 친일작품을 두어 편 집필하기는 했지만, 곧 민족 작가로서의 좌표를 정하면서 전문작가를 지향했던 구보는 민중을 토대로 한 역사소설에 심혈을 기울이다가 해방정국을 맞이하게 된다.

월북을 단행한 구보는 초기에는 사회주의적 사실주의 문학사조에 적응을 못하고 위상이 흔들렸으나 곧 민중사관을 토대로 한 중단편 역사소설을 펴내고, 대작 역사소설인『갑오농민전쟁』 집필에 착수함으로써 북한문학사에서도 화려하게 부활한다.

이러한 구보 박태원문학이 북한문학사에서 어떠한 굴곡을 겪어왔는지 구체적으로 살펴보기로 한다.

2. 북한의『조선문학사』에서의 변별적 특성

북한에서『조선문학사』는 총 10여 종이 발간되었다. 또 1990년대의 북한문학의 흐름을 볼 수 있는 자료로는『문학예술사전』(상권은 1988년, 중권은 1991년, 하권은 1993년에 나옴)과 1994년에 나온『문예상식』이 있다. 그중 현 시점에서 특징적인 성격을 지니는 것으로 볼 수 있는 것으로는 1959년에 나온『조선문학통사』(상, 하권)와 1977년부터 1981년 사이에 나온『조선문학사』(전 5권, 통칭 조선문학사1로 명명하기로 함), 그리고 1990년대부터 2001년 사이에 사회과학원 주체문학연구소에서 출간된『조선문학사』(전 15권, 통칭 조선문학사2로 명명하기로 함)의 세 가지 종류의 문학사와『문학예술사전』과『문예상식』등이다. 이중『조선문학통사』를 제외하고는 주체사상을 바탕으로 하여 쓰여졌다는 점에서는 일치하지만, 소위 부르조아반동문학으로 불려지는 이광수나 김동인의 문학, 그리고 한때 비판적 사실주의문학으로 꼽히던 나도향과 김소월의 문학 등이 다시 등장하고 한용운·박팔양·한설야·정지용·이용악·백석·윤동주 등이 언급되고 있는 점이 이채롭다고 할 수 있다.

한편 북한의 문학사는 『조선문학통사』에서는 1957~62년에 걸친 역사학계의 논쟁을 반영하지 못했으나, 그 이후에 나온 문학사는 근, 현대사의 '시대구분논쟁'과 '과도기유형논쟁'을 반영하였으나, 주체사관의 형성이후에 와서는 현대사의 시점이 갑자기 1945년에서 1926년 '타도제국주의동맹 결성' 시기로 뒤바뀌는 양상을 드러내고 있는 것이 특징이다.

'시대구분'에 있어서 『조선문학통사』는 역사학계의 입장이 아직 정리되기 전인 1959년에 쓰여진 까닭에 식민지시대의 문학사를 '1900~19년의 문학', '1919~30년의 문학', '1930~45년의 문학'으로 나누고 있다. 이러한 시대구분은 근대문학의 시점을 왜 1900년으로 잡았는지에 대한 구체적 설명이 없이 단지 해방 이후를 현대문학의 출발점으로 잡고 있는 양상을 보여준다. 다만 1919년의 3·1운동을 문학사에서 중요한 사건으로 해석하고 있는 입장을 반영하고 있을 따름이다. 하지만 『조선문학사1』에 오면, 양상이 확연히 달라지고 있음을 알 수 있다. 김하명·류만·최탁호 등이 저술한 『조선문학사1』은 식민지시대를 '19세기 후반기 - 20세기초의 문학', '1910~25년의 문학', '1926~45년의 문학'으로 세분하고 있다. 여기에서 근대문학의 시점을 19세기말이라고 하여 서구열강의 내침에 대항한 반침략투쟁 시기인 1866년으로 집약된 의견을 모은 역사학계의 견해를 반영하고 있음을 알 수 있으며, 현대문학의 시점은 주체사관이 확립된 이후 북한에서 참다운 공산주의적 혁명조직인 '타도제국주의동맹(약칭 ㅌ. ㄷ)'의 결성 시기로 꼽고 있는 1926년으로 잡고 있음을 알 수 있다. 북한역사학계에서 '타도제국주의동맹'의 결성을 현대사의 시점으로 삼는 근거로는 현대는 부르조아 민족운동의 종말과 노동자계급 주도에 의한 새로운 민족운동의 시기라는 것, 그리고 'ㅌ. ㄷ'야말로 우리나라 최초의 '참다운' 공산주의 혁명조직이라는 것1) 등을 거론하고 있는데,『조선문학사1』은 이러한 입장을 반영하고 있다고 볼 수 있다.

가장 늦게 나온『조선문학사2』(전 15권)는 주로 류만에 의해 집필되었는데, 식민지시대문학을 '19세기말 - 1925년까지의 문학', '1926년 10월 - 1930년대 중엽문학', '1930년 중엽 - 1940년대 전반기문학'으로 나누고 있다. 위의『조선문학사1』과의 차이는 전자가 주로 '19세기 후반기부터 - 1925년의 문학'인 근대문학기를 세분하였는데 비해,『조선문학사2』는 소위 현대문학기의 시점으로 보는 1926년 10월 이후의 문학을 세분하고 있는 것이 특징임을 알 수 있다.

한편 각 시기 북한문학사의 서술시각은 약간씩 차이를 보이고 있는데,『조선문학통사』의 경우 맑스-레닌주의에 바탕하여 과학적이고 객관적인 서술에 주력할 것이라고 밝히고 있다. 그리고 책을 서술함에 있어 "역사주의 원칙에 입각하여 우리의 진보적 문학을 관류하고 있는 열렬한 애국주의 · 풍부한 인민성 · 높은 인도주의의 전통을 밝히며, 특히 해방 후에 조선로동당의 정확한 문예정책에 의하여 그의 특성을 명확히 천명하려는 지향으로 일관하였다"2)라고 언급하고 있다.

그에 비해 1981년에 나온『조선문학사1』은 주체사상에 입각한 경직되고 교조적인 시각을 다음과 같이 보여주고 있다.

항일혁명문학예술은 위대한 수령 김일성동지의 주체적 문예사상을 유일한 지도적 지침으로하여 항일혁명투쟁의 영웅적 현실을 적극 반영함으로써 철두철미 시대와 인민대중의 요구에 적극 대답하고 혁명에 이바지하는 가장 혁명적이며 인민적인 문학예술로 주체가 튼튼히 선 문학예술로

---

1) 이병천편,『북한학계의 한국근대사 논쟁』, 창작과비평사, 1989, 37쪽.
2) 사회과학원 문학연구소,『조선문학통사』현대편, 인동, 1988, 머리말.

개화발전할 수 있었다.

   항일혁명문학예술은 영웅적인 항일혁명투쟁의 위대한 현실에 토대함
으로써 철저하게 로동계급을 비롯한 근로인민대중의 리익을 옹호하고 민
족적 및 계급적 원쑤들과의 비타협적인 투쟁정신으로 일관된 당적이며
로동계급적이며 인민적인 문학예술로 되었으며 그에 반영된 사회정치적
내용의 심오성, 생활형상이 진실성으로하여 높은 사상성과 예술성이 완벽
하게 결합된 혁명적 문학예술의 참다운 본보기로 될 수 있었다.[3]

   그런데 박종원·류만 등이 편찬한『조선문학개관1』(1986)이나『조선문
학사2』(1995)의 경우에는『조선문학사1』과 마찬가지로 주체사상에 바탕
하여 서술되고 있지만, 1950년대 말-60년대 초의 비판적 사실주의논쟁이
나 사회주의 리얼리즘논쟁의 성과를 어느 정도는 수용하고 있는 듯한 유연
한 태도를 보여주고 있는 것이 특이한 현상이다. 이를테면『조선문학사
1』에서 전혀 언급되지 않던 김소월이 박종원·류만에 의해 다시 서술되고
있는데, 그의 시론 '시혼'이 당시 부르주아 반동문학 작가들의 상징주의적
미학관을 비판하면서 자기의 미학적 견해, 시에 대한 사실주의적인 견해를
표명하였다라고 규정짓고 있다. 그리고 소월시의 미학정서적 특징을 농촌
과 농민을 주제로 한 시들을 많이 씀·조국의 아름다운 자연과 향토적 풍속
를 노래한 작품들이 큰 비중을 차지함·일제강점으로 인해 잃어버린 지난
날의 것에 대한 그리움이 울분의 감정과 결합되어 노래되고 있음[4] 등으로
요약하여 북한문학사에서 흔히 강조되고 있는 애국사상·민중지향적인 의
식·항일적인 자세 등이 잘 드러나 인민의 사랑을 많이 받았다고 비평하고
있다.

---

3) 김하명·류만·최탁호·김영필,『조선문학사』(1926 - 1945), 과학백과사전출판사,
   1981, 16쪽.
4) 정홍교·박종원·류만,『조선문학개관』1, 인동, 1988, 359-60쪽.

3. 당대 및 남북한 문학사에서의 구보문학의 평가

박태원의 『소설가 구보씨의 일일』은 1934년 8월 1일부터 9월 19일까지 ≪조선중앙일보≫에 연재되었다. 그리고 『천변풍경』은 잡지 ≪조광≫에 1938년 8월호부터 10월호에 연재되었으며 1938년 박문서관에서 단행본으로 출간되었다. 우선 『소설가 구보씨의 일일』은 당대 평단에는 어떤 평가를 받았을까? 결론적으로 『천변풍경』이 나오기까지 1934년부터 1938년까지 카프계의 비판적인 언급 이외에 커다란 긍정적인 평기기 이루어지지 않은 것5)으로 생각된다.

프로작가계열의 김양석은 1935년 4월에 기고한 「기성작가와 신진작가」에서 김유정 · 조벽암 · 박태원의 작품을 읽고 반역정신의 결핍을 우려했다. 다만 이들 작가의 작품이 반역정신의 가능성도 없는 것을 가지고 기술을 부린 것은 공허품에 불과하다6)는 입장이다. 김양석은 자신의 입장의 논거로 아라키 다카시(荒木巍)의 글을 인용하고 있다.

> 무릇 예술이라는 것은 현실에 대한 반역정신의 소산이다. 현실생활에 구역이 나서 작가는 보담 더 고매한 정신을 가지고 현실보담 높은 현실생활에서 추출해야 될 것이요 또 추출하려는 것이다. 이렇게 추출시키려고 애쓰는 작가의 정신이, 즉 반역정신이다. 단지 사회적 문학은 반역정신의 현실적 표현이요 예술적 문학(순문학을 말함)은 반역정신의 관념적 승화다.7)

---

5) 박태원 문학의 당대 평가와 한국문학사에서의 위상과 평가에 대해서는 박진숙의 논문이 있다.
   박진숙, 「박태원 문학의 문학사 기입과정 연구」, 『우리말글』 제71집(2016.12.31.)
6) 김양석, 「기성작가와 신진작가」, 『조선문단』 1935.4, 139쪽.
7) 김양석, 위의 글, 139쪽.

김문집은 고현학을 소개하면서 젊은 청년작가들의 고현학에 대한 경사를 부정적인 측면에서 거론하고 있다. 구체적으로 작품을 거론한 것은 아니지만 박태원의 작품을 비판한 것으로 해석된다. 김문집은 "고현학은 Modernology라고 해서 서양에서는 그 전부터 물의되고 있었던 것이다. … 고고학에 대해서 현현 현상을 통해서 현존 인류의 문화상태를 분절하고 그를 종합하는 학문이 고현학이요, 사회학을 엄부로 모서 놓지 않고는 살림 해나가기에 절차를 잃을까 두려움이 있는 과학이 고현학이다…사회부 신문기자들이 이류 고현학자들이라면 소위 문학예술에 종사하는 친구들은 일류 고현학자다"8)라고 언급했다. 김문집은 이 글에서 고현학상의 식민지 청년을 거론하면서 "식민지형 청년으로서의 '꼴'만 맞추고 조선의 일개 청년 현대의 한 사나이 되는 여자로서의 '꼴'은 맞추기가 싫단 말이냐?"9)라고 비판적인 태도를 견지한다.

　프로작가 계열의 맹장 임화도 박태원의 두 작품을 비판적으로 거론했다. 임화는 박태원의 작품 『소설가 구보씨의 일일』이 프로이드류의 심리소설의 궤적을 걷는 것을 못마땅하게 생각했고, 유명한 세태소설론의 평자답게 『천변풍경』이 현실 단면을 정밀스럽게 묘사한 것은 긍정적이지만, 당대 식민지 현실의 왜곡과 모순의 껍데기만을 묘사한 세태소설에 지나지 않는다고 힐난했다.

　　나는 「구보씨의 일일」과 「천변풍경」과의 사이에는 작자 박태원씨의 정신적 변모가 잠재해 잇다고는 생각지 않는다.
　　똑같은 정신적 입장에서 싸워진 두 개의 작품이라고 보는 게 가장 타당한 관찰일 것이다.

---

8) 김문집, 「의상의 고현학」 3~4, 『동아일보』(1935.6.5~6.6), 박진숙, 앞의 글, 441~42쪽 재인용.
9) 김문집, 위의 글.

「구보씨의 일일」에는 지저분한 현실 가운데서 사체가 되어가는 자기의 하로 생활이 내성적으로 술회되엇다면 「천변풍경」 가운데는 자기를 산 송장을 맨든 지저분한 현실의 여러 단면이 정밀스럽게 묘사되어 잇다.

그러므로 이 소설이 훌륭한 의미에서 조화통합되엇다면 우리는 어떤 본원적인 예술소설을 연상할 수가 잇다. 「구보씨의 일일」에 나타난 자는 「천변풍경」의 세계의 지배자가 될 자격이 없엇고 「천변풍경」의 세계는 「구보씨의 일일」의 작자는 건강히 살릴 세계 또한 아니엇다.[10]

이러한 프로작가계열 평론가들의 맹폭에 박태원은 심란했을 깃으로 보이지만, 당대 최고의 평론가 이태준과 안회남이 받쳐주고 있어 평단의 균형을 어느 정도 유지할 수 있었다.

박태원의 글을 보면, 『소설가 구보씨의 일일』에 대해 당대 프로계열의 작가들은 아예 묵살하고 거론 자체를 안했던 것으로 생각된다. 하지만 이태준이 긍정적으로 평가하고 후원을 해주어 ≪조선중앙일보≫의 연재를 마칠 수 있었다고 고마움을 표하는 장면에서 당대의 평단의 분위기를 어느 정도 파악할 수 있게 된다.

그러나 나는 이러한 류이나마 논평을 받어보기보다는 완전히 묵살을 당한 작품을 외려 좀더 많기 가지고 있다.

「소설가 구보씨의 일일」이 그러하다. 「애욕」이 그러하다. 「전말」이 그러하다. 「비량 悲凉」과 「악마」가 그러하다. 「악마」와 같은 작품은, 임병 淋病과 임란성 결막염을 취급한 것으로, 다른 모든 것을 제외하고라도, 이러한 방면에 새로운 제재를 구하여 보았다는 한가지만으로도, 작자의 노력과 공부는 마땅히 문제되어야 옳을 것임에도 불구하고 내가 듣고 또 본 한도에 있어서는 한 사람도 이 작품에 의견을 말한 이가 없었다.

그렇기로 말하면 「구보씨의 일일」도 일반이다. 이것은 「딱한 사람들」

---

10) 임화, 「세태소설론 −묘사되는 현실의 가치」, 『동아일보』 (1938.4.3)

과 전후하여 갑술년 8월에 제작된 것으로 그 제재는 잠시 논외에 두고라
도 문체, 형식 같은 것에 있어서만도 가치 조선문학에 새로운 경지를 개
척하였다 할 것이건만 역시 누구라도 한 사람, 이를 들어 말하는 이가 없
었다.

　이 일반 독자에게는 좀 난해한 것인지도 모를 작품은, 나의 다른 작품들
보다는 훨씬 더 독자의 흥미라는 것을 무시하고 제작되었든 것인 까닭에
회수로 30회, 일수로는 40여 일을 ≪조선중앙일보≫ 지상에 연재되는 동
안 편집국 안에서도 매우 논란이 되었든 듯싶어, 만약 이태준 형의 지지가
없었드면 나는 이 작품을 완성할 수 없었을지도 모른다.11)

　이태준은 또 『소설가 구보씨의 일일』이 문장사에서 단행본으로 출간되
었을 때 쓴 발문에서 박태원의 장거리문장과 문체의 정치함, 그리고 당대
젊은 신예 작가들의 유행과 예술에 살려는 부질없음 등에 대해 극찬을 하
면서 "구보의 문장은 이제 온전히 조선문장의 한 문체로 존재하는 것이다"
라고 한마디로 요약하여 후학들에게 두고두고 인용되는 평문이 되었다.

　더구나 구보는 누구보다도 선각한 스타일리스트다. 그의 독특한 끈기
있는 치렁치렁한 장거리문장, 심리고 사건이고 무어던 한번 이 문장에 걸
리기만 하면 一絲를 가리지 못하고 赤裸하게 노출이 된다. 이 땅에서 예
술에 살려는 부질없음, 그러나 운명임에 슬픔, 창백한 지식계급군의 魂膽,
가히 웃고, 가히 슬프고, 가히 咀頭沈思케 하는 우리 자신들의 진열이
작품마다 전개되는 것이다.
　더구나 문체의 완성에는 경의를 표하고도 남는다. 「소설가 구보씨의 일
일」이 발표된 후 이 장거리문장이 얼마나 널리 유행하며 있는가는 예를
들기까지 구구하지 ㅇ낳아, 구보의 문장은 이제 온전히 조선문장의 한 문
체로 존재하는 것이다.

---

11) 박태원, 「내 예술에 대한 항변 - 작품과 비평가의 책임」, ≪조선일보≫(1937.10.21
　　~10.23), 박태원수필집, 『구보가 아즉 박태원일 때』, 깊은샘, 2005, 241~42쪽.

이렇듯 내용으로, 문체로 독자적인 것이 너머나 뚜렷한 이 창작집 「소설가 구보씨의 일일」은 훌륭히 조선문학의 새 봉우리요 한 골짜기라 하겠다.[12]

안회남도 이태준에 이어 박태원 단편소설집 『소설가 구보씨의 일일』에 등장하는 현대생활의 풍경을 다룬 감각적 문체와 육체화하고 진경화한 기교주의에 대해 긍정적인 평가를 내리며 "작품의 내용으로 섭취된 생활의 소비부면인 객관이나 작자가 형식으로 요리한 천품의 기교주의인 주관이나 모두 손을 대이면 짜르르 하고 전기가 오를 것처럼 예리하다."[13]고 찬사를 보내고 있다.

남한의 한국문학사는 조연현에 의해 구인회가 설명되는 것으로 요약된다. '구인회'는 1933년 이종명과 김유영 이 두 사람의 발기로 이태준·이무영·이효석·유치진·김기림·정지용·조용만 등의 9명으로써 조직된 일종의 문학친목단체로서 인적 구성수가 9명이라 하여 '구인회'라는 명칭을 붙인 것이었다고 설명된다. 그 발족 동기에 대해서는 프롤레타리아문학에 대한 소극적인 반항과 순수문학에 대한 적극적인 옹호를 내세웠다고 서술하고 있다. 구인회는 얼마 지나지 않아서 이종명과 김유영 그리고 평양에 있는 이효석 세 사람이 탈퇴하게 되고 그 대신 박태원·이상·박팔양 세 사람이 새로 보충되었다[14]고 언급하고 있다.

박태원은 김현·김윤식의 『한국문학사』에서 완전히 부활하여 '박태원 혹은 닫힌 사회의 붕괴'란 소제목으로 무려 5페이지에 걸쳐 서술된다. 김윤식은 『한국문학사』에서 특히 『소설가 구보씨의 일일』과 『천변풍경』을 작

---

12) 이태준, 「발」, 박태원, 『소설가 구보씨의 일일』, 문장사, 1938년, 308~09쪽.
13) 안회남, 「안회남, 뿍 레뷰 ─ 박태원 저 구보씨의 일일」. 『동아일보』(1938.12.23).
14) 조연현, 『한국현대문학사』, 성문각, 1969, 496~97쪽.

품을 직접 인용하면서 예술적 가치를 서술하고 있다. 식민지 치하의 가난을 극복할 방안을 제시하지 못하고 있는 작가가 풍속적인 면에서는 자유연애를 은근히 주장하고 있는 것은 서울 서민층의 폐쇄성과 칩거성을 그것으로나마 극복해보려 한 조그만 의지의 소산이라고 판단하지 않을 수 없다고 말하면서 「딱한 사람들」·「비량」·「진통」 등의 뛰어난 단편과 『소설가 구보씨의 일일』이라는 중편과 그리고 『천변풍경』이라는 장편을 남기고 있는 박태원은 그의 계속적인 문체탐구로 문학사적인 중요성을 또한 획득한다. 그의 문체탐구는 ①전단, 광고 등의 대담한 삽입, ②행갈이로 인한 서정성 획득, ③장거리 문장의 시도, ④중간 제목의 중요성, 다만 ⑤그의 소설에서 이상의 그것과 마찬가지로 한자가 바로 지문에 사용되고 있는 점은 일본 문장의 영향 때문으로 눈에 거슬린다[15]고 평가한다.

한편 권영민은 『한국현대소설사』의 제4장 문학의 정신과 기법의 전환에서 모더니즘 소설과 산문의 시학, 박태원 소설적 기법의 발견에서 모더니즘의 기법으로서의 미학적 자의식과 고현학을 거론하였고, 특히 장편소설 『천변풍경』은 소설적 기법의 면에서 1930년대 소설 문단이 거두어들인 가장 중요한 수확[16]이라고 평가하였다.

조동일은 『한국문학통사』 5권의 여러 곳에서 박태원의 『소설가 구보씨의 일일』, 『천변풍경』, 『골목안』 등을 다루고 있다. 특히 '세태소설 계열의 장편'에서 박태원의 『천변풍경』의 문학사적 의의를 다루었다.

청계천 일대는 서울 중인이나 상인의 생활터전이었다. 한약국·포목점·금은방 중인들이 여전히 행세하고 안잠자기·드난살이·심부름꾼을 부리고, 시대변화와 함께 이발소·양품점·식당·카페가 나타났으나 아직 크

---

15) 김현·김윤식, 『한국문학사』, 민음사, 1973, 193~97쪽.
16) 권영민, 『한국현대소설사』 1권, 민음사, 2002, 461쪽.

게 번창하지 않은 모습을 그렸다. 그런 상황에서 빚어지는 사소한 사건을 일정한 줄거리 없이 이것저것 들추어내서, 아무런 해석을 보태지 않고 보이는 대로 묘사했다. 대화와 지문을 등장인물의 생각에 내맡겨 실감을 돋구고, 편집 솜씨를 발휘해 대체적인 방향을 잡았다. 세태를 그 자체로 보여줄 따름이고 역사나 사회에 대해 무슨 문제를 제기한 것은 아니다. 17)

한편 조동일은 박태원의 『소설가 구보씨의 일일』에 대해서는 "작가가 자기 생활을 기록했다고 할 수 있으나 무능에 관한 자책이 나타나 있어 지식인의 수난을 나타낸 작품과 함께 고찰했다"18)고 언급하면서 그 예술적 가치를 평가했다.

이제 북한문학사로 넘어가보기로 한다. 북한문학사에서 박태원이 완전히 부활한 것을 확인해주는 것은 『문학예술사전』(상권)과 1994년에 나온 『문예상식』이다. 북한문학사에서 박태원은 1970~80년대 와서야 부활한다. 1988년에 간행된 『문학예술사전』(상권)에서 박태원은 작가로서 게재되지는 못하지만 『갑오농민전쟁』이 높은 평가를 받고 수록된다. 1977년부터 1986년까지 간행된 박태원의 다부작 장편이라고 기술된다. 소설의 1부(1977년)는 1892년 겨울부터 1893년 겨울까지 고부군 양교리와 서울을 무대로 하여 성장과정과 농민전쟁 폭발전야의 복잡한 사회력사적 환경을 펼쳐 보이고 있다라고 설명한다. 소설의 2부(1980년)는 고부변란으로부터 전주 입성까지의 3개월 동안의 농민봉기군의 투쟁을 폭넓게 형상하고 있다. 농민봉기군이 들고 일어나자 조병갑은 살구멍을 찾아 도망치고 리진사놈도 줄행랑을 놓는다. 상민은 리진사놈의 고간을 부시고 마을사람들에게 쌀과 천을 나누어준다. 농민봉기군은 종문서·땅문서·빚문서들을 불태워버리며 무기고를 부시고 총으로 무장을 갖춘다.

---

17) 조동일, 『한국문학통사』 5권, 지식산업사, 1989, 430~31쪽.
18) 조동일, 위의 책, 461쪽.

소설의 3부(1986년, 박태원·권용희)는 전국 각지에로 급속히 파급되는 농민전쟁에 질겁한 봉건국왕 리형이 외국에 청병 흉모를 벌이는 이야기로 부터 시작된다. 소설은 일본침략자들의 조선출병과 전주화의, 집강소 설치 와 ≪폐정개혁≫, 위기에 처한 국권을 바로잡기 위한 농민군의 재기, 공주 대격전, 그 실패와 농민군 지도자 전봉준의 체포 등 방대하고 심각한 력사적 사실들을 취급하고 있다. 소설은 이처럼 실재한 사건들을 생동한 예술적 화폭으로 펼쳐보이면서 주인공 오상민과 전봉준을 비롯한 각이한 계급과 계층, 인물들의 운명선을 통해 참다운 력사의 주체는 인민대중이며 인민이야말로 가장 훌륭한 애국자들이라는 진리를 밝혀준다. 동시에 소설은 어떻게 되어 그처럼 거족적으로 떨쳐나섰던 농민전쟁이 실패하였는가 하는 력사의 교훈을 예술적 형상으로 확인하고 있다[9]고 그 예술적 가치를 서술하고 있다.

한편 『문예상식』에서 구보 박태원은 리기영·송영·최명익·박팔양·김용준·안함광·김북원·리용악·김사량·황건 등의 일제강점기부터 유명했던 기성작가와 리찬·엄호석·조기천·김조규·천세봉·김규엽·변희근·석윤기 등의 신진작가와 함께 '해방 후 문학예술' <창작가와 작품> 대열에 포함되어 수록[20]된다.

박태원에 대한 북한문단의 평가는 1930년에 잡지 ≪신생≫ 10월호에 단편소설 「수염」을 처음으로 발표하면서 문단에 데뷔한 후 구인회에 가담하여 왕성한 창작활동을 전개하면서 단편집 『구보씨의 일기』를 내놓았으며, 장편소설 『천변풍경』을 잡지 ≪조광≫에 연재하였다. 장편소설 『천변풍경』은 중류급 이하 사람들의 세태풍속을 그린 세태소설로써 해방전 그의

19) 사회과학원 주체문학연구소 편, 『문학예술사전』(상권), 과학백과사전출판사, 1988, 145~46쪽.
20) 윤종성·윤기덕·리동수 외 편, 문예출판사, 1994, 224~25쪽.

창작을 대표하는 작품으로 된다고 문학사적 위상을 서술한다. 이밖에 그는 장편소설『리순신장군』과『녀인성장』,『성탄절』을 비롯한 단편소설들도 썼다고 언급한다. 해방 전후 20여 년간 남조선에서 보낸 창작생활은 "사회 현실과 동떨어진 순수문학의 상아탑 속에서 벗어나지 못한 암담한 나날이 었으나 김일성과 공화국의 품에 안긴 이후 갑오농민전쟁 16권 창작을 구상 하고 전신마비의 중풍에도 불구하고 3권의 장편역사소설『갑오농민전쟁』 중 2권을 각각 1977년에 제1부를, 1980년에 제2부를 펴냈고, 김정은의 배 려 속에 혁명동지 권영희의 구술, 지필작업 끝에 제3부가 1986년에 세상에 나오게 되었다"21)고 강조한다.

『갑오농민전쟁』은 '병인양요·신미양요·갑신정변' 등과 같은 력사적 사 변들과의 연관 속에서 서사시적 화폭으로 형상한 다부작 장편소설이라고 평가한다. 소설은 이처럼 실재한 사건들을 생동한 예술적 화폭으로 펼쳐보 이면서 주인공 오상민과 전봉준을 비롯한 각이한 계급과 계층, 인민들의 운명선을 통하여 참다운 력사의 주체는 인민대중이며 인민이야말로 가장 훌륭한 애국자들이라는 진리를 밝혀준다고 주체사상에 근거해서 작품평가 를 내리고 있다. 동시에 소설은 어떻게 되어 그처럼 거족적으로 일어났던 농민전쟁이 실패하였는가 하는 력사의 교훈을 예술적 형상으로 확인하는 동시에 소설은 력사적 사건과 사실을 작품의 사상주체적 요구에 맞게 얽음 새에 빈틈없이 맞물리고 생활적으로 풀어나간 구성조직의 치밀성, 세태풍 속묘사의 생동성, 당대 시대상이 드러나는 개성적인 언어형상 등 높은 사상 예술성을 보여주었다22)고 예술적 가치를 높이 평가하면서 끝을 맺고 있다.

---

21) 윤종성, 윤기덕, 리동수 외 편, 위의 책, 224쪽.
22) 윤종성, 윤기덕, 리동수 외 편, 위의 책, 225쪽.

4. 『조선문학사』에서의 박태원의 위상

1. 『조선문학통사』에서의 비판적 평가

『조선문학통사』는 1959년 북한의 사회과학원 언어문학연구소의 문학연구실에서 집체창작의 형식으로 발간한 사실상의 최초의 북한문학사이다. 해방이후 몇 차례 『조선문학개관』(I, II) 등의 이름으로 초기 문학사의 형태로 북한문학사가 모습을 드러내기는 했지만, 개인이 창작했거나 집필 방향이 확실하게 정해지지 않은 상태에서 의욕이 앞서서 내놓은 문학사이므로 많은 문제점을 안고 있었다.

하지만 노동당의 방침에 의해 확고한 사관에 의해 집필된 최초의 북한문학사라는 점에서 『조선문학통사』(상, 하권)는 북한문화사에서 중요한 의미를 지닌다. 첫째, 서문에서도 밝혔지만, 마르크스-레닌주의 미학의 관점에서 서술된 점이 특징이다. 1967년 이후 김일성이 반종파투쟁을 이겨내고 주체사관을 확립하기까지 북한 정치사에서 수많은 장애요인이 대두되었다. 몇 차례의 정치적인 숙청을 거치면서 김일성은 유일체제를 구축하게 되는데, 그 과정에서 남한에서 월북한 수많은 작가들이 역사에서 사라져버렸다. 북로당 계열의 작가들만 생명을 건지게 되었으므로 해방 초기의 사회주의 이상국가를 건설하겠다는 사회주의자들의 꿈은 현실에 뿌리를 내리지 못하고 이상론에 그치고 만다.

둘째, 카프문학의 전통을 토대로 삼았으므로 이후의 교조적인 북한문학사와 상당한 차별성을 보이는 것이 장점이라고 할 수 있다. 『조선문학통사』를 집필함에 있어서 "력사주의 원칙에 입각하여 진보적 문학을 관류하고 있는 열렬한 애국주의, 풍부한 인민성, 높은 인도주의의 전통을 밝히며, 특히 해방 후에 조선로동당의 정확한 문예정책에 의하여 그 특성을 명확히

천명하려는 지향으로 일관하였다"라고 언급하고 있지만, 판소리문제, 창작
방법으로서의 사실주의의 형성과 발전에 관한 문제 등에서 확고한 의견일
치가 이루어지지 않은 채 집필됨으로써 많은 한계를 노정하고 있다. 하지만
이러한 불일치의 사관에 대한 언급을 할 수 있는 것 자체가 북한의 정치현
실에서 대단히 이례적인 점이라는 점에서 커다란 가치가 있다. 1960년대
초까지 북한에서는 사회과학원을 중심으로 학자들 사이에서 앞으로의 문
예정책과 지향성에 대해 활발한 토론이 이루어지고 있었다는 점에서 미래
의 통일문학사의 집필이라는 관점에서 볼 때 중요한 역사적 가치와 의미를
지닌다.

셋째, 김일성의 항일 빨치산 투쟁의 전통을 문학사에서 담아보려고 했다
는 점을 『한국문학통사』는 보여준다. 1959년의 항일전적지 탐방 등 일련
의 노동당 중심의 활동상을 문학사가 반영하고 있는 것이다.

넷째, 서문에서 밝히고 있듯이 집체창작의 강점도 있지만, 문체상 통일
성이 결여되어 많은 결함이 드러나고 있다고 밝혔듯이 일제강점기의 근대
문학사를 정리하는데 있어서 일치된 견해가 정립되지 않은 현실을 보여주
고 있다.

이러한 중요한 특징을 보여주는 『조선문학통사』에서 구보 박태원은 어
떠한 평가를 받고 있을까? 『조선문학통사』에서 구보 박태원은 전혀 언급
되지 않고 있다. 『임꺽정』의 홍명희, 『땅』의 이기영, 장편 『황혼』·『청춘
기』·『초향』·『탑』 등의 한설야는 상세하게 그들의 문학이 서술되고 있으
나 박태원은 거론되지 않고 있다.

『조선문학통사』는 근현대문학사의 시기구분을 1900~19년의 문학, 1919
~30년의 문학, 1930~45년의 문학, 해방 후 문학 - 평화적 민주건설 시기의
문학, 조국해방전쟁시기의 문학, 전후시기의 문학의 여섯 시기로 세분하고
있다. 이러한 시기구분에서 주목해볼 수 있는 점은 1919년과 1930년을 시

기구분의 기점으로 삼고 있다는 사실이다. 1919년을 기점으로 삼은 이유에 대해서 "위대한 로씨야 사회주의 10월 혁명의 영향 밑에 일어났던 3.1운동을 계기로 조선 인민의 민족해방투쟁은 새로운 력사적 시기를 맞이하였다. 이 시기로부터 맑스주의 사상이 인민대중 속에 널리 보급 침투되기 시작하였으며, 로동운동이 치렬히 전개되기 시작하였다."라고 하여 3.1운동을 앞세우고 있다. 1930년을 기점으로 삼은 이유에 대해서는 1920년대 말부터 1930년대 초에 로동자, 농민들의 혁명적 투쟁은 더욱 급속히 장성했으며, 1930년대 들어 김일성을 선두로 한 공산주의자들이 당시의 제반 주객관적 조건을 과학적으로 분석한 기초 위에서 조선 인민의 해방투쟁을 적극적 무장투쟁의 새로운 단계로 발전시켰다고 강조하고 있다. 이러한 견해는 1970년대로 들어서면 1926년 김일성의 <타도제국주의동맹> 결성을 현대사의 기점으로 삼는 입장으로 바뀌게 된다.

홍명희, 이기영, 한설야문학에 대한 서술은 1930~45년의 문학 중 산문에서 언급이 된다. 리기영은 이 시기에 중편 「서화」(1933년), 「인간수업」(1936년), 「봄」(1940년) 기타 많은 장편, 단편들을 썼다고 서술하면서 「서화」는 이 작가의 최초의 중편소설이며 이것의 시대적 배경은 3.1운동 이전의 조선 농촌현실임을 강조하고 있다. 작가는 일제강점기하의 조선 농촌생활에 대한 사실주의적 표현을 보여주었으며 그러한 환경에서의 새로운 인간들의 정열의 움직임을 여실히 보여주었다고 문학적 가치를 평가하고 있다. 리기영은 「서화」에서 완성하지 못한 사업을 장편 『고향』에 와서 훌륭히 해결하였다고 서술하면서 『고향』은 일제통치하의 조선사회의 특징을 개괄천명하면서 제기되는 제반 현실적인 문제들을 맑스 레닌주의적 사상 관점에서 구체적 형상 안에 도입하였다[23]고 평가하였다.

한설야의 경우, 이 시기에 장편 『황혼』, 『청춘기』, 『초향』, 『탑』 등을

---

23) 사회과학원 문학연구소, 『조선문학통사』, 인동, 1988, 125~26쪽.

비롯하여 기타 많은 단편들을 썼는데, 『황혼』은 1930년대의 조선 현실의 특질을 자본계급과 로동계급의 기본적 대립과정에서 개괄 형상하였다[24]고 작품의 의의를 서술하고 있다. 홍명희의 경우, "이 시기의 장편 『임꺽정』을 썼다. 홍명희는 카프 작가가 아니였으며 이 작품, 장편 『림꺽정』 그 자체도 결코 프롤레타리아적 립장에서의 작품은 아니다. 그러나 이 작품은 그 시기에 있어 조선 인민의 미래관계를 일정하게 대변해주는 진보적 작품이였는 바, 그것은 이 작품이 림꺽정을 중심으로 하는 일련의 인물형상을 통하여 봉건 통치계급의 전형적 특성을 폭로하면서 그러한 류의 사회 일체통치하의 사회제도를 증오하며 반대하도록 인민을 교양하였기 때문이다."[25]고 서술하고 있다.

하지만 이러한 상세한 서술에 비해 박태원의 소설문학에 대해서는 언급이 전혀 없다. 아무래도 박태원이 월북 초기에는 이태준과 함께 9인회 활동을 했으며 모더니스트로서 활동한 사실이 거론되면서 소외될 수밖에 없었던 것으로 보인다. 9인회 멤버에 대한 증오심 표출은 반종파투쟁이라는 정치적 요인 때문으로 생각된다. 그것은 두 가지로 나타난다. 하나는 '박헌영 도당'이라는 극렬한 용어 사용에서 확인된다. 정치적인 문제임이 여실히 증명이 된다. 박헌영·이승엽 도당의 반국가적 반인민적 간첩행위가 백일하에 폭로되었다라고 서술하고 있다. 즉 정치적 2인자를 한국전쟁의 실패를 빌미로 제거하고 김일성의 유일체제를 구축하려는 목적을 드러낸다.

다른 하나는 문학대렬 내에서 반종파투쟁, 부르죠아 반동문학과의 첨예한 투쟁의 전개가 조선 문학의 력사에서 중요한 사변의 하나였다고 강조하고 있다. 월북한 남로당계열의 작가들을 간첩으로 몰면서 오랜 기간 문학대렬의 파괴와 미제에 복무하는 반동적 부르죠아 문예사상의 전파를 획책하

---

24) 사회과학원 문학연구소, 위의 책, 132쪽.
25) 사회과학원 문학연구소, 위의 책, 153~54쪽.

여 온 반역자 림화· 리태준· 김남천 도배들을 폭로 청산하고 그 어느 때보다도 작가대렬의 당적 통일과 우리 문학의 당성원칙을 강화하였다라고 언급한다.

'박헌영· 이승엽 도당의 반국가적 반인민적 간첩행위'를 '반역자 림화· 리태준· 김남천 도배들'과 연계시켜 해방정국의 문예활동을 형식주의자들의 진보적 작가들인 카프작가 배격운동으로 왜곡 중상하였다라고 비판한다. 이들을 몰아내고 숙청해서 북로당계열의 작가들로 채운 것을 반종파투쟁으로 정치적으로 미화시키고 있다.

> 박헌영도당은 겉으로는 민주주의를 지지하는 것처럼 하면서 뒤에서는 그것을 반대하고 온갖 수단을 다하여 조선로동당과 공화국 정부의 정책을 반대하여 나섰다. 이러한 반동적 범죄적 목적을 실현하기 위하여 그들은 일찍이 해방 후 서울에 있을 때부터 문학예술분야에서는 반동적인 소위 <문화로선>을 내걸고 공공연히 ≪민족문학은 계급문학이 되어서는 아니된다≫고 떠벌렸으며 또는 ≪우리가 수립해야 할 민족문학은 근대적인 의미에서의 민족문학이여야 한다≫고 함으로써 우리 문화예술의 당성· 계급성을 부정하고 민족문학예술을 미제의 침략 도구인 부르죠아 문학예술의 길로 이끌려고 획책하였다. 그러면서 이들은 1946년 봄에 <조선문화건설중앙협의회>를 조직하고 자기들의 문학예술이 소위 <전국적 중앙>이라고 떠들었으며 또 이것을 장차 수립될 <정부>의 <문교부>의 역할을 림시 대행하는 것이라고 선언하였다. 이 자들이 운운한 <정부>란 리승만 매국도당을 두목으로 하는 그러한 부르죠아 반동 <정부>였다는 것은 두 말할 것이 없다. 때문에 그들은 반동 경찰기관에 문학강연을 초청 받아 실행한 것을 큰 자랑으로서 자기 기관지에 발표 선전하면서 일방 진보적 작가들, 특히 <카프> 출신 계렬의 작가들을 일체 배격하였으며, 조선문학 사상 <카프>는 일고의 가치 없는 것이라고 왜곡 중상하였다.[26]

---

26) 사회과학원 문학연구소, 위의 책, 246~47쪽.

이렇게 박헌영을 한국전쟁 실패의 한 요인으로서 간첩혐의로 숙청한 이후에 반종파투쟁의 희생물로 각종 정치사상서에 서술하는데 이어 『조선문학통사』에까지 카프작가와 순수작가의 이분법적 논리로 박헌영과 가까운 림화·리태준·김남천을 묶어서 극단적 개인주의사상, 부르죠아지들의 타락과 색정주의, 허무주의적 감정을 선전하였다라고 비판하였다. 구체적으로 리태준의 단편 「두 주검」, 「백배 천배」와 「미국대사관」을 증거로 예시하며, 「두 주검」과 「백배 천배」 등 일련의 오체르크와 단편들에서 영웅적 인민군 전사들을 모욕하고 우리 인민이 진행하는 전쟁의 정의적 성격을 말살하려 하였으며 전쟁 승리를 위한 우리 당과 정부의 시책을 중상하였다고 비판한다. 「미국대사관」에서는 우리 인민군대를 국제법도 모르는 무도덕하고 무규률적인 군대로 중상하기 위하여 우리 측이 미국 포로에게 모진 박해를 가하는 것처럼 왜곡하여 묘사함으로써 우리측 전쟁포로들에게 대한 적들의 야수적인 살인 도살정책을 합리화하였으며 또 다른 단편 「고귀한 사람들」애서는 조·중친선이 가지는 고상한 국제주의 정신을 중국 지원군 청년과 조선 간호장 처녀와의 저속하고 색정적인 련애감정으로 대치시켜 놓았다[27]고 힐난하고 있다.

9인회를 조직한 리태준문학을 다음과 같이 '순수문학'라는 카테고리에 묶어 부정적인 인식을 토대로 공격하고 있다.

미제국주의자들이 자기들의 앞잡이로 이들을 선발한 것은 우연하지 않다. 리태준은 본래 전형적 부르죠아 반동작가로서 일찍이 그는 프롤레타리아 문학예술 단체인 카프를 반대할 목적으로 반동 문학단체인 <9인회>를 조직하였으며 여기서 소위 <순수문학>의 간판 밑에 ≪문학의 정치로부터의 자립≫을 떠들면서 민족해방투쟁의 무익성을 설교하였고 또한 색

---

27) 사회과학원 문학연구소, 위의 책, 248쪽.

정주의적, 허무주의적 소설들로써 인간들에게 타락과 퇴폐적 감정을 선동하였다. 이에 대하여 그의 반사실주의적인 작품「제2의 운명」·「청춘무성」·「가마귀」를 비롯한 허다한 작품들이 잘 말해주고 있다. 리태준과 함께 림화도 자기의 반동 시작품들로써 우리 인민에게 해독을 끼쳐온 자였던 것은 이미 널리 알려진 사실이다. 이 자는 카프를 일제에 밀고한 흉악한 반역자로서 후에는 리광수·리태준 등과 함께 일제의 어용문학단체인 <문인보국회>의 간부로서 일제에게 충성을 다하였다. 역시 그는 「우리 오빠와 화로」·「네거리의 순이」·「현해탄」을 비롯한 자기의 시들에서 비애와 고독과 절망의 감정을 인민들 속에 부식시킬 것을 꾀하였으며 인간 증오사상·패배적 감상주의·꼬스모뽈리찌즘사상을 류포하였다.

김남천 역시 리태준, 림화 등의 문학활동과 긴밀히 련결된 자로서 소설 「소년행」 기타에서 극단의 개인주의사상, 부르죠아지들의 타락과 색정주의, 배신의 사상 등을 전파하였다.

이 자들은 해방 후에도 흉악한 반쏘사상과 허무주의 감정을 선전하였으며 색정주의를 계속 류포하였다.[28]

구보는 1948년 좌익계로 분류되어 국가보안법의 운용에 따라 국민보도연맹에 가입하게 되었다. 그리고 6·25한국전쟁 중에는 성북동에서 키가 크지도 않고 깡마른 체구에 머리를 치켜 깎은 젊은이에게 끌려 나가 일주일을 집에 돌아오지 않았다.[29] 다시 집에 돌아온 후 인민군을 따라 종군작가 대열에 참여한 것으로 알려졌다. 1953년 근 2년을 끌던 휴전 협정이 체결되자 군복을 벗은 구보는 평양 문과대학 교수와 국립 고전극장 전속작가를 겸하며 활동을 했으나 8월에 첫 번째 '자백사업'이 시작되자 위원회로부터 1930년대 구인회의 일원으로 카프작가들의 작품에 신랄한 비평을 가한 일과 창작 부진에 대해 자백하라는 강요를 받아 위기에 처한다.[30] 또

---

28) 사회과학원 문학연구소, 위의 책, 247~48쪽.
29) 박일영, 「구보 박태원의 생애와 연보」, 서울역사박물관,『구보 결혼』, 2016, 165쪽.

1955년에는 임화와 김남천이 숙청이후 작가동맹에서 대대적인 자백사업이 진행되어 이태준과 한설야의 갈등에 끼여 결국 '6개월간의 집필금지'[31]를 당하게 된다. 이러한 몇 가지 요인이 『조선문학통사』에서 박태원이 배제되는 결과를 낳은 것으로 추정된다.

2. 『조선문학사』(5권)에서의 부활

『조선문학통사』에서 언급이 되지 않았던 박태원은 과학, 백과사전출판사에서 간행된 『조선문학사』(5권으로 발행, 1959~75년도편)에서 화려하게 부활한다. 북한 내부에서의 삶의 굴곡에 대해서는 정확하게 알려진 것이 없다. 장남 박일영의 연보를 보면, 박태원이 각본을 쓴 <리순신 장군전>이 대성공을 해서 극의 주인공 황철이 인민배우에서 공훈배우가 되어 구보에게 인사를 왔다고 하는 것으로 보아 어느 정도 북한체제에 적응을 해나간 것으로 생각된다. 박태원은 1959년 『삼국연의』 첫권 번역을 끝내고 출간을 한 이후 1964년 5권과 6권을 동시에 펴내 완간을 한다. 그리고 1960년에 『임진조국전쟁』을 펴내고, 이어서 평생의 역작인 『갑오농민전쟁』에 매달린다.

구보 박태원이 북한에 가서도 저술에 주력한 역사물은 삼국지, 이순신, 동학란 주제의 『갑오농민전쟁』이라고 아들 박일영은 연보에서 분석했다.

> 구보의 생애를 일별하매 지나칠 이만큼 집착한 것이 세 가지 있는데, 그 첫째가 『삼국지』이며, 그 둘째가 『충무공 이순신』이며, 셋째는 동학란을 주제로 한 『갑오농민전쟁』이다. 『갑오농민전쟁』이야말로 북에서 보낸

---

30) 박일영, 위의 글, 173쪽.
31) 박일영, 위의 글, 173쪽.

36년의 거의 다를 그에 대한 자료 수집과 집필에 보냈다 해도 과언이 아닌데, 돌아보면 6·25 전 ≪조선일보≫에 연재하던 『군상』이 그 모태가 되겠고, 실은 해방 갓 되고 발표했던 단편 「고부민란」 또한 같은 맥락의 작품이었다 하겠다. 다음으로 '삼국지'를 야요시까와 에이지가 일본어신문인 ≪경성일보≫에 연재하고, 한편으론 한용운의 한글판이 인기리에 읽히다 ≪조선일보≫ 폐간으로 중단되니, 이에 뜻한 바 있어 구보가 우리말로 연재를 시작한(1941년) 이래 박문서관에서 나온 『적벽대전 편』과 『제갈공명 편』 두 권과 정음사판 『삼국지』 1, 2권을 들 수 있으나 이들 모두가 끝을 보지 못했다가, 북에서 1959년 첫권이 나오고 1964년에 여섯째권으로 대미를 장식하니, 이름하여 장장 4반세기에 이르는 집념의 완결판이라 하겠다.

이어 충무공 이순신 장군이 경우를 보면, 해방이 되고 나서 을유문화사 문고본으로 『이충무공 행록』이 나오고, 아협 출간의 아동물 『충무공 이순신장군』, 그리고는 ≪서울신문≫에 사변 직전까지 연재하다 중단을 한 『임진왜란』을 들 수 있겠는데, 북으로 올라가 신문 연재에 세 권의 동명의 책에다가 1960년에 완결을 본 『임진 조국 전쟁』은 역시 충무공에 대한 장구한 그의 집착의 결정이라 하겠다.[32]

1961년 구보 박태원이 『갑오농민전쟁』 집필 자료로서 김일성종합대학 측지학 실험실에 김정호의 대동여지도 복사본을 의뢰할 정도로 치밀함을 보여준 데에서 집념을 확인해 볼 수 있다. 『계명산천은 밝아오느냐』 제1부 1-2권은 1965년과 1966년 이어서 간행된다.

과학, 백과사전출판사에서 5권으로 간행된 『조선문학사』의 편성은 북한 현대사의 기점을 <ㅌ. ㄷ>로 잡았다는 점과 각 편의 '장'구성을 김정일이 제시한 다섯 가지 주제를 기준으로 했다는 특징을 보여준다. 이를테면 『조선문학사』(1959~75)는 제1편 1959~66년 문학과 제2편 1966~75년 문학으

---

32) 박일영, 위의 글, 176쪽.

로 구분하고 각 편의 '장'을 1)항일혁명문학, 2)조국해방전쟁 문학, 3)사회
주의 건설 주제(천리마현실), 4)역사 및 계급교양 주제, 5)조국통일 주제로
세분하고, 소설문학·시문학·영화문학·극문학의 순서로 배열하고 있다.
박태원이 월북한 이후 줄곧 발표한 역사소설은 '4)역사 및 계급교양 주제'
에 해당된다.

제1편, 1959~66년 문학의 '제6장 계급교양을 주제로 한 혁명적 작품들'
에서 박태원의『계명산천은 밝아오느냐』는 그 예술적 가치에 대해 장황하
게 서술된다. 우선 5권으로 짜여진『조선문학사』답게 김일성의 항일혁명
투쟁을 크게 부각시키고 각 장의 서두에 김일성교시를 내세우는 것이『조
선문학통사』와 달라진 점이다.

위대한 수령 김일성이 다음과 같이 교시하시었다.

옛날의 계급투쟁을 취급한 소설도 쓸 수 있습니다. 옛날이라고 하여 계
급투쟁이 없는 것은 결코 아닙니다. 노예사회나 봉건사회에서도 계급투쟁
의 형식이 오늘과 다를 뿐이지 노예주와 노예, 봉건령주와 농노 사이의
투쟁이 있었습니다. 이런 계급투쟁들도 소설로 잘 그릴 필요가 있습니다.
(『사회주의문학예술론』, 495~96페이지)

계급교양 주제작품으로『조선문학사』는 박태원의 장편소설『계명산천
은 밝아오느냐』(제1부 1965년)와 중편소설「임오년의 서울」(1961년, 최명
익)을 제시하고 있다. 우선 장편소설『계명산천은 밝아오느냐』는 갑오농민
전쟁 전야인 1860년대의 역사적 현실을 사실주의적으로 재현하면서 부패
한 봉건제도의 종말과 인민들의 반봉건투쟁의 필연성을 보여주고 있다고
작품의 역사적 가치를 설명하고 있다.

이어서 작품의 예술적 가치에 대해 세 가지로 요약하여 서술한다. 첫째,

작품은 많은 사건을 폭넓게 재현하면서 오수동·전록두(전봉준)·리생원·박첨지·정한순 등 다양한 인물들의 형상을 창조하고 있다고 기술한다. 주인공 오수동을 봉건통치배들에 항거하여 일어선 애국적 농민으로 묘사한 점이 가장 중요한 가치라는 것을 부각시킨다.

가난한 농민의 가정에서 태여나 어려서부터 지주놈의 천대와 멸시 속에서 살아온 오수동은 정의감과 투지가 매우 강한 아버지 오덕순의 영향에 의하여 봉건통치배들에 대한 남다른 증오심과 반항정신을 키워나갔다. 그는 함평민란 때 아버지와 함께 지주놈의 집을 습격하는 등 과감한 투쟁에 참가한다. 봉건통치배들의 회유기만에 넘어가 민란 참가자들은 체포되고 오수동은 무장선운사 절간에 림시 피신하게 된다. 자기 아버지를 비롯한 민란참가자들이 효수당하게 된다는 소식을 듣자 오수동은 삼엄한 경계망을 뚫고 밤중에 몰래 형장에 들어가 효수당한 아버지의 시체를 메내온다. 아버지의 죽음을 계기로 오수동이 봉건통치배들에 대한 증오심과 반항정신은 더욱 높아진다. 그는 봉건통치배들에 대한 크나큰 복수심을 안고 충청도 땅으로 들어간다. 이처럼 오수동은 피눈물나는 생활 체험을 통하여 저주로운 착취사회를 뒤집어엎을 불같은 결의를 가다듬게 되며 여기에 당시의 시대적 지향과 리념을 구현한 그의 전형적 성격의 의의가 있다[33].

둘째, 농민봉기자들의 처형당하는 장면에 대한 형상적 화폭을 통해 당시 농민들의 봉건관료들에 대한 증오심과 적개심 등 견결한 투쟁정신을 잘 보여준 점을 들고 있다. 형장에서 희생되면서도 모인 농민들에게 간교한 자들에게 속아서 소극적으로 싸우지 말고 일시에 모두 들고 일어나 끝장을 볼 때까지 계속 싸워달라고 부탁하는 리의식의 유언, '이제 우리를 죽이거

---

33) 사회과학원 문학연구소, 『조선문학사』(1959~75), 과학,백과사전출판사, 1977, 161~62쪽.

든, 우리들의 눈알을 모조리 뽑아다가 전주성남문우에 높다랗게 걸어다우, 앞으로 몇 년 후가 될지, 몇 십 년 후가 될지 그건 모르겠다마는 우리 농군들이 모두들 들구 일어나서 너희놈들을 모조리 때려잡으며 전주성남문으로 들어가는 광경을 우리는 기어이 이 눈으루 보구야 말테다'라고 외치는 림치수의 모습들을 통해 계급적 대립의 첨예성과 계급투쟁의 준엄성을 뚜렷하게 보여주어 농민들의 반봉건정신과 새로운 세상을 기다리는 간절한 이상을 잘 구현하였다고 찬사를 보내고 있다.

셋째, 세부묘사와 심리묘사를 통한 성격묘사의 탁월성과 개성적인 언어 문체의 형상적 진실성에 대해서도 높은 평가를 하고 있다. 작품은 인민들의 생활을 형상하면서 당시 인민들의 아름다운 성격적 특징과 향토적인 특색, 자연풍경과 생활 양식을 사실주의적으로 풍부하게 묘사하고 있다고 작품의 우수한 예술적 특성을 나열하고 있다.

박태원의 역사소설『갑오농민전쟁』의 서막에 해당되는『계명산천은 밝아오느냐』에 대한 이러한 북한 당국의 찬사는『갑오농민전쟁』에 대한 기대를 반영하는 동시에 해방정국이후 1960년대 초까지 북한문학사에서의 배제의 원칙이 해제되었음을 의미한다.

3.『조선문학사』(15권)에서의 가치 평가

5권으로 편집된『조선문학사』(1977~81)가 주체사상이 정립된 이후의 김일성 시대의 북한문학사를 상징한다면, 15권으로 구성된『조선문학사』(1990년대부터~2001)는 명실상부한 김정일 시대의 북한문학사를 대표하는 문학사라고 할 수 있다. 두 북한문학사 모두 김정일이 주도해서 간행한 북한문학사이지만 약간 변별성을 보이는 것이 특징이다. 첫째, 부피가 가벼운 책이기는 하지만, 15권이라는 권수가 말해주듯이 세분해서 북한문학사를 정리하겠다는 북한당국의 의중이 반영되어 있다. 둘째, 5권으로 편집된『조선문학사』가 의욕이 넘쳐 <ㅌ. ㄷ>가 생성된 1926년을 현대사의 기점으로 삼으면서 그 이후 현대사를 3권의 비중으로 다룬 것은 남한학계의 큰 비판을 받았다. 반만년의 한국문학사를 2권으로 요약했다는 것은 역사의 왜곡이 지나치다는 비난을 감당하기 어려웠을 것이다. 따라서 15권으로 간행된『조선문학사』에서는 이러한 역사왜곡을 상당 부분 누그러뜨린 노력이 엿보인다.

셋째, 연대기 중심의 문학사에서 15권으로 편집된『조선문학사』에서는 장르중심으로 역사적 서술을 하고 있는 것이 특징이다. 다만 시가문학·소설문학·극문학 및 영화문학이라는 '장'의 구성에다 다섯 가지 주제를 배열하고 있는 것이 달라진 점이다. 이를테면『조선문학사』12권에서 제2장 시가문학에 이어 제3장 소설문학은 항일혁명전통 주제, (전후복구건설과 사회주의 기초건설을 위한 투쟁의) 사회주의 건설 주제, 역사 및 계급교양 주제, 조국통일 주제를 각 '절'의 소제목으로 달아서 문학사를 서술하고 있다.

소설가 박태원과 리기영의 북한문학사 서술비중에 대해 비교해보기로 한다. 리기영은『조선문학사』제12권 제3장 소설문학 '제5절 반침략, 반봉건 투쟁을 내용으로 한 력사소설'에서『두만강』이 무려 9페이지에 걸쳐 서술된다.『조선문학사』권12에서는 리기영의『두만강』의 예술적 가치에 대해 두 가지로 압축해 설명한다. 첫째, 인민대중들에게 과거의 역사적 사실을 잘 알게 해준다는 계몽적 기능을 내세운다. 둘째, 민족의 자주성을 지키며 계급적 원수들을 반대하여 비타협적으로 투쟁하는 애국주의와 혁명정신을 키워준다고 설명한다.

19세기 말부터 1930년대까지의 긴 력사적 시기를 포괄하고 있는 3부작 장편소설『두만강』은 1954년에 제1부, 1958년에 2부, 1961년에 3부가 창작되었는데, 소설의 제 1-2부는 1910년을 전후한 시기부터 3.1봉기까지를 시대적 배경으로 하여 일제의 불법적인 조선강점과 봉건통치제도의 붕괴과정, 일제의 포악무도한 식민지 폭압정치와 자주권을 빼앗긴 인민의 비참한 생활처지, 그리고 인민대중의 민족적 계급적 각성과 앙양되는 반일투쟁 현실을 잘 반영하고 있다고 역사적 의의를 강조한다.

우선 작가 리기영이 『두만강』에서 주인공 박곰손을 일제의 조선침략과 봉건관료들의 매국매족 무리를 반대하고 투쟁하는 애국농민의 전형으로 형상화한 점을 높이 평가하고 있다. 처음에는 박곰손의 지주 한길주와의 투쟁이 기분주의적이고 자연발생적인 테두리를 크게 벗어나지 못했으나, 점차 최동욱의 의병부대와 지식인인 리진경의 영향을 받아 제사공장에 불을 지르고 의병들이 지주 한길주와 홍의관의 집을 습격하여 정거장과 읍 헌병분견소를 들이치도록 돕는 과정, 최동욱의 권고로 송월동을 떠나 무산 7소에 이사하여 이곳에서 또다시 일제경찰에 체포되어 고문당하다가 석방된 후 꾸준하고 일관되게 반일투쟁을 벌여나가면서 자주적이며 의식적인 주체전형으로 사회현실에 부딪치며 성장해나가는 과정을 사실적으로 그려나갔다고 극찬한다.

작가는 긍정인물 못지않게 부정적 인물들의 형상에도 개성적인 묘사를 하고 있으며, 언어형식에도 이채를 띠고 있어서 소박하고 통속적인 인민적 언어를 능숙하게 선택 구사함으로써 당대 사회현실과 인물들의 성격을 매우 구체적이고 풍부하게 묘사해 나가고 있다고 긍정적 평가를 한다. 『조선문학사』는 작가 리기영에 대해 긍정적인 평가만 내리지 작품의 단점과 한계를 지적하는 데에는 관심이 없다.

『조선문학사』의 문제점은 남한의 한국문학사와 달리 몇몇 중요한 대표 작가의 문학적 성과만 집중적으로 서술하는데 머물고 있다는 점이다. 대표적인 예가 리기영의 『두만강』에 대해서 9페이지에 걸쳐 중언부언 찬양일

변도의 비평을 가하고 있다는 점이다.

이에 비해 박태원의 역사소설에 대한 평가는 인색한 편이다. 『갑오농민전쟁』이라는 방대한 역사대하소설에 대해 『조선문학사』 제13권에 3페이지에 걸쳐 서술하는데 그친다. 그나마도 리기영이 최명익의 『서산대사』와 함께 서술되는데 비해, 『성벽에 비낀 불길』(1983년)』의 박태민·『김정호』(1987년)의 강학태·『높새바람』(1983년)의 홍석중·『평양성사람들』(1981년)의 리영규·『관북의병장』(1987년)의 리유근·『개화의 려명을 불러』(1989년)의 박태민과 더불어 언급되고 있어 작가적 비중이 줄었다고 볼 수 있다.

『조선문학사』 제13권의 언급순서도 이해가 되지 않는다. 12권에서 리기영이 맨 처음으로 서술되는데 비해, 박태원의 『갑오농민전쟁』은 『성벽에 비낀 불길』·『높새바람』·『평양성사람들』·『임진의 풍운아』(1989, 박병석)의 제자뻘 되는 작가들 작품 평가 다음에 서술되고 있다는 점이다. 그 이유는 김정일이 키운 신세대 엘리트 작가들을 우대하려는 의도가 담겨 있는 것 때문으로 보인다.

『조선문학사』 제13권에서 제2장 소설문학의 '제7절 력사적 주제의 소설작품 창작'에서 박태원은 3페이지에 걸쳐 서술되고 있다. 첫째, 작가는 『갑오농민전쟁』 1부에서 당시 농민들이 반봉건투쟁에 나서지 않으면 안 되었던 역사적 필연성을 역설하였다고 설명한다. 둘째, 제2부에서는 고부민란을 일으킨 농민봉기군이 전주에 입성하기까지 3개월 동안에 있는 사실을 묘사하고, 전봉준, 오상민 등 인물들의 투쟁과 생활을 형상화하면서 농민봉기군이 무장투쟁을 할 수 밖에 없게 된 계기를 묘사한 데 의미가 있다. 1984년 정초에 전봉준의 지휘 밑에 관청을 들이쳐 량반들과 토호들을 처단하고 종문서·땅문서·빚문서를 불살라버리며 무기고를 들부수고 무장을 갖춘다. 이때 총대장 전봉준·총포대 대장 오상민·창검대 대장 렴동이·총포대 대원 천돌석이가 영웅적으로 싸운 것을 강조한다.

셋째, 농민봉기군이 고부읍에서 철수하자, 왕명을 받고 내려온 안핵사 리용태는 고부군에서 피비린내나는 살육을 감행하고 여기에 분노한 농민봉기군은 태인에서 다시 들고 일어나 싸우며 오상민을 대장으로 하는 무장대는 홍토현전투와 창성전투에서 관군을 소탕하고 기세를 올린다. 넷째, 당황한 조정은 청나라에게 원병을 요청하고 일본은 침략의 야망을 품고 정탐행위를 하는 가운데, 관군의 일부가 가담한 데 이어 대포까지 소유하게 된 농민군은 '척왜척양', '보국안민'의 기치를 높이 들고 전주성으로 입성한 것을 큰 의미를 두고 묘사한다.

다섯째, 작가는 오상민을 애국적 농민의 전형과 시대의 선각자로 형상화한 데 큰 의미가 있으며 전봉준의 성격도 역사적 사실에 철저히 의거하여 예술적 허구와 일반화의 힘을 빌려 애국적 사상으로, 시대의 선각자로, 농민폭동의 조직자, 지휘자로 성장해 나가는 과정을 생활적으로 진실하게 그려낸 데에 역사주의적 원칙에서 정당성을 보여주고 있다고 강조한다.

『조선문학사』 13권은 『갑오농민전쟁』의 예술적 가치와 한계를 다음과 같이 요약하고 있다.

> 장편소설에서 작가는 고부농민폭동, 리용태가 감행한 살륙만행, 황토현전투와 장성전투, 농민군의 전주입성과 집강소의 실시와 그 활동, 태인에서의 전투와 공주전투에서의 농민군의 실패, 궁중 비화 등 력사적 사실을 그대로 그려내였으며 전봉준을 비롯하여 동학접주 손화중·량호초토사 홍제훈·고부군수 조병갑·안핵사 리용태·국왕 리형·대원군 리하응·민비 등 실재한 인물들을 생동하게 그려내였다.[34]

---

34) 김정웅 · 천재규, 『조선문학사』 제13권, 사회과학출판사, 1998, 120쪽.

5. 맺음말

구보 박태원의 소설문학은 대해 일제 강점기 때부터 많은 평가를 받아왔다. 가장 대표적인 것은 이태준의 구보의 장거리 문장에 대한 언급이었다. 하지만 구보가 월북작가라는 점에서 해방이후 1970년대 초까지도 박태원을 거론하는 것 자체가 쉽지 않았다.

따라서 1960~70년대까지 박태원은 남에서도 북에서도 거론되지 않는 우리 문학사에서 실종된 작가였다. 하지만 1973년 김현·김윤식의『한국문학사』에서 구체적인 평가가 이루어졌고, 북한문학사에서도 1980년대 들어서서 구체적인 예술적 평가가 이루어졌다. 김윤식은『한국문학사』에서 작가가 식민지 시대 가난의 극복 방안을 거론하고 자유연애를 통한 창작방법론을 모색한 의미를 높이 평가하고 특히 문체에 있어서 ①전단, 광고 등의 대담한 삽입, ②행갈이로 인한 서정성 획득, ③장거리 문장의 시도, ④중간 제목의 중요성, 다만 ⑤그의 소설에서 이상의 그것과 마찬가지로 한자가 바로 지문에 사용되고 있는 점은 일본 문장의 영향 때문으로 눈에 거슬린다는 비판과 동시에 찬사를 보냈다.

북한문학사에서는 박태원은 1970~80년대 와서야 부활한다. 1988년에 간행된『문학예술사전』(상권)에서 박태원은 작가로서 게재되지는 못하지만『갑오농민전쟁』이 높은 평가를 받고 수록된다. 1977년부터 1986년까지 간행된 박태원의 다부작 장편이라고 기술된다.『조선문학통사』에서 언급이 되지 않았던 구보는 과학, 백과사전출판사에서 간행된『조선문학사』(5권으로 발행, 1959~75년도편)에서 화려하게 부활한다.『갑오농민전쟁』의 서막에 해당되는『계명산천은 밝아오느냐』에 대해 구체적인 설명을 하면서 찬사를 보낸다.

이러한 서술태도는 김정일 시대의 북한문학사로 평가받는『조선문학사』

13권에 오면 큰 진전을 이루어 『갑오농민전쟁』의 그 예술적 가치가 장황하게 묘사된다. 특히 인물성격에 있어서 작가는 오상민을 애국적 농민의 전형과 시대의 선각자로 형상화한 데 큰 의미가 있으며 전봉준의 성격도 역사적 사실에 철저히 의거하여 예술적 허구와 일반화의 힘을 빌려 애국적 사상으로, 시대의 선각자로, 농민폭동의 조직자, 지휘자로 성장해 나가는 과정을 생활적으로 진실하게 그려낸 데에 역사주의적 원칙에서 정당성을 보여주고 있다고 그 문학사적 위상을 설정하고 있다.

물론 북한문학사에서 작가 자신의 진술을 언급하며 일제시대 순수문학을 추구한 것에 대해 비판을 가하면서도 전신마비의 중풍에도 불구하고 3권의 장편역사소설 『갑오농민전쟁』 중 2권을 각각 1977년에 제1부를, 1980년에 제2부를 펴냈고, 김정은의 배려 속에 혁명동지 권영희의 구술, 지필작업 끝에 제3부가 1986년에 세상에 나오게 되었다고 뒤늦게나마 예술적 가치를 평가하여 그를 부활시킨 것은 통일한국문학사 측면에서 큰 의미를 지닌다.

✪ 박태원 작품 연보

| 소설 |

1929.11.10	무명지	동아일보	창작일 1929.6.10
1929.11.12. 1929.12.17 ~24	최후의 모욕 해하의 일야	동아일보 동아일보	창작일 1928. 12.13
1930.2.5.~3.1	적멸	동아일보	전 23회
1930. 10	수염	신생3권 10호	창작일 1930.2.14
1930.11.5.~12	꿈	동아일보	창작일 1930.1.23. 전 7회
1930.12	행인	신생3권 12호	창작일 1930.10.20
1931.2	회개한 죄인	신생4권 2호	
1933.2	옆집 색시	신가정1권 2호	
1933.4	사흘 굶은 봄ㅅ달	신동아3권 4호	
1933.7	피로-어느 반일의 기록	여명1권 3호	창작일 1933.5.27
1933.6.15.~8.20	반년간	동아일보	직접 삽화도 그림 전57회 연재
1933.8	누이	신가정1권 8호	
1933.10	오월의 훈풍	조선문학	
1933.12.8.~9	낙조	매일신보	
1934.6	식객 오참봉	월간매신 부록9590	
1934.8.1.~9.1	소설가 구보씨의 일일	조선중앙일보	이상, 하융이란 필 명으로 삽화.
1934.9	딱한 사람들	중앙2권 9호	
1934.10.6.~9	애욕	조선일보	
1935.2.7.~5.18	청춘송		
1935.3	길은 어둡고	개벽2권 2호	
1935.2.22.~23	제비	조선중앙일보	
1935.12	전말	조광1권12호	
1936.1	구흔	학등4권 1호	
1936.1	거리	신인문학 11호	
1936.2.25	철책	매일신보	

1936.3	비량	중앙1권 2호	
1936.3, 1936.4	악마	조광2권 3호, 4호	2회
1936.3	방란장주인 - 성군중의 하나-	시와 소설1권 1호	
1936.5	진통	여성1권 2호	
1936.6.25.~30	최후의 억만장자	조선일보	전 5회
1936.8~9	천변풍경	조광2권 8호~10호	전 3회
1936.9	보고	여성	
1936.11	향수	여성1권 7호	
1937.1~9	속 천변풍경	조광3권 1호 ~ 9호	전 9회
1937.6	여관주인과 여배우	백광 6호	
1937.11	성군	조광3권 11호	
1937.11	수풍금	여성20, 2권 11호	
1937.12	성탄제	여성21, 2권 12호	
1938.4.7.~ 1939.2.1	우맹	조선일보	전 219회 후에 금은 탑으로 게재
1938.6~11	소년 탐정단	소년	6회
1938.10	염천	요양촌3권	작품집『소설가 구 보씨의 일일』(문장 사)『천변풍경』(박 문서관)
1939.4~6	만인의 행복	가정노우 9 ~ 11호	후에 윤초시의 상경 으로 게재
1939.4.5.~5.21	명랑한 전망	매일신보	
1939.7~12	미녀도	조광5권 7호 ~ 12호	
1939.7	최노인전초록	문장1권 7호	
1939.7	골목안	문장1권 7호	
1939.9~10	음우	문장1권 9호, 10호	2회
1940.10	음우	조광6권 10호	
1940.1~9, 11	애경	문장2권 1호 ~ 7호, 9호	
1940.11~1941.2	점경	가정노우	
1941.2	투도	조광7권 1호	
1941.1~2	사계와 남매	신시대	중편소설

1941.2	아세아의 여명	조광7권 2호	
1941.4	채가	문장3권 4호	
1941.5	우산	백광	
1941.8	재운	춘추2권 7호	
1941.8.1.~ 1942.2.9	여인성장 「신역 삼국지」 (41.4 연재) 「수호전」 연재	매일신보 신시대 조광	『여인성장』 단행본 발행 『군국의 어머니』, 『아름다운 봄』 출간
1943	신역 「삼국지」, 「서유기」 연재	신시대	『삼국지』 제갈량편 간행
1945.5.16.~8.14	원구 연재	매일신보	전 76회
1946.12	한양성	여성문화1권 1호	
1946.1	약탈자	조선주보7 2권 1호	
1946.8	춘보	신문학 3호	
1946.11.18.~12.31	태평성대	경향신문	
1948	소년 삼국지		
1949.1.4.~12.14	임진왜란, 홍길동전	서울신문	전 273회
1949.6.15.~ 1950.2.2	군상	조선일보	전 193회 제1부 완성
	오남매		미확인
1952	조국의 깃발 라순신장군	문학예술 4 ~ 6호 로동신문	
1957	심청전(현대어판)	국립문학예술서적 출판사	
1959	삼국 연의		첫권 간행
1960	삼국연의 임진조국전쟁	문예출판사	둘째권 간행
1962	삼국연의		넷째권 간행
1964	삼국연의		다섯째권, 여섯째권 간행, 번역 마침
1965	계명산천은 밝아오느냐		제1부 제1권 3월에 발간
1966	계명산천은 밝아오느냐		제1부 제2권 3월에 발간
1977	갑오농민전쟁		제1부 여름에 간행
1978	김일성 『갑오농민전쟁』		(김일성 교시 전달)

	읽고 작품 좋다고 평가		
1980	갑오농민전쟁		제2부 출간
1986	12월 갑오농민전쟁	박태원, 권영희 공저	12월 제3부 출간 7월 10일 작가 사망

▌시▐

1925.9.7	할미꽃	조선일보	
1926.3	누님	조선문단3권 1호	
1926.12	떠나기 전	신민2권 12호	
1927.5	아들의 불으는 노래	현대평론1권 4호	
1927.5	힘 - 시골에서-	현대평론1권 4호	
1929.12	외로움	신생2권 12호	
1930.1.17	창	동아일보	
1930.1.19	수수껑기	동아일보	
1930.1.22	실제	동아일보	
1930.1.23	한길	동아일보	
1930.1.24	동모에게	동아일보	
1930.1.26	동모에게	동아일보	같은 제목, 다른 작품
1930.1.28	휘파람	동아일보	
1931.2	이국억형 외 2편	신생4권 2호	
1933.6	녹음	신동아3권 6호	
1935.2	병원	가톨릭청년3권 2호	

▌평론▐

1926.3	묵상록을 읽고	조선문단3권 1호	
1927.1	시문잡감	조선문단 1월호	
1929.6.12.~18	초하창작평	동아일보	
1932.4.20	아바데이에프의 소설 「회멸」	동아일보	
1931.4.27	린벤딘스키의 작 소설 「일주일」	동아일보	
1931.7.6	끄라토코프작 소설 「세멘트」	동아일보	

	언문조선구전민요집 편자의 고심과 간행자의 의기		
1933.9.20	소설을 위하여	매일신보	
1933.9.21	평론가에게-문예시평-	매일신보	
1933.9.22.~23, 9.26~10.1	9월 창작평-문예시평-	매일신보	전10회
1933.3.26.~3.31	3월 창작평	조선중앙일보	
1934.6.24	김동인씨에게	조선중앙일보	
1934.7.26.~27	이태준 단편집 "달밤"을 읽고	조선일보	
1934.12.17.~31	창작여록 -표현묘사기교-	조선중앙일보	
1934.12	주로 창작에서 본 1934년 조선문단	중앙2권 12호	
1935.1.2	신춘작품을 중심으로 작품개관	조선중앙일보	
1937.8.15	작가의 진정서자작 「빈교행」	조선일보	
1937.8.15	내 예술에 대한 항변-작품과 비평가의 책임	조선일보	
1938.1.26	다작의 변	조선일보	
1938.2.8	우리는 한갓부끄럽다-본보당선작품 「남생이」 독후감	조선일보	
1939.9	이광수 단편선	박문2권 8호	
1940.1.1.~2	작가가 본 창작계	조선일보	2회

|수필|

1923.4	달마지(영월)	동명2권 16호	
1927.1	시문잡감	조선문단4권 1호	
1927.4	병상잡설	조선문단	
1930.3.18, 25	-기호품일람표(상·하)	조선문단	
1930.6	초하풍경	신생3권 6호	
1930.9.26	편신	동아일보	
1931.7	영일 만담	신생4권 7호, 8호	
1933.4	어느 문학소녀에게	신가정1권 4호	

1934.2	꿈 못꾼 이야기	신동아4권 2호	
1934.6	유월의 우울	중앙2권 6호	
1934.8	조선문학건설회	중앙2권 8호	
1935.1.2	조선문학건설회나 조선작가수호 회를	중앙2권 8호	
1935.1.18.~19	궁항매문기	조선일보	
1935.10.30.~11.1	화단의 가을	조선일보	
1936.1	옆집 중학생	중앙4권 1호	
1936.2	내 자란 서울서 문학도를 닦다가	조광2권 2호	
1936.2	R씨와 도야지	조광2권 2호	
1936.4	문학소년의 일기-구보가 아즉 박 태원일 때-	중앙4권 4호	
1936.4.22	이상 애사	조선일보	
1936.5.28	두꺼비집	조선일보	
1936.5.29	고등어	조선일보	
1936.5.30	죄수와 상여	조선일보	
1936.5.31	모화관 이용두성	조선일보	
1936.6.2	불운한 할멈	조선일보	
1936.7.19	나의 생활보고서-(소설가 구보씨 의 일일)-	조선문단4권 4호	
1936.9	계절의 청유	중앙4권 9호	
1937.8	바다ㅅ가의 노래	여성2권 8호	
1937.5	감리교 총리사 양주삼씨	조광3권 4호	
1937.5	유정과 나	조광3권 5호	
1937.5	고 유정군과 「엽서」	백광 5호	
1937.6	이상의 편모	조광3권 6호	
1937.10	순정을 짓밟은 춘자	조광3권 10호	
1937.12	허영심 많은 것	조광3권 12호	
1938.2	성문의 매혹	조광4권 2호	
1939.3	여백을 위한 잡담	박문2권 3호	
1939.5	축견무용의 변	문장1권 4호	
1939.5	김기림 형에게	여성4권 5호	
1939.5	이상의 비련	여성4권 5호	

1939.9	항간잡필	박문2권 9호	
1939.9	잡설	문장1권 8호	
1939.11	잡설	문장1권 11호	같은 제목 다른 작품
1939.10	바둑이	박문2권 8호	
1939.12	결혼오년의 감상	여성4권 12호	
1939.12	신변잡기	박문2권 10호	
1940.2	춘향전탐독은 이미 취학이전	문장2권 2호	
1940.2	만원전차	박문3권 4호	
1940.2~3	그의 감상	태양1권 2호, 3호	

▌번역·번안▐

1929.12.17.~24	해하의 일야	동아일보	전 8회
1930.2	한시역초	신생3권 2호	
1930.9	이리야스(톨스토이)	신생3권 9호	
1930.11	세가지 문제(톨스토이)	신생3권 11호	
1930.12.6.~24	바보이반(톨스토이)	동아일보	전 18회
1931.5.6.~10	「하스코프」에 열린 혁명작가회의	동아일보	전 5회
1931.6.1	나팔(소품)	신생4권 6호	
1931.7.19.~31	도살자(헤밍웨이)	동아일보	전 7회
1931.8.1.~6	봄의 파종(리얼오우푸래히티)	동아일보	전 4회
1931.8.7.~15	쪼세핀(리얼오우푸래히티)	동아일보	전 6회
1931.1.25.~12.10	차 한잔(캐더린 맨스필드)	동아일보	전 5회
1933.4.7.~5.9	방랑아 쮸리앙	매일신보	
1935.10.27	솟곱(상)	매일신보	
1935.11.3	솟곱(하)	매일신보	
1938.1	요술꾼과 복숭아	소년	
1938.1	오양피	야담4권 1호	
1938.2	손무자병법외전	야담4권 2호	
1938.2	매유랑	조광4권 2호	
1938.3	두십랑	야담4권 3호	

1938.7	황감자	야담4권 7호	
1938.8	부용병	야담4권 8호	
1938.8	망국조	사해공론4권 8호	
1939.6	온 몸에 오리털이 난 사내	소년	
1939.9	도사와 배장수	소년	
1940.10	전후직	소년	
1941.4	회피패	신세기	
1941.5~	신역 삼국지	신시대	
1941.	파리의 괴도(프레데릭)	조광사	
1942.8.10. 1943.1,2,7,8,10,12 1944.1~12	수호전	조광 권 8호~10권 12호	
1943.7	침중기	춘추3권 7호	
1944.12	서유기	신시대	
1946.7	비령자	삼천리	
1948.6	이순신장군	아협	
1948.8	귀의 비극	신천지 8호	
1948.8	이충무공행록	을유문화사	

▌월북 후 작품▌

1952.4~6	조국의 깃발(소설)	문학예술	3회 연재
1952.6.3.~14	리순신장군	로동신문	
1955.12.20	리순신장군 이야기	국립출판사	
1955.	조선창극집		조운과 공동 작품
1955.	정수동 일화집	국립출판사	
1955	야담집	국립출판사	
1958.	심청전	문학예술서적출판사	
1959.	삼국연의	문학예술서적출판사	6권
1959	이순신 장군전	국립출판사	
1960.2.20	만화 갑오농민전쟁	국립미술출판사	그림 : 홍종원
1960.10.15	임진조국전쟁	문학예술서적출판사	
1960.	남조선 인민들의 비참한	조선노동당출판사	

	생활형편		
1960.11.29	싸우라! 내 사랑하는 아들 딸들아	문학신문	
1961.5.1	로동당 시대의 작가로서 (수기)	문학신문	
1961.5.22	을지문덕	문학신문	
1962.5.26	옛 친구에게 주는 글	문학신문	
1962.5.29.~6.1	김유신	문학신문	2회
1962.6.8	김생	문학신문	
1962.6.15	연개소문	문학신문	
1962.6.19	박제상	문학신문	
1962.7.6	구진천	문학신문	
1962.12.28	지조를 굽히지 말라(서신)	문학신문	
1964.1. 24	삼천만의 염원	문학신문	
1965.	계명산천은 밝아오느냐	문예출판사	1부 1권
1966.	계명산천은 밝아오느냐	문예출판사	1부 2권
1974.4.15	갑오농민전쟁 제1부	문예출판사	
1980.4.15	갑오농민전쟁 제2부	문예출판사	
1986.12.20	갑오농민전쟁 제3부	문예출판사	

▌작품집▐

1938.12.7	소설가 구보씨의 일일	문장사	
1938.3(1차) 1947.5.1.(2차)	천변풍경	박문서관	
1939.4.17	지나 소설집	합자회사 인문사	
1942	여인 성장	매일신보사	
1942	군국의 어머니	조광사	
1942	아름다운 봄	영창서관	
1946	중국동화집	정음사	
1946	중등문범	정음사	
1946	조선독립순국열사전	유문각	
1947.1	약산과 의열단	백양당	
1947.11	홍길동전	조선금융조합연합회	
1948.2.10	성탄제	을유문화사	

1948.2.11	중국소설선 I	정음사	
1948.3.20	중국소설선 II	정음사	
1948	금은탑	한성도서	
	수호지	정음사	
	삼국지	정음사	
1955	조선창극집	국립출판사	
1955	리순신장군이야기	국립출판사	
1955	정수동 일화집	국립출판사	
1955	야담집	국립출판사	
1958	심청전	문학예술서적출판사	
1959	리순신장군전	국립출판사	
1959	삼국연의	문학예술서적출판사	
1960.2.20	만화 갑오농민전쟁	국립미술출판사	그림 : 홍종원
1960	임진조국전쟁	문학예술서적출판사	
1965	계명산천은 밝아오느냐	문예출판사	1부 1권
1966	계명산천은 밝아오느냐	문예출판사	1부 2권
1974	갑오농민전쟁 제1부	문예출판사	
1980	갑오농민전쟁 제2부	문예출판사	
1986	갑오농민전쟁 제3부	문예출판사	

[출처] 박일영, 구보 박태원의 생애와 연보(『구보 결혼』, 서울역사박물관, 2016.11) 나의 아버지 구보 박태원(14)작품목록/작성자 지촌강나루 참조

✪ 구보 박태원의 생애와 연보

1909 1세   박태원은 12월 7일 경성부 다옥정 7번지에서 부친 박용환
        朴容桓과 모친 남양南陽 홍씨洪氏 사이의 차남으로 태어나다.

1915 7세   구보는 1937년 <조광朝光>10월호에 자신의 어렸을 적 얘기
        를 했기에 옮긴다.

   일곱 살 적…옛날 얘기

   어린 구보는 얘기를 좋아한다. 큰댁 할아버지朴圭秉를 사랑에다 모셔다
놓기는 천자문千字文과 통감通鑑을 배우기 위해서이지만 구보는 틈만 있으
면 할아버지를 졸라 옛날 얘기를 들었다. 할아버지는 얘기를 잘하신다.
또 별별얘기를 다 아신다. 구보는 아주 만족이다. 그러나 이윽고 구보는
이야기를 듣는 것만으로는 마음이 흡족하지 못하다. 그는 이번에는 할아
버지에게서 들은 얘기를 할아버지 이외에 사람에게 하여주느라 골몰이다.
구보가 약방에를 나가면 약봉피를 붙이면서 김 서방이,

   "태원이 심심한데 얘기나 하나 허지."

   그러나 얘기는 허구 많은 얘기…어떠한 얘기를 들려주어야 할지 구보
는 분간을 못 한다. 마침내 구보는 낡은 공책에다 얘기 목록을 꾸몄다.
물론 옛날 얘기에는 특히 제목이라 할 것이 없다. 까닭에 구보는 그것들을
제 자신 만들어 놓지 않으면 안 되었다. 구보는 툭하면 공책을 들고 약방
으로 나간다. 제약실의 장서방이 목록을 뒤적거려 보고, 가령, 꿀똥 누는
강아지 얘기 하나 해라."

   하고 청한다. 구보는 얘기를 시작한다. 구보는 얘기를 제법 재미있게
한다.

어른들은 한 자락 얘기가 끝날 때마다,

"얘기 참 재미있게두 헌다."

"애가 정신두 참 좋다."

그래 구보는 또 다른 얘기를 시작한다. 당시의 구보가 암만해도 그중 득의였던 듯싶다.

아홉 살 적… 얘기책

어머니를 따라 일가집에 갔다온 나어린 구보는 한꺼번에 다섯 개나 먹을 수 있었던 침감보다도 그 집의 젊은 아주머니가 재미나게 읽던 '얘기책'이 좀더 인상깊었다. "어머니 그 책 나두 사 주." "그 책이라니 얘기책?…그건 어린앤 못 읽어. 넌 그저 부지런히 학교 공부나 해애." 어린 구보는 떠름한 얼굴을 하고 섰다가, 슬쩍 안짬재기에게로 가서 문의하였다. "얘기책은 한권에 을마씩 허우?" "대중없지 십 전두 허구 십오 전두 허구…왜 데렌님이 볼라구 그러우?" "응."

"볼랴면야 가게서 일 전이면 세두 내오지."

"단 일 전에? 그럼 하나 내다 주우."

"마님께서 그거 봐두 좋다십디까" "…"

"어유 마님께 꾸중들으면 으떡허게…."

그는 다듬이질만 하다가 문득 혼잣말같이

"재밌긴 『춘향전』이 지일이지."

이튿날 안짬재기가 '주인 마님' 몰래 세를 내 온 한 권의 춘향전을, 나는 신문지에 싸들고 약방으로 나가 이층 구석진 방에서 반일半日을 탐독하였다. 아모러한 구보로서도 아홉 살이나 그 밖에 안 된 소년으로는 광한루의 가인佳人 기연奇緣을 흥거워한다는 수가 없었으나 변학도의 패덕悖德에는 의분을 느끼지 않을 수 없었고, 여인麗人 춘향의 옥중 고초에는 쏟아져 흐르는 눈물을 또한 어찌할 수 없었다. 다음날 구보는 역시 안짬재기의 의견에 의해 『춘향전』 다음으로 재미있는 『심청전』을 세 내다가 읽었다. 그러나 또 그 다음날 <소대성전蘇大成傳>을 얻어다 보려고 하였을 때 어머니는 마침내 우리의 '비밀'을 알아내고 그래 꾸중을 단단히 들은 안짬재기는 나의 그러한 심부름을 더는 하려고 안 하였다. 어린 구보는 얼마 동안 어찌할 바를 몰랐으나 어느 날 종각 모퉁이에서(아마 어데 책사冊肆에서 불이라도 났던 게지….) 한 귀퉁이가 타고 눕고 한 '얘기책'을 산과 같이 쌓아 놓고서 한 권에 이 전씩 삼 전씩에도 방매하는 사나이를 발견하자 그는 곧 안짬재기도 모르게 그것을 매일 같이 구하야 보름 뒤에는 오륙십 권의 얘기책이 어린 구보의 조고만 책상 밑에 그득 쌓였다. 이러한 아들은 어머니로서도 또한 어찌할 수 없어 학교 공부 아닌 것도 어머니는 이내 묵허默許하게 되고 구보는 누구 꺼리지 않고 맹렬한 형세로 그해 가을 한 철을 완전히 얘기책으로 보냈다.

이것이 구보의 취학 이전까지의 이야기이다. 구보가 집에서 얘기책에 빠져 있는 동안 형 진원은 당시 궁중의로 있던 숙부의 진권으로 조양 유치원을 다녔던 모양.

1918 10세 8월 14일 태원泰遠으로 개명을 하다(형 진원도).
       두 형제분이 나란히 경성 사범부속 보통학교에 입학.

피난 시절 백부께 낚시터에서 들은 바로는, 당신께서는 소싯적에 조양 유치원에를 다니셨는데, 그 때 짝꿍이 조선 왕조 끝분인 이은李垠공으로, 유희를 배우실 때는 당신과 손을 맞잡았는데 어�나 손이 작으시던지 하시며 당신 손을 들어 보이는데, 그 작은 손이 마치 귀족의 상징이나 되는 듯 내게 자랑을 하시던 일이 생각난다.
유치원을 마치고 형제분이 같은 해에 보통학교 입학들을 했는데, 둘 사이가 형제지간인 걸 감추려고 그랬는지, 형과 달리 태원의 부父는 숙부 용남容南으로 되어 있고, 직업난은 뒤바뀌어 형인 진원의 부친 직업이 의사로 적혀 있었다.

1922 14세 4년제 경성 사범부속 보통학교를 졸업하고
       경기 고교의 전신인 경성 제일고등 보통학교에 입학.

구보가 문학 서류書類와 친해지기는 보통학교 3, 4학년 때가 아니었던가

싶다며, 제 돈을 주고 처음으로 산 최초의 책이 <신초사新潮社>판 막심 고리키의 "반역자의 모毌", 그리고 둘째 것 역시 같은 출판사의 "모파상 선집"이었다 한다.

1923 15세 4월 15일자 <동명>소년 칼럼에 작문 「달마지」가 당선되자 동료들과 문학 서클을 묻어 창작 활동에 몰두하다.

　글쓴이의 나이를 14세라 적었던데, 따져보니 실제는 15세, 아마 조금이라도 어려 보이고 싶으셨나보다. 또 제목이 '입학'이라 돼 있던데 그건 다음 번 시제試題.

1925 17세 ≪조선일보≫ 9월 7일자에 본명으로 시 「할미꽃」을 발표하다.

　이 시의 제작일은 동년 7월 13일이니 이듬해 <조선문단>에 당선된 시 '누님'보다 먼저 활자화된 최초의 시처럼 생각된다. 그 시를 띄어쓰기를 해 옮겨 보면,

　　나는 들로 다니며 꼿을 차졋다 / 님 일혼 이내몸의 알만는 꼿을
　　붉은 장미 백합 '코스모스'는 / 넷적의 이내몸에 만는 꼿이나
　　님일흔 이내몸에 알만는 꼿은 / 건너벌판 할미꼿 그거로구려으!

　이 시는 15세에 <동명>에 응모했던 '달마지' 이후 발표된 시로, 이때는 아직 한문 선생으로 소개받은 양백화나 글선생 춘원도 만나기 전이니 아마 스스로 신문사나 잡지사에 보냈던 걸로 짐작 된다. 덧붙여 말하자면 시 '누님'도 제작은 1925년 5월 22일로 되어 있으니 짐작건대 한 열 달을 끼고앉았다 이듬해 응모를 했던 듯….

1926 18세 경성 의전의 전신인 한성 의학교 출신 양의사洋醫士인 숙부 박용남 밑에서 한학을 배울 새 그 진도가 일취월장함에 이

에 놀란 숙부가, 당대 한학漢學과 중국 문학의 대가인 백화
양건식白華 梁健植과 교분이 있어 그 문하에서 한학과 중국
문학을 익히게 되매, 거기서 닦은 한문 실력이 후제 중국
문학 및 사대기서四大奇書 번역에 매달리게 된 계기가 되었
다(일제의 탄압이 심해지자 구보는 일어로 작품을 쓰느니
붓을 꺾을까 하다가 중국문학 번역에 착수를 했는데, 일제
당국도 일어로 번역을 하라지는 못했다고).

당시 이화 학당 교사로 있던 고모 박용일朴容日의 소개로(집안 어른께
들은 바로는, 고모님이 일찍이 춘원의 부인과 동창이라 교류가 있었다고)
춘원을 사사師事하게 된다. 춘원이, 구보의 습작 중 몇 편을 골라 ≪동아일
보≫사에 보내 지상에 발표되자, 구보의 문명이 서서히 알려지게 된다.
　이해 3월 <조선문단>에 시「누님」이 당선돼 자신이 생기자 박태원泊太
苑이란 필명으로 ≪동아일보≫·<신생> 등에 시, 평론을 발표하는 한편,
투르게네프·톨스토이·고리키·모파상·셰익스피어·위고·지드·하이네
등 서양 문학 전반에 심취함.

위에서 언급한 평론이란 '묵상록을 읽고'라는 제하의 글로서, 당대 최
고였던 춘원 이광수가 자신의 시(<조선문단> 2호부터 6호까지 평과 더불
어 게재했던 시총평)를 발표했는데, 구보는 그것을 읽고 평한 것을 백화가
≪동아일보≫에 보내 발표하다.
　구보의 일련의 시는 근년에 이르러서야 시인이며 평론가인 곽효환에
의해『구보 박태원의 시와 시론詩論』(저자 박태원/편저자 곽효환, 푸른사
상, 2011)이란 저서로 출판되었는데, 때늦은 감은 있으나 이제껏 구보의
초창기 시에 대해 관심을 둔 사람이 없었다는 데 생각을 멈추면 이 책의
출판은 우리 문단사에 쾌거라 하겠다. 어쨌건 구보의 시는 최초로 활자화
된 '누님' 이후 몇 편이 더 발표되다가, 춘원과 노산을 만나 그들 손을
빌어 세상빛을 보았고, 동경 유학 시절에도 지상에 발표되곤 했었다. 그러
나 구보가 춘원을 찾았을 때 100여 편, 그밖에 동경 유학 전 노산과 백화
에게도 수 편씩을 두고 갔다는 소리를 한 것 같은데, 그 이후 구보의 시가

더 이상 발굴되지 않은 것이 나로서는 다소간 아쉽다. 내가 왜 이런 소리를 하냐 하면 '구보 박태원의 시와 시론'에 실린 시가 오직 19편에 불과하기 때문이다. 어쨌건 이에 대한 첨언은 뒤에 '구보의 청년기 식민지 하에서의 성격 형성과 그 과정'에서 다시 거론하겠지만 한 가지 덧붙일 말은, 구보가 해방 직후 노래가사를 발표한 일이 있는데, 그 하나가 1946년 1월에 나온 <학병의 노래>, 그 둘이 2월에 발표된 그 '어둡고 괴로와라 밤도 길더니~' 하는, 미국에 앉아 들으니 7, 80년대 학생들이 반정부 시위를 할 때 자주 불렀다는 "독립행진곡"인데 이들도 함께 했더면 하는 생각이 들기에 하는 소리다… 위 두 가사에 곡을 붙인 이는 작곡가 김성태였다.

1927 19세 <조선문단> 1월호에 '시문 잡감詩文雜感'이란 제하의 평론이
실렸기에 옮겨 보련다

[…]

나는 나로 하여금 저도 모르게 옷깃을 고치게 하며 끝없는 그리움과 미뻐움을 깨닫게 하는 시문을 읽고 싶다는 것이다. 나는 많은 '바람'을 가지고 이러한 시문을 대하랴 우리 문단에 임하였다. 그러나 그 결과는 오즉 나의 눈썹을 찡그리게 하고 부질없는 한숨을 내쉬게 하였을 뿐이다. 근래 수년간에 우리 문단에 발아한 소위 프롤레타리아 문학에도 상당한 경의와 기대를 가지고 주목하여 왔으나 이에서도 나는 만족한 무엇을 얻지 못하였다, 구태여 말하면 서해曙海의 『탈출기脫出記』가 오직 있을 따름이라는 것 밖에는….

[…]

일본 시인 삼석승오랑三石勝五 미쓰이시가쓰고로 같은 사람은 내가 가장 사랑하는 사람으로 그의 작품은 확실히 바라는 바다. 나는 요사이 게을러 빠져 아무것도 읽은 것이란 없으나 수삼개월 전 읽은 「이반 못난이 이야기」와 크로포토킨kropotokin의 「청년에게 호소하노라」(大杉榮 譯 팜프렛)는 동경에 있는 나의 미뻐운 벗이 보내 줘 읽은 바로 나로서는 매우 감명 깊은 책이다. 좀 외람된 말인진 모르겠으나 제씨가 창작에 대하기 전에 이 두 책을 재독 삼독한다면 필연 다대必然多大한 패익稗益이 이에 있으리라

고 믿는다.

[…]

지금 우리 시인들이 우리에게 보여 주는 민요들은 대체로 그다지 감복할 만한 것은 못 되나 요한·안서·소월 등 제씨의 작㖨에는 간주키 어려운 것들이 적지 않다는 것을 말하여 둔다. 우리는 시를 논하기 전에 한시와 시조의 간결과 정취를 배워 둘 필요가 있다. 우리 문단을 값 있고 무게 있게 함에는 오직 작가들의 노력과 연구로만 되는 것이 아니라 이에는 독자의 끊임없는 격려와 후원이 절대로 필요하다는 것을 말하여 둔다.

<조선문단> 1927.1

구보는 위와 같은 평을 십대 때 몇 편 더 보이고 나서 '초하 창작평'을 《동아일보》에 1929년 6월 4회에 걸쳐 발표하고, 이듬해 동경 유학을 갔는데, 동경에서는 세계 문화계 동향과 영미작품을 번역 본국지에 소개하더니, 현대 쏘비엘 프롤레타리아 문학의 최고봉이라며 아바데이에프의 소설 "괴멸"을 《동아일보》에 1931년 4월 20일, 역시 프롤레타리아 최고의 연懋이라며 리벤딘스키의 소설 "일주일"을 동년 4월 27일, 끄라토코프의 소설 "세멘트"는 동년 7월 6일 <동아>에 소개하다. 귀국 후엔 '소설을 위하야… 1.평론가에게 2.문예시평' 1933년 9월 20, 21일 《매일신보》에, '9월 창작평' 동지 1933년 9월 22일~10월 1일, 8회에 걸쳐 신고, '3월 창작평' 1934년 3월 26~31일 《조선중앙일보》, '흉금을 열어 선배에게 일탄─彈을 날림… 김동인씨에게'를 동지 1934년 6월 24일에, '이태준 단편집 "달밤"을 읽고'를 《조선일보》 1934년 7월 26, 27일에 싣다. 그 위에 '주로 창작에서 본 1934년 <조선문단>, <중앙> 1934년 12월, '문예시감… 신춘 작품을 중심으로 작가, 작품 개관' 《조선중앙일보》 1935년 1, 2월 등을 비롯해 1938년에서 1940년대 초까지 계속해 평론을 발표하다.

<조선문단>에 수필을, 그리고 <현대평론>에 시를 발표하다.

1928 20세 3월 15일 부친 박용환이 갑자기 돌아가시자, 경성 약학전

문학교에 적을 두고 있던 형 진원이, 부친이 경영하던 제약 회사인 공애당 약방을 물려받아 학업과 병행하게 되자, 생각을 고쳐 가업도 돕고 학업을 마치려 학교로 돌아가다.

1929 21세 경성 제일고등 보통학교를 졸업하다.

학적부상 졸업은 25회, 즉 1930년 3월로 학적부에 기재돼 있으나, 실질적으로는 24회, 동기생 모임엔 입학동기 조용만, 정인택 등 23회, 그리고 24회들과도 회동.

소설 "무명지"가 ≪동아일보≫에 11월 10일에 실리고, 소설 "최후의 모욕侮辱"을 ≪동아일보≫ 11월 12일자에 게재, 소설 "해하垓下의 일야一夜"를 ≪동아일보≫에 12월 17일부터 24일까지 전 8회 연재, 필명은 박태원泊泰苑으로 하다.

1930 22세 중편소설 "적멸寂滅"을 ≪동아일보≫에 2월 5일부터 3월 1일까지 전23회에 걸쳐 연재하는 한편, 삽화까지도 자신이 직접 그렸다. 필명은 역시 泊太苑. 일본 유학을 떠나 도꾜 호세이(법정法政) 대학 예과에 입학.

떠나기 전 노산에게 맡겼던 작품 단편「수염」이 <신생> 10월 호에 실려 본격적으로 문단에 데뷔를 한 셈, 몽보夢甫라는 필명을 썼다. 단편소설 "꿈"을 ≪동아일보≫에 11월 5일부터 7일간 연재했는데, 이는 춘원에게 맡겼던 것인 듯하고, 필명은 몽보. 단편소설「행인行人」이 <신생>3권 12호에, 이는 노산에게 맡겼던 것인 듯.
구보는 뜻한 바 있어 동경 유학을 떠났으나 학업에만 집중을 할 수가 없었던 것은, 고국과는 너무도 다른 환경에 놀란─ 그곳은 이미 서구 문물을 받아들여 근대화한 위에 모더니즘과 신 심리주의에 경도되었으나, 한편 자기가 이뤄 놓은 고국에서의 문단의 입지가 염려스러워, 연해 서울에 있는 사촌누이를 통해 문단 동향을 묻곤 했단다. 떠날 때 맡기고 간 시와 몇 작품들이 발표되다 이젠 잠잠해진 데 신경이 씌어, 몇 편의 평론에다 전공을 살려 영미 작품을 번역해 국내 신문에 발표했고, 이어 톨스토이의 "바보 이반"을 ≪동아일보≫에 18회 연재하더니, 정초에는 일련의 소련 작가들의 작품을 소개했고, 5월에는 '하트코프에 열린 혁명작가회의'를 5회 ≪동아일보≫에 발표하기도 했다.

여기서 잠깐 짚고 넘어갈 일은, 부친상을 치르고 난 후 구보는 자신을 돌아볼 기회를 가졌던 듯싶다. 무엇보다 그가 보여 준 행동은, 복학을 해 학업을 마치고, 좀더 큰 바깥세상을 경험하려 동경 유학을 결정했던 일과, 그 임시 해 발표한 일련의 시들, 그리고 평론에서 그의 의식에 변화가 있었음을 알 수 있다.

1931 23세 동경 법정 대학 예과 2년 중퇴 후 초가을에 귀국하다.

비록 만 2년이 안 되는 짧은 유학 기간이었다지만, 구보에게 있어서는 동경에서의 영문학과 문학 수업이 경성에서의 것과는 상이한 면이 많았을 뿐 아니라, 무엇보다 당시 풍미하던 서구에서 일어난 Modernism에 심취하였고, 문학 외에도 영화, 미술, 음악과 당시 붐을 일으키고 있던 신新 심리주의에도 심취하였다.

단편 소설 "회개한 죄인"을 잡지 <신생> 4권 2호에 발표.

무엇보다 동경에서 돌아온 구보의 귀국이 도하 신문에 화제가 되었던 것은, 젊은 구보가 빨간 네꾸다이(넥타이)에 단장까지 짚고 종로통에 나타났는데, 정작 물의를 일으켰던 건 바로 그의 요상한 헤어스타일 때문이었다. 당시 박태원의 트레이드 마크였던 '오까바머리'에 대한 구보 자신의 변을 들어 보자.

1932 24세
원래 이상李箱은 미술이 하고 싶어 고공高工엘 들어갔는데(당시 조선에는 미술만 전공하는 학교가 없어, 미술에 뜻을 둔 많은 학생들이 건축과를 택하거나 현해탄을 건넜다.) 그런 연고로 해서 고공 출신이다. 어쨌건 상箱(본명은 김해경金海卿)은 학굣적부터 그림도 잘 그려 화가 구본웅과도 잘 어울려 선전 출품도 했지만, 시도 쓰며 교지 편집도 맡아 하다가 졸업하자 총독부에 건축 기사로 적을 둔 적도 있다. 그리고 한때, 두 살 어린 금홍과 사랑에 빠져 종로에 다방 '제비'를 차리고 동거에 들어갔는데, 아마 그 임시해 일본 유학에서 돌아온 청년 구보를 만났던 모양이다. 서로가 스스로를 천재라 믿었던 이 두 젊은이는 죽이 맞아, 날만 새면 한데 어울려 다방과 술집을 누볐던 모양인데, 당시 이들에 대한 얘기는 구보의 고교 동창이며 ≪매일신문≫ 기자였던 조용만의 저서 "구인회 만들 무렵"에 이렇게 적혀 있다.

[…]
'이상과 구보는 짝패였다. 우선 풍체부터 이상의 더벅머리와 수염에 대해서 구보의 '오까바머리'가 한 쌍이었고, 언변에 있어 두 사람이 주고받는 곁말을 들으면, 포복절도할 만담가의 흥행을 보는 것 같았고, 술집에서 둘이 주인 여자를 곁말에다, 농담으로 웃겨 놓으면 다음부터 외상술 먹기는 문제가 없었다. 둘이 다 한가한 몸이므로 밤낮 붙어다니며 노닥거렸다.'
[…]

조용만은 구인회 초대 멤버로서 상허와, 구인회에 초기 결원이 생겼을 때 구보와 이상을 구인회에 입회시킨 장본인이며, 특히 이상과 구보에 관해서는 '자신만큼 잘 아는 사람도 흔치 않다'고 하던 분이다.─생전에 어느 신문의 문예란에 '북으로 간 문인들'을 회상하는 글에서, 선생은 구보를 9.28 수복 직전 창경원 돌담길에서 베이스볼 모자에 가방을 메고 북으로 가는 걸 봤다고 했는데, 글쎄, 부친이 야구를 좋아하셔 나도 서너 번 콩볶으니를 누런 편지 봉투에 담아 들고 동대문 밖에 있던 경성운동장에 야구 구경을 가 '볼비, 볼비(스트라익이 아니라 볼만 던지는 피처를 비아냥거리는 뜻으로 우린 그렇게 불렀다!─일본식 영어)' 해 가며 즐겼던 기억이 있는데, 사실, 우리집엔 야구 모자라는 게 없을 뿐 아니라 그런 건 있대도 아니 쓰실 걸?─나까오나(중절모)나 혹 밀짚모자라면 모를까.

둘이 단짝이 된 이후 수삼 년간 구보는 문학 작품들에 대한 평을 많이 썼는데, 이는 필시 두 사람의 평상시 대화가 문단 얘기였기에 가능하지 않았을까 생각해 보는 것이 그렇지 않고서야 어찌 그리도 많은 평을 써제꼈을까.—우선 읽어야 할 테니까.

'편자의 고심과 간자刊者의 의기'… 김소운金素雲 편 "언문 조선구전 민요집"을 1933년 2월 28일 ≪동아일보≫에 소개하다.

1933 25세 1930년대 초반 우리 문학계를 주름잡던 카프와 구별되는 순수문학을 지향하고 무어진 구인회에 들어가 이태준·정지용·이상·김기림 등과 더불어 서구에서 유행하던 모더니즘을 조선 문단에 이식시키는 데 앞장서다.

단편 「옆집 색시」를 ≪신가정≫ 1권 2호에, 「사흘 굶은 봄달」을 ≪신동아≫ 3권 4호에, 「피로疲勞—어느 반일半日의 기록—」을 <여명黎明> 1권 8호에, "누이"를 ≪신가정≫ 1권 8호에, 「오월五月의 훈풍薰風」을 ≪조선문학≫ 10월 호에, 「낙조落照」를 ≪매일신보≫에 12월 8일부터 29일까지 발표하다. 그 밖에도 중편 소설 "반년간半年間"을 ≪동아일보≫에 6월 15일부터 8월 20일까지 연재했는데, 내용은 작자의 동경 유학 시절을 반영한 것으로서 다분히 자전적인 내용. 처음 13회는 청전靑田 이상범李相範 화백이 삽화를 그렸으나 14회부터는 저자가 그리다.

1934 26세 10월 24일 천일 약방 제약 주임인 김중하金重夏씨와 이연사李連士 여사의 무남독녀인 김정애金貞愛양과 장교정長橋町 신부집에서 전통 대례를 올리다. 신부 김정애는 숙명 고녀를 수석으로 졸업(21회)한 재원으로 졸업 후 서울대 사대 전신인 사범 연수과를 마치고 2년간 교원 노릇을 했던 처자이다.

구보는 혼례를 올린 뒤 신부집에서 사흘을 보내고 10월 27일 당시에 내노라 하는 문우들과 동창들을 요릿집에 초청해 결혼 피로연을 성대히 가졌는데, 그때의 방명록이 아직 남아 있어 당대 우리 문화계의 내로라 하는 면면들을 한 눈에 볼 수 있다.

2009년 한국 작가회의와 대산문화재단 후원으로 구보 탄생 100주년 기념 행사의 일환으로 청계천문화관(현 청계천박물관)에서 구보의 초판본과 유물 전시회가 있었는데, 이 방명록이 슬라이드로 만들어져 참관객들에게 인기를 끌었으며, 지금은 그 일체가 서울역사박물관에 소장되어 있다.

구보의 대표작 중편소설 "소설가 구보仇甫씨의 일일一日"이 ≪조선중앙일보≫에 8월 1일부터 9월 19일까지 전 30회에 걸쳐 연재됐는데 당시 삽화는 오감도烏瞰圖라는 난해한 시를 동지에 연재하던 이상이 하융河戎이라는 이름으로 그렸다. 여기서 한마디 덧붙일 일은, 「소설가 구보씨의 일일」 끝부분에서 말했듯 '그처럼 원하는 어머니의 소원'을 들어드리기로 작정을 한 듯, 실제로 구보는 연재를 끝낸 지 한 달 만에 결혼을 했는데, 그 일에 관해선 부모님으로부터 특별한 얘기를 들은 기억이 없다.

다만 나는 그 소설이 자전적이라 믿는다. 다시 본론으로 돌아가 당시 구보와 이상과의 교유는 문자 그대로 '막역한 사이'로서, 구보의 다옥정집이 다방 '제비'에서 한 정거장도 안되는 지척에 있었기에 둘은 만나기만 하면 의기투합해 시간 가는 줄 모르고 지냈던가보다. 또한 이상이 여자문제로 고민을 할 때마다 그의 훌륭한 카운슬러로서 기지를 더했고, 특히나 제일 고보 동창인 정군과 여자 문제로 삼각관계였던 상을 설득해, 정군이 문제의 여인과 결혼을 할 때 결혼식 사회를 상이 보게 한 일은, 인생의 선배로서(구보는 당시 이미 기혼이었다.) 카운셀링을 멋지게 해냈다고 하겠다. 또 구보의 결혼 후 일어났던 일화로, 이상이, 구보의 결혼 피로연 방명록 첫장에 '면회 거절 절대 반대'라는 호소문을 남겼것다! 그랬는데도 불구하고, 이상이 결혼 전 늘 하던 대로 술 생각이 나 '다방굴 봇다잉(박태원)'집을 찾았으나 대답이 없었고, 사흘째 되는 날은 창문이 부숴져라 두드렸건만 종내 묵묵부답이었다고.—후에 엄마에게서 들은 이야기.

단편 "식객食客 오참봉"이 월간 <매신> 6월호 부록에, "딱한 사람들"이 <중앙> 2권 9호에, "애욕愛慾"이 ≪조선일보≫ 10월 16일부터 23일까지 연재되다(내용은 이상이 모델인 듯). 또한 평론 "창작 여록―표현 묘사 기교"를 ≪조선중앙일보≫에 12월 17일부터 31일까지 싣고, 구인회 주최 '문학 공개강좌'에서 「언어와 문장」을 강연. 또 <중앙> 2권 12호에 "주主로 창작創作에서 본 1934년"을 ≪조선문단≫에 발표하다.

1935 27세 구인회 주최 조선 신문예 강좌에서 "소설과 기교"와 "소설의 감상"을 강연. ≪조선중앙일보≫에 "신춘新春 작품을 중심으로 작품개관"을 1월 2일에, 장편 『청춘송』을 ≪조선중앙일보≫에 2월 7일부터 연재하는 한편, 단편 「길은 어둡고」를 <개벽> 2권 2호에, 「전말顚末」을 ≪조광≫ 1권 12호에 발표하다.

1936 28세 1월 16일 오후 4시 15분, 동대문부인병원에서 첫딸 설영雪英 출생, 경성부 종로6정목 71번지에서. 구보는 어느 문예지에 그가 첫딸 설영을 갖는 그 시간, 그는 종로통 어느 다방에서 벗 이상과 차를 마시고 있었노라고.

구인회에서 발간한 창간호가 종간終刊호가 되어 버린 ≪시詩와 소설小說≫에 수필 「R 씨와 도야지」와 함께 실렸던 단편 "방란장 주인芳蘭莊主人"은 단편소설을 한 문장으로 끝을 낸 것으로 유명하며, 그는 이밖에도 한 문장에 수도 없이 쉼표를 찍어 가며, 마치 카메라 렌스로 피사체를 훑듯 묘사를 하여 독자로 하여금 사물을 시차를 초월해 감지케 하는 시도 위에, 서술에 있어서의 3차원적 효과를 얻으려 소설 속에 도표圖表라든가 광고를 삽입하는 등 읽는 독자로 하여금 색다른 시각적 효과를 모색해 보려 갖가지 시도를 감행한 작가로서, 마치 피카소와 쌍벽을 이루던 서반아의 초현실주의 화가 살바도르 달리가, 공간 예술인 영화에 탐닉했고, 한때는 미국의 월터 디즈니와 교유를 터 공간 예술인 영화기법을 그의 미술에 가미시켜 보려 시도했던 바와 흡사했다고나 할까. 어쨌건 그 해 8월 들어 ≪조광≫지에 연재를 시작한 그의 장편 "천변풍경川邊風景"에서, 마치 영화 촬영할 때 모든 사물과 등장 인물이 카메라 렌즈에 잡히듯 시각적인 묘사를 시도했다는 지적은 구보의 작품을 논하는 데 있어 무엇보다 시사하는 바가 크다 하겠다. 그뿐 아니라, 문학의 거의 모든 장르를 넘나들며 문단 전면에 나서 휘두르던 평론의 붓끝을 가리켜 혹자는 '구보 박태원이 안하무인격으로 위아래 구분 없이 선후배들의 작품을 난도질하다는 말은 들으면서도 자신의 주장을 굽히지 않았던 일은 물론 당시 사계나 독자들의 요구가 있었다 해도 정작 든든한 버팀목은 이상이 있었기에 가능하지 않았을까 한다. 잠시 눈을 돌려, 당시에 구보를 바라본 다른쪽의 시선들을 모아 보면, 이상은 구보를, '좋은 낯을 하기는 해도 적이 비례非禮를 했다거나 끔찍이 못난 소리를 했다거나 하면 잠잫고 속으로만 꿀꺽 없으녁이고 그만두는 그러기에 근시 안경을 쓴 위험인물이 박태원이다.'라 했고, 또 오랜 동안 학계에 이상의 자화상으로 알려졌던 초상화가, 연전에 화찬畵讚과 화폭에 나타난 여러 정황으로 미루어 실은, '이상이 그린 구보의 초상'이란 주장이 서울대 권영민 교수에 의해 제기됐는데, 그 후 학계에 인정을 받았는지는 과문한 탓에 들은 바 없으나 나로선 지극히 타당한 주장이라 믿고 싶은 것이,<시와 소설>편집실에서 이상과 화백 이승만과 나란히 찍은 사진 속 구보를 보는 듯해 하는 소리다.

1937 29세 둘째딸 소영小英이 7월 30일에 경성부 관동정에서 태어나다. 새해 벽두부터 속續『천변 풍경』을 ≪조광≫지 1월호부터 시작, 전 9회로 끝내다. 단편소설「여관주인과 여배우」를 <백광> 6호에,「성탄제」를 <여성> 12호에 발표하다.

　　다음은 구보가「소설가 구보씨의 일일」의 신문게재를 끝내고 다음 달인 10월에 결혼을 하고, 그로부터 이태가 지나 속내를 드러낸 구보의 자필 수기이다.

　　나의 생활보고서生活 報告書… 小說家 仇甫氏의 一日
　　어머니는, 아들이 장가만 가면, 모든 심평이 펼 것 같이만 생각하였든 모양이다. 심평이 어떻게 펴느냐 하면, 가령… 아들은 이제 위선 어떻게 돈벌이를 하여야만 할 것이요 그러니 물론 전이나 한가지로 늦잠만 잘

수는 없을 것이요, 또 밤늦게 술이 취하여 들어온다거나 하는 아름다웁지 못한 일도 드물 것이요, 뿐만 아니라 잘 팔리지도 않거니와 또 설혹 팔리드라도 본전도 안 남는 듯싶은 소설을 쓰느라 '딱하게' 애쓰지도 않을 것이요…무어 무어 하고 어떻든 그렇게 여러 가지로 '행실'을 고치고, 제법 '사람'이 될 것같이만 생각하였든 모양이다. 허나 딱한 아들은 결코 어머니에게 그 지극히 적은 기쁨이나마 주려 하지는 않았다. 모든 것이 예전 그대로였다. 밤낮 밖에 나가 있거나 또는 밤낮 방에 들어앉어 있거나 하여튼 하는 것 없이 노는 것엔 틀림이 없었고 간혹 책상 앞에 앉드라도 하는 일이란 그 '골머리는 빠질대로 빠지면서 돈은 안 생기는' 소설쓰기였다. 다만 '아침 잠' 한 가지에 있어서만은 아들이 단연 느낀 바 있어 '허물'을 고친 듯싶게 어머니는 생각하고, 그리고 얼마 동안 덧없이 기뻐하였든 것이나 그것은 아들이 사람이 제법 되느라 해서 그런 게 아니라 실로, 전에 없이 자기 곁에 '낯선 사람'이 자고 있으므로 그래 약간 일즉어니 자리를 떠났든 것이요, 서로 제법 얼굴이 익어논 이제 이르러서는 전이나 한가지로 늦게 또 어떤 경우엔 좀더 늦게, 그것을 시간으로 명시하자면 오정이나 그렇게 되어서야 비로소, 자리를 떠나, 염치없이, 세숫물을 요구하고, 그리고 그 위에 '밥'조차 강청強請하는 것이다….

　[…]

≪조선문단≫ 1936.

1938　30세　구보의 최초의 단행본인 단편집 『소설가 구보씨의 일일』이 　　　　　　　　<문장사>에서 그리고 최초의 장편소설 『천변 풍경』이 <박 　　　　　　　　문서관>에서 발행되다. "명랑한 전망"이 ≪매일신보≫에, 　　　　　　　　또 ≪조선일보≫에 『우맹愚氓』이 연재되자, 벗들로부터 '쌍 　　　　　　　　알이 질려가고 술은 언제 먹겠느냐'는 비아냥까지 듣다.

1939　31세　동네 아이들이 백일해로 기침들을 해대자 혹 사랑하는 자 　　　　　　　　신의 자녀들에게 옮기지나 않을까 저어躇語하며, 집 구하는 　　　　　　　　것도 뒤로 미룬 채 서둘러 서대문 밖에서 예지동 처갓집으 　　　　　　　　로 옮겨 왔는데, 집을 구하는 동안, 첫째 아들 일영一珙이

9월 27일, 음력 8월 15일 추석날 경성부 예지정 121번지에서 출생하다.

　창작집『박태원朴泰遠 단편집』《학예사》에서 11월에 출간. 「이상의 비련悲戀」을 《여성》에, 「윤초시의 상경」을 「가정의 우家庭之友」에, 그리고「골목안」을 《문장》에 발표.

1940　32세　돈암정敦岩町 487번지의 22호에 대지를 마련, 직접 설계를 해서 집을 짓고 6월 초에 이사를 하다.

1941　33세　장편『여인성장女人盛裝』을 《매일신보》에, "신역 삼국지"를 《신시대新時代》에 4월호부터 번역 연재.

　이 연재에 대해선 좀 밝히고 넘어가야겠다. 어려선 큰할아버지께 천자문에 통감을, 커선 백화 선생께 한문뿐 아니라 중국 문학 및 풍습도 익혀, 전업작가 십여 년에 헤밍웨이·오프라이어티·캐서린 멘스필드·톨스토이 등 외국 문학 번역에도 많은 시간을 쓰더니만, 이 시기에 와서는 중국 전래 동화나 단편들을 번역하다가, 중국 사대기서 중 으뜸인 '삼국지'를 번역하게 됐는데, 일찍이 구보의 스승 백화는 《매일신문》에 8백여 회에 걸쳐 "삼국지"를 연재한 게 1929년, 1939년부터 일본의 인기 작가 요시까와 에이지吉田英治가 번역해 오사까에서 나오던 《중외상업신문》과 《나고야신문》, 《오따루신문》 그리고 대만에서 나오던 일본어 신문에까지 동시 게재를 하더니만, 드디어 경성에서 나오는 일어 신문 《경성일보京城日報》에 마저 연재하게 되자, 《조선일보》 방응모 사장은 만해 한용운으로 하여 우리 독자에게도 조선말 삼국지를 접할 기회를 주었다. 한데 1940년 8월 11일 《조선일보》가 폐간을 당하니 자연 '조선말 삼국지'도 사라져 독자들의 아쉬움이 대단했다.
　구보는 이에 뜻한 바 있어 촉한정통론의 모종강본 '삼국지'를 대본으로, 얘기도 일본 작가와 같은 대목인 '삼고초려三顧草廬'부터 연재를 시작하니, 구보의 예의, 그 세련된 현대어문장이 보따리를 풀게 되매, 예상했던 대로 그 의고擬古 문장과 어우러져 그만의 독특한 맛을 우려내는 데다 그의 현대 작품과 같이 예의 그 구둣점 남용은 여전했고, 묘사나 문장이 현대 문학 창작에 있어서와 조금도 다를 바 없어 찬사가 잇따랐다. 이렇게 시작된 신역『삼국지』는 1941년 4월부터 시작해 1943년 1월호까지, '삼고초려'와 '적벽대전赤壁大戰'을 커버했다.

1942 34세   1월 15일 둘째 아들 재영再英이 돈암정집에서 태어나다.

장편 소설『여인성장』, 『군국의 어머니』, 『아름다운 봄』 등이 단행본으로 출간되다. 절찬리에 연재되던 "삼국지"에 힘입어, ≪조광朝光≫에 『수호전水滸傳』을 8월호부터 1944년 12월로 2년여에 걸친 연재 끝에 대미를 장식하다.

1943 35세
≪신시대≫에 연재하던『신역 삼국지 제갈량 편』이 <박문서관>에서 단행본으로 출간되다. 역시 사대기서의 하나인『서유기西遊記』가 ≪신시대≫ 6월호부터 시작 해방이 되던 해 1월까지 20회에 걸쳐 연재하다 중단하다. 일제 말기에는 연합군의 공습空襲이 심해 등화관제에 국민들은 당국의 지도 아래 반공 연습을 반班 단위로 행해졌는데, 당시 일을 남수라는 어린이의 눈을 통해 형상화한 방송소설「꼬마 반장」과 「어서 크자」가 <방송소설명작선>에 실려 <조선출판사>에서 12월 30일 출간

1944 36세
주위에 권고도 있고 창씨 개명創氏改名을 안 했기에 끝까지 고사固辭할 수 없어서 동네 반장을 봤는데, 이웃들과 반공 연습을 할 때마다 국민복에 각반 차고 센또오보 쓰고 나서는 데 심히 굴욕을 느끼셨던 듯, 언제고 연습해제 사이렌만 불면 들어와 각반도 끄르지 않은 채 늘상 약주를 과하게 드시곤 했던 기억이 지금도 난다. 당국에서 갖은 방법으로 창작에 국어 즉 내지어인 일어日語로 쓸 것을 강요할 뿐 아니라, 식자층에 죄어 오는 갖은 억압에 구보는 거의 붓을 꺾은 상태에서 기왕에 연재하던 ≪조광≫

지의『수호전』과 ≪신시대≫에『서유기』이외엔 창작을 하는 일 없이 지냈는데, 다행스럽게도 위 두 연재는 조선말로 번역하는 데 제약이 없었다.『신역 삼국지』는 12월에 끝을 내다.

1945 37세   ≪신시대≫에 연재하던『서유기』를 1월호 20회를 끝으로 중단.

≪신시대≫에 연재했던『신역 삼국지 적벽대전 편』이 <박문>에서 발행. 소설『원구元寇』를 5월 16일부터 ≪매일신보≫에 싣다가 8월 14일에 76회로 중단. ≪조선주보≫ 10월호부터 장편소설『약탈자掠奪者』를 연재, 이듬해 1월 10회에 중단. ≪여성문화≫ 1권 1호에 소설『한양성漢陽城』을 연재. ≪어린이신문≫에『어린이 일기』를 12월 1일부터 익년 5월 11일까지 9회 연재.

8월 16일 임화, 김남천 등이 중심이 돼 세운 조선 문학가 건설본부 소설부위원으로 선정. 이 단체는 외부에 범문단적인 성향을 보이기 위해 친일파나 일제시대 행적이 모호한 인사들은 제외하고 꾸렸는데, 명단에는 이태준·이원조·엄흥섭 등이 보인다.

1946 38세
조선 문학가 건설 본부가 문화 예술의 계급적 원칙을 강조한 프롤레타리아 예술 동맹과 통합하기로 결정하고, 1945년 12월 6일 '조선 문학가동맹' 결성 성명을 낸 후 1946년 2월 간부 및 임원 선출을 마치고 서울시 지부를 두는 등 활동을 강화해 나갔는데, 미군정청의 좌익운동 탄압에 따라 11월 예정했던 제2회 문학가 동맹 총회를 연기하는 한편 중앙위원회를 열어 위원장에 이병기, 위원으로 양주동·염상섭·조운·박태원 등을 보선해서 외부적으로 좌익계 진보적 문학 단체임을 표방, 탄압 국면에 대처하는 '대중화'의 기치를 내걸다.

『조선 순국 열사전』이 <유문각>에서 출간되다. 김성태 작곡의 <학병學

兵의 노래>와 <독립행진곡獨立行進曲>의 작사作詞를 1월과 2월에 발표하다. 소설 「고부 민란古阜民亂」을 <협동> 3월호에, 중등부 학생들을 위한 부교재 『중등문범中等文範』을 <정음사>에서 출간. 방송소설 「설낭薛娘」이 김양춘金陽春의 낭독으로 3월 18일 전파를 타다. 소설 『손오공』이 ≪어린이신문≫에 연재. ≪삼천리≫에 중국 소설 『비령자조寧子』 번역, ≪신문학≫ 3호에 단편 「춘보春甫」, ≪주간소학생≫에 『이순신 장군』 연재, 조선어부교재 『중등작문中等作文』이 정음사에서 또 『조선독립 순국열사전殉國烈士傳』이 <유문각>에서 나오다.

1947 39세 7월 24일 셋째딸 은영恩英이 돈암동 집에서 출생.
중편 소설 「어두운 시절時節」을 ≪신세대≫에 발표. 독립투사 김원봉金元鳳과 여러 날을 두고 인터뷰를 하여, 그의 항일 투쟁사를 소설로 엮은 『약산若山과 의열단義烈團』을 벗 인곡 배정국裵正國씨의 <백양당>에서 내고 그 인세조로 씨의 저택 승설암 맞은짝에 있는 너른 대지의 초옥草屋을 넘겨받다.

1948 40세 남에서는 유우엔의 감시하에 대한민국 정부가 수립되고, 북에서는 조선민주주의 인민 공화국 수립이 선포되다.
드디어 "수호전" 상중하 세 권이 삼촌 박문원의 장정에다 배정국씨의 제자題字로 <정음사>에서 발간되고, 『이충무공 행록』과 『성탄제』가 <을유문고>로 발행, 『중국소설선』 1, 2권이 <정음문고>로 종이 질은 좋지 않았지만 책이 '이와나미 분꼬岩坡文庫'처럼 앙증맞아 마음에 퍽 들어했던 기억이 난다.
『충무공 이순신 장군』이 김기창 화백의 장정, 삽화로 <아협> 발행, <을유문화사> 총판으로 나오다.

『소년 삼국지』가 ≪소학생≫에 전 13회로 '도원결의'에서 '삼고초려'까지 연재되고, 소설 「귀의 비극」이 ≪신천지≫에 게재.

1949 41세 후에 ≪아동 구락부≫가 된 잡지 ≪진달래≫에 『손오공』

연재.

『중국 동화집』이 <정음사>에서, 『홍길동전』도 발간되다.

≪서울신문≫에 『임진왜란』, ≪조선일보≫에 『군상群像』 연재.

다시 주윗분들로부터 '쌍알이 질렸던 소릴' 들었단다.

1948년 12월 시행된 국가보안법의 운용책의 일환으로 6월 들어 좌익계를 전향, 별도 관리하려는 목적 하에 국민 보도 연맹을 만드니, 박태원도 여기 가입하게 되다. 50년대 초까지 전국적으로 30만, 서울만도 2만 가까이 됐단다. 성북동 골짜기엔 보도 연맹원도 퍽은 많았던 듯 가끔 장보러가는 촌로들처럼 그렇게들 차려입고는 천변을 따라 내려들 갔으니….

1950 42세 <정음사>에서 『완역 삼국지』 1, 2권이 6·25 직전에 나오다.

기억記憶할수록 아파지는 6·25 동란動亂

어머니는 아버지가 낯선 젊은이를 따라가신 후 이틀 동안은 우리들이 혹 아버지에 대해 물을까봐 대수롭잖은 일에도 웃고, 별로 맛 없어 보이는 반찬도 맛있다고 '아, 맛있다!'를 연발하며 얼레발을 쳤지만, 사흘이 지나자 어머니는 학굣적 배구 선수였을 뿐 아니라 조금은 괄괄한 성품에 덜렁대는 품이라 더는 조바심이 나 집에 있지 못하겠다는 듯, 흰 모시치마저고리를 뻗쳐입고, 우리들에겐 '내 횡 허니 문안 좀 댕겨오마.'고 나가셨는데, 어린 동생들까지도 늘 하듯, 어딜 가느냐, 나도 가고 싶다든가 올 때 먹을 걸 사와야 한다고 조르는 일도 없이 보내 드렸다. 어머니는 그렇게 처음 한 이틀은 나갔다 오시면 진솔 버선신고 나간 걸 어느 정신빠진 녀석이 밟았다든가, 전찻길을 건너는데 자전거 탄 상고머리가 달려들어 하마터면 핸드백을 놓칠 뻔했다든가 하는, 우리가 기다리는 소린 단 한마디도 비추는 일 없이, 덥단 소리만 연해 하며 휘갑을 치곤 했으나, 사흘째 나갔다 오시더니, 예의 하던 객적은 소리는 않고 한숨만 쉬시다가, 누나들 들으라는 듯, '앞집 배정국씨랑 누구누구도 사흘 닷새 만에 나왔는데 아버지와 정선생님만 아직도 소식이 없다고 제발 알아봐 달라 했건만 어쩜 동기간에, 그 위에 아버지가 그들에게 어떤 형님이고 오라버닌데 뭬 그리들 바빠다고 나 몰라라 하는지 정말 섭섭하다고 혀까지 끌끌 차셨지만, 우린 그 일에 관해 어떠한 의견도 낼 수가 없는 노릇이, 아무리 생각해도 도무지 어림을 잡을 수가 없었기 때문이다. 어쩜 아마 이번 일은 무엇보다《서울신문》에 연재하던 "임진왜란"이 문제가 된 듯하다. 먼저 올라갔다 내려온 친구들은 모두가 이념을 떠나 구보와는 막역한 벗들이다. 특히나 구인회를 뭇던 당시의 유명짜한 분들은 여럿, 동란 전에 식솔하여 월북을 했지만, 북에서의 입지는 그리 탄탄치 못한 것이, 카프 안에서도 해산을 원치 않던 축들은 일찍들 올라가 기득권을 행사하고 있었고, 6·25전 쫓기듯 뒤를 따른 패들은 그들이 올라갔을 때는 이미 북에서의 공화국 정부 수립이 마무리 단계였으며, 토지개혁이나 친일파 숙청 사업 또한 끝나가는 때여서 그들이 비록 남쪽에서의 명성으로 그럴 듯한 자리엔 앉았지만, 그 까탄으로 해 그들의 입지가 좁아져, 실질적으로 남쪽에서 사상 검증을 하는 부류들은, 당성이 강한 젊은 층으로, 남한 사회에는 생소하지만 이념적으로 무장이 잘 된 엘리트들일 터이니, 아버지와 같은 분들의 사상 검증은 당연 시간이 걸리리라.

내가 평론가 백철 선생을 《경향신문》 부사장실에서 만났던 때는 60년대 초로 내가 '구보의 아들'이란 사실을 아시곤 마치 아버지를 대하듯 그렇게 다가앉으며, "실은 내가 구보와 가깝게 지내고 싶어, 마음 속으론 줄곧 노력을 해 왔네만 일이 여의치 않았던 건, 내가 카프에 몸담고 있을 때 부친은 상허와 더불어 순수 문학을 논하며 9인회의 일원으로 우리들 맞은쪽에서 작품 활동을 했고, 해방 후 나는 방향을 틀어 민족진영으로 오자, 자네 부친께선 나와는 다른 좌파에 기우는 듯해 서로가 사귈 기회가 없었는데, 나로 말하면 일생을 평론으로 살아 온 사람이니 이런 말을 할 수 있네만, 부친은 그간에 작품들로 미루어보아 결코 북으로 갈 분이라곤 생각되지 않아! 내 생각으론 해방이 되고 그편에 서게 된 것도 친구 탓이고, 난리통에 북으로 간 것도 '동무 따라 강남갔다'라고 할밖엔 달리 표현할 길이 없네. 내 《사상계》에도 그렇게 썼지." 하시며 내 손을 잡던 반백의 교수의 눈에서 연민의 정이 묻어났었다.

1951 43세

남들은 서둘러들 떠났지만 우리는 1월 4일에야 한겨울 추위 속에 인도
교는 이미 끊겨 살얼음에 출렁대는 부교 위로 검정 두루마기 자락을 허리
께에 잡아맨 어설픈 운전수에 알대가리 조수 셋이 달라붙은 달구지 한
채로 마음들은 바쁘나 행렬은 마냥 쳐지는 그런 피난 행렬에 끼게 됐는데,
우리 일행은 자그마치 노인 아이 모두 합쳐 스물여섯, 우리 막내와 큰누나
는 끼지도 못 했는데 말이다. 큰누나가 떠나기 전날 밤 마지막으로 우릴
보러 왔다 양쪽 호주머니가 삐딱하게 붙고 감도 비단처럼 야들거리는 국
방색 할머니 잠바를 벗어 주고 가 난 그 덕에 한 2년 나무하러 댕기며
덜 떨었다. 물론 구루마에 들러붙은 조수 세 명 중엔 소학생인 나도 끼어
있었다.

한동안 나는 아버지를 궁금해할 겨를이 없었던 것이, 산길에서 국방군
들에게 잡혀 끌려가다 경찰에 인계돼 성북서에 갇혀 있다는 엄마의 소식
을 접하자 갖은 상상을 다하며 엄마만을 걱정했기 때문이다. 무엇보다 엄
마를 잃은 일이 변변치 못한 우리 탓이라 생각하실지도 모를 외조부모를
대할 때마다 난 그 분들을 바로 쳐다볼 수가 없었다. 대체 우린 앞으로
어찌 살아가야 한단 말인가 하며 줄곧 외로워했다.

아버지는 털털대는 트럭 짐칸이나마 차례가 갔다면 그날로 평양에 도
착하셨으리라. 한편, 그 높은 간만의 차를 이용해 세계 전사에 남을 인천
상륙작전에 성공한 국군과 유엔군은 파죽지세로 밀어부쳐 10월 초엔 평양
을 점령하고 계속 북진을 해 서부전선은 이미 압록강을 코 앞에 두었는데,
아버지는 올라가자 전세가 불리해 곧바로 종군 작가단에 편성되어 낭림
산맥을 타고 밀려갔던 모양이다. 듣기로는 당시 정부 기관 일부와 고위층
가족들은 강 건너에 주둔하고 있었다는데, 중공군의 참전으로 전세가 바
뀌어 서울을 내주게 되니, 일부 인민군들은 중공군과 함께 들어왔단다.

물론 남에서 올라간 사람들 대부분은 전세를 관망하며 북에 남아 있었
고… 하기야 눈덮인 종로 네거리에서 두고간 딸을 애타게 찾으며 포효했
던 시인 임화의 시구를 생각하면, 일부는 선발대를 따라 다시 내려왔던
문인도 더러는 있었던 모양이다.

어찌 되었든 우리는 1·4 후퇴로 큰집을 따라 남으로 피난을 갔고, 큰누

나는 막내와 외갓집에 있다가 중공군을 따라 내려왔던 고모가 다시 북으로 밀려갈 때 같이 갔다. 큰누나는 두어 달을 고모가 배속돼 있던 부대의 전령으로 뛰면서 북으로 쫓기다가 2월 중순 경에야 혜산진에서 아버지를 만날 수 있었는데 그도 잠깐 부대 이동으로 다시 갈렸단다. 아무려나 그 소식은 그로부터 40년이 지나 내가 평양 갔을 때 광복거리 누나의 아파트에서 '완벽한 평안도 사투리'로 들을 수 있었다.

1952 44세

구보는 휴전이 되기까지 근 3년을 소좌 견장의 군관복을 입고 종군작가로 개성과 금강산을 잇는 전선에서 한 치의 땅을 더 차지하려는 남북 간의 치열한 공방전이 이태를 끌 동안 전선을 누비다 전사자들의 시체 더미 속에서 막판에 의용군을 나간 장조카도 찾아내 후에 그의 운전병이 됐고, 실화라곤 믿지 않을 숱한 에피소드를 만들며 3년을 버티다 휴전을 맞았다. 그 길다면 긴 세월 부실한 눈으로 용케 견뎌, 군복을 벗게 된 구보, 스스로 생각해도 얼마나 대견했을 거며, 무엇보다 그를 지켜준 벗 'ㅇ'씨와 'ㅅ'씨께나 또한 뒤늦게나마 머리숙여 감사하단 말 전하고 싶다.

내가 알기로 'ㅇ'씨는 1929년 발표한 작품을 젊은 구보에게 '모욕에 가까운 평'까지 들었던 분으로서, 물론 그런 혹평 까닭에 다시는 소설에 손을 대는 일 없이 본연의 극작에만 몰두해 대성한 분(문득 떠오르는 저명한 바이얼리니스이며 작곡가 'ㅎ'씨, 남의 떡이 커보여선 아니고 원래가 다재다능하신 분이라 문학에도 손을 댔다 혼이 났던 분이 생각났다.)인데, 그런 분이 옛일 꼬투리잡지 않고 그렇게 도왔다니, 역시 어른들 세계는 우리 같진 않은 모양, 휴전 후에도 권여사 말로는 여러 모로 부친을 감싸준 은인이었고, 'ㅅ'씨 또한 일찍이 정계에 진출해 높은 자리에 올라 부친이 신세도 지셨다고. 내가 궁금해 'ㅅ'씨에 관해 뒤져 보니 아담한 키에 곱상한 얼굴, 역시 하관이 빠른 재사형이고, 'ㅇ' 씨 역시 쏘련 군대 입는 맥씨코트 둘러쓴 장대한 어른이, 구보가 퇴역 후 불어닥친 모진 풍파에 바람막이도 해 줬다는 소리듣고 참 고마워했다… 직접적인 도움은 아니라지만.

중편 소설 「조국의 깃발」이 ≪문학예술≫지 4, 5, 6월호에 세 번에 걸쳐 발표되고,

6월 3일부터 『리순신 장군』이 ≪로동신문≫에 두 주 동안 연재되다.

1953 45세 근 2년여를 끌던 휴전 협정이 체결되자

군복을 벗은 구보는, 평양 문학대학 교수에 국립 고전극장 전속작가가 되었는데, 곧 이어 첫번째 '자백사업'이 8월에 시작되자 구보는 스스로 자신을 돌아보아 자백할 것이 전혀 없다 생각했던 모양이다. 그러나 위원회에서는 구보가 1930년대 구인회의 일원으로 카프 작가들의 작품에 신랄한 비평을 발하던 일을 지적할 뿐 아니라, 당시 활발했던 창작 활동에 비해 오늘날의 창작 부진이 어떤 사연이 있는가를 자백하라니, 구보는 궁리 끝에 아직 준비가 덜 됐으니 시간을 더 달라 하고는 상허를 만나 보려다 생각을 바꿔 당시 문화 선전성 간부였던 자를 찾아 도움을 청했던 모양이다. 하여 그로부터 '자신이 당성이 부족한데다가 주의에 대한 무지의 소치이니 앞으로 공부를 더 하겠다.'고 해 모면을 했단다… 이 얘기는 그 간부가 1957년 남으로 넘어와 자수를 하는 바람에 알게 된 사연이다.

1955 47세 1953년 휴전 직후

임화와 김남천의 숙청 후 한 달 만에 고전 극장 자백위원회에서 무대예술인에 대한 자백 사업이 있었고, 그러고 1년 있다 이번엔 작가 동맹에서 대대적인 자백 사업이 있었는데 그 중심에는 이태준과 한설야가 있었다 한다. 한설야는 알다시피 당시 주류에 속했기에, 젊은 소련파를 등에 업은 이태준으로서는 버거운 싸움이었던 것이, 한때 상허가 남에서뿐 아니라 1947년 북에 가서 발표한 일련의 작품들을 싸잡아 비판을 했는데, 실은 이들 모두가 한때는 세상 어디서도 빠지지 않을 걸출한 작품이라 극찬을 받던 것이고 보면 누가 봐도 게임은 끝이 났다고 보는 게 상정일 텐데, 상허는 대체 무엇을 믿고 버텼던 건지. 들은 얘기는 좀 있으나 모든 게 근거가 뚜렷치 않은 거라 이쯤 해 두고, 어쨌건 이런 상황을 전해 들은 구보는 세상이 다 아는 구인회 멤버였기에 부담을 느껴 궁리 끝에 생각해 낸 것이 갑오년 동학난을 소재로 한 대하 역사소설 기획안을 해당 부처에

제출했는데, 그것이 쾌히 받아들여져 한시름을 놓았단다. 헌데 그때까지 숨죽이고 바라만 보던 강 건너 불구경이 그만 구보에게 튀어 '6개월간의 집필금지명령'이 떨어졌던 것이다. 하기는 그동안 창작 부진이란 낙인에 집필 금지령까지 떨어져 의기소침해 있는데, 고마운 전우로부터 귀한 선물을 받게 된다. 종군 작가시절 막역했던 전우 하나가 휴전 후 처음에는 수령님의 백두산 유격지 답사를 한다더니만 다시 동남아 순방길에 오른다 했는데 이 친구가 돌아오는 길에 북경에 들렀다 거기서 갓 발행된 1955년 도판『삼국연의』한 질을 들고 왔는데, 무엇보다 마음에 든 바는 전언前言이었단다. 당시는 국공합작으로 일본을 내몰고 세운 공산 국가였다지만 아직 이념적으론 완전히 자리를 잡지 못한 당시의 중국에서 "삼국연의"가 먹혀들 소지가 없었는데, 소장파 평론가인 주여창周汝昌의 그럴 듯한 해설로 말미암아 세상빛을 보았으니, 벗이나 구보나 구경 무릎을 치며 환호했을 건 불을 보듯 뻔한 일이고, 무엇보다 오래 별러 오던 '삼국지' 번역을 다시 하게 되매, 대동아전쟁 초기에 시작하다 만 꿈이, 그리고 또 난리로 접어야 했던 일이 주마등처럼 스쳐 감개가 무량하셨겠다. 조운, 김아부와 함께 낸 "조선 창극집"이, 무대에 상간됐을 때도 호평이더니, 책으로 나오자 구전으로만 전해 오던 창극이 이제사 가위 문학 작품으로 당당히 어깨를 펴게 되었다는 평도 듣게 되고,『정수동 일화집』에『야담집』도 햇빛을 보니, 이젠 구보도 '창작 부진의 늪에서 헤어나나보다' 했는데, 그만 '6개월간의 집필 금지령'이 떨어졌던 것이다.

1956 48세

그 해에는 <리순신 장군전> 연극演劇이 공전의 히트를 쳤던 모양, 아버님이 대본에 여러 의견을 더해 주셔 그랬는지 아니면 대본을 직접 쓰셨던지, 아무튼 극의 주인공인 유명한 연극 배우 황철이 나중에 집으로 인사를 왔었다는 이야기도 들었다.『리순신 장군전』과『리순신 장군 이야기』(아동물인 듯)가 각각 국립출판사에서 간행되었는데, 앞의 것은 극본이었는지 확실치 않다. 또 생각나는 한 가지, 이 해에 주인공으로 출연했던 황철이 '인민배우'의 칭호를 받았단다, 그 전까지는 '공훈배후'였다니 아마 새 호칭이 더 높은 것인가보다. 이야기는 여기에서 그치지 않아, '60년에는 다시 개작된 각본의 드라마에서도 충무공역을 맡아 열연을 해 극찬을 받고는, 그때도 아버지께 인사를 왔다고 했는데, 그 해『임진조국전쟁』이 출간된 것을 보면 아마도 그 연극 대본에도 의견을 주셨기에 찾아왔었는지 어쨌건 내가 하고 싶은 얘기는, 남녀가 다 나이에 관계없이, 인기 배우에는 관심이 많다는 것, 하기에 권여사도 그랬겠지. 그 배우는 알다시피 전쟁 중 폭격에 한 팔을 잃어 의수로 살다 1961년에 생을 마감하였다.

1957 49세 박태원 편저『심청전(현대어판)』이 국립 문학예술서적출
          판에서 출간되다.

저자는 '례언'에서, 나는 독자들로부터 고전소설 등을 읽어 보고 싶은 마음은 간절하나, 어려워 읽지를 못 하겠단 말을 흔히 듣는다. 난해한 한문구漢文句와 고사故事들에 가로걸려 읽어도 도무지 무슨 소린지를 모르겠다는 것이다. 원전에 나오는 난해한 한문구는 부득이한 경우에만 간략한 주해를 달아 살려두고 나머지는 모조리 알기 쉬운 우리말로 바꿔 놓았으며 허다한 고사들도 또한 적당히 풀어 본문 속에 넣었다.

이 작품은 1955년 조선 창극집에 나온 각본과는 다른 소설로서, 창극집에 실린 세 편 중「홍보전」은 박태원 작이었고,「춘향전」은 조운과 박태원이 같이 지었었는데,「심청전」은 김아부가 맡았었기에, 당신이 혼자 맡아「심청전」을 썼는데, 이번에는 각본이 아닌 소설로 썼나보다. 그러나 원전이 창극인 고로 원전의 맛을 살리기 위해, 판소리에는 어떠어떠하게 되어 있기에 이렇게 해석을 했다든가, 원전의 4,4조를 기준으로 한 운문적 문체를 그대로 답습하려 노력했다는 대목이나, 판소리에서는 곧 잦은 머리로 넘어가서… 등등의 해설은 작자가 원전에 충실하려는 편자의 노고를 엿보이게 하는, 역시 이름하여 창극의 현대어판이라 하겠다.

1959 51세 드디어『삼국연의』첫째 권이 세상에 나오다.

1960 52세 출간 후 《문학신문》 3월 1일자에 실린 평론가 박흥병의
          서평을 보면,『삼국연의』가 불후의 명작이라는 것을 조목

조목 예를 들어 가며 설명을 한 연후에,

실로 이러한 불후의 예술작품을 번역한다는 것은 막대한 정력과 예술적 재능을 필요로 한다. 이러한 견지에서 볼 때 우리는 박태원 역 『삼국연의』 제1권의 성과를 긍정적으로 대하는 바다.

역자는 웅건하고 활달한 필치로서 이 역작을 우리말로 재현시키는 데 노력하였다. 역자는 우리 고전 문학이 가지고 있는 언어의 특성들을 대담하게 많이 활용하였으며, 원작의 언어가 가지는 운률적인 요소들을 살리는 데도 원정한 노력을 기울였다. 복잡한 사건들로 얽혀진 원작의 언어들을 전개력 있는 필치로 박력있게 끌고 내려갔다. 간간이 삽입된 시편들도 대부분 원작의 빠포스를 비속화함이 없이 우리 시가 운률의 좋은 점들을 멋지게 활용했다.

문장의 단락, 대화를 중심으로 한 앞뒤 문장의 처리도 매우 좋다.
[…]

이러한 찬사 끝에, 한자에 밝지 못한 젊은 세대를 생각하여 되도록 둘째 권부터는 한자를 적게 써 주었으면 한다는 역자에 대한 요구사항도 곁들였다는 것을 옮긴다.

『삼국연의』 둘째 권이 <국립출판사>에서,
『임진조국전쟁』이 <문학예술서적출판사>에서 나오다.

『임진조국전쟁』에 관해서는 한 마디 하고 넘어가야겠다. 구보의 생애를 일별하매 지나칠 이만큼 집착한 것이 세 가지 있는데, 그 첫째가 '삼국지'이며, 그 둘째가 '충무공 이순신'이며, 셋째는 동학란을 주제로 한 '갑오농민전쟁'이다. "갑오농민전쟁"이야말로 북에서 보낸 36년의 거의 다를 그에 대한 자료 수집과 집필에 보냈다 해도 과언이 아닌데, 돌아보면 6·25 전 ≪조선일보≫에 연재하던 『군상』이 그 모태가 되겠고, 실은 해방 갓 되고 발표했던 단편 「고부민란古阜民亂」 또한 같은 맥락의 작품이었다 하겠다. 다음으로 『삼국지』를 야요시까와 에이지吉田英治가 일본어 신문인

≪경성일보≫에 연재하고, 한편으론 한용운의 한글판이 인기리에 읽히다 ≪조선일보≫ 폐간으로 중단되니, 이에 뜻한 바 있어 구보가 우리말로 연재를 시작한(1941년) 이래 박문서관에서 나온 '적벽대전 편'과 '제갈공명 편' 두 권과 정음사판 『삼국지』 1, 2권을 들 수 있으나 이들 모두가 끝을 보지 못했다가, 북에서 1959년 첫권이 나오고 1964년에 여섯 째권으로 대미를 장식하니, 이름하여 장장 4반세기에 이르는 집념의 완결판이라 하겠다.

이어 충무공 이순신 장군의 경우를 보면, 해방이 되고 나서 을유문화사 문고본으로 『이충무공 행록』이 나오고, 아협 출간의 아동물 『충무공 이순신 장군』, 그리고는 ≪서울신문≫에 사변 직전까지 연재하다 중단을 한 『임진왜란』을 들 수 있겠는데, 북으로 올라가 신문 연재에 세 권의 동명의 책에다가 1960년에 완결을 본 『임진 조국 전쟁』은 역시 충무공에 대한 장구한 그의 집착의 결정이라 하겠다!

이로 미루어 구보는 한 번 흥미를 보였던 건 끝을 보고야 마는 성격이라 하겠는데, 어려서 내게 건넨 "성길사한成吉思汗"에 관한 얘기는 난리만 나지 않았다면 기필코 끝을 보셨을 거라 생각하니 참으로 아쉽다.

1961 53세 구보는 『갑오농민전쟁』 집필 자료로서 김일성 대학 측지학 실험실에 김정호의 대동여지도 복사본을 의뢰해 놓으셨던 듯, 북에 있는 구보의 의붓딸 정태은의 "나의 아버지 박태원" (북에서 발행된 계간지 <통일 문학> 2000년)에서, '기다리던 복사본과 다음과 같은 편지가 날아들었다'고 했는데, 그 일부를 전재한다.

아버지는 대동여지도 연구에도 달라붙었다.
지금도 나에게는 작가 동맹 민청원들이 아버지의 지리연구에 도움을 주기 위해 작성해 보내준 '오만분의 일' 지도가 보관되어 있다. 거기엔 이렇게 씌여있다.
박태원 선생님에게 당 4차 당대회에 드리는 선물로 창작을 하고 계시는 선생님의 장편력사소설 『계명산천은 밝아오는냐』가 어서 세상에 나오기를 학수고대합니다.

　1961.4.29. 밤 11시30분 김일성 종합 대학 측지학 실험실에서

　제도자란에는 전기영 외 8명의 이름과 함께 수표가 있다.

　지도를 보느라면 많은 것이 생각키운다. 그 오만분의 일 지도는 당시 김일성종합대학에 한 부가 있고 어디에도 없었다.

　그들의 성의와 노력에 대해 다시 한 번 고개를 숙일 뿐이다.

　이처럼 당조직은 물론 청년조직도 아버지를 도와 할 수 있는 모든 일을 다하였다.

　위 글에서 의문이 가는 부분은 5만분의 1지도라는 대목으로서 전시 군인들이 쓰던 지도가 5만분의 1로서 대외비인 건 모두 아는 바이지만, 김일성 대학에 한 부밖에 없다는 소린 씨가 먹히지 않아, 아마 그게 아니라 대동여지도로서 8인이 함께 사인을 한 것을 보면, 아다시피 대동여지도가 여러 책으로 되어 있어 수작업으로 복사본을 만들 경우 여덟 명이라면 아마 한 사람 앞에 세 층씩은 배당이 갔을 터이니, 모사를 하다 보니 오밤중에야 끝이 났고, 젊은축들이니 늦게까지 했기에 시간도 적고 수결도 했으리라 생각해봤다. 그러다 생각해 보니 해방 직전 돈암정 살 때 이웃 일본인 성대 교수에게서 한문 대성과 함께 넘겨받은 대동여지도를 부친은 마치 어린애가 새 장남감을 얻은 듯 그리 좋아, 넓은 대청에 책상도 치워 놓고 별러 이어맞춰가며 김정호의 조선 전도를 내려다보시던 모습과, 아마 『군상』을 쓰시던 무렵엔 우리가 성북동 살 적인데, 예의 그 아끼시는 대동여지도를 일부만 펴 놓고 거리를 재시던 모습을 생각하며, 그 때는 얼핏, 이 집은 마루가 좁아 돈암정집 대청에서처럼 지도를 전부 펼쳐 놓지 못하시는구나 했었는데, 지금 생각해보니 동학란이 전라·충청도에서 일어났으니 조선 8도 전도가 필요치 않겠다 생각했다.

　『삼국연의』 셋째 권이 나오다.

1962 54세

이 시기까지 북에서는 책의 저자나 역자가 원고를 인쇄소에 넘긴 날짜가 판권에 나오곤 했다. 무슨 말인고 하니, 『삼국연의』 4권의 판권을 보면, 남쪽에서는 인쇄된 날짜와 발행 날짜가 나란히 찍혀 있는 반면, 북에서는 원고를 인쇄소에 넘긴 날짜와 발행일이 나란히 찍혀 있어, 대개 탈고 날짜를 알 수 있다. 그래 원고가 넘어갔는데 나오지 않으면, 내 생각으로는 종이 사정이 안 좋아 그런가, 아님 또 사상 검증을 하나도 생각해 봤단 말이다. 어쨌든 삼국지도 아직 한 권이 남았고, 무엇보다 당 4차 대회 선물이라면 1961년이니 할 일 많아 좋으셨겠다. 수필을 비롯해 역사에 큰 족적 남긴 위인들 전기를 《문학신문》에 2개월여에 걸쳐 게재. 『삼국연의』 4권이 원고를 넘긴 지 9개월 만인 11월에 나오다.

1963 55세

은근히 가슴을 조이던 『삼국연의』가 연말에 나와, 『계명산천은 밝아오느냐』의 원고가 속도를 올리는 건 좋은데, 『삼국연의』의 끝 부분이 시들해지는 듯해 은근히 걱정이다. 무슨 소린고 하니, 『삼국연의』 5권 중간 부분에 이르러 궁중용어의 어미인 '아'가 '오'로 변해, 예하여 '하였삽고'가 '하였숩고'가 되었더란 말이다(나온 지 수십 년이 지난 책 보며 예의 그 소싯적 교정쟁이 쿠세가 나온 모양). 그런 걸로 미루어 '계명산천…' 원고는 책이 나오기 이태 전인 적어도 1963년 가을부터 시작이 되지 않았나 생각된다. 물론 "삼국연의" 5권 원고는 중반을 넘어섰단 얘기가 되겠고.

1964 56세   정월에 『삼국연의』 5권이, 그리고 8월에 『삼국연의』 여섯째 권이 나와 드디어 4반세기에 걸친 삼국지 번역에 막을 내리다.

한 가지 특기할 사항은 북에서의 삼국지 대본은 1955년도 북경판 모종강 본이라는 것과 전언의 주여창이라는 것이다. 내가 왜 이 얘기를 부언하느냐 하면 1989년 한글전용 세대가 85%에 이르는 북한의 독자를 위해 한자를 많이 풀어 개정판 "삼국연의"가 페이지당 활자를 더 많이 넣고 조판을 해 모두 네 권으로 나온 것을 미국 국회도서관에 가 일별할 기회가 있었는데, 거기서는 예의 주여창의 전언을 빼 버리고 중간에 "삼국연의"를 평한 학자 중 주여창의 해설이 당시 '주의主義'에 많이 미흡하다 주장한 사람이 있었는데, 그 말이 약발을 받았는지, 이번엔 김왕섭 준박사의 새 해설을 부쳐 나온 것을 읽다 만 일이 있어 하는 소리다. 내딴엔 '부친의 삼국지' 같지가 않아 일독一讀을 일별一瞥로 그쳐 버렸기 때문이다.

1965 57세 『계명산천은 밝아오느냐』 제1부 제1권이 3월에 발간되다.

1966 58세 『계명산천은 밝아오느냐』 제1부 제2권이 3월에 발간되다.

연이어 출간된 대하 역사소설『계명… 』이 장안의 화제가 되며, 독자들의 궁금증이 극(?)에 달하자 ≪문학신문≫에서는 독자들을 대신해 저자에게 궁금증을 풀어 달라 했던 모양, '둘째 권을 쓰며'라는 제하에 박태원의 글이 실렸다. 한데 날짜로 봐서 이미 제2권이 나온 지 석 달이나 지났는데 '둘째 권을 쓰며'라니 좀은 헷갈리는데, 여기 앉아 있는 나나 우리로선 그 사연 알 턱 없고, 그냥 옮기련다.

둘째 권을 쓰며 독자들에게서 가끔 질문을 받는다.
'수동이는 대체 앞으로 어떻게 되느냐?'
'박 첨지는 처음에 잠간 나오고 그 뒤로는 소식이 감감한데, 다시 나오기는 나올 테지?' '어째서 이 소설에는 녀주인공이 없느냐? 녀성들도 많이 나왔으면 좋겠다….'
원, 급하기들도 하시지. 우물에 가서 숭늉 달라시겠네….
작자로서는 웃음과 함께 이렇게나 대답할 밖엔 없다.
이야기는 이제 겨우 허두를 내여 놓았을 뿐인 것이다.
심지어 어떤 분은,
다음 2부에서는 바로 갑오 농민 전쟁으로 들어가게 되느냐…?
이렇게 묻기까지 한다. 누구나가 알다시피 갑오 농민 전쟁은 고종 갑오년(1894)에 일어났다. 그런데 이 소설 첫째권에선 철종 임술년(1862)에 있은 "익산민란"이 이야기되고 있고 장래 그 력사적인 대농민전쟁을 조직

지도할 전봉준(녹두)는 아직 아홉 살 밖에 안된 소년으로 등장하고 있는 것이다. 하룻밤 사이에 이 소년을 사십대 장년으로 만들어 농민군을 거느리고 진주성으로 쳐들어가게 하는 수는 없는 일이요, 또 처음부터 그럴 작정도 아닌 것이다. 첫째권에서 잠간 이름만 비쳤던 음전이도 둘째 권에서는 독자 앞에 그 면모를 나타낸다. 강주부의 수양딸 꽃분이도 둘째 권에선 아직 아홉 살짜리 소녀지만 이 소설은 물론 두 권으로 끝나는 것이 아니다. 박첨지로 말하면, 작자의 욕심으론 팔십너댓까지 살게 해 기어이 수동이와 함께 농민전쟁에 참가해 씨우게 할 작정이다. 독자는 앞으로 그를 도처에서 만나게 되리라. 일부 독자들의 '조급성'은 아마도 『계명산천은 밝아오느냐』의 제1권을 곧 『갑오농민전쟁』의 제1부로, 따라서 앞으로 나올 제2권을 제2부로 잘못 알고 계신데 기인하는 것 같다. 『갑오농민전쟁』의 제1부는 대개 여섯 권쯤 예상하고 있다. 제2부도 그만한 분량이 될 것 같은데, 그것도 독립한 제목을 붙여서, "밤은 더욱 깊어만 간다", 제3부는 "보국안민의 기치 아래서"라는 이름으로 네 권 정도-도합 열여섯 권은 써야 끝을 맺을 수 있을 것 같은데 본래 남달리 '잔사설'이 많은 작자의 일이라 권 수가 더 불지도 모르겠다. 생각하면 실로 창창한 일이다. 내 건강을 아는 이들은 이 '거창한 사업'을 능히 해낼 수 있을까? 하고 은근히 걱정을 해 준다. 나도 건강에 대해선 자신을 가지고 있지 못하다. 건강만이 아니다. 자신의 작가적 력량에 대해서도 그러하다. 내 준비된 정도가 이처럼 '방대한 작품'을 다루게는 아직 돼 있지 못 하다. 첫째 권을 내놓을 때까지도 그렇게까진 생각지 않았는데, 둘째 권을 쓰면서 제 자신 아주 절실하게 느꼈다. 지금도 느낀다.

그리고 앞으로 나아갈수록 더할 것만 같다. 첫째 권에서만 해도 등장인물이 많지 않았다. 둘째 권에서도 계속 그 인물들만 가지고 다룬다면 또 모르겠는데 새로운 인물이 계속 등장한다. 즉 이미 독자들과는 구면인 수동이·정한순·이만선·박첨지·꾸다 령감·방 서방 같은 인물들 외에 음전이·음전이 동생 고두쇠·그들의 아버지 한 서방·이 생원의 아들 리명식·그의 안해 안씨·의원 강주부·그의 수양딸 꽃분이… 그리고 역사적 실제 인물들인 흥선군 리하응·조 대비·조성하·돈녕 도정 리하전·면암 최익현·전주 영리 백낙서 등등… 이 사람들이 모두 둘째 권에 새로 나와 가지고 저마다 작자에게 소개해 달라고 조른다. 여기 발췌해 실은 '충주 비선골 강주부 집에서' 작자는 강 주부와 꽃분이를 우선 독자들에게 상면을 시켰는데 이들은 다 작자가 못내 애착을 갖는 인물들로 독자들도 부디 그들을 사랑해 주셨으면 하는 바이지만 그들이 과연 누구에게나 사랑받을 수 있을 만하게 그려져 있는지 작자는 자신을 못 가진다. 물론 여기에는 강주부의 이전 경력이 밝혀져 있지 않다. 그것은 이에 계속되는 '아이들의 래력', '깨진 약탕관', '강동지탕', '강주부 약 한 첩으로 세 명의 병을 고치다' 등 일련의 '장'들을 아울러 읽으면 강부주란 인물이 어느 정도는 리해 되리라 생각하거니와 내가 왜 이런 말을 하느냐 하면 한 마디로 작중인물의 형상이 잘 되었다 안 되었다 하지만 그것이 실지에 있어 참으로 쉽지 않은 일이요, 그것도 여간 수십 명이 아니고 앞으로 수백 명의 대군상을 다뤄야할 작자의 사업이 과연 얼마나 힘든 일인가 하는 데 독자의 리해를 빌고 동정을 얻을가 해서. 정말 나는 제 력량을 충분히 타산 못하고 또 건강에 고려도 없이 자신에겐 너무 지나치게 힘겨운 일을 시작했다고 할 밖에 없다. 다만 창작적 정열만은 남에게 지지 않을 만치 가지고 있다. 내 스스로 믿는 것은 이것뿐이다. 나는 어떻게든 이 작품을 완성해 놓고야 말겠다.

작자로부터 ≪문학신문≫ 1966.6.7.화요일

따라오느라 좀은 힘드시겠는데 제 머린 더 복잡하답니다… 그냥 따라 오소서.

[…]

보아야 할 자료와 해야 할 일은 끝이 없었으나, 오지 말이야 할 시각은 너무도 일찍 다가와 원고지 한 칸의 시력마저 눈에서 완전히 사라져 버린 것이 1965년 봄이었다. 나는 이런 상태에서 아내에게 구술하여 『계명산천 은 밝아오느냐』 2권을 끝내 출판에 회부했다. 모든 자료를 일일이 확인하고 글줄 하나 글자 하나까지 제 눈으로 따져 본 다음 넘겨도 작가의 양심은 늘 편치않은데, 손더듬이로 원고의 높이만 겨냥해 보고 넘기는 마음이 어떠했을까….

[⋯]

위에서 구보는 이미 시력을 잃었다고 했는데, 곧 뒤에 나오지만 북에서 부친의 임종까지 지킨 의붓딸 태은의 말로는 이태 뒤인 1970년에 시력을 상실했다 했다. 문득 생각나는 것은, 새어머니 편지에 1956년 부친이 큰딸 설영의 손에 의지해 당신의 집에 찾아와 두 집이 한데 합쳤으면 했을 때 이미 구보의 시력이, 그로부터 10년 후인 1965년과 비슷하다 했는가 하면, 이제 와 생각하니 태은이 글에서도 '60년대 초 대낮에 시력을 잃었단 소리를 한 것 같아 이들의 기억력에 미흡한 데가 있구나 생각을 한 것이, "계명 산천⋯" 둘째 권 집필하러 휴양지 주을 온천에 가서 태은에게 보낸 편지는 내가 보기에 단연코 부친의 필체인데, 그 사본 캡션에 '1967년 3월 8일 주을 휴양소에서 쓴 편지'라 했으며, 편지 내용에서도 알 수 있지만(이때는 동부인이었던 듯, '집떠난 지 벌써 두 달이 지났구나'시며, 이태 전 가을이라 했는데 이는 65년 10월 19일자 편지에 나타난 걸 이름일 테고, '그때 혼자 왔을 때와 달라 힘들겠다'란 말씀이 있기에), 67년 봄까지는 거동에도 그리 불편이 없으셨고 무엇보다 시력이, 줄도 아주 잘 맞춰 구둣점까지 아끼지 않고 막 찍어 가며 쓰신데다가 원고지를 아끼기 위해 간살을 무시해 가며 **빽빽**하게 잘도 쓰셨기에 하는 말이다.

1968 60세

자신의 능력과 육체적 조건을 심사숙고한 끝에, 애초에 16권의 다부작 장편을 3권의 장편 『갑오농민전쟁』으로 하고 나서 홀가분한 마음으로 제1부를 아내에게 구술했다는데, 제1부가 거의 끝나갈 무렵 고혈압에 의한 뇌출혈로 쓰러져 눕다. 병원에서 응급 치료를 받아 의식은 회복되었으나 온 몸이 침대에 들러붙은 것처럼 조금도 움직일 수가 없더란다. '아하, 이것이 반신불수라는 거로구나!' 의사들은 최선을 다했단다, 현대의학이 해결할 수 있는 모든 방도를 다 동원해. 다행스럽게도 사고 능력에는 별 지장이 없어 퇴원하는 즉시 원고 구술을 다시 시작했는데, 그러나 시각을 잃은 위에 감도도 부실해 밤과 낮을 가리지 못해 밤이고 새벽이고 원고를 구술해 식구들을 녹초로 만들었지만, 그들은 교대로 밤을 밝히며 구보의 입에서 『갑오농민전쟁』 줄거리 나오기만 기다렸단다. 그러던 중 다시 혈전이 와 사흘 동안 의식을 잃었다 깨어 보니 정신이 혼미한 게 입과 성대가 말을 듣지 않게 됐단다.—신체의 어느 부분도 애착이 가는 데가 없는 그런 상태로! 이번엔 회복이 정말 더뎠단다, 기억력, 사고력을 되살리는 투쟁에서부터 생각이 곬을 따라 흐르게 하는 작업까지, 그러던 중 당중앙이 보내 준 사향으로 말문이 다시 트였다는 소리.

1969 61세

여름, 정태은은 이상한 행동에 놀랐단다. 정신착란증—헛소리에 사리에 맞지 않는 행동을 하더란다 급히 생부의 맏형(정태은의 큰아버지)되는 내과의사 정민택 선생을 모셔왔는데, 그분이 대뜸 '박 선생, 내가 누군지 아시겠습니까?' 했더니, '아, 정군의 형님 아니십니까.' 했다는 소리. 그러나 정인택씨의 형님인 건 알아 맞췄지만 다시 허황된 소리와 행동을 했단다. 진단은, 당뇨병으로 인한 정신분열이 아니면 고혈압발증일 수도 있다 했단다.

1970 62세 주체 59(1970)년 여름

그것은 햇빛이 넘치는 한낮의 일이었다.

나도 어머니도 우리 세 식구는 다 집에 있었다. 아버지의 방은 동향방이어서 밝았다. "여보, 벌써 날이 어두웠소?" 하는 아버지의 떨리는 목소리가 들려왔다. 확대경을 눈에 바투 대고 아무리 눈을 부릅떠도 보이는 것은 밑 없는 어둠뿐이었다.'고.

1977 69세 『갑오농민전쟁』 제1부가 1977년 여름에 나오다.

1978 70세 1월 어느날, 작가 동맹의 한 일군이 김일성 수령의 교시 전달.

'나는 방금 위대한 수령님의 교시를 받고 오는 길입니다. 수령님께서는 선생이 쓴 소설을 읽으셨는데, 작품이 좋다고 만족해하시면서 그 불편한 몸으로 정말 많은 수고를 하였다고 치하의 말씀을 주셨습니다.' 다음 전달

된 교시는, '소설『갑오농민전쟁』은 잘 썼습니다. 박태원 동무가 역사에 대하여 많이 알고 있는 것 같습니다… 박태원 동무와 같이 역사 소설을 쓰는 사람이 귀중합니다. 우리나라에 역사 소설이 얼마 없는 것이 결함입니다….'

전축과 귀한 약제, 그리고 내조를 하는 아내에게도 고급 시계와 양복지를 내리다. 남에서부터 막역했던 정종여 화백은 이 소식을 접하자 새벽같이 달려와, '구보, 기쁜 소식이요!' 하며 제일 같이 기뻐했다는데, 그는 구보의 계씨와도 돈독했다고.

6월에 당으로부터 국기 훈장 1급을 받다.

전달식은 평양 대극장에서 있었는데, 몸이 불편한 고로 글로 써서 현장에 보내 대독을 시켰는데, 내용은 '금년 중『갑오농민 전쟁』제2부를 끝내고 계속해서 3부를 완성함으로써 후의에 보답하겠다'고 했단다.

1979 71세 당으로부터 진갑상을 받다.

만 70세의 생일을 북에선 '진갑'이라 하나보다. 내가 알기로 진갑進甲이란 환갑 이듬해인데, 하고 북에서 나온『조선말 대사전』을 보니 거기에도 진갑은 '륙갑이 새로 시작된다는 뜻에서 환갑 다음 해 또는 그해의 생일을 이르는 말'이라 했다. 근데 왜 70세의 생일을 '진갑'이라 할까, 누군가 잘못 알고 있는데 그냥…? 수기는 1979년 9월에 끝이 나는데,

'나는 지금『갑오농민전쟁』2부를 탈고하고 제3부를 쓰기 시작하였다. 나 자신이 생각해도 참으로 놀라운 일이다. 시력과 신체의 모든 자유를 잃은 이런 속에서 1만여 매의 장편소설이 씌어지고 있다는 사실은 평범한 상식으로는 생각조차 하기 힘든 일이다. 그렇다. 지금 나의 육체적 조건은 창작은 고사하고 살아가기조차 불가능한 상태에 놓여 있다. 나는 집필을 하지 않을 때면 언제나 당중앙이 보내 준 전축을 틀어 놓고 음악을 듣는다.

음악은 나의 가장 친근한 벗이며 위안자다. 눈은 보지 못하지만 귀는 성하며…'

1980 72세 『갑오농민전쟁』 제2부 출간.

1986 78세 7월 10일 저녁 9시 30분 영면永眠.
　　　　　　12월『갑오농민전쟁』 제3부가 권영희와 공저로 출간되다.

　　임종을 지킨 의붓동생 태은의 말에 의하면, 마지막까지 성한 쪽 손가락을 써 손바닥에 글자도 그리시고, 가끔은 고개를 조금 움직여 당신의 의사를, 어떤 때는 호불호好不好에, 가可타 부否타까지도 표현하실 수 있었다고 하더이다. -八甫

⊕ 참고 문헌

■기본자료

박태원, 『李箱의 悲戀』, 깊은샘, 1991.

박태원, 『천변풍경』, 깊은샘, 1994.

박태원, 『소설가 구보씨의 일일』, 문학과지성사, 2005.

박태원, 『성탄제』, 동아출판사, 1995.

박태원, 『박태원 중편집』, 지식을 만드는 지식, 2013.

박태원, 『윤초시의 상경』, 깊은샘, 1991.

박태원, 『금은탑』, 기민사, 1987.

박태원, 『구보가 아즉 박태원일 때』, 류보선 편, 깊은샘, 2005.

권영민·이주형·정호웅, 『한국근대단편소설대계 8권·9권』, 태학사, 1988.

권영민·이주형·정호웅, 『한국근대장편소설대계 3권·5권』, 태학사, 1988.

권영민·이주형·정호웅, 『한국근대장편소설대계 4권』, 태학사, 1988.

박태원, 『속 천변풍경』, 조광, 1937, 1~9.

박태원, 『천변풍경』, 조광, 1936, 8~10.

박태원외, 『신문연재소설전집』 1~5, 깊은샘, 1987.

박태원, 『박태원단편집』, 학예사, 1939.

박태원, 『소설가 구보씨의 일일』, 문장사, 1938

박태원, 『천변풍경』, 박문서관, 1947

박태원, 「評論家에게-文藝時評-」, 매일신보, 1933. 9. 21

박태원, 「九月 創作評-文藝時評-」, 매일신보, 1933. 9. 22, 23, 26 - 10. 1

박태원, 「三月 創作評」, 조선중앙일보, 1933. 3.26 - 3. 31

박태원, 「표현, 묘사, 기교」, 조선중앙일보, 1934.12.17~31.

박태원, 「내 예술에 대한 항변」, 조선일보, 1937. 10. 22.

박태원, 『원구』, 매일신보, 1945.5.17 - 8.14.

박태원, 「춘보」, 신문학, 1946.8.

박태원, 『태평성대』, 경향신문 , 1946.11.14 - 12.31.

박태원, 『조선독립순국열사전』, 유문각, 1946.

박태원, 『약산과 의열단』, 백양당, 1947.

박태원, 『홍길동전』, 조선금융조합연합회, 1947.

박태원, 「귀의 비극」, 신천지, 1948.8.

박태원, 『군상』, 조선일보, 1949.6.15 - 1950.2.2.

박태원, 『북으로 간 작가선집 5』, 을유문화사, 1988.

박태원, 『여인성장』, 깊은샘, 1989.

박태원, 『애경』, 문장, 1940. 1~11.

박태원, 「최후의 억만장자」, 조선일보, 1937. 6. 25~7. 1.

박태원, 「문예감상은 문장의 감상」, 조선일보, 1934.

박태원, 「순정을 짓밟은 춘자」, 조광 3권 10호, 1937.

박태원, 「춘향전 탐독은 이미 취학 이전」, 문장 2권 2호, 1940.

박태원, 「結婚 五年의 感想」, 여성, 1939.12.

박태원, 「虛榮心 많은 것」, 조광, 1937.12.

■저서 및 학술논문

간호배, 「박태원 초기소설 연구-페미니즘적 성격을 중심으로」, 『우리문학연구』 제10
　　　권, 우리문학회, 1995.

강동진, 『일본근대사』, 한길사, 1985.7.

강동협, 「박태원 소설 연구」, 단국대 석사논문, 1997.

강만길, 『한국현대사』, 창작과비평사, 1989.7.

강병식, 『일제시대 서울의 토지연구』, 민족문화사, 1994.

강상희, 『1930년대 한국 모더니즘 소설의 내면성 연구』, 서울대학교 대학원 박사 학위
　　　논문, 1998.

강상희, 「박태원 문학 연구」, 서울대학교 대학원 석사학위논문, 1990.

강상희, 『한국 모더니즘 소설론1』, 문예출판사, 1999.5.

강상희, 「'구인회'와 박태원의 문학관」, 『상허학보』 제2호, 상허학회, 1995.

강상희, 「1930년대 모더니즘 소설론 연구」, 『관악어문연구』 제18호, 서울대학교 국어
　　　국문학과, 1993.

강상희, 『박태원 소설 연구』, 깊은샘, 1995.

강상희, 「소설의 시각과 근대: 최명익의 소설을 중심으로」, 인문논집 제11호, 2003.

강상희, 「朴泰遠論」, ≪韓國學報≫ 16집, 1990.

강소영, 「식민지 문학과 동경-박태원의 「반년간」을 중심으로」, 『일본언어문화』 19집,
　　　한국일본언어문화학회, 2011.

강소영, 「박태원의 일본 유학 배경」, 『구보학보』 6집, 구보학회, 2011.

강수미, 『아이스테시스: 발터 벤야민과 사유하는 미학』, 글항아리, 2011.

강심호, 『대중적 감수성의 탄생』, 살림, 2005.

강영심외, 『일제시기 근대적 일상과 식민지문화』, 이화여대출판부, 2008.

강영주, 『1930년대 후반 대중소설 연구』, 상명대학교 박사학위논문, 1998년.

강운석, 『한국 모더니즘 소설 연구』, 국학자료원, 2000.

강인숙, 『일본 모더니즘 소설 연구』, 생각의 나무, 2006

강정숙,「대한제국·일제 초기 서울과 매춘업과 공창(公娼)제도의 도입」,『서울학연구』 11, 서울시립대학교 서울학연구소, 1998.

강정희,「여급도 직업부인인가」,『신여성』, 1932.10.

강진호,「'구인회'의 문학적 의미와 성격- 이태준과 박태원을 중심으로」,『상허학보』2, 상허학회, 1995.5.

강진호,『1930년대 후반기 신세대작가 연구』, 고려대학교 박사학위논문, 1994.

강진호,『박태원 소설연구』, 깊은샘, 1995.

강진호·류보선·이선미·정현숙 공저,『박태원 소설연구』, 깊은샘, 1995.

강진호· 정현숙,「박태원의 월북과 북한에서의 행적」부록1,『상허학보』, 상허학회, 1995.

강헌국,「박태원 단편 소설의 서사 구조」,『상허학보』제2집, 상허학회, 1995.5.

강현구,『박태원 소설 연구』, 고려대학교 대학원 박사학위논문, 1991.

강현구,「문학엘리트주의와 모던-박태원 소설의 모더니즘적 성격」,『어문논집』제33권 제1호, 안암어문학회, 1994.

강혜경,「1930년대 도시소설 연구」, 이화여대 석사논문, 1983.

강혜원,「박태원 소설의 서술구조 분석」, 이화여자대학교 대학원 석사학위논문, 1987.

강희숙,「≪천변풍경≫의 음운론」,≪국어학≫ 40집, 2002.

고려출판사 엮음,『世界人名大事典』, 高麗出版社, 1999.1.

고 설,「한국 현대 소설의 소외 인물 연구」, 이화여자대학교 대학원, 석사논문, 2000.

고재석,「소설의 공간성과 서사문법 -<증묘>를 중심으로-」,『한국문학연구』Vol.8, 동국대학교 한국문학연구소, 1985.

고정렬,「박태원 소설의 멜랑꼴리 연구」, 이화여대 대학원 석사학위논문, 2011

공임순,『우리 역사소설은 이론과 논쟁이 필요하다』, 책세상, 2000.

공제욱, 정근식 편,『식민지의 일상, 지배와 균열』, 문화과학사, 2006, 13~524쪽.

공종구,『박태원 소설의 서사 지평 연구』, 전남대학교 대학원 박사학위논문, 1992.

공종구,「근대적 소설가의 존재론적 초상의 거리」,『한국언어문학』제46집, 한국언어문학회, 2001년 1월

공종구,「朴泰遠의 通俗小說研究」,『韓國言語文學』제31집, 한국언어문학회, 1993.6.

공종구,「박태원의 지식인 소설에 나타난 식민지 근대」,『현대소설연구』제16호, 한국현대소설학회, 2002.

공종구,「통속적인 연애담의 의미」,『상허학보 2집』, 1995.

공종구,「박태원 초기 소설의 서사 지평 분석-최후의 모욕을 대상으로-」,≪한국언어문학≫ 29집, 1991.

구보학회 편,『박태원과 구인회』, 깊은샘, 2008년.

구보학회, 『박태원과 모더니즘』, 깊은샘, 2007년.

구보학회, 『박태원 문학의 현재와 미래』, 깊은샘, 2010.

구보학회, 『박태원과 역사소설』, 깊은샘, 2008.2.

구보학회, 『박태원 문학과 창작 방법론』, 깊은샘, 2011.

구보학회, 『박태원 연구: 소설가 구보씨의 시간』, 2013.

구수경, 『한국소설과 시점』, 아세아문화사, 1996

구수경, 『1930년대 소설의 서사기법과 근대성』, 서울: 국학자료원, 2003.12.

구인모, 「사교(邪敎) 대(對) 과학 그리고 문학 - 백백교(百百敎) 사건을 둘러싼 내러
티브적 실천들-」, 『사이間SAI』 16호, 2014.

구자황, 「근대 독본의 성격과 위상(2)- 이윤재의『문예독본』을 중심으로」, 『상허학보』
20집, 상허학회, 2007. 6.

국사편찬위원회, 『여행과 관광으로 본 근대』, 두산동아, 2008.

권보드래, 「1910년의 이중어 상황과 문학언어」, 『한국어문학연구』 54, 한국어문학연
구학회, 2010.2.

권보드래, 『연애의 시대』, 현실문화연구, 2003.

권성우, 「1930년대 한국 모더니즘 소설연구」, 서울대석사학위 논문, 1989.

권성우, 『모더니티와 타자의 현상학: 한국근대문학의 풍경』, 솔출판사, 1999.

권영민, 『이상문학의 비밀13』, 민음사, 2012.

권영민 엮음, 『한국의 문학비평 1』, 민음사, 1995년.

권영민, 『이상 문학의 비밀 13』, 민음사, 2012.

권영민, 「박태원의 도시적 감성과 소설적 상상력」, 『한국해금문학전집』 제4권, 삼성출
판사, 1988.

권영민, 「북한에서의 근대문학 연구」, 『문학사상』 제200호, 문학사상사, 1989.6.

권영민, 『해방직후의 민족문학운동』, 서울대출판부, 1986.

권영민, 『한국현대문학사(1~2권)』, 민음사, 2002.

권영민, 『한국민족문학론연구』, 민음사, 1988.

권용선, 『1910년대 '근대적 글쓰기'의 형성과정 연구』, 인하대학교 박사학위논문,
2004,

권 은, 「『소설가 구보씨의 일일』의 정치적 무의식 연구」, 서강대학교 대학원 석사학위
논문, 2007.

권 은, 『경성 모더니즘 소설 연구: 박태원 소설을 중심으로』, 서강대학교 박사학위논문,
2013.

권은, 「식민지 경성과 트로이의 목마-박태원의『청춘송』론」, 『구보학보』 7, 구보학회,
2012.

권은, 「구성적 부재와 공간의 정치학: 박태원의 「애욕」론」, 『語文硏究』 제38권 제3

호, 2010.

권은, 「경성 모더니즘과 역사적 알레고리: <소설가 구보씨의 일일>과 <오감도시 제1
　　호 읽기>」, 『현대소설연구』 제39호, 한국현대소설학회, 2008.

권은, 「고현학과 산책자: 박태원 창작 방법의 비판적 고찰」, 『구보학보』 제9집, 구보학
　　회, 2013.

권은, 「경성 모더니즘과 공간적 역사: 박태원의 「낙조」와 「최노인전 초록」을 중심으
　　로」, 『구보학보』 5집, 2010.

권은, 「식민지적 어둠의 심연: 박태원의 「적멸」론」, 『한국근대문학연구』 22집, 2010.

권종분, 「의사소통전략으로서의 반복 현상: 프랑스 학습자의 경우」, 『언어와 언어학』
　　Vol.28, 한국외국어대학교 언어연구소, 2001.

권채린, 『한국 근대문학의 자연 표상 연구: 이상과 김유정의 문학을 중심으로』, 경희대
　　학교 박사학위논문, 2011.

권채린, 「근대적 자연 체험과 교양 담론」, 『우리어문연구』 39, 우리어문학회, 2011.

권택영 엮음, 민승기・이미선・권택영 옮김, 『자크 라캉 욕망 이론』, 문예출판사,
　　1994.

권택영, 『영화와 소설속의 욕망 이론』, 민음사, 1995

권택영, 『소설 어떻게 볼 것인가』, 문예출판사, 1995

권택영, 「포스트-고전 서사학의 전망과 현재: 타자로서의 시간과 공간」, 『한국문학이
　　론과 비평』 제40집, 2008.

권혁건, 『나쓰메 소세키와 한국』, 제이앤씨, 2004.

권혁희, 『조선에서 온 사진엽서』, 민음사, 2005.

권희선, 「박태원 소설에 나타난 희극성」 『한국학연구』 제13권, 인하대학교 한국학연
　　구소, 2004.

김경수, 「한국현대소설의 영화적 기법」, 『외국문학』, 1990 가을.

김경수, 「한국 근대소설과 영화의 교섭양상 연구－근대소설의 형성과 영화체험」, 『서
　　강어문』 제15집, 1999.12.

김경일, 「일제하 도시 빈민층의 형성-京城府의 이른바 土着民을 중심으로」, 『사회와
　　역사』 3, 한국사회사학회, 1986.

김경일, 『여성의 근대, 근대의 여성』, 푸른역사, 2004.

김겸향, 「박태원소설에 나타난 이중적 목소리」, 『구보학보』 1집, 구보학회, 2006.

김기림, 「모더니즘의 역사적 위치」, 『인문평론』, 1939. 10, 83.

김기림, 『김기림전집4』, 심설당, 1988.

김기림, 『시론』, 백양당, 1947.

김기진, 「대중소설론」, 동아일보, 1929, 4, 14~20.

김기진, 「대중의 영합은 타락」, 조선일보, 1928, 11, 14.

김기진, 「통속소설 소고」, 조선일보, 1928, 11.

김기진, 「요사히 신여성의 장처와 단처」, 『신여성』, 1925.6.

김남천, 「殺人作家」, 『傳聞』 10호, 1939. 8.

김남천, 「세태, 풍속, 묘사, 기타」, 비판 제62호, 1938, 5.

김남천, 「박태원의 『천변풍경』」, 『동아일보』, 1939. 2, 18.

김대호, 『1910-20년대 조선총독부의 朝鮮神宮 건립과 운영』, 서울대학교 박사학위논문, 2003.

김동규, 『멜랑꼴리아』, 문학동네, 2014.

김말봉, 『찔레꽃』, 성음사, 1970.

김명석, 『한국소설과 근대적 일상의 경험』, 새미, 2002.

김명석, 「작가 연구와 문학교육: 소설가 박태원을 중심으로」, 『돈암어문학』 No.24, 돈암어문학회, 2011

김명숙, 「<소설가 구보씨의 일일>과 <천변풍경>의 거리」, 『구보학보』 Vol.7, 구보학회, 2012

김명인, 「근대소설(近代小說)과 도시성(都市性)의 문제 - 박태원의 「小說家仇甫氏의 一日」을 중심으로」, 『민족문학사연구』제16호, 민족문학사연구소, 2006, 6.

김명인, 『자명한 것들과의 결별』, 창비, 2004.

김미영, 「근대소설에 나타난 '기차' 모티프 연구」, 『한국언어문학』 54, 한국언어문학회, 2005.

김미영, 「박태원의 자화상 연작 연구」, 『국어국문학』제148집, 국어국문학회, 2008. 5.

김미영, 「유교가족윤리에 나타난 타자화된 여성」, 『철학연구』 46집, 철학연구회, 1999.

김미지, 『박태원 소설의 담론 구성 방식과 수사학 연구』, 서울대학교 박사학위논문, 2008.

김미지, 「1930년대 문학 언어의 타자들과 '조선어' 글쓰기의 실험」, 『한국문학이론과 비평』제60집, 한국문학이론과 비평학회, 2013.

김미지, 「모더니즘, 新感覺派, 現代主義」, 『한국현대문학연구』, 2015.

김미지, 「박태원의 '금은탑': 통속극 넘어서기의 서사 전략」, 『박태원 문학 연구의 재인식』, 예옥, 2010.

김미지, 「식민지 작가 박태원의 외국문학 체험과 '조선어'의 발견」, 『대동문화연구』, 70권, 성균관대학교 대동문화연구원, 2010.

김미지, 「1936년과 2013년의 거리, 『천변풍경』 읽기의 방법」, 『구보학보』 9집, 구보학회, 2013.

김미현, 「박태원 소설의 감성과 이데올로기 - <명랑한 전망을 중심으로>」, 『현대문학의 연구』제51집, 한국문학연구학회, 2013. 10, 369~91쪽.

김민정,『한국 근대문학의 유인과 미적 주체의 좌표』, 소명출판, 2004.

김민정,『구인회의 존립 양상과 미적 이데올로기의 상관성 연구』, 서울대학교 박사학
　　위논문, 2000.

김백영,『일제하 서울에서의 식민권력의 지배전략과 도시공간의 정치학』, 서울대학교
　　박사학위논문, 2005.

김백영,『지배와 공간-식민지도시 경성과 제국 일본』, 문학과지성사, 2009.

김백영외,『제국 일본과 식민지 조선의 근대도시 형성』, 심산출판사, 2013.

김병욱 편, 최상규 옮김,『현대소설의 이론』, 예림기획, 1997.

김병익,『한국문단사』, 일지사, 1973.

김복순,「『무정』과 소설 형식의 젠더화」,『대중서사연구』제14호, 2005.

김복순,「만보객의 계보와 젠더의 미학적 구축」,『현대문학의 연구』33호, 2007.

김봉률,『이안 와트의 소설발생론과 장르 정치학』, 도서출판 동인, 2007.

김봉진,『박태원 소설 연구』, 한양대학교 대학원 박사학위논문, 1992.

김봉진,「박태원의『임진왜란』연구」,『한민족문화연구』제7권, 한민족문화학회, 2000.

김봉진,『박태원의 소설세계』, 국학자료원, 2001.

김상태,『박태원-기교와 이데올로기』, 건국대학교출판부, 1996.

김상태,「박태원론-열려진 언어 속에 담긴 내면풍경」,『한국학보』제16호, 일지사,
　　1990.

김상태,『문체의 이론과 해석』, 집문당, 1982.

김상태,「부정의 미학- 이상의 문체론」,『문학사상』19, 1974.4.

김상태·박덕은,『문체의 이론과 한국현대소설』, 한실, 1990.

김석,「정념, 욕망의 목소리 - 세 가지 정념을 중심으로-」,『철학연구』제45집, 고려대
　　학교 철학연구소, 2012, 3.

김석,『에크리-라캉으로 이끄는 마법의 문자들』, 살림출판사, 2007.

김성기(외),『모더니티란 무엇인가』, 민음사, 1994.12.

김성수,「1930년대 소설에 나타난 영화적 기법-채만식 문학을 중심으로」,『현대소설
　　연구』제6호, 1997.6.

김성언 편역,『대동기문』하권, 국학자료원, 2001.

김성환,「1930년대 대중소설과 소비문화의 관계양상 연구」,『한국현대문학 350연구』
　　12, 2002.

김수현,「1930년대 박태원 소설 연구: 인물의 소외 의식을 중심으로」, 전북대학교 대학
　　원 석사학위논문, 2004.

김수현,『박태원 소설 연구』, 충남대학교 대학원 박사학위논문, 2012.

김수환,「전체성과 그 잉여들: 문화기호학과 정치철학을 중심으로」,『사회와 철학』제
　　18호, 사회와 철학 연구회, 2009.

김순진, 「施蟄存과 朴泰遠의 도시인식」, 『中國硏究』 제39권, 2007.

김시준, 『중국당대문학사조사연구』(1949-1993), 서울대학교출판부, 2001. 2.

김시준, 『중국 당대문학사: 중화인민공화국 50년의 문학(1949-2000)』, 소명출판, 2005.9.

김시준, 『중국현대문학사』, 지식산업사, 1992.3.

김시한, 『가정소설 연구 - 소설 형식과 가족의 운명』, 민음사, 1993.10.

김신중, 「30년대 작가의 현실인식에 관한 연구」, 서울대학원, 1985.

김아름, 「구인회의 『시와 소설』에 나타난 문학적 글쓰기의 양상들」, 『우리어문』 50권, 2014.

김아름, 「근대소설의 기교, 묘사, 문체; 1920년대의 가능성과 한계들」, 『동아시아문화연구』 56권, 2014.

김아름, 「부정의 문체, 불가능과 망설임의 주체들- 박태원의 「거리」, 「딱한 사람들」, 「소설가 구보씨의 일일」론」, 『현대소설연구』 61권, 2016.

김애령, 「다른 목소리 듣기: 말하는 주체와 들리지 않는 이방성」, 『한국여성철학』 제17권, 한국여성철학회, 2012.5.

김양선, 『1930년대 소설과 근대성의 지형학』, 소명출판, 2003.

김양선, 「1930년대 모더니즘 소설의 영화기법-근대성의 체험 및 반응을 중심으로」, 『한국문학이론과 비평』 제9권, 한국문학이론과 비평학회, 2000.

김양선, 『허스토리의 문학』, 새미, 2003.

김연숙, 『레비나스 타자윤리학』, 인간사랑, 2001.

김연숙, 『채만식 문학의 근대 체험과 주체구성 양상 연구』, 경희대학교 박사학위논문, 2002.

김영근, 『일제하 일상생활의 변화와 그 성격에 관한 연구: 경성의 도시공간을 중심으로』, 연세대학교 박사학위논문, 1999.

김영근, 「일제하 경성지역의 사회·공간구조의 변화와 도시경험: 중심-주변의 지역분화를 중심으로」, 『서울학연구』 20, 서울시립대학교 부설 서울학연구소, 2003.

김영민, 『현상학과 시간』, 까치, 1994.

김영민, 『한국의 근대신문과 근대소설』, 소명출판, 2006.

김영숙, 「박태원소설연구」, 서울대 석사논문, 1988.

김예림, 『1930년대 후반 근대인식의 틀과 미의식』, 소명출판, 2004.

김왕배, 『도시 공간 생활세계』, 한울, 2011.

김외곤, 「1920~1930년대 한국 근대 소설의 영화 수용과 변모 양상」, 『한국문학이론과 비평』Vol.32, 한국문학이론과 비평학회, 2006.

김외곤, 「박태원의 <천변풍경>과 근대 도시 경성」, 성심어문학회, 『성심어문논집』 26집, 2004.

김용수, 「라캉의 대학담론과 자본주의: <세미나 17>을 중심으로」, 『비평과 이론』 Vol.17No.2, 한국비평이론학회, 2012.

김용재, 「『천변풍경』의 담론 특성 연구」, 『국어문학』 42권, 국어문학회, 2007.

김용직, 『북한문학사』, 일지사, 2008.

金鏞熙, 「「川邊風景」에 나타난 小市民들의 리얼리즘」, 『이화어문논집』 5집, 1982.

김우종, 『한국현대소설사』, 선명문화사, 1974.

김우종, 『한국현대소설사』, 성문각, 1982.

김욱동, 『광장을 읽는 일곱 가지 방법』, 문학과지성사, 1996

김욱동, 『모더니즘과 포스트모더니즘』, 현암사, 1992.

김원희, 「박태원 <소설가 구보씨의 일일>의 인지경로와 문학교육」, 『인문사회과학연구』 Vol.13 No.1, 부경대학교 인문사회과학연구소, 2012

김유중, 『1930년대 한국 모더니즘 문학의 세계관 연구』, 서울대 박사학위 논문, 1994.

김윤식, 『내가 읽고 쓴 글의 갈피들』, 푸른사상, 2014.

김윤식, 『한국 현대문학사』(수정판), 서울대학교출판부, 2008.

김윤식, 『한국현대현실주의소설연구』, 문학과지성사, 1990.

김윤식, 『한국현대소설사』, 문학동네, 2000.

김윤식, 『한국문학의 리얼리즘과 모더니즘』, 민음사, 1990.

김윤식 · 정호웅, 『한국소설사』, 문학동네, 2005.

김윤식 · 정호웅 엮음, 「고현학의 방법론」, 『한국문학의 리얼리즘과 모더니즘』, 민음사, 1989.

김윤식 · 김현, 『한국문학사』, 민음사, 1974.

김윤식, 『한국현대문학사상사론』, 일지사, 1993.

김윤식, 『한국근대문학사상사』, 한길사, 1993.

김윤식, 『이상연구』, 문학사상사, 1987.

김윤식, 『한국근대작가론고』, 일지사, 1976.

김윤식, 「한국 모더니즘 문학연구」, ≪한국학보≫, 1988.

김윤식, 「주체사상에 기초한 사회주의적 문예이론」, 『문학사상』 제200호, 문학사상사, 1989.6.

김윤식, 『한국근대문예비평사연구』, 일지사, 1992.

김윤식, 『일제 말기 한국작가의 일본어 글쓰기론』, 서울대학교출판부, 2003.

김윤식, 『한국근대문학사상연구』 2, 아세아문화사, 1994.

김윤식, 『한국현대현실주의소설연구』, 문학과지성사, 1990.

김윤정, 『한국현대소설과 현대성의 미학』, 국학자료원, 1998.

김은자, 「박태원 소설의 작중인물 연구」, 충남대학교 교육대학원 석사학위논문, 1989.

김이구, 「박태원 소설의 공간형식 연구」, 서강대학교 대학원 석사학위논문, 1998.

김인옥, 「1930년대 순수문학 연구」, 『숙명여대 대학원 총학생회 원우론총』 제14집, 1996.

김인호, 『백화점의 문화사-근대의 탄생과 욕망의 시공간』, 살림출판사, 2008.

김일영, 『영상과 문학』, 느티나무, 2004.

김재용, 「1930년대 도시소설의 변모양상연구」, 연세대대학원, 1987.

김재용, 『북한 문학의 역사적 이해』, 문학과지성사, 1994.

김재용·이상경·오성호·하정일, 『한국근대민족문학사』, 한길사, 1998.

김재용, 『협력과 저항』, 소명출판, 2004.

김정숙, 「소설의 언술체계로서의 서사와 묘사의 상호작용」, 『불어불문학연구』 Vol.33 No.1, 한국불어불문학회, 1996.

김정자, 『한국근대소설의 문체론적 연구』, 삼지원, 1985.

김정증, 「이상의 펴지 못한 날개의 꿈」, 마당, 1982.

김정현·김태영, 「소설 『천변풍경』 속에 나타난 1930년대 청계천 주변 서민생활공간」, 『대한건축학회 학술발표대회 논문집 - 계획계/구조계』 27권, 2007.

김정화, 「박태원 소설에 나타난 동경 체험의 양상 고찰」, 『우리어문연구』 51, 우리어문학회, 2015.

김정희, 「<날개>에 나타난 도시의 아비투스와 내·외면적 풍경」, 『한민족어문학』 57집, 한민족어문학회, 2010.

김종건, 「1930년대 소설의 공간 설정과 작가의식-박태원과 이태준을 중심으로」, 『우리말 글』 제19권, 우리말글학회, 2000.

김종건, 『구인회 소설의 공간 설정』, 새미, 2004.

김종구, 「박태원의 천변풍경 초점화 양상 연구」, 『한국문학이론과 비평』 10권, 한국문학이론과 비평학회, 2001.

김종구, 「박태원 『소설가 구보씨의 일일』의 담론 상황 연구」, 『한국문학이론과 비평』 Vol.4, 한국문학이론과 비평학회, 1999.

김종근, 「식민도시 경성의 유곽 공간 형성과 근대적 관리」, 『문화역사지리』 23, 韓國文化歷史地理學會, 2011.

김종범, 『중국도시의 이해』, 서울대출판사, 2000.

김종욱, 「일상성과 역사성의 만남 - 박태원의 역사 소설」, 『상허학보』 제2집, 상허학회, 1995.

김종회, 「박태원 문학의 성격과 세계관 고찰」, 『현대문학이론연구』 제22권, 현대문학이론학회, 2004.

김종회, 「일제강점기 박태원 문학의 통속성과 친일성」, 『비교한국학』 제15권 제2호, 국제비교한국학회, 2007.

김종회, 「해방 전후 박태원의 역사소설」, 『구보학보』 제2집, 구보학회, 2007.

김종회, 「일제강점기 박태원 문학의 통속성과 친일성」, 『비교한국학』 15, 2007.

김종회, 『박태원』, 한길사, 2008.

김종회·강헌국, 「일제강점기의 박태원 문학」, 『한국현대문학회 학술발표회자료집』, 2007. 8.

김종희, 『그들의 문학과 생애: 박태원』, 한길사, 2008.

김주리, 「식민지 시대 소설 속 해수욕장의 공간 표상」, 『인문연구』 58, 영남대학교 인문과학연구소, 2010.

김주리, 「1940년대 '집'의 서사화에 대한 일고찰」, 『한국현대문학연구』 제31집, 한국현대문학회, 2010. 8.

김주리, 「1930년대 후반 세태소설의 현실 재현 양상 연구」, 서울대학교 석사학위 논문, 1998.

김주현, 「근대 초기 문사의식과 예술가 형상의 상관성」, 『한국문학논총』 제54집, 한국문학회, 2010.

김준오, 『문학사와 장르』, 문학과지성사, 2000.

김중하, 『현대소설노트』, 세종출판사, 1990.

김중하, 「박태원론 시고」, 세계의 문학, 1988.

김지미, 「구인회와 영화-박태원과 이상 소설에 나타난 영화적 기법을 중심으로」, 『민족문학사연구』 vol.42, 2010.

김지영, 「1910년대 대중문학 인식 형성 과정 연구 - 소설의 오락성을 중심으로」, 『우리어문연구』 제49집, 우리어문학회, 2014. 5.

김지영, 『연애라는 표상』, 소명출판, 2007.

김지은, 「'보다'와 '모르다'의 특수한 쓰임에 대하여」, 『언어정보와사전편찬』 7권, 연세대학교언어정보연구원, 1997.

김진균·정근식 편저, 『근대주체와 식민지 규율권력』, 문학과학사, 1997.

김진송, 『서울에 딴스홀을 許하라』, 현실문화연구, 1999.

김천혜, 『소설 구조의 이론』, 문학과지성사, 1990

김치수, 「식민지시대의 문학」, 『식민지시대의 문학연구』, 깊은샘, 1980.

김태숙, 『콘라드의 정치소설과 라캉의 담론이론』, 경희대학교 박사학위 논문, 2004.

김태진, 「박태원 소설의 공간 구조 연구 -『소설가 구보씨의 일일』과 『천변풍경』을 중심으로」, 서강대학교 석사학위 논문, 2000.

김택현, 「그람시의 서발턴 개념과 서발턴 연구」, 『역사교육』 제83집, 역사교육연구회, 2002.9.

김팔봉, 「1933년도 단편창작 76편」, ≪신동아≫, 1933.12.

김팔봉, 「1933년도의 문학계-一九三三年度 短篇創作七十六篇」, ≪신동아≫, 1933.12.

김학균, 『염상섭 소설의 추리소설적 성격 연구』, 서울대학교 박사학위논문, 2008.
김학면, 「이광수 초기문학담론과 『무정』의 '근대성' 연구」, 『한국현대문학연구』 제25
　　호, 한국현대문학회, 2008.
김해옥, 『한국 현대 서정소설론』, 새미, 1999.
김현숙 외, 『식민지 근대의 내면과 매체표상』, 깊은샘, 2006.
김혜경, 『식민지하 근대가족의 형성과 젠더』, 창비, 2006.
김호범, 「식민지하 전시 금융 체제의 구조와 성격에 관한 연구」, 『역사연구』 제3호,
　　1994.
김호정, 「담화 내의 역접 관계 고찰」, 『국어교육학연구』 11, 서울대학교 국어교육연구
　　소, 2000, 12.
김흥식, 『박태원 연구』, 국학자료원, 2000.
김흥식·강유진, 「예술가의 내적 갈등과 자기설득의 양상」, 『어문논집』 제41호, 중앙
　　어문학회, 2009.
김흥식, 『박태원 소설담론의 특성 연구』, 조선대학교 대학원 박사학위논문, 1999
김흥식, 「박태원의 소설과 고현학」, 『한국현대문학연구』 vol.18, 한국현대문학회,
　　2005.
김홍중, 「멜랑콜리와 모더니티: 문화적 모더니티의 세계감 분석」, 한국사회학 제40집
　　3호, 2006.
김홍중, 「근대적 성찰성의 풍경과 성찰적 주체의 알레고리」, 한국사회학 제41집, 2007.
김화선, 「일제말 전시기 식민 주체의 호명 방식」, 『비교한국학』 제17권 2호, 2009.8.
김흥수, 「문학텍스트와 문체론」, 『한국어학』 25집, 한국어학회, 2004.
김희찬, 「한국어 말뭉치의 계량적 처리 절차 연구」, 서울대학교 석사학위논문, 1999,
나병철, 『근대성과 근대 문학』, 문예출판사, 1995.
나병철, 『박태원 소설 연구』, 깊은샘, 1995.
나병철, 『모더니즘과 포스트 모더니즘을 넘어서』, 소명출판, 1999.
나병철, 「근대소설 형성 과정에서의 주체와 타자의 문제」, 『現代文學理論硏究』 제
　　18권, 현대문학이론학회, 2002.
나병철, 「박태원의 모더니즘적 소설 연구」, 『연세어문』 제21권, 연세대학교 국어국문
　　학과, 1988.12.
나병철, 『전환기의 근대문학』, 두레시대, 1995
나병철, 『한국문학의 근대성과 탈근대성』, 문예출판사, 1996
나병철, 『소설의 이해』, 문예출판사, 1998
나병철, 『1930년대 후반기 도시 소설 연구』, 연세대 박사논문, 1990.
나병철·조정래, 『소설이란 무엇인가』, 평민사, 1991
남흥술, 「1930년대 소설과 모더니즘」, 『모더니즘연구』, 자유세계, 1993.

노명우, 「청계천의 도시경관과 "서울적 상황": 하나의 시도」, 『사회과학연구』 12권
　　1호, 서강대학교 사회과학연구소, 2004.

노명우, 「시선과 모더니티」, 문화와사회 3호, 2007.

노승욱, 「1930년대 경성의 전차 체험과 박태원 소설의 전차 모티프」. 『인문콘텐츠』
　　21호, 인문콘텐츠학회, 2011.

노용무, 「한국 근대시와 기차」, 『현대문학이론연구』 제30집, 현대문학이론학회, 2007.

대중문학회 편, 『추리소설이란 무엇인가?』, 국학자료원, 1997.

노형석, 『한국 근대사의 풍경: 모던 조선을 거닐다』, 생각의나무, 2006.

동국대학교 문화학술원, 『문화지리와 도시공간의 표상』, 동국대학교출판부, 2011.

류보선, 「모더니즘적 이념의 극복과 영웅성의 세계-박태원의 갑오농민전쟁」, ≪문학
　　정신≫, 1933.2.

류보선, 『박태원연구』, 국학자료원, 1993.

류보선, 『한국 근대문학의 정치적 (무)의식』, 소명, 2006.

류보선, 「이상李箱과 어머니, 근대와 전근대-박태원 소설의 두 좌표」, 『상허학보』 제2
　　호, 상허학회, 1995.

류보선, 「1930년대 후반기 소설 연구: 환멸과 반성, 혹은 1930년대 후반기 문학이 다다
　　른 자리」, 『민족문학사연구』 제4권, 민족문학사학회, 1993.12.

류수연, 『뷰파인더 위의 경성 - 박태원과 고현학』, 소명출판, 2013.

류수연, 「'공공적' 글쓰기와 소설의 통속화」, 『구보학보』 3, 2008. 7.

류수연, 「박태원의 고현학적 창작 기법 연구」, 인하대학교 대학원 석사학위논문, 2003.

류수연, 「고현학과 관찰자의 시선」, 『민족문학사연구』 23호, 2003.

류수연, 『박태원 소설의 창작기법 연구』, 인하대 대학원, 박사학위논문, 2009.

류수연, 「병인의 나르시시즘, 파리한 근대의 두 초상」, 『한국문예비평연구』 제22집,
　　2007.

류수연, 「골목의 모더니티 : 박태원과 이상, 그리고 에도가와 란포」, 『구보학보』 제11
　　집, 구보학회, 2014.

류수연, 「전망의 부재와 구보의 소실-박태원의 「명랑한 전망」, 「애경」, 『여인성
　　장』에 대한 연구」, 『구보학보』 제5호, 2010.

류수연, 「통속성의 확대와 탐정소설과의 역학관계-박태원의 장편소설 『금은탑』에 대
　　한 연구」, 『구보학보』 제1호, 2006.

류지석, 『공간의 사유와 공간이론의 사회적 전유』, 소명출판, 2013.

류호철, 「사회적 공간으로서 청계천의 의미 형성과 변화」, 『지방사와 지방문화』 11권
　　1호, 2008.

맥락과 비평 현대문학연구회편, 『라캉과 문학』, 예림기획, 1998

맹정현, 『멜랑꼴리의 검은 마술』, 책담, 2015.

문경,『As I Dying과 Light in August의 주요인물 연구: 자크 라캉의 네 가지 담론을 중심으로』, 단국대학교 대학원 박사학위논문, 2010.

문경연,「식민지 근대와 '취미' 개념의 형성」,『개념과 소통』7호, 2011.

문근섭, 문윤걸, 국선희,『여성과 현대사회』, 문음사, 2001.

문석우 외,『한국근대문학의 비교문학적 연구』, 한국학술정보, 2004.

문학사와 비평연구회,『한국 현대문학과 근대성의 탐구』, 새미, 2000.

문혜윤,『1930년대 국문체의 형성과 문학적 글쓰기』, 고려대학교 박사학위논문, 2006.

문혜윤,「조선어 문장 형성 연구의 향방」,『상허학보』42, 상허학회, 2014.10.

문흥술,「의사(疑似) 탈근대성과 모더니즘 - 박태원론」,≪외국문학≫, 1994, 봄호.

문흥술,『한국 모더니즘 소설』, 청동거울, 2003.

민병록·이승구·정용탁,『영화의 이해』, 집문당, 2000.

민은경,「타인의 고통과 공감의 원리」,『철학사상』제27호, 2008.

민현기,「해방직후 역사소설 연구」,『語文學』제70권, 韓國語文學會, 2000.

박동숙,「김수영 시 주체의 변모 과정 연구: 라캉의 네 가지 담론 유형을 중심으로」, 서울시립대학교 대학원 석사학위논문, 2007.

박미경,「박태원의 천변풍경 연구」, 건국대 석사논문, 1988.

박미경, 임성출,「전경과 배경 개념을 이용한 통사 구조 분석」,『언어과학연구』65, 언어과학회, 2013.

박미란,『1930년대 모더니즘 소설의 현실 인식 연구』, 서강대학교 박사학위논문, 2005.

박미란,『1930년대 모더니즘 소설의 현실 인식 연구 - 도시의 일상성에 대한 인물들의 대응 방식을 중심으로』, 서강대학교 대학원 국어국문학과 박사학위논문, 2004.

박배식,『박태원의 해방 전 소설 연구』, 세종대 박사논문, 1992.

박배식,「박태원의 역사소설 연구」,『한국언어문학』제33권, 한국언어문학회, 1994.

박배식,「해방기 박태원의 역사소설」,『동북아문화연구』17호, 2008.

박배식,「1930년대 박태원 소설의 영화 기법」,『문학과 영상』Vol.9, no.1, 문학과 영상학회, 2008.

박배식,「모더니즘 소설의 영화 기법-박태원을 중심으로」,『비평문학』제19호, 한국비평문학회, 2004.

박병완·이창헌,「혼사장애소설에 나타난 결혼관 연구」,『고전문학연구』11호, 한국고전문학회, 1996.

박상준,「『천변풍경』의 작품 세계-객관적 재현과 주관적 변형의 대위법」,『泮矯語文硏究』32집, 2012.

박상준,「『천변풍경』의 개작에 따른 작품 효과의 변화-연재본과 단행본의 비교」,『현대문학의 연구』45집, 2011.

박설호, 「에른스트 블로흐 : 그의 철학적 명제 '유토피아'에 관하여」, 『이론』 통권3호, 진보평론, 1992.

박성봉, 『대중예술의 미학』, 동연, 1995.

박성창, 「모더니즘과 도시」, 『구보학보』 5집, 구보학회, 2010.

박성창, 『수사학』, 문학과지성사, 2000.

박성창, 『수사학과 현대 프랑스 문화 이론』, 서울대학교출판부, 2002.

박성창, 『비교문학의 도전』, 민음사, 2009.

박영욱, 『데리다&들뢰즈: 의미와 무의미의 경계에서』, 김영사, 2009.

박영희, 「소위 근대녀, 근대남의 특징」, 『별건곤』, 1927.12.

박용권, 「구보계 소설의 자기 반영적 글쓰기 방법 연구」, 『현대소설연구』 23집, 2004.

박용옥, 『한국 여성 근대화의 역사적 맥락』, 지식산업사, 2001.

朴容玉, 「國債報償運動의 發端背景과 女性參與」, 『한국민족운동사연구』 8, 한국민족운동사학회, 1999.4.

박유하, 『내셔널 아이덴티티와 젠더』, 김석희 옮김, 문학동네, 2011.

박유희 외, 『대중서사장르의 모든 것』, 대중서사장르연구회 지음, 이론과 실천, 2007.

박장례, 『박태원 소설의 문체 연구-1930년대 소설을 중심으로』, 한국학중앙연구원 박사학위논문, 2010.

박재연, 「문법 형식의 전경 의미와 배경 의미」, 한국어의미학회, 『한국어의미학』 22, 2007.

박재영, 「나의 아버지 구보 박태원」, 『문예운동』 제90호, 문예운동사, 2006.

박종갑, 「국어 부정문의 중의성에 대하여(2)-중의적 의미 해석과 관련된 인식적 편향성을 중심으로」, 『어문학』 통권 제74호, 한국어문학회, 2001.10.

박종숙, 『한국여성의 눈으로 본 중국현대문학』, 신아사, 2007.

박종숙, 『한국인이 읽는 중국현대문학사』, 한성문화, 2004.

박 진, 「서술의 유형학에서 발화 행위의 프락시스(praxis)로」, 한국문학이론과 비평 제40집, 2008.

박 진, 『서사학과 텍스트이론』, 랜덤하우스중앙, 2005.

박진숙, 「박태원의 통속소설과 시대의 '명랑성'」, 『한국현대문학연구』 제27집, 한국현대문학회, 2009. 4.

박진한, 『제국 일본과 식민지 조선의 근대도시 형성: 1920/30년대 도쿄·오사카·경성·인천의 도시계획론과 기념 공간을 중심으로』, 심산출판사, 2013.

박천홍, 『매혹의 질주, 근대의 횡단』, 산처럼, 2008.

박철희, 김시태, 『문학의 이론과 방법』, 이우출판사, 1984.

박태상, 「해방 후 박태원 역사소설 연구 -「춘보」에서 「군상」까지를 대상으로」, 『한국문예비평연구』 제39집, 2012.

박태상, 「탈식민주의담론을 통해 본 지용과 구보문학의 존재방식」, 『KNOU논총』, 제 56호, 2014.

박태상, 「경판 30장본 <홍길동전>과 박태원의 <홍길동전>의 기호학적 비교연구」, 『현대소설연구』 제59호, 2015.

박태상, 「기호학적 담론을 통해서 본 정지용 · 이상 · 박태원의 상관관계 -구인회 활동 전후의 작품을 중심으로」, 『국제한인문학연구』 제18호, 2016.

박태상, 「박태원의 『임진조국전쟁』과 김훈의 『칼의 노래』 비교연구 -기호학적 담론을 중심으로」, 『한국문예비평연구』 제52집, 2016.

박헌호, 『작가의 탄생과 근대 문학의 제도』, 박헌호 외 지음, 소명출판, 2008.

박형우, 「부정문의 유형 분류」, 『청람어문교육』 제26집, 청람어문교육학회, 2003.1.

방기중 편, 『일제하 지식인의 파시즘 인식과 대응』, 혜안, 2005.

방민호 엮음, 『박태원 문학연구의 재인식』, 예옥, 2010.

방민호, 「경성모더니즘과 박태원의 문학」, 『구보학보』 제9집, 구보학회, 2013.

방민호, 「1930년대 경성 공간과 「소설가 구보씨의 일일」」, ≪문학수첩≫, 2006, 겨울 호.

방민호, 「박태원의 1940년대 연작형 '사소설'의 의미」, 『인문논총』 58집, 서울대인문 학연구원, 2007, 12.

방민호, 「박태원의 '임진조국전쟁'론」, 『임진조국전쟁』, 깊은샘, 2006.

방민호, 「일제말기 문학인들의 대일 협력 유형과 의미」, 『한국현대문학연구』 제22권, 한국현대문학회, 2007.

방민호, 「박태원 소설에 나타난 개체성의 인식과 표현」, 『구보학보』 제8호, 구보학회, 2012.

방민호, 「일제 말기 이태준 단편소설의 '사소설' 양상」, 『상허학보』 제14집, 2005.2.

방민호, 『일제말기 한국문학의 담론과 텍스트』, 예옥, 2011.

배개화, 「소비하는 도시와 모더니즘」, 『한국현대문학연구』 8, 한국현대문학회, 2000.

배개화, 「문장시 시절의 박태원 - 신체제 대응 양상을 중심으로-」, 『우리말글』, 제44호, 2008.

배경한 엮음, 『20세기 초 상해인의 생활과 근대성』, 지식산업사, 2006.5.

백낙청, 『리얼리즘과 모더니즘』, 창작과비평사, 1984.

백대윤, 「소설가 구보씨의 일일의 반서사 연구」, 『한국현대문학연구』 Vol.20, 한국현 대문학회, 2006.

백지은, 『한국 현대소설의 문체연구-김승옥, 이청준, 서정인, 황석영의 글쓰기를 중심 으로』, 고려대학교 박사학위논문, 2006.

백지혜, 「박태원 소설의 사유방식과 글쓰기의 형식」, 『관악어문연구』 제30집, 서울대 학교, 2005.

백철, 「세 개의 신변소설」, ≪조선일보≫, 1933.9.18.

백철, 「사조중심으로 본 33년도 문학계(4)」, ≪조선일보≫, 1933년 12월 21일.

백철, 『백철문학전집 3』, 新丘文化史, 1968.

백철, 『신문학사조사』(백철문학전집4), 신구문화사, 1968.12.

변광배, 『장 폴 사르트르-시선과 타자』, 살림, 2004.

변현태, 「사회주의 리얼리즘과 정치」, ≪크리티카≫ 4호, 올, 2010.

상허문학학회 편, 『근대문학과 구인회』, 깊은샘, 1996.

서경석, 「한국소설사 기술 방법론 재론」, 『한국학보』 26권 1호, 일지사, 2000.

서동수, 「지식인 소설비판」, 『겨레어문학』 제29집, 2002.

서영채, 『사랑의 문법』, 민음사, 2004.

서은혜, 「메타 서술 상황의 제시를 위한 장문 실험-「방란장 주인」의 문체적 특징 연구
　　　-」, 『구보학보』6권, 구보학회, 2010.

서의영・김경석, 『중국현대문학사』, 학고방, 2007.2.

서종택・정덕준, 『韓國現代小說研究』, 새문사, 1990.

서준섭, 『한국모더니즘 문학연구』, 일지사, 1988.

서준섭, 『현대문학과 사회문화적 상상력』, 푸른사상, 2015.

서준섭, 「모더니즘과 1930년대의 서울」, 한국학보, 1986.

서지영, 『한국 연성문학 연구의 현황과 전망』, 한국여성문학학회, 2008.

서지영, 「소비하는 여성들: 1920~30년대 경성과 욕망의 경제학」, 『한국여성학』 26호,
　　　한국여성학회, 2010.

서현주, 『朝鮮末 日帝下 서울의 下部行政制度 연구』, 서울대학교 박사학위논문,
　　　2002.

석 운, 「근대적 자아의 절망과 항거」, 『고대문화』, 고려대학교, 1955.

선정규, 『교양인을 위한 중국문학개관』, 고려대학교한국학연구소, 2003.

설혜심, 『온천의 문화사』, 한길사, 2001.

성기산, 「소피스트의 수사학 교육론」, 『교육사상연구』 제28권 제3호, 한국교육사상연
　　　구회, 2014. 12.

소래섭, 『에로 그로 넌센스: 근대적 자극의 탄생』, 살림, 2005.

소래섭, 『불온한 경성은 명랑하라』, 웅진지식하우스, 2011.

손광식, 『박태원 소설 연구』, 성균관대학교 대학원 박사학위논문, 1999.

손미란・노상래, 「현실과 이상의 간극 메우기-김남천의 『사랑의 수족관』을 중심으
　　　로」, 『한민족어문학』, 2008.

손영옥, 『1930년대 여성작가 장편소설 연구』, 경남대학교 박사학위논문, 2001.

손유경, 『고통과 동정』, 역사비평사, 2008.

손유경, 「1930년대 다방과 문사의 자의식」, 『한국현대문학연구』 제12호, 한국현대문

학회, 2003.

손유경, 『프로문학의 감성구조』, 소명출판, 2012.

손정목, 『일제강점기 도시계획 연구』, 일지사, 1990.

손정목, 『일제강점기 도시사회상연구』, 일지사, 1996.

손정목, 『일제 강점기 도시화과정 연구』, 일지사, 1996.

손정목, 「日帝下의 賣春業-公娼과 私娼」, 『도시행정연구』 제3호, 서울시립대학교 도시행정연구소, 1988.

손정수, 「1930년대 한국 문학비평에 나타난 모더니즘 개념의 내포에 관한 고찰, 『한국학보』, 일지사, 1997.

손정수, 「자율적 문학관의 기원-1910년대 문학과 1920년대 문학의 차이에 대한 고찰」, 『민족문학사연구』 20, 민족문학사학회, 2002.

손종업, 「바람의 도시 '경성'과 근대성 - 30년대 박태원의 글쓰기에 나타난 산책자의 운명」, 『1930년대 문학과 근대체험』, 문학과 비평연구회, 1999.

손종업, 『극장과 숲』, 도서출판 월인, 2000.

손주연, 「穆時英 소설의 중층적 욕망 연구」, 고려대학교 석사학위논문, 2010.

손화숙, 「영화적 기법의 수용과 작가 의식「소설가 구보씨의 일일」과 『천변풍경』을 중심으로」, 상허학보 제2집, 상허학회, 1995.

송강호, 「박태원 『삼국지』의 판본과 번역 연구」, 『구보학회』 제5호, 2010.

송기섭, 「몰가치성과 서사의 혁신-박태원론」, 『한국문학이론과 비평』 제3권, 한국문학 이론과 비평학회, 1998.

송기섭, 「1930년대 대중소설과 전통서사」, 『어문학』 제79집, 한국어문학회, 2003.

송민호, 「도시공간에 대한 미디어적 인식과 소설의 서사」, 구보학보제11집, 구보학회, 2014.

송현호, 『現代小說의 理解와 感想』, 관동출판사, 1992.

신기형, 「날개의 시학적 재해석」, 『현상과 인식』, 1983.

신동욱, 「박태원 소설에 나타난 내성적 서술자의 미적 기능과 지식인의 좌절의식」, 『현대문학』 제474호. 1994.6.

신동욱, 『1930년대 韓國小說研究』, 한샘, 1994.

신동욱 편저, 『한국 현대문학사』, 집문당, 2004.

신동욱, 「박태원 작품과 서술자의 내성적 시점」, 이상(외), 『날개(외)』, 소담출판사, 1995.6.

신동욱, 「러시아 문학의 수용과 한국문학」, 『교수아카데미총서』, 일념, 1993.

신명직, 『모던 뽀이, 경성을 거닐다』, 현실문화연구, 2003.

신범순, 『이상 문학 연구』, 지식과교양, 2013.

신서인, 「한국어의 어순 변이 경향과 그 요인에 대한 연구」, 『국어학』 50, 국어학회,

2007.12.

신승하, 『중국현대사』, 대명출판사, 1997.3.

신지연, 『근대적 글쓰기의 형성과 재현성- 1910년대의 텍스트를 중심으로』, 고려대학교 박사학위논문, 2005.

신진호, 『중국현대문학사』, 학고방, 2008.3.

신형기, 「박태원, 주변부의 만보객(漫步客)」, 『상허학보』 제26집, 상허학회, 2009.

신형기, 「「소설가 구보씨의 일일(一日)」」과 주변부 도시의 만보객」, ≪작가세계≫ 83, 2009.

신형기, 『변화와 운명』, 평민사, 1997

신형기·오성호, 『북한문학사』, 2000

신희천·조성준 편저, 『문학 용어 사전』, 도서출판청어, 2001.9.

심혜련, 「도시 공간과 흔적 그리고 산책자」, 『시대와 철학』 제19권 3호, 2008.

안미영, 「해방이후 박태원 작품에 나타난 '영웅'의 의미 - 1946~1947년 작품을 중심으로」, 『한국현대문학연구』, 제25집, 한국현대문학회, 2008.

안미영, 「박태원의 중편 '적멸' 연구」, 『문학과 언어』 제18권 제1호, 문학과 언어연구회, 1997.

안미영, 「1930년대 소설에 나타난 여급(女給) 고찰」, 『여성문학연구』, 여성문학학회, 2000.6.

안성호, 「일제강점기 주택개량운동에 나타난 문화주택의 의미」, 『한국주거학회지』 제12호, 2001.

안숙원, 『박태원 소설 연구 - 倒立의 시학』, 서강대학교 대학원 박사학위논문, 1992.

안숙원, 「역사소설과 박태원의 '갑오농민전쟁' 연구」, 『論文集』 제18권 제1호, 서울보건대학, 1998.

안숙원, 「박태원과 소설의 여성화」, 『구보학보』 5호, 구보학회, 2010.

안숙원·송명희, 「역사소설 『임꺽정』과 갑오농민전쟁 의 담론 양식 연구」, 『한국문학이론과 비평』 제15호, 한국문학이론과비평학회, 2002.

안정민, 「박태원 소설의 근대성 연구」, 부산대 석사논문, 1997.

안주호, 「한국어 학습자 담화에서의 반복현상 연구」, 『우리말글』 제58집, 우리말글학회, 2013.8.

안혜연, 「박태원의 <소설가 구보씨의 일일> 연구-모더니즘적 서술 특성을 중심으로」, 전남대학교 대학원 석사학위논문, 1996.

안회남, 「소설가 구보씨의 일일」, ≪동아일보≫, 1938.12.23.

안회남, 「작가 박태원론」, ≪문장≫ 제1호, 1939. 2월.

안회남, 「구보씨의 일일」, 박태원, 『소설가 구보씨의 일일』, 기민사, 1987.2.

안회남, 「작가 박태원론」, 박태원, 『소설가 구보씨의 일일』, 깊은샘, 1994.4.

안홍호, 「박태원의 『소설가 구보씨의 일일』 연구: 현실 인식과 표현 기법을 중심으로」, 청주대학교 대학원, 석사학위논문, 1991.

야마시다 영애, 「식민지 지배와 공창 제도의 전개」, 『사회와 역사』 51, 한국사회사학회, 1997.

양민종, 「문학, 장르, 분류」, 러시아소비에트문학, 한국러시아문학회, 1998.

양희철, 김상태 공편역, 『일탈문체론-리파테르, 레빈, 리이치의 이론들』, 보고사, 2000.

엄미옥, 「근대소설에 나타난 직업여성 연구」, 『현대민족문화연구』 제24집, 2008.2.

엄춘하, 「박태원과 무스잉(穆時英)의 소설기법 비교 연구」, 서울대학교 국어국문학과 석사학위논문, 2007.2.

연세대학교 국학연구원, 『일제의 식민지배와 일상생활』, 혜안, 2004.

염무웅, 『민중시대의 문학』, 창작과비평사, 1979.

염복규, 『日帝下 京城도시계획의 구상과 시행』, 서울대학교 박사학위논문, 2009.

염복규, 「식민지시기 도시문제를 둘러싼 갈등과 '민족적 대립의 정치': 경성부(협의)회의 '청계천 문제' 논의를 중심으로」, 『역사와 현실』 88, 한국역사연구회, 2013.

염복규, 「1920년대 후반-30년대 전반 차지·차가인운동의 조직화양상과 전개과정」, ≪사회와 역사≫ 73권, 2007년 3월.

오경복, 『박태원 소설의 서술 기법 연구』, 이화여자대학교 박사학위논문, 1993.

오상현, 「일본의 사소설의 이론과 형성」, 비교문학 19, 한국비교문학회, 1994.

오선민, 「식민지 지식인의 민족적 열등감과 보복심리: 박태원의 『반년간』에 나타난 근대 주체의 공격성과 방어성을 중심으로」, 『구보학보』 5집, 구보학회, 2010.

오선민, 『한국 근대 해외 유학 서사 연구』, 이화여자대학교 박사학위논문, 2009.

오세영, 「모더니스트 비극적 상황의 주인공들」, 『문학사상』, 1975.

오양진, 『데카당스』, 연세대학교출판부, 2008.

오자은, 「박태원 소설의 도시 소수자 형상화 방법 연구」, 서울대학교 석사학위논문, 2008.

오진석, 「일제하 한국인 자본가의 성장과 변모」, 연세대학교 석사학위논문, 1999.

오현숙, 「일제 말기 박태원 소설의 장르 전이 양상 연구-소년탐정소설과 사소설을 중심으로」, 『한국문화』 제55집, 서울대학교 규장각한국학연규원, 2011. 9.

오현숙, 『박태원 문학의 '역사' 인식과 재현 방식 연구』, 서울대학교 대학원 석사학위논문, 2008.

오현숙, 「박태원의 아동문학 연구」, 『아동청소년문학연구』 제8호, 2011.6.

오현숙, 「1930년대 식민지 조선의 소년탐정소설과 아동문학으로서의 위상」, 『현대소설연구』 제53호, 2013.8.

오현숙, 「1930년대 식민지와 미궁의 심상지리」, 구보학보 4집, 2008.

오형엽, 「1930년대 기교주의 논쟁 연구」, 『논문집』 23집, 수원대학교, 2005.

오혜진, 「1920-1930년대 자기계발의 문화정치학과 스노비즘적 글쓰기」, 성균관대학교 석사학위 논문, 2009.

우정권, 「박태원의 월북 후 문학에 나타난 '글쓰기'의 존재성 -『조국의 깃발』을 중심으로」, 『語文學』 제91호, 한국어문학회, 2006.

우찬제, 「박태원의 『천변풍경』의 욕망현시 현상 연구」, 『인문논총』, 1996.

우한용, 『한국현대소설구조연구』, 삼지원, 1990.

우한용, 「박태원 소설의 담론구조와 기법」, 『표현』 18, 1990.

우한용, 『한국현대소설담론연구』, 삼지원, 1996.

우한용 · 전영태 · 한점돌 편저, 『현대소설의 이해』, 새문사, 1999

우한용, 「박태원 소설의 담론과 기법의 의미」, 정현숙 편, 『박태원』, 새미, 1995.

원종찬, 「구인회 문인들의 아동문학」, 『동화와 번역』 제11호, 2006.6.

유광열, 「모던이란무엇이냐」, 『별건곤』, 1927.12.

유려아, 『韓國과 中國現代小說의 比較研究』, 국학자료원, 1995.

유문선, 「1930년대 창작방법논쟁연구」, 서울대학원, 1988.

유석환, 「1930년대 잡지시장의 변동과 잡지 『비판』의 대응- 경쟁하는 잡지들, 확산되는 문학」, 『사이間SAI』 6권 0호, 국제한국문학문화학회, 2009.

유선영, 「황색식민지의 서양영화 관람과 소비의 정치, 1934-1942」, 『식민지의 일상, 지배와 균열』, 공제욱 · 정근식 편, 문화과학사, 2006.

유승환, 「해방기 박태원 역사서사의 의미」, 『구보학보』 제8집, 구보학회, 2012.

유승희, 「근대 京城 內 遊廓地帶의 형성과 동부지역 도시화」, 『역사와 경계』 82, 부산경남사학회, 2012.

유영윤, 『염상섭과 박태원 비교 연구』, 건국대학교 박사학위논문, 1996.

유종호 외, 『현대 한국문학 100년』, 민음사, 1999

윤대석, 「경성의 공간분할과 정신분열」, 『국어국문학』 제 144집, 국어국문학회, 2006.

윤대석, 『1940년대 '국민문학' 연구』, 서울대학교 박사학위논문, 2006년.

윤대석, 『식민지 국민문학론』, 역락, 2006.

윤명구, 『문학개론』, 현대문학, 1988.

윤미애, 「대도시와 거리 산보자」, 『독일문학』 제85집, 한국독어독문학회, 2003.

윤병로, 「감각적 표현의 기교주의 문학」, 『북으로 간 작가선집 5』, 을유문화사, 1988.

윤송아, 『재일조선인 문학의 주체 서사 연구』, 경희대학교 박사학위논문, 2011.

윤수미, 「박태원의 「애욕」 연구」, 『구보학보』 19호, 구보학회, 2013.

윤영옥, 「「소설가 구보씨의 일일」에 나타난 자유 간접문체에 관하여」, 『현대소설연구』 Vol.- No.5, 한국현대소설학회, 1996.

윤정헌, 「朴泰遠小說에 나타난 批判的 自意識의 樣相」, 『國語國文學研究』 제19호, 영남대학교국어국문학회, 1991.

윤정헌,「박태원 역사소설 연구」,『한민족어문학』제24호, 한민족어문학회, 1993.

윤정헌,『박태원소설연구』, 형설출판사, 1994.

윤정현,「구보역사소설의 통시적 고찰」,『구보학보』제1집, 구보학회, 2006.

윤정혜,『박태원 소설 연구』, 영남대 박사논문, 1991.

윤진헌,「박태원『삼국지』판본 연구」,『한국학연구』제14호, 2005.

윤해동,「식민지 인식의 회색지대」,『식민지의 회색지대』, 역사비평사, 2003년.

윤해동,『식민지 근대의 패러독스』, 휴머니스트, 2007.

윤해동,『지배와 자치』, 역사비평사, 2006.

윤호병,『비교문학』, 민음사, 1994.

이강언,『1930년대 모더니즘 소설연구』, 영남대박사논문, 1987.

이강언,「박태원 소설의 도시와 도시 인식」,『우리말 글』제24권, 우리말글학회, 2002.

이강언,『현대소설의 전개』, 형설출판사, 1992.

이 경,『한국 근대소설의 근대성 수용양식』, 태학사, 1999

이경수,『한국 현대시와 반복의 미학』, 월인, 2005.

이경재,『청계천은 살아 있다』, 가람기획, 2002.

이경훈,「모더니즘 소설과 돈-이상과 박태원의 작품을 중심으로」,『현대문학의 연구』
제12호, 한국문학연구학회, 1999.

이경훈,『오빠의 탄생: 한국 근대 문학의 풍속사』, 문학과지성사, 2003.

이경훈,「미쓰코시, 근대의 쇼윈도우」,『현대문학의 연구』15, 한국문학연구학회,
2000.

이경훈,「긴자의 추억 : 식민지 문학과 시장」,『현대문학의 연구』39, 한국문학연구학
회, 2009.

이경훈,『대합실의 추억』, 문학동네, 2007.

이계옥,「박태원의「소설가 구보씨의 일일」연구, 숙명여자대학교 대학원석사학위논문,
1990.

이계형 외,『숫자로 본 식민지 조선』, 역사공간, 2014.

이광호,「박태원 소설에 나타난 시선 주체와 문학사적 의미 -「소설가 구보씨의 일일」
을 중심으로」,『인문학연구』45권, 조선대학교인문학연구원, 2013.

이규옥,「소설가 구보씨의 일일 연구」, 숙명여대 석사논문, 1990.

이금란,「한·중 신감각파의 여성상에 대한 비교 연구 : 李箱·무스잉(穆時英) 소설
을 중심으로」, 조선대학교 석사학위논문, 2010.

이기영,「문예적 시감 수제(1)」,≪조선일보≫, 1933.10.25.

이도흠,「서울의 사회문화적 공간과 그 재현 양상 연구:19세기의『포의교집』, 일제시
대의『천변풍경』, 1960년대의『서울, 1964년 겨울』을 중심으로」,『기호학연
구』25집, 2009.

이돈수외, 『꼬레아 에 꼬레아니』, 도서출판 하늘재, 2009.

이동국, 「天邊風景 論」, 어문논집, 안암어문학회, 1999.

이동연, 「주체의 분열과 생성: 라캉과 들뢰즈 간파하기」, 『문화과학』 No.65, 2011.

이동희, 『한국소설의 이해』, 영남대학교 출판부, 1996

李明學, 『1930년대 한·중 모더니즘 소설 비교연구－ 이상·박태원과 무스잉(穆時英)·스저춘(施蟄存)을 중심으로』, 부산대학교 국어국문학과 박사학위논문, 2005.2.

이명희, 「'구인회' 작가들의 여성의식 - 김기림, 박태원, 이태준을 중심으로-」, 『語文論集』 제6집, 숙명여대 어문학연구소, 1996.

이명희, 「박태원과 여성 의식-단편 소설을 중심으로」, 『상허학보』 제2호, 상허학회, 1995.

이미림, 『월북작가소설연구』, 깊은샘, 1999.

이미선, 『라캉의 욕망이론과 셰익스피어 텍스트 읽기』, 한국학술정보(주), 2006.

이미성, 「범속한 일상과 비범한 예술의 관계 맺기-박태원의 단편소설을 중심으로」, 『동국어문학』 제13호, 동국어문학회, 2001.

이미향, 『근대 애정소설 연구』, 푸른사상, 2001.

이미향, 「박태원 역사 소설의 특징-해방 직후 작품을 중심으로」, 『상허학보』 제2호, 상허학회, 1995.

이봉일, 「라캉의 정신분석 담론을 통해 본 황석영의 <손님>론」, 『현대소설연구』 No32, 한국현대소설학회, 2006

이상 지음, 김종년 엮음, 『이상 전집1-소설』, 가람기획, 2004.5.

이상경, 「역사소설가로서 박태원의 문학사적 위치」, 『역사비평』 31호, 1995.

이상섭, 『문학비평 용어사전』, 민음사, 1997.

이선영 편, 『1930년대 민족문학의 인식』, 한길사, 1990

이성욱, 『한국 근대문학과 도시성 문제 : 도시화를 중심으로』, 연세대학교 박사 학위논문, 2002.

이성욱, 『한국 근대문학과 도시문화』, 문화과학사, 2004.

이수형, 「1930년대 모더니즘 문학과 도시의 정신생활」, 『현대소설연구』 56, 한국현대소설학회, 2014.

이수형, 「소비의 감성 혹은 감성의 소비」, 『상허학보』 41, 상허학회, 2014.

이수형, 「박태원 문학과 일상생활의 정신병리학」, 『구보학보』 제9집, 구보학회, 2013.

이수형, 「1930년대 모더니즘 문학과 도시의 정신생활」, 『현대소설연구』 56, 2014.

이수형, 「한국 근대 문학의 형성과 미적 감각의 병리성」, 『민족문학사연구』 제26호, 2004. 11.

이승훈, 『라캉으로 시 읽기』, 문학동네, 2011.

이연행, 「박태원의 자화상' 연작에 대한 一考」, 『현대소설연구』 제6호, 한국현대소설학회, 1997.

이영일(외), 『현대 도시 상하이의 발전과 상하이인의 삶』, 한신대학교출판부, 2006.

이윤진, 『박태원 소설의 서술기법 연구』, 국학자료원, 2004.

이윤진, 『박태원 소설의 서술 기법 연구 - 영화적 기법을 중심으로』, 우석대학교 대학원 박사학위논문, 2002.

이윤진, 「<소설가 구보씨의 일일>의 영화적 서술기법」, 『한국문학이론과 비평』 Vol.15, 한국문학이론비평학회, 2002.

이은선, 「『천변풍경』에 나타난 주체—타자 연구」, 『한국근대어문연구』, 2010.

이은선, 「박태원 소설과 재현의 문제」, 『한국현대소설연구』 Vol.44, 한국현대소설학회, 2010

이은자, 『1950년대 한국지식인 소설연구』, 태학사, 1995

이은주, 「박태원 문학의 수용양상 연구」, 이화여자대학교 대학원 석사학위논문, 1997.

이인모, 『문체론』, 이우출판사, 1977.

이인화, 『빼앗긴 들에 부는 근대화 바람』, 한길사, 2004.

이장욱, 「'낯설게 하기'의 미학과 정치학-다시 형식주의에 대하여」, ≪서정시학≫ 14(2), 서정시학, 2004.6.

이재선, 『한국현대소설사』, 홍성사, 1979.

이재선, 「사회주의 역사소설과 그 한계-박태원의 갑오농민전쟁론」, ≪문학사상≫ 제200호, 문학사상사, 1989.6.

이재선, 『한국 근대 단편소설 연구』, 일조각, 1993

이재선, 『한국소설사』, 민음사, 2000

이재선, 『현대 한국소설사(1945~1990)』, 민음사, 1991.3.

이재선, 「1930년대 도시 소설」, 『문학사상』, 1988.

이재인·한용환·우한용 편저, 『현대소설의 이해』, 문학과 사상사, 1996

이정옥, 「박태원 문학의 정신적 기원」, 『원우론집』제29호, 연세대학교대학원, 1999.

이정옥, 「역사적 사실과 허구적 인물의 상징적 형상화」, 『현대문학의 연구』 제5호, 한국문학연구학회, 1995.

이정옥, 『1930년대 한국 대중소설의 이해』, 국학자료원, 2000년.

이정옥, 「박태원 소설의 모더니즘 특성 연구」, 연세어문학 30호, 연세대국문과, 1999.

이정옥, 『박태원 소설 연구 - 기법을 중심으로』, 연세대학교 대학원 박사학위논문, 1999.

이정환, 「朴泰遠의 川邊風景 연구」, 고려대석사논문, 1999.

이주라, 「식민지시기 괴담의 출현과 쾌락으로서의 공포」, 『한국문학이론과 비평』 제61집, 2013.12.

이준식, 『일제강점기 사회와 문화 - '식민지' 조선의 삶과 근대』, 역사문제연구소기획, 역사비평사, 2014.

이중연, 『'황국신민'의 시대』, 혜안, 2003.8.

이중재, 『<九人會>소설의 문학사적 연구』, 국학자료원, 1998년.

이지원, 「박태원 소설 연구 - 지식인 주인공 소설을 중심으로」, 동덕여자대학교 대학원 석사학위논문, 2004.

이진경, 『근대적 주거공간의 탄생』, 그린비, 2007.

이창룡, 『比較文學의 理解』, 일지사, 1990.

이철, 『경성을 뒤흔든 11가지 연애사건』, 다산초당, 2008.

이태준, 『돌다리』, 깊은샘, 1995.

이태준, 『아버지가 읽은 문장강화』, 깊은샘, 2004.

이태준, 『문장강화 - 이태준 문학 전집 16』, 서음출판사, 1989

이태준, 『상허 문학독본 - 이태준 문학 전집 17』, 서음출판사, 1989

이태준, 「발문」, 박태원, 『소설가 구보씨의 일일』, 깊은샘, 1994.4.

이태진외, 『서울상업사연구』, 서울시립대학교 부설 서울학연구소, 1998.

이평전, 「근대 도시의 일상 탐색과 병리성의 기원 연구 - 박태원 소설을 중심으로」, 『어문학』 제99집, 한국어문학회, 2008년 3월.

이헌홍, 「송사소설의 갈래적 근거」, 『국어국문학』 33, 1996년.

이현복, 「≪將軍底頭≫에 나타나는 施蟄存의 近代意識」, 고려대학교 중어중문학과 석사학위논문, 2000.7.

이현주, 「박태원의 천변풍경 연구」, 연세대 석사논문, 1997.

이혜령, 『한국 근대소설과 섹슈얼리티의 서사학』, 소명출판, 2007.

이혜령, 「언어=네이션, 그 제유법의 긴박과 성찰 사이」, 『상허학보』 19, 상허학회, 2007.2.

이 호, 「박태원의 '소설가 구보씨의 일일'에 나타난 현실 인식의 한 측면」, 『한국문학이론과 비평』 제2호, 한국문학이론과 비평학회, 1998.

이호림, 『1930년대 소설과 영화의 관련양상 연구』, 성균관대학교 박사학위논문, 2003.

이화진, 「박태원의『소설가 구보씨의 일일』론 - 구보 소설의 창작원리와 그 의미」, 『語文學』 제74권, 韓國語文學會, 2001.

이화진, 『1930년대 후반기 소설 연구 - 현실인식과 주체의 대응논리에 관하여』, 성균관대학교 대학원 박사학위논문, 1999.

이화진, 『1930년대 후반기 소설 연구』, 박이정, 2001

이효덕, 『표상 공간의 근대』, 소명, 2002.

이홍백, 김원경, 김선풍, 『한국사전연구사-국어국문학사전자료』, 한국사전연구사, 1998.

이희정, 「<창조>소재 김동인 소설의 근대적 글쓰기 연구」, 『국제어문』 제47집, 국제어
　　문학회, 2009.

임금복, 「박태원의 『갑오농민전쟁』 연구」, 『동학학보』 제6호, 동학학회, 2003.

임덕순, 『서울의 수도기원과 발전과정』, 서울대박사논문, 1985.

임무출, 「박태원의 「홍길동전」 연구」, 『한국현대문학연구』 제25호, 한국현대문학회,
　　2008.

임미주, 「제국의 영화, 식민지의 콩트: ≪조선일보≫의 「映畵」에서 어든 콩트」 분석」,
　　『구보학보』 11, 구보학회, 2014.

임미주, 「「천변풍경」의 정치성 연구」, 서울대학교 석사학위논문, 2013.

임병권, 『1930년대 한국 모더니즘 소설의 양가성 연구』, 서강대학교 박사학위논문,
　　2002.

임병균, 『제도로서의 한국 근대문학과 탈식민성』, 민족문학사연구소 기초학문연구단,
　　소명출판, 2008.

임병균, 「1930년대 후반기 전통 담론의 탈식민성 연구」, 『제도로서의 한국 근대 문학
　　과 탈식민성』, 민족문학사연구소 기초학문연구단, 소명출판, 2008.

임병권, 「1930년대 모더니즘 소설에 나타난 은유로서의 질병의 근대적 의미」, 『한국문
　　학이론과 비평』 제17호, 한국문학이론과 비평학회, 2002.

임병권, 「탈식민주의와 모더니즘이상을 통해 본 1930년대 모더니즘문학에 나타난 주
　　체의식」, 『민족문학사연구』 제23호, 민족문학사학회, 2003.

임옥규, 『북한 역사소설 연구』, 홍익대 대학원, 박사학위논문, 2005.

임태훈, 「'음경'의 발견과 소설적 대응-이효석과 박태원을 중심으로」, 성균관대학교
　　석사학위논문, 2007.

임태훈, 「소리의 모더니티와 음경의 발견」, 『민족문학사연구』 38호, 2008.

임헌영, 『한국근대소설의 탐구』, 범우사, 1974.

임 화, 『임화전집』 2, 박이정, 2001.

임화, 「1933년도의 조선문학의 제경향과 전망 (6)~(8)」, ≪조선일보≫, 1934.1.10.
　　~14.

임 화, 「<천변풍경> 평」, 박문, 1939. 3.

임화, 「세태소설론」, ≪동아일보≫, 1938.4.1~6.

임화, 「속문학의 대두와 예술문학의 비극」, 동아일보, 1938.11, 17~27.

임화, 『문학의 논리』, 학예사, 1940.

임화, 『임화문학예술전집3-문학의 논리』, 소명출판, 2009.

임홍빈, 「어순에 관한 언어 유형적 접근과 한국어의 기본 어순」, 『서강인문논총』 제22
　　집, 서강대학교 인문과학연구소, 2007.

작가 미상, 「모더니즘에서 역사소설까지, 변화무쌍한 스펙트럼의 소설가」, 박태원, 『천

변풍경』, 열림원, 2007.6.

장덕순, 『한국문학사』, 동화문화사, 2001.8.

장동욱, 「박태원 소설의 변모 양상」, 충남대 석사논문, 1990.

장동천, 「老舍와 박태원 세태소설의 도시 인식 비교-『四世同堂』과 『천변풍경』을 중심으로」, 『中語中文學』 제36집, 2005.

장두영, 「김남천의 『사랑의 수족관』론- 1930년대 후반 식민지 자본주의 대응 양상을 중심으로」, 『한국현대문학연구』 제23집, 2007. 12.

장성규, 「전형기 '조선' '근대' '문학'을 둘러싼 세 겹의 위기와 대응」, 『현대문학의 연구』 제51집, 한국문학연구학회, 2013. 10.

장성규, 『1930년대 후반기 소설 장르 인식 연구』, 서울대학교 박사학위논문, 2012.

장성규, 「시대와의 '불화', 세계와의 '긴장' - 일제 말기 한국 '사소설'의 문학사적 의미」, 《작가세계》, 2008, 여름.

장소진, 『한국현대소설과 플롯』, 한국학술정보, 2007.

장수익, 「박태원 소설 연구」, 서울대학교 대학원 석사학위논문, 1991.

장수익, 「박태원 소설의 발전과정과 그 의미」, 《외국문학》, 1992, 봄.

장수익, 『한국 근대 소설사의 탐색』, 도서출판 월인, 1999

장수익, 「근대적 일상성의 부정과 자립적 공간 - 박태원의 『천변풍경』」, 박태원, 『천변풍경』, 문학과지성사, 2005.1.

장영우, 「'구인회'와 한국현대소설」, 『한국현대소설연구』 제54호, 한국현대소설학회, 2013.

장영우, 「이광수의 진화론적 사상과 일제말 문학의 특질」, 『한국문예창작』 11권 2호, 한국문예창작학회, 2012.

장일구, 『한국 근대 소설의 공간성 연구』, 서강대 대학원, 박사학위논문, 1998.

전광용 외, 『한국현대소설사연구』, 민음사, 1984.

전남일, 『한국 주거의 공간사』, 돌베개, 2010.

전봉관, 『황금광시대』, 살림, 2005.

전봉관, 「1930년대 금광 풍경과 '황금광 시대'의 문학」, 『한국현대문학연구』 26, 한국현대문학회, 1999.

전봉관, 『경성기담』, 살림, 2006.

전봉관, 「박태원 소설 《우맹》과 신흥 종교 백백교」, 한국현대문학회, 2006.

전승주, 「천변풍경의 개작과정 연구: 판본대조를 중심으로」, 『민족문학사연구』 45집, 2011.

전인갑, 『20세기 전반기 上海社會의 地域主義와 勞動者-傳統과 近代의 重層的 移行』, 서울대학교출판부, 2003.11.

전우용, 「종로와 본정-식민도시 경성의 두 얼굴」, 『역사와 현실』 40, 2001. 6.

전우용, 「대한제국기-일제 초기 서울공간의 변화와 권력의 지향」, 『전농사론』 5, 1999.

전우형, 「구보와 카메라 눈(kinoglaz), 다큐멘터리 형식의 문학적 실험: 박태원의 「소설가 구보씨의 일일」 창작방법 연구」, 『구보학보』 제6집, 구보학회, 2011.

전형준, 『동아시아적 시각으로 보는 중국문학』, 서울대학교출판부, 2004. 6.

정근식, 「식민지지배, 신체규율, '건강'」, 『생활 속의 식민지주의』, 산처럼, 2007.

정덕준, 「박태원소설의 시간-현재화된 과거」, 『한림대학교 어문집』 9집, 1991.

정문길, 『소외론 연구』, 문학과지성사, 1983.

정문길·최원식·백영서·전형준 엮음, 『발견으로서의 동아시아』, 문학과지성사, 2000.10.

정연태, 『한국근대와 식민지 근대화 논쟁』, 푸른역사, 2011.

정영도, 『철학사전』, 도서출판 이경, 2012.

전정은, 「문학작품을 통한 1930년대 경성중심부의 장소성 해석: 박태원 소설 「소설가 구보씨의 일일」을 바탕으로」, 서울대학교 환경조경학과 석사학위 논문, 2012.

정종현, 『식민지 후반기 한국문학에 나타난 동양론 연구』, 동국대학교 박사학위논문, 2005.

정종현, 「사실, 과학 그리고 문학의 신생-신체제기 한국 대중소설에 나타난 '기술적' 주체와 문학의 재편」, 『상허학보』 23집, 2008.

정진배, 『중국현대문학과 현대성 이데올로기』, 문학과지성사, 2001.

정창석, 『식민지적 전향 _ 식민지와 문학』, 소명출판, 2015.

정태은, 「월북작가 박태원의 《갑오농민전쟁》과 비참한 최후-의붓딸 정태은의 <나의 아버지 박태원>」, 《문학사상》 382호, 2004.8.

정하늬, 「박태원의 『천변풍경』과 James Joyce의 Dubliners에 나타난 '도시'의 의미 비교」, 『한국현대문학연구』 23, 한국현대문학회, 2007.

정한모, 『현대작가연구』, 범조사, 1963.

정한숙, 『한국현대작가론』, 고대출판부, 1976.

정한숙, 『한국현대문학사대계』, 고대민족문화연구소, 1979.

정한숙, 『현대소설창작법』, 웅동, 2000.

정한숙, 『현대한국소설론』, 고려대학교 출판부, 1977

정현숙, 「박태원 연구의 현황과 과제」, 『상허학보』 Vol.- No.2, 상허학회, 1995.

정현숙, 『박태원문학연구』, 국학자료원, 1993.

정현숙 편, 『박태원』, 새미, 1995.

정현숙, 「박태원 소설의 내부텍스트성 연구」, 『인문과학연구』 27, 강원대학교인문과학연구소, 2010.

정현숙, 「1930년대 도시 공간과 박태원 소설」, 『현대소설연구』 31, 한국현대소설학회, 2006.

정현숙, 『박태원 소설 연구』, 이화여자대학교 대학원 박사학위논문, 1990.

정현숙, 「박태원 소설에 나타난 연속성과 불연속성(1)-월북 후 소설을 중심으로」, 『한국언어문학』 제61호, 한국언어문학회, 2007.

정현숙, 「1930년대 모더니즘 소설과 공간적 형식」, 『이화어문논집』 제13호, 이화여자대학교 이화어문학회, 1994.

정현숙, 「박태원 소설에 나타난 신체제 수용 양상」, 『구보학보』 제1호, 구보학회, 2006.

정현외, 『일본문학 속 에도·도쿄 표상 연구』. 제이앤씨, 2009.

정혜경, 「박태원 소설의 영화적 기법 연구」, 숙명여자대학교 석사학위논문, 2001. 2.

정호웅, 「박태원의 역사소설을 다시 읽는다·인물 창조를 중심으로」, 『구보학보』 제2호, 구보학회, 2007.

정호웅, 『한국의 역사소설』, 역락, 2006.12.

조낙현, 「박태원 소설의 미적 근대성」, 『한국문예비평연구』 제12호, 한국현대문예비평학회, 2003.

조남현, 「개화기 지식인 소설의 양상」, 『한국학보』(24), 1981.

조남현, 『소설원론』, 고려원, 1983

조남현, 『한국 지식인 소설 연구』, 일지사, 1984.12.

조남현, 『한국 현대소설사 2』, 문학과지성사, 2012.

조동길, 「現實的 題材의 小說化 限界」, 『논문집』 제25호, 공주대학교, 1987.

조동일, 『한국문학통사(5)』, 지식산업사, 1988.

조명기, 「머뭇거림과 욕망의 위장; 지식의 이중성; 박태원의 '소설가 구보씨의 일일'론」, 『문창어문논집』 제39호, 문창어문학회, 2002.

조미숙, 「박태원의 소설에 나타난 1930년대 여인상 연구」, 『建陽語文學』 제13호, 건양대학교국어국문학연구회, 1991.

조미숙, 『인물묘사 방법론』, 박이정출판사, 1996

조병로 외, 『조선총독부의 교통정책과 도로건설』, 국학자료원, 2011.

조병철, 「도시 골목 공간의 특징과 의미 분석」, 『기초조형학연구』 13권 5호, 한국기초조형학회, 2012.

조성면, 『대중문학과 정전에 대한 반역』, 소명출판, 2002.

조성면 편저, 『한국 근대대중소설 비평론』, 태학사, 1997.

조성운, 『식민지 근대관광과 일본시찰』, 경인문화사, 2011.

조성운, 「1910년대 식민지 조선의 근대 관광의 탄생」, 『한국민족운동사연구』, 한국민족운동사학회, 2008

조성운 외, 『시선의 탄생: 식민지 조선의 근대관광』, 선인, 2011.

조성면 편저, 『한국 근대대중소설 비평론』, 태학사, 1997.

조성면, 『한국 근대 탐정소설 연구』, 인하대학교 박사학위논문, 1999.

조성면, 『대중문학과 정전에 대한 반역』, 소명출판, 2002.

조승래, 「한나 아렌트의 정치사상에서 공적인 것과 사적인 것」, 『人文科學論集』 Vol.40 No.-, 청주대학교 인문과학연구소, 2010.

조연현, 『한국현대문학사』, 성문각, 1978.

조연현, 『현대문학사 개관』, 이우출판사, 1980.

조용만, 『울밑에 선 봉선화야』, 범양사, 1985.

조용만, 『구인회 만들 무렵』, 정음사, 1984.

조용만, 『30년대의 문화예술인들』, 범양사, 1988.

조영복, 『넘다 보다 듣다 읽다』, 서울대학교출판문화원, 2013.

조이담, 『구보 씨와 더불어 경성을 가다』, 바람구두, 2005.

조정래, 「박태원의 '소설가 구보씨의 일일' 연구-모더니즘 소설과 식민지 경험의 특수성」, ≪人文科學硏究≫ 제3호, 서경대학교 인문과학연구소, 1997.

조정래, 『소설과 서술』, 개문사, 1995.

조정래, 『1930년대 한국모더니즘 작가 연구』, 평민사, 1999.

조창환, 「詩의 話者및 語調의 문제」, ≪심상≫ 11월호, 1982.

조한용, 「박태원 소설의 창작방법과 작가의식의 변모」, 『문학과 언어』 제15호, 文學과 言語硏究會, 1994.5.

조한용, 「박태원 소설의 창작방법과 작가의식 변모」, 경북대 석사논문, 1990.

조형근, 「근대성의 내재하는 외부로서 식민지성/식민지적 차이와 변이의 문제」, 『사회와역사』 73호, 2007.

조희연, 「박태원 소설의 자기 반영성 연구」, 숙명여자대학교 대학원 석사학위논문, 2009.

조희정, 「1930년대 소설가 연구」, 부산대 석사논문, 2000.

주은우, 『시각과 현대성』, 한나래, 2003.

주은우, 『현대성의 시각체제에 대한 연구』, 서울대학교 박사학위논문, 1998.

중화전국부녀연합회 편, 『중국여성운동사(상)』, 박지훈, 전동현, 차경애 공역, 한국여성개발원, 1991.

지세정, 「박태원 소설의 일상성 서술 연구-초기 단편 소설을 중심으로」, 단국대학교 교육대학원 석사학위논문, 2005

진영복, 「한국 근대소설과 사소설 양식」, 『현대문학의 연구』 제15집, 국학자료원, 2008. 8.

진영복, 「한국 근대소설과 사소설 양식」, 『한국근대문학과 일본문학』, 한국문학연구학회 편, 국학자료원, 2001.

진영복, 「1930년대 한국 근대소설의 사적 성격 연구-자기 지시적 글쓰기 양상을 중심으로」, 연세대학교 박사학위논문, 2003.

차미경, 『상징의 미학, 경극』, 도서출판 신서원, 2005.3.

차봉희 편저, 『수용미학』, 문학과지성사, 1985.

차선일, 「소설가 구보씨의 일일 연구」, 『구보학보』 Vol.2, 구보학회, 2007.

차승기, 「전시체제기 기술적 이성 비판」, 『상허학보』 23집, 2008.6.

차원현, 「현대적 글쓰기의 기원 - 박태원론」, 상허학보 제3집, 1996. 9월.

차원현, 「1930년대 중・후반기 전통론에 나타난 민족 이념에 관한연구」, 『민족문학사
　　연구』, (민족문학사학회), 2004.

차원현, 「문학과 이데올로기, 주체 그리고 윤리학-프로문학과 모더니즘의 상관성을 중
　　심으로」, ≪민족문학사연구≫ 제21호, 민족문학사학회, 2002.

차종천외, 『서울시 계층별 주거지역 분포의 역사적 변천』, 백산서당, 2004.

차혜영, 『1930년대 한국문학의 모더니즘과 전통 연구』, 깊은샘, 2004.

차혜영, 「1920년대 초반 동인지 문단 형성과정-한국 근대 부르주아 지식인의 분화와
　　정체성 형성과 관련하여」, 『상허학보』7, 상허학회, 2001.

채석진, 「제국의 감각-'에로그로 넌센스'」, 『페미니즘 연구』 5권, 한국여성연구소,
　　2005. 10.

채진홍, 「박태원의 '골목안' 연구」, ≪국어국문학≫ 112호, 국어국문학회, 1994.

채호석, 「지식인의 도시 체험과 식민지시대의 삶과 윤리」, 박태원, 『한국소설문학대계
　　19』, 서울: 동아출판사, 1995.5.

채호석, 「1934년 경성, 행복 찾기: 박태원의 「소설가 구보씨의 일일」」, 민족문학사연
　　구 6권, 1994.

천정환, 『근대의 책읽기- 독자의 탄생과 한국 근대문학』, 푸른역사, 2003. 천정환, 「박
　　태원 소설의 서사기법에 관한 연구」, 서울대학교 대학원 석사학위논문, 1997.

천정환, 「일제말기의 작가의식과 '나'의 형상화 -일본어 소설 쓰기의 문화정치학 재론
　　-」, 『한국현대소설연구』 제43집, 한국현대소설학회, 2010. 4.

천정환, 『한국 근대 소설 독자와 소설 수용 양상에 대한 연구』, 서울대학교 박사학위논
　　문, 2002.

천정환・이용남, 「근대적 대중문화의 발전과 취미」, 『민족문학사연구』, 제30호, 민족
　　문학사학회, 2006.

천정환, 『근대의 책읽기』, 푸른역사, 2003.

천정환, 「박태원 소설의 서사기법에 관한 연구」, 서울대학교 대학원 석사학위논문,
　　1997.

최대희, 「역사학: 톨스토이와 사회민주주의적 인텔리겐치아」, ≪러시아어문학 연구논
　　집≫, 2003.

최병두, 『근대적 공간의 한계』, 삼인, 2002.

최병택·예지숙,『경성 리포트』, 시공사, 2009.

최석영,「곤와지로今和次郎의 조선민가 조사」,『일제의 조선 연구와 식민지적 지식
　　생산』, 민속원, 2012.

최선애,「朴泰遠 小說 硏究 : 소설가 주인공 소설을 중심으로」, 고려대학교 대학원
　　석사학위 논문, 1996.

최선웅,「1920년대 초 한국공산주의운동의 탈자유주의화 과정: 상해파 고려공산당 국
　　내지부를 중심으로」,≪한국사학보≫ 26집, 2007년 2월.

최성윤,「김동인의 창작방법론과「소설작법」의 의의」,『한국문학이론과 비평』30호,
　　한국문학이론과비평학회, 2006.

최시한,「근대소설의 형성과 공간」, 현대문학이론연구 32집, 2007.

최시한,『소설의 해석과 교육』, 문학과지성사, 2005.

최시한,『현대소설의 이야기학』, 역락, 2008.

최시한,『소설, 어떻게 읽을 것인가·이야기의 이론과 해석』, 문학과지성사, 2010.

최용기,「일제강점기의국어정책」,『한국어문학연구』 제46집, 한국어문학연구학회,
　　2006.2.

최원식,『문학의 귀환』, 창작과비평사, 2001.

최원식,「문학의 정치」,≪민족문학사연구≫ 46집, 2011.

최유찬,『문예사조의 이해-그리스 고전문학에서 포스트모더니즘까지』, 실천문학,
　　1995.8.

최유찬,『리얼리즘이론과 실제비평』, 두리, 1992.

최유찬·오성호,『문학과 사회』, 실천문학사, 1994.

최유찬,『한국문학의 관계론적 이해』, 실천문학, 1998

최유찬,『1930년대 한국 리얼리즘론 연구』, 연세대박사논문, 1986.

최은자,「박태원 소설연구」, 연세대학교 석사논문, 2001.

최인영,「일제시기 京城의 도시공간을 통해 본 전차노선의 변화」,『서울학연구』 41,
　　서울시립대학교 부설 서울학연구소, 2010.

최인영,『서울지역 電車교통의 변화 양상과 의미』, 서울시립대학교 박사학위논문,
　　2014.

최재서,「리아리즘의 확대와 심화 - <천변풍경>과 <날개>에 대하여」, 조선일보, 1936,
　　10, 31~11, 7.

최재서,『문학과 지성』, 인문사, 1938.

崔載瑞,『文學과 知性』, 亨論文化社, 1977.

최종렬,『타자들』, 백의, 1999.

최진우,「1930년대 한국도시소설의 전개」, 서강대대학원석사논문, 1981.

최혜실,『1930년대 한국 모더니즘 소설 연구』, 서울대학교 대학원 박사학위논문,

1991.

최혜실, 「소설가 구보씨의 일일에 나타난 산책자 연구:모더니즘 소설의 전형에 대한 일고찰」, 『관악어문연구』, 서울대학교 국어국문학과, 1988.

최혜실, 「고현학-모데노로노지오」의 글쓰기의 의미와 한계; 박태원론」, 『소설과 사상』 제10호, 고려원, 1995.

최혜실, 『한국모더니즘소설연구』, 민지사, 1992.

최혜실, 『한국 근대문학의 몇 가지 주제』, 소명출판, 2002.

최혜실, 『문학과 대중문화』, 경희대학교 출판부, 2005.

최혜실, 「경성의 도시화가 1930년대 한국모더니즘 소설에 미친 영향」, 『서울학연구 Ⅸ』, 1998.

최혜실, 『한국현대소설의 이론』, 국학자료원, 1994

최혜실, 「'산책자'의 타락과 통속성-「애경」, 「명랑한 전망」, 『여인성장』을 중심으로」, 『상허학보』 제2호, 1995.

최혜실, 「이념을 아우르는 문학 의식」, 박태원, 『소설가 구보씨의 일일』, 서울: 문학과 지성사, 1998.9.

탁명환, 「백백교(百百敎)」, 『別星』97호, 1981. 4, 89쪽.

태혜숙, 『한국의 식민지 근대와 여성공간』, 여이연, 2004.

하동호 편, 『역대 한국문법대계 제 3부 제 11책 한글논쟁논설집 下』, 탑출판사, 1986.

하신애, 「박태원 방송소설의 아동 표상 연구- 전시체제기 일상성과 프로파간다 간의 교차점을 중심으로」, 『현대문학의 연구』 제45호, 2011.

하신애, 「식민지 말기 박태원 문학에 나타난 시장성-『여인성장』의 소비주체와 신체 제 대응 양상을 중심으로」, 『상허학보』 제32호, 2011.

한국공간환경학회, 『공간의 정치경제학』, 아카넷, 2000.

한국기호학회 엮음, 『기호학연구 제5집: 은유와 환유』, 문학과지성사, 1999.

한국문학연구학회 편, 『한국 근대문학과 일본문학』, 국학자료원, 2001.

한국소설학회 편, 『현대소설 시점의 시학』, 새문사, 1996

한국정신문화연구원, 『일제의 식민지배와 생활상』, 한국정신문화연구원, 1990.

한국현대소설학회, 『현대소설론』, 평민사, 1994.

한기련, 『이시카와 다쿠보쿠의 슬픔과 한』, 도서출판 월인, 1999.

한기형, 「근대어의 형성과 매체의 언어전략- 언어, 매체, 식민체제, 근대문학의 상관성」, 『역사비평』 71, 역사비평사, 2005.5.

한기형, 「식민지 검열정책과 사회주의 관련 잡지의 정치 역학」, 『한국문학연구』 30집, 2006.

한상규, 「김기림 문학론과 근대성의 기획 - <모더니즘의 역사적 위치>를 중심으로」, 한국학보, 1994, 가을.

한상규, 「1930년대 모더니즘문학에 나타난 미적 자의식에 관한 연구」, 서울대대학원, 1989.

한상규, 「박태원의 <천변풍경>에 나타난 창작 기술의 양상」, 『한국현대문학연구』 제3호, 한국현대문학회, 1994.

한세정, 「이상 시의 부정법 연구」, 『우리어문연구』 33집, 우리어문학회, 2009. 1.

한수영, 「박태원 소설에서의 근대와 전통」, 『한국문학이론과 비평』 제27집, 한국문학이론과 비평학회, 2005. 6.

한수영, 「『천변풍경』의 희극적 양식과 근대성-'유우머' 소설로서의 『천변풍경』」, 『상허학보』 2집, 1995.

한영자, 「劉吶鷗와 穆時英 都市小說의 世紀末意識: 모델걸 이미지에 대한 텍스트 분석을 중심으로」, 『중국어문학논집』 1호, 중국문학연구회, 2011.

한영자, 『1930년대 중국의 신감각파 도시소설 연구: 도시소설 주제연구를 중심으로』, 한양대학교 박사학위논문, 2012.

한용환, 『소설학사전』, 문예출판사, 2004.

한용환, 『소설의 세계』, 문학아카데미, 1993.2.

한형구, 「30년대 문단 재편과 시론의 비평적 전개- '기교주의 논쟁' 재음미-」, 『한국현대문학연구』 17, 한국현대문학회, 2005.6.

허병식, 「장소로서의 동경(동경(東京))-1930년대 식민지 조선작가의 동경표상」, 『한국문학연구』 38집, 한국문학연구소, 2010.

허세욱, 『중국현대문학사』, 법문사, 1991.1.

허영란, 「근대적 소비생활과 식민지적 소외」, 『역사비평』 49, 역사문제연구소, 1999.

허우긍, 『일제강점기의 철도수송』, 서울대학교출판문화원, 2010.

현순영, 「회고담을 통한 구인회 창립 과정 연구 ― 구인회의 성격 구축 과정 연구」, 『비평문학』 제30호, 한국비평문학회, 2008. 12.

현순영, 「구인회의 활동과 성격 구축 과정 ― 구인회의 성격 구축 과정 연구 (2)」, 한국언어문학회, 2008. 12.

형명대, 『1930년대 한국 모더니즘 소설의 공간구조연구』, 부산대박사논문, 1991.

홍기돈, 「'성문 밖'에서의 고현학, 그 의미」(박태원 특집 발굴작 「理髮所」 해제), ≪작가세계≫, 2009년 겨울.

홍성민, 『문화와 아비투스: 부르디외와 유럽정치사상』, 나남출판, 2000

홍성암, 「박태원의 역사소설 연구-『갑오농민전쟁』을 중심으로」, 『現代文學理論研究』 제18호, 현대문학이론학회, 2002.

홍성철, 『유곽의 역사』, 페이퍼로드, 2007.

홍정선, 『역사적 삶과 비평』, 문학과지성사, 1986.

홍정선, 『근대시 형성과정에 있어서의 독자층의 역할 연구』, 서울대학교 박사학위논문,

1991.

홍혜원, 「1930년대 모더니즘 소설과 탈식민주의-<소설가 구보씨의 일일>을 중심으로」, 『현대소설연구』 No.27, 한국현대소설학회, 2005.

황도경, 「관조와 사유의 문체」, 『문체로 읽는 소설』, 소명출판사, 2002.

황도경, 「관조와 사유의 문체 -「소설가 구보씨의 일일」의 문체 분석」, 『상허학보』 제2집, 상허학회, 1995.

황도경, 「존재의 이중성과 문체의 이중성- 이상소설의 문체」, 『현대소설연구』 1, 현대소설학회, 1994.8.

황석자, 『문체의 문채』, 어문학사, 1997.

황석자, 『현대문체론』, 한신문화사, 1985.

황영미, 「박태원 소설의 여성인물과 근대성」, 『숙명어문논집』 1호, 숙명여자대학교, 1998.

황영미, 「박태원 소설의 시점 연구」, 『국어국문학』 vol.120, 국어국문학회, 1997.

황정아, 「자끄 랑씨에르와 '문학의 정치'」, ≪안과 밖≫ 31집, 2011.

황종연 엮음, 『문학과 과학 III』, 소명출판, 2015.

황호덕, 「한국근대문학과 싸움 - 싸움과 살림, 박태원의 식민지말 사소설 3부작과 정치적 낭만의 종언」, 『반교어문연구』 제41집, 반교어문학회, 2015. 12.

황호덕, 『근대 네이션과 그 표상들』, 소명출판, 2005.

황호덕, 『한국 근대 형성기의 문장 배치와 국문 담론- 타자·교통·번역·에크리튀르, 근대 네이션과 그 표상들』, 성균관대학교 박사학위논문, 2002.

황호덕, 「경성지리지, 이중언어의 장소론-채만식의 「종로의 주민」과 식민도시의 (언어) 감각」, 『대동문화연구』 제51집, 2005.

■ 국외 논저

가라타니 고진, 『일본근대문학의 기원』, 박유하 옮김, 민음사, 1997.

가라타니 고진, 『은유로서의 건축』, 김재희 옮김, 한나래, 1998.

가토 히사타케 외 공저, 『헤겔 사전』, 이신철 옮김, 도서출판b, 2009.

高成鳳, 『植民地の鐵道』, 日本經濟評論社, 2006.

高崎宗司, 『식민지 조선의 일본인들』, 이규수 옮김, 역사비평사, 2006.

곤 와지로(今和次郎), 『考現學入門』, 築摩書房, 1987.

곤 와지로, 「고현학이란 무엇인가?」, 한국 근대문학과 일본문학, 한국문학연구학회, 국학자료원, 2001.

郭亮亮, 「空間與想像－－舞廳、舞女和穆時英的小說」, 『樂山師範學院學報』, 樂山師範學院, 2004年 第6期.

僑谷弘, 『일본 제국주의 식민도시를 건설하다』, 김제정 옮김, 모티브북, 2005.

駒込武,『식민지제국 일본의 문화통합』, 역사비평사, 오성철·이명실·권경희 옮김, 2008.

구로사키 마사오 외 공저,『칸트 사전』, 이신철 옮김, 도서출판b, 2009.

歐陽欽, 「論新感覺派小說中女性與都市的關系」,『桂林師範高等專科學校學報』, 桂林師範高等專科學校, 2010.6.

그램 질로크,『발터벤야민과 메트로폴리스』, 노명우 옮김, 효형출판, 2005.

吉見俊哉,『박람회: 근대의 시선』, 이태문 옮김, 논형, 2003.

吉見俊哉外,『확장하는 모더니티』, 연구공간 수유+너머 '일본 근대화 젠더 세미나팀' 옮김, 소명출판, 2007.

金藝玉, 「穆時英·李箱小說比較研究」, 延邊大學碩士論文, 2005.

羅田, 「病態心理的剖示, 畸形生活的燭照－穆時英心理分析小說≪白金的女體塑像≫賞析」,『名作欣賞』, 名作欣賞雜誌社, 1986年 第1期.

나카무라 미츠오, 니시타니 게이지 외,『태평양전쟁의 사상』, 이경훈 옮김, 이매진, 2007.

盧文婷, 「女巨人：身體－－國家想像－－穆時英≪CravenA≫中性別與政治」,『長江學術』, 武漢大學, 2012年 第4期.

樓嘉軍, 「20世紀30年代上海城市文化地圖解讀—城市娛樂區佈局模式及其特點初探」,『史林』, 上海社會科學院歷史研究所, 2005年 第5期.

니논 헤세,『헤세, 내 영혼의 작은 새』, 두행숙 옮김, 웅진닷컴, 2006.

다케우치 요시미(竹內好),『일본과 아시아』, 서광덕·백지운 옮김, 소명출판, 2004.

譚楚良,『中國現代派文學史』, 學林出版社, 1996.

唐弢·嚴家炎,『中國現代文學史』, 人民文學出版社, 1979.

대니 노부스 엮음,『라캉의 정신분석의 핵심 개념들』, 문심정연 옮김, 문학과지성사, 2013.

데이비드 마이클 레빈,『모더니티와 시각의 헤게모니』, 백무임·정성철 옮김, 시각과언어, 2004.

데이비드 스탯,『심리학용어사전』, 정태연 옮김, 끌리오, 1999.

데이비드 하비,『모더니티의 수도 파리』, 김병화 옮김, 생각의 나무, 2005.

딜런 에반스,『라깡 정신분석사전』, 김종주외 옮김, 도서출판 인간사랑, 1998.

런·유진,『마르크스시즘과 모더니즘』, 김병익 옮김, 문학과지성사, 1986.

레나타 살레클,『사랑과 증오의 도착들』, 이성민 옮김, 도서출판b, 2003.

로버트 숄즈·로버트 켈로그·제임스 펠란,『서사문학의 본질』, 임병권 옮김, 예림기획, 2007.

로버트 스탬,『자기 반영의 영화와 문학』, 오세필·구종상 옮김, 한나래, 1998.

로버트 험프리(Robert Humphrey),『현대소설과 의식의 흐름』, 李愚鍵·柳基龍 공역, 형설출판사, 1989.

롤랑 바르트, 『글쓰기의 영도』, 김웅권 옮김, 동문선, 2007.

롤랑부르뇌프·레알윌레, 『현대소설론』, 김화영 옮김, 현대문학북스, 1996.

로이스 타이슨, 『비평이론의 모든 것』, 윤동구 옮김, 앨프, 2012.

리디아 류(Lydia H. Liu, 劉禾), 『언어횡단적 실천: 문학, 민족문화 그리고 번역된 근
　　대성-중국, 1900-1937』, 민정기 옮김, 소명출판, 2005. 12.

리어우판(李歐梵), 『상하이 모던: 새로운 중국 도시 문화의 만개, 1930-1945』, 장동천
　　(외) 옮김, 고려대학교출판부, 2007.7.

馬良春외, 『中國現代文藝思潮史』, 北京十月文藝出版社, 1995.

마루야마 마사오·가토 슈이치, 『번역과 일본의 근대』, 임성모 옮김, 이산, 2000.

마에다 아이, 『일본 근대 독자의 성립』, 유은경·이원희 옮김, 이룸, 2003.

賈植芳, 『中國現代文學社團流派上·下』, 江蘇敎育出版社, 1989.

孟慶顔, 「丁玲與姜敬愛小說的女性形象比較-以1920~1930年代作品爲中心」,
　　延邊大學文學碩士論文, 2013.

모리스 블랑쇼, 『문학의 공간』, 박혜영 옮김, 책세상, 1999.

미셸 제라파, 『소설과 사회』, 이동렬 옮김, 문학과지성사, 1977

미셸 푸코, 『성의 역사-자기에의 배려』, 이혜숙·이영목 옮김, 나남, 1990.

미셸 푸코, 『자기의 테크놀로지』, 이희원 옮김, 동문선, 1997.

미셸 푸코, 『담론의 질서』, 이정우 옮김, 서강대학교 출판부, 1998.

미요시 유키오, 『일본 문학의 근대와 반근대』, 정선태 옮김, 소명출판, 2002.

미하일 바흐찐, 『장편소설과 민중언어』, 전승희·서경희·박유미 옮김, 창작과비평사,
　　1988.

바이서우이(白壽彛) 主編, 『中國全史(현대편)』, 이진복·김진옥 옮김, 학민사,
　　1990.11.

바흐찐, 『문학사회학과 대화이론』, 최무현 옮김, 까치글방, 1987.

발터 벤야민, 『아케이드 프로젝트』 2, 조형준 옮김, 새물결, 2006.

발터 벤야민, 『발터 벤야민의 문예이론』, 반성완 편역, 민음사, 1996.

范伯群,朱棟霖, 『1898—1949中外文學比較史』, 江蘇敎育出版社, 1989.

베르너 파울슈티히, 『근대초기 매체의 역사』, 지식의풍경, 황대현 옮김, 2007.

베르트랑 오질비, 『라캉, 주체 개념의 형성』, 김석 옮김, 동문선, 2002.

볼프강 가스트(Wolfgang Gast), 『영화- 영화와 문학』, 조길예 옮김, 문학과지성사,
　　1999.2.

逢增玉, 『二十世紀中國文學的歷史文化透視』, 東北師大出版社, 1996.

브루스 핑크, 『라캉과 정신의학』, 맹정현 옮김, 민음사, 2002.

브루스 핑크, 『라캉의 주체』, 이성민 옮김, 도서출판b, 2010.

빙심·동내빈·전리군,『그림으로 읽는 중국문학 오천년』, 김태만·하영삼·김창경·장호득 옮김, 서울: 예담출판사, 2000.2.

삐에르 아브라함, 「대중문학은 열등문학인가?」, 송덕호 옮김, 『대중문학이란 무엇인가?』, 대중문학연구회편, 평민사, 1995.

사라 밀즈, 『담론』, 김부용 옮김, 인간사랑, 2001.

사르트르, 『존재와 무』, 정소성 옮김, 동서문화동판주식회사, 2009.

사이토 준이치, 『민주적 공공성』, 윤대석·류수연·윤미란 옮김, 도설출판 이음, 2009.

上海社科院文學所, 『上海孤島文學回憶彔上·下』, 中國社會科學出版社, 1984, 1985.

徐志嘯, 『中國比較文學簡史』, 湖北教育出版社, 1996.

成田龍一, 『근대 도시공간의 문화경험』, 서민교 옮김, 뿌리와이파리, 2011.

세키도 아키코, 『근대 투어리즘과 온천』, 허석 외 옮김, 논형, 2009.

小林秀雄, 『고바야시 히데오(小林秀雄) 평론집 - 문학이란 무엇인가』, 유은경 옮김, 소화, 2003.

松本武祝, 『조선농촌의 식민지 근대 경험』, 윤해동 옮김, 논형, 2011.

수잔 헤이워드, 『영화사전』, 이영기 옮김, 한나래, 1997.

스즈키 토미, 『이야기된 자기』, 한일문학연구회 옮김, 생각의나무, 2004.

스티브 코핸·린다 샤이어스, 『이야기하기의 이론- 소설과 영화의 문화 기호학』, 임병권·이호 옮김, 한나래, 1997.

시모어 채트먼, 『영화와 소설의 서사구조』, 김경수 옮김, 민음사, 1999.

神野由紀, 『취미의 탄생 : 백화점이 만든 테이스트』, 문경연 옮김, 소명출판, 2008.

아도르노·T.W, 『미학이론』, 홍승용 옮김, 문학과지성사, 1984.

알렌카 주판치치, 『실재의 윤리』, 이성민 옮김, 도서출판b, 2004.

앙드레 고드로/프랑수아 조스트, 『영화서술학』, 송지연 옮김, 동문선, 2001.

楊路宏, 「突圍的狂歡－論新感覺派小說中的都市與女性的親和」, 『名作欣賞』, 名作欣賞雜誌社, 2010年 第11期.

楊 斌, 「論穆時英都市小說構築的兩性新秩序」, 『雲南財貿學院學報(社會科學版)』, 雲南財貿學院, 2006年 第1期.

梁美英, 「新感覺派文學作品中女性形象」, 『邊疆經濟與文化』, 邊疆經濟與文化雜誌, 2009年 第9期.

楊迎平, 「同一層面的不同言說－論新感覺派小說中的女性形象」, 『文藝理論研究』, 中國文藝理論學會, 華中師範大學中文系. 2000年 第3期.

揚義, 『中國現代小說史』第二卷, 人民文學出版社, 1998.

揚義, 『中國敘事學』, 人民出版社, 1998.

楊之華,「穆時英論」,南京,中央導報,第一卷,5期, 1940.8.

嚴家炎,『論現代小說與文藝思潮』,湖南人民出版社, 1987.

嚴家炎,『中國現代小說流派史』,人民文學出版社, 1989.

嚴家炎,『중국현대소설유파사』, 박재우 옮김, 한국학술진흥재단번역총서, 1977.

嚴 華,「女性主義關照下的穆時英小說創作」,汕頭大學碩士論文, 2006.

에델 · 레온,『현대심리소설연구』, 이종호 옮김, 형설출판사, 1983.

에도가와 란포,『다락방의 散步者』, 이영조 옮김, 농림출판사, 1978.

에드워드 모르간 포스터,『소설의 이해』, 이성호 옮김, 문예출판사, 1987.

에르네스트 만델,『즐거운 살인』, 이동연 옮김, 도서출판 이후, 2001.

黎菡姜,「消費文化語境中的都市摩登女－讀≪被當作消遣的男子≫」,『安徽文
        學(下半月)』,安徽文學雜誌社, 2010年 第2期.

呂元明,『日本文學史』,吉林人民出版社, 1987.

鈴木登美,『이야기된 자기』, 한일문화연구회 옮김, 생각의 나무, 2004.

옌자옌(嚴家炎),『중국현대소설유파사』, 박재우 옮김, 청년사, 1997. 11.

吾小美 · 魏韶華,「比較文學的開放性与中國現代文學研究的開放」, 文學評論,
        1988第二期.

吳福輝,「海派的文化位置及与中國現代通俗文學之關係」, 蘇州科技學院學報,
        2003.

吳福輝,『都市旋流中的海派小說』, 復旦大學出版社, 2009.

吳中傑,『中國現代文學思潮史』, 復旦大學出版社, 1996.

吾中杰 · 吾立昌,『1900—1949:中國現代主義尋踪』, 學林出版社, 1995.

王文英,『上海現代文學史』, 上海人民出版社, 1999.

王宏圖,「神感覺派的都市敍事:感性慾望的盛宴」, 社會科學, 2003.7.

王連生,「穆時英小說人物原型簡析」,『中國現代文學研究叢刊』, 中國現代文學
        館, 1991年 第3期.

王志松,「劉納鷗的新感覺小說飜譯與創作」, 中國現代文學研究, 2002.4.

요시다 세이이치(吉田精一) · 오쿠노 다케오(奧野健男) 원저, 유정 편저,『현대일본
        문학사』, 정음사, 1984.3.

요시다 조 외 지음,『세기말 문학의 새로운 물결-상징주의, 데카당스, 모더니즘』, 송태
        욱 · 최규삼 옮김, 웅진지식하우스, 2010.

요코미쓰 리이치(橫光利一),『상하이』, 김옥희 옮김, 도서출판소화, 1999.11.

우스이 요시미(臼井吉見),『일본 다이쇼 문학사』, 고재석 · 김환기 옮김, 동국대학교
        출판부, 2001.2.

우에하라 가즈요시(上原一慶) · 桐山昇 · 高橋孝助 · 林哲 지음, 한철호 · 이규수
        옮김,『동아시아 근현대사』, 옛오늘, 2000.7.

우중제(吳中傑),『중국현대문예사조사』, 정수국·천현경 옮김, 신아사, 2001.8.

울리히 바이스수타인,『비교문학론』, 이영유 옮김, 홍성사, 1981.

울리히 브로이히,『추리소설이란 무엇인가』, 진상범 옮김, 국학자료원, 1997.

袁進,『中國小說的近代變革』, 中國社會科學出版社, 1992.

웨인 C. 부스,『소설의 수사학』, 최상규 옮김, 예림기획, 1999.

유리 로트만,『기호계- 문화연구와 문화기호학』, 김수환 옮김, 문학과지성사, 2008.

유진 런,『마르크시즘과 모더니즘』, 김병익 옮김, 문학과 지성, 1986.

劉惠吾,『上海近代史』, 華東師範大學出版社, 1985.

尹鴻,「弗洛伊德主義與五·四浪漫文學」, 中國社會科學,1989, 5期.

李歐梵 지음, 장동천 외옮김,『상하이 모던-새로운 중국 도시 문화의 만개, 1930-194
        5』, 고려대학교출판부, 2007.

李今,「新感覺派和二三十年代好萊塢電影」, 中國現代文學研究, 1997第三期.

李今,「新感覺派和他們的刊物」, 小說家, 1999.4期.

李今,「新小感覺派說的兩種色情的頹廢主題」, 藝術廣角, 1998 6期.

李 今,『海派小說與現代都市文化』, 安徽敎育出版社, 2000.

李澤厚,『中國近代思想史論』, 人民出版社, 1979.

伊藤虎丸,『魯迅と日本人』, 朝日新聞社, 1983.

李 玲,「穆時英小說中的性愛意識」,『福建師範大學學報(哲學社會科學版)』, 福
        建師範大學, 2001年 第1期.

李永東,「20世紀30年代中國電影中的摩登女郎」,『電影藝術』, 2012年 第3期.

이언 와트,『소설의 발생』, 전철민 옮김, 열린책들, 1988.

E. M. 포스터,『소설의 이해』, 이성호 옮김, 문예출판사, 1993.

이토 세이 外,『일본 사소설의 이해』, 유은경 옮김, 도서출판 소화, 1997.

李孝德,『표상 공간의 근대』, 박성관 옮김, 소명출판, 2002.

林廣茂,『미나카이 백화점 : 조선을 석권한 오우미상인의 흥망성쇠와 식민지 조선』,
        김성호 옮김, 논형, 2007.

日本文學硏究資料叢書,『橫光利一と新感覺派』, 有精堂, 昭和55년

林錫潛, 「城市旋律 : 穆時英的小說」,『福建敎育學院學報』, 福建敎育學院,
        2003年 第7期.

임마누엘 칸트,『칸트의 역사철학』, 이한구 편역, 서광사, 1992.

임마누엘 칸트,『실천이성비판』, 백종현 옮김, 아카넷, 2009.

자크-알랭 밀레,『자크 라캉 세미나 11권』, 맹정현·이수련 옮김, 새물결, 2008.

張京媛,『當代女性主義文學批評』, 北京大學出版社, 1992.

張仲礼,『近代上海城市硏究』, 上海人民出版社, 1990.

翟 輝,「20世紀三十年代上海的娛樂空間極其分層硏究(1927~1937)」, 華東師範

　　　大學碩士學位論文, 2008.

鄭 艶, 「穆時英小說中的女性形象研究」, 福建師範大學碩士論文, 2007.

鄭家建, 『中國文學現代性的起源語境』, 上海三聯書店, 2002.

丁白告, 「話小舞場」, 『時代漫畫』, 上海社會科學院出版社, 1934.2.

제라르 즈네뜨, 『서사담론』, 권택영 옮김, 교보문고, 1992.

제라르 주네트 외, 『현대 서술 이론의 흐름』, 석경징 외 옮김, 솔출판사, 1997.

제레미 탬블링, 『서사학과 이데올로기』, 이호 옮김, 예림기획, 2000.

趙家璧, 『我編的第一部成套書-<一角叢書>』, 『編輯憶舊』, 三聯書店, 1984.

조나단 크래리, 『관찰자의 기술: 19세기 시각의 근대성』, 임동근 외 옮김, 문화과학사, 2001.

제임스 A. 미치너, 『작가는 왜 쓰는가』, 이종인 옮김, 예담, 2007.

趙家璧, 『中國新文學大系』, 上海良友圖書公司, 1935原版, 上海文藝出版社, 1980影印

조나단 크래리, 『관찰자의 기술-19세기 시각과 근대성』, 임동근 外 옮김, 문화과학사, 2001.

조이스J, 『유리시스 1 · 2)』, 김종건 옮김, 정음사, 1968.

曹文軒, 『20世紀末中國文學現象研究』, 北京大學出版社, 2002.

존홀, 『문예사회학』, 최상규 옮김, 예림기획, 1999.

주네트 · 채트먼 외, 『현대서술이론의 흐름』, 솔, 1997.

주디스 메인, 『사적소설/공적영화』, 강수영 · 류제홍 옮김, 시각과 언어, 1994.

朱棟霖, 『中國現代文學史』, 高等敎育出版社, 1999.

秦安國, 「穆時英小說≪公墓≫的敘事學解讀」, 『江西藍天學院學報』, 江西藍天學院, 2010年第4期.

竹國友康, 『한국 온천 이야기』, 소재두 옮김, 논형, 2004

陳平原, 『中國小說敘事模式的轉變』, 上海人民出版社, 1988.

陳平原, 『小說史:理論與實踐』, 北京大學出版社, 1993.

질 들뢰즈, 『들뢰즈가 만든 철학사』, 박정태 편역, 이학사, 2007.

倉數茂, 『나 자신이고자 하는 충동』, 한태준 옮김, 갈무리, 2015.

채트먼, 『영화와 소설의 서사구조』, 최상규 엮음, 예림기획, 1998.

川村湊, 『한양 경성 서울을 걷다』, 요시카와 나기 옮김, 다인아트, 2004.

初田亨, 『백화점 : 도시문화의 근대』, 이태문 옮김, 논형, 2003.

初田亨, 『繁華街の近代:都市 東京の消費空間』, 東京:東京大學出版會, 2004.

츠베탕 토도로프, 『산문의 시학』, 유제호 옮김, 예림기획, 2003.

칸트, 『칸트의 역사철학』, 이한구 편역, 서광사, 1992.

칼리니스쿠, 『모더니티의 다섯 얼굴』, 이영욱 옮김, 시각과 언어, 1993.

케럴 페이트만, 『남과 여, 은폐된 성적 계약』, 이충훈·유영근 옮김, 이후, 2001.

콜린 데이비스, 『엠마누엘 레비나스-타자를 향한 욕망』, 김동호 옮김, 다산글방, 2001.

크리스 한스컴Chris Hanscom, 「근대성의 매개적 담론으로서 신경쇠약에 대한 예비적 고찰」, 『한국문학연구』29, 2005.

테리 이글턴, 『문학이론입문』, 김명환 외 옮김, 창작과비평사, 2006.

테리 이글턴, 『미학사상』, 방대원 옮김, 한신문화사, 1999.

토마 나르스작, 『추리소설의 논리』, 김중현 옮김, 예림기획, 2003.

토미이 마사노리(富井正憲), 「곤와지로의 한반도 여행」, 지훈상 옮김, 『건축』2007.

波潟剛, 『월경의 아방가르드』, 최호영·나카지마 켄지 옮김, 서울대학교출판문화원, 2013.

페르디낭 드 소쉬르, 『일반언어학 강의』, 최승언 옮김, 민음사, 2006.

페터 비트머, 『욕망의 전복』, 홍준기·이승미 옮김, 도서출판 한울, 1998.

프랑코 모레티, 『세상의 이치』, 성은애 옮김, 문학동네, 2005.

프로이트(Sigmund Freud), 『문명 속의 불만』, 김석희 옮김, 열린책들, 2003.

프로이트(Sigmund Freud), 『정신병리학의 문제들』, 황보석 옮김, 열린책들, 2003.

피터 V.지마, 『소설과 이데올로기』, 서영상·김창주 옮김, 문예출판사, 1996.

피터 브룩스, 『플롯 찾아 읽기』, 박혜란 옮김, 도서출판 강, 2011.

필립 르죈, 『자서전의 규약』, 윤진 옮김, 문학과지성사, 1998.

하루어 시라네·스즈키 토미 엮음, 『창조된 고전』, 소명출판, 2002.

한나 아렌트, 『인간의 조건』, 이진우·태정호 옮김, 한길사, 1996.

한나 아렌트, 『과거와 미래 사이』, 서유경 옮김, 푸른숲, 2005.

韓志湘, 「以女性爲文本觀照下的新城市新感覺」, 『山東文學』, 山東省作家協會, 2006年 第7期.

험프리·로버트, 『현대소설과 의식의 흐름』, 천승걸 옮김, 삼성미술문화재단, 1984.

胡建偉, 「世紀末思潮澆灌下的都市之"花"－論劉吶鷗、穆時英爲代表的新感覺派小說」, 『上饒師範學院學報』, 饒師範學院, 2008年 第5期.

호미 바바, 『문화의 위치』, 나병철 옮김, 소명, 2002.

호쇼 마사오(保昌正夫)(외), 『일본 현대 문학사』(상, 하), 고재석 옮김, 서울: 문학과지성사, 1998.3.

황슈지(黃修己), 『중국현대문학발전사』, 고려대중국어문연구회 옮김, 서울: 범우사, 1991.2.

黃忠來, 「潛意識:創傷的執着的不同內涵」-魯迅、施蟄存心理小說漫談之一內蒙古師大學報, 2003.

黃德志, 「無根的飄蕩」-論20世紀30年代海派作家的政治心態-, 南京師大學報, 2003.3.

黃獻門, 「論新感覺派」, 武漢大學, 2000.3.

후나하시 가즈오(舟橋和郎), 『시나리오 작법 48장』, 황왕수 옮김, 서울: 다보문화, 1990.11.

후지이 쇼조(藤井省三), 『현대 중국 문화 탐험-네 도시 이야기』, 백영길 옮김, 서울: 도서출판소화, 2002.5.

후지메유키, 『성의 역사학』, 김경자 옮김, 삼인, 2004.

홍쯔청(洪子誠), 『중국당대문학사』, 박정희 옮김, 서울: 비봉출판사, 2000. 11.

히라노 겐(平野謙), 『일본 쇼와 문학사』, 고재석・김환기 옮김, 서울: 동국대학교 출판부, 2001.2.

A.A 멘딜로우, 『시간과 소설』, 최상규 옮김, 예림기획, 1998.

A. 아이스테인손, 『모더니즘 문학론』, 임옥희 옮김, 현대미학사, 1996.

Agamben, Giorgio, 『세속화 예찬 - 정치미학을 위한 10개의 노트』, 김상운 옮김, 난장, 2010.

Arendt, Hannah, 『인간의 조건』, 이진우・태정호 옮김, 한길사, 2005.

Aristoteles, 『정치학』, 천병희 옮김, 숲, 2009.

André, Serge, 『여자는 무엇을 원하는가?: 히스테리, 여자동성애, 여성성』, 홍준기・박선영・조성란 옮김, 아난케, 2010.

B. 조빈스키, 『문체론』, 이덕호 옮김, 한신문화사, 1999.

Badiou, Alain, 『사랑예찬』, 조재룡 옮김, 길, 2009.

Benjamin, Walter, 『역사의 개념에 대하여・폭력비판을 위하여・초현실주의』, 최성만 옮김, 길, 2009.

Benjamin, Walter, 『아케이드 프로젝트 2-보들레르의 파리』, 조형준 옮김, 새물결, 2008.

Benjamin, Walter, 『아케이드 프로젝트 3-도시의 산책자』, 조형준 옮김, 새물결, 2008.

Benjamin, Walter, 『아케이드 프로젝트 4-방법으로서의 유토피아』, 조형준 옮김, 새물결, 2008.

Benjamin, Walter, 『발터 벤야민 선집 4-보들레르의 작품에 나타난 제2제정기의 파리/보들레르의 몇 가지 모티프에 관하여』, 최성만 옮김, 길, 2010.

Benjamin, Walter, 『발터 벤야민 선집 5-역사의 개념에 대하여/폭력비판을 위하여/초현실주의 외』, 최성만 옮김, 길, 2009.

Berger. I. L, The Social Construction of Reality, 1967.

Bronwen Wilson and Paul Yachnin eds., Making publics in early modern Europe: people, things, forms of knowledge, New York: Routledge, 2010.

Buck-Morss, Susan, 『발터 벤야민과 아케이드 프로젝트』, 김정아 옮김, 문학동네, 2008.

Buck-Morss, Susan, 『꿈의 세계와 파국 _ 대중유토피아의 소멸』, 윤일성 · 김주영 옮김, 경성대학교 출판부, 2008.

Calinescu, Matei, 『모더니티의 다섯 얼굴_모더니티/ 아방가르드/ 데카당스/ 키치/ 포스트모 더니즘』, 이영욱, 백한울, 오무석, 백지숙 옮김, 시각과 언어, 1993.

Cassirer, Ernst, 『언어와 신화』, 신응철 옮김, 지식을 만드는 지식, 2015.

Colin Campbell, 『낭만주의 윤리와 근대 소비주의 정신』, 박형신 · 정헌주 옮김, 나남, 2010.

Compagnon, Antoine, 『모더니티의 다섯 개 역설』, 이재룡 옮김, 현대문학, 2008.

Copjec, Joan, 『여자가 없다고 상상해봐 _ 윤리와 승화』, 김소연 · 박제철 · 정혁현 옮김, 도서출판 b, 2015.

David Harvey, 『도시의 정치경제학』, 초의수 옮김, 도서출판 한울, 1996.

David Harvey, 『모더니티의 수도, 파리』, 김병화 옮김, 생각의 나무, 2005.

Edward Relph, 『장소와 장소상실』, 김덕현 · 김현주 · 심승희 옮김, 논형, 2005,

_____, 『근대도시경관』, 김동국 · 주종원 옮김, 태림문화사, 1999.

Emile Benveniste, 『일반언어학의 제문제1』, 황경자 옮김, 민음사, 1992

F. K. Stanzel, 『소설 형식의 기본유형』, 안삼환 옮김, 탐구당, 1982.

Frantz Fanon, 『대지의 저주받은 사람들』, 남경태 옮김, 그린비, 2012.

Freud, Sigmund, 『정신분석학의 근본 개념』, 윤희기 · 박찬부 옮김, 열린책들, 2005.

Freud, Sigmund, 『쾌락원칙을 넘어서』, 윤희기 · 박찬부 옮김, 열린책들, 2005.

Freund, Elizabeth, 『독자로 돌아가기』, 신명아 옮김, 인간사랑, 2005.

Gaston Bachelard, 『공간의 시학』, 곽광수 옮김, 동문선, 2003.

Georg Simmel, 『짐멜의 모더니티 읽기』, 김덕영 · 윤미애 옮김, 새물결, 2005.

Georges Vigarello, 『깨끗함과 더러움』, 정재곤 옮김, 돌베개, 2007.

Gerald Franks, 『서사학』, 최상규 옮김, 문학과지성사, 1988

Gilles Deleuze, 『카프카』, 이진경 옮김, 동문선, 2001.

Gilloch, Graeme, 『발터 벤야민과 메트로폴리스』, 노명우 옮김, 효형출판, 2007.

Graeme Gilloch, 『발터 벤야민과 메트로폴리스』, 노명우 옮김, 효형출판, 2005.

H. 키멜레, 『데리다: 데리다 철학의 개론적 이해』, 박장선 옮김, 서광사, 1996.

H. 포터 애벗, 『서사학 강의』, 우찬제 외 옮김, 문학과지성사, 2010.

Harootunian, Harry, 『역사의 요동 - 근대성, 문화 그리고 일상생활』, 윤영실 · 서정은 옮김, 휴머니스트, 2006.

Heywood, Andrew, 『현대정치이론』, 이종은 · 조은수 옮김, 까치글방, 2007.

Houlgate, Stephen · Levine, David 엮음, 『모더니티와 시각의 헤게모니』, 시각과 언어, 정성철 · 백문임 옮김, 2004.

Hume, David, 『정념에 관하여』, 이준호 옮김, 서광사, 1996.

Humphrey Robert, 『현대소설과 의식의 흐름』, 천승걸 옮김, 삼성출판사, 1987

J.M.머리, 『문체론강의』, 최창록 옮김, 현대문학, 1990.

Jameson, Fredric, 『정치적 무의식』, 이경덕・서강목 옮김, 민음사, 2015.

Jonsson, Stefan, 『대중의 역사』, 양진비 옮김, 그린비, 2013.

King, Anthony D., 『도시문화와 세계체제』, 이무용 옮김, 시각과 언어, 1999.

Lacan, Jacques, 『자크 라캉 세미나 11』, 맹정현・이수련 옮김, 새물결, 2008.

Le Bon, Gustave, 『군중심리』, 김성균 옮김, 이레미디어, 2008.

Leader, Darian, 『'모나리자' 훔치기』, 박소현 옮김, 새물결, 2010.

Leader, Darian, 『광기』, 배성민 옮김, 까치, 2012.

Leon Edel, 「소설과 카메라」, 『현대소설의 이론』, 최상규 옮김, 大邦出版社, 1986

Lukács, Georg, 『루카치 소설의 이론』, 반성완 옮김, 심설당, 1985.

Lunn, E., 『마르크시즘과 모더니즘』, 김병익 옮김, 문학과지성사, 1988.

M. 칼리니스쿠, 『모더니티의 다섯 얼굴』, 이영욱, 백한울 외 옮김, 시각과 언어, 1998.

Marcuse, Herbert, 『일차원적 인간』, 박병진 옮김, 한마음사, 2009.

Marshall Berman, 『현대성의 경험』, 윤호병・이만식 옮김, 현대미학사, 1994.

Maurice Blanchot, 『문학의 공간』, 이달승 옮김, 그린비, 2010.

Maurice Blanchot, The gaze of Orpheus, and other literary essays, New York, Station Hill Press, 1981.

Menke, Christoph, 『미학적 힘』, 김동규 옮김, 그린비, 2013.

Mercer, John・Shingler, Martin 공저, 『멜로드라마』, 변재란 옮김, 커뮤니케이션북스, 2011.

M.H.Abrams, 『문학용어사전』, 최상규 옮김, 예림기획, 1997.

Mike Savage, Alan Warde, 『자본주의 도시와 근대성』, 김왕배・박세훈 옮김, 도서출판 한울, 1996.

Miriam Rom Silverberg, 『에로틱 그로테스크 넌센스』, 강진석외 옮김, 현실문화, 2014.

Paul Knox, Steven Pinch, 『도시사회지리학의 이해』, 박경환외 옮김, 시그마프레스, 2012.

P.Bürger, 『미학이론과 문예학 방법론』, 김경연 옮김, 문학과지성사, 1987

Philippe Hamon, Rhetorical Status of the Descriptive, 『Yale French Studies』 No. 61, 1981.

Philip Thomson, 『그로테스크』, 김영무 옮김, 서울대학교 출판부, 1986.

Pierre Bourdieu, 『자본주의의 아비투스』, 최종철 옮김, 동문선, 1995.

Pink, Bruce, 『에크리 읽기』, 김서영 옮김, b, 2007.

Purcy Lubbock, 『소설기술론』, 송욱 옮김, 일조각, 1960.

S. 채트먼, 『이야기와 담론』, 한용환 옮김, 푸른사상, 2003.
S. 채트먼, 『영화와 소설의 수사학』, 한용환 · 강덕화 옮김, 동국대학교 출판부, 2001.
S.리몬-케넌, 『소설의 시학』, 최상규 옮김, 문학과지성사, 1985.
Salecl, Renata, 『사랑과 증오의 도착들』, 이성민 옮김, b, 2003.
S.Chatman, 『Story & Discourse』, 김경수 옮김, 민음사, 1990.
Simmel, Georg, 짐멜의 모더니티 읽기』, 『김덕영 · 윤미애 옮김, 새물결, 2005.
Steve Bradshaw, 『카페 소사이어티』, 김준형 옮김, 책세상, 1993.
Susan Buck-Morss, 『발터 벤야민과 아케이드 프로젝트』, 김정아 옮김, 문학동네, 2013.
T.J. Taylor, 『구조 문체론』, 양희철, 조성래 공역, 보고서, 1996.
T.W.아도르노, 『미학이론』, 홍승용 옮김, 문학과지성사, 1987.
Tessa Morris-Suzuki, 『변경에서 바라본 근대』, 임성모 옮김, 산처럼, 2006.
T.Todorov, 『構造詩學』, 곽광수 옮김, 문학과지성사, 1977.
Vanessa R. Schwartz, 『구경꾼의 탄생』, 노명우 옮김, 마티, 2006.
Walter Benjamin, 『발터 벤야민의 문예이론』, 반성환 옮김, 민음사, 1983.
Walter Benjamin, 『도시의 산책자』, 조형준 옮김, 새물결, 2008.
Wang, Ning, 『관광과 근대성』, 이진형 · 최석호 옮김, 일신사, 2004.
Wolfgang Kayser, 『언어예술작품론』, 김윤섭 옮김, 시인사, 1988.
Wolfgang Schivelbusch, 『철도여행의 역사』 박진희 옮김, 궁리, 1999.
Yi-Fu Tuan, 『공간과 장소』, 구동회 · 심승희 옮김, 도서출판 대윤, 1995.
Žižek, Slavoj, 『전체주의가 어쨌다구?』, 한보희 옮김, 새물결, 2008
Žižek, Slavoj, 『나눌 수 없는 잔여』, 이재환 옮김, 도서출판 b, 2010.
Žižek, Slavoj, 『향락의 전이』, 이만우 옮김, 인간사랑, 2001.
Žižek, Slavoj, 『시차적 관점』, 김서영 옮김, 마티, 2009,
Žižek, Slavoj, 『Less than Nothing _ 라캉 카페』, 조형준 옮김, 새물결, 2013.
Žižek, Slavoj, 『당신의 징후를 즐겨라』, 주은우 옮김, 한나래, 2002.
Žižek, Slavoj, 『진짜 눈물의 공포』, 오영숙 외 옮김, 울력, 2004.
Žižek, Slavoj, 『사랑의 대상으로서 시선과 목소리』, 라캉정신분석연구회 옮김, 인간사랑, 2007.
Žižek, Slavoj, 『폭력이란 무엇인가』, 이현우 · 김희진 · 정일권 옮김, 난장이, 2011.
Zupančič, Alenka, 『실재의 윤리』, 이성민 옮김, 도서출판 b, 2004.

☼ 찾아보기